中国文学十讲

壹

陆萼庭 赵昌平 编著

上海教育出版社

并非陈旧的记忆——代序

上教社的编辑来访，说是相中了25年前，陆萼庭先生与我合编的港版《中国文学》教材，拟以图书形式出上教版。旧事重提，不免勾起一些久远的忆念。

事情要回溯到1987年前后，因着此书的编撰，我经历了许多第一次：第一次出境，第一次乘飞机，第一次体验了超市购物的自在，第一次领略了港式早茶的悠闲；当然，最使我惊诧的，是第一次身经目击了那些高楼群，密匝匝的令人胁息的现代化楼群。尽管坐飞机出境，现在已习以为常，而那些闻见，在今天的内地更是司空见惯；然而回忆起来，当时的新鲜感，还是有趣得紧。

一切都新鲜，唯有所面临的任务并不新鲜；至少在接受之初，自认是最熟悉不过的了。香港商务版《中国文学》(以香港教育图书公司名义出版)，是一套高中升大学预科性质的教材，共四册，先秦至唐二册，由我承担；宋世至现代二册，陆萼庭先生执笔。我的专业就是唐代文学，先唐文学也素有研究，所谓成果，搞注释、作论文、编辞典、玩赏析，也有了那么一堆；至于中教，北大毕业后，我还在内蒙古当过“乡村男教师”，做过语文教研组长，开过规模不小的公开课。因此，1986年初领任务时，以为必能驾轻就熟，一路顺风。

然而渐渐地，这最熟悉的活计，也变得新鲜起来。先是敬佩于港方那厚厚一摞子《编纂大纲》，连附件，足有100多页，当时内地出版界不像现在这样化“繁”为“简”，纵心所欲；选题报告还是认真做的，但如此细做，如此复杂，我还是第一次见到；接着是感慨于港方工作小组的阵容，组长是威斯康辛博士江先生，严肃顶真到可爱；二位成员倒是和蔼而其实较劲，都是女性，博士，都姓林，还都是港地有名的资深语文教师，一位现任，一位已转入商务；而总抓的竟是商务老总，后来成为联合出版集团董事长的陈万雄先生；我们下榻处，便是陈先生刚搬出的二室一厅的旧居。以如此强大的阵容从事一个中学类选题，在我已然六七年的编辑生涯中也是第一次遇到。最后尤其使我震撼的是，这次编写，使我第一次对什么叫“茅塞顿开”，有了切身体验。

从82年研究生毕业入行上海古籍到那时候，我的学术生涯可说是相当顺利，文章不断，却从未有过退改的遭遇。这次编撰，因为是沪港合作，也未敢怠慢，总想写得别具一格，力避平铺直叙。港方对初稿的意见是“功力深湛，甚佩”，这是客气话，下面一句才是真家伙——“希望更切合港地中学生的实际水准与阅读习惯”。第一次修改后，到深圳会商，再改，好不容易可以赴港定稿了，焉知抵港后二十余天，又改了两道，都说“不错，不错”了，但还是未许过关。那一晚，我足足憋屈了半夜，想起了业师施蛰存教授的一句话：“诗要一句一句地读，一字一字地品。”忽焉“茅塞顿开”。原来我先前的写法过于成人化，论文化，这对于中文系学生兴许不错，然而对于港地中学生却未免头寸不合。于是我努力回忆自己上中学语文课时，大同中学的楼维国、方艾老师以串讲加点评的授课方式，第二天参以自己对文本的体悟，试改了一篇，返本就简的结果竟然是二林一江的微笑首肯，大加称赞。于是我不再拖陆老师的后腿了，提前十天完成修订任务，打道回沪了。

后来听说，我们这套教材格外成功，在港府调整教纲，重编教材前的十数年间，使用率一直居同类教材之首位。不过我深知，这不仅因为我们确实编得不错，更由于香港商务同仁的努力，除了营销出色外，他们所拟订的编写体例，确实切合中学生的思维特征，其大端如下：

全书将先秦至现代分为十个单元，各取一时期代表性文体之名篇若干作解析，各单元后附以此时期文学史与相关文体的知识，合而观之，便是一

种选篇与史述相结合，尤适宜于中学生与中等文化读者的微型文学史作品；其以文体为落脚点的设计，也符合中国文学演变的总体特征。

各篇课文的教学设计，又与以上总体架构相呼应。每篇约略可分三部分。中间部分“分析与欣赏”是主体，含“文体特点”、“内容分析”、“作法欣赏”三个块面。其关系是通过内容、作法的精要提挈，使读者对其文体特点有生动的具体感受。主体部分之前是预习部分，含正文、注释及针对重点、难点的预习题；之后则是扩展部分，含“讨论问题”、“参考资料”，与“应用练习”——取同一文体的其他一二篇（节），设题帮助使用者自读，以举一反三；而全书所及篇目，也由课文三十来篇扩展为百篇左右，可以由此构成对中国文学史的大概印象了。

其时，课本以外，更编有《教参》四册，大体是对应课本各部分，扩充相关资料，给出参考答案，设计相关活动，注译相关诗文等等。要求是取材丰富而精当，使教师一册在手，不必旁索而足以展开讲析并应对学生可能的提问。由于港地教师课程负担远过于内地，因此这套《教参》同样广受欢迎。

那些设计，我想即使对于今天内地的国文教学改革，也是有参考价值的。比如所谓启发式教育问题，后来我们还为香港商务编过一套《中国语文》教材，也许因教纲改变，要求全取启发式，一个问题接一个问题，而取消了课文精讲，使用下来，普遍反映远不如《中国文学》。可见教师精讲与启发式教育，应当是举一反三的关系，如此套教材然；试想如无精讲作示范，学生赤手空拳，又如何由“空”反三？

说到举一反三，这次教材编撰，对我后来的编辑生涯同样适用。我所一贯主张的观念：出版要由编辑本位转化为读者本位，便是由这次编撰中的困惑而萌生的；上海古籍出版社在上世纪八九十年代，公众读物的阔步发展，也与身为总编的我此番经历有关；而我后来撰写了不少初、中级读本，如印数已近十万的复旦版《唐诗三百首全解》，其取径、笔法也得益于此。

行文至此，都是很开心的新鲜事，然而临结束却又有些感伤——我所敬佩的合作者陆萼庭先生已于前些年仙逝。我永远怀念陆老的人品学问，怀念他身为“老教育”给我的点拨指导，也怀念在港期间，早餐时，他从外面买来的，同样是“新鲜”的，刚出炉的热面包……

赵昌平

目　录

第一讲　先秦韵文

第二讲　先秦散文

文学常识学习重点

第三讲　两汉诗文

文学常识学习重点

第四讲　魏晋南北朝诗文

文学常识学习重点

第一讲

先秦韵文

硕　鼠　《诗经》

作　者

《硕鼠》选自《诗经·魏风》，作者不可考。

《诗经》原称“诗”或“诗三百篇”，是我国古代最早的诗歌总集。编成于春秋时期，收录西周初年（公元前十一世纪）至春秋中期（公元前七世纪）前后约五百年间的作品，共三百一十一篇，其中六篇有目无文，称为笙诗。“诗三百篇”这一名称，是就其约数来说的。至汉代，《诗》被尊为儒家经典，称为“诗经”。

《诗经》中的作品，除少部分产生于长江流域外，绝大部分产生于黄河流域，大约包括今陕西、山西、河南、河北、山东、湖北北部等地。作者姓名大部分无法查考。

关于《诗经》的成书，历来有“采诗”、“献诗”、“删诗”之说。说是从周武王伐纣定天下起，天子就命使臣、乡老采集民间诗歌（采诗）；诸侯来朝也要随献本方民歌（献诗）；然后都集中到掌乐的太师那里，配曲奏闻天子，以“观风俗、知得失、自考正也”。又说当时这类诗歌共有三千多篇，经孔子删定后得三百零五篇（删诗）。以上这些说法见于汉人的著作，长期以来为人们所信从；虽然从唐人孔颖达、宋人朱熹起，就陆续有人对孔子删诗说提出了不同程度的疑问，但是都遭到传统势力的诟病。直到清代中期，学者才以比较充分的证据，论证了“采诗”、“献诗”和“删诗”说的不可靠。现在学界一般都认为，《诗经》中所录的三百零五篇作品，只是周代诗作的一部分。根据自然淘汰的原则，文学成就较高的就留存下来了。西周时，在使臣来往、宴庆、祭祀中奏乐唱诗的习俗，是这些诗作留存的重要条件；当时的太师和乐工，专司歌乐，则是搜集保存这些诗作的主要人物。最迟在公元前五四四年,《诗》已有其规模,而孔子则在订定乐章等方面,为《诗》的最后定型,做了整理工作。

《毛诗序》指出诗有六义,即风、雅、颂、赋、比、兴。

风、雅、颂是诗的体制。风是各地的民间歌谣,有周南、召南、邶、鄘、卫、王、郑、齐、魏、唐、秦、陈、郐、曹、豳等十五国风,共一百六十篇,内容反映了各地的民情风俗。雅分大雅、小雅。雅是指其典雅的音乐性质,就是所谓华夏正声,大雅是上朝与盛会时演奏的乐章,小雅是饮宴款客时所奏的乐章,共一百零五篇。颂是宗庙祭祀之乐,分周颂、鲁颂、商颂三部分,共四十篇,配合舞容,内容都是追述先祖的历史,兼以歌功颂德。

赋、比、兴是《诗》的作法。按宋人朱熹的解释:"赋者,敷陈其事而直言之者也",即直接的铺叙、抒写;"比者,以彼物比此物也",即修辞中的比喻法;"兴者,先言他物以引起所咏之辞也",即由此及彼导入诗歌的正题,所用以起兴的事物,有的与正题并无必然联系,有的则有义类上的某些关联,起渲染气氛的作用。赋比兴三者,在某一篇诗中,往往交相为用,并无绝然分明的界限。

《诗经》是我国成文文学的起点,也是我国写实文学的典范。它那充实的内容,质朴而有自然美的语言特色,一直为后世所广泛学习,如同古希腊的"荷马史诗",古印度的《沙恭达罗》等。《诗经》不仅是本民族文学的源头,更是世界文学之林的瑰宝。

解 题

《硕鼠》是魏风七篇的最后一篇,写作年月无可详考。魏原为西周姬姓封国,故城在今山西省芮城东北。公元前六六一年,魏被晋献公攻灭,其地分封给他的大夫毕万。

郑玄所作《诗谱》说:“当周平、桓之世,魏之变风始作。”这说明魏风都是平王东迁后的作品。当时随着周王室的衰落,各国君主,普遍加重了对人民的压迫和剥削。魏国地处偏狭,受到秦晋等强邻的严重威胁,它的国君又特别吝啬贪鄙,所以魏国人民受剥削压迫尤其深重。魏风七诗,都从不同角度反映了这个问题。其中最尖锐的是《陟岵》《伐檀》和本诗。

硕鼠就是田鼠,作者把剥削者比作忘本贪残的田鼠,在反复咏唱中予以淋漓尽致的揭露和控诉,同时又表达了对理想中乐土的向往。

课文

硕鼠硕鼠①,无食我黍②! 三岁贯女③,莫我肯顾④。
逝将去女⑤,适彼乐土⑥。乐土乐土,爰得我所⑦!

硕鼠硕鼠,无食我麦! 三岁贯女,莫我肯德⑧。
逝将去女,适彼乐国⑨。乐国乐国,爰得我直⑩!

硕鼠硕鼠,无食我苗! 三岁贯女,莫我肯劳⑪。
逝将去女,适彼乐郊⑫。乐郊乐郊,谁之永号⑬?

注释

① 硕鼠:即田鼠。《尔雅》作“鼫鼠”(《尔雅》是汉初编成的一部辞典,多

释《诗经》名物),硕通鼫。《尔雅》注说:“形大,如鼠,头似兔,尾有毛,青黄色,好在田中食粟豆。”可见硕鼠即田鼠。一说硕即大,硕鼠就是大老鼠。两说皆通。

② 无食我黍:无,与“毋”同,切勿。黍,一种谷类植物,去皮后北方称黄米子。

③ 三岁贯女:三岁,一说实指三年,古代说顺世三年耕必有一年余粮,现因重敛暴征,三年而一无所有,所以兴刺。一说三岁泛指多年。两说皆通。贯,侍奉。女,通汝。

④ 顾:顾念,体贴。

⑤ 逝将去女:逝通誓。将,即将。去,离开。

⑥ 适彼乐土:适,往的意思。乐土,指没有压迫剥削的地方。

⑦ 爰(yuān)得我所:爰,于是。所,处所。

⑧ 德:恩惠。

⑨ 国:春秋时,诸侯的封地食邑都叫国,并非外国的国。

⑩ 直:公正的待遇。一说通值,指相应的报酬。两说皆通。

⑪ 劳:慰问、犒劳。

⑫ 乐郊:古时以都城百里内为郊。乐郊与乐土、乐国同义。

⑬ 谁之永号(háo):之,语气词,在这里与“其”同。号,呼喊,有声无泪为号。永号,长呼,长叹。

预　习

一　《诗经》在文学史上的地位怎样?

二　试简述《硕鼠》一诗的写作背景。

三　硕鼠指什么？本篇的表达手法属赋、比、兴中的哪一种？

四　诗中“无食我黍”、“无食我麦”、“无食我苗”，“乐土”、“乐国”、“乐郊”，从意义上看并无本质区别，这样写有什么作用？

分析和欣赏

文体特点

《诗》三百篇都是可以合乐歌唱的，由于要配合音乐，《诗经》一般都分章，每一章是一个音乐单元，也是诗意上的一段。每章的句数无规定，以偶数句为多。

十五国风大多用叠章法。所谓叠章法，就是连续数章，每章仅变换个别字句和韵脚，反复诵唱，因《国风》的内容比较单一，诗人通过反复诵唱，可以更充分地抒发感情。小雅、大雅和颂也有部分诗篇用叠章法，但依次减少，这与三者内容依次较为复杂有关，同时也反映了三者与民歌由近而远的血缘关系。

《诗经》的句子结构以四言为主，间或参以其他句式。少至一、二字，多至七、八字不等。

《诗经》是按口语押韵的，韵式较自由，可以转韵。后世学者根据《诗经》的用韵情况，归纳出《诗经》的韵部系统，但各家的意见有出入。

《诗经》还有一些特有的艺术表现手法，上述叠章法外，尚有多用叠词（如硕鼠硕鼠）、叠字（如夭夭、灼灼）、双声（如参差、踟蹰）、叠韵（如婆娑、窈窕）、象声词（如关关、丁丁）等，这些手法或造成回环复沓的效果，或显得更真切生动，多为后世民歌所采用，并影响及于文人创作。

内容分析

《毛诗·硕鼠小序》:“《硕鼠》,刺重敛也。国人刺其君重敛,蚕食于民,不修其政,贪而畏人,若大鼠也。”清方玉润《诗经原始》诠释并发挥了《小序》的观点,说“此诗见魏君贪残之效,……其弊遂至刻削小民而不知足,以致境内纷纷逃散,而有此咏,不久国亦旋亡。”可见《硕鼠》三章的主题,就是控诉魏君苛重的赋役,并表达出要以逃亡来反抗剥削的意愿。

先就第一章分析。

“硕鼠硕鼠,无食我黍”,诗人劈头就向田鼠哀呼。为什么诗人这样悲愤呢?原来“三岁贯女,莫我肯顾”;诗人被“田鼠”欺凌已有三年之久。三年来,诗人小心谨敬地侍奉“田鼠”,但“田鼠”贪残忘本,一点也不肯体谅他。读到这里,我们才体会到,一开始的哀呼,原来是在长期身陷绝境的情况下,由心田深处喷涌出来的呐喊。由于绝望和悲愤,诗人“逝将去女,适彼乐土”,立誓要逃离这吸人膏血的“田鼠”的掌握,去寻找那理想中的“乐土”。他对“田鼠”的憎厌是这样强烈,因而对“乐土”的向往是这样迫切,“乐土乐土,爰得我所”,在重叠反复的咏唱中,诗人强调只有那理想中的“乐土”,才能给他以生的希望。

一遍的咏唱还不足以抒遣诗人的愤慨,所以一而再,再而三,以三章反复“嗟叹之”、“咏歌之”,把悲愤之情抒发得淋漓尽致。这种自然的感情喷发,使《诗经》具有震撼人心的感染力。对于人们评《诗经》“饥者歌其食,劳者歌其事”二语,我们既应从《诗经》的现实性去理解,更要从其基于现实的真挚强烈的感情去体会。

作法欣赏

在赋、比、兴三种表达手法中,《硕鼠》主要用的是“比”——“以彼物比此物也。”运用比喻的关键，在于抓住本体和喻体的共同特征。从魏风七诗及七个《小序》看，魏君除了有当时一般君主不劳而获，养尊处优的特点外，还特别贪鄙和吝啬，没有泱泱君主风度。再从《诗》三百篇中，《魏风》是反抗性最强烈的一组诗来看，魏君又是当时最不为人民尊敬和畏惧的，《硕鼠》序就说他“贪而畏人”。将他比作田鼠，真是太切合了。如果把他比作虎狼，倒反而抬举了他。于此可见本诗运用比喻的巧妙贴切。诗三章的下半部分直接抒写要逃亡到乐土的心愿，这就是“敷陈其事而直言之”的“赋”，在本诗中是次要的手法。

《硕鼠》的结构，是国风中最常用的叠章法。数章重叠，语句基本相同，只变换韵脚和个别字句，通过一唱三叹，层层深入地抒写感情，将主题突出深化。《硕鼠》三章中所调换的几个字词，无论原作者的意图怎样，但至少给阅读欣赏者以这种感受：“无食我黍”、“无食我麦”、“无食我苗”，“黍”、“麦”、“苗”的变换，在反复中把田鼠的贪婪揭露无遗；“莫我肯顾”、“莫我肯德”、“莫我肯劳”，对硕鼠的要求越来越低；“爰得我所”、“爰得我直”、“谁之永号”，随着愤怒的增长，诗人的希望也越来越强烈。叠章法除了对内容表达有这些作用外，还显得整齐中有变化之美，使得诗歌的形式活泼自然，富于节奏感和淳朴的美感。

《硕鼠》又运用了《诗经》中常见的叠词手法。叠词有强调和加强语气的作用，如“硕鼠硕鼠”，就表现了人民对魏君这只田鼠的切齿痛恨。在用叠词的同时，又参用了顶真修辞手法，起到回环以突出重点的作用。“逝将去女，适彼乐郊。乐郊乐郊，谁之永号”，叠词加顶真，充分表现出对理想之境的向往。叠词与顶真配合使用，在《诗经》中是常见的，使得诗的音声回环曲折，尤其适合深长情思的表达。

必须指出，后人对于《诗经》的作法，可以有种种分析，见出各种匠心，但是这些艺术效果的产生，在诗人，尤其是国风作者本身，大多不是有意为之的，至少不是苦心经营的。自然真切，情意深长，正是《诗经》的风格。读《诗经》，往往初看不觉其佳，只有在反复的吟咏中才能感受到它的美。

讨论问题

一　诗人心目中的乐土是怎样的？在现实生活中是否存在？

二　为什么说如把魏君比作虎狼，反不如硕鼠贴切？

三　读了本诗后，你对人们评《诗经》“饥者歌其食，劳者歌其事”二语，有什么体会？

四　为什么说叠章法不是简单的重复？

参考资料

一　关于《诗经》的性质

《诗》者，志之所之也。在心为志，发言为诗，情动于中而形于言。言之不足，故嗟叹之；嗟叹之不足，则咏歌之；咏歌之不足，不知手之舞之，足之蹈之。

（摘自《诗大序》）

二　关于《诗》之四始

《关雎》之乱以为风始，《鹿鸣》为小雅始，《文王》为大雅始，《清庙》为颂始。

（摘自《史记·孔子世家》）

三　关于四家《诗》

《诗经》虽遭秦火焚毁，但由于学者讽诵，至汉复得流传。当时传授《诗经》的有四家：齐之辕固、鲁之申培、燕之韩婴、赵之毛苌。或取国名，或取姓氏，而简称齐、鲁、韩、毛四家。齐、鲁、韩三家，武帝时已立学官；《毛诗》晚出，未得立。毛氏说诗，事实多联系《左传》，训诂多同于《尔雅》，称为“古文”；其余三家则称“今文”。自东汉末年，儒学大师郑玄为《毛诗》作笺，学习《毛诗》的人逐渐增多。其后三家《诗》亡，独《毛诗》得大行于世。

（摘自游国恩主编《中国文学史》）

四　关于赋比兴

在前人研究《诗经》的著作中，对赋、比、兴有种种解释，但今天看来，它们只是前人归纳的三种表现手法。赋、比、兴最早见于《周礼》，它们与风、雅、颂合称“六义”，它的基本含义，据朱熹说，“赋者，敷陈其事而直言之也”；“比者，以彼物比此物也”；“兴者，先言他物，以引起所咏之词也”。赋就是陈述铺叙的意思，雅诗、颂诗中多用这种方法，国风中则较少使用，但亦有以此见长者，如《溱洧》《七月》等。比就是譬喻，它“或喻于声，或方于貌，或拟于心，或譬于事”（《文心雕龙·比兴》），从而使形象更加鲜明，如《相鼠》《硕鼠》用老鼠来比喻统治者的可憎可鄙，《氓》用桑树由繁茂到凋落比喻夫妇爱情的变化，《终风》（邶风）以“既风且暴”的恶劣天气比喻丈夫的骄横暴虐和喜怒无常。兴的基本含义是借助其他事物作为诗歌的开头，如“鴥彼晨风，郁彼北林；未见君子，忧心钦钦；如何如何，忘我实多”，开头两句是起兴，它与下四句没有任何意义上的联系。它的作用，只是为了引起下文，使诗歌曲折委婉，而不给人以突兀的感觉；但也有起兴和下文有联系，大抵同样起着比喻的作用。……周代民歌比兴手法的运用，大大丰富了诗歌的表现手法，它可以在极短的篇章里造成极动人的境界和形象。比兴手法在我国诗歌创作中一直继承着，发展着，这是周代民歌对后代有重大影响的一个方面。

（摘自游国恩主编《中国文学史》）

五　关于变风、变雅

《诗大序》说："至于王道衰，礼义废，政教失，国异政，家殊俗，而变风、变雅作矣。"所谓变风、变雅，都是衰世之作，一般较多怨愤之意，正风、正雅则为盛世之音。

应用练习

一　何谓《诗》之六义？

二　《诗经》有哪些主要的文体特征？

三　何以见得《硕鼠》是反映现实之作？

四　试析叠章法在《硕鼠》一诗中，对表现作者的感情有何作用？

五　先仔细阅读《陈风·月出》，然后回答问题。

月出皎兮，佼（美）人僚（俏丽）兮；舒（发声词）窈纠（苗条状）兮，劳心悄（恼）兮。

月出皓兮，佼人懰（娇美）兮；舒懮受（从容）兮，劳心慅（焦）兮。

月出照兮，佼人燎（光华闪亮）兮；舒夭绍（柔婉）兮，劳心惨（躁）兮。

1　"月出"句是赋、比、兴中的哪一类？

2　诗中的月光对刻画美人形象起了什么作用？

国殇　屈原

作者

屈原（约公元前三四〇——约前二七八），名平，字原，战国楚人。先祖屈瑕是楚武王之子，封于屈，故以屈为氏；为楚王族三姓（屈、景、昭）之一。屈原学识渊博，史书说他“明于治乱，娴于辞令”。

屈原生活在战国时代的中后期，当时七雄互争霸主地位，山（殽山）东六国合纵抗秦，秦则以远交近攻的连横政策，分化六国，尤其要破坏六国中最强大的楚齐联盟。面对这种情况，屈原积极改革楚国内政，立志辅助楚王完成统一的宏业。他力主联齐抗秦，曾一度得到楚怀王信用，官至左徒，兼管内政外交。后因上官大夫靳尚等的谗毁，屈原被贬为三闾大夫（管三姓子弟教育），不久被流放到汉北。顷襄王立，屈原又被流放到江南，虽然后来可能一度回郢都，但始终未获重用。公元前二七八年，秦军攻破郢都，楚国濒于危亡，屈原悲愤欲绝，不久在长沙附近的汨罗江投水自尽。

屈原“信而见疑，忠而被谤”，于是将满腔怨愤倾注在文学创作中，在楚国民间诗歌的基础上，开创了中国诗史的新篇章——楚辞。

《诗经》以北方黄河流域的文化为背景，楚辞则以南方江汉（长江、汉水）流域的文化为母体；《诗经》以浑朴自然的手法反映现实，楚辞则以瑰奇的想象、对理想的热切追求为特征；《诗经》是我国第一部结集无名诗人作品的散歌总集，屈原则是我国第一位有名可纪的伟大诗人。在文学史上，《诗经》与楚辞并称“风骚”，同为我国传统文学的光辉典范。

解　题

《国殇》是《九歌》中的一章。《九歌》共十一章，依次为《东皇太一》《云中君》《湘君》《湘夫人》《大司命》《少司命》《东君》《河伯》《山鬼》《国殇》《礼魂》。“九”，多数的意思。《九歌》前十章各祭一神（鬼、魂），末章《礼魂》是礼成后送神的，相当于全组诗的跋（楚辞中叫“乱”）。

“九歌”本来是古代乐歌中一种组歌的名称，合娱乐与祭神于一体，并伴有舞蹈。楚地巫风盛行，保存上古的风习最完整，一般都认为屈原《九歌》是在楚国南部流传已久的一套民间祭神乐歌的基础上加工改写而成的，是楚歌体的抒情诗。

关于《国殇》的写作年代和思想意旨，历来众说纷纭，见解不一。有的认为是屈原初次被疏，齐楚破盟，楚军大败，楚将屈匄被俘后，屈原为追悼阵亡将士或屈匄而作；有的认为是怀王入秦而死后，屈原吊怀王之作。王逸则认为是顷襄王时，屈原第二次流放江南期间，为吊怀楚国所有阵亡将士而作。

所谓“国殇”，也就是“死于国事者”（王逸《章句》）。

本诗录自宋洪兴祖《楚辞补注》，个别字句据他本校正。

课　文

操吴戈[①]兮被犀甲，车错毂[②]兮短兵接。旌[③]蔽日兮敌若云，矢交坠[④]兮士争先。

凌余阵兮躐余行[⑤]，左骖殪兮右刃伤[⑥]。霾两轮兮絷四马[⑦]，援玉枹[⑧]兮击鸣鼓。天时怼兮威灵怒[⑨]，严[⑩]杀尽兮弃原野。

出不入兮往不反[11]，平原忽兮路超远[12]。带长剑兮挟秦弓[13]，首身离兮心不惩[14]。诚既勇兮又以武[15]，终刚强兮不可凌[16]。身既死兮神以灵[17]，魂魄毅兮为鬼雄[18]。

注　释

① 吴戈：戈，武器名，又叫平头戟；吴戈，吴地所产的戈，以锋利著称。

② 车错毂（gǔ）：错，交错；毂，车轮中心有孔可以插轴的部分，这里泛指轴。车错毂，指敌我两军近战，战车的轮轴交互扭结。

③ 旌：饰有羽毛的旗帜。

④ 矢交坠：乱箭交加，纷纷坠落。

⑤ 凌余阵兮躐余行（háng）：凌，侵犯；躐，践踏；阵、行，均指军伍行列。

⑥ 左骖（cān）殪（yì）兮右刃伤：左骖，周时战车用四马，中间驾辕的两匹叫服，左右两侧的叫左、右骖。殪，死的意思。右，即右骖。刃伤，被兵刃杀伤。

⑦ 霾两轮兮絷（zhí）四马：霾，通埋。两轮，指战车的双轮。絷，绊住。一说这一句承上句，己马既已死伤，干脆把车轮埋在土中，绊住四马，决一死战；一说车轮陷入地中，马匹又被绊住，无法行动。两说俱通，而连上下文看，以前说为长。因《孙子·九地》篇有"方马埋轮"的战术，即缚马埋轮，结为方阵以拒敌的阵势。

⑧ 援玉枹（fú）：援，拿起来，拿过来。玉枹，嵌玉为饰的鼓槌。

⑨ 天时怼兮威灵怒：怼，恨的意思。这句说天怨神怒。按"怼"字洪兴祖本及王逸本都作"坠"，今据朱熹《楚辞集注》改。

⑩ 严：壮，悲壮。

⑪ 出不入兮往不反：反通返。这一句写战士为国捐躯，义无反顾的决心。

⑫ 平原忽兮路超远：忽，辽阔浩茫。超远，遥远。这句王逸《章句》说："言身弃平原山野之中，去家道甚远也。"

⑬ 秦弓：秦地所产的弓，秦地以产良弓著名。

⑭ 惩：受创而知悔。

⑮ 诚既勇兮又以武：诚，确实。勇，指英勇的精神。武，指武艺。蒋骥《山带阁楚辞注》："勇，称其气也；武，称其艺也。"

⑯ 终刚强兮不可凌：终，自始至终，自生至死。刚强，坚强不屈。凌，欺侮，凌辱。

⑰ 身既死兮神以灵：身虽死而精神长存。

⑱ 魂魄毅兮为鬼雄：阵亡将士的魂魄威武坚强，作了鬼，也是鬼中雄杰。按"魂魄毅"洪兴祖本原作"子魂魄"，今据朱熹《楚辞集注》改。

预　习

一　《国殇》抒写了屈原怎样的情怀？

二　《国殇》在赋、比、兴三者中主要用哪种手法？

三　诗中哪些句子是描写战争场面的，哪些句子是描写战后状况的？

四　"天时怼兮威灵怒，严杀尽兮弃原野"两句，在全诗结构上有什么作用？

五　本诗祭飨阵亡将士，哪几句是飨词？

分析和欣赏

文体特点

楚辞是楚文化的特殊产物，宋黄伯思说："屈、宋诸骚，皆书楚语，作楚声，纪楚地，名楚物，故谓之楚辞。"（《东观余论翼骚序》）这是楚辞的本质特征。所谓"书楚语"，是说多用楚地方言，如称虎为"於菟"，称乳汁为"谷"等。所谓"作楚声"，是说它以楚音写作、诵读和歌唱。隋时尚有释道骞能以楚声读楚辞，后来虽失传了，但从"兮"、"些"、"謇"、"羌"这些楚辞特有的语气词，仍可窥见"作楚声"之一斑。所谓"纪楚地"，是说楚辞中实际存在的地名，主要在楚境，如"溆浦"、"郢都"等。所谓"名楚物"，则是说楚辞中的动植物（如於菟、赤狸、泽兰），乃至食物器皿、歌容舞姿、民情风俗，都是楚国特有的。

楚辞的体式并没有严格的规则。

篇幅长短自如：长如《离骚》，达三百七十四句；短如《礼魂》，仅五句。

句式参差：除少数篇目仍像《诗经》那样以四言为主外，绝大多数是杂言体。少则二、三字一句，多则十字一句。在众多的句式中，又以四言、五言、六言加语助词"兮"为主，"兮"字的位置，或在句中，或在句末。像《国殇》这样句式整齐的篇章，在楚辞中并不多。

韵式多样：楚辞也像《诗经》那样，是依当时当地口语押韵的，可以转韵，韵脚多样，而以逐句韵、隔句韵为主。如果句末是"兮"字，则韵脚往往在"兮"字的前一字上。

章法无常规：楚辞不用叠章法，无明确的章节标志。后人对楚辞的分章，主要根据诗意并参考韵脚来进行，以四句一章为多，但这并不是楚辞原定的。

楚辞其他特定的结构形式：一般在最后有"乱曰"一节（有时称"歌曰"、

"歌"),起总挈主旨的作用。某些篇目在篇中有"少歌"一节,是前章内容的小结。

内容分析

《国殇》既是一首哀悼阵亡将士英魂的祭歌,也是一首激励士气、慷慨悲壮的战歌。据史书所载,楚国垂亡之时,民间广泛流传着"楚虽(剩下)三户,亡秦必楚"的誓言,《国殇》的主旨是与这种民族精神相通的,可以说它写的是"国殇",而着重表现的则是"国魂"。

全诗三节,如课文所划分:

第一节:总写两军混战的激烈场面。身披坚甲,手持利刃的楚军与敌军遇上了,双方近战,作殊死拼搏。敌军来势汹汹,旌旗蔽日,人马如云涛般铺天盖地。虽然敌众我寡,楚军仍冒着箭雨,前仆后继,争先杀敌。

第二节:集中描写楚军主帅周围的激烈战况,以显示全军虽败犹斗、宁死不屈。楚军虽奋勇应战,但终于寡不敌众,敌军冲乱了楚军的战阵,中军处成了决战的焦点。主帅的战车左右两匹骖马已经死伤,形势危殆。他命令残存的部众,将车轮埋到土中,将战马扎系起来,结成方阵,作顽强的抵抗;还亲自拿起鼓槌,擂响了决战赴死的鼓声。可惜"天时怼兮威灵怒",天怨神怒,勇士们终于都惨遭杀戮,尸身弃置在原野之上。

第三节:讴歌死难将士视死如归的勇武精神,将悲壮的战败,升华到崇高的精神世界,结出祭享殇魂之意。前四句先就战败抒情。勇士们出战之时就已抱定了有死无回的决心,那么战死又算得了什么呢?他们虽弃身于广阔无际的原野上,英魂远离故乡,但仍紧紧怀抱着卫国保家的弓剑,身首异处,而心无憾恨。后四句讴歌战士的勇武。他们的肉体虽已亡故,但精神长存,那强毅的魂魄,即使做鬼,也是鬼中的英杰。

作法欣赏

《国殇》最显著的特点，是透过大量铺叙成分以达致抒情效果。《国殇》前二节主要铺叙战争，第三节主要抒情，但屈原通过由面及点，由具体到抽象的结构安排，使得三节之间既井然有序，又浑然一体。第一节总写的三、四句，已分从敌我双方落笔，这两句是由总写到分写的过渡。第二节头一、二句承上接写敌我，自然转入到重点场景的描写；五、六句收束战斗场面，展现出尸横遍野的惨象。第三节即由此惨象生发，对阵亡将士作衷心礼赞，就使得这种抒情更为感人。

气氛烘托得宜，是成功的又一要素。在描写战争景象时，作者在“出不入兮往不反”后加入了“平原忽兮路超远”一句，广阔无际的原野，漫漫无尽的远路，这苍茫寂静的背景，既增强了战场尸横遍野的肃杀气氛，又似乎回荡着不久前惊天动地的杀伐之音。而这一切，又都使勇士的英灵豪气显出强烈的悲剧意味，使人沉思，使人崇敬，这一句真可以说是神来之笔。

在修辞方面，“车错毂”，是对短兵相接的夸张；“旌蔽日兮敌若云”，夸张参以比喻，既渲染了敌军的声势，也反衬了楚军“士争先”的勇武精神。诗人给予楚军的装备是“吴戈”、“犀甲”、“玉枹”、“长剑”、“秦弓”，这些精良的器物，虽非实际所备，但以想象合在一起，就突出了这支军队的威武。楚辞以杂言为主，本诗却用齐言（句子长度划一），并参用了排偶，如“旌蔽日兮敌若云，矢交坠兮士争先”；“霾两轮兮絷四马，援玉枹兮击鸣鼓”，都是粗具规模的偶句，齐言加上排偶，也有助营造肃穆庄敬的气氛。

《文心雕龙》以“楚艳”来概括楚辞的语言特色，楚辞的“艳”是伴有浓烈抒情意味的自然的丰美，与南国巫觋文化的幻想性质有密切关系。楚辞的自然丰美有多种表现，在《国殇》中，屈原选取了充满力度的词语，使笔下的战争场

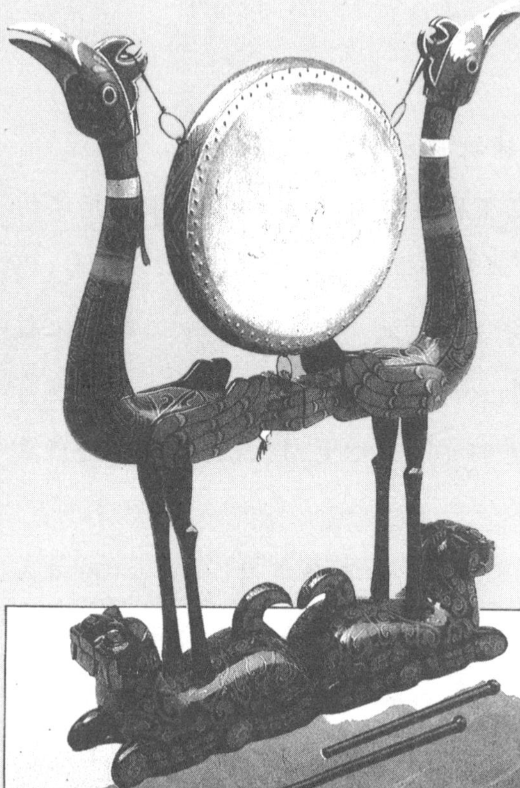

楚国文物用色鲜艳，造型富想象力，与楚辞奔放奇幻之风格接近。

屈原故里秭归

刘旦宅绘楚辞之《招魂》

屈原祠

景显示出刚健雄壮的美感。如第二节前四句，每句的两个动词“凌”、“躐”，“殪”、“伤”，“霾”、“絷”，“援”、“击”，都贴切生动，富于变化。战争的激烈，主要就由这些词语传达出来。后两句由“怼”而“怒”，由“怒”而“严”酷，由“严”酷而“杀尽”，由“杀尽”而“弃”诸原野，环环相扣，把战争的酷烈表现得入木三分，感情尤其强烈。《国殇》是楚辞中语言最为朴实的一篇，不过还是可以看出楚辞特有的语言特点，前述以“吴戈”、“犀甲”等精良的器物作铺叙，就是楚辞好用精美之物的反映。各句中的“兮”字，更是楚辞特有的语气词，它使楚辞的语气舒缓曼长，起一唱三叹的作用。

总之，楚辞的特色是运用瑰丽的语言，展开丰富的想象，在强烈的南国气氛里，在叠出层现的奇景中，淋漓酣畅地抒发激情，讴歌理想，也可以用八个字来概括：雄奇恢宏、志深情长。

讨论问题

一 “旌蔽日兮敌若云，矢交坠兮士争先”两句，旧注本多认为是概写双方激战，你是否同意这种看法？

二 《国殇》一诗因何要多花笔墨以描写楚军主帅周围的情景？这在内容和作法两方面，各有何好处？

三 《国殇》一诗花了不少篇幅来铺叙战争场面，为什么还说它是抒情诗？这说明了楚辞类抒情诗的什么特征？

四 从《国殇》一诗可以看出楚民族的哪些性格特征？

五 《国殇》一诗描写的是楚军失败的情景，这是否悲观？为什么？

参考资料

一　关于《九歌》的性质

像《九歌》这一类型的祭神乐歌之流行于楚国，并非偶然，实质上它标志着南方的文化传统，是楚国人民宗教形式的一种巫风的具体表现。所谓巫风，是远古人神不分的意念的残余，指以女巫主持的祭祀降神的风气。《说文》："巫，祝也。女能事无形(神)，以舞降神者也。"那就是说，巫的职业是以歌舞娱神降神，为人祈福的。《尚书》："恒舞于宫，酣歌于室，时(是)为巫风。"巫风起源于远古，到了殷商时代更大大兴盛起来，所以伊尹有巫风之戒。周人重农业，崇尚笃实，开国之后，周公制礼作乐，一切祭祀典礼，都有了明白的规定。他并不否认神的存在，可是人神之间的界线却划分得清楚明白，因而在周所直接统治的北方，巫风渐渐衰减；但长江流域，甚至黄河南部地区，则仍然盛行着这种带有神秘色彩的宗教生活。……不过这种风气的流行，在楚国也不是平衡的，接近中原的北部，随着经济的发展和文化的交流逐渐稀薄；而在沅、湘流域，由于地方的闭塞，因而它所保存的古代巫风也就特别浓厚。巫以歌舞娱神，歌必然有辞，像《九歌》这样一套完整的歌辞，就是在上述社会生活基础上产生的。不难想象，当时楚国民间还有类似《九歌》这样的歌辞，可是这种流传在人民口头的文学，它的存在，是依从于客观现实的宗教形式，不一定有文字记录，我们今天所看到的《九歌》，是由于屈原的加工改写才流传下来；否则很可能随着巫风的消失而失传了。

(摘自马茂元《楚辞选·序》)

二　关于《九歌》的内容和感情

《九歌》究竟是祭歌，有它实际的用途，它所描写的内容，会受到它原来题材的限制，不可能与作者身世有直接关联，和《离骚》《九章》是不同体制的。

《九歌》格调的绮丽清新，玲珑剔透，集中地提炼了民间抒情短歌的优美精神，显示出它的特色；但另一方面，也不能否认，在《九歌》的轻歌微吟中，却透露了一种似乎很微漠的，而又是不可掩抑的深长的感伤情绪，它所抽绎出来的坚贞高洁，缠绵哀怨之思，正是屈原长期放逐中的现实心情的自然流露。

（摘自马茂元《楚辞选·序》）

三　关于《离骚》

《离骚》，楚辞篇名。屈原的代表作。三百七十多句，二千四百多字，为中国古代最长的抒情诗。王逸《楚辞章句》题作“离骚经”，宋代洪兴祖在《楚辞补注》中指出：“盖后世之士，祖述其辞，尊之为经耳。”也有人称之为“离骚赋”，或简称“骚”。自汉迄南北朝，《离骚》又常被举作屈原全部作品的总称。在文学史上，还常以“风”、“骚”并称，用“风”来概括《诗经》，用“骚”来概括楚辞。

1　《离骚》的创作缘由

关于《离骚》的创作缘由，司马迁在《史记·屈原列传》中引刘安《离骚传》说：“屈平疾王听之不聪也，谗谄之蔽明也，邪曲之害公也，方正之不容也，故忧愁幽思而作《离骚》；……”由于其中曲折尽情地抒写了诗人的身世、思想和境遇，因此也有人把它看作是屈原生活历程的形象记录，称它为诗人的自叙传。

2　《离骚》的思想内容

《离骚》作为长篇巨制，所表现的思想内容是极其丰富的。关于它的内容层次，历来也有各种各样的分法。大致说来，诗的前面部分是从自己的世系、品质、修养和抱负写起，……表明了自己决不同流合污的政治态度与“九死未悔”的坚定信念；中间部分是借女媭（屈原姐）劝告，陈词重华（舜），总结历史上兴亡盛衰的经验教训，阐述了“举贤授能”的政治主张，并从而引出神游天地，“上下求索”的幻想境界，表现了对理想的执着追求；最后部分是在追求不得之后，转而请灵氛占卜、巫咸降神，询问出路，从中反映了去国自疏和怀恋故土的思想矛盾，而在升腾远游之中“忽临睨夫旧乡”，终于不忍心离开自己的祖国，最后决心以死来殉自己的理想。前一部分作为对往事的追忆，偏重于叙写现实；后两部分作为对未来的探求，偏重于驰骋想象，最后则以回到现实结束全篇。

（摘自《中国大百科全书·中国文学卷》，标题为编者所加）

应用练习

一 《国殇》一诗所描写的战争场面，可分几个层次？

二 试分析“出不入兮往不反，平原忽兮路超远”两句，是怎样一种情景，在全诗结构上有什么作用？

三 本诗的主旨主要体现在哪几句？

四 《九歌》是怎样一组诗歌？

五 以下一段节选自屈原《离骚》，先仔细阅读，然后回答问题。

长太息以掩涕兮，哀民生之多艰。余虽好修姱（美）以鞿羁（被拘束）兮，謇（语气词）朝谇（谏）而夕替（代，指被贬）。既替余以蕙纕（用香草编织的佩带）兮，又申（重）之以揽茝（手中拿着的芳茝，茝也是香草），亦余心之所善兮，虽九死其犹未悔！

1 这一段所表现的思想感情，与《国殇》比较，有无相通之处？

2 “既替余以蕙纕兮，又申之以揽茝”，是说“我虽被贬，仍以蕙草为佩带，手中更握着芳香的茝兰”。这里的“蕙纕”、“揽茝”代表什么？这种表达手法是赋呢，还是比、兴？

文学常识学习重点

一 《诗经》的题材和体制

《诗》三百零五篇，分风、雅、颂三部分，都是合乐的歌诗。

甲 风

《诗经》里风这一部分有十五国风，共一百六十篇，大部分是平王东迁后至春秋中叶期间的作品。主要为各地民歌，部分或经文人润色。

风的题材

国风是平民百姓的闾巷歌谣，其内容因而多反映社会生活面貌及平民的感情。

1 刺奴役

周世劳役、兵役苛重，国风时有反映，如《魏风·伐檀》对不劳而获者提出了责问，《硕鼠》则表露了逃亡的意向。由《唐风·鸨羽》、《魏风·陟岵》、《豳风·东山》等，则可以体会士卒离乡别井、风雨交侵思念亲人的辛酸。

2 刺恶行

对于不合理的现象，国风亦多讽刺或控诉。《邶风·新台》、《齐风·南山》、《陈风·株林》，均讽国君乱伦秽行；《秦风·黄鸟》则刺人殉的残酷。

3 刺负心

国风中多弃妇诗，《卫风·氓》堪为代表，诗中女主角述其从与男子相爱到被弃归家的经历，发出了“于嗟女兮，无与士耽（溺于情爱）。士之耽兮，犹可说（脱）也；女之耽兮，不可说也”的悲号，感人至深。同类名作尚有《邶风·谷风》、《鄘风·柏舟》、《王风·中谷有蓷》等。

4 美恋情

国风作者热烈地讴歌纯真的爱情，如《邶风·静女》、《郑风·出其东门》，表达了诚挚若痴的情愫，“有女如云，非我所思”，“非管之为美，美人所贻”，非仅专一而不二，更加爱人而及物。至如《郑风·狡童》、《郑风·褰裳》等，表现爱情中的小波折，则又活泼可喜，一片至情。

5 美佳德

《秦风·无衣》歌唱分衣共袍以同仇敌忾的英勇气概；《鄘风·载驰》则热烈礼赞许穆公夫人为挽救国家危亡而奔忙的动人事迹。

6 美劳作

《周南·芣苢》表达了妇女采集车前子时的欢快之情；《魏风·十亩之间》，则是采桑姑娘欢愉心情的写照。这类作品在国风中为数不多，对于了解民情风俗尤其珍贵。

国风以上六类主要内容，不外美刺两大方面。周代先民歌唱生活中一切真、善、美的东西，而讽刺一切假、恶、丑的现象，不抱偏见，不因人易，只是以真率的爱和恨去感受。既为后世留下了一幅幅真实的民俗图，又标举起美刺的优秀传统。对于人们评《诗经》“饥者歌其食，劳者歌其事”二语，当从“真率”的精神实质去领会，而不应泥于字面，认为《国风》即为劳苦之歌。

风的体制

除少数杂言诗外，国风大都是四言一句，多隔句用韵，并采用叠章法，每章仅变换韵脚和个别字句，形成国风整齐中见变化的美感，深具朴拙之趣。

乙 雅

雅分大雅、小雅，共一百零五篇，都是所谓华夏正声，作者大多为士人贵族。大雅、小雅之分，一般认为是基于内容不同和音乐性质有别。

雅的题材

大雅三十一篇，大多是西周前期的作品，少部分为平王东迁前后所作。其中最重要的是叙事性史诗，如《生民》《公刘》《绵》《皇矣》《大明》各篇，记述了从周始祖后稷立国，至武王灭纣的全部历史，包括军事、农业、畜牧、迁徙、建城等多方面内容。此外多为对西周历代贤君如文王、宣王的赞歌，也有对暴君如幽王、厉王的讽刺。

小雅七十四篇，大多是西周末年的作品，它与大雅的少部分作品反映了平王东迁前后统治层的精神面貌，以抒情诗居多。这些作品一方面反映了贵族宴饮，耽乐无度（如《宾之初筵》）；另一方面则表现了对国运的隐忧，也有对政策的批评（如《十月之交》）。至于表现明君求贤若渴的作品（如《鹿鸣》），在小雅中并不多见。

雅的体制

大雅、小雅都分章，以四言为主，由于与民歌关系疏近有不同，小雅还常见叠章法，大雅已较少。

丙　颂

颂共四十篇，其中周颂三十一篇，鲁颂四篇，商颂五篇。颂是宗庙祭祀之作，目的在宣扬祖德和天命，使人敬神畏上，所谓“美盛德之形容，以其成功，告于神明者也。”（《毛诗序》）颂诗均伴有舞容，诗的作者都是上层贵族。

颂的题材

周颂产生于西周前期，为祭祀周人先祖而作，有的述武功（如《武》《桓》《赉》），有的记文德（如《臣工》《良耜》），可借以了解当时的军事活动和农业成就。鲁颂和商颂产生的时代较晚，是春秋时鲁、宋（商后裔）的朝堂、宗庙之作，内容无非述祖德、颂君政。

颂的体制

颂诗主要用赋写手法，以四言为主，风格庄敬而刻板滞重。鲁、商二颂，因时代较晚，受雅诗影响，较周颂略为畅快。周颂均不分章，鲁颂分章，商颂两者皆有。

二 《诗经》的写作技巧

《诗经》（尤其是国风、小雅）具有很高的艺术价值。

1 题材选择，有典型性

《诗经》各篇，所写虽只是一个侧面、一种感受，却往往反映出有普遍意义的社会现象，所以两千多年来都能引起读者的共鸣。如《氓》中的弃妇形象及其悲慨，感人至深，正可作为范例。

2 朴素自然，言简意长

《豳风·七月》，以素朴的语言，叙一年农事，寄托辛酸，读来亲切有味，绝非苦心经营者可比。现在还通行的许多成语，如“风雨如晦”、“信誓旦旦”、“投桃报李”、“一日三秋”等，都出自《诗经》，可见其言简而意长。

3 善用比兴，富于情韵

国风和小雅善于通过比兴来烘染气氛，传达情怀。如《秦风·蒹葭》：“蒹葭苍苍，白露为霜。所谓伊人，在水一方。溯洄从之，道阻且长。溯游从之，宛在水中央。”以芦苇苍茫，白露凝霜起兴，空明中染有迷茫，构成清怨的气氛，正烘托出男主角那执着而怅惘的情思，多么传神。《小雅·采薇》用“昔我往矣，杨柳依依。今我来思，雨雪霏霏”起兴，把役夫归家时，虽有喜悦，而往事不堪回首的心情，表现得入木三分。这些都是后世景物描写的先声。

4 复沓回环，声情相应

《诗经》章法上多用叠章，韵法上大多两句为韵，一章数韵与叠章配合以见变化，遣词上尤多连绵、重叠，这些都有利于造成回荡的情韵，《硕鼠》即一例。

5 常含谐趣，一片天真

国风、小雅常含谐趣，如《小雅·北山》是一位勤于国事的小贵族所作，他抱怨苦乐劳逸不均，写道："四马拉车，无休无止，王事纷纷，无头无绪，大王夸我年轻，赞我力壮。正因为膂力方强，所以才经营四方。"（语译）作者抓住了得王的宠信，反而更加辛苦这一矛盾来写，这个牢骚就发得使人忍俊不住。谐趣，成为后世民歌的一种传统。

以上各项写作技巧，总汇成《诗经》朴素自然，情意深厚的风格，往往有后人刻意经营而难以企及的韵味。

三 《诗经》对后世的影响

1 《诗经》开创了我国诗歌创作中的写实传统

从《诗经》的"饥者歌其食，劳者歌其事"，到汉乐府的"感于哀乐、缘事而发"，到杜甫的"即事名篇，无复依傍"，以至白居易的新乐府运动，这一系列，成为后世诗人写实的楷法。他们以诗歌反映现实，歌颂美好的事物，鞭挞丑恶的弊病，这种美刺作用，同时又成为儒家诗论的核心。至于风、雅那种清新自然，充实刚健的风格，更被后人概括为"风雅"的审美传统。

2 《诗经》的写作技巧影响了后代每一个诗人

赋、比、兴成为古典诗歌的传统表现形式。叠章法在后世民歌和文人乐府诗中沿用不衰。连绵（双声叠韵）、叠字叠词、顶真等修辞手法，则被广泛运用到各种诗体之中，化成无数新颖的技巧。至于《诗经》以隔句韵为主的押韵方式，更成为后世诗歌的主要韵例。

3 《诗经》被广泛地运用到实际生活中去

孔子曾说："不学《诗》，无以言。"早在春秋、战国时期，宴集交际，外交往来，都有诵《诗》的习惯，或用于酬对，或为自己的言论张目。先秦诸子著作中也有大量引用《诗经》的例证。孔子说《诗》可以兴（激励志气），可以观（考察得失），可以群（团结同人），可以怨（批评时政），大体反映了先秦时《诗》的社会作用。汉以后，《诗》成为儒家经典，在上者为了教化人民，提出“诗教”说，主张通过对诗的理解欣赏培养温柔宽厚的品德。诗教说虽未必能确切反映原作者的主旨，但由于两千年来的提倡宣教，对民族性格的形成有很大影响。虽然它的利弊，是中国思想史上一个争论已久的重大问题，但影响深远却是显而易见的。

4 《诗经》在文学史、经学史、文化史上都据有重要地位

从汉代起，研究《诗经》成了专门的学问。今天国内外都有“《诗经》学”这一学科，著作汗牛充栋，研究范围涉及《诗经》的作者、体例、义理、文字训诂、文义探讨，以及有关《诗经》的各门学科研究（语言文字学、历史地理学、植物动物学、名物制度、周代民俗等）。《诗经》研究对于我国和东亚、世界文化史的意义，是不可低估的。一般读者研读《诗经》，对周代政治、军事、农牧业、文化各方面，也可以略窥一、二；更可以增强对古代语言文字的认识，获得创作的借鉴。

四　楚辞的得名

楚辞一名的起源已不可详考。

《史记·酷吏列传》中提到武帝时的长史（官名）朱买臣“以楚辞与（庄）助俱幸”，可见最迟在西汉初期就已有“楚辞”这一名称。这里的“辞”是诗体名，楚辞就是指产生于战国时楚地的一种新诗体（以屈原为代表）。因此，后人的文体论著作中，常将楚辞与汉赋一系列作品称为“辞赋类”。

汉成帝时，经学家刘向把屈原、宋玉等人的作品，以及汉人所作楚辞若干篇编辑成集，定名“楚辞”，东汉王逸为《楚辞》作注，名“楚辞章句”，于是“楚辞”又成了文集名。

从现存资料看来，楚辞之结集为《楚辞》，对于楚辞这一诗体名称的确立和流行，是有推动作用的。

五 屈原作品的主题、形式和风格

甲 屈原作品的主题

今存战国时期的楚辞作品，可信的共二十八篇。其中确定为屈原所作的占二十三篇，另有四篇疑为屈原作，确定非屈原作的仅屈原弟子宋玉的《九辩》一篇。《史记·屈原列传》："屈原既死之后，楚有宋玉、唐勒、景差之徒，皆好辞而以赋见称；然皆祖屈原之从容辞令，终莫敢直谏。"可见屈原是楚辞一体的代表作家。

屈原的作品题材虽不一，但从下列简介中，不难发现其基本的主题。

《离骚》

一般认为作于怀王时屈原第一次放逐期间，是带有自传性的长诗。"离骚"的意思，一说是离别之忧，一说是遭遇忧患（"离"，通"罹"，遭也），一说是发牢骚之意。在这首长诗中，屈原追述了他自幼立下的振兴楚国的抱负，始获信任后又遭谗被疏的经历，表达了自己决不同流合污的高洁品格，及为实现理想而九死不悔的坚定信念。

春秋战国之世，士大夫在不得信任时，经常变换主公，以图一展宏才，在当时并不以为非。屈原身受打击而不离故国，尤显得难能可贵。《离骚》的乱辞说："已矣哉！国无人莫我知兮，又何怀乎故都？既莫足与为美政兮，吾将从彭咸之所居。"意思是："算了吧，举国的人都不了解我，我又何必对故都恋恋不舍？既然辅君以成宏业的理想已成泡影，我就将与赴水自沉的彭咸永远为邻。"这段乱辞表达了屈原的意愿，虽因放逐而离开故都，却永远心向故土；并准备在必要时以身殉国。从乱辞看,“离骚”以解作离别(故都)的哀怨为佳。

《九章》九篇

包括《惜诵》《涉江》《哀郢》《抽思》《怀沙》《思美人》《惜往日》《橘颂》和《悲回风》。《九章》反复陈述他的忧国之思、哀国之情,重申决不从俗随流的志向,主题大抵与《离骚》相近。其中《怀沙》《惜往日》,更是他沉江殉国前不久的述志诗和绝命诗。

《九歌》十一篇

篇目和性质已见课文。《九歌》各有所祀,不宜牵强比附。其中依稀流露出一种感伤情绪和执着的情怀,反映了屈原放逐期间的心情。

《招魂》

是屈原流放江南时自招生魂之作。诗以“招魂”这一有浓厚民俗意味的形式,回答了是否去国的问题。诗中铺叙四方的险恶和故乡的居室、饮食、音乐之美,反复咏唱“魂兮归来”,表达了重返故乡的心愿。一说《招魂》为屈原招怀王魂之作,也可通,但主题无根本改变。

《天问》

也是放逐后的作品。屈原一口气对古往今来的神话、历史和天地万物提出一百七十多个问题。其后半篇的历史故事,明显有借古讽今之意。全诗所显示的大胆探索真理的精神,与其他各诗的表现是一致的。

从以上简析可见:屈原的创作虽充满理想,却又深深植根于现实。强烈的爱国思想,对理想的热切追求,以及坚贞不屈的高洁品格,三位一体,成为屈原作品的本质所在。

乙　屈原作品的形式

屈原作品的形式,已见《国殇》一课的“文体特点”项,这里稍作补充。

今天还幸存着几首周以前的南方民歌，如《越人歌》《徐人歌》《孺子歌》等。试举《越人歌》为例：

> 今夕何夕兮，搴舟中流。今日何日兮，得与王子同舟。蒙羞被好兮，不訾诟耻。心几烦而不绝兮，知得王子。山有木兮木有枝，心悦君兮君不知。

这首歌的句式，正是屈原作品的主要句式，参以《九歌》之源自民间，可知楚辞形式是受南歌影响的。概括地说，楚辞是富有南国特色的杂言体抒情诗。其形式为：

1　除《九歌》外，均为徒诗。

2　杂言体，以四、五、六言加"兮"（或"些"、"思"）为主要句式。

3　韵式多种，以隔句韵为主，可转韵。

4　句数不定，无固定章法。

5　常用问答体和述故事式。

6　特殊的组织结构，有"乱曰"、"曰"、"歌"、"少歌"、"倡"、"重曰"等。

丙　屈原作品的风格

屈原作品总的风格是富于南国色彩和浪漫情怀，包含以下特点：

1　境界奇幻

强烈的主观抒情、丰富的想象、大胆的夸饰、比兴手法的反复使用，织成神人交通的奇幻境界，是屈原作品中最显著的特点。

2　结构恢宏

屈原作品结构上的重要特点是奇景叠现，波澜起伏。他善于在反复剖陈，层层推进中，作酣畅的抒情，衍成大篇巨观。

3　色泽浓艳

芳草美人，泽国水乡的南方风物，诸如赤狸文豹、兰蕙芷茝之属，又为幻想抹上了浓艳芬芳的色泽。

4 音声美妙

南歌的激楚之音、参差句式和曼长声腔，造成楚辞刚柔相济，繁复多变的丰美音声，从音乐形象上加强了以上一切效果。

以上各艺术特点，与作者对理想积极追求的热情交织在一起，从而在抒情中塑造了屈原高洁的自我形象。

六 楚辞对后世的影响

1 楚辞与《诗经》并称“风骚”。《诗》《骚》，以其充实的内容，遒劲的风格，开启了古典诗歌的主流。而屈原“忧愁幽思”而作“《离骚》”（《史记》），更开创了“发愤著作”，“诗穷而后工”的文学传统。

2 楚辞是我国最早的文人诗，以讴歌理想、想象丰富为主要特征。这在以后的诗歌发展史上，衍成一个有浪漫倾向的流派。

3 楚辞在诗体形式上有重大创革。它打破了《诗经》以来四言为主的句式，句法参差灵活，对后世七言，尤其是杂言诗的形成有启迪作用。而主宰两汉文坛的大赋，其铺张扬厉、瑰奇壮伟的风格，更是楚辞中大量铺陈成分的直接延续；至其多用对答体的形式，也早在屈原《离骚》等作品中开了先河。

4 楚辞丰富多姿的艺术表现手法，为后世广泛采用和发展。芳草美人的比兴手法，是后代“兴寄”说的滥觞，当有难言之隐时，便用它来作婉曲的表达。楚辞中的偶句，经汉赋的发展，对后代对偶手法，甚至骈赋、骈文的形成，都有一定的影响。至于大胆的想象、夸饰、神话运用等手法，更成为浪漫化诗作的一般特征。

《文心雕龙·辨骚篇》在肯定《楚辞》价值的同时，指出“楚艳汉侈，流弊不还”。这是说楚辞的艳丽词句，经汉赋的发展后，开启了后世唯美文学的趋向。

今天看来，楚辞之丽，是一种具有地方色彩的自然美，后世沿流扬波，向极端发展而产生的种种流弊，恐不能全由楚辞来承担责任。

《诗经》与楚辞的比较

		诗经	楚辞
时代		西周初到春秋中。	战国中晚期。
文化背景		北方文化为主，主要在黄河流域。	南方文化为主，主要在江、汉地区。
作者		集体，多为无名氏，有平民，也有士大夫。	个人，屈原等贵族文士之作。
内容		① 反映各地的社会生活、民情风俗，包括政治、军事、劳动、爱情各方面。 ② 商、周两代的史诗。	① 反映楚国后期的政治状况。 ② 屈原的爱国思想、理想境界和高洁品质。
诗体特点	篇幅	较短小。	较宏大。
	句式	四言为主。	杂言，四、五、六言加“兮”（“思”、“些”）为主。
	章法	国风和小雅多用叠章法。	无固定章法。
	韵法	以口语押韵，无固定韵法，隔句韵较多。	以口语押韵，无固定韵法，隔句韵较多。
	与音乐关系	全部入乐，颂诗配有舞容。	除《九歌》有弦歌舞容，其余均为徒诗。
	语言	古朴无华。	富艳自然。
风貌		自然而质朴浑成。	自然中见瑰丽壮伟。
影响		① 民歌的第一本结集，直接影响汉乐府的形成。 ② 美刺传统，直接颂美或讽刺时政。	① 文人创作的源头，开汉赋、骚体诗、骈文的先河，影响七言诗的成立。 ② 兴寄传统，将感想抱负寄寓在艺术形象中，美刺作用较间接。

第二讲 先秦散文

寡人之于国也章（节选）

孟 子

作 者

孟子（约公元前三七二——前二八九），名轲，字子舆。战国邹（今山东邹城）人，春秋鲁国贵族孟孙氏的后裔。幼年丧父，家境贫困。传说孟母为教育他成材，含辛茹苦，三迁择邻。孟子是孔子嫡孙子思的再传弟子，子思受业于孔门高足曾参，这一系被认为是儒学正统。孟子学成后，也以孔子为榜样，周游列国，推行其政治主张，成为战国中期儒家学派的大师。可是，孟子的学说始终被认为迂阔不切实际，不为世所采纳，晚年乃退而讲学。

今存《孟子》七篇。据后人考证，《孟子》一书汉以前有十一篇，关于作者也众说不一，一般认为是孟子的学生万章等据他的言论编辑而成。

孟子学说的理论基础是“性善论”，他认为人性是善的，人生而具有仁、义、礼、智四德，这是人与禽兽的根本区别。人之所以行不善，是受了“物欲”所蔽，内心固有的道德本能不能发扬光大的缘故。因此，要通过修身养气来发展四德，才能成为君子。

在社会政治方面，孟子提出了“仁政”、“王道”和“民本”思想。他认为“仁者无敌”，君主要以德服人，必须对人民施行“仁政”，制民以恒产，再加以教化，使人民能逐渐向善，知乎礼义。区别于以武力征伐为主的“霸道”，这种政策叫做“王道”，也就是三代圣王之道。孟子总结了历史的教训，更进一步提出“民为贵，社稷次之，君为轻”的“民本”思想。君主失德，贼仁害义，如商纣王那样，就是自降为一介匹夫，理当被推翻，所以孟子有“闻诛一夫纣矣，未闻弑君也”的说法。

孟子的文章富于逻辑性，层层推论，气势充沛，以雄辩著称；词锋犀利而不务奇怪，文辞丰赡而平正自然；他善于用巧妙的比喻，含蓄的寓言，有趣的故事，由浅入深，引人入胜；又以反诘、对比、排偶等方式，纵横驰骋；更从正反立论，反复申说，尽情发挥，有滔滔不绝之势，不仅从理性上说服人，也从感情上慑伏人。

《孟子》一书有很高的文学价值，极受唐宋古文大家的推崇。韩愈效其气势磅礴，柳宗元学其辩才，皆各有所得。他如三苏等，也多师法孟子。因此，《孟子》一书不但是儒家经典，也为历代散文家奉为楷模。

解　题

《寡人之于国也》章，是《孟子·梁惠王》上的其中一章。该章的首句是“梁惠王曰：寡人之于国也”，所以取“寡人之于国也”为章名。《孟子》一书的章名，一般取首句（或开始数句）中可以代表该章事件或含义的字句，并非原书所有。

梁惠王即魏惠王，名罃，公元前三百七十年至前三百十八年在位。魏惠王三十一年（前三二三年），由安邑迁都大梁（今河南开封），所以魏又称梁。据《史记·魏世家》所载，魏自惠王元年起，与赵、韩、秦、齐、宋等国攻战不绝，多胜赵、韩、宋，而屡败于齐、秦。三十年，与齐战，败于马陵，主将庞涓被杀；三十一年，秦商鞅攻擒魏公子卬，略地东至于黄河。这两役，魏损失惨重，于是惠王招纳贤士，以图振兴。孟子见惠王约在惠王三十五年（前三一九），《梁惠王》篇就是记载孟子与惠王之间答问的，本章则着重论述孟子所谓仁政的具体设想。

课　文

梁惠王曰："寡人[1]之于国也，尽心焉耳矣[2]：河内凶[3]，则移其民于河东[4]，移其粟[5]于河内；河东凶亦然。察邻国之政，无如寡人之用心者。邻国之民不加少[6]，寡人之民不加多，何也？"

孟子对曰："王好战，请以战喻[7]。填然鼓之[8]，兵刃既接，弃甲曳兵[9]而走，或[10]百步而后止，或五十步而后止；以五十步笑百步，则何如？"

曰："不可，直[11]不百步耳，是亦走也。"

曰："王如知此，则无望民之多于邻国也。

"不违农时，谷不可胜食也；数罟[12]不入洿池[13]，鱼鳖[14]不可胜食也；斧斤以时入山林[15]，材木不可胜用也。谷与鱼鳖不可胜食，材木不可胜用，是使民养生丧死[16]无憾也。养生丧死无憾，王道之始也。

"五亩之宅[17]，树[18]之以桑，五十者可以衣帛矣[19]；鸡豚狗彘[20]之畜，无失其时，七十者可以食肉矣[21]；百亩之田[22]，勿夺其时，数口之家可以无饥矣；谨庠序之教[23]，申[24]之以孝悌[25]之义，颁白者[26]不负戴[27]于道路矣。七十者衣帛食肉，黎民不饥不寒，然而不王[28]者，未之有也！

"狗彘食人食[29]而不知检[30]，涂有饿莩[31]而不知发[32]，人死，则曰：'非我也，岁[33]也。'是何异于刺人而杀之，曰：'非我也，兵[34]也。'王无罪岁，斯天下之民至焉。"

注释

① 寡人：古代国君的谦称，意思是寡德之人。

② 焉耳矣：焉，指示代词，指代上文的“国”。耳、矣，都是语末助词。耳一般表示“而已”、“罢了”的意思，矣则有“了”义；这里耳矣连用，表示“总算……了吧”的意思。

③ 河内：黄河北岸。魏之河内相当于今河南省济原一带。

④ 河东：黄河以东。魏之河东相当于今山西省安邑一带。

⑤ 粟：原意黏黄米子，这里泛指粮食。

⑥ 加少：加，更；下句“加”字同。加少即减少，加多即增多。

⑦ 请以战喻：请，希望允许的意思。这句说且允许我用打仗来作比方吧。

⑧ 填然鼓之：填，象声词，形容鼓声。鼓作动词用。这句是说击鼓催进。

⑨ 曳兵：拖着兵器。

⑩ 或：有的人。

⑪ 直：只是，仅仅。

⑫ 数罟(cùgǔ)：数，这里是细密之意；罟，渔网。数罟，细密的渔网。上古规定网眼直径在四寸(合今尺二寸七分六厘)以下为密网，不许入池，意在保留鱼种，以利繁殖。

⑬ 洿(wū)池：低洼之地叫洿，洿池即池塘。

⑭ 鱼鳖：这里泛指水产物。鳖，甲鱼，也叫团鱼，俗称“王八”。

⑮ 斧斤以时入山林：斧斤，斧是通称，斤是伐木之斧，斧斤合用则同义。古代为保护山林，对伐木时节有一定规定，如《礼记·王制》载：“草木凋落，然后入山林。”

⑯ 养生丧死：供养活着的人，为死者办丧事。

⑰ 五亩之宅：这里是说每户建占地五亩的庭院。周代五亩合今亩一亩二分余。

⑱ 树：种植。

⑲ 五十者可以衣(yì)帛矣：朱熹注："五十始衰，非帛不暖，未五十不得衣也。"穷人即使到了五十岁也无帛可衣，所以孟子这样说。帛，丝绵絮。衣，作动词用。

⑳ 鸡豚(tún)狗彘(zhì)：豚，小猪。彘，猪。这里既说豚又说彘，是因古人规定，不满一年的小猪，不准杀食。

㉑ 七十者可以食肉矣：朱熹注："七十非肉不饱，未七十不得食也。"

㉒ 百亩之田：旧传井田制一夫分田百亩，《孟子》《滕文公》上曾详说井田制。

㉓ 谨庠(xiáng)序之教：谨，作动词用，指谨慎地从事。殷代学校叫庠，周代学校叫序。庠序之教即学校教育。

㉔ 申：反复进行。

㉕ 孝悌：恩养父母叫孝，敬从兄长叫悌。

㉖ 颁白者：指头发花白的老人。颁白即斑白。

㉗ 负戴：负，背负东西；戴，头顶东西。

㉘ 王(wàng)：作动词用，意即统一天下而称王。

㉙ 食人食：上一个"食"是动词，吃；下一个"食"是名词，食物。

㉚ 检：通敛，收藏。

㉛ 饿莩(piǎo)：莩，饿死者。饿莩即饿死的人。

㉜ 发：开仓济民。

㉝ 岁：年成。

㉞ 兵：兵器。

预　　习

一　本章是以什么形式展开论说的？

二　孟子在论政之前先讲寓言，有什么作用？

三　孟子的论政设想可分几层意思？

四　本章末说："王无罪岁，斯天下之民至焉。"是针对梁惠王哪句话而说的？

分析和欣赏

文体特点

《孟子》一书是说理散文。所谓散文，是指以奇句单行为主，不押韵的文章。它既相对于句必成双，词必偶对的骈文来说；又相对于押韵的韵文来说。古代散文的性质有多种，《孟子》是以说理为主的，称为说理散文。

先秦时各类文体尚无明确分野，学术与文学更无区分，所以先秦说理散文兼有一定的叙述性，且常参偶对甚至韵语。

内容分析

本章通过孟子与梁惠王的一段答问，正面阐述孟子由"仁政"得"王道"的政治设想。

全文可分三段。

第一段由开头至"何也"：梁惠王问孟子，自己仁爱之心超过邻国国君，但效果不比邻国好，不知是何道理。一开始即由对方质疑，将中心论题“仁政”提挈出来。

第二段由“孟子对曰”至“是亦走也”：是孟子论说正题前的一个引子。孟子先不直接回答惠王的提问，却讲了一个寓言故事——五十步笑一百步，请惠王评论可否，惠王不明孟子的用意，当然就事论事地回答“不可”，于是堕入了孟子设置的圈套。

第三段由“曰：王如知此”至“斯天下之民至焉”；是孟子论说的正题。

这一大段话可分四个层次。

第一层“王如知此，则无望民之多于邻国也”。孟子承上一段的寓言，回答惠王的问题，指出惠王的所谓仁政，与邻国相比，只是五十步笑一百步。

第二层由“不违农时”至“王道之始也”。说明行仁政的第一步，大意是对民力和自然资源的使用，必须依时令，有节制，这样国民才能获得生活的基本条件，达到“养生丧死”的起码标准。

第三层由“五亩之宅”至“然而不王者，未之有也”。说明行仁政的第二步，大意是给人民以一定的产业，同时发展学校教育，宣传孝悌思想，这样国民才能安居乐业，行为有耻。这种以“制民以恒产”为基础的施政方案，《孟子》一书中曾反复宣扬阐述，正是他所谓仁政的核心内容，所以说，如能推行，“然而不王者，未之有也！”

第四层由“狗彘食人食而不知检”至“斯天下之民至焉”。孟子批评魏国的现实政治情况，实有违于仁政王道，委婉地指出惠王并未如他自己所说的“尽心”，从而呼应开头，结束全章。

从以上各段内容的分析可见，本章的主旨是提出孟子自己的政治主张：由发扬君主的仁爱之心出发，施行仁政，既保证人民的生活需要；又以礼义教化人民，从而取得人民的拥护，统一并巩固天下，这就是“王道”。

作法欣赏

孟子散文是先秦说理文的典范，雄辩是其基本特征。

充分发挥对答体的长处，把握对方心理，循循善诱是本文的明显特色。如果梁惠王发问后，孟子直接以“狗彘食人食”而“野有饿莩”的现状作针锋相对的回答，就必会引起好大喜功的惠王不满，“仁政”的方案也就无从提出。所以孟子避开正题，先讲了个“五十步笑百步”的故事，让惠王作答，以请君入瓮，惠王果然“入瓮”，将自己置于“五十步”的处境，孟子再具体展开论说，惠王就无可置辩，无从发怒了。《孟子》的对答体是从《论语》的语录体发展而来的，是一种较原始的论说形式，本来具有一定的束缚性；但孟子却能化不利为有利，利用对答使论说更生动曲折有说服力，充分显示了他的辩才。

逻辑谨严，层层深入是本文的又一特色。本文先由讲故事作类比引入正题，正题中又由王道之始，递进到王道之高层次的涵义。然而转入魏国的现实情况，与王道适成对比，这就自然而然导致“无罪岁”，相反也就是“当罪己”的结论，启发惠王反省自己是否确有仁爱之心。整个论证过程就像波浪相属，层层推进。

孟子又善用各种修饰手法，来增强文章的说服力。本文中就用了寓言、设问、类比、排比、对偶、比喻、反诘等多种手法。更难能可贵的是，这些手法总是与论辩节奏相互配合，相得益彰。试设想孟子在讲了寓言后，如果不用设问而直接将惠王与“五十步”作类比，能使惠王陷入困境吗？而一旦惠王陷入困境，孟子就连用两大段排比句论说王道，语势如连弩排炮，不给对方以喘息之机。这些手法都用得切合时机，恰到好处。

孟子的语言平易流畅，富于气势，有很强的感染力。如论王道之始一节，先用“不违农时……”；“数罟不入洿池……”；“斧斤以时入山林……”三组各含两个分句的排比句，分别列举仁政的三个方面。然后“谷与鱼鳖不可胜食，材木不可胜用，是使民养生丧死无憾也”三句，提挈前意，作一收束。结末两句再重复“养生丧死无憾”，逼出“王道之始也”。这样前三组六句一气而下，中三句作一顿束，最后两句挑明论旨，就如百川归海，语势矫健有力。

对答体，势必要有对辩论双方的描述，这种论说中杂有叙述的形式，是孟子乃至先秦诸子散文的特色。虽然这也是一种原始的形式，孟子却极善于通过真切简要的描述，以增强文章的趣味性和感染力。如本文一开始，惠王说：“寡人之于国也，尽心焉耳矣。”这一句话，中间用“也”提顿，句末连用两个语气词，就把惠王急于表白自己的神态心情活现了出来。《孟子》一书中这类描述，总是随机而施，与论辩融合为一。

孟子自称“吾善养吾浩然之气”，气势充沛而情理兼胜，论辩严谨而行文流畅，词锋犀利而生动明白，正是孟子散文的主要风格。

讨论问题

一　有关本章中“狗彘食人食而不知检”句的解释，清人阎若璩认为是说君主贵族“厚敛于民以养禽兽”。你同意阎氏的说法吗？

二　“王如知此，则无望民之多于邻国也”句，在全文结构上有何作用？

三　你是否赞同孟子的“仁政”主张？

四　本文记录了孟子与梁惠王的一次答问，为什么说它是说理散文而不说是记叙文呢？

参考资料

一　关于孟子的思想

《孟子》在后世被列为儒家经典。孟子把孔子侧重于道德修养的“仁”，发展为他的政治论“仁政”，主张行王道，制定民产，省刑薄赋，申孝悌之义。他又提出“性善论”，认为人的本性是善的，人皆有不忍人之心。“以不忍人之心，行不忍人之政”（《公孙丑》上），就是仁政。他提出了民贵君轻思想，这是十分可贵的。他常以救民于水火的姿态，奔走呼号。书中揭露了“庖有肥肉，厩有肥马；民有饥色，野有饿莩”（《滕文公》下）的悲惨现实，发出对暴君的声讨：“残贼之人，谓之一夫，闻诛一夫纣矣，未闻弑君也。”（《梁惠王》下），他以孔子学说的继承者与捍卫者自居，故后世常孔孟并称，元文宗时，封他为“亚圣”。

（摘自《中国大百科全书·中国文学》卷）

二　关于《孟子》一书的文体

《孟子》发展了《论语》的语录体。《论语》中单人的语录占总条数的三分之二以上，对话体不到三分之一；而《孟子》则基本上是对话体。对话比单人语录更能把论题阐发得具体深入。《论语·述而》：“子曰：仁远乎哉？我欲仁，斯仁至矣。”语焉不详，仅仅提出了论点。《孟子·告子》下则记录了曹交与孟子的一段对话，说明“人皆可以为尧舜”，并且不需要受业于师，“归而求之，有余师”。同一论题而后者说得透彻、具体。《万章》篇几乎全是辩难式的对话，先树靶子，有的放矢，中心明确。至若《滕文公》上的《许行》章，《公孙丑》上的《四十不动心》章，《梁惠王》上的《齐桓晋文之事》章，则已挥洒成洋洋大篇，与专题论文相差不远。

（摘自《中国大百科全书·中国文学》卷）

三　关于《孟子》一书的风格和影响

《孟子》文章向以雄辩著称。好辩、善辩为战国诸子所同。孟子说:“予岂好辩哉,予不得已也!”(《滕文公》下)说明时势使然。读《孟子》文,令人感到气势磅礴,感情激越,锐不可当。出于对当时执政者贪婪残暴行径的愤慨,对挣扎在苦难中人民的同情,对别家学说的敌视,对贯彻自己主张的强烈愿望,以及那种“如欲平治天下,当今之世,舍我其谁也”(《公孙丑》下)的救世责任感,孟子的文章激切、刚厉、理直气壮。他又善于运用各种驱诱论敌就范的手法,使辩难对方往往堕入他所设的陷阱之中。加上文辞铺张扬厉,时露尖刻,喜用一连串的排偶句式,所以笔锋咄咄逼人。

孟子以“言近而指(旨)远”为“善言”(《尽心》下)。他的文章浅近如话,明白晓畅,而又寓意深远,真正实践了自己的主张。如“专心致志”、“与人为善”、“舍己为人”、“明察秋毫”等,都成了很有生命力的成语。赵岐《孟子章句题辞解》说:“孟子长于比喻,辞不迫切而意以独至。”如将百姓盼望出现能使自己生活得到安定的君主,喻为“大旱之望云霓”;把行为与目的之背谬比作“缘木求鱼”;把见小不见大,比作“能察秋毫之末而不见舆薪”,都很形象准确。寓言也是孟子常用的手法之一。“揠苗助长”(《公孙丑》上)、“日攘其邻之鸡者”(《滕文公》下)、“五十步笑百步”(《梁惠王》上)、学弈(《告子》上)、“齐人有一妻一妾”(《离娄》下)等,都是人们所熟悉的。它们既不似完全虚构,也非历史传说,大概是采自民间故事,具有通俗、诙谐的特点。

《孟子》一书对后代散文的发展影响深远,如贾谊、韩愈、苏洵等著名散文家,从他们说理的痛切,感情的激烈,气势的奔放,词锋的锐利,都可看出吸取了《孟子》的长处。

(摘自《中国大百科全书·中国文学》卷)

应用练习

一　试扼要说明孟子在本章中所要表达的主要思想。

二　《孟子》的语言平易流畅而有气势，试举本文为例加以说明。

三　本文用了哪几种修饰手法，各起什么作用？

四　试举出与本文有关的成语，并简要释义。

五　试举出本文中两种说理技巧，并加以说明。

六　把本文寓言一段改写为语体文。

七　《颜渊季路侍》章见《论语·公冶长》篇，先仔细阅读，然后回答问题。

　　颜渊季路侍。子曰："盍（何不）各言尔志？"子路（即季路）曰："愿车马衣轻裘，与朋友共，敝（破）之而无憾。"颜渊曰："愿无伐（夸耀）善，无施（也是夸耀）劳。"子路曰："愿闻夫子之志。"子曰："老者安之，朋友信之，少者怀之。"

1　这一章的主旨是什么？

2　这一章是什么体裁？与《寡人之于国也》章比较，有何异同？

3　从子路、颜渊两人的谈话中，可以看出两人的性格有何不同？这说明了先秦说理散文的哪些特点？

知鱼之乐　　庄子

作　者

庄子(约公元前三六九——前二八六),名周。战国宋蒙城(今河南商丘东北)人,约与梁惠王、齐宣王同时。相传庄子曾任蒙城漆园吏,不久归隐。楚王礼聘他为相,他拒绝不受,宁愿过着安贫乐道的日子。有《庄子》一书,据《汉书·艺文志》所载,凡五十二篇,今存三十三篇,分《内篇》七、《外篇》十五、《杂篇》十一。一般认为《内篇》为庄子本人所作,《外篇》和《杂篇》则出于他的后学之手。有关《庄子》一书的作者问题,至今未有定论。

庄子上承老子,是战国时代道家思想的代表人物。

庄子思想的核心是天道自然说。他认为道就是自然,存在于万事万物中,不待外因,也不可言究。由此产生了绝对相对论,既然天道自然,那么美丑、善恶、是非、大小、贵贱、得失,都是相对的。万物齐一,无庸作区别、定高下。因此,庄子认为人的一切言行都应顺应自然,破除形骸的拘束,泯灭物我的界限,“不以好恶内伤其身”,只有这样才能达到无己、无功、无名,绝对自由的逍遥境界。

由这些基本思想出发,在社会观方面,他认为一切知识、文化,都是人为、不真而有伤自然的“机巧”,主张“绝圣弃知”、“绝仁弃义”,他向往回复到太古的混沌世界中去,人人同耕而食,同织而衣,鼓腹而游,其乐熙熙。

战国之世,儒家主仁义,倡王道;法家重法治,严刑罚;兵家以攻战为能事;纵横家善机谋以取利:都在不同程度上表现出进取入世的精神,唯独庄子却采取超脱的态度,否定了当时充满征战权谋的社会现实。

庄子的文风也一任自然,如风起云舒,变化莫测。他不喜欢严肃堂皇的

"庄语",于是展开丰富的想象,大量采取神话,虚构寓言,妙用比喻,更辅以奇特的夸张,变幻的辞采,散中间韵的铿锵声调,将精深的哲理思想表现得形象而富于情趣,从而构成了他弘大开阔,汪洋恣肆而情韵悠远的风格,在先秦说理散文中,别树一帜。

《庄子》一书,在文学史上享有崇高的地位。阮籍、嵇康、陶渊明、李白、李贺、苏轼等,都受到庄子散文的深刻影响。书中许多寓言、词句,如井底之蛙、望洋兴叹、游刃有余等,后来都成为成语。在先秦诸子散文中,庄子对文学的影响最为重大,被誉为"天下第一等文字"。

解　题

《知鱼之乐》节选自《庄子·外篇》的《秋水》。《外篇》均取首句数字为题,与《内篇》篇名之挈示该篇主旨不同。本篇首句为"秋水时至",因此以"秋水"为篇名。《秋水》篇的主旨是说明要泯去小大、贵贱、物我等界限而"返其真",也就是恢复自然本性的道理。全篇分七大段,前六段围绕"返其真"的问题,论述了就自然本性(真)来说,万物都是通于一的,因此无需拘泥于人为的区别,人为的事件,人为的名称;否则就会伤害了自然本性。《知鱼之乐》是最后一段,通过庄子与他的朋友惠施关于濠上的游人能否知道濠下游鱼快乐与否的辩论,来申说《秋水》篇的主旨,总结全篇。课文标题为编者所加。

课　文

庄子与惠子① 游于濠梁② 之上。

庄子曰："儵鱼[3]出游从容，是鱼之乐也。"

惠子曰："子非鱼，安知鱼之乐？"

庄子曰："子非我，安知我不知鱼之乐？"

惠子曰："我非子，固[4]不知子矣；子固[5]非鱼也，子之不知鱼之乐，全矣[6]。"

庄子曰："请循其本[7]。子曰'汝安知鱼乐'云者[8]，既已[9]知吾知之而问我，我知之濠上也。"

注　释

① 惠子：即惠施，子是尊称。惠子是战国宋人，庄子的朋友，曾为魏相，善诡辩而多学问，是名家学派的代表人物，著有《惠子》一书，已佚。

② 濠梁：濠，濠水（在今安徽凤阳东）；梁，木桥。濠梁就是濠水之上的木桥。

③ 儵鱼：一种银白色的小鱼。

④ 固：固然。

⑤ 固：本来，原本的意思，与上一个"固"字微异。

⑥ 全矣：全，原指完全，具备。全矣，在这里解作完全可证明之意。一说"全矣"与上句连读，"全"从本意而句法倒装，子之不知鱼之乐全矣，是说你完全不可能知道鱼儿的快乐。

⑦ 请循其本：循，依循。本，原指树根，这里指起先的话。请循其本，即且允许我把话从头说起吧。

⑧ 云者：引述他人言论后用以表明引述或补足语意的，相当于今语之

"'……'等等"。

⑨ 既已:既与已同义。

预习

一 《庄子》一书在文学史上的地位怎样?

二 本文是以什么形式展开论述的?

三 就字面意义来看,庄子与惠子辩论的中心是什么?

四 你认为人能知鱼之乐吗?

分析和欣赏

文体特点

《庄子》与《孟子》同属先秦说理散文。请参阅《寡人之于国也章》一课的"文体特点"项。

内容分析

庄子与惠子就人能否知鱼之乐而辩论不休,孤立起来看似乎近于无聊;然而把它放在《秋水》篇乃至《庄子》哲学的全局中来看,就会发现,所辩论的其实是一个严肃深奥的哲学问题。

全文的辩论可分三个回合,辩论的焦点则在于物物(人也属物之一)之间能否交通理解。

第一回合:庄子有感,惠子发难。庄子看见濠下的游鱼从容而游,说鱼儿很快乐。他之所以这样说,正是由《秋水》篇“返其真”的主旨而来的。鱼在水中,正适合其自然本性,所以说鱼是快乐的。惠子闻说,提出质难:“子非鱼,安知鱼之乐?”这一质难是由名家强调正名定分,名实相符的观念而来的。人与鱼是名称不一的两物,名不同则实相异,此物(人)又怎能知彼物(鱼)之乐呢?惠子这样发难,可见他不能体察庄子所说万物形相虽异,但只要“返其真”即可“道通为一”的道理;而且依惠子的论点推论下去,必然得出物物之间互不相关,彼此永远不能理解的谬误结论。

第二回合:庄子反驳,惠子再难。庄子抓住了惠子论辩中物物不能相互了解的谬误,以子之矛,攻子之盾,说:“你不是我,又怎么知道我不知道鱼儿快乐呢?”意思是说你既能知我心里怎样想,就说明物物之间可以交通,那么我当然可以知道鱼儿快乐。惠子也很机智,他明白庄子的反驳中心在于彼能“知我”,所以他避开“知我”这个问题,仍从“不知”作辩。先退一步,接过庄子话头说:“我不是你,当然不知你的心思;而你本来不是鱼,你不能知鱼之乐,也就十分清楚了。”这样以退为进,又将庄子“知我”之意扭到“不知”之上。

第三回合:庄子再反驳。庄子见惠子不肯堕入自己的机彀,想从“知我”这一点上溜开,就紧紧抓住他原来的话,穷追不放,说:“请回到论辩的开头。你说‘汝安知鱼之乐’,这明明是说你已经知道我知鱼之乐而来问我;我现在再来回答你,我就在濠上知鱼之乐的。”这样庄子就把这场辩论归结到《秋水》全篇的主旨:万物虽形相不同,但是本质上都是自然,只要“返其真”,就可“通于一”;同时轻描淡写中还有这样一层言外之意:这种道理,就不是你循名“失”实(真)的名家“曲士”(《秋水》语)所能理解的了。

作法欣赏

说理形象具体是本文的首要特色。物物能否相知是一个非常抽象难解的哲理问题，至于“道通为一”更是玄之又玄的命题，庄子从知鱼之乐这一切近的生活实例出发，通过对答论辩，由具体来说明抽象，就起到由浅入深，由近及远的效果，不但明理，而且有趣。

论辩巧妙机智是本文的又一特色。文中不仅是庄子本人，就是惠子之辩也很机警。大家都了解“能知”和“不能知”是争论的焦点，都想让对方入我彀中，而又都不往对方的圈套中钻，并且还紧紧抓住对方的话头来为我所用。不过庄子毕竟棋高一着，他看准了惠子之论中，由鱼我不能相知，必然引向万物不能交流的致命弱点，并揪住他初次发难中已含有“知我”这个因素，不管惠子怎样闪避，也紧紧不放，终于在论辩中占了上风。

本文的论辩语言，环环相扣，针锋相对。全文一百零六字，无一肤词剩语。试从庄、惠的对话中去掉任何一句，甚至一词，看是否能不影响原来的意思？更可贵的是其用语精当而不枯索，如在日常的“抬杠”中就把问题说清了。这就是庄子的机趣。

至于描述语言则淡墨轻染，神情悠远。“庄子与惠子游于濠梁之上”，飘然而来。接着，庄子曰：“儵鱼出游从容，是鱼之乐也。”一种与自然冥合的意趣盎然于纸上。结末云：“我知之濠上也。”则分明是战败论敌，踌躇满志的神态。尤其有趣的是“濠上”两字，遥应起笔“濠梁之上”，更见出“达者”之与道通为一，无时无地不如此。

以上各项特点，使本文具有一种飘逸的韵度和活泼的谐趣，这正是庄子文的主要风格。如果说孟子文如江河奔腾，以气势胜；那么庄子文却如天上卷舒的云彩，以风韵胜。所谓“荒唐”、“谬悠”、“不可端倪”，正是其风格的夫子自道。

讨论问题

一　庄子凭什么说鱼儿很快乐？试加以申述。

二　惠子说："我非子，固不知子矣；子固非鱼也，子之不知鱼之乐，全矣！"试析两个"固"字和"全矣"两字，表现了惠子当时怎样一种情态？

三　你认为庄、惠的辩论谁是谁非？或者各有哪些合理因素和不合理因素？

四　庄子最后"请循其本"，解释惠子"子非鱼，安知鱼之乐"一句的意思，与惠子原意是否一致？

参考资料

一　关于庄子的思想

"以天下为沉浊不可与庄语"，显然，《庄子》中的许多话，有风趣话、牢骚话、挖苦话、气愤话、怪话和反话，是不能只从文字表面理解的。例如它自称"不谴是非"、"连犿无伤"，实际上，《庄子》中颇多激烈的谴责与深刻的针砭，不过时而表现得比较隐约闪烁罢了。这里把整个社会都指为沉浊得不能与之讲正面话，犹如《楚辞》的"世混浊而不分兮"、"众不可户说"，就是何等深广的批判和愤慨。鲁迅曾说："我们如果到《庄子》里去找词汇，大概又可以遇着两句宝贝的教训：'彼亦一是非，此亦一是非'，记住了来作危急之际的护身符，似乎也不失为漂亮。然而这是只可暂时口说，难以永远实行的。喜欢引用这种格言的人，那精神的相距之远，更甚于叭儿之与老聃。这就不必说它了。就是庄生自己，不也在《天下》篇里，历举了别人的缺失，以他的'无是非'，轻了一切'有所是非'的言行吗？要不然，一部《庄子》只要'今天天气哈哈哈……'七个字就写完了。”(《且介亭杂文二集》之《文人相轻》)一部《庄子》,洋洋洒洒,就是全面地大谴特谴是非之书。对于当时儒墨诸家的是非之争,庄子确实抱着怀疑、鄙夷以至愤慨不满,全部加以抹煞的态度,认为都是违离真理的虚辞浮说:“道隐于小成,言隐于荣华,故有儒墨之是非,以是其所非而非其所是。”(《齐物论》)那些争论从一种主观偏见到另一种主观偏见,从一种空论到另一种空论,七嘴八舌,党同伐异,都是不能解决问题的。所谓“彼亦一是非,此亦一是非”(同上),还应该从这些方面来理解。

(摘自顾易生《庄子的散文艺术与思想》)

二　关于庄子散文的特色

庄子的散文在先秦诸子中具有独特风格。这首先是吸收神话创作的精神,大量采用并虚构寓言故事,作为论证的根据,……例如内篇的《逍遥游》《人间世》《德充符》《大宗师》等篇,基本上是用四、五个或六、七个幻想出来的故事组成的。他的许多哲学思想和政治观点都是通过这些故事人物的问答方式来表现的。而故事人物的形象常常描写得极为生动。如《逍遥游》中的许由敝屣功名的形象,藐姑射之山的神人的形象,《齐物论》王倪口中“至人”的形象,《养生主》庖丁的形象,《人间世》楚狂接舆的形象等等,《庄子》书中如此之类,不可胜数。

由于接受民间寓言故事的影响,所以在庄子笔下,蝉和斑鸠、小雀都会说话,虾蟆、甲鱼也会说话,蛇和风,栎树和铜铁也会说话,一切生物,无生物都会说话,而且会辩论,讲道理。这比其他诸子和《战国策》中某些寓言故事有进一步的发展,使逻辑思维的理论文更加形象化。

庄子散文的另一特点是善用譬喻。本来战国时代的文章,一般都有这种特点,而庄子则几乎任何情况、任何事物都可以用作譬喻,也可以容纳譬喻。它不但譬喻多,而且运用灵活,在先秦诸子中也是最突出的。

《庄子》一书，“寓言十九”，寓言的性质本来就是作为譬喻之用的，如庖丁解牛喻养生之理，轮扁斫轮（《天道》）喻读书之法，痀偻承蜩（《达生》）喻专心致志之道，匠石运斤（《徐无鬼》）喻知音难遇之感，蜗角触蛮（《则阳》）喻诸侯的战争等。不管庄子或其后学者的主观如何，企图用他们来说明什么观点，达到什么结论，而它们本身仍有其深刻的意义，语言也极为生动。

《庄子》散文还有一个特点就是文中多用韵，声调铿锵，使读者有和谐的节奏感。……然而妙在非常自然，不但不觉得有意押韵，或者因押韵而拘牵词义，反而助长了文章的气势，与后来的散体辞赋相类似。而《德充符》一段更富于诗意，真可谓天籁之文。

总之，《庄子》一书，特别是《内篇》，有时像风行水上，自然成文；有时像万斛源泉，随地涌出，汪洋恣肆，机趣横生，……它不仅在先秦的理论文中，即在后世的古典散文中亦罕有伦比。

（摘自游国恩主编《中国文学史》）

应用练习

一　简述庄子在《知鱼之乐》一节中所要表达的主要思想。

二　庄子“请循其本”驳惠子后，就不再写惠子是否再反驳，或者同意其说了。这种记事方式与记叙文比较，有何不同？为什么有此不同？

三　庄子、孟子都善于论辩，两人的论说方法有何不同？这与他们思想倾向的不同有何关系？

四　先仔细阅读《秋水》篇中“坎井之蛙”一节，然后回答问题。

公子牟隐机（倚着几案）大息，仰天而笑曰：“子独不闻夫坎井之鼃

(蛙)乎？谓东海之鳖曰：'吾乐与(欤)！出跳梁(蹦跳)乎井干之上，入休乎缺甃之崖(用破甃砌成的井壁)；赴水则接腋持颐，蹶泥则没足灭跗(足掌)；还视虷(水中赤虫)蟹与科斗，莫吾能若也。且夫擅(独自支配)一壑之水，而跨跱坎井之乐，此亦至矣，夫子奚不时来入观乎！'东海之鳖左足未入，而右膝已絷(绊住)矣。于是逡巡而却(慢慢退回)，告之海曰：'夫千里之远，不足以举其大；千仞之高，不足以极其深。禹之时十年九潦，而水弗为加益；汤之时八年七旱，而崖不为加损。夫不为顷久推移，不以多少进退者(不因时间的短暂或久长，不以数量的多少而有所改变)，此亦东海之大乐也。'于是坎井之鼃闻之，适适然(惊怖貌)惊，规规然(目瞪口呆状)自失也。"

1 坎井之蛙失在哪里？

2 在《秋水》篇中，东海之鳖也非庄子所肯定，为什么？

3 试析东海之鳖一段话的语言特色。

4 举例说明庄子故事中描述语言的传神。

苏秦约纵　　《战国策》

作　者

《战国策》，简称《国策》，是一部国别体的史料汇编。战国至秦汉时，流传着多种记载战国策士活动的著作。名目编次不一。西汉后期，刘向作了整理，补其不足，去其重复，订为三十三篇。所记以战国时代纵横家的言论为主，上继《春秋》，下迄楚汉，凡二百四十五年间事。

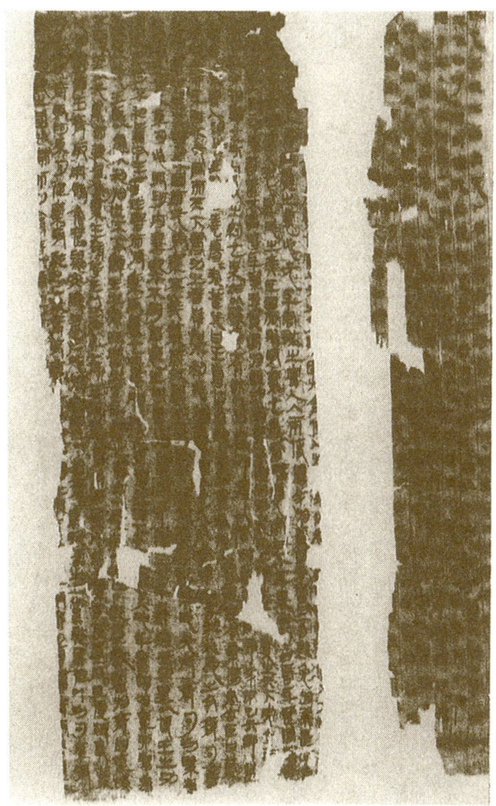

西汉帛书《战国策》

《战国策》有很高的文学价值。它打破了《春秋》《左传》编年史的限制，以人物为中心，上至天子诸侯，下及平民百姓，皆绘声绘色，所记策士言行，尤其生动，显示出人物的精神面貌和性格特征。如苏秦之坚毅而急利，张仪之巧伪而险诈，荆轲之义勇慷慨，鲁仲连之高风亮节，无不跃然纸上。

《战国策》的语言铺张扬厉而明达流畅，无论叙事记言，皆条理清晰，富于趣味。善以口语为基础，广采古今谣谚，博征诗书古籍，造语夸张，句式参俳，辞采丰茂，警句迭出。又善用寓言故事，常在连譬环喻中引入正题，出奇制胜，从而形成辩丽恣肆，气势充沛的风格。其中许多言辞与寓言，如“狐假虎威”、“众口铄金”、“鹬蚌相争”等，都成为后来的成语。

《战国策》的编定者刘向（前七七——前六），原名更生，字子政，是汉高祖刘邦之弟刘交的四世孙，西汉有名的经学家、散文家和图书目录学家。除著有《新序》《说苑》《列女传》《洪范五行传》外，对古代典籍的整理，也有重大贡献。所著《别录》一书，是我国最早的分类图书目录。

解题

《苏秦约纵》，节选自《战国策》卷三《秦策》一，是通常题为“苏秦以连横说秦”（或名“苏秦始将连横”）篇中的一节，题目是编者所拟。

苏秦，字季子，东周洛阳人，著名的纵横家。当时各国争雄，军事以外，外交活动往往决定胜负的归属，于是“策士”兴起。苏秦与张仪同学于鬼谷子门下，起先以连横说秦惠王，秦惠王不用，再用合纵说燕文侯、赵肃侯，终获信用，奉使韩、魏、齐、楚，订立六国合纵盟约，苏秦一身佩六国相印，又被赵封为武安君，名驰天下，秦军因此十五年内不敢过函谷关。

《苏秦约纵》，就是说苏秦会约山东六国成合纵之盟。本课写苏秦说秦失败后落魄而归，遭亲人冷落，因此发奋图强，终于约成六国合纵，名重天下，他的亲人也一改故态，趋奉唯恐不及。通过苏秦这段经历，特别是亲人前倨后恭的鲜明对比，文章夹叙夹议地表现并赞扬了纵横家者流重毅力才辩，尚势位富贵的思想。但在客观上，也显示了当时的世态炎凉。

课　文

说秦王书十上而说不行[1]，黑貂之裘弊，黄金百斤尽，资用乏绝，去秦而归，羸縢履蹻[2]，负书担橐[3]，形容枯槁[4]，面目犁黑[5]，状有归[6]色。归至家，妻不下纴[7]，嫂不为炊，父母不与言，苏秦喟然叹曰："妻不以我为夫，嫂不以我为叔，父母不以我为子，是皆秦之罪也！"乃夜发书[8]，陈箧[9]数十，得太公[10]《阴符》[11]之谋，伏[12]而诵之，简练以为揣摩[13]；读书欲睡，引锥[14]自刺其股，血流至足，曰："安有说人主不能出其金玉锦绣[15]，取卿相[16]之尊者乎！"期年[17]，揣摩成，曰："此真可以说当世之君矣。"

于是乃摩燕乌集阙[18]，见说赵王[19]于华屋[20]之下，抵掌而谈[21]。赵王大悦，封为武安[22]君，受[23]相印；革车百乘[24]，锦绣千纯[25]，白璧百双[26]，黄金万溢[27]，以随其后，约从散横[28]，以抑强秦。故苏秦相于赵而关不通[29]。

当此之时，天下之大，万民之众，王侯之威，谋臣之权[30]，皆欲决苏秦之策[31]。不费斗粮，未烦一兵，未战一士，未绝一弦，未折一矢，诸侯相亲，贤于兄弟。夫贤人在而天下服，一人用而天下从，故曰："式[32]于政，不式于勇；式于廊庙[33]之内，不式于四境之外[34]。"当秦之隆[35]，黄金万溢为用，转毂连骑[36]，炫熿[37]于道，山东之国，从风[38]而服，使赵大重。

且夫苏秦特[39]穷巷掘门[40]桑户棬枢[41]之士耳，伏轼撙衔[42]，横历[43]天下，廷说诸侯之王，杜[44]左右之口，天下莫之能伉[45]。将说楚王[46]，路过洛阳[47]，父母闻之，清宫除道[48]，张乐[49]设饮，郊迎三十里；妻侧目[50]而视，倾耳[51]而听；嫂蛇行匍伏[52]，四拜[53]自跪而谢[54]。苏秦曰："嫂何前倨而后卑[55]也。"嫂曰："以季子[56]之位尊而多金。"苏秦曰："嗟乎！贫穷则父母不子，富贵则亲戚畏惧，人生世上，势位富贵，盖[57]可忽乎哉！"

注　释

① 说(shuì)秦王书十上而说不行：第一个"说"，作动词用，游说的意思。第二个"说"字指学说、主张。书十上，指多次上书。

② 羸縢（léi téng)）履蹻：羸，缠绕；縢，绑腿、裹腿。羸縢，打着绑腿。履，原意是鞋，这里作动词用；蹻，草鞋。履蹻，穿着草鞋。

③ 负书担橐（tuó)：负，背负。橐，无底的袋子，盛物时用绳扎住。负书担橐是互文，意思是背负着书袋。

④ 形容枯槁：形容，这里指外形容貌。枯槁，槁也是枯的意思。这句从肌肤着眼。

⑤ 面目犁黑：面目，这里指面色。犁通黧，黑的意思。这句从神色着眼。

⑥ 归：别本作"愧"，归在这里用作为"愧"的通假字。

⑦ 下纴(rèn)：纴，纺织。下纴，这里指从织机走下。

⑧ 发书：打开书。

⑨ 陈箧(qiè)：陈，陈列，排列。箧，原指竹箱，泛指箱子，这里则指书箱。

⑩ 太公：即姜太公，钓于渭水之滨，遇周文王，后佐武王灭商，封于齐。

⑪ 《阴符》：传为太公所著兵书。

⑫ 伏：原意指面向下，体前倾，引申为隐伏，这里指闭门不出。

⑬ 简练以为揣摩：简，拣择；练，原指把生丝煮熟。简练在这里是取其精华加以熟记的意思。以，连词，同“而”；为，动词，作的意思。揣摩，量度情理，反复研究。这句是说苏秦把《阴符》精择熟记，又进一步研治，以探其奥微。

⑭ 引锥：拿起锥来。

⑮ 金玉锦绣：泛指财物。

⑯ 卿相：泛指高官。周世诸侯有上中下三卿，都是高官；相则为百官之长。

⑰ 期(jī)年：周年，过了一年。

⑱ 摩燕乌集阙：摩，原指抚摸，引申为经过。阙，两山相对中的豁口。燕乌集是阙名，具体地点不详。

⑲ 赵王：指赵肃侯。

⑳ 华屋：原为山名，这里说赵王的宫室清深高敞如华屋山。一说华屋即华丽的宫室。

㉑ 抵掌而谈：抵当为扺(zhǐ)，两字古书中常混用。抵掌即击掌。抵掌而谈，表示谈得很高兴激动。

㉒ 武安：赵邑名，在今河南省武安西面。

㉓ 受：通授，付与。

㉔ 革车百乘(shèng)：革车，古代一种重型兵车。乘，周时以一车四马为一乘。

㉕ 纯(tún)：一段丝帛织品叫一纯。

㉖ 白璧百双：璧，别本作“壁”。璧，圆形中孔的玉器，其孔径为璧径的三分之一。

㉗ 黄金万溢：溢，通镒，重量单位，二十两为一镒。

㉘ 约从散横：从通纵，合纵。横，连横。约从散横，约六国以成合纵，破

坏秦国的连横政策。

㉙ 关不通：关，指函谷关，在今河南省灵宝南，是秦与六国交通的咽喉之地。《史记》记苏秦在赵国拜相后，秦国十五年不敢东出函谷关。

㉚ 权：原意是秤砣，引申为一种起平衡作用的力量，再引申为权谋。

㉛ 皆欲决苏秦之策：这句连上五句说一切大事都视苏秦的决策而转移、定局。

㉜ 式：原指法式、准则，引申为取决。

㉝ 廊庙：廊，原指殿四周有顶的过道；庙，太庙。廊庙都是古时君臣议政之处，用以指代朝廷。

㉞ 四境之外：这里指征战。四境，四边国境。

㉟ 当秦之隆：秦，苏秦。隆，隆盛显赫。

㊱ 转毂连骑：毂，原指车轮中插轴的圆孔，这里指代车辆。骑，一人一马为一骑。这句说苏秦出则乘车，骑从前呼后拥。

㊲ 炫熿：熿通煌，炫熿即光华闪耀。

㊳ 从风：即风从。如风相从，比喻附从之速。

㊴ 特：只是。

㊵ 穷巷掘门：穷巷，僻巷。掘门，掘墙为门；一说掘通窟，即打洞，意思略同。

㊶ 桑户棬枢：桑户，用桑木作门板。棬，原指屈木做的杯子；枢，门轴。棬枢，用屈木做门轴。

㊷ 伏轼撙（zǔn）衔：轼，车前扶手的横木，古人立乘，伏轼即扶轼。撙，节制，控制；衔，马勒。伏轼撙衔即乘车驭马的意思。

㊸ 横历：遍历，遍经。

㊹ 杜：杜绝。

㊺ 伉：匹敌、相当。

㊻ 楚王：指楚威王。

㊼ 洛阳：东周都城，苏秦的家乡，在今河南省洛阳市附近。

㊽ 清宫除道：清，用水打扫。宫，居室。除，扫除。

㊾ 张乐：奏乐。

㊿ 侧目：不敢正视。

51 倾耳：侧过头，以耳相向，表示恭敬。

52 虵行匍伏：虵，通蛇；虵行，像蛇一样地爬行。匍伏，即匍匐，手足伏地。

53 拜：古人表敬意的大礼，先跪下，头低到手，与心平。

54 谢：道歉。

55 前倨而后卑：倨，倨傲；卑，卑恭。

56 季子：一说是嫂呼苏秦字；一说是嫂子对小叔子的称呼，因古人排行以伯、仲、叔、季为次序。以后说为佳。

57 盖：副词，带有疑问性，略等于何，难道。

预习

一 找出课文里描写苏秦得志前后，他的父母、妻子、嫂子，对他不同态度的句子。

二 苏秦发愤图强的目的是什么？家人对他的态度又起了什么作用？

三 课文对于苏秦如何游说赵、楚等国写得详细与否？写得最详细的是什么？这说明课文的主旨何在？

四 课文里有哪些词句成为后世的成语？

分析和欣赏

文体特点

《战国策》是先秦历史著作，就文体来说，是叙事散文。所谓叙事散文，是指以记事写人为主的散文。

先秦时各类文体尚无明确分野，学术与文学更无区分，因此先秦叙事散文，虽为记叙体，却录有大量说辞；虽为奇句单行，却参用对句；虽为学术著作，却有很强的文学性。

内容分析

这篇文章可分四段。

第一段：写苏秦说秦不成，落魄而归，遭亲人冷落，终于发愤图强。文章先从行装到容色，详尽地叙述了苏秦十说秦王而无成归来的穷困之状，又一一列述妻、嫂、父母对他的冷落，先表现了穷困必遭轻视的社会现象。对于家人的冷落，苏秦既不发怒，也不消沉；“是皆秦之罪也”，他把一切屈辱算到秦国头上（另一说是他把一切归咎于自己），并因此发愤揣摩太公兵书。文章在刻画他的苦读情景后，让他说了两句豪语：“安有说人主不能出其金玉锦绣，取卿相之尊者乎”，“此真可以说当世之君也”。这种在穷困冷落中所表现出来的毅力、豪气和远大的眼光，说明了苏秦的不同寻常。

第二段：写苏秦学成，说赵得信用，奉使约纵散横，取得成功。由于刻苦揣摩，苏秦见说“当世之君”赵王时“抵掌而谈”，从容不迫，终获信用，实现了他当初的豪言壮语，“取卿相之尊”、“出其金玉锦绣”；也实现了他向秦复仇的心愿，约纵散横，使秦十五年不敢东出函谷关。

第三段：就苏秦发愤成功，抒发议论，强调纵横家的作用。文章用排比的句式、夸张的词语，一层接一层地发论。从“当此之时”到“皆欲决苏秦之策”，是论其作用之大；从“不费斗粮”至“贤于兄弟”，是论其才能之高。于是总结说：“夫贤人在而天下服，一人用而天下从，故曰‘式于政，不式于勇；式于廊庙之内，不式于四境之外’。”这也就是说一个策士足可左右全局，苏秦隆盛使赵大重，正是典型的例子。

第四段：特记苏秦隆盛时经过家乡，亲人对他迥异于前的态度，及苏秦感慨在炎凉世态中，“势位富贵”的重要。文章先承上段的议论，抉示出苏秦地位的改变。由“穷巷掘门、桑户棬枢”而“横历天下”，“天下莫之能伉”。然后特记他说楚经过家乡时，亲人的恭顺畏敬之态，与前面记说秦归来时，适成“前倨后卑”的对照。有感于亲如父母亲戚，也不免炎凉之俗，苏秦发出了“人生世上，势位富贵，盖可忽乎哉”的喟叹。这也就是纵横家的人生观。

本文记叙苏秦发愤图强的故事，塑造了一个纵横家者流的英雄人物，说明坚毅自信，聪敏能干，是他们对人的素质的要求；重利轻义，势位富贵，是他们的道德准则；左右历史，天下从风，是他们的自我评价。这些在今人看来不无可议之处，但作者却通过描述，形象地说明这一切都是合理的。

作法欣赏

《战国策》是一部国别体的史料汇编。它以纵横家及其游说活动为记叙线索，具有很大的灵活性，有利于作者发挥其文学才能，《苏秦约纵》就是一个范例。

首先，它注重人物形象与精神面貌的刻画，具有后世传记体的主要特征。以苏秦为例，他既有坚毅倔强、聪敏能干、自信自重的美好一面；又有胸襟狭隘、狂热追求势位富贵的庸俗一面。两者统一成整体，有血有肉，成为战国策士阶层的艺术典型。

为此，作品在取材上侧重于人物塑造，作了匠心独运的安排。不妨将本课与《史记·苏秦列传》对比。《史记》记录了苏秦说秦、燕、赵、韩、魏、齐、楚的七段说词，其中说赵一段长达千字左右，因为这七篇说词对战国历史有重大影响，并举是实录大事为主的史书所必须。《战国策》也不能不录，但却分散于各策之中。本文记苏秦说赵仅二十一字，于说词则一字不录（留到《赵策》中去写），这是因为《战国策》是通过写人为纵横家张目的。苏秦的辩才，既已详见前此说秦之词中，说赵之词尽管重要，也无需详细交代。苏秦两次归家，在历史上本无足轻重，但却是最能表现苏秦性格的一个环节，所以本文即详细描述。

本文的结构，采用了对照手法，使主旨突出。所写情节归纳起来就是：

> 说诸侯（秦王）不为所用——落魄而归受冷遇——发愤攻读立大志——再说诸侯（六国）获重用——荣归。

可见本篇是以发愤为枢纽点，将说秦与说赵、落魄与荣耀、家人之前倨与后恭对比展开，以生动地表现主旨的。尤其是末段，本来说楚是在第二段所写六国拜相，秦不敢东出函谷关之前，但如顺序写来，就会平直无趣，枝蔓不清，现作为追记，加以突出，使首尾相对照，特富匠心。

夹叙夹议，是本文又一艺术手段，尤其是把议论放在文章的第三段，更恰到好处。这有三方面的作用。首先，使得苏秦约纵成功的过程写得虽略，却因富于感情的议论而显得奔放壮阔，收言少意多，化实为虚，张弛有节之效。其次“贤人在而天下服，一人用而天下从”；“式于政，不式于勇；式于廊庙之内，不式于四境之外”的议论，是一文主旨，放在中间，既照应前面秦的失贤，又照应后面赵的用贤，这就使主旨更为突出，有画龙点睛的作用。再次，夹叙夹议中的叙事，既为最后苏秦第二次归家作了情节过渡；而叙议结合的宏大声势，又为这次归家作了气氛渲染。

本文又从外貌、动作、对话、独白多方面对人物及世态人情作具体的刻画，用墨简而表现力强。如苏秦说秦失意而归时的外貌描写，由资财罄尽，写到行状可怜，再写到形容枯槁，面目黧黑，仅三十余字，却层次分明地一步步向细部深入，读者就像看见苏秦从远处走来，狼狈之状越来越清晰。又如说赵一节，只以“抵掌而谈”四字写动作，而苏秦充满自信，辩才风发的情状已跃然纸上。写独白，如“苏秦喟然叹曰：‘妻不以我为夫，嫂不以我为叔，父母不以我为子，是皆秦之罪也！’”前三句排比而下，悲慨难禁，逼出末一句，就显得怨愤难忍。文章最后一段将人物行动、对话、独白交织在一起写，是《战国策》一书中描写人物，表现世态最精彩的文字，你能自己简单分析一下吗？

文章又运用了多种修辞手法，如排比、对偶、夸张等，来增强表现力。这些修辞手法或与对比式的结构特点结合在一起，凸现出人物形象；或居于中心位置，成为一篇之警策。如：

> 黑貂之裘蔽，黄金百斤尽，资用乏绝，去秦而归，羸縢履蹻，负书担橐，形容枯槁，面目黧黑……
>
> 封为武安君，受相印；革车千乘，锦绣千纯，白璧百双，黄金万溢，以随其后……

前一段写说秦落魄，后一段写说赵得意，都采用两两对偶的句式；以四字句为主排比而下，笔调明显有夸张成分，前后对比也就十分强烈。这就使两段中间苏秦在困境中所说“安有说人主不能出其金玉锦绣，取卿相之尊者乎”一语，显得分外豪气干云。

《战国策》的语言总的来说有铺张扬厉、辩丽恣肆的特点。然而并不冗杂，而是散中间偶，繁简得当。散与偶，繁与简，总是依内容表达的需要而自然恰当地结合在一起，一张一弛，读来流畅而富于节奏感。这种语言特色在形象描写中，在说词敷陈中，表现虽有不同，但都能构成强烈的艺术气氛。

以上各种艺术特点，围绕着描述策士的游说活动，表现纵横家思想这一中心，配合使用，因此《战国策》不仅具有先秦散文的一般特点，而且开了后世传记文学的先声。

讨论问题

一　秦国不敢东出函谷关，是苏秦一人之力吗？为什么？

二　试分析本文"将说楚王"至"盖可忽乎哉"一节的表现方法。

提示：

1　父母、妻、嫂接待苏秦的态度有何异同，这与他们的身分有何关系？

2　苏秦说："嫂何前倨而后卑也？"为什么对嫂说而不对父母和妻说？是否只是说给嫂一人听？

3　嫂曰："以季子之位尊而多金"，这句话讲得赤裸裸的，是否切合嫂的身分和当时心理？

4　结末苏秦"嗟乎"以下的感叹，表现了苏秦怎样的心情，这几句话在全文中有何作用？

5　试分析"嗟乎"以下数句的句式特点，以及对表达主旨的作用。

三　你认为苏秦到底是怎样一个人？

四　有人说本文"有力地揭露了当时社会上人与人之间的关系"，又有人说本文"通过描绘人物的声音情貌，深刻地揭露了苏秦和他的一家，追求功名富贵、金钱势力的丑恶灵魂"。这些看法是否正确？

参考资料

一　关于《战国策》的成书

《战国策》，是汉代刘向编定的，书名也是他提议的。但在他以前，汉初著名的说客蒯通，大约已经加以整理和润饰，所以各篇如出一手。《汉书》本传里记着他“论战国时说士权变，亦自序其说，凡八十一篇，号曰‘隽永’”，大约就是刘向所根据的底本了。蒯通那支笔是很有力量的。铺陈的伟丽，叱咤的雄豪，固然传达出来了；而那些曲折微妙的声口，也丝丝入扣，千载如生。读这部书，真是如闻其语，如见其人。汉以来批评这部书的都用儒家的眼光。刘向的序里说战国时代“捐礼让而贵战争，弃仁义而用诈谲，苟以取强而已矣”，可以代表。但他又说这些是“高才秀士”的“奇策异智”，“亦可喜，皆可观”。这便是文辞的作用了。宋代有个李文叔，也说这部书所记载的事“浅陋不足道”，但“人读之，则必乡其说之工，而忘其事之陋者，文辞之胜移之而已”。又道，说的还不算难，记的才真难得呢。这部书除文辞之胜外，所记的事，上接春秋时代，下至楚、汉兴起为止，共二百零二年（西元前四〇三——前二〇二），也是一部重要的古史。所谓战国时代，便指这里的二百零二年；而战国的名称也是刘向在这部书的序里定出的。

（摘自朱自清《经典常谈》）

《战国策》简称《国策》，它是一部贯串着纵横家思想的战国时代的史料汇编，也是一部杰出的文学作品。此书原有“国策”“国事”“短长”“事语”“长书”“修书”等不同名称和本子，西汉末，刘向作了整理，按战国时期秦、齐、楚、赵等十二诸侯国次序，除去复重，编订为三十三篇。刘向认为此书乃“战国时，游士辅所用之国，为之策谋，宜为‘战国策’”，于是将此书定名为“战国策”。后来，此书在流传中有所散佚，我们今天所看到的《战国策》，是经北宋曾巩访求补足的，已不完全是刘向编订的原来面目。

（摘自上海古籍出版社编《古典文学三百题》）

二　关于《战国策》的思想内容

《战国策》是一部汇编而成的书。它并非出自一人一手，也非出于一时一地。此书思想内容较为复杂，儒、墨、道、法、兵各家的思想都有所反映，然而其主要的倾向则是反映了鲜明的纵横家思想。它所记主要人物大多为战国时代活跃于各国政治舞台之上的谋臣策士，作者对他们的言行、计谋大肆渲染，对他们“一怒而诸侯惧，安居而天下熄”(《孟子·滕文公》下)的作用尽情鼓吹，纵横之势，长短之术，诡谲之计，诈伪之谋充溢全书，即使是儒、墨、法、兵各家代表人物，如孟轲、荀卿、墨翟、韩非、吴起之流，一入其书，也无不带上鲜明的“纵横”色彩。这正表明，此书的作者虽不可考，却可以推知大约是属于纵横家者流或习纵横之术之人。

(摘自上海古籍出版社编《古典文学三百题》)

三　关于《战国策》的艺术特点

从文学的角度看来，较之以论说为主的诸子散文，《战国策》显然更为出色；而与同属历史散文的《左传》《国语》相较，无论在叙事的生动，描写的细密，人物形象刻画的成功，语言艺术的圆熟以及文体的多样化方面，《战国策》都显示出长足的进步，取得了不少新的突破。

《战国策》打破了“编年”的限制，它以人物的游说活动为记叙的中心，并以此统率记言、叙事。它描写人物的面非常广泛，上自国君、太后，下至平民百姓；老者“年九十余”，少者年方“十二”；公子王孙、武将谋臣、说客策士，嬖臣宠姬，无不收罗于篇中。不但以写人为中心，而且使所写人物各具风姿，这便是《战国策》在刻画人物形象方面的主要特色。这一特色在该书中出现较多的“士”、“国君”、“太后”等三类人物形象系列里表现尤为突出。如策士形象中苏秦的坚韧倔强、张仪的奸险狡诈、陈轸的圆滑机智、公孙衍的老谋深算，都称得上是个性鲜明，形象生动。

《战国策》的语言敷张扬厉，明畅通达，形成了辩丽横肆的艺术风格。作者巧于比喻，寓理于形，以生动形象的语言表达抽象的道理；又善用寓言，增强文章的感染力和说服力。如脍炙人口的“画蛇添足”“狐假虎威”“惊弓之鸟”“南辕北辙”等寓言故事，至今仍活在人们的口头。《战国策》的叙事简明条达，还常常按照内容的需要随时引用诗、书、成语和民间谣谚，把古语、今语、口语、警策语等种种不同的语言因素自然、和谐地熔为一炉，构成浑然的艺术整体，产生感人的艺术魅力。如“三人成虎，十夫揉椎；众口所移，毋翼而飞”；“行百里者半于九十”；“积羽成舟，群轻折轴，众口铄金”；“色老而衰，知老而多”等生活气息浓郁，且富于表现力的佳语妙句，焕发出一种朴素而迷人的艺术光彩。《战国策》语言最突出的特点是辩丽恣肆，气势磅礴。如记苏秦形容齐国之强盛，临淄之富实道：“齐地方二千里，带甲数十万，粟如丘山。齐车之良，五家之兵，疾如锥矢，战如雷电，解如风雨。……临淄之途，车毂击、人肩摩，连衽成帷，举袂成幕，挥汗成雨；家敦而富，志高而扬。”（《齐策》一《苏秦为赵合纵说齐宣王》）作者酌奇玩华，铺采摛文，综合运用比喻、夸张、对偶、排比等修辞手段，增强了文章的气势和语言的力量。

人物形象的风姿各异和语言艺术的辩丽横肆，是《战国策》在文学上的主要特点。

（摘自上海古籍出版社编《古典文学三百题》）

应用练习

一　《战国策》一书在叙事方面有什么特点？试以《苏秦约纵》为例加以说明。

二　本文第一段的叙事有几个层次，这几个层次的重心在哪里？

三　苏秦在什么情况下说“安有说人主不能出其金玉锦绣，取卿相之尊者乎？”这说明他是怎样一个人？

四　试举本文一、二例子，说明《战国策》的语言有铺张扬厉，辩丽恣肆的特点。

五　先阅读以下两段文字（见《左传·僖公四年·楚子使与师言》和《战国策·齐策·齐欲伐魏》），然后回答问题。

（僖公四年，齐率诸侯伐楚），楚子（楚为子爵）使与师（齐师）言曰："君处北海，寡人处南海，唯是风马牛不相及也，不虞（想）君之涉吾地也，何故？"管仲（齐相）对曰："昔召康公（周公的兄弟）命我先君大公（姜太公）曰'五侯九伯，女（汝）实征之，以夹辅周室'，赐我先君履，东至于海，西至于河（黄河），南至于穆陵（今山东临朐南），北至于无棣（今山东无棣北）。尔贡包茅（包茅是楚的贡品）不入，王祭不共（供），无以缩酒（洒酒于茅上），寡人是征；昭王南征而不复（周昭王入楚境而死于楚），寡人是问。"对曰："贡之不入，寡君之罪也，敢不供给？昭王之不复，君其问诸水滨！"

齐欲伐魏，淳于髡谓齐王曰："韩子卢者，天下之疾犬也；东郭逡者，海内之狡兔也。韩子卢逐东郭逡，环山者三，腾山者五，兔极于前，犬废于后，犬兔俱罢，各死其处。田父见之，无劳勌（倦）之苦，而擅其功。今齐魏久相持，以顿其兵，弊其众。臣恐强秦大楚承其后，有田父之功。"齐王惧，谢将休士也。

1　管仲答楚使与淳于髡说齐王比较，两者立论的依据在性质上有何不同？

2　哪一段辞令在句式上更多用排偶？

3　试以最简明的词句，概括两段辞令的风格。

文学常识学习重点

先秦时代，文学与非文学的界限尚未明确，所谓先秦散文，是后人相对于当时的韵文所作的分类。

先秦散文的源头，可追溯到殷商时代甲骨卜辞和铜器铭文中的散体文句。演变至周代，出现了两部重要著作：《周易》和《尚书》。这两本书的出现，尤其是载录殷商、西周时期文献的《尚书》，正标志着先秦散文的成熟。殷与西周时代可以视为先秦散文发展的前期，即酝酿形成阶段。

春秋战国是散文的兴盛时期，偏重于论说的诸子散文和偏重于记叙的历史散文大量出现，先秦散文的精华，主要是这一时期上述两大类文章。

一　先秦散文兴起的原因

1　社会变动

春秋战国时期，周室衰微，诸侯争霸，兼并篡弑不绝于史，僭礼越规更司空见惯。整个社会秩序逐渐崩溃，处于急剧的变动中。于是各国纷纷变法以求自强，各种应变救弊的学说主张也就应运而生，因而促进了论述己见的说理文，和以前车为鉴的历史散文的兴盛。

2　思想开放

社会政治的大变动，引起了人们思想意识的发展。一方面所讨论的问题，已越出了具体的社会问题，而向哲学高度发展；另一方面，由于定于一尊的局面已不复存在，各种意见都可以较自由地发挥，从而造成了学术思想空前活跃的局面。"百家争鸣"，必须借助于文辞，因而直接推动了散文的兴盛。

3　文教发达

与上述两点相应，春秋战国时期，私学大盛。“学在官府”的局面已被打破，大量典籍流入民间，扩大了受教育的层面。夏商以来，长期累积的华夏文化，由贵族垄断而开始普及到其他阶层，为散文的兴起提供了有利的条件。

4　士的兴起

以上三个条件促使了“士农工商”四民中，“士”这一知识阶层的兴起。“士”各立学派，四出游说，形成“处士横议”的局面，他们既是学派的组成者，也是先秦散文创作的中坚力量。

5　养士制度

春秋战国时期，各国国君都注意到士的作用，纷纷罗致人才，为自己出谋划策，往往多达数千人，这就是所谓“养士制度”。养士制度既促进了“士”这一阶层的发展，又因汇集了当时的优秀人才，有利于讨论争辩，提高各学派的学术修养和写作能力。

6　经济发达

春秋战国时期，铁器牛耕普及，生产水平提高，为供养士人和发展文化提供了物质保证。特别是交通运输的迅速发展，更为士人周游列国提供了方便。

以上各种条件使商周以来不断发展的古代散文，终于在春秋战国时期蓬勃兴旺起来。

二　春秋战国时代说理散文的写作特色

春秋战国是说理散文的极盛时期，著名的有《论语》《孟子》《庄子》《荀子》《韩非子》等几部著作。

甲 《论语》

《论语》是一部专记儒者言行的典籍，以记孔子言行为主，相信是战国初年孔门后学所编集。全书共二十篇，主要阐述以"仁爱"为中心的儒家道德观念和伦理准则。

《论语》的写作特色

1 语录体为主

《论语》主要记录孔子等人的言论，以一段言论为中心，录为一章，主从分明，条理清晰，后又称为"语录体"。

2 言简意赅

《论语》多三言两语而成章，却富于哲理，发人深省。许多语句如"三人行，必有我师焉"、"岁寒然后知松柏之后凋"、"学而不思则罔，思而不学则殆"等，都成为格言。

3 语言质朴无华

如"学而时习之，不亦说乎？"等，简练而自然。

4 善用虚词

如子曰："甚矣吾衰也！久矣吾不复梦见周公。"将"甚矣"、"久矣"前置，中间又用"也"作顿宕，将孔子晚年有感于礼乐不作，自己却无能为力的心情，表现得迫而不促。

5 善写对话

如孔子被困于匡，颜渊后至，子曰："吾以女(汝)为死矣！"曰："子在，回何敢死！"都只一句话，而老师之惊喜爱怜、学生之谦抑恭顺，跃然纸上。

乙 《孟子》

《孟子》是继《论语》之后又一部重要的儒学经典著作，由孟子学生所辑，主要内容是阐述以仁义为中心的儒家政治思想。

《孟子》的写作特色

1　对答体为主

孟子善于利用对答辩难形式，在逐步驳倒对方论点的同时，层层深入地确立自己的论旨，使论证显得周密而循循善诱。《寡人之于国也》章即为范例。

2　结构严谨而多变化

对答体层层驳诘的形式，势必要求环环相扣的严谨结构，而《孟子》文结构之妙，在于严谨中富于变化，从而气势畅达，不因严谨而显得拘谨。

3　善于巧设语言陷阱

如《许行》章驳农家“贤者与民同耕，饔飧而治”的论点，先问论敌陈相，农家大师许行是否也要穿衣、着冠、用炊具、农具，再问这些是否都由许行自己制造；当陈相回答是交换得来时，孟子再问为什么要交换，陈相答：“百工之事，固不可耕且为也。”这就堕入了孟子彀中，自己否定了“同耕”云云的理论。

4　多用比喻和寓言

如用“力足以举百钧，而不足以举一羽；明足以察秋毫，而不见舆薪”的比喻，说明能否施仁政和想否施仁政的分别；用由“日攘一鸡”改为“月攘一鸡”的比喻，说明轻赋之不能拖延，都是《孟子》比喻的范例。而《离娄》下“齐人有一妻一妾”的寓言，刻画细致，声形俱全，更是先秦散文中运用寓言的名篇。《孟子》的比喻和寓言，多取诸现实生活，与庄子之天马行空不同，别有一种亲切感。

5　多用排偶

如《滕文公》下孟子辟杨、墨：“杨氏为我，是无君也；墨氏兼爱，是无父也。无父无君，是禽兽也……杨墨之道不息，孔子之道不著，是邪说诬民，充塞仁义也……”双句齐下，一组连一组，对震慑论敌和读者有很大作用。

《孟子》文以气势贯穿于以上各项作法特点中，又借这些艺术手段表现出他那“浩然”之气，这一点成为唐宋古文家的主要传统。

丙 《庄子》

《庄子》是一部重要的道家著作，分内、外、杂三篇。《内篇》可信为庄子自作，《外篇》《杂篇》当出于后学之手。庄子的思想以天道自然说为根本，主张物我同一，朴拙混沌，反对一切人为的知识，而在骨子里仍有一种愤世嫉俗之情。

《庄子》的写作特色

前人评《庄子》文章为“天下第一等文字”，总的特点是汪洋恣肆，以情韵胜。

1 由对答体渐变为论说体

《庄子》一书虽仍保留对答的形式，但比前此各家有较多理论的阐发，不少答词，可以视为单篇论说文。

2 结构变幻莫测而脉理隐然其中

如《秋水》篇，初看是一个接一个的故事连缀，其实第一段的故事提出“返真”的总论点和“无以人灭天”等三个分论点，以下的故事则分别阐述三个分论点，结末以庄子与惠子“知鱼”之辩作总结，脉理是很清晰的。

3 善用寓言和比喻

《庄子》一书“寓言十九”，著名的有“井底之蛙”、“庖丁解牛”、“望洋兴叹”等。他的寓言不仅多而且描写真切细致，特富文学性。庄子常以多个寓言故事说明一个道理，这叫“重言”，有环譬连喻之妙。又以一定的话语曼衍寓言故事的意思，起阐发作用，这叫“卮言”。此外《庄子》一书比喻甚多，作用与寓言大体相同。

4　善用夸饰和拟人

《逍遥游》中那位吸风餐露，玉洁冰清，水火不侵，粃糠尧舜的仙子，即是夸饰之例。《秋水》篇中一足兽夔、多足虫蚿、无足之蛇与风、月、心等的哲理讨论，则是拟人之例。夸饰拟人和寓言形式结合，使《庄子》一书具有奇幻的特色。

5　语言天然瑰奇，富于诗意

庄子的语言虽奇虽丽，却非有意雕琢，所以瑰奇中给人以自然轻清之感。他的文章中还时常间以韵语，铿锵历落，自然天成，更增强了诗意。如《逍遥游》结末："今子有大树，患其无用。何不树之于无何有之乡，广漠之野（韵）？彷徨乎无为其侧，逍遥乎寝卧其下（韵）。不夭斤斧，物无害者（韵）。无所可用，安所困苦（韵）哉！"这段话，语不涉僻却有浩茫之感，辅以和谐的节奏，出色地传达了"自然无为"的主旨。

丁　《荀子》

《荀子》一书，今存三十二篇。作者荀况，赵人，是齐稷下学宫最有声望的学者。荀子是儒学支派，兼取法家。主张人性本恶，所以倡王道而兼取霸道，主礼义而参融法治。

《荀子》的写作特色

气势雄浑，谨严而畅达是荀子文的主要特色。

1　以论说为主

《荀子》文已发展为论说体，像《论语》《孟子》的对答方式，已退居次要地位。在说理文形式的形成上，迈进了一大步。

2　说理精密透辟

《荀子》总是紧紧环绕中心论点，作反复的归纳、演绎、分析、综合，在驳诘论敌的过程中逐步确立自己的观点。如《礼论》《乐论》从考察礼乐兴起的社会原因出发，论证其作用，层层深入，详尽而明晰。

3　善用环譬连喻

先秦诸子都善用比喻，而以荀子为最。《劝学》篇用六十多个比喻，正是典型的例子。

4　善用排比和对偶

荀子善用排比和对偶，开后世骈俪的先河。排比对偶和环譬连喻连用，在加强文章的声势上起了很大作用。

5　语言质朴有力

荀子重视文学的实用性，反对华而不实的作风。他的散文简炼深刻，语气肯定，如说“桀纣无天下，而汤武不弑君”（《正论》），较之孟子所说“闻诛一夫纣矣，未闻弑君也”，意思相同而语气更为斩钉截铁。

戊　《韩非子》

《韩非子》是法家的代表作，今存五十五篇，作者韩非，是先秦法家的集大成者。他认为君权神圣，不可侵犯。反对法先王、复古制，主张法后王、重形势；反对行仁爱、倡礼义，主张任法制、尚功利。

《韩非子》的写作特色

1　论说体裁

《韩非子》一书文章尽为论说体，且篇幅加大，如《五蠹》篇，长达七千多字，为诸子散文中所仅见。

2　议论冷峻条达

韩非善于运用大量史实作论据，由事实归纳出结论（如《说林》）；或者列举异己观点，逐条驳诘（如《显学》）；更有列举多种可能，一一加以剖析，从而确定论旨的（如《亡征》）。其体制的宏大，分析的条理精详，在诸子散文中堪称首屈一指。

3 善用寓言

韩非善用寓言，“守株待兔”、“和氏之璧”等，成为后世常用的成语典故。韩非的寓言多切近人事，近孟子而异于庄子。

4 善用排偶

韩非的语言结构严谨细密，也多用排偶。尤其突出的是，与说理的细密相应，排偶句法较长，实已由句式的排偶发展为一层层意思的语句对称。

己 总结

1 先秦说理散文的分期

以上所提《论语》《孟子》《庄子》《荀子》《韩非子》五书和《墨子》，大体可代表春秋战国之际说理散文三个发展阶段。

(1) 《论语》和《墨子》代表春秋后期至战国初年的说理散文。特点是多用语录体，语言质朴。

(2) 《孟子》和《庄子》代表战国中期的说理散文。特点是由语录为主发展为对答为主，尤其是《庄子》，已向专题论文发展；语言也由前阶段的质朴趋向丰赡。

(3) 《荀子》和《韩非子》代表战国后期的说理散文。特点是以长篇的专题论文为主，逻辑性加强；语言上排偶程度提高，开后世骈俪的先河。

2 先秦说理散文的共同特色

先秦诸子说理散文虽各有特色，但又有它们的共同特点。

(1) 文体

论说与记叙糅合，因而说理的逻辑性往往含而不露，伴随有相当的形象性和抒情性，到后来逻辑性有向外透显的趋势，论体也逐渐形成。

(2) 句式

以不韵为主，而参以韵语；以散句为主，而参以骈偶。前者表现出韵文散文分离初期阶段的形态；后者孕育了骈体形式的胚胎。

(3) 修辞

各种修辞手法都有，最常见的是寓言和比喻，而环譬连喻更是先秦散文的主要特点，为后世所罕见。

(4) 风格

以"充实"为美，自然而有文采，富于表现力。而随着时间的推移，由简约趋于恣纵，由疏朗趋于密致，由质朴趋于丰赡，表现出语言日渐丰富的趋势。

(5) 传统

诸子散文是春秋战国时百家争鸣的时代产物，虽学派不同，观点互异，但均针对现实，发为一家之言，从而启导了我国散文以明道(各家之道)为主、言必有物的民族传统。

三 春秋战国时代叙事散文的写作特色

春秋战国时期，各国都有史书。国史兴盛之外，又有私家著史，文学性尤强，其中较重要的是《左传》和《战国策》两书。

甲 《左传》

关于《左传》的作者问题，《史记》《汉书》都认为是鲁人左丘明所作，后人虽有怀疑，但尚不足以推翻旧说。《左传》是编年史，记载了自鲁隐公元年至鲁哀公十四年（公元前七二二年——前四八一年）二百四十二年间各国的重大史事。它主要是传鲁国史书《春秋》的，所以称“左传”或“春秋左氏传”。《左传》的写作技巧，非简约的《春秋》所可同日而语。

《左传》的写作特色

1　善于叙事

《左传》叙事，取材得详略之宜，有主次之分，情节完整，用笔细致，结构严密，富于变化，尤其擅长描写战争。所写晋楚城濮之战、秦晋殽之战、晋楚邲之战等，都是记战事的范例。

2　善写说词

《左传》记言简要生动，委婉有致而剖析入里，不必大篇说词而自有力量，与后来《战国策》的铺张扬厉异趣。如写烛之武退秦师一段，即为说词的范例。

3　善于写人

《左传》写人，要言不繁，却性格鲜明，情状宛然。如殽之战，晋胜，晋文公却听信秦姬文嬴之言，尽释秦俘，放虎归山。晋帅先轸怒责晋文公后，“不顾而唾”。“不顾而唾”这一细节，最为传神，将先轸忠勇耿直的性格，焦急愤怒的情状刻画得入木三分。

4　言约意丰

文字不多但意义丰富是《左传》的语言特色，如“师人多寒，王巡三军，拊（抚）而勉之，三军之士，皆如挟纩（披着绵衣）。”用“挟纩”一喻写三军感受王恩的情景，比直写感激之言千百句，更为传神。

要之，《左传》以事为经，以人以言为纬，以简约而生动的文学语言再现了历史，又塑造了一批性格鲜明的人物群象，所以被推为叙事文的典范。

乙 《战国策》

《战国策》是汉代刘向据秦以前有关策士记载纂辑而成的史料汇编。全书贯串着纵横家的思想，在写法上已突破了史笔的限制，更多表现出传记文学的特点。

《战国策》的写作特色

1 取材有虚构夸张成分

《战国策》主要多宣扬战国时代纵横家的思想，描述事迹往往用夸张手法，虽保存了许多史料，但已不能算是信史。

2 以写人记言为主

《战国策》以写人记言为主，以史事为纬，有意识地注重人物性格的塑造，这在《苏秦约纵》一节中，有明显表现。

3 善写辞令

以铺张扬厉，词采丰茂为特色，经常用夸张、比喻、寓言等修辞手法来加强效果。如苏秦说齐，夸说齐的强盛一节，可以视为汉代大赋的先声；课文练习所录淳于髡谏勿伐魏一节，则是用寓言说理，委曲善入的范例。

4 叙事生动形象

《战国策》不但叙事生动，更注意事件的戏剧效果和抒情气氛，如荆轲刺秦王一节，写燕太子丹等白衣素冠送荆轲，荆轲在激亢的筑声中高歌"风萧萧兮易水寒，壮士一去兮不复还！"悲剧气氛浓烈。

5 语言丰赡

《战国策》语言丰赡而参用排偶，很有效地增强了气势和感染力，对文章的骈俪化有一定影响。

丙 总结：先秦叙事散文的共同特色

从《左传》和《战国策》，可见先秦叙事散文有以下共同特点：

1　以写实为主

从文学角度看，先秦叙事散文都是历史性的著作，而兼有文学的韵味，因此取材、风格以写实为主。

2　气势雄浑

先秦叙事散文以历史作背景，与后世叙作者所见所感的作品稍异。其记事写人都显得内容深广，气势雄浑。

3　语言自然生动

先秦叙事散文，以散句单行为主，即使更为丰赡而且参用偶对的《战国策》，也主要是策士才气横溢的个性之自然表现。

四　先秦散文对后世的影响

1　确定以内容充实为主的文统

无论是说理的诸子散文，还是叙事的历史散文，都与现实紧密相关，于是"充实"就成为作文的首要条件。先秦散文也很美，但与唯美主义的美不同，孟子所说"充实之为美"，正道出了先秦散文内容充实与文章美的本末主从关系，这一点成为中国散文的主要传统。

2　倡导了语言自然优美的原则

先秦散文家不是机械地模仿前代经典，而是以当代语言为基础，提炼为文学语言，又因作者个性，文章对象的不同，具体化为各家各书的语言风格。他们那种以散句单行为主，间参骈对的句式，充满生命力，对后世古文家具有重大的指导意义。

3　孕育了后世散文的多种文体

后人对古代散文的分类，可以多达数十甚至上百种，但是基本的分野无非是说理和叙事两大类。而先秦散文至春秋战国时已分判为这两大类，这在散文史上是有划时代意义的。具体来说，由先秦说理散文，演化出后世书、策、论、说、辩、难等多种论说文体，这些文体的特点，都可在先秦说理文中找到先例。叙事散文方面，《左传》的编年体，为《资治通鉴》等所取法；而从《左传》的以事为经，以人为纬，到《战国策》以人的言行为经，以事为纬，更启迪了汉代的史传文学（传记体史书），和唐代的传记文学的诞生。其他如汉赋的对答体，《世说新语》的语录体，都在先秦散文中开了先河。

4　为后世散文家提供借鉴

先秦散文中寓言、比喻、排偶等修辞手法，描绘人物事件的技巧等，都为后世散文家所学习，如韩愈、苏轼的大量使用比喻，显然有先秦散文环譬连喻的影响；而从韩、柳的杂文中，又可见到先秦散文家善用寓言的影子。先秦散文家丰富多彩的文章风格，更成为后人的榜样。韩、柳都曾历举他们如何出入经史百家，“旁推交通”而自成一家，就是最好的例子。

5　为后代戏剧小说提供丰富题材

《左传》《战国策》中的许多事件、人物，都被后人改编为戏曲小说，如京剧《伐子都》《搜孤救孤》等。甚至《庄子》中的记载，也被改编为《蝴蝶梦》传奇。

6　留下大量成语典故

这在课文中已有举例，可以说先秦散文又是一座巨大的语言素材的宝库。

如果说《诗经》《楚辞》是中国诗歌传统的源头；那么先秦说理散文和历史散文，则是中国散文传统的渊薮。

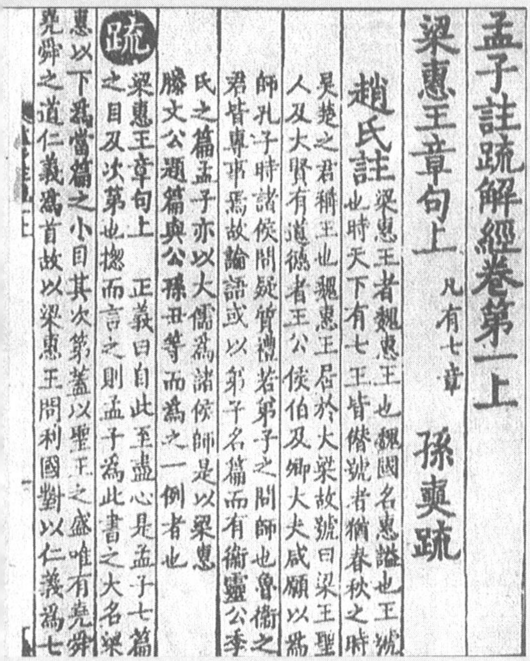
孟子註疏解經卷第一上
梁惠王章句上 凡有七章 孫奭疏
趙氏註 梁惠王者魏惠王也魏國名惠謚也王號也時天下有七王皆僭號者猶春秋之時吳楚之君稱王也魏惠王居於大梁故號曰梁王聖人及大賢有道德者王公侯伯及卿大夫咸願以爲師孔子時諸侯問疑質禮若弟子之問師也魯衛之君皆尊事焉故論語或以弟子名篇而有衛靈公季氏之篇孟子亦以大儒爲諸侯師是以梁惠滕文公題篇與公孫丑等而爲之一例者也
疏 梁惠王章句上 正義曰自此至盡心是孟子七篇之目及次第也揔而言之則孟子爲此書之大名梁惠以下爲當篇之小目其次第蓋以聖王之盛唯有堯舜堯舜之道仁義爲首故以梁惠王問利國對以仁義爲七

宋代两浙东路茶盐司刻本《孟子注疏解经》

山东省邹城亚圣庙

杨柳青木版年画《六国封相》

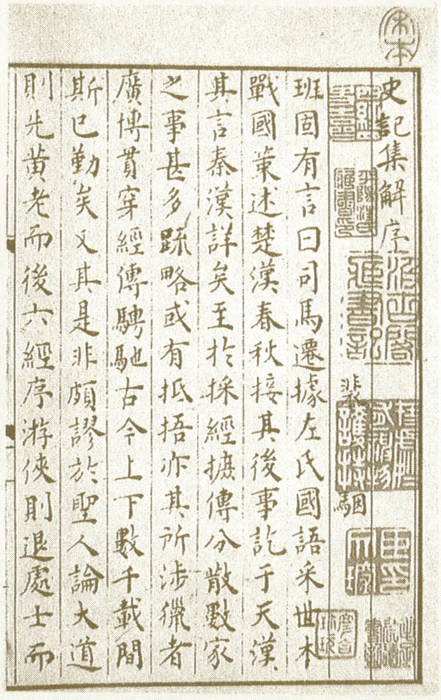

史記集解序　裴駰

班固有言曰司馬遷據左氏國語采世本戰國策述楚漢春秋接其後事訖于天漢其言秦漢詳矣至於採經摭傳分散數家之事甚多疏略或有抵捂亦其所涉獵者廣博貫穿經傳馳騁古今上下數千載間斯已勤矣又其是非頗謬於聖人論大道則先黄老而後六經序游俠則退處士而

宋代淳熙八年耿秉刻本《史记集解》

临潼新丰鸿门宴故址

陕西韩城司马迁祠

第三讲 两汉诗文

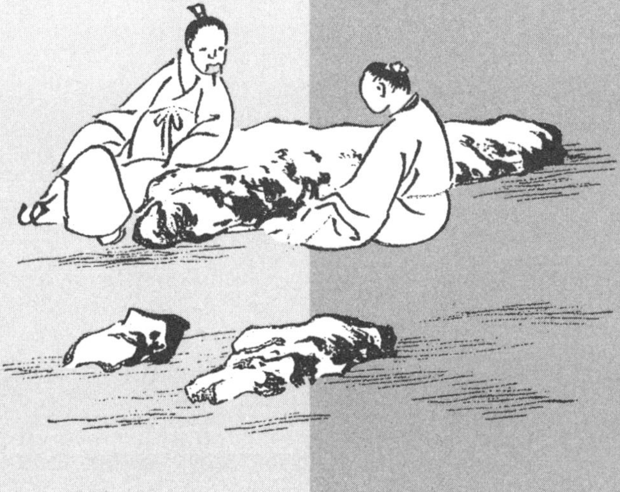

鸿门会　　司马迁

作　　者

司马迁(公元前一四五?——前八七?),字子长。西汉左冯翊夏阳(今陕西韩城)人。其父司马谈为太史令,职掌天文历算和宫廷图书,有很高的学术修养。司马迁受到父亲影响,从小就研读古籍,又从大儒董仲舒、孔安国习《春秋》《尚书》。二十岁起开始漫游,三年间,历游名山大川,考察文物古迹,访民情,集传说。二十三岁任郎中,侍从武帝左右,并曾出使巴蜀,安抚西南少数民族,除岭南偏远地区外,几乎整个中国都到过了。这些经历为他后来写作《史记》奠下了良好的基础。司马谈逝世后,他接任为太史令,着手修撰《史记》。后因为李陵投降匈奴之事辩护,触犯了武帝,被判下狱,并受宫刑。为了完成《史记》,司马迁忍辱生存,发愤著书。大约在武帝太初四年(前九三年),终于完成了《史记》这部巨著。

《史记》是我国第一部纪传体的通史,记述了上自黄帝,下至汉武帝太初年间约三千年的历史。全书共一百三十篇,包括十二"本纪"、三十"世家"、七十"列传"、十"表"、八"书"。本纪按年代顺序记叙帝王本事,世家记载春秋以来诸侯的世系历史,列传叙列人臣乃至社会其他有影响力的人物的事迹,表是按世代年月谱列的各历史时期的大事纪,书则是记述天文、地理、律历、经济等典章制度的专篇。五者相互补充配合,形成严谨的体系。其中本纪、世家、列传都是以人物活动为中心的纪传,所以称《史记》为纪传体史书。它比《左传》的编年体和《国语》的国别体更优越,因而成为以后各朝正史的通用形式。

司马迁善于以人物活动为中心,在宏大的历史场景中,展示人际关系,笔法雄健明快而凝练雅洁，气势恢宏悲壮而饱含感情，笔下人物皆栩栩如生，因而被奉为传记文学的典范。

韩愈评司马迁的散文风格为“雄深雅健”，雄放易失于浅薄，雅洁易失于柔弱，而司马迁偏能在雄放中见出对世事体察的深度，在雅洁中显出感情奔流的力度，这种风格，被唐宋古文家推为极至，成为嗣后历代散文的典则。

鲁迅评《史记》说：“史家之绝唱，无韵之《离骚》。”正是对《史记》在史学上和文学上地位的总结。

解 题

本文节选自《史记·项羽本纪》。

《项羽本纪》记叙了项羽由会稽（今浙江绍兴市东南）起兵到乌江（今安徽境内）自刎，一生的主要事迹。其中以“巨鹿之战”、“鸿门会”和“垓下之围”三事为关键。巨鹿（今河北平乡）之战，项羽破釜沉舟，一举歼杀秦军主力二十万，确定了他在当时反秦诸军中的霸主地位。垓下（今安徽灵壁东南）之围，威震一时的项羽终于被刘邦击败，以自刎结束了他悲剧的一生。而其间刘项优势逆转的先机，正在鸿门会。

鸿门，山坂名，在骊邑（今陕西临潼东）之东十七里。鸿门会，是指项刘在鸿门一次有重大历史意义的会见。

早在巨鹿之战前，项羽等拥立的楚怀王心（战国楚怀王孙），就与诸将约定“先入定关中者王之”（秦都咸阳在函谷关以西，这一地区称关中）。项、刘分兵而进。正当项羽在巨鹿击溃秦军主力之际，刘邦却从西路乘虚而入，率先于公元前二〇六年十月进入关中，驻军霸上（今陕西省临潼东），接受秦王子婴的投降，入据咸阳。他一方面收伏民心，还军霸上，以示不贪秦室财货；另一方面则派兵扼守函谷，拒诸将入关，意欲称王。十一月项羽破关，驻军戏水（今陕西省境内），并进逼至鸿门。刘邦的左司马曹无伤向项羽密告刘邦意图。项羽大怒，在谋臣范增的赞画下，立誓次日一早击破刘邦军。谁知他的族叔项伯，竟连夜向身在刘营的故友张良通报，并晋见刘邦，与刘约为儿女亲家。当时项军四十万，刘军仅十万，力量悬殊。张良在危急中设缓兵之计，先通过项伯向项羽剖白，并约定次日早上，刘邦亲至鸿门，向项羽谢罪。项羽竟然同意了这一请求。

课文所选一节，就是描写刘项鸿门之会的情况的。鸿门会以项羽、范增满伏杀机起始，却以刘邦脱险，缓兵计成，项羽失去了诛灭刘邦的最好时机而告终。此后，项羽虽曾一度进占咸阳，号令诸侯，但仅仅三年多后，终为刘邦所灭。而这一结局的先机，早在放虎归山的鸿门会上预伏下了。

课　　文

沛公[①]旦日从百余骑来见项王[②]，至鸿门，谢[③]曰："臣与将军戮力而攻秦，将军战河北，臣战河南，然不自意能先入关[④]破秦，得复见将军于此。今者有小人之言，令将军与臣有郤[⑤]。"项王曰："此沛公左司马曹无伤言之；不然，籍何以至此。"

项王即日因留沛公与饮。项王、项伯东向坐[⑥]，亚父南向坐[⑦]。亚父者，范增也。沛公北向坐，张良[⑧]西向侍。范增数目[⑨]项王，举所佩玉玦[⑩]以示之者三，项王默然不应。

范增起，出召项庄[⑪]，谓曰："君王为人不忍[⑫]，若[⑬]入前为寿，寿毕，请以剑舞，因击沛公于坐，杀之。不者，若属[⑭]皆且为所虏。"庄则入为寿。寿毕，曰："君王与沛公饮，军中无以为乐，请以剑舞。"

项王曰："诺。"项庄拔剑起舞，项伯亦拔剑起舞，常以身翼蔽[15]沛公，庄不得击。

于是张良至军门[16]，见樊哙[17]。樊哙曰："今日之事何如？"良曰："甚急。今者项庄拔剑舞，其意常在沛公也。"哙曰："此迫矣，臣请入，与之同命。"哙即带剑拥盾入军门。交戟[18]之卫士欲止不内[19]，樊哙侧其盾以撞，卫士仆地，哙遂入，披帷[20]西向立，瞋目[21]视项王，头发上指，目眦[22]尽裂。项王按剑而跽[23]，曰："客何为者？"张良曰："沛公之参乘[24]樊哙者也。"项王曰："壮士，赐之卮[25]酒。"则与斗卮酒[26]。哙拜谢，起，立而饮之。项王曰："赐之彘肩[27]。"则与一生彘肩。樊哙覆其盾于地，加彘肩上，拔剑切而啖之。项王曰："壮士，能复饮乎？"樊哙曰："臣死且不避，卮酒安足辞！夫秦王有虎狼之心，杀人如不能举[28]，刑人如恐不胜，天下皆叛之。怀王与诸将约曰'先破秦入咸阳[29]者王之'。今沛公先破秦入咸阳，毫毛不敢有所近，封闭宫室，还军霸上，以待大王来。故遣将守关者，备他盗出入与非常也。劳苦而功高如此，未有封侯之赏，而听细说[30]，欲诛有功之人。此亡秦之续耳，窃[31]为大王不取也。"项王未有以应，曰："坐。"樊哙从良坐。坐须臾，沛公起如厕，因招樊哙出。

沛公已出，项王使都尉陈平[32]召沛公。沛公曰："今者出，未辞也，为之奈何？"樊哙曰："大行不顾细谨，大礼不辞小让[33]。如今人方为刀俎[34]，我为鱼肉，何辞为。"于是遂去。乃令张良留谢。良问曰："大王来何操？"曰："我持白璧[35]一双，欲献项王，玉斗[36]一双，欲与亚父，会其怒，不敢献。公为我献之。"张良曰："谨诺。"当是时，项王军在鸿门下，沛公军在霸上，相去四十里。沛公则置[37]车骑，脱身独骑，与樊哙、夏侯婴[38]、靳彊[39]、纪信[40]等四人持剑盾步走，从郦山[41]下，道芷阳[42]閒[43]行。沛公谓张良曰："从此道至吾军，不过二十里耳。度我至军中，公乃入。"

沛公已去，闲至军中。张良入谢，曰："沛公不胜桮杓[44]，不能辞。谨使臣良奉白璧一双，再拜献大王足下；玉斗一双，再拜奉大将军足下。"项王曰："沛公安在？"良曰："闻大王有意督过[45]之，脱身独去，已至军矣。"项王则受璧，置之坐上。亚父受玉斗，置之地，拔剑撞而破之，曰："唉！竖子[46]不足与谋。夺项王天下者，必沛公也，吾属今为之虏矣。"

沛公至军，立诛杀曹无伤。

注　释

① 沛公：公元前二〇九年，刘邦于沛县（今江苏省境内）起兵，乡人拥立他为沛公。

② 项王：即项羽。鸿门会后不久，项羽自封西楚霸王。但《史记》自巨鹿之战后，即多次称项羽为项王，因为这次战役后，项羽实际上已处于王的地位。

③ 谢：赔罪。

④ 关：指武关。据《汉书》记载，刘邦是从武关入秦的。

⑤ 郤：同隙，指嫌隙。

⑥ 东向坐：坐东朝西。以下三句"南向"、"北向"、"西向"以此类推。古人室内座席以东向为尊，应让宾客坐，其次南向、北向、西向。项羽自

己东向坐，让范增南向，刘邦北向，张良西向，是有意简慢以示威势。

⑦ 亚父：范增，辅项羽称霸诸侯，项羽尊之为仅次于父之人，称“亚父”。

⑧ 张良：字子房，韩国贵族子弟，韩亡，曾结义士在博浪沙刺杀秦始皇，未遂。后为刘邦谋士，封留侯。

⑨ 目：作动词用，以眼色示意，即使眼色。

⑩ 玉玦：玉器名，环状而有缺。玦、决谐音，范增以玉玦示意，是要项羽下决心。

⑪ 项庄：项羽的堂兄弟。

⑫ 不忍：忍即残酷。不忍，下不了狠心，即有仁慈之心。

⑬ 若：你。

⑭ 若属：你们。

⑮ 翼蔽：如鸟张翼以作护蔽。

⑯ 军门：古时军营树两旗为门，称军门。

⑰ 樊哙(kuài)：本业屠狗，与刘邦一同起义，军功卓著，后封舞阳侯。

⑱ 交戟：戟，长柄兵器，似矛而多一横向分枝的刃头，可以直击和横刺。交戟，用戟相交叉，以禁止出入。

⑲ 内：通纳。

⑳ 披帷：揭开帐门帘。

㉑ 瞋(chēn)目：怒目圆睁。

㉒ 眥(zì)：眼眶。

㉓ 跽(jì)：古人席地而坐，双膝着地，两股贴双脚跟，直身；股离脚跟为跪，跪而挺腰为跽，所以跽又称“长跪”。跽姿便于跃起，这里表示有所戒备。

㉔ 参乘：坐在车右边的侍卫，参又作“骖”。

㉕ 卮：盛酒器。

㉖ 斗卮酒：一卮受酒四升。上文说“赐之卮酒”，这里说“斗卮酒”，可能是特地说明这个卮特别大。

㉗ 彘（zhì）肩：猪大腿。肩，动物的腿根部。

㉘ 举：与下文的“胜”，都是尽的意思。

㉙ 咸阳：秦都，在今陕西省境内的渭城古址。

㉚ 细说：小人之言。

㉛ 窃：私下。

㉜ 都尉陈平：都尉，武官名。陈平，始从魏王咎，又从项羽，都不获重用，后投刘邦，屡出奇计建大功，封曲逆侯，并为汉丞相。平定诸吕，安定刘氏，主要是由他策划的。

㉝ 大行不顾细谨，大礼不辞小让：做大事业的人不必顾虑细枝末节，讲求大节的人不必拘泥细小的谦让。讲谦让只是礼的外在形式，所以说是“小让”；礼的本质是“定亲疏，决嫌疑，别同异，明是非”，这才是“大礼”。不辞而别虽于小礼有亏，但保证了自身尊严，免于被杀之耻，所以说存了大礼。一说“让”为责备之意。

㉞ 俎（zǔ）：砧板。

㉟ 璧：平圆形、中间有孔的玉器，孔径为璧径三分之一。

㊱ 玉斗：玉制斗状酒器。

㊲ 置：留下。

㊳ 夏侯婴：复姓夏侯，名婴。从刘邦起义，后以功封汝阴侯。

㊴ 靳彊：刘邦属下，后封汾阳侯。彊通“强”。

㊵ 纪信：刘邦属下。形貌酷似刘邦。荥阳之战，刘邦被项羽围困，他假扮刘邦诳楚军，被俘烧死。

㊶ 郦山：即骊山，在鸿门以西。

㊷ 芷阳：秦县名，今陕西省境内。

㊸ 閒(jiàn)行:閒同“间”,空隙。閒行,找空隙而穿行,也就是抄小路走的意思。

㊹ 桮杓:桮同“杯”,杓同“勺”,都是酒器,借代酒。

㊺ 督过:责备,找岔子。

㊻ 竖子:小子。表面说项庄,暗中指项羽。

预　习

一　鸿门会在楚汉相争的历史中有何重要性?司马迁为什么要详细加以记述?

二　文中从属于项羽的有哪些人?从属于刘邦的又有哪些人?双方内部之间的关系怎样?

三　刘邦明明有称王之心,却亲至鸿门谢罪,并说了“臣与将军戮力攻秦”云云一段话。这表现了他哪些性格特征?

四　项羽明明已决心要击破刘邦,鸿门会上却一次又一次放过了刘邦,这又表现了他哪些性格特征?

分析和欣赏

文体特点

本纪是《史记》中总纲性的部分,与编年史一样,基本上是按年月先后次序来记叙的;区别是编年史以记事为主,本纪则以记人为主。因此本纪往往略去一些较次要的史事，而更多采入编年史不取，但足以表现人物性格特征的细节琐事，有更强的文学性，可纳入传记文学之列。

所谓传记文学，是指记事以传其人的文学作品。主要特点是，除了细节可有合理想象外，在事实、情节上，不允许有虚构。其滥觞可上溯到《战国策》，而《史记》的纪传，则直接促成了传记文学的诞生。演变至后来，传记文学实包含以下两类：一是文学性较强的史书纪传；一是独立于史书以外的人物传记。两者都以记叙真人真事为主，但前者所传之人必须对历史发展有一定影响，后者则不拘；也可以说前者是历史而兼文学，后者是文学而兼历史。

传记文学记事叙人都有作者的倾向，主要通过材料的取舍安排，描述语言的感情性质来体现，也可参以画龙点睛式的抒情议论。史书纪传的篇末都有论赞，如《史记》的"太史公曰"，即有这一作用。

内容分析

《鸿门会》如同一切传记文学那样是记事写人的，两者相辅相成，一方面通过记事来表现人物的性格；另一方面，事件本身也就是人物错综关系演变的结果，有发生、发展、解决的过程。本文以事件发展的顺序，记述了鸿门会上项羽由主动转为被动，而刘邦则由被动转为主动的过程。围绕这一点，展开了错综复杂的人物关系。

全文七个自然段，可分为三大段。

第一大段即第一自然段，是项刘鸿门会事件的开端。这一段写刘邦按前夜与项伯的密约，往拜项羽，处处刻意表示谦恭，把破关先入说成是"不意"，更把双方失和的责任推向"小人"挑拨，而绝口不提自己称王关中的意图。刘邦这样做，既使项羽不便发作，又满足了他的虚荣心。所以项羽一改前夜愤然的态度，对刘邦深信不疑，且泄露了曹无伤告密一事。这样在第一回合的交锋中，刘邦就占了上风，而项刘之间的冲突也暂时缓解了。

第二大段包括二、三、四三个自然段，是鸿门会事件的发展。这一段是全文的主体部分，写了三件事，围绕“杀刘”问题，双方之间，项营内部之间，都展开了复杂的冲突。

项羽不忍心“杀刘”，引起了与范增之间的扞格。他宴请刘邦，而“杀刘”一事却不见提起，与谋大计的范增举玉“玦”暗示应下决心，一而再，再而三，项羽还是默然不应，于是刘邦渡过了宴间的第一重危机。

范增眼见项羽“不忍杀刘”，就出帐召“项庄舞剑”，而“意在沛公”。怎料人算不如天算，暗通刘营的项伯“以身翼蔽沛公”，项营诸臣下之间暗中发生了冲突，而刘邦因此得以躲过了宴间的第二重危机。

张良见范增“杀刘”之心不死，形势危急，就起而召樊哙闯帐护主，进一步展开了双方谋士斗智、武将竞勇的复杂冲突。樊哙以武勇强行入帐，与项羽两雄相对，项羽本可因其无礼，顺理成章地诛杀刘营君臣，怎料反生英雄相惜之心，使刘邦得以借机“如厕”，再次化险为夷；至此，范增“杀刘”之计终于落空了。可见张良用人，知己知彼，胜于范增一筹；而樊哙的神勇也非项庄可比。

第三大段包括五、六、七三个自然段，是鸿门会事件的结局。这一段写刘邦归营和事件对双方的影响，从而预示了项刘之争的前途，可分三个环节。

逃宴并非最终脱险，刘营的谋士、武将，或晓主以理，或代主入谢，或护主以行，上下一心，刘邦终能克服犹疑，安全逃脱。奇怪的是，项羽派陈平往召刘邦，而陈平对刘邦潜逃竟不予阻拦，也不入报项羽，这就显示出项羽用人的失当。

与刘营的精诚团结相反，刘邦一走，项营陷入了更深的不和中。张良入谢，意含揶揄，范增见大势已去，拔剑碎玉，慨叹声中预示了项必为刘所灭的前途。而“竖子不足与谋”一句，更是指桑骂槐，针对项羽的。从此，项羽和范增产生了嫌隙。

刘邦回营立诛曹无伤，可见他有奸必肃，也可见项羽泄密的糊涂。至于项营的内奸项伯又如何？课文未有明言。而从《史记》的记载可知，他仍被项羽倚为心腹，继续与刘邦暗通款曲，刘邦灭项后，封他为射阳侯，并赐姓刘氏。这种结局，其实已包含在课文的"未有明言"中了。

鸿门会以项强刘弱始，而以刘胜项败终。司马迁通过生动的描写，形象地说明了所以会产生这种结局，先在于项营上下离心离德，而刘营君臣上下一体。而更重要的原因，则在于两位领袖人物才干性格的差异。刘邦在鸿门会上刚决善断，知人能谋，应势善变，正是领袖人物的本色；相反项羽目光短浅，用人唯亲，优柔寡断，这些都是领袖人物的大忌。因此刘邦不仅能在鸿门会上战胜项羽，而且将能最终赢得胜券。

作法欣赏

《鸿门会》的作法堪称传记文学的典范。

司马迁善于通过具体事件的描述，以见出人物性格的复杂性。如樊哙闯帐，项羽反连连赞叹，既可见项羽的英雄本色和爽直气质；又同时说明他糊涂颟顸，有勇无谋。又如刘邦脱身独骑，仅从四人逃归，既可见他从谏如流，能屈能伸；但是又多少显示了他的自私。他是回营了，而张良代他入谢，有无凶险，他不暇计及，同来"百余骑"命运如何，更无足轻重。司马迁就是这样，在同一件事上显示出人物性格的不同侧面，从而塑造了个性鲜明，富于立体感的人物形象。

《鸿门会》又采取了对照映衬的结构方式来深化人物。项之所短，也就是刘之所长，所以在同一情节中就形成两人的强烈对照。刘邦说项，引他说出曹无伤时，可见到聪敏而阴鸷与爽直而糊涂的强烈对比。其他如范增的老谋深算映衬出项羽的糊涂忠厚等，都是很好的例子。

《鸿门会》还通过他人的评论来表现人物性格。范增召项庄时说的“君王为人不忍”，拔剑碎玉时又叹道“竖子不足与谋”，暗指项羽。这两语实际上道出了项羽的根本弱点和失败症结所在。“不忍”本是美德，但“不忍”过头，不分是非彼此，就成了“妇人之仁”，不足以成事。

《史记》还善于通过对人物言行的具体刻画来表现人物性格。除篇末论赞外，较少直接评论人物，只以形象取胜。以樊哙闯帐为例，当他得知“项庄舞剑，意在沛公”时说：“此迫矣，臣请入，与之同命。”“迫”而反“入”，以“同命”为己任，正是大将本色。以下一系列描写，都显示了樊哙在紧迫中的豪勇气概。闯入时，“带”剑“拥”盾“入”军门，“侧”其盾以“撞”，卫士“仆”地，“披”帷西向立，可见其情之急，性之烈，武艺之高。又状其形貌：瞋目、发指、眥裂，威猛如神。再写他饮食，是立而饮，且非小杯而是斗卮，非小块熟肉而是整整一个生彘肩，以剑盾为刀砧，切而啖之。他回答项羽说“臣死且不避，卮酒安足辞”，更是他视死如归的精神写照。这一节历来被视为人物描写的典范。

《鸿门会》的情节安排主从分明。文章以双方“杀刘”和“反杀刘”为主线，并以刘项两人为中心，交织入双方部属的冲突，以及项营内部的种种复杂关系，从而在人物性格的冲突中，形成波澜起伏的情节。

司马迁又善于营造紧张气氛，使情节更为扣人心弦。一是设置悬念，整个鸿门会上，刘邦都处于危急的气氛下，直到他返回营地，读者才松一口气。二是运用语言的节奏感来加强紧张气氛，如闯帐一节，“此迫矣”，“迫”是闯帐的神髓所在，以下写樊哙一系列动作，皆用短促刚健的词句，使人从语感中体味到紧张。

《鸿门会》中运用了多种修辞手法，使叙事写人更为成功。如写樊哙外貌，“头发上指，目眥尽裂”，用夸张突出勇武；写樊哙说刘邦：“大行不顾细谨，大礼不辞小让；如今人方为刀俎，我为鱼肉；何辞为？”对偶、比喻、反问连用，充分说明问题的严重，也颇能表现樊哙的粗中有细。

《鸿门会》的人物语言各切身分性格。如刘邦逃归后张良献玉时，他与范增都有一段话，两人都是谋士，都用委婉说法，但又绝然不同。张良说："沛公不胜桮杓，不能辞，谨使臣良奉白璧一双，再拜献大王足下；玉斗一双，再拜奉大将军足下。""不胜桮杓，不能辞"是不辞逃归的委婉说法，两个"再拜"和"献"、"奉"，又极尽谦恭之态；"献"的敬意重于"奉"，分用于项范两人，更见其斟字酌句，从容不迫。这段话正切合儒雅的张良既操胜券后的翩翩风度。范增说："唉！竖子不足与谋。夺项王天下者，必沛公也，吾属今为之虏矣。""竖子"一词指桑骂槐，还算委婉，以下各句则直指症结，急切沉痛，既可见出范增的懊恨，又表现出"亚父"地位的特殊，换了他人决不敢在项羽面前这样说话。

《鸿门会》的叙述语言则省净形象，矫捷明快，往往隐含微义，如写宴会座次，只从主客易位，已可见项羽之自尊骄傲；篇末从沛公立诛曹无伤，即可见项羽纵容项伯之失察寡断。这些都是所谓"春秋"笔法。

从《鸿门会》可以看出，司马迁在纷繁的历史事件中，抓住了"人"这一最能影响历史的因素，从而在写人的过程中展现历史，使"传人"与"叙史"相得益彰。

讨论问题

一　项羽、刘邦两人的性格，各有什么优点缺点？

二　张良召樊哙入帐护刘，是否认为樊哙真能以勇力保护刘邦？他为什么要出此一计？

三　樊哙闯帐一节在本文中写得最详细，这是否喧宾夺主的败笔呢？为什么？

四　读了本文后，你认为要成为一个优秀的领导人物，应该具备哪些特质？

参考资料

一　关于司马迁的良史之才

自刘向、扬雄，博极群书，皆称迁有良史之才，服其善序事理，辩而不华，质而不俚，其文直，其事核，不虚美，不隐恶，故谓之“实录”。

（摘自班固《汉书·司马迁传赞》）

二　关于《史记》叙事与写人的关系

后世诸史之列传，多借史以传人，《史记》之列传，唯借人以明史。故与社会无大关系之人，滥竽者少。换一方面看，立传之人，并不限于政治方面，凡与社会各部分有关系之事业，皆有传为之代表。以行文而论，每叙一人，能将其面目活现。又极复杂之事项，例如《货殖列传》《匈奴列传》《西南夷列传》等所叙，皆能剖析条理，缜密而清晰，其才力固自夐绝。

（摘自梁启超《要籍解题及其读法》）

三　关于《史记》的写人艺术

司马迁之写人物，是有他的独特的方法的。

首先他很注意选择那些最能反映人物的精神面貌的事件或言论来进行描写。他自己在《留侯世家》中曾说：“（张良）所与上从容言天下事甚众，非天下所以存亡，故不著。”这就是说他写一个人的传记，并不是把这个人所有的言论行动都记下来，而是有所取舍的。正因如此，所以他能突出人物的精神面貌而不流于繁琐。

其次，司马迁写人物常用“互见法”，即把两人或几人有关的事件详细地写在与这一事件最有关系的那个人物的传记中，而于其他人物的传记中则一笔带过。这一手法，对于集中刻描一个历史人物，使其形象鲜明突出有很大的好处。

再其次，就是“故事化”的方法。可以说，“故事化”的方法，是司马迁写人物传记时最出色的方法，这种方法不但可以避免平铺直叙的枯燥无味，还可以增强人物形象的鲜明性。……

归纳起来说，在对人物的充分理解的基础上，选取其可信的、最能表现这一人物的特点的事件或言论，加以详略不同、彼此互见的剪裁和安排，并使之故事化，是司马迁写作传记人物的基本方法。

（摘自周祖撰、陈尽忠合编《中国文学史》）

四　关于《史记》的语言艺术

《史记》写人物能如此生动，和司马迁在语言运用上的成功也是分不开的。特别是在描写人物对话时，司马迁努力利用说话人的自然语调来刻画其神情态度，从而使这一人物更具有个性化的特点。例如……《张丞相列传》写周昌的口吃：“臣口不能言，然臣期期知其不可！陛下虽欲废太子，臣期期不奉诏。”以“期期”来描绘口吃的周昌在又急又气时的说话情态，非常逼真。

《史记》中一些记叙的语言也是很生动的，常常简单的几笔，就把事情交代清楚，或把一个紧张的场面渲染出来。

有时夹叙夹议，带有抒情因素。如《伯夷叔齐列传》中，在简述了他们的事迹后，列举历史上与现实生活中善人恶报，恶人善报的事例，……最后感慨地说：“傥所谓天道，是邪？非邪？”语言的感情色彩是非常强烈的。这些语言运用上的成功，加强了《史记》文章的感人力量。

（摘自周祖撰、陈尽忠合编《中国文学史》）

应用练习

一　试根据课文，简略分析刘成项败的原因。

二　描写范增，对于项羽形象的刻画，起了什么作用？

三　司马迁如何刻画樊哙这个人物？

四　试分析本文末“项王则受璧”到“吾属今为之虏矣”一小节的含义和语言特色。

五　试举出与本文有关的成语，并简要释义。

六　先仔细阅读《史记·酷吏列传·张汤传》中开头一节，然后回答问题。

　　张汤者，杜（长安附近地名）人也，其父为长安丞，出，汤为儿守舍。（父）还而鼠盗肉，其父怒，笞汤。汤掘窟得盗鼠及余肉，劾鼠掠治，传爰书（移换审讯文书，使他人再问），讯鞫论报（意谓反复审讯，读状数其罪），并取鼠与肉，具狱磔堂下（罪案具备，在堂下处死老鼠）。其父见之，视其文辞如老狱吏，大惊，遂使书狱（抄写刑律）。父死后，汤为长安吏，久之。

1　由张汤少年时代这些事，你预料张汤为吏后将会怎样？

2　司马迁为什么在历史传记中写入这样一件轶事？

东门行　　佚名

作　者

《东门行》是汉代一首乐府民歌，作者不可考。

所谓乐府，原是汉武帝时确立的一个音乐专署的名称。乐府的主要职责是采集民间歌谣来配以乐曲，以便合乐歌唱。经乐府采集而来的民歌，在汉代称为歌诗。大约在魏晋时，这种歌诗就被称为乐府诗，或简称乐府，于是乐府就由官署的名称，一变而为诗歌体裁的称号。乐府诗都有一定的题目，如《东门行》《长安有狭斜行》等，既是歌辞的题目，又是曲名。

汉乐府民歌都是“感于哀乐，缘事而发”的，其中有反映民间疾苦的，有讽刺卖官鬻爵的，有控诉战争残酷的，有描写婚姻不幸的，有反映家庭伦理的。今存汉乐府民歌虽仅三四十首，但所涉及的社会问题，甚至超过了《诗经》的范围。

汉乐府民歌的语言自然浑成，质朴劲健，没有斧凿的痕迹，这种语言特色，经过汉末三国时文人的发扬光大，与其充实的内容一起，被称为汉魏风骨，与《风》《雅》、《风》《骚》并提，成为后世反对雕镌柔靡诗风的旗帜。

汉乐府民歌的五、七（杂）言体，也发展成我国传统诗歌中最重要的两种形式。

北宋郭茂倩所编的《乐府诗集》，共一百卷，采历代乐府诗，分为十二类，是历来收罗乐府诗最为完备的一书。今存汉乐府，基本上都已采入。

解　题

《东门行》属《相和歌辞·瑟调曲》。《相和歌辞》原是汉代的“街陌谣讴”，后为乐府所采集，是汉乐府民歌的主体和精华部分。所谓“相和”，《宋书·乐志》有“最先一人唱，三人和”和“相和，汉旧歌也。丝竹更相和，执节者歌”的说法，可知“相和”可以是人声，也可以是丝竹之音。《瑟调曲》是相和歌“清商三调”（平调、清调、瑟调）之一，演唱时以笙、笛、节、琴、瑟、筝、琵琶七种乐器伴奏。

东门，是指诗中主人公所居城邑的东门（一说为洛阳上东门）。行指乐曲性质。郭茂倩把汉魏时乐府诗曲调归为八类：曰行、曰引、曰歌、曰谣、曰吟、曰讴、曰怨、曰叹。关于行的情况，后代有多种解释，一般认为是节奏流畅之意。后来又把行和歌合称为歌行。

《东门行》相信是东汉末年的作品。汉末外戚、宦官专权，酷吏横行，豪强兼并，隐伏着社会大动乱的危机。《东门行》是一首叙事诗，写东门某穷人，为生活所迫，终于不顾妻子劝阻，预备铤而走险一事，正是汉末社会的一个缩影。

课　文

出东门，不顾归[1]，来入门，怅欲悲[2]。盎[3]中无斗米储，还视[4]架上无悬衣。

拔剑东门去，舍中儿母牵衣啼。他家但愿富贵，贱妾[5]与君共餔糜[6]。上用仓浪天故[7]，下当用此黄口儿[8]。今非！

咄[9]，行！吾去为迟，白发时下难久居。

注　释

① 不顾归：顾，原意是回头看。不顾归可有两解：一解为决不回家；一解为不再考虑回家，顾，引申为考虑。

② 怅欲悲：悲，原意是悲痛，引申为哭的意思。怅欲悲，心中怅惘若失，想要哭出来。

③ 盎：大腹小口的容器。

④ 还视，回过头看。

⑤ 贱妾：古时妻子对丈夫、女子对男子自称“妾”、“贱妾”，表示谦恭，是用妾的本义“女奴”、“女侍”之意。与妻妾的“妾”不同。

⑥ 餔(bū)糜：吃粥。餔，吃的意思；糜，粥。

⑦ 上用仓浪天故：用，因为、为了。仓浪，青色；仓浪天即苍天、青天。故，缘故，这里可解作分上。这句说上看青天分上。

⑧ 黄口儿：黄口原指雏鸟，因其喙黄色，移用称小儿。

⑨ 咄(duō)：呵叱之声。

预　习

一　何谓乐府诗？

二　汉乐府民歌在诗史上的地位怎样？

三　本诗中有几个人物？

四　本诗中哪些是对话部分？

五　试简述本诗的内容。

分析和欣赏

文体特点

汉乐府民歌多为叙事诗。班固所谓“感于哀乐，缘事而发”，正说明了它通过叙述某一具体事件，以表达哀乐之情的特点。

关于汉乐府民歌的形式，详见本单元文学常识学习重点“汉乐府民歌的形式”项。

内容分析

《东门行》内容可分为三部分。

一是事件的起始：写主人公先决绝而出家门，又犹豫怅惘，出而复归。他为什么这样呢？原来“盎中无斗米储，还视架上无悬衣”，可见始出当是因生活所迫，已到了山穷水尽的地步，想铤而走险，复归则是因为一时还下不了这个决心。

二是事件的发展：主人公虽然回到家中，但环顾家中衣食全无的绝境，又想归而复出，再次“拔剑东门去”，他的妻子则苦苦劝阻。从妻子的话中可知，他所以终于决心“拔剑”犯科，不仅是因为本人衣食无着，更因为要养活善良的妻子和嗷嗷待哺的小儿，这就更增强了事件的悲剧性。

三是事件的结果：写主人公不顾妻子声泪俱下的哀求，决定冒死一拼，因为“白发时下难久居”，一切生计都已断绝，除了冒险，再没有第二条路可走。

全诗着力刻画了主人公的矛盾心情，和这对穷夫妻的善良本性，显示了犯法是迫不得已的事。汉代将这样一首诗收入乐府，当是为了了解民情，考察官员的政绩;而今天我们读来,也有助了解汉代的社会情况。

作法欣赏

《东门行》一诗结构浑成,剪裁恰当。作者以主人公出而复入,入而复出的矛盾行动为主线,重点写了夫妇间一段催人泪下的对话,而背景环境的交待自然地穿插其间,共同塑造了人物的悲剧形象。如果先写久受煎熬,无米无衣,再写决绝而起;或者只写出东门,而无出入的两次反复,效果就会大打折扣。

本诗出色地运用了深切人物心情的直接对话,以塑造人物形象,表现人物性格乃至心理。试看主人公的妻子对丈夫说的一段话:"他家但愿富贵,贱妾与君共餔糜。上用仓浪天故,下当用此黄口儿。今非!"这些话只有妻子才会对丈夫说。以"他家但愿富贵"与"贱妾与君共餔糜"对举,在焦虑中显示了她的善良忠贞。她不在一开始就指责丈夫"今非",而在结末方说,更显示出古代妇女对丈夫的恭顺婉和。同样,丈夫的回答也是深合他的性格和心理的。

《东门行》的动作描述刚健简洁,生动传神。"出东门,不顾归,来入门,怅欲悲。"十二字写出了主人公曲折的心情变化。"还视"之间,"拔剑"复"去",又是一层变化。这些极普通的字眼,放在这里却入木三分。如果你细心涵泳,更能体会到一种刚健中带有哀怨的节奏感。

由对话和动作描述两方面可见,以质朴自然,劲道深沉来形容《东门行》的语言特色,是很恰当的。明人胡应麟在《诗薮》中评道:"汉乐府民歌,采摭里巷,非由润色。然而质而不俚,浅而能深,近而能远,天下至文,靡以过之。"正揭示了这种特色。

班固所谓"感于哀乐,缘事而发",一方面指出了汉乐府民歌内容上的现实性；另一方面也是它艺术风格的精要概括，这就是基于现实，寓于一事的至情所造成的浑朴自然，哀感动人的风格。

讨论问题

一 “咄，行！吾去为迟。白发时下难久居”数句，表现了主人公一种怎样的精神状态？

二 你认为《东门行》的主人公是一个怎样的人？

三 《东门行》的主人公，为生计所迫，铤而走险，你同意他的做法吗？

四 《东门行》和《硕鼠》都是反映民间疾苦的，一为叙事诗，一为抒情诗。试比较两诗写法上的主要区别。

参考资料

一 关于汉代乐府的职掌

西汉初期的庙堂宫廷音乐大体承袭秦代，掌管庙堂音乐的职官是太常的属官太乐令，……专职演奏的乐工是世代相授的制氏一家，隶属于太乐。……而到武帝时，“定郊祀之礼”，在太乐之外，“乃立乐府”，于是正式开展了汉代音乐歌曲的一场重大改革。

……武帝立乐府的目的是在崇祀的名义下，要求用新声改编雅乐，以创作的歌诗取代传统的古辞。为此，乐府官署的任务便是采民歌俗曲以创设新声曲调；选用武帝所欣赏的司马相如等当时作者的颂诗以为歌辞；以及训练乐工、女乐进行新作的排练。显然，其实质是改革传统的郊庙音乐歌曲。

……太乐和乐府这两个掌管音乐的官署之间分工不同，便于新声广泛进入宫廷，用于歌颂功德，点缀升平，供欣赏娱乐；而传统的雅乐古辞则限于宗庙祭祀。

（摘自《中国大百科全书中国文学》卷）

二　关于汉乐府诗的写实传统

乐府诗深深地植根于生活的土壤，在面向现实这点上，同《风》《雅》极其相似。“感于哀乐，缘事而发”的创作精神，乃是对《诗经》“饥者歌其食，劳者歌其事”的现实主义传统的直接继承。

……某种意义上可以说，《诗经》是汉以前的乐府诗，乐府诗又是汉以后的《诗经》。

（摘自王运熙、王国安《汉魏六朝乐府诗》）

三　关于汉乐府诗在诗歌体裁上的贡献

汉以前是《诗经》《楚辞》的时代。西汉文人诗歌创作本来不多，偶有所作，也未能跳出《诗》《骚》藩篱。乐府诗却于《诗》《骚》之外，别开生面，开创了诗歌体裁更新的局面。在一个漫长的时期里，对诗歌形式的发展，不断作出重要的贡献。具体说，它除了本身已成为一种富有生命力的诗体，常为诗人在反映社会问题、表现现实生活的题材时所常用外，还促进了多种诗体的发展成熟。诸如五言诗、七言诗和杂言歌行等，无不是借乐府之力演衍成风的。

（摘自王运熙、王国安《汉魏六朝乐府诗》）

应用练习

一　试分析《东门行》中男主角的心理变化过程。

二　诗中主角的妻子如何规劝丈夫？从中可见她是一个怎样的人？

三　班固谓汉乐府“感于哀乐，缘事而发”，试以《东门行》为例加以说明。

四　试举《东门行》中一、二例子，以说明汉乐府民歌语言质朴自然又遒劲刚健的特色。

五　先仔细阅读《古诗十九首》之第十三首《青青河畔草》，然后回答问题。

青青河畔草，郁郁（树木青茂貌）园中柳。盈盈（仪态温娴貌）楼上女，皎皎（白皙光洁貌）当窗牖。娥娥（容颜美好貌）红粉妆（艳丽的妆饰），纤纤（尖细状）出素手。昔为倡家女（歌妓），今为荡子（游子）妇。荡子行不归，空床难独守。

1　这首诗要表达的是一种怎样的思想感情？

2　这首诗是叙事诗呢，还是抒情诗？为什么？

3　作者在诗中用了六个叠词，作用何在？

4　这首诗的风格与汉乐府民歌比较，有何异同？

文学常识学习重点

一　《史记》叙事及刻画人物的技巧

叙事和写人在《史记》中是不可分割的，司马迁在写事传史的同时为人物立传，相反，也就在传人的同时写了史。为便于理解，特分从叙事和刻画人物两个角度来看《史记》的写作技巧。

甲　从叙事的角度看

1　善于取舍剪裁

《史记》叙事，总是选取能够展现历史面貌，又最能体现人物性格的事件作为一文骨干，加以着力描写，然后适当地串联入其他事件，以清脉络。如《项羽本纪》记项羽一生事迹，却只集中笔墨写巨鹿之战、鸿门会和垓下之围，从而显示了项羽一生的兴盛、转折和败亡，也勾勒出楚汉相争时代的历史面貌。这远非流水账式的历史著作可以比拟。

2　善于把握复杂的人物关系

《史记》所记场面宏大，人物关系千头万绪，而司马迁却能记叙得有条不紊。他总是抓住众多人物关系中最关键的一种作为叙述主线，旁及其他，纲目分明，以宾衬主。如《魏公子列传》，写信陵君救赵，虽涉及众多人物，但主线却是信陵君与魏王的关系。魏王疑忌信陵君，却不能不用他；信陵君身负重任，却又动辄见掣，由此才演衍出两人对各色人等的态度和救赵过程的重重困难。

3　善于映衬互见

为了突出事件的主线和人物的性格，司马迁在叙事写人中采用互见法，即以传主为一传的中心，他人处于陪衬地位；又多记传主的主要事迹，次要的互见于他人传中。如《项羽本纪》以项羽为主，刘邦为宾；《高祖本纪》以高祖为主，项羽为宾。《高祖本纪》中又略去刘邦的次要事迹，而放到《项羽本纪》中来写，这样就避免了一传之事过于冗杂，主次不分。

4 善于经营故事

《史记》叙事生动，富于故事性。司马迁常用小说家的笔法，如制造悬念等，以达到扣人心弦的效果。《淮阴侯列传》写韩信忍辱胯下，《留侯世家》写张良为圯上老人进履等，都采用故事化的方法，避免了平板的叙述。

乙 从刻画人物的角度看

1 善于立体地刻画人物

《史记》中的人物都没有脸谱化之嫌，性格多层次，有血有肉。如酷吏张汤虽然残忍，但不畏强权，不贪贿赂，“汤死，家产直不过五百金，皆所得奉赐，无他物”。残忍和廉洁，其实从不同方面显示了张汤的严厉。

2 善于通过对人物言行的具体刻画来表现人物性格

如写项羽和刘邦观看秦始皇出巡后有所感慨，项羽说：“彼可取而代也!”语气咄咄逼人，表现了项羽的强悍和豪爽。相反刘邦则说：“嗟乎，大丈夫当如此也!”语气委婉曲折，表现了他的老练和深沉。

3 善于以细节描写突出人物性格

如《万石张叔列传》写石建一门拘谨，其长子庆为太仆，一次御出，汉武帝问车中几马，本来帝车六马是有规定的，但石庆仍以马策一一点数，点毕方答“六马”。司马迁就这一件事说：“庆于诸子中最为简易，然犹如此。”这个细节生动地表现了石氏一门的拘谨性格。

此外，如言语精彩，笔端常带感情等，也都有助于写事记人，不一一详述。班固所评“善序事理”，正是《史记》在文学上的最大特点。

二 《史记》对后世文学的影响

1 《史记》对古文的发展有很大影响。魏晋南北朝时期，骈文盛行，文人多学习《汉书》尔雅典正，丰赡多俳的风格；至唐代，《史记》那平易简洁的语言风格，为韩、柳一再推崇，取为典范，其在思想和语言上的创新精神，更成为古文家复古通变的榜样。

2 《史记》的纪传体，为后世许多正史所仿效，更在数以百计的杂史、野史中被发扬，终于在唐代发展为独立于史书之外的传记文学。

3 《史记》中许多动人的故事情节，成为后世小说、戏曲，以至诗词的描写素材，《霸王别姬》《将相和》《苏武牧羊》等取材于《史记》的剧目，今天还在舞台上上演，剧中人物更成为各类典型。《史记》在情节安排、悬念设置、性格刻画等方面的技巧，也为后世文人所取法。

4 《史记》又是一个丰富的语言宝库。其语词、故事不仅多为后世用作典实；其中一部分且成为约定俗成的成语，如背水一战、多多益善、破釜沉舟、运筹帷幄等，均出于《史记》。

三 乐府名称的由来

乐府一称有多种涵义。

“乐府”本为汉初官职名，汉惠帝时设有“乐府令”，是太常寺太乐令的属官。至汉武帝时，于太乐之外，另立“乐府”，“乐府”于是成为音乐官署的名称。

太乐执掌秦汉以来的雅乐，乐府执掌汉世新兴的俗乐，雅乐古奥难晓，俗乐悦耳动听，因此俗乐新声风行上下，很快就成为一种有独特形式的歌诗类别。乐府官署既掌俗乐，从事收集、整理民间俗曲，约魏晋时起，人们就把“乐府”与古诗对举，以区别入乐歌辞与徒诗，“乐府”因而又成为诗体的名称。班固《汉书·艺文志》说:“自孝武(汉武帝)立乐府而采歌谣,于是有赵代之讴,秦楚之风。皆感于哀乐,缘事而发。”正概括了汉代乐府诗的由来和性质。

乐府的名称在后世还有所发展。一是由歌辞的特点而定,凡仿乐府旧题,或另立新题所作的乐府体诗,无论入乐与否,都相对于“古诗”而称作“乐府”;二是就入乐的特点而定,凡入乐的歌辞,不论其诗体是否合于汉魏乐府诗,也可称乐府,所以后世的词、曲,也有称为乐府的,这应当视为“乐府”一称的借用。

四　汉乐府民歌的形式、题材和写作技巧

甲　汉乐府民歌的形式

1　有一定题目

如《战城南》《上邪》《陌上桑》等,乐府题既是歌辞之题,与内容相符;又是曲调之名。

2　有一定章法

首先是分解,解是乐章的单元,有时也反映诗意的变化。但也颇多韵意不双转,多解同一层意思的情况。五言以四句一解为多,杂言则较复杂,随乐句长短而异,后来纯七言体确立则以两句一解为多。解以外,又有“艳”(序曲)、“趋”(尾声)、“乱”(与趋相近,总结诗意)、“和”(一人唱,多人和)等,由于资料缺乏,这些名目的具体情况已难以详考。

3　无句数规定

汉乐府虽分解,但用同一乐题所作的诗,解数并无一定,随内容需要可长可短,相同的主要是旋律。如平调曲《长歌行》(青青园中葵)只有十句,而平调曲《长歌行》(仙人骑白鹿)则有二十二句。

4　句式多样

每句字数齐一的叫齐言体,主要是五言;每句字数参差不一的叫杂言体,

杂言体一般以七言为主。

5　韵式多样

有逐句韵、隔句韵、三句韵等，五言以隔句韵为多。以当时口语韵母相同或相近者相押，平仄可通押，也可转韵。

现将汉乐府诗和《诗经》的形式比较如下：

	诗　经	汉乐府
每句字数	四言为主。	打破四言限制，变化多端，从一字到七字都有。
章节	多用叠章法。多分章。	少用叠章法。分解，五言以四句一解为多。
用韵	以周代口语押韵，可转韵，隔句韵较多。	以汉代口语押韵，可转韵，隔句韵较多。
表达方法	以抒情诗为主。	以叙事诗为主。
篇幅	较短。	较长。

乙　汉乐府民歌的题材

汉乐府民歌的题材取之于生活，富有现实性，班固所说“感于哀乐，缘事而发”，是很好的总结。具体来说有以下几类：

1　反映民间疾苦

如《东门行》《妇病行》等，描绘穷人生活，如在目前。在风雨飘摇，大乱将至的汉末社会，富于典型性。

2　反对战争徭役

大帝国南征北讨的军威，沾有人民不少血泪；国力衰落，战乱频生时，百姓更是饱受其苦。如《战城南》《十五从军征》《悲歌行》等，均暴露战争的祸害。

《战城南》中所写“野死不葬乌可食”的惨象，正是当时战乱的写照。

3 反映富家豪奢

汉代社会到了后来，贫富不均的情况愈来愈严重，乐府有加以抨击讽刺的，如《鸡鸣》咏叹“天下方太平”时权贵极尽侈糜，篇末以“李树代桃僵”，发出委婉的警告。其他名篇尚有《长安行》《长安有狭斜行》等。

4 反映伦理问题

如《孤儿行》写孤儿被兄嫂虐待，篇末说要寄书于地下的父母，告诉他们“兄嫂难以久居”，读之使人泪下。又有反映弃妇问题的，名篇有《白头吟》《上山采蘼芜》等。长篇叙事诗《孔雀东南飞》，则表现了对婚姻自由的追求和礼教的违反人性。

5 讴歌美好事物

如《雁门太守行》写和帝时洛阳令王涣的政绩，《上邪》表达了生死不渝的爱情，《江南》则表现了男女相悦的愉快，《陇西行》赞叹能干好客的主妇等。

6 表述愤世、游仙、哲理等

这一类大多是下层文士的作品，因不满现实，所以愤世嫉俗，转而求仙以望长生，如《善哉行》《满歌行》。也有的表现了富于启发性的人生哲理，如《长歌行》说“少壮不努力，老大徒伤悲”，已成为代代相传的格言。

丙 汉乐府民歌的写作技巧

汉乐府民歌大部分是叙事诗，即使在少量的抒情诗中，也参有叙事成分。善于叙事，是其最大特点。明代徐祯卿《谈艺录》说：“乐府往往叙事，故与诗殊。”正道出了乐府与古诗的主要区别。现分析其写作技巧如下：

1 剪裁得当

汉乐府民歌善于截取生活的一个断面作集中描写，如《东门行》只取主人公出而复归，归而复出这一截面，尤有典型性。即使是《孔雀东南飞》这样情节完整的长篇巨制，也剪裁得详略得宜，诗以焦刘两人的“生离”和“死合”为中心展开铺叙，前后对比，而略过一般过程的交待。

2　对话生动

汉乐府大多是在对话中展开情节的，如《陌上桑》就重点写了太守与罗敷的对答，笔力集中于罗敷夸婿，压倒太守之上，大事渲染，富于喜剧效果。

3　注意细节刻画

如《孤儿行》写孤儿于寒冬汲水，不仅写了履霜之苦，更加入蒺藜刺入足心，拔断在肉中的细节，极有效地表现出孤儿的悲苦。

4　善于铺陈烘托

《陌上桑》写罗敷之美，先一一铺陈她的衣服、饰物等，然后写各色人等见到罗敷的惊诧神态来作烘托，有虚实相生、美不可言的艺术效果。

5　语言朴实，有古拙之趣

汉乐府抒情叙事，都“感”于“哀乐”，“缘事”而“发”，唯其感之深，所以状之切，不事雕琢，却往往有后世刻意经营者难以达到的情趣，这就是所谓古拙之趣。如《江南》：“江南可采莲，莲叶何田田。鱼戏莲叶间。鱼戏莲叶东，鱼戏莲叶西。鱼戏莲叶南，鱼戏莲叶北。”这首小诗，写男女相悦。“莲”谐“恋”音，“鱼”更是相爱“悦”的传统比拟。“鱼”儿在重重叠叠的“莲”间忽东忽西，忽南忽北地游戏，在朴实的词句中传达出歌者心中的欢悦。

五　汉乐府诗对后世的影响

1　开创了“汉魏风骨”

汉乐府特别是其中的民歌，内容充实，风格刚健，上承《诗》《骚》，下启建安诗歌。后人称汉代以乐府为主的诗歌和建安曹魏诗人的作品有汉魏风骨。汉乐府及建安诗作与《诗》《骚》一起，成为古典诗歌发展的主要传统。

2　开创诗歌的形式

汉乐府民歌的五言、杂言（七言为主）体诗，植根于当代语言，顺应汉语发展的自然趋势，具有强大的生命力。虽然这些新兴诗体被泥古不化者视为“俳优倡乐”之体，但却广为文人效法，其后，五、七言诗终于取代《诗》《骚》，成为古典诗歌的主要形式。

3　丰富了诗歌的表现手法

汉乐府诗的艺术手法如对话、独白的运用以及细节刻画等，均成为后世诗人取法的榜样；特别是前述叙事艺术，对古典诗歌更有重大影响。

4　指示了诗歌更新的途径

发源自民间的汉代民歌为诗坛输入新鲜血液，迎来诗史上的新时代。这一事实本身促使后世文人在正统诗歌发展迟缓时，向民间学习，开创诗史新篇章。

第四讲 魏晋南北朝诗文

杂　诗 其五　　曹　植

作　者

曹植（一九二——二三二），字子建，东汉沛郡谯（今安徽亳州）人，曹操的第四子，曹丕的胞弟。幼即聪敏好学，十余岁已能诵诗文数十万言。曹操建铜雀台成，命诸子作赋，他一挥而就，大受称赏。又常侍于曹操左右，有所问难，应声而答，曹操认为他可定大事，几度想立他为世子。可惜曹植任性而行，不自检束，饮酒无节，逐渐失去曹操的宠信。而曹丕则善用权术，矫情自饰，终于得立为世子。曹丕代汉建魏后，对曹植非常疑忌，不但剪除羽翼，而且屡迁封邑。曹植多次上书请求任用，终未如愿。四十一岁时，他虽爵为陈王，而从人不过百，终于郁郁而终，死后谥“思”，所以后世称他为陈思王。

曹植是中国诗史上杰出的大诗人。文学史上把他和曹操、曹丕并称为“三曹”，与王粲等“建安七子”，共为建安文学的代表（建安是汉献帝年号）。

曹植的诗作，大致可以建安二十五年（二二〇）曹操去世为界，分为前后两期。前期虽有涉及时政，歌唱壮志之作，但主要内容是“怜风月，狎池苑，述恩荣，叙酣宴”。不过，即使这些作品中也都充满了乐观向上的生命力，表达了对建功立业的向往，词采绚丽而音调高亢，显示出建安前后的时代精神。后期作品大都抒发骨肉相残的悲愤和请缨无路的痛苦，内容充实，情意真切，词采丰茂而色调悲壮。曹植诗中一以贯之的基调是“慷慨以任气，磊落以使才”的建安风骨。在诗体形式上，以五言古诗（包括乐府）为主，是奠定五言体的重要人物，被誉为五言诗的一代宗匠。

曹植又是文章高手，尤擅抒情小赋，不仅与他的诗同具主情善叙、丰华流

丽的特点，而且发展了秦汉后日益明显的骈偶技巧，对于骈文、骈赋的形成，有重大的推动作用。他的《洛神赋》更是赋史上的杰作。

有《曹子建集》传世。

解　题

《杂诗》其五，是曹植《杂诗》六首中的第五首。所谓杂诗，李善《文选注》说："杂者，不拘流例，遇物即言，故云杂也。"意思是说无一定规范，感于事物，即兴而发。这个"杂"，颇同于现代所说的"杂感"、"杂文"的"杂"。《杂诗》六首在曹植集中虽为一组诗，但并非同时同地所作，当为编集人将同题六诗合为一组（或合六诗冠以《杂诗》之题）。魏文帝黄初四年（二二三），曹植封雍丘王（雍丘故城在今河南杞县），五月到京师洛阳朝觐，七月回藩。本诗即作于回藩途中。

当时魏、蜀、吴三国鼎立。黄初三年（二二二），吴军大破蜀主刘备于夷陵（今湖北宜昌），火烧连营七百里；次年刘备愁病而亡，蜀国一蹶不振，吴国成了魏的主要敌手。黄初三、四年间，魏曾分兵三路攻吴，但未获全胜。曹植早年曾从曹操攻战征伐，对于一统天下的大业，无时或忘。可是曹丕疑忌诸王弟，黄初四年诸王朝京师时，任城王曹彰不明不白地死去。同年七月，曹植本想与其异母弟白马王曹彪同路东归，也遭到监国使者的阻止，曹植为此写了一首悲愤的七章长诗《赠白马王彪》。至于请缨杀敌，当然更无可能。本诗正抒发了这种赴敌有心的壮志和报国无门的悲痛。当与《赠白马王彪》为同一时期的作品。

从诗体来说，这是一首五言古诗。

课　文

仆夫[①]早严驾[②]，吾行将[③]远游。远游欲何之？吴国为我仇。将骋[④]万里涂，东路[⑤]安足由？江介[⑥]多悲风，淮泗[⑦]驰急流。愿欲一轻济[⑧]，惜哉无方舟[⑨]。闲居非吾志，甘心赴国忧。

注　释

① 仆夫：驾车叫仆，驾车的役夫称仆夫或就叫作仆，与一般"仆人"的"仆"不同。

② 严驾：严，原意整肃，引申为装备。严驾，整治车驾待发。

③ 行将：两字连读，将要之意。

④ 骋：纵马奔驰。

⑤ 东路：指从洛阳东归封地雍丘之路。雍丘在洛阳东南。

⑥ 江介：江，长江；介，中间。江介，长江一带。

⑦ 淮泗：淮水和泗水。淮水流经河南、安徽、江苏；泗水流经山东、江苏，三国时在洪泽湖（今江苏北部）入淮，所以淮泗常连称。淮泗和长江都在雍丘东南，是伐吴必经之路。

⑧ 轻济：济，渡水。轻济，轻松地渡过，与飞渡意义相近。

⑨ 方舟：两舟相并。方，并列之意。

预　习

一　曹植在文学史上的地位怎样?

二　试简述本诗的写作背景。

三　诗的第二句"吾行将远游",所谓"远游",是虚拟?是实写?还是虚实兼而有之?

四　曹植为什么说"东路安足由"?这和下文说的"甘心赴国忧"有什么关系?

分析和欣赏

文体特点

五言古诗每句五字,句数不限,双句必押韵,可以转韵。平仄和对偶均无严格规定。

所谓古诗,是相对于齐梁至唐形成的近体诗来说的;所以五言古诗的形式,虽早在汉代就已产生,但这一名目却要到唐代才有。古诗除五言外,还有四言、六言、七言(含杂言)多种,是就每句字数来区分的。

早在《诗经》《楚辞》中就偶或有五言句出现,但长期以来,未获充分发展,因为汉人以《诗》的四言体为尊,骚体次之。至东汉时,民间产生了大量适应当时语言的五言诗,较之已脱离当时语言的四言和骚体,具有无可比拟的生命力。这些民间五言诗,既为国家采集入乐,又为文人仿作。至汉魏之交,渐成风尚,终于取代了四言诗和骚体,成为古典诗歌中一种重要的形式。

内容分析

本诗作于黄初四年秋天，曹植由京城洛阳返雍丘封地途中某一个清晨。雍丘在洛阳东南，而敌国东吴又在雍丘东南。前者是诗人被迫归去之处，后者则是他希望奔赴之地，而两地的行程方向，又偏偏是一致的。全诗的感想就是由这种特定的背景和地理位置所引起的，可分三个层次。

前六句为第一层次：写清晨整装待发，可是目的地却不是他理想中所愿奔赴的地方。头两句实写待发，"远游"是关键词。当清晨行将向东南进发之际，诗人感慨万千，多么希望此"游"是奔赴仇敌东吴之地，"远游"万里，一展杀敌报国的宏愿；可是实际上，此"游"不过是东归形同囚室的封地。"东路安足由"，表面上说的是东归之路太短，其实却隐含有区区藩国王位，又何足以一展远图之意。

中四句为第二层次：承上理想中的"远游"，遥想"万里涂"中的战争风云，申足上一层之意，并点出痛苦的根源所在。东归之路既非"吾"所愿，神思早已越出了现实的行程，飞到了雍丘以东那所愿奔赴之地。于是眼前出现了"江介多悲风，淮泗驰急流"的悲壮景象。东吴的主要屏障就是长江、淮河等"天堑"，魏如能突破吴的江防，就可以长驱直入。据历史记载，魏、吴之间的主要战役，都发生在江淮流域。江面上那悲风急流，正象征着魏吴之间的战争风云。风起波涌的形势，撼动着诗人的心灵，从而迸发出"愿欲一轻济"的誓愿；可是现实是如此无情，"惜哉无方舟"，喟叹之中，充满了报国无门的悲愤。

最后两句为第三层次：承上总结全诗，表明不愿闲居远藩而甘心为国忧赴汤蹈火的决心，也隐隐表现了不满曹丕以封爵来羁縻诸弟。曹丕表面上封诸弟以王侯爵位，实际上却削夺了他们一切参政权力，并派监国使者监视他们的行动。因此，曹植虽封王爵而实同"闲居"。他后来在《求自试表》中形容这种地位为“徒荣其躯而丰其体”，“虚荷上位而忝重禄”。又说听到东进之军失败，食不下咽。从这些话中，正可见本诗结末“闲居非吾志，甘心赴国忧”两句中的怨愤心情。

本诗虽作于东归途中，但非纪行之作，而是抒写即兴而生的感想，所以题为“杂诗”。

作法欣赏

从建安前后起，诗歌创作进入了一个比较自觉的时代，不再是单纯的“饥者歌其食，劳者歌其事”，“感于哀乐，缘事而发”；而同时还重视诗人个性，重视创作技巧，曹植这首诗正是范例。

借题发挥，抒写不平，增强诗歌的抒情性，是最为显著的特点。本诗也“歌其事”，但内容不限于东归封国一事。曹植并没有在如何归国上多费笔墨，而只是借这一事件为触媒，有意识地将个人的理想和蓄积已久的悲愤，融铸到事件中，这与我们学过的汉乐府《东门行》相比较，可明显地看出诗人个性和抒情性的增强。

本诗以理想和现实的对比来安排结构，有效地传达出感情的波动。全诗以首途东路为引发，重点抒写“万里”之志。从开始到“吴国为我仇”，激情步步高扬，却一下子跌入“东路安足由”的现实之中；从“江介多悲风”起生“轻济”之想，再度振起，却在“惜哉无方舟”的喟叹声中，重又堕下冷酷的现实。结尾奋然自拔，唱出了“闲居非吾志，甘心赴国忧”的慷慨之音，这是诗的主旨，却因前面的两起两落而显得悲凉沉痛。

曹植诗重视起句的锻炼，造成先声夺人，笼罩全篇的艺术效果，前人评为“工于起调”。“仆夫早严驾，吾行将远游”，通过“早”、“严”、“远游”三词，生动地勾勒出诗人独立于清早肃爽空气中，将作万里之游的形象，构成广阔背景中一己孤独的画面，具有悲凉的意味，给后文留下了发挥余地。

警句的设置也很成功。“江介多悲风、淮泗驰急流”，是本诗的警句。其所以为“警”，在于一方面将魏吴交兵的险恶形势，浓缩于形象化的句子中，起了象征作用；另一方面在句式上，前面是一气贯下的散句，这两句用偶句作一顿束，再散为以下四句，就起到了全诗枢纽的作用。

本诗运用了多种修辞手法，且往往配合使用，表现力特强。如第三句“远游欲何之”，“远游”两字与上一句顶真，既强调了关键词，且利用顶真格音声的连环性，表现出急切远扬的心情。这一句本身又是设问，“欲何之”一顿，与上面顶真格的连续感，形成一张一弛的节奏；而又因有此一顿，“吴国为我仇”一答，也就分外铿锵有力。

本诗的语言简劲圆熟，有一种自然的风采。“仆夫早严驾”后，不说仆夫如何驱车，却径接“吾行将远游”，这是以宾形主，从仆夫之“早”、“严”，看出主人的急切，省却不少文字。“远游欲何之”一问后，接写“吴国为我仇”，不仅回答了将往何方的问题，更点明此去何事，何等省净，何等有力！

上述各种表现手法，加上笼罩于整首诗中的慷慨不平之气，遂形成了曹植“骨气奇高，词采丰茂”的艺术风格。

讨论问题

一　曹植在本诗中表达的是一己之怨，还是忧国忧民之思？试谈谈你的看法。

二　本诗赋、比、兴交相使用，试举例说明。

三　你能从本诗中看出曹植是一个怎样的人吗？

四　本诗在结构上有什么特点？

参考资料

一　关于古诗与乐府的关系

将《古诗十九首》与汉乐府五言歌辞相比较，舍去音乐因素，就诗体形式看，并无本质的区别。不仅如此，六朝以至唐宋人记载中两者的篇目多重叠，如古诗《生年不满百》又作乐府《西门行》；词句更多雷同，如古诗《孟冬寒气至》有云："客从远方来，遗我一书札，上言长相思，下言久别离。"而汉乐府《饮马长城窟行》则云："客从远方来，遗我双鲤鱼。……上言加餐饭，下言长相忆。"可见古诗与乐府在汉世是二而一的关系。被采入乐即为乐府，未入乐或入乐后又失其调名则为古诗。

（摘自上海古籍出版社编《古典文学三百题》）

二　关于曹植诗的思想内容

以曹操的死为界，曹植的生活与创作可以划分成前后两个时期。前期的诗歌中，《送应氏》之一描绘洛阳荒芜的景象，表现了对战乱时事的感慨。《白马篇》《鰕䱇篇》则以高昂豪迈的词句抒发自己"捐躯赴国难"的志向和建功立业的愿望。后期的诗歌中，《七哀》《美女篇》借女子不遇的哀伤，写出自己空怀壮志而无从施展的痛苦。《野田黄雀行》，以少年拔剑破网救雀的故事为喻，抒写自己不能解救朋友脱离危难的悲哀。《赠白马王彪》用愤激的语言，指斥曹丕所加于他的迫害，并反复倾诉了他的苦闷以至对人生绝望的情绪，感情极其强烈。此外《杂诗》六首也是抒情的佳作，尤其是第五、第六两篇，表现出不甘闲居而宁可以死报国的壮烈情怀。

（摘自上海古籍出版社编《古典文学三百题》）

三　关于曹植诗文的风格特点

在建安诗人中，曹植留下的作品最多，历来也最受人们的推崇。他的诗非常讲究艺术形式，刻画工致，辞藻华丽，并注意到对仗的运用和锻炼警句，由此明显地改变了中国古典诗歌的面貌，成为杜甫以前，诗界最高的典范。不过他仍然注意吸取乐府民歌的长处，而且所作大都有充实的内容与深厚的情感，所以能保持刚健明朗的风格。此外他的《洛神赋》也是一篇千古名作，它以精炼妍丽的语言和浓厚的诗情，描绘出洛水女神艳美绝世，多情而纯洁的动人形象，从中寄托了作者某种迷惘的追求。

（摘自上海古籍出版社编《古典文学三百题》）

应用练习

一　本诗因何题为“杂诗”？

二　试以本诗为例，说明曹植诗的语言自然而有风采。

三　试析“江介多悲风，淮泗驰急流”两句的内在含义，及其在诗歌结构中所起的作用。

四　建安诗歌在中国诗史上的地位怎样？

五　何谓五言古诗？其起源如何？

六　试比较下列两首用牛郎织女起兴的诗（《古诗十九首》之十和曹植《杂诗》其三），然后回答问题。

迢迢牵牛星，皎皎河汉女。纤纤擢素手，札札弄机杼。终日不成文，泣涕零如雨。……

西北有织妇，绮缟何缤纷（织物零乱）。明晨秉机杼，日昃不成文。太息终长夜，悲啸入青云……

1　两诗中哪一首较质朴，哪一首较多修饰？

2　两首诗所表现的感情，侧重点有什么不同？

陶渊明隐居在江西庐山脚下的村庄，此处背景即为庐山。

相传是陶渊明醉后高卧的醉石

美丽的富春江

移　居其二　　陶潜

作　者

陶潜（三六五——四二七），原名渊明，字元亮，刘宋代晋后改名潜，又自号五柳先生。东晋江州浔阳柴桑（今江西九江）人。曾祖陶侃是东晋的开国元勋，但到陶潜时，家道败落。陶潜八岁丧父，少而贫苦。从青少年时代起，除接受儒家教育外，也受到道家和道教的熏染，因而在大济苍生的宏大抱负下，埋藏着皈依自然的种子。二十九岁时，一度任江州祭酒，后又数任州县属吏。四十一岁那年，因生活所迫，出任彭泽（今江西彭泽）县令。但只做了八十多天，因不肯束带整衣谒见上司，说“我不愿为五斗米折腰”，写了著名的《归去来辞》，弃职归家。从此一直“躬耕自资”，不再出仕，甚至忍饥挨饿、乞食，都不易其志。刘裕代晋建宋，他自比为太古时代的遗民。临终前饥卧多日，江州刺史檀道济送来米肉，他“挥而去之”，作《自祭文》，坦然逝去。死后友人私谥“靖节”，所以又称陶靖节。

陶潜隐居田园，实有激于晋宋之际现实政治的昏暗。晋时豪右世族垄断政治，相互倾轧杀伐，战乱不绝。文人学士如不随俗浮沉，就会祸生不测。因此陶潜遁迹田园，领悟自然的真趣，追求人格的解放。

陶潜是晋宋之际最杰出的诗人，虽然他间有追颂祖德，记述游宦行旅之作，也偶尔可见“猛志逸四海”的痕迹，然而他一生中有五十多年是在农村度过的，田园诗才是他贯串始终的主要创作，也是他作品中的精华，因此梁代钟嵘称他为“古今隐逸诗人之宗”。

陶潜并非将隐居作为待价而沽的手段，也由于他亲自耕作，对田园生活有

较切实的体会，所以他的田园诗，不论是写风光之美，还是写人情之淳，也不论是写田家之苦，还是写劳作之乐，都洋溢着真率的情趣。他总是以自然无雕饰的语言，作省净明炼的白描，将胸中那朴茂的真趣拍合到所写的情事之中，在行云流水般的诗歌节奏中，传达出他人所难以感受的自然美来，从而形成淡中见腴，散中见凝，神韵悠远的艺术境界。代表作有《归园田居》五首，《移居》二首，组诗《饮酒》《读山海经》和《拟古》中的某些篇章。

陶潜的辞赋和散文，篇幅短小，笔墨精炼，意境淡远，与其诗作有异曲同工之妙。代表作有《归去来辞》《闲情赋》《五柳先生传》《桃花源记》等。

传世有《陶渊明集》，历代注家甚多。

解　题

《移居》，原题二首，所选是第二首，作于晋安帝义熙七年（四一一），当时陶潜四十七岁。移居就是迁居。陶潜四十一岁归隐时，居于柴桑县柴桑里，后遭火灾，义熙七年迁到南里南村。

从归隐到移居，已经六年多。其间陶潜品尝过劳作后“带月荷锄归”的欣悦，也经历了“山中饶霜露，风气亦先寒”的田家之苦；而农村宁谧的风光和淳朴的人情，更使他感到一种“久在樊笼里，复得返自然”的真趣。《移居》二首写他与邻居间和谐真诚的交往，也表现了他安贫乐道，力耕自给，长隐不出的意愿。诗中的邻居可以考定的有殷晋安，他在《与殷晋安别》一诗中曾写到“去岁家南里，薄作少时邻”。

诗为五古体，是陶潜田园诗的代表作。

课　文

春秋多佳日[①]，登高赋新诗。过门更相呼，有酒斟酌之。农务各自归，闲暇辄相思。相思则披衣，言笑无厌时[②]。此理将不胜[③]？无为[④]忽[⑤]去兹。衣食当须纪，力耕不吾欺[⑥]。

注　释

① 佳日：这里指佳节。一说“佳日”指风日宜人的日子。

② 无厌时：厌，原指吃饱，引申为满足。无厌时，没有满足的时候。

③ 此理将不胜（shèng）：理，指这首诗里所写各种情事中的理趣。将，难道。胜，美好。这句是反问句。

④ 无为：不要，不可。

⑤ 忽：匆匆。

⑥ 衣食当须纪，力耕不吾欺：纪，原指丝缕的头绪，引申为理丝，再引申为经营、治理。屈原《卜居》：“宁诛锄草茅以力耕乎？将游大人以成名乎？”这两句暗用其意，表示不再出仕。

预　习

一　陶潜在文学史上的地位怎样？

二　本诗中写了几件与邻居交往的事？

三　试析“不吾欺”三字有何深意。

四　根据诗意，你能想象出陶潜日常生活的情景吗？

分析和欣赏

文体特点

有关五古特点，参见《杂诗》一课的“文体特点”项。

从内容来说，这是一首田园诗。所谓田园诗，是指以描绘田园生活和田园景色为主，并寓寄作者观感、情兴于其中的诗。

田园诗和山水诗皆确立于晋宋之交。两晋时盛行的玄言诗（谈玄学义理的诗，玄学是道家支派），多借自然风景来说玄理，表现崇尚自然的哲理。后来山水成分逐渐增多，至刘宋时，谢灵运以山水为主要描写对象，陶渊明则着重描写田园风光和田园生活，两人分别确立了山水诗和田园诗，成为山水田园诗派的两大鼻祖。当时山水诗十分流行，陶渊明的田园诗，可说是异军突起。直到盛唐，王维、孟浩然等在创作山水诗的同时，创作了不少优秀田园诗，田园诗方与山水诗并驾齐驱。

山水田园诗既以玄言诗为母体，特点是注重理趣，也就是在诗歌形象中含有哲理性的情趣。

内容分析

全诗十二句，四句一层，共三层意思。

前四句为第一层：写佳日与邻人登饮赋诗。春秋佳日，大家都去登高赋诗，经过邻友家门口时，“更”相呼相引，不论谁有酒，都一起细斟慢饮，以助登高赋新诗之兴。

五至八句为第二层：写农忙时的过从情景。佳日相聚，农忙则各自务农。忙中偶有闲暇，又时时相互思念，于是随便披件衣服出门相访，谈谈笑笑。对这种真朴自由的生活，诗人永不会满足。

九至十二句为第三层：由以上佳日、忙日的快乐，生出隐居终老、躬耕而食的感想，总结全诗。诗人说，这种生活中的理趣岂不美好？不可匆匆离此而去。最后两句进一步申说为什么要长居乡村：人生在世，衣食必须经营，其途径当然有多种，但只有努力耕作才是最可靠的。

全诗两层写事，一层挈出主旨，看来明白如话，但深究一下，其中的感触是很深的。

“衣食当须纪”后，诗人不说力耕方可得衣食，却说“力耕不吾欺”，那么是否曾经有“欺吾”之事呢？古代士人除归耕外，谋生手段主要就是仕宦。陶渊明曾经求仕，结果却使他屈辱痛苦。“力耕不吾欺”，表面上是说力耕则衣食有着，而深层意思则是：只有力耕而生的素朴生活，才能真正适意顺性。值得注意的是“力耕”两字出自屈原《卜居》。“卜居”即求卜问应居何处，与《移居》诗题意相近。《卜居》说：“宁诛锄草茅以力耕乎？将游大人以成名乎？”将“力耕”与向当权者干仕求名对举，肯定的是前者，否定的是后者。陶潜用“力耕”一语，就暗寓了否定仕宦之意。只是屈原出之以愤词，陶潜则出之以闲淡。宋儒朱熹评陶诗：“陶渊明诗，人皆说平淡，据某（我）看他自豪放，但豪放得来不觉耳。”本诗的思想感情，正当由朱熹之语窥入。

作法欣赏

本诗的寓意富于哲理性，而写来却若不经意。以自然的笔法表现自然的理趣，是陶潜诗的胜境。

本诗取材看似随意，实则甚有拣择。所取佳日、农务两事，一为闲时，一为忙时，是乡村生活的两个方面。而农务虽忙，仍有勤而后闲的逸趣，正可见出无时不有闲逸之趣。如果后一镜头也写闲时，必无这样的意趣。又因为本诗着重表现闲逸之趣，于忙也就只以“农务”两字轻轻带过，如在诗中刻意描写“农务”之艰，反会冲淡主题。可见取什么，不取什么；何者该详，何者当略，都极有分寸。

本诗的结构看似散漫，实则贯通凝炼，初看各成片断，细味脉络相连。一、二层的过渡在第五句，“农务”二字遥照“佳日”，由闲入忙；“各自归”暗应“更相呼”，由聚而散。以下“闲暇辄相思”三句，又由忙入闲，由散而聚。两头相聚的闲乐，由中间的农忙分散贯穿一体。这时再以“此理将不胜”的“此”字收束上八句，就由事而落到“理”上，结出理趣原在勤耕为本之上，这个“理”，也就显得分外有味了。全篇以闲乐起，以勤耕收，以闲勤相生的自然之理贯串日常生活的片断，似索贯珠，联成了事理交融，情韵盎然的一体。

本诗的语言看似素淡，实则丰腴。前四句所写，顺序当是先过门相呼，携酒共出，然后登高，再饮酒赋诗。如完全按生活原样写，倒真成了平淡散漫。陶潜起笔先写“春秋多佳日，登高赋新诗”，就先得高旷清远之势。第二层中，既以“相思”两字顶真，又以“辄”、“则”二字相应，就在流畅的音声中传达出忙中偷闲的欣悦和友邻相契的融和。“相思则披衣，言笑无厌时”两句，尤其传神，勾画出一幅有浓郁乡土味的风情画。我国的士大夫本是十分讲究礼节的，出门访友必先沐衣弹冠；出言吐语，更要得体有节。然而这一切在诗人一概不拘，“披衣”“言笑”间，已把真朴的关系传达出来了。这种真切的实感，灵动的意兴，使得陶诗的语言在自然中见出朴茂的秀色来。

宋人陈师道（后山）在《后山诗话》中评道：“渊明不为诗，写其胸中之妙尔。”这是对陶渊明诗创作方法的确评。所谓“不为诗”，是说不为作诗而作诗；所谓“胸中之妙”，是说他心胸中那超尘脱俗的情趣，那一任自然的理趣。因为

“不为诗”，所以无论取材、结构、语言，都似随手拈来，表现出疏散和淡泊的倾向；因为“写其胸中之妙”，那情理交融的妙趣，又将片断的事物凝聚起来，使淡泊的一切具有活生生的情态。这种事、情、理交融，看似散漫，实则浑成的气质；这种淡泊中洋溢着清远韵味的风格，正是陶诗最鲜明的特征。

讨论问题

一　有的注本将本诗前四句理解为：分写佳日登高赋诗和友邻相招饮酒两件事，你认为这种看法是否正确？

二　本诗最后两句是否仅是“自勉勤耕，不要耽于逸乐”之意？

三　陶渊明以皈依自然为立身之道，你是否同意这种人生观？

四　本诗也讲自然之理，但为何说它是田园诗，而非玄言诗？

参考资料

一关于陶潜的思想

（渊明）《饮酒》诗第二十云：“羲农（伏羲神农）去我久，举世少复真，汲汲鲁中叟（孔子），弥缝使其淳。”《劝农》诗云：“悠悠上古，厥初生民。傲然自足，抱朴含真。”《感士不遇赋》云：“……抱朴守静，君子之笃素。自真风告逝，大伪斯兴……”“抱朴”也是老子的话，也就是“淳”的一面。“真”和“淳”都是道家的观念。而渊明却将“复真”、“还淳”的使命加在孔子身上；此正是孔子学说的道家化，是当时的趋势。所以陶诗里主要思想还是道家。

（摘自朱自清《陶诗的深度》）

二　关于陶潜诗的风格

文体省净，殆无长语；笃意真古，辞兴婉惬。每观其文，想其人德。世叹其质直。至如“欢言酌春酒”、“日暮天无云”，风华清靡，岂直（只）为田家语耶？古今隐逸诗人之宗也。

（摘自梁钟嵘《诗品》）

“平淡自然”是陶诗的最大的特点，历代皆以相推许。钟嵘评为“文体省净，殆无长语，笃意真古，辞兴婉惬”；朱子云“渊明诗所以为高，正在不待安排，胸中自然流出”，又云“陶渊明平淡出于自然，后人学他平淡，便相去远矣”；敖陶孙《诗评》云：“陶彭泽诗，如绛云在霄，舒卷自如。”都是赞赏他的这一特点的。但陶诗之所以“平淡自然”，实在是因为他以农村的实际感受来写他所耳经目击的田园景象和生活的缘故。像“暧暧远人村，依依墟里烟，狗吠深巷中，鸡鸣桑树颠”（《归园田居》）四句，东坡许为“大匠运斤，无斧凿痕”，所写岂不是眼前实景？又如“茅茨亦就治，新畴复应畬”（《和刘柴桑》）；“弱子戏我侧，学语未成音”（《和郭主簿》）；“相见无杂言，但道桑麻长”（《归园田居》）。这一类句子都是家常话，但写来非常自然亲切。不只写景的如此，就是抒写情感的，也因为那情感即是由目前现实生活中来，所以也同样地真实动人。田园生活本身即是“平淡自然”的，如何能够用富艳雕琢的笔调来写呢？所以决定诗的风格形式的，主要还是那诗里表现的内容。

但“平淡”过度即未免流于枯槁，“自然”太甚也难免失于质木。陶诗的佳处即在能免除此弊。苏东坡云：“渊明作诗不多，然其诗质而实绮，癯而实腴。”……陈善《扪虱新语》云：“乍读渊明诗，颇似枯淡，久而有味，东坡晚年酷好之，谓李杜不及也。”钟伯敬（惺）云：“陶诗闲远，自其本色，一段渊永淹润之气，其妙全在不枯。”这些都说明陶诗“平淡自然”的结果，并没有落于“枯槁质木”，这就是陶诗的艺术特点。

（摘自王瑶《中古文学史论集》）

三　关于陶潜诗的影响

陶诗对于后来的影响却是非常大的，……杜甫《可惜》诗说："宽心应是酒，遣兴莫过诗。此意陶潜解，吾生后汝期"；白居易《题浔阳楼》诗说："常爱陶彭泽，文思何高玄。"至于李白的歌咏饮酒，苏轼的逐篇和陶，那更是显而易见的，一直到晚清的黄遵宪还把他的诗集叫作《人境庐诗草》（取义陶诗"结庐在人境，而无车马喧"）。清沈德潜《说诗晬语》说："陶诗胸次浩然，其中有一段渊深朴茂不可到处。唐人祖述者，王维有其清腴，孟浩然有其闲远，储光羲有其朴实，韦应物有其冲和，柳宗元有其峻洁：皆学陶而得其性之所近。"我们仅举这一段话，也就足以说明陶诗在文学史上所发生的广泛而深远的影响了。

（摘自王瑶《中古文学史论集》）

应用练习

一　试以本诗为例，分析陶潜归隐的原因。

二　苏东坡说陶潜诗"质而实绮，癯而实腴"，试结合本诗，谈谈你对这两句话的体会。

三　"此理将不胜，无为忽去兹"两句，在全诗结构中起什么作用？

四　试举本诗中一、二例，说明陶潜诗的语言自然平淡而富于表现力。

五　先仔细阅读以下两组诗句（选自陶潜《杂诗》之二和谢灵运《游南亭》），然后回答问题。

白日沦西阿(西山),素月出东岭。遥遥万里辉,荡荡空中景。风来入房户,夜中枕席冷。气变悟时易,不眠知夕永……

时竟(这里指春尽)夕澄霁(雨止天晴),云归日西驰。密林含余清,远峰隐半规(落日半圆)。久痗昏垫苦(是说早已厌倦了霖雨不止),旅馆眺郊歧。

1 “白日沦西阿,素月出东岭”两句描写了哪些景物?“时竟夕澄霁,云归日西驰”两句又描写了哪些景物?

2 “遥遥万里辉,荡荡空中景”与“密林含余清,远峰隐半规”,一写初月,一写落日。你认为哪两句写景较自然?为什么?

与宋元思书

吴均

作者

吴均（四六九——五二〇），字叔庠。南朝吴兴故鄣（今浙江安吉）人。家世寒微，性情耿直，好学有俊才。梁天监（五〇二——五一九）初，补吴兴郡主簿（掌门下众事和文书），以太守柳恽之荐入朝，官至奉朝请（一种散职）。后因私撰《齐春秋》，不顾梁武帝忌讳，实录齐梁间史事，被免职。不久奉旨撰写《通史》，未成而卒。世称吴朝请。

齐梁之间，诗文均已骈俪化、声律化，这本身是一种进展，但过分追求文学形式美，却产生了舍本逐末的弊病，吴均是当时为数不多的能协调情兴与声辞关系的优秀文学家。

吴均的诗文以清新挺拔著称，时称“吴均体”。他的书信体骈文成就尤高，篇幅短小而含义丰富。他并不刻板地追求骈文形式的工整，骈中间散，对法灵活，音韵婉和，朗朗上口。吴均善于体察物象，然后以凝炼生动的语言，绘出秀美的图景，不仅为景物传神，也含而不露地表现出自己的心情和个性，仔细品味还能感到哲理性的情趣，实为唐代山水游记的滥觞。

传世有《吴朝请集》，为明人张溥所辑。

解题

《与宋元思书》，是吴均写给他的朋友宋元思的一封信。书信在中国古代已成了一种文体。宋元思，字玉山，生平不详。有的本子“宋”字作“朱”，从同时代刘孝标有《与宋玉山元思书》来看，“朱”字当为形近之误。今天所见到录存这封信最早的书籍，是初唐时编的类书《艺文类聚》（卷七），仅录课文这一节。有人认为可能是原信的节文，但无可取证。本节文意已足，即使是节录，也可作为一篇完整的文章来读。

从题材来说，这是一篇山水小品。描写山水的文章，在南北朝时逐渐兴起，但多见于地理著作和书札之中，鲍照的《登大雷岸与妹书》可为早期代表。书信原为应用文，但因齐梁人这类书信短小隽永，具有很高的文学价值，完全可作为山水游记来赏读，所以文学史上称之为“山水小品”。

山水小品与山水诗一样，以山水为主要描写对象，并寄情寓意于其中。本文描绘了富春山水的奇异卓绝，并隐隐传达出作者崇尚自然的情趣。

从文体来说，这是一篇骈文。骈的原意是双马并驾，骈文即词句两两对偶而下的文章。

课　文

风烟俱净，天山共色，从流飘荡①，任意东西。自富阳②至桐庐③，一百许里，奇山异水，天下独绝。水皆缥碧④，千丈见底；游鱼细石，直视无碍。急湍甚箭⑤，猛浪若奔。夹岸高山，皆生寒树⑥。负势竞上⑦，互相轩邈⑧；争高直指⑨，千百成峰⑩。泉水激石，泠泠⑪作响。好鸟相鸣，嘤嘤⑫成韵。蝉则千转⑬不穷，猿则百叫无绝。鸢飞戾天者⑭，望峰息心；经纶⑮世务者，窥谷忘返。横柯上蔽⑯，在昼犹昏；疏条⑰交映，有时见日。

注释

① 从流飘荡：任船随流而行。

② 富阳：今浙江富阳，濒临富春江北岸，水北为阳，所以称富阳。

③ 桐庐：今浙江桐庐。相传黄帝时有神医在这里结庐，称桐君，所以得名。桐庐在富阳西南，也濒临富春江。

④ 缥碧：缥，淡青色；碧，青绿色。缥碧，形容水色青绿澄净。

⑤ 甚箭：比箭还快。

⑥ 寒树：耐寒长青的树。从寒树可见当时应为秋日。

⑦ 负势竞上：负，以背载物，引申为依凭。势，态势。负势竞上，是说山峰都显出一种竞相上跃的态势。

⑧ 互相轩邈：轩，高；邈，远。互相轩邈，联系上下文意看，当指山峰互相高高相对，远远相望。

⑨ 争高直指：山峰似互争高下，陡直地指向天空。这句是承"负势竞上"来说的。

⑩ 千百成峰：这句是承"互相轩邈"来说的。

⑪ 泠泠(línglíng)：水流清朗声。

⑫ 嘤嘤(yīngyīng)：鸟儿互鸣唱和之声。

⑬ 转：通"啭"，原意是转折发声，引申为婉转动听地鸣唱。多形容鸟鸣，这里指蝉吟。

⑭ 鸢(yuān)飞戾(lì)天者：鸢，鹰类猛禽。戾，至的意思。鸢飞戾天者，比喻追名逐利的人。

⑮ 经纶：经，本指织物纵线，这里作动词用；纶，丝绪。经纶，整理丝缕，引申为治理规划大事，一般用于国事方面。

⑯ 横柯上蔽：柯，树枝。这句说山木枝干横出，遮天蔽日。

⑰ 条：树木小枝。

预　习

一　吴均的文章有哪些特色？

二　何谓“山水小品”？

三　本文为什么不先交待行程，而先写“风烟俱净”四句？

四　课文中的偶句，有的是四言对偶，有的是六言对偶，有的是隔句对偶。试从文中找出三种不同形式的偶句。

分析和欣赏

文体特点

骈文是一种特别重视形式美的文体，它根基于汉字单音独体的特点，萌芽于汉魏之前文章中日益增多的偶对成分，形成于晋宋之交，而极盛于齐梁至中、晚唐。骈文的外在形式特点，可以概括为以下十个字：四六偶对、声律、用典、藻饰。

骈文主体部分语必成双，上下句除共有成分和首尾虚词外，字数相等，结构相近。齐梁尤其是唐代的骈文，都以四言、六言句组合为主，所谓“骈四俪六”，所以骈文又称“四六”。

齐梁后骈文与诗歌一样声律化，如“平平仄仄，平平仄仄平平；仄仄平平，仄仄平平仄仄”等。但即使到唐代，骈文的声律也不像律诗那样严格。

骈文注重用典，也称用事，即运用历史故事和有出处的词语。

骈文用词讲究妍丽秀美，多用风花雪月、美人芳草等。

内容分析

全文可分三个层次。

从“风烟俱净”至“天下独绝”为第一层次，总写富春江的“奇山异水”。起笔先总揽浙东秋景，“风烟俱净，天山共色”，“俱”、“共”两字，写出了六合四际融和为一片清到似乎透明的澄净之色，物与物之间似乎“俱共”泯去了彼此的差别，在这种自然胜景中，吴均“东西”“飘荡”，没有固定的目的，而只“从流”，而只“任意”，这种随缘任运的态度，说明作者已由物物融一的景色感召，而产生了物我融一的心境。这不正是庄子所说的“道通于一”么？这种在写景叙事中自然流露出来的哲理，就是理趣。正因如此，吴均起笔先总写这四句，然后补叙行程，并以“奇山异水，天下独绝”八字，点出这山水的特色。

从“水皆缥碧”至“猛浪若奔”为第二层次，具体描述富春江的“异水”。前四句写江水之清，“千丈”通常应是深不见底，但因水皆缥碧，竟可见到游鱼细石。后两句写水势之异，“急湍甚箭，猛浪若奔”，根据富春江今日的情景推测，这当是江水流经弯狭处的情景。

从“夹岸高山”至“有时见日”为第三层次，具体描述富春江两岸的“奇山”。富春江两岸，高山夹峙，山上披覆着耐寒长青的绿树，山色青翠与水光缥碧互相辉映，这是山色之“奇”；山峰不仅绵延不绝，而且争高竞上，直指云天，这是山势之“奇”；山中泉激、鸟鸣、蝉吟、猿叫，此起彼伏，萦回不绝，这是山声之“奇”。面对这种自然景象，作者不禁感慨道：追逐名利的人，看见那自由自在的山峰，也将止息了欲心；被国事世务所困的人，见到那孕含生机的山谷，也将流连忘返。最后四句，写深谷被林莽所蔽，难见天日。文章到这里戛然而止，韵味无穷。

作法欣赏

观察细微，刻画出色，是本文的首要特色。如写奇山四句：

负势竞上，互相轩邈。争高直指，千百成峰。

这四句是一种人格化的描写。一、三句相承由高度落墨，二、四句相接由广度展开，"互相""竞""争"，就赋予了群山万壑以活泼蓬勃的生命。而在群峰耸峙周围，又有不见其形，唯闻其声的泉激、鸟鸣、蝉吟和猿叫作烘托。虚虚实实中，构成了一幅有声有色，万物竞荣的山水画。

本文结构严谨，条理清晰。"风烟"四句总揽景色，清新飘逸有如天外来风。"自富阳至桐庐"转折，点出富春山水，同时标起"奇""异"二字为全文关键。然后笔分两路，模水、范山，极写水之异、山之奇，并发出"鸢飞"以下四句两联的唱叹，点明主旨，最后以"横柯"四句戛然而止。这一结倏然而去，正与起笔之飘然而来遥应，一起一结，深得文章结构之妙。

本文的句式以四六骈偶为主，又以散间骈，不拘一格，得词气流动之致。骈文以对偶为主，易生板滞之病，一般用散句加以疏畅，转接处用得尤多，"自富阳至桐庐"四句，正是以散句转接的范例，有倾泻而下之势，下文对山水的具体描写也就因势而来，显得灵动。就骈句本身来说，本文的对法也特富变化。有时以不工为工，似对非对，如"负势竞上，互相轩邈；争高直指，千百成峰"，是四、四句对四、四句，一、三两句对得很工整，二、四两句则似对非对，而这"不工"反倒有效地传达出山水的活跃气韵。

本文用典贴切，并无堆砌之嫌。文中"鸢飞戾天"一句直接取自《诗经》，其他几乎每句都有来源，如"游鱼细石，直视无碍"句，出自晋张协"游鱼瀺灂（水声）于绿波"及王子年《拾遗记》"蓬莱山水浅，有细石如金沙，不加陶冶，自然光净”两句。“急湍甚箭，猛浪若奔”一联，又与以下两句相关，一是南齐孔稚圭的“飞浪突云，奔湍急箭”（《褚伯玉碑》），二是晋左思的“惊浪雷奔”（《蜀都赋》）。骈文讲究用典，吴均化陈词为己语，深切当时情景，所以为佳。

骈文讲究藻饰，本文则以清丽洗炼取胜，清人许梿评为“扫除浮艳，淡然无尘”（《六朝文絜》）。如“急湍甚箭，猛浪若奔”，湍细而疾，用箭比喻；浪阔而猛，则用“奔”马比喻，既不能互易，又可参互见义，见出江水迅猛之势。其他如“俱”、“共”之深义，“负势”之传神，都是例证。

《梁书·吴均传》评吴均“文体清拔有古气”，用现在的话来说就是充实自然，清丽拔俗，词气畅达，音声流美。这就是本文以至吴均体的风格。

讨论问题

一　“奇山异水，天下独绝”两句，在全文结构上起什么作用？

二　有人将“负势竞上”解释为“凭借地形高低之势竞上”，你是否同意？

三　“横柯上蔽”四句，在抒情议论后又转入写景，是否条理不清？为什么？

四　试以本文为例，谈谈《梁书·吴均传》评吴均“文体清拔有古气”是什么意思。

参考资料

一　关于骈文的形式美

骈文是特别注意形式美的文体。其优点是形式整齐，音节和谐，语言典雅、华丽。但是过分追求形式整齐，往往使文章单调板滞，影响内容的表达；过分拘泥于平仄，既影响内容的表达，又失去语言自然节奏的美感；过多地用典，“文章殆同书钞”（《诗品·总论》），繁冗累赘，隐晦难懂，而丽靡过甚，又往往与情理相悖。因此，从骈文总的情况来说，典型的四六文每每不及骈散相间的来得活泼。

（摘自上海教育学院编《中国文学读本》）

二　关于吴均的性格遭际

吴均与何逊二人在梁武帝时曾同时进幸，后稍失意。武帝曾说：“吴均不均，何逊不逊。”二人遭遇有相类之处。

（摘自郭预衡《中国散文史》）

三　关于吴均文的风格和传承

吴均虽曾有志于作史，但史志未遂。他的著述也已湮灭，仅以诗文名世。其文章传世者也主要是一些短篇书简，如《与顾章书》《与宋元思书》《与施从事书》等……这样的文章已经侧重写景，而且已经形成南朝写景文章的基本特征：简洁省净，清新明快，篇无余句，句无余字，于骈俪文中，毫无冗繁之病。像这样的文章，在那样的时代，颇能使人一新耳目。张溥以为这样的文章似乎模拟陆云的《答车茂安书》和鲍照的《登大雷岸与妹书》（见《汉魏六朝百三家集·吴朝请集》的《题辞》），其实陆云、鲍照之文，都没有像这样简洁明快，继承关系是有的，但不是简单的模拟而已。

（摘自郭预衡《中国散文史》）

应用练习

一　试简述骈文与古文在文体上的主要区别。

二　本文具体描写"异水"和"奇山"两节，中间通过哪些词句由"水"向"山"过渡？试分析其佳处。

三　骈文由于句式对偶，经常要省去某些句子成分，试在本文中举出二、三例子，并略作分析。

四　本文共用了哪几种修辞手法？试各举一例以对。

五　先仔细阅读鲍照《登大雷岸与妹书》中以下一节，然后回答问题。

　　夕景欲沉，晓雾将合，孤鹤寒啸，游鸿远吟，樵苏一叹，舟子再泣，诚足悲忧，不可说也。

1　这一节中，前六句的句法关系如何？

2　这一节的主题句在哪里？

文学常识学习重点

一　建安文学兴盛的原因

所谓建安文学，是指汉末魏初曹魏邺下（曹操封地，今河北省内）一群文人所开创的文学风气。建安虽为汉献帝年号，建安文学却不属两汉文学，而归入魏晋南北朝时期。建安文学的代表作家有三曹（曹操、曹丕、曹植）七子（孔融、陈琳、王粲、徐幹、阮瑀、应玚、刘桢）。分析建安文学兴盛的原因，约有以下几点：

1　政治社会动乱

汉末军阀强盛，他们挟天子以令诸侯，一边剿灭黄巾军，一边相互混战，逐鹿中原，因此民生日益凋敝。社会大变动，促使诗人更深刻地思考，激发了他们对建功的向往和创作的激情，也使建安文学添上慷慨多气的时代特征。刘勰《文心雕龙》所谓"世积乱离，风衰俗怨"，正是建安文学兴盛的根本原因。

2　思想文化转变

经过汉末的大动乱，汉代经学所提倡的儒家伦理受到普遍的怀疑。另一方面，曹操为巩固自己的政治基础，适时应变，主张"用人唯才"，甚至不惜进用"不仁不义，而有治国用兵之术"的人，这引起了当时思想界关于才性问题的讨论，因而促使文学从经学思想的束缚中解放出来，人格成了诗文内涵的重要因素。

3　曹氏父子提倡

三曹既是当时杰出的诗文大家，又是最有势力的人物，因此大批文士云集麾下，形成了中国文学史上第一个较自觉的文学流派——邺下文人，并成为建安文学的中坚。

4　文学自觉性提高

自曹氏父子起，人们开始认识到文学自身的价值和独立的地位。曹丕《典论·论文》不但倡言文章乃“经国之大业，不朽之盛事”，而且首次提出了文学可以不借史笔和声势，仅以一己之意而“传世”的观念，充分显示了文学创作自觉性的加强。

5　文化普遍发达

当时玄学兴起，佛教传入，标志着哲学思想的活跃；曹植的画论，曹操的书法，历年来出土的大量汉魏壁画和雕塑，显示了这一时期各种艺术的繁荣；汉魏乐府旧题中所反映的胡乐因素，更说明了各族文化的交流，这些都对建安文学的气质风貌有一定影响。

6　文学发展趋势

建安文学兴盛，是对汉以前文学创作的继承和发展。东汉的抒情小赋，直接启迪了建安时代曹植《洛神赋》和《秋思赋》等优秀作品。汉乐府民歌和汉代无名氏的古诗，则以其明朗的风格和新型的五、七言形式，为建安诗歌的昌盛作好了准备。

二　建安文学的内容特色

建安文学内容充实。它既深刻地反映了“世积乱离”的社会现实和“风衰俗怨”的时代精神，又是建安诗人内心世界的个性化抒写。建安文人已不尽同于汉以前较单纯的写事言情，不再停留在“饥者歌其食，劳者歌其事”的层次，而是超越题材，表现出一种奋发精神和壮烈气韵。而且这种精神、气韵，又总伴有作者的个性和丰茂的文采。刘勰《文心雕龙·明诗篇》评建安文学为“慷慨以任气，磊落以使才”，正指出了它的特征。

后世对建安文学有“建安风骨”之评。风骨原是魏晋六朝人品评人物的用语。即风神骨格之意，后来移以论文。所谓“建安风骨”的具体含义，学界有多种意见，而其核心内容可以归结为：内容充实，个性鲜明，慷慨多气，刚健明朗，具有强大感染力的诗文风格。

三　田园诗的特色

所谓田园诗，是指以乡村田园为主要描写对象，并寓寄作者的情兴和理趣于其中的诗。田园诗的特色如下：

1　田园题材，自然主旨

田园诗主要写田园风光，包括景物、人情、风俗，及由此而起的观感等，而主要表现自然的意趣。

2　素朴平淡，反对雕凿

素朴平淡是田园诗的传统表现手法，一切繁缛的雕绘都与田园诗格格不入。它的提炼和营构，也必须由提炼而返之于自然，不着斧凿之迹。

3　描写真切，富于理趣

田园诗虽从玄言诗脱胎而成，但不同于玄言诗之纯粹说理，淡乎寡味。田园诗的哲理首先要从对田园风光的真切描写中形象体现，其次这种哲理又必须是作者自己所深切感受到的，而非抽象的说教。这种蕴藏在自然景象之后的哲理化的人生情趣，就叫理趣，可以说理趣是田园诗的灵魂。

4　淡中见腴，韵味清远

田园诗总有在言词以外更深一层的意思和趣味，所谓"弦外音"、"味外味"，这就在清淡的外表下显出了悠然远韵。淡中见腴，韵味清远，可说是田园诗的传统境界。

四　骈文形成的原因

所谓骈文，是指主体部分两两偶对而下的文章。这是魏晋南北朝时期形成的一种新文体，梁陈至初唐成熟定型。中唐后相对于奇句单行为主的古文，名为“骈文”；又因以四、六句式为主，也称“四六”或“四六文”。骈文形成的原因，有以下几点：

1 文学观念进化

魏晋之后，文学逐渐摆脱经学的牢笼而独立出来，人们开始重视文学自身的特点和技巧。齐梁时，不仅已有“文”与“学”、“文”与“笔”（实用文章）之分，更有正对、反对、言对、事对等偶对名目，因而促进了骈文的产生。

2 受文字声律学影响

刘宋时，谢灵运作《十四音训》，从理论上指出汉字单音独体的特点，并对汉字的语音作了研究，文字声律学由此大盛，至梁代沈约制定《四声谱》，为骈文形成提供了条件。

3 君主提倡

六朝时南方政局较稳定，经济发展较快，文化随之发达，特别是齐、梁、陈三朝，君主都是著名文学家，在他们周围聚集了大批文人，这对骈文的发展有一定影响。

4 文体发展趋势

远在先秦散文中，就有不少“高下相须，自然成对”的偶句。秦汉间，李斯、贾谊、蔡邕等人的散文，特别是汉代大赋，偶句大量增加。魏晋后由于以上条件的促成，骈文于是大盛。

五 骈文的特点

详见《与宋元思书》一课的“文体特点”项。

中国文学十讲 壹

中国文学十讲 贰

中国文学十讲 叁

中国文学十讲 肆

责任编辑 董艳霞

装帧设计 陆弦

中国文学十讲

贰

陆萼庭 赵昌平 编著

唐诗 唐宋散文

上海教育出版社

中国文学十讲

贰

陆萼庭
赵昌平
编著

上海教育出版社

并非陈旧的记忆——代序

上教社的编辑来访，说是相中了 25 年前，陆萼庭先生与我合编的港版《中国文学》教材，拟以图书形式出上教版。旧事重提，不免勾起一些久远的忆念。

事情要回溯到 1987 年前后，因着此书的编撰，我经历了许多第一次：第一次出境，第一次乘飞机，第一次体验了超市购物的自在，第一次领略了港式早茶的悠闲；当然，最使我惊诧的，是第一次身经目击了那些高楼群，密匝匝的令人胁息的现代化楼群。尽管坐飞机出境，现在已习以为常，而那些闻见，在今天的内地更是司空见惯；然而回忆起来，当时的新鲜感，还是有趣得紧。

一切都新鲜，唯有所面临的任务并不新鲜；至少在接受之初，自认是最熟悉不过的了。香港商务版《中国文学》（以香港教育图书公司名义出版），是一套高中升大学预科性质的教材，共四册，先秦至唐二册，由我承担；宋世至现代二册，陆萼庭先生执笔。我的专业就是唐代文学，先唐文学也素有研究，所谓成果，搞注释、作论文、编辞典、玩赏析，也有了那么一堆；至于中教，北大毕业后，我还在内蒙古当过"乡村男教师"，做过语文教研组长，开过规模不小的公开课。因此，1986 年初领任务时，以为必能驾轻就熟，一路顺风。

然而渐渐地，这最熟悉的活计，也变得新鲜起来。先是敬佩于港方那厚厚一摞子《编纂大纲》，连附件，足有 100 多页，当时内地出版界不像现在这样化"繁"为"简"，纵心所欲；选题报告还是认真做的，但如此细做，如此复杂，我还是第一次见到；接着是感慨于港方工作小组的阵容，组长是威斯康辛博士江先生，严肃顶真到可爱；二位成员倒是和蔼而其实较劲，都是女性，博士，都姓林，还都是港地有名的资深语文教师，一位现任，一位已转入商务；而总抓的竟是商务老总，后来成为联合出版集团董事长的陈万雄先生；我们下榻处，便是陈先生刚搬出的二室一厅的旧居。以如此强大的阵容从事一个中学类选题，在我已然六七年的编辑生涯中也是第一次遇到。最后尤其使我震撼的是，这次编写，使我第一次对什么叫"茅塞顿开"，有了切身体验。

从82年研究生毕业入行上海古籍到那时候，我的学术生涯可说是相当顺利，文章不断，却从未有过退改的遭遇。这次编撰，因为是沪港合作，也未敢怠慢，总想写得别具一格，力避平铺直叙。港方对初稿的意见是"功力深湛，甚佩"，这是客气话，下面一句才是真家伙——"希望更切合港地中学生的实际水准与阅读习惯"。第一次修改后，到深圳会商，再改，好不容易可以赴港定稿了，焉知抵港后二十余天，又改了两道，都说"不错，不错"了，但还是未许过关。那一晚，我足足憋屈了半夜，想起了业师施蛰存教授的一句话："诗要一句一句地读，一字一字地品。"忽焉"茅塞顿开"。原来我先前的写法过于成人化，论文化，这对于中文系学生兴许不错，然而对于港地中学生却未免头寸不合。于是我努力回忆自己上中学语文课时，大同中学的楼维国、方艾老师以串讲加点评的授课方式，第二天参以自己对文本的体悟，试改了一篇，返本就简的结果竟然是二林一江的微笑首肯，大加称赞。于是我不再拖陆老师的后腿了，提前十天完成修订任务，打道回沪了。

后来听说，我们这套教材格外成功，在港府调整教纲，重编教材前的十数年间，使用率一直居同类教材之首位。不过我深知，这不仅因为我们确实编得不错，更由于香港商务同仁的努力，除了营销出色外，他们所拟订的编写体例，确实切合中学生的思维特征，其大端如下：

全书将先秦至现代分为十个单元，各取一时期代表性文体之名篇若干作解析，各单元后附以此时期文学史与相关文体的知识，合而观之，便是一

种选篇与史述相结合，尤适宜于中学生与中等文化读者的微型文学史作品；其以文体为落脚点的设计，也符合中国文学演变的总体特征。

各篇课文的教学设计，又与以上总体架构相呼应。每篇约略可分三部分。中间部分“分析与欣赏”是主体，含“文体特点”、“内容分析”、“作法欣赏”三个块面。其关系是通过内容、作法的精要提挈，使读者对其文体特点有生动的具体感受。主体部分之前是预习部分，含正文、注释及针对重点、难点的预习题；之后则是扩展部分，含“讨论问题”、“参考资料”，与“应用练习”——取同一文体的其他一二篇（节），设题帮助使用者自读，以举一反三；而全书所及篇目，也由课文三十来篇扩展为百篇左右，可以由此构成对中国文学史的大概印象了。

其时，课本以外，更编有《教参》四册，大体是对应课本各部分，扩充相关资料，给出参考答案，设计相关活动，注译相关诗文等等。要求是取材丰富而精当，使教师一册在手，不必旁索而足以展开讲析并应对学生可能的提问。由于港地教师课程负担远过于内地，因此这套《教参》同样广受欢迎。

那些设计，我想即使对于今天内地的国文教学改革，也是有参考价值的。比如所谓启发式教育问题，后来我们还为香港商务编过一套《中国语文》教材，也许因教纲改变，要求全取启发式，一个问题接一个问题，而取消了课文精讲，使用下来，普遍反映远不如《中国文学》。可见教师精讲与启发式教育，应当是举一反三的关系，如此套教材然；试想如无精讲作示范，学生赤手空拳，又如何由“空”反三？

说到举一反三，这次教材编撰，对我后来的编辑生涯同样适用。我所一贯主张的观念：出版要由编辑本位转化为读者本位，便是由这次编撰中的困惑而萌生的；上海古籍出版社在上世纪八九十年代，公众读物的阔步发展，也与身为总编的我此番经历有关；而我后来撰写了不少初、中级读本，如印数已近十万的复旦版《唐诗三百首全解》，其取径、笔法也得益于此。

行文至此，都是很开心的新鲜事，然而临结束却又有些感伤——我所敬佩的合作者陆萼庭先生已于前些年仙逝。我永远怀念陆老的人品学问，怀念他身为“老教育”给我的点拨指导，也怀念在港期间，早餐时，他从外面买来的，同样是“新鲜”的，刚出炉的热面包……

赵昌平

目　录

第五讲　唐诗

第六讲　唐宋散文

文学常识学习重点

第五讲

唐诗

月下独酌　李白

作者

李白(七〇一——七六二),字太白,号青莲居士。祖籍陇西成纪(今甘肃境内),先代因罪流放西域。他五岁时随父迁回绵州昌隆县(今四川境内)青莲乡定居。

李白从小除受儒家思想影响外,还受到剑侠、纵横家,尤其是道家思想的熏染,加以生性豪放,所以不愿应科举考试。从二十五岁出蜀起,漫游名山大川,足迹及于大半个中国。又几度隐居,甚至学做道士。唐玄宗开元十八年(七三〇),他初入长安,无成而去。天宝元年(七四二),因诗才出众,"名动京师",被征召再次入京,为翰林院供奉(文学侍从),一度深受玄宗赏识,前辈诗人贺知章更一见他就惊呼为"谪仙人"。但不足三年,就被权贵谗陷,于是愤然上书请回,从此再无机会入朝。离开长安后,李白又在各地漫游了十年。安史乱起,李白正在江南,值永王璘在江陵(今湖北境内)起兵抗敌,李白应其所请充任幕僚。后来肃宗指永王璘谋反,李白也因所谓"附逆"罪,被流放夜郎(今贵州境内),幸逢大赦,中途折回,往投他的族叔当涂(今安徽境内)令李阳冰,当时李白已是垂暮之年。三年后,病逝于当涂,享年六十二岁。

李白的主要创作生涯是在安史之乱前。恢宏的盛唐气象,壮阔的山川气度,庄(子)、屈(原)以来南国文学瑰奇的气质,崇尚自由的仙道思想,加上他个人狂放不羁的性格和横溢的天才,使他的诗风自然奔放,俊逸清奇,因而有"诗仙”的美誉。他善用大胆的夸张，出人意表的想象，奇特的结构和行云流水般的语言，营构超尘脱俗，奇丽而清逸的诗歌境界。在形式上他最擅长古诗和绝句，尤其以七古、七绝最佳，抒写得如从内心自然流出，若不经意。即使律诗也不拘于声律偶对，而以气韵流畅见胜。大诗人杜甫在天宝三载初遇李白时就对他十分崇敬，后来更称赞他的诗为“笔落惊风雨，诗成泣鬼神”（《寄李十二白二十韵》）。诗史上不仅以李杜并称，更把李白视为屈原以后又一位最富于浪漫气质的诗歌巨匠。

有《李太白集》三十卷传世。

解　题

本诗原题四首，这是第一首。从第三首“三月咸阳城”句，可知这组诗应作于李白身处长安期间的暮春（长安古称咸阳）。

从内容来说，这是一首抒情诗。通过花间独酌，对月邀影的描写，表现了孤独不偶，企求解脱的心情。虽然不无消极的意味，但笔调豪纵，想象奇特，境界高逸，正是李白的本色。

从诗体来说，这是一首五言古诗。李白的五古以自然中见俊逸清奇为主，与他七古的瑰奇壮伟有所不同。《月下独酌》是他五古中的代表作。

课　文

花间一壶酒，独酌[①]无相亲。举杯邀明月，对影成三人。月既不解[②]饮，影徒[③]随我身。暂伴月将[④]影，行乐须及春。我歌月徘徊，我舞影零乱。醒时同交欢，醉后各分散。永结无情[5]游，相期邈[6]云汉[7]。

注　释

① 酌：斟酒、饮酒。

② 解：懂得。

③ 徒：费力而无效。

④ 将：和、与。

⑤ 无情：忘情。是道家所说的超然于一切之上，泯去是非、得失、物我等区分的精神状态。语出《庄子・德充符》。

⑥ 邈：渺远。

⑦ 云汉：银河。水盛叫作汉，银河在天而宽广，所以称云汉。这里借指仙境。

预　习

一　李白在诗史上的地位怎样？

二　为什么称李白为“诗仙”？

三　饮酒在全诗中起什么作用？

四　“月”、“我”、“影”三者在诗中是什么关系？

分析和欣赏

文体特点

参见《杂诗》一课的“文体特点”项。

五言古诗每句五字，句数不限，双句必押韵，可以转韵。平仄和对偶均无严格规定。

内容分析

李白自称“酒中仙”，酒，真可说是他不离左右的朋友。他乐时以酒助兴，愁时以酒销忧，甚至借酒装疯卖傻，侮弄权贵，平视帝王。酒更是他诗才的催化剂，所以杜甫说“李白一斗(酒)诗百篇”。本诗主题就是以饮酒为线索展开的。李白抱负极大，自比姜子牙、诸葛亮，但是却没能遇到“周文王”和“刘皇叔”，两入长安都未得重用。“三月咸阳城，千花昼如锦”(《月下独酌》之三)；然而三月过后，繁花又将怎样？盛年一去，人生又会如何？诗人虽说“谁能春独愁，对此径须饮”(同上)，但狂饮不正是为了销愁吗？骨子里是愁，却偏要说乐观；明明孤独无知音，却偏要说得热闹非凡。这在别人是难事，但对李白来说，只要有酒，便能挥笔即来。

全诗可分四层意思：

首四句点题并写在月明花好之夜饮酒。“独”饮而无人“相亲”，不免寂寞。这时，忽见月光照身，身影又投向地上，于是寂寞中忽生奇想，要邀月、对影，凑成三人。

五至八句承邀月对影而来，引出及时行乐的想法。诗人有情邀请月和影，然而月儿不见举杯，影子也只是空学着自己的样子。诗人的孤独感排遣不去，于

宋代梁楷李白行吟图

李白上阳台帖

安徽省马鞍山市李白衣冠冢

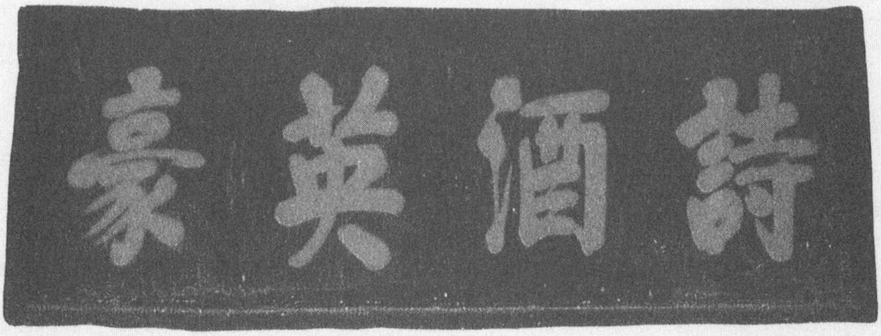

济宁市太白楼内的诗酒英豪匾额

山东省济宁市太白楼

是他执拗地想，你虽无情，我偏多情，姑且与不饮不语的月和影为伴，开怀痛饮。人生为乐须及时，切不可辜负了良辰美景。从这种执拗之态中，不是仿佛可见诗人已颇有几分酒意了吗？

九至十二句承上“行乐须及春”直写下来，似乎更见其醉态。想到人生当及时行乐，诗人兴致勃然，不但自斟自酌，而且载歌载舞。这时奇景忽开，那不饮不语的月和影，竟然有情有知起来。“歌”、“舞”两字是互文。“歌”字兼含“舞”意，“舞”字兼含“歌”意。诗人酒意朦胧中感到明月在随着自己的歌舞前后移步；身影也凑趣似的翩翩起舞。他正欣喜若狂，却忽然想到“醒”时“月”、“影”与我同欢共乐，然而酩酊大“醉”后，“月”、“影”不是又将离我而去吗？于是他不觉又悲从中来。

最后两句从低沉中振起，醉中遐想，呼应开头，结出诗旨。经过了“月”、“影”和“我”交欢共舞的热闹场面，诗人再也不愿忍受“醉后各分散”的冷清。那怎么办呢？他想出了一个绝妙的主意，那就是庄子所说的“无情”。“无情”，就是“忘情”，忘掉一切利害关系，忘掉自身的存在；忘掉了自身，不也就没有你我、彼此之分了吗？不也就你中有我，我中有你，万物同一了吗？不也就无所谓分离了吗？于是他对月和影说：不要紧，醉了更好，让我们把自己都忘了，长相聚，不分离。离开这繁华尘嚣的“人间世”，飞升到九天中、银河里，永作那绝对自由的“逍遥游”。

全诗以月明花好之夜为背景，以独饮为线索，层层展开“我”与“月”、与“影”的关系，来抒发心中的孤独无知音之感。“月”照“我”而有“影”，孤独的“我”是三者的中心，因此题为“月下独酌”。

作法欣赏

诗如其人，李白诗给人最强烈印象的是一种主观的精神力量。长安失意，又适逢百花开始凋零的晚春，在他人多半会发为低沉的愁苦之音，但李白却能从愁苦中振起，以超升为解脱，这就是他诗歌立意的超迈。

李白诗结构天成，总是随情所至，当起即起，当止即止，很少苦心经营，却触处生趣。本诗写的其实就是一个以酒浇愁的过程，层次的安排，全由饮酒中的感情抑扬所决定。花间独酌，无人相亲是一抑；自得其乐，生出邀月对影之想是一扬；然而月、影无情，又由扬到抑；再自我解嘲，暂伴月影，及时行乐，又由抑而扬；行乐而既歌且舞时，月、影感动，感情继续上扬；却又回思醉后分散的凄凉，再从高扬骤堕；但李白毕竟是李白，他不甘愁苦，从低抑中强自振起，于是有末两句的云汉之想，陡然升华到高潮，全诗也就戛然而止；可是升华毕竟只是主观的振拔，所以在这高潮中，似乎可以听到低沉的弦外之音。全诗四个层次，每一层次都有错综的扬抑变化，却以酒意中起伏的感情线一以贯之，这充分体现了他天成而有跳跃感的结构特色。

李白的诗歌又总是伴随着大胆而丰富的想象。人间寂寞无知音，而李白偏能在无知音处想出知音来。月光投射身影于地面，是再普通不过的事，在他笔下却能翻空出奇，并且越出越奇。时而嗔月怪影，时而使月影与“我”同歌共舞，甚至相邀空中的月、虚无的影，一起作云汉之上的忘情游。这看来完全脱离了现实，有点匪夷所思；然而不要忘记，他正在喝酒，可能已喝得酣醉，醉意中的寂寞之感，使得李白这些大胆的想象获得了现实基础，所以尽管大胆、奇特，却又合情合理。

李白诗语言本色，前人多引李白的两句诗“清水出芙蓉，天然去雕饰”来形容他的诗歌语言。以本诗为例，“花间一壶酒，独酌无相亲”两句，骤看很难指出这平平常常的十个字好在何处；然而仔细品味后就会发现“一壶”两字最有神韵。试改为“一席”酒、“一桌”酒，就太多了点富贵气；“一缸”酒、“一瓮”酒，又太粗放，成了酒徒，唯有“一壶”酒，自斟慢酌，更无红烛照耀，丝竹聒耳，方配得上与花月独对，这样起笔就得清新飘逸之至，引人渐入佳境。说李白诗语言本色，并非说一味淡朴，而正是说能以不雕凿的语言，最有效地传达特定的情景。

总而言之，卓然超迈的立意，起伏跳跃的结构，大胆丰富的想象，加上天然去雕饰的传神语言，共同表现了李白真率的心胸，形成了本诗飘逸自然，豪迈放达的风格特征。

讨论问题

一　“我歌月徘徊，我舞影零乱”是否刻意运用拟人修辞手法？从中可见李白诗的哪些特色？

二　前人形容李白诗语言为“清水出芙蓉，天然去雕饰”，这两句话是什么意思？试以本诗或你所读过的其他李白诗来说明。

三　《月下独酌》所表现的是愁苦之感还是欢乐之情？

四　诗中所向往的归宿，属于传统哲学思想中的哪一家？

参考资料

一　关于李白诗的时代精神

（李白）代表了盛唐诗歌突出的优点，而且形成为一个典型的风格，这典型更进一步，也就使李白成为历史上一个最具有鲜明个性的诗人。那丰富的想象，解放的个性，通俗而飞动的歌唱，青春与浪漫的气质，无一不是属于那一个时代的精神面貌。

（摘自林庚《诗人李白》）

二　关于李白诗的风格

……谪仙的称号，又与李白的诗歌创作有关。天宝年间殷璠编选的《河岳英灵集》称李白的诗"率皆纵逸，至如《蜀道难》等篇，可谓奇之又奇，然自骚人以迁，鲜有此体调也"。李白的族叔李阳冰在《草堂集序》中指出："其言多似天仙之辞。"他们都注意李白诗歌纵逸若仙的特征，这一创作特色，又进一步使人们加深了谪仙的印象。

……李白的诗歌是极富有个性的，他将自己的一腔热情倾注到描写的对象中，表现出强烈的主观色彩。《蜀道难》中三次出现"蜀道之难，难于上青天"，犹如乐曲中的主旋律，回旋往复，激荡着读者的心弦。"问君西游何时还，畏途巉岩不可攀"；"锦城虽云乐，不如早还乡"，又似亲切的叮咛，一往情深。诗中大量的奇丽惊险的描绘，也充满着作者惊讶、赞叹的激情，透过一幅幅色彩斑斓，惊心动魄的画面，我们似乎可以看到"兴酣笔落摇五岳，诗成笑傲凌沧州"的诗人高大的形象。……

李白诗歌的意象往往是超越现实的。他在诗中很少对生活过程作具体详尽的描述，而是"言出天地外，思出鬼神表"，让想象神游，将历史、神话传说、梦境、幻觉和人物故事、自然景象组合起来，捕捉许多表面上看来似乎没有逻辑的意象，构成神异奇特，可惊可愕的图画。如《梦游天姥吟留别》描写一连串瑰丽变幻的梦境，已令人惊骇不已，但诗人并未就此止步，而是进一步引出一个"青冥浩荡不见底，日月照耀金银台"的神仙世界，寄托了诗人的追求和向往……

大胆的夸张也是浪漫诗风的一个表现。《秋浦歌》其十五用"白发三千丈"比喻无限愁思，《北风行》用"燕山雪花大如席"形容北方的奇寒大雪，《横江词》用"一风三日吹倒山"（一作"狂风吹倒天门山"）表现狂飙怒吼，洪涛涌起的雄奇景象，《望庐山瀑布》用"飞流直下三千尺，疑是银河落九天"描绘珠溅玉迸的飞瀑。诗人将极普通的事物，变为令人惊叹的形象，真可谓化腐朽为神奇，手法高妙。

诗歌语言方面，李白也有个人特色。李白崇尚道家的自然观，认为“万物兴歇皆自然”，反映到创作上，表现为主张自然率真，反对雕饰造作。他曾用“清水出芙蓉，天然去雕饰”称赞韦良宰的诗，其实用来说明自己的诗，更为恰当。他的诗语言朴实通达，有的简直如同脱口而出的口语，明白如话，如著名的《静夜思》等。同时，李白诗歌的语言又是奔放的，充满激情的，“君不见黄河之水天上来，奔流到海不复回。君不见高堂明镜悲白发，朝如青丝暮成雪”（《将进酒》）；“行路难，行路难！多歧路，今安在？长风破浪会有时，直挂云帆济沧海”（《行路难》），都给人奔涌而来，一气直下之感。

由于李白诗歌具有这些特色，直至今日，我们读他的诗篇，仍觉得慷慨激昂，痛快淋漓……会感到一种少有的酣畅和满足，一种美的享受。

（摘自上海古籍出版社编《古典文学三百题》）

三　关于李白诗风与杜甫诗风的主要区别

子美（杜甫字）不能为太白之飘逸；太白不能为子美之沉郁。

（摘自宋严羽《沧浪诗话》）

应用练习

一　本诗题为“月下独酌”，李白是从主观的角度写月，还是从客观的角度写月？

二　李白为何要与空中的月，虚无的影“永结无情游”？试分析他当时的心情。

三　想象丰富是李白诗的特色，试从本诗中举例说明。

四　将“醒时同交欢，醉后各分散”两句与前文联系起来看，“同交欢”是否真是“醒时”？与“月”、“影”各分散又是否真是“醉时”？从中可见李白遣词造句的哪些特色？

五　将本诗改写为语体散文。

六　杜甫《醉时歌·赠广文馆博士郑虔》也是一首有名的酒诗，同样抒发自己的不遇之感，其中写到自己说：

杜陵野客（杜甫自称）人更嗤，被褐短窄鬓如丝。日籴太仓五升米，时赴郑老（郑虔）同襟期。得钱即相觅，沽酒不复疑。忘形到尔汝（不分彼此），痛饮真吾师。清夜沉沉动春酌，灯前细雨檐花落。但觉高歌有鬼神，焉知饿死填沟壑。……儒术于我何有哉，孔子盗跖（春秋大盗）俱尘埃。不须闻此意惨怆，生前相遇且衔杯。

回答下列问题：

1　杜甫这首诗写他自己的落魄和悲愤，与李白《月下独酌》比较，哪一首更具体？

2　“清夜沉沉动春酌，灯前细雨檐花落”两句写饮酒环境，与“花间一壶酒”此句比较，笔法上有哪些分别？

3　通过这些比较，你认为这两首诗的风格有何不同？

阁夜　　杜甫

作者

杜甫（七一二——七七〇），字子美，又称杜工部、杜拾遗。祖籍襄阳（今湖北境内），生于河南巩县（今名同）。早年漫游各地，曾参加进士科考试，未中。唐玄宗天宝年间（七四二——七五六），客居长安将近十年，郁郁不得志。安史之乱时，流离兵火之中，被贼兵所俘，出逃到肃宗所在地凤翔（今陕西境内），授左拾遗（谏官）。不久因直言谏诤贬职。乾元二年（七五九）弃官西行入蜀，在成都郊外浣花溪畔构筑草堂定居，并一度流寓东川梓州（今四川境内）。后在剑南节度使严武幕府为参谋，授检校工部员外郎（一种挂名的闲职）。严武去世后，他携家离蜀，途中在夔州（今四川境内）滞留了两年。大历三年（七六八）出长江三峡东行，漂泊于今湖南、湖北一带，贫病而死。

杜甫出生于“奉儒守官”的士大夫家庭，又适逢唐朝由盛转衰的大动乱时期，他怀抱济世安民的理想，尽管个人遭遇坎坷，却以“知其不可为而为之”的精神，执着地关心着时局和民众。加以他早年曾漫游名山大川，乱后又东西奔波，历尽艰难，所以眼界开阔，思力深厚。诗作不仅感情强烈，气魄沉雄，境界崇高，而且深刻地反映了当时的社会现实。后世因为他诗歌中所显示的高尚人格和完美技巧，而尊称他为“诗圣”；同时，如果将他在安史之乱前后的诗作联系起来看，就像一幅生动的历史画卷一样，因此又称他的诗为“诗史”。

杜甫的创作生涯略晚于盛唐王维、孟浩然、高適、岑参和李白。他广泛地吸取前人的创作经验，对于诗风偏于华美的六朝诗，杜甫也肯定了它们在内容技巧上有可资取法的地方。因此他能融合众长，兼备各体，形成他自己所说的

"沉郁顿挫"的独特风格。所谓"沉郁",主要指他诗中的沉挚感情;所谓"顿挫",则主要指他的诗在表达手法上——无论是结构,修辞还是音节等方面,都表现出锤炼谨严的特色。中唐以后的诗人,无不在某些方面得到杜甫的启发。宪宗元和时期,诗风曾有大变革,或在内容方面去浮崇实,或在表现方面求奇求险,都深受杜甫的影响。

杜甫是整个唐诗史中,据有继往开来地位的巨匠,他与李白双峰并峙,中唐韩愈说"李杜文章在,光焰万丈长",对李杜是不能以优劣论的。如果说李白更多理想的讴歌,杜甫则更倾向现实的人生;李白好比天马行空,尤长于自由驰骋雄奇的想象,杜甫则如大匠斫轮,更善于将一切诗歌的规则技巧运用到出神入化的地步;两人的创作都各适其性,达到了内容和形式的完美统一。

杜诗注家很多,以清人钱谦益、仇兆鳌、杨伦的三种注本最为通行。

解　题

《阁夜》是杜甫在大历元年(七六六)冬离蜀寓居夔州西阁时的作品。

从内容来说,这是一首抒情诗。当时杜甫已五十五岁,长年追求的济世安民的理想,眼看就要破灭了;而川中军阀混战,连年不歇;西边的吐蕃又频频来袭蜀地;加上好友李白、高適、严武、苏源明等,均已相继去世,他的心情更是沉重。夔州地处峡中,山水险峻,且有许多古人争雄的遗迹。严冬的夜里,诗人在阁中遥望,抚今追昔,感慨万千,于是写下了这一传诵千古的名篇。

从诗体来说,这是一首七言律诗。

课　文

岁暮阴阳[①]催短景[②]，天涯[③]霜雪霁[④]寒宵。五更[⑤]鼓角[⑥]声悲壮，三峡[⑦]星河影动摇[⑧]。野哭几家[⑨]闻战伐[⑩]？夷歌[⑪]数处起渔樵[⑫]。卧龙[⑬]跃马[⑭]终黄土，人事依依漫寂寥[⑮]。

注　释

① 阴阳：阴晴。一说阴阳即日月。两说皆通，但以前说较佳。

② 短景：景同影。冬天日照短，所以称冬天的日光为短景。

③ 天涯：天边，边远之地，这里指夔州，是相对于京城长安来说的。

④ 霁：雨后或雪后天气转晴。

⑤ 五更：古代把一夜分成甲乙丙丁戊五个更次，要打更报时，五更是临近天亮的时候。

⑥ 鼓角：古代军中用以报时、发令的鼓和号角。

⑦ 三峡：四川奉节至湖北宜昌间长江两岸重崖叠嶂，其中最险处称三峡，具体所指有多种说法。根据《太平寰宇记·夔州》的记载，当指西峡、巫峡、归峡。今以瞿塘峡、巫峡、西陵峡为三峡。夔州东临三峡。

⑧ 影动摇：语意双关，既是写峡中江浪起伏，星影动摇；又隐喻时局不稳，《汉书·五行志》载汉武帝元光元年，天星尽摇，不久战伐不已。

⑨ 几家：多少人家，是反问语气。

⑩ 战伐：杜甫作本诗的前一年（七六五）十月，成都尹郭英乂被兵马使崔旰攻杀。邛州、泸州、剑南三牙将柏茂琳、杨子琳、李昌夔起兵讨崔，蜀中大战连年。又，当时吐蕃频犯蜀中，杜甫在同年秋所作的《黄草》

诗说:“莫愁剑阁终堪据,闻道松州已被围”(松州在今四川松潘县,是西屏吐蕃的要冲),可知当时也有与吐蕃的战争。

⑪ 夷歌:夷,唐代把西南的少数民族统称为西南夷。夷歌,少数民族的歌。

⑫ 渔樵:渔夫、樵夫。

⑬ 卧龙:三国时蜀相诸葛亮号卧龙,封号武侯,有志北伐中原,统一全国。夔州西郊有武侯祠。

⑭ 跃马:指公孙述,字子阳。王莽新朝末年,汉宗室刘玄复汉,年号更始;公孙述也凭借蜀地险要,起兵割据,称白帝。晋左思《蜀都赋》:“公孙跃马而称帝。”所以用“跃马”代指公孙述。夔州东南有白帝庙。

⑮ 漫寂寥:任它去寂寞无闻吧。

预　习

一　为什么称杜甫为“诗圣”,称他的诗为“诗史”?

二　杜甫在诗歌史上的地位怎样?

三　本诗为什么以“阁夜”为题,诗中哪些词句体现了“夜”字?

四　第四联杜甫突然提到“卧龙跃马”,是凭空想象呢,还是有所触发?

分析和欣赏

文体特点

七言律诗的基本格式是七言八句,双句押同一韵(一般押平声韵),符合平

河南巩县杜甫诞生地

杜甫草堂旁的浣花溪

四川成都杜甫草堂

陕西境内的杜公祠

夔门景色，一进夔门就是三峡。杜甫曾流寓夔州，以三峡为背景写了很多名诗。

仄粘对规则，中间两联对偶。

溯本探源，七律是由骈俪化七古分化出来的。所谓骈俪化七古，盛行于齐梁至初唐年间，经常以七言八句为一段落，段落之内押同一韵，且两两对偶，句中平仄也多协调，更有以七言八句为一诗的。大约在武后、中宗时期，骈俪化七古与七律的分化就完成了。

内容分析

《阁夜》一诗写的是诗人在西阁中独对长夜之所见、所闻和所感，处处渗透着诗人忧国伤时的感情。

岁暮阴阳催短景，天涯霜雪霁寒宵：首联总揽阁中所见夔州冬夜的萧森景色，也点明了作诗的节令和地点。严冬时节，天气阴晴不定，短暂的白日在时断时续的风风雪雪中，很快地过去了。到了深夜，天宇放晴，而边僻的夔州城四野却霜雪覆压，一片银白。天地澄静之中，更显得寒气逼人。这一联总写由昼及昏，从暮到夜，在景色的变化中，造成了笼罩全篇的动荡萧森的气氛。

五更鼓角声悲壮，三峡星河影动摇：领联承上继续写景，画面由总写具体到截面，时间由夜中写到了五更。黎明前，在澄明萧森的空气中响起了军鼓声、号角声，天旷地迥，这声音显得分外的悲怨而又雄壮。天空中那残星疏汉，也仿佛受到了震撼，星影在三峡奔湍的江流中摇曳不定。这一有声有色的截面描写，把上一联那动荡萧森的气氛更深化了。

野哭几家闻战伐，夷歌数处起渔樵：颈联虽然仍是写阁中听望之所见所闻，然而承中有转，笔锋重点指向了夔州四野的人事。上一联鼓角悲壮，星河动摇的景象，其实是当时当地局势的象征。朦胧晓色中，夔州郊野传来了号哭之声，这是为什么呢？原来蜀中不断的战乱不知给多少人家带来了灾难，也许这哭声正伴随着多少青年的征发，多少战火牺牲者的下葬。在这凄切的悲声中，只有疏疏落落、远远传来的数处渔人樵夫的“夷歌”，才显示出，这里还存在着生活的劳作和生命的延续。

卧龙跃马终黄土，人事依依漫寂寥：尾联由眼前的人事转向往古的追想，抚今思昔，以浩叹结出诗旨。诗人在破晓时的田野悲声中极目远望，望见了夔州西郊的武侯祠和东南的白帝庙，这里祭祀着两位蜀中的名人：一个是志在匡复汉室，一统中原的诸葛亮；另一个是拥兵自重，割据一方的公孙述。他们虽然用心不一，贤愚不同，但都称雄一时；然而今天不也一样成了黄土冢中的枯骨吗？想到这里，诗人不禁长叹：既然如此，眼前动乱不定的人事和自己异乡漂泊的境况，又算得了什么呢？不也终归要云散烟消吗？何不就任其寂寂消亡呢？

作法欣赏

《阁夜》诗所抒发的感情，并非仅为一己的哀乐，而是在身世之感中，织入了对国家、人民、时代的深切忧虑和对历史兴废的深沉思考，因而使得诗中的感情具有极深厚的内容和极广阔的时空感。这种精深的立意，正是杜甫超越于同时代其他诗人的关键。

结构谨严细密是杜甫诗的主要特征。本诗以“短景”、“寒宵”、“五更”、“渔樵”(破晓)几个有时间性的词贯串全篇。前二联主要状景，后二联主要抒情。第一联纯以自然界阴晴交战渲染气氛；第二联则在自然之景中融入与“人事”刀兵有关的“鼓角”、“星河动摇”，于是由景入情，遇接无痕。第三联承上笔分两路，以死气与生意对照写来，自然就将目光转向历史的遗迹，最后发为第四联“人事依依漫寂寥”的浩叹。“人事”应“战伐”，“漫寂寥”遥遥呼应“天涯”、“岁暮”，这一结中，个人的不幸，家国的苦难，人生的反省浑然一体，确实达到了杜甫自己所说的“篇终接混茫”的境地。

在杜甫的时代，律诗对仗已经以中二联对为主要形式，但杜甫不少律诗仍像初唐诗那样三联甚至四联都对仗。本诗就是四联都对的(尾联是宽对)。对仗多,易因整齐而显得板滞,但杜甫却能在工切中极变化错综之妙。本诗起结两联,都用一意连贯的流水对,以其流动的声势带动全体;颈联则通过倒装句突出"哭"、"歌"二字(正说应是"几家野哭"、"数处夷歌"),加强了悲壮气氛。因此,尽管通篇用对,却绝无板滞之病。

律诗因篇幅有限,较之古诗更讲究用典,以收言简意赅,触发联想之效。用典忌浮泛而尚贴切,忌死板而尚灵活。杜甫最善于用典,而且用得既切且活。本诗用了三个典。星影动摇,用《汉书·五行志》典,却又深切星影照江的实景。卧龙和跃马,分用诸葛亮、公孙述两人的典故,一贤一愚,两相对举,"终黄土"的"终"字就倍觉深沉,而且武侯祠与白帝庙,一在夔州西郊,一在夔州东南,非常切合当时情景,真到了"用典不啻似口出"的超妙境界。后来只有李商隐最能得其神髓。

杜甫诗语言精炼,概括性极强。首联"催短景"、"霁寒宵",一个"催"字,使冬日之短有了促迫急切的动态;而"霁"字上应"催"字,由动态到静态,境界忽变,显示出杜诗语言的传神。杜甫又善于将丰富的内容浓缩在一、两句诗中,"野哭几家闻战伐,夷歌数处起渔樵",这字字炼、处处对的两句诗,不仅是蜀中战乱的写照,也是唐代安史之乱后军阀混战,民不聊生局面的缩影。

明人胡应麟评《阁夜》诗说:"气象雄盖宇宙,法律(指章法、句法、字法等)细入毫芒,自是(七律)千秋鼻祖。"他的赞誉是很恰当的。

讨论问题

一 "五更鼓角声悲壮,三峡星河影动摇"两句中"悲壮"、"动摇"两词是否仅仅是写实景?"声"、"影"两字对气氛渲染有何作用?

二　本诗前二联写景，颈联转入人事，转得是否突然？为什么？

三　“野哭”与“战伐”有什么关系？

四　清人卢世潅评尾联说：“意中言外，怆然有无穷之思。”什么是“意中言外，无穷之思”？

参考资料

一　关于杜诗的写实性

杜甫诗歌的现实主义创作特色……主要表现在善于通过客观的描写，把所谓“地负海涵，包罗万象”的社会现象或思想感情压缩在凝炼的诗歌形式里面，有时甚至概括在一两句诗里。因此他的诗既显得描画入神，而又充分发挥了抒情诗所具有的“含不尽之意于言外”的创作特点。

（摘自中国社会科学院文学研究所编《中国文学史》）

二　关于杜诗沉郁顿挫的风格

杜诗的风格，多种多样，但最具有特征性的、为杜甫所自道，且为历来所公认的风格，是“沉郁顿挫”。时代环境的急遽变化，个人生活的穷愁困苦，思想感情的博大深厚，以及表现手法的沉着蕴藉，是形成这种风格的主要因素。

（摘自游国恩主编《中国文学史》）

三　关于杜甫夔州时期的七律

杜甫入夔，在大历元年，那是杜甫死前的前四年，当时杜甫已经有五十五岁，既已阅尽世间一切盛衰之变，也已历尽人生一切艰苦之情，而且其所经历的种种世变与人情，又都已在内心中，经过了长时期的涵容酝酿……再就技巧来看，杜甫在这些诗中所表现的成就，有两点可注意之处：其一是句法的突破传统，其二是意象的超越现实。有了这两种运用的技巧，才真正挣脱了格律的压束，使格律完全成为被驱使的工具，而无须以破坏格律的形式来求得变化和解脱了。因此七言律诗才得真正发展臻于极致……

（摘自叶嘉莹《论杜甫七律之演进及其承先启后的成就》）

四　关于李杜异同论

在盛唐的一群诗人中，当然是要推李（白）、杜（甫）为冠冕了。其实李、杜不但冠冕盛唐，而且冠冕唐代，不但冠冕唐代，更可冠冕百代。因为过去的诗人，都不及他们的成就与伟大，而以后的诗人，到目前为止，也没有能出其右的……从来文学家对李、杜的批评，都是见仁见智的……总之，李、杜二人，时代相同，声望相同，而才性不同，际遇也不同；所以他们在诗坛上的声望虽同，但在诗篇上的成就，却不相同了。

有人以为：

李白是诗中之“仙”，杜甫是诗中之“圣”；

李白如佛家之“顿”，杜甫如佛家之“渐”；

又有人说：

李白是出世间的，杜甫是入世间的；

李白是偏于理想的，杜甫是偏于实际的；

李白是受道家底感化的，杜甫是守儒家底绳墨的；

李白是豪于气的，杜甫是厚于情的；

李白是乐天的，杜甫是悲世的；

李白以天才见长，杜甫以学力擅胜；

李白放吟于自然之间，杜甫感慨于时事之际。

这些批评，都能各各道出他们的异点。我以为：

就才性来说，是李白高明，杜甫沉郁；

就遭际来说，又是李白先受李隆基（唐玄宗）的宠眷，虽然曾遭谗放废，而仍赐金遣归故园，得以浮沉诗酒，放浪湖山；杜甫年垂四十，才以献诗得官，后来遭逢变乱，颠沛流离，几乎不能自存。所以他们发而为诗，李则高逸纵恣，汗漫自适；杜则沉痛哀切，感慨悲凉。

至于他们的笔力，李白如张旭的狂草，挥毫落纸，如云烟；杜甫有如颜鲁公楷书，字字力透纸背；其间本无优劣之分的。不过李白的诗，好像飞行绝迹的剑侠，很不容易学它；而杜甫细于诗律，处处以金针度人，比较容易模仿。所以后人学李的少，而学杜的多，由于这种影响，似乎在中国文学史上，杜的盛名，有过于李罢了。

（摘自丁平《中国文学史》）

应用练习

一　分析“岁暮阴阳催短景，天涯霜雪霁寒宵”两句诗炼字炼句的佳妙。以这两句领起，其高明之处又何在？

二　本诗所反映的时代背景是怎样的？作者目睹时艰，有什么感受？

三　《阁夜》诗传诵千古，试就“用典”、“炼字”两项，各举一例说明。

四　试比较《阁夜》与《月下独酌》两诗在格律上的区别。

五　将本诗改写为语体文。

六　《春夜喜雨》诗是杜甫寓居成都时所作。先仔细阅读，然后回答问题。

好雨知时节，当春乃发生。随风潜入夜，润物细无声。野径云俱黑，江船火独明。晓看红湿处，花重锦官城。（成都的蜀锦在古代是贡品，特设锦官管理，所以称成都为锦官城。）

1 诗题为“春夜喜雨”，诗中有没有直接抒写喜悦的句子？

2 杜甫写雨用了“知时节”、“潜入”、“细无声”等词，这些词表现了这场春雨的哪些特点？

3 第四联所写情景是当夜所见，还是想象之词？这样写对“喜”的表现有什么好处？

鸟鸣涧

王维

作者

王维（七〇一？——约七六一），字摩诘。唐太原祁（今山西境内）人，迁家蒲中（今山西境内），遂为蒲人。玄宗开元九年（七二一）登进士第，曾任大乐丞（太常寺乐官）、右拾遗（门下省谏官）、给事中（陪侍天子，分判门下省事的中级官员）等职。天宝十五载（七五六）安史叛军攻陷长安时被俘，被迫署伪职。光复后一度论罪降职，不久又升迁至尚书右丞（尚书省高级官员），世称王右丞。

王维主要生活在玄宗开元、天宝时期。开元末年，李林甫专权，玄宗朝政治由清明转向昏暗。王维的创作也大体以此为界，分为两个时期。前期，他志在用世，诗作内容较广阔，风格也多样，经常表现出建功立业的精神，边塞诗尤其意境开阔，情调激昂；后期，诗作以山水田园为主，趋向清淡自然。晚年在终南山辋川别墅，过着半官半隐的生活。安史之乱中国家与个人的大变故，使他心灰意冷，诗作也带上了幽冷寂灭的色调。

王维能诗、善画，精通音乐，更深研佛理，有“诗佛”、“诗画”之誉。他的山水田园诗，清秀空灵，神韵淡远，将诗情、画意、乐韵、禅机融汇为一体，从而把刘宋陶渊明、谢灵运所开创的山水田园诗艺术，推进到登峰造极的地步，他与孟浩然并为盛唐山水田园诗的杰出代表。在源远流长的中国山水田园诗派中，王维据有继往开来的重要地位。

后人多认为王维是唐代仅次于李白、杜甫的诗坛巨匠，而在当时，其声望影响甚至超过李杜，唐代宗称他为“天下文宗”，正是这一历史现象的反映。

传世有《王右丞集》，清人赵殿成有笺注本。

解　题

《鸟鸣涧》是组诗《皇甫岳云溪杂题五首》中的第一首。本诗描写王维友人皇甫岳云溪别墅春夜的幽静景色，并从中反映出诗人栖息自然中的恬淡心境，诗中贯串有佛家清静空寂的理趣。云溪，具体地点不详。涧，两山夹峙间的水流或水道。

从诗体来说，这是一首音节微拗的近体五言绝句；从题材来说，这是一首山水诗。所谓山水诗，是指以山水为主要描写对象，并寄情寓意于其中的诗。

课　文

人闲桂花①落，夜静春山空。
月出惊山鸟，时鸣②春涧中。

注　释

① 桂花：这里指春桂。唐段成式《酉阳杂俎》续集卷九："桂花三月开，黄而不白。"桂花落当在三月较晚时。

② 时鸣：时停时续地鸣叫。

预　习

一　王维诗作的前后期大致以何时为界，各有何特点？

二　王维诗作最杰出的是哪一方面？其高度成就得力于哪些个人修养？在诗史上的地位怎样？

三　首句“人闲”与“桂花落”之间，次句“夜静”与“春山空”之间有何关系？

四　读第三句“月出惊山鸟”，你是否有景象已转换的感觉？

五　鸟鸣深山在诗中是动景还是静景？为什么？

分析和欣赏

文体特点

五言绝句的基本格式是五言四句，双句押韵。按是否符合平仄粘对规则，分为五言古绝和五言律绝。前者属古体诗，后者属近体诗。律绝中有个别字句不合规律的叫拗绝，本诗就是一首拗绝。

五言四句、双句押韵的小诗，秦汉时偶然有出现，但只是个别的现象。直至齐梁时，南方民歌中才大量出现这种诗体，文人也纷起仿作，并且在联句中，也多用每人五言四句的形式，称为一绝（一说某人联不下去时称绝），于是这种诗体就被称为绝句。后来七言四句诗兴起，就分称五绝和七绝。五绝因起源于民歌，加上篇制短小，所以特别讲究自然清丽，言少意多。文人仿作一方面声律化，造成古绝和律绝的区分；另一方面又加以精炼，使之更蕴藉耐读，清秀空灵。

内容分析

《鸟鸣涧》描写的对象是暮春初夜的溪山一角。诗中涉及的景物有春桂、春山、月光、栖鸟等，诗人置身于其间，会有什么感受？这一切又构成怎样一种意境呢？

人闲桂花落，夜静春山空：一、二句勾画出暮春时节溪山初夜的静景。诗以“人闲”领起，诗人闲居山中，远离尘嚣，心情平和宁静，对于自然现象的一切微细变化，分外敏感，这是全诗的出发点。桂花凋零，虽然落地无声，他却分明感知到了。这花落好像是一个触机，诗人似乎因此而从默对山桂的情况中醒悟过来，这时他才进而感到春夜一片寂静。更因这无边的夜、无尽的静，周围影影绰绰的春山也似有若无，于是更产生了一种空的感觉。这“空”固然是实指静夜春山的空旷，但又不止于此。因为“空”的感觉由“桂花落”触发，春桂殒落，说明万物竞生的春天即将过去。因此，在景物的空旷中，也同时融有诗人心灵上的空寂之感。这“空”是全诗的主旨，将由后两句进一步深化。

月出惊山鸟，时鸣春涧中：这两句勾画出一幅动景。当诗人正置身于春夜山中，感觉无尽的空静时，山背后，月儿冉冉升起，惊起了栖息的山鸟。皎洁的银光洒满深山幽谷之间，在天地一体的澄澈空明之中，不时传来山鸟那一声声清亮的鸣啼声，打破了山中春夜的寂静。鸟啼声不但反衬出四周的空寂，同时也暗示了鸟啼一歇，四周又将陷于更深的空寂之中。至此以动衬静，营造出全诗的意境。

从以上分析可见，前后各两句，勾画出两幅一静一动，相续而相生，相反而相成的图景，共同表现了全诗的主旨——“空”感。以动衬静，以鸟鸣衬春空，是全诗的点睛之笔，也深合佛家众动复归于静的思想，所以题作“鸟鸣涧”。

作法欣赏

盛唐王孟一派山水田园诗的高度艺术成就，从诗史的传承来看，是兼融了陶渊明的自然和谢灵运的精工，并加以创新的结果。

《鸟鸣涧》诗的结构是把一动一静两幅图景融合为一体。首句“人闲”是全诗的出发点，由此而感知“花落”，触发“夜静”；因“静”而生春山“空”之感。这“空”感是前两句的落脚点，也是静景的神髓所在。“空”寂之中山月渐“出”，“惊”起山鸟，由静向动过渡，四句的“鸣”字也就水到渠成，勾出一幅动景。这动景原是无尽的“空”寂中所生的一种暂时的点缀，于是以动衬静的诗境就自然形成了。萧梁诗人王籍《入若耶溪》诗说：“蝉噪林逾静，鸟鸣山更幽。”这情景不正与《鸟鸣涧》相像么？只是王籍道破了，而王维却更高明，他不直说，而让读者自己去品味，这就更有一种空灵之美溢于言外。

本诗的语言淡雅自然。人“闲”、花“落”、夜“静”、山“空”，“闲”、“落”、“静”、“空”四字，把“人”、“花”、“夜”、“山”四种实物融为一幅虚静的图景。“时鸣”的“时”字尤其传神，时即不时，静夜空山中，似断若续的鸟鸣声，方能反衬空静，如改作“长鸣”、“乱鸣”、“齐鸣”等等，那就成了鸟鹊聒噪，试想还能起反衬静景的作用吗？作为全诗主旨的“空”字，正如前面所说的，既实指静夜春山的空旷，也融有诗人心灵的空寂之感，其含义之丰富，实可使人叹服。这些字孤立起来看，都是最普通的，然而处于诗歌的整体中就成了含蓄蕴藉的传神之笔，精炼而丝毫不见痕迹，所以虽淡而有味，这正是王维诗的语言特色。

诗中修辞手法运用最成功的有以下两项。第一是省略。首句“人闲”与“桂花落”之间，其实省去了一个“觉”字，人闲方觉桂花殒落。第二句“夜静”与“春山空”之间省去了一个“显”字，夜静更显得春山空旷。近体诗由于每句字数的限制，往往采取省略法，而《鸟鸣涧》中的这种省略，更使诗显得简洁空灵。第二是重叠错综。第二句“春山”，第三句“山鸟”，第四句“春涧”，三、四句各叠二句一字，错综而下，重叠错综造成历落相贯的音节，使两幅相反相成的画面，有一种似断复续的联系。

《鸟鸣涧》诗就是这样将作者所体验到的理趣，融入到春山之夜鸟鸣春涧的自然景象中，因为是融入的，而非附加的，所以诗中丝毫不见说理谈禅的痕迹，诗中的画面都具有超出物象之外的画外音，味外味。这也就是王维诗清淡幽远的意境。

讨论问题

一　绝句的第三句一般起承前启后的转折作用。本诗的第三句是怎样转折的？

二　试述本诗中“闲”、“空”、“鸣”三字的关系。

三　有人认为“月出惊山鸟，时鸣春涧中”是一幅“充满生机”的图景，你是否同意这种看法，为什么？

四　王安石修改王籍诗“鸟鸣山更幽”句为“一鸟不鸣山更幽”，改得好吗？为什么？“月出惊山鸟，时鸣春涧中”比较“鸟鸣山更幽”句又如何？

参考资料

一　关于王维诗风的转变

研究王维，必须注意他的生活、思想变化的过程和他创作道路的重要联系。他的青少年时代，是有积极的人生态度和政治抱负的。在他前期的作品里，有《陇西行》《燕支行》《从军行》《陇头吟》《老将行》《少年行》《使至塞上》《观猎》一类关于边塞、游侠的诗篇，运用各种形式，描写多方面的题材，其中七言歌行笔意酣畅，具有岑、高诗派的雄浑之气。如《老将行》……笔力高举，风格豪放，诗中通过一位为国立功、白首沉沦的老将的不幸遭遇，揭示了统治者的冷淡无情。诗人的托古讽今的意图是极为明显的。《观猎》《使至塞上》二律，表现出作者的积极精神，形象鲜明，气势雄伟，是很优秀的作品。“大漠孤烟直，长河落日圆”二语，尤为写景名句。但王维到了后期，生活思想起了变化，政治上的挫折，妻子死去给他心灵上的创伤，更重要的是佛教思想的影响，使他晚年趋于消极，而成为他的主导思想和艺术精神的基础……如“晚年惟好静，万事不关心”、“中岁颇好道，晚家南山陲”、“寂寥天地春，心与广川闲”这些诗句，正是他晚期全部人生与艺术的具体说明。

（摘自刘大杰《中国文学发展史》）

二　关于王维山水田园诗的风格

1　总评

但就王维的诗歌艺术来说，真能代表他的特色的，还得推他后期的作品。这些作品，具有他自己的鲜明个性和独创的风格。在他晚年那样的生活环境里，对于自然美有深切的体会，他以具有高度表现能力的诗歌语言，在山水田园的描写上，达到了很高的艺术成就。他诗歌的最见功力处，正如清人沈德潜所说：“正从不着力处得之。”（《唐诗别裁集》）这就是他的精炼而不雕饰，明净而不浅露，自然而不拙直。因此，王维在中国诗史上，仍然具有重要的地位。

（摘自刘大杰《中国文学发展史》）

2　禅趣

太白五言绝，自是天仙口语；右丞却入禅宗。如“人闲桂花落”云云，“木末芙蓉花”云云，读之身世两忘，万念俱寂。

（摘自明胡应麟《诗薮》）

3　声情

王维是一个诗歌、音乐、图画、书法兼长的多才多艺的艺术家。如他的诗歌曾为当时梨园乐工如李龟年等所传唱，他那首著名的“渭城朝雨浥轻尘，客舍青青柳色新。劝君更尽一杯酒，西出阳关无故人”（《送元二使安西》），即被配上乐谱，成为大众爱唱的《阳关三叠》。

（摘自刘大杰《中国文学发展史》）

4　画意

苏轼说：“味摩诘之诗，诗中有画；观摩诘之画，画中有诗”。这个评论是十分精当的。王维的诗色彩明丽，景象鲜明，都可入画；但是王维的诗还有一种胜境，它的比画更动人的地方，是在于这些诗所表现的声色动态，仿佛可闻可见。“松含风里声，花对池中影”；“细枝风乱响，疏影月光寒”：这些诗句所显示的美的情态与美的音响，是任何画幅也不能表达的，真是有声画。

（摘自中国社会科学院文学研究所编《中国文学史》）

应用练习

一　诗中“空”字有何含义？为什么说它是关键词？

二　苏东坡赞美王维“诗中有画”，试以本诗为例，说明这个赞誉是否恰当。

三　山水诗并不只是客观地描绘山水，试简要说明王维在《鸟鸣涧》一诗里所蕴含的思想感情。

四　“人闲桂花落，夜静春山空”是如何构成对偶的？

五　以下是孟浩然的《宿建德江》（建德江：浙江新安江），先仔细阅读，然后回答问题。

移舟泊烟渚，日暮客愁新。

野旷天低树，江清月近人。

1　这首诗表达的是什么感情？

2　请细味三、四句是怎样一幅图景，对于表达诗中的感情有何作用？

3　诗中“烟”、“新”、“低”、“近”四字用得好不好？为什么？

4　这首诗的境界与王维诗有何共同点？

从军行　王昌龄

作　者

王昌龄（？——七五六），字少伯，唐京兆长安（今陕西境内）人。玄宗开元十五年（七二七）中进士后，先后做过秘书省校书郎、汜水（今河南境内）县尉、江宁（今江苏境内）县丞，后因“不护细行”，被贬为龙标（今湖南境内）县尉。安史之乱起，他由龙标弃官返江宁，途经濠州（今安徽境内），被刺史闾丘晓所杀。后人因其历官，称他为王江宁、王龙标。

王昌龄是盛唐重要诗人。擅写五言古诗和五、七言绝句，其中以七绝成就为最高。七绝篇幅短小，难以表达复杂的思想感情，王昌龄却能突破这种局限，增大七绝的艺术容量，因而有“诗家夫子”、“七绝圣手”之称，明王世贞将他与李白的七绝同列为“神品”。王昌龄七绝作品中最脍炙人口的是宫怨诗和边塞诗，前者婉转流丽，情韵深远；后者雄奇俊迈，词气飞动。从他的诗作中，可知王昌龄入仕前，曾经远游西北边塞，足迹远至玉门关甚至新疆碎叶。他的边塞诗的高度成就，无疑得力于这段生活经历。

王昌龄的诗文集早已失传，明代有辑本，今存诗作不足二百首。

解　题

“从军行”是乐府旧题。所谓乐府诗，即配有一定曲调的歌辞。行是乐府曲调的一种。“从军行”产生于魏晋时，相对于唐人自己创造的乐府曲，诗史称这类汉魏六朝的乐府曲为“乐府旧题”。“从军行”在盛唐以前都是五、七言古诗，以七绝作此题，始于王昌龄。

“从军行”多写军旅征战之事。这首诗是王昌龄《从军行》七首组诗中的第五首。这组诗一般认为是他早年游历边地时所作。七诗从不同侧面表现了当时戍边将士的精神面貌。本诗则以雄健跳脱的笔触描写一次迅猛的出击，从而显示了唐师的声威和胜利的喜悦，也隐隐表现了诗人赴边报国的激情。历来被视为唐人边塞诗的代表作。

课文

大漠①风尘日色昏，红旗半卷出辕门②。前军③夜战洮河④北，已报生擒吐谷浑⑤。

注释

① 大漠：广阔无边的大沙漠。据诗中所写的地理位置，当在甘肃西部、青海东部交接处。

② 辕门：军营之门，古代军营以车环卫，出入处两车车辕（车前驾牲口的木杠）相向竖起，对立如门，所以称辕门。

③ 前军：大军的前锋。

④ 洮河：又名巴尔西河，源出青海西倾山，经甘肃临洮等地注入黄河。

⑤ 吐谷（yù）浑：鲜卑族的一支，原居辽东，后西迁。唐时据有洮河西南，唐高宗时为吐蕃所灭，最终内附唐朝。

预　习

一　王昌龄的诗作以哪种体裁最为擅长，特色是什么？

二　为什么说“从军行”是乐府旧题？

三　试根据“大漠风尘日色昏”这一句诗，描述一下塞外的风光。

四　本诗写了战争中的哪些环节？

分析和欣赏

文体特点

七言绝句的基本格式是七言四句，双句押韵。与五绝一样，按是否符合平仄粘对规则，分为七言古绝和七言律绝。前者属古体诗，后者属近体诗，也有介乎两者之间的拗体。

七绝大体萌芽于周秦，而以南朝民歌和文人仿作为直接源头，其发展过程大抵与五绝相类似，唯成熟略晚，约在隋唐之际。

所谓边塞诗，是指以边塞生活、景物为题材，并寓寄情怀于其中的诗。最早可上溯到周秦，而发展成为一种诗的类别，则在南北朝到初唐期间。刘宋的鲍照、梁代的吴均、北周的庾信、隋代的杨素和初唐的骆宾王、陈子昂等都是作边塞诗的好手，盛唐边塞诗正是这一传统的高度发展。

内容分析

如果说盛唐边塞诗的特点是雄浑悲壮，慷慨恢远，那么这首讴歌胜利的七绝，就更具有奔腾磅礴的气势了。全诗四句，可分两个层次。

一、二句写大军出师。诗的第一句写景，为出师作背景烘托。诗人摄取了四个形象：辽阔的“大漠”、呼啸的朔“风”、飞扬的“尘”烟和一轮边“日”。大漠平展万里，边日则高悬胡天，天地之间是飞腾翻滚的风尘。这一幅富于立体感的画面落脚到一个“昏”字上，“昏”是这幅图画的神髓所在，表现出一种苍凉的气氛，贯注全篇。第二句正面描写唐军出师，在这种险恶的环境和气候中，部队开出了营门，那迎风半卷着的鲜红军旗，在昏暗的大漠中显得分外鲜明夺目。

三、四句写捷报传来。前军指上句出辕门的前锋部队。“夜”、“洮河北”，点明战役的时间和地点。说听到前军生擒了敌酋的好消息。那么是谁听到呢？不言而喻是后续部队，所以这两句诗是从后续部队的角度写的。后续部队不用参战而已获全胜，于是唐军迅捷的攻势，所向披靡的声威，也就全在不言之中了。

作法欣赏

《从军行》写的是唐军一次胜利的出击，倘若从正面对战争加以铺叙，即使在七绝短小的篇制中勉强可以完成，也不免显得平板，于是王昌龄匠心独运，把七绝篇幅短小的局限化为优点，成功地营造了神韵悠长的艺术境界。

虚实相间、工于剪裁是本诗第一个特点。诗的前两句写大军出师，后两句写捷报传来，中间行军、鏖战等战役的主体部分却略而不书，故意给读者留下丰富的想象余地，叫人读来有千军万马，龙腾虎跃之感。

而本诗又一特点是善于捕捉有代表性的事物，加以必要的烘托，以构成生动典型的形象。诗中不写大军如何威猛，而只写出师时的一杆红旗；不写胜利后全军如何欢腾，而只写听到生擒了敌酋的好消息，都是经过精心选择的。红旗是全军的代表，它迎风疾进的雄姿，正是唐师一往无前精神的典型写照；敌酋则是敌方的代表，他既已被生擒，那么敌方失败如何惨重，我方胜利怎样重大，也就不言而喻了。而这些有代表性的事物、人物，又都加上了烘托。唯因“大漠风尘日色昏”，“红旗”才分外威武；唯因“夜战”，“生擒”才分外不易。全诗之所以不写战斗场面，却使读者似见千军万马，似闻金鼓之声，其奥妙就在于这种把握住代表物象的表现手法。

要构成典型场景，尤其在绝句这样的小诗中，必须讲究语言的凝炼传神。首句“大漠风尘日色昏”的“昏”字就是一个范例。“昏”，不仅是落日黄昏的昏，更是风沙蔽日所致，“日色昏”三字，作为诗的背景，不但表示出气候的恶劣，又营造了黯淡的气氛，为下句大军出击作烘托。第二句“红”字和“半卷”二字，生动地描写了风中军旗的英姿。“红”虽实写军旗颜色，却与上句“昏”字构成色彩上的强烈对照。红色似火炬烈焰穿破四周浓重的昏暗颜色，这是何等传神！如改成“军旗”、“大旗”就将大为减色。“半卷”二字上应“风”字，既补足了风力的强劲，更使风中红旗带有一种顽强不驯的精神。“红”和“半卷”三字虽很平常，用在这里，却将迎风疾进的军旗写活了，这都是炼字之功。

本诗运用流水对的流走动荡气势来显示唐军的声威，也用得至为巧妙。流水对的字面可以对得很工，也可以似对非对，错综而下。本诗的三、四句属于后一种情况。“前军”与“已报”不对，“夜战”与“生擒”工对，“洮河北”与“吐谷浑”是宽松的地名对。这样声势如流的节奏感和对法上的错综美，就生动地表达了唐师出征的破竹之势和祝捷的欢快之情。这一联中，“前军”和“已报”用得尤其出色。“前军”说明已不需要后援，“已报”见出胜利之迅速。“报”字有未见其形而先闻其声之妙，尤可见胜利的喜悦溢于言外。从这一联流水对的分析中，可领略得到本诗在炼句方面是如何富于匠心。

王昌龄通过以上各种卓异的表达方法，营构了悠然远韵的艺术境界，把七绝这一诗歌形式的功能，发挥到了极致。这也许就是他被推为“七绝圣手”的原因吧。而他在本诗中所表现的豪情壮志，又正是当时时代精神的体现，是恢宏的盛唐之音的一种有力表现。

讨论问题

一　边塞诗的特点是什么？为什么说《从军行》是一首边塞诗？

二　本诗首句写了什么景？对全诗起了什么作用？

三　如将“红旗半卷出辕门”的“半卷”改成“飘拂”、“翻卷”好不好？为什么？

四　清潘德舆《养一斋诗话》解本诗说：“讥主将于日昏之时始出辕门，而前锋已夜战而擒大敌也。”你同意这种理解吗？

参考资料

一　关于王昌龄诗总的特点

昌龄工诗，绪密而思清（意谓结构精严而思路不繁杂）。

（摘自《新唐书·文艺传》）

二　关于王昌龄七绝的题材

在王昌龄的七绝诗中，反映宫廷妇女生活的作品是极值得重视的一个方面。他非常深刻地了解和同情她们的痛苦，代她们发泄了苦闷的心声……王昌龄是首先以七绝诗成功地揭露了当时宫廷妇女的悲怨生活的作家。后来以宫词著名的王建、王涯，就是在这一方面的继承者……

盛唐是唐帝国对外战争以及国内各民族之间的战争都比较频繁的时代，士兵对保卫祖国的忠诚和对侵略战争的反感，人民的和平生活和战争的矛盾，在王昌龄诗中的反映也是丰富的……他从各方面体现了从军士兵们的矛盾而复杂的感情，绘制了当时战争生活的丰富图景。

（摘自沈祖棻《唐人七绝诗浅释·序言》）

三　关于王昌龄七绝的艺术特点

（王昌龄）善于把错综复杂的事件或深挚宛曲的感情，加以提炼集中，使绝句体制短小的特点变成优点，言少意多更耐吟咏和思索。他描写将士奋勇杀敌，以身报国的边塞诗，固然充满了积极昂扬的精神，即使在写军旅生活的艰难、乡思的悲苦等篇章中，节奏也较一般诗人的这类作品来得明快。他的送别诗的抒情风格以诚挚深厚为特色。王昌龄的七绝可与李白的比美。李白常用绝句写景，情寓景中；王昌龄以抒情为主，景物描写往往是情感的渲染或补充。李诗自然流走，仿佛脱口而出，信笔写成；王诗却由锤琢洗炼达到完美，真是异曲同工了。

（摘自中国社会科学院文学研究所编《唐诗选》）

王昌龄的七绝诗善于用含蓄的手法来反映深刻的思想感情，特别耐人寻味。例如"奉帚平明"一首（按：即《长信秋词》：奉帚平明金殿开，暂将团扇共徘徊。玉颜不及寒鸦色，犹带昭阳日影来。）并不明写宫廷妇女怨恨自己不如别人，而只从侧面抒发美丽的容颜还不及丑陋的寒鸦那么幸运的感慨，具有"含蕴无穷"（沈德潜《唐诗别裁》评语）之妙。"秦时明月"一首（按：即《出塞》：秦时明月汉时关，万里长征人未还。但使龙城飞将在，不教胡马度阴山。）主旨在指斥当时将领庸碌，不能卫国，致使士兵长年征战；却只从对于古代名将的赞美和向往立言，也同样显得意味深永。就艺术形式方面而言，以组诗的形式来扩大七绝的容量，使它以短诗而具有长诗的长处，王昌龄也是最早的试验者并在这方面取得了卓越成就的诗人之一。

（摘自沈祖棻《唐人七绝诗浅释·序言》）

四　关于唐代的边塞诗

盛唐边塞诗的兴盛有其社会背景。唐初，太宗大破突厥颉利可汗（六三〇），被各少数民族尊为“天可汗”，这种声威，至盛唐时由于强大国势的刺激，更是炎炎直上。从开元中至安史之乱的三十年内，唐朝几乎无一年无对四边各族的战争，且多处于优势。这些战争有正义的防卫，也有非义的黩武。这一方面使诗人们普遍有立功边陲的雄心，如王维、崔颢、岑参、高适及王昌龄等，都有一段从军的经历；另一方面，战争所隐伏的军中及整个社会的矛盾，也被他们以诗人特有的敏锐所先期感知。于是抒发立功壮志，歌唱思乡之情，表现军中不平，批评黩武政策，描绘异族风习和边地风光，就成了盛唐边塞诗的重要主题。

盛唐边塞诗有两大特征：因为多实感，所以真切而动人；因为国势强大，所以悲壮而雄浑，即使思乡与暴露，也都有一种慷慨之气。这也是盛唐诗人阅历广泛，心胸开阔的时代性格的表现。

初盛唐边塞诗仍以五古、七古两体最为普遍，王昌龄是第一位大量以七绝创作边塞诗的诗人。

应用练习

一　王昌龄在诗中为什么不从正面描写战争？

二　王昌龄采用何种手法描写军队的勇猛？

三　试就本诗举例说明王昌龄诗歌语言的自然精炼。

四　何谓流水对？本诗中的流水对，对诗意表达起了什么作用？你能再另举几个流水对的例子吗？

五　将本诗译为语体文。

六　以下是中唐李益的七绝《从军北征》，仔细阅读后，回答下列问题。

天山雪后海风寒，横笛偏吹“行路难”。
碛里征人三十万，一时回首月中看。

（“行路难”，乐府旧题，是一首声情哀怨的笛曲，内容兼及离别伤恨之意。碛，沙漠。）

1　试根据诗中的内容，描述将士的处境。

2　诗中将士的情怀与《从军行》（大漠风尘日色昏）所表现的有何不同？

卖炭翁

白居易

作　　者

白居易（七七二——八四六），字乐天，号香山居士。原籍太原（今属山西），曾祖迁下邽（今陕西境内），所以他有时也自称下邽人。早年家贫，又因战乱，长期漂泊于江南。唐德宗贞元十六年（八〇〇）中进士后，开始了宦途生活。曾任左拾遗，由于尽责敢言，得罪了许多权贵。元和十年（八一五），为权贵中伤，贬为江州（今江西境内）司马（州刺史的辅贰，在唐时无实权），后来又先后任杭州、苏州刺史，在地方上做了不少兴利除弊的好事，深得人民爱戴；但前期的锐气逐渐销磨，“世事从今口不言”。晚年常居洛阳香山寺，寄情诗酒琴书，以刑部尚书辞官退休，终年七十五岁。

白居易是当时著名的散文家，又是曲子词的重要作者；但他最突出的成就还是诗歌创作。他和元稹共同开创了以“浅切”为主要特征的元白诗派，在元和诗坛上，与以险硬为特点的韩（愈）孟（郊）诗派，双峰并峙，体现了中唐诗歌的新变和成就。

白居易把自己的诗作分为四类：颂美或讽刺时政的“讽谕诗”；吟咏性情，表现闲情的“闲适诗”；触事而发，形于咏叹的“感伤诗”；以及三者之外的杂律诗（杂诗和律诗）。从“达则兼济天下，穷则独善其身”的儒家人生观出发，白居易自己最重视的是讽谕诗和闲适诗。这两类诗分别代表了他江州之贬前后的主要创作倾向。

贞元末至元和初，白居易在任左拾遗期间所作的《新乐府》五十首和《秦中吟》十首，是他讽谕诗的代表作。他以新体乐府诗的形式、浅切明白的文学语言，一诗歌一事，并且“首句标其目，卒章显其志”，广泛而尖锐地抨击了当时社会的黑暗现象，切实贯彻了他“文章合为时而著，歌诗合为事而作”的文学主张。当时在他周围的诗人，也多以新乐府体写时事，俨然成了一种文学风尚，这就是后来所说的“新乐府运动”。

在唐诗史上，白居易不仅是元和诗风的重要代表，通俗诗派的开山祖师，更是新乐府运动的中坚，写实诗传统的继往开来者。此外，新乐府诗和他感伤诗中的名篇《长恨歌》《琵琶行》等，对叙事诗的发展，也有很大贡献。白居易的诗作，当时就在社会的各阶层广泛流传，部分作品还远播海外，九世纪时，已有日本人传抄、仿作、研究，至今不息。

传世有白居易自编的《白氏长庆集》，但已不完全是原来面目了。

解　题

《卖炭翁》，是《新乐府》五十首的第三十二首。诗歌描写当时一位卖炭老人的不幸遭遇，从而揭露了“宫市”的祸害。诗前原有小序“苦宫市也”，是说明诗旨的。

所谓宫市，原是宫禁中备皇室需用而设立的市场店铺，由官府承办。后来宫中常向民间购物，也叫宫市，意思是“宫中市外间物”。唐德宗贞元末年，宫市被宦官把持，派人向民间强行以低价购物，称“宫市使”，当时经常派有数百人在街中伺察强购，甚至强抢。贞元末，韩愈贬谪广东阳山，原因之一就是上疏论宫市之弊。《卖炭翁》作于元和四年（八〇九），可见白居易前期的胆识。

课　文

卖炭翁，伐薪烧炭南山[①]中。满面尘灰烟火色，两鬓苍苍[②]十指黑。卖炭得钱何所营[③]？身上衣裳口中食。可怜身上衣正单，心忧炭贱愿天寒！夜来城外一尺雪，晓驾炭车辗冰辙[④]。牛困人饥日已高，市南门[⑤]外泥中歇。翩翩[⑥]两骑来是谁？黄衣使者白衫儿[⑦]。手把文书口称敕[⑧]，回车叱牛牵向北[⑨]。一车炭重千余斤，宫使驱将[⑩]惜不得！半匹红纱一丈绫[⑪]，系向牛头充炭直[⑫]！

注　释

① 南山：即终南山，在长安城南数十里。

② 苍苍：灰白色，形容头发斑白。

③ 何所营：营，谋求；何所营，为了什么？

④ 辗冰辙：辗，车轮压过叫辗；辙，车轮压出的痕迹；辗冰辙，车轮辗过雪地，压出了两道冰痕。

⑤ 市南门：长安有东西两市，都在城南，各有东南西北四门。

⑥ 翩翩：轻快的样子。

⑦ 黄衣使者白衫儿：黄衣指充当宫市使的宦官，白衫儿指宫市使的爪牙。

⑧ 敕：皇帝的命令。

⑨ 牵向北：长安皇城在城北，所以将炭车牵向北面。

⑩ 驱将：将，拿去的意思，读平声。驱将即驱去。

⑪ 半匹红纱一丈绫：唐代交易，钱帛并用。纱、绫都是很薄的丝织品。四丈为一匹，半匹即两丈。《顺宗实录》记宦官购一驮柴，才付绢数尺，所以半匹纱、一丈绫换千斤炭，大抵是纪实而非夸大之词。

⑫ 直：通“值”。指炭价。

预　习

一　白居易在诗史上的地位怎样？他的诗有哪些特点？

二　试简述本诗的写作背景。

三　诗中哪些语句是描写人物外貌的？哪些语句是描写人物行动的？又有没有描写人物心理的语句？

四　卖炭翁烧炭是为了什么？最后得到的又是什么？

分析和欣赏

文体特点

所谓“新乐府”，原是相对于古乐府来说的。汉代设立了名为“乐府”的音乐官署，收集民歌和文人歌辞，合乐供朝廷需用，后来就把这类合乐歌唱的诗歌称为“乐府”或“乐府诗”。东晋以后，旧乐不断佚失，往往有题无曲，文人经常因题仿作。到唐代，旧乐已十不存一，诗人觉得依旧题写作，内容有局限，形式也拘谨，就创制出依内容另立新题的新歌来，如杜甫《哀江头》《兵车行》、“三吏”、“三别”等。于是把前此的乐府诗称为“古乐府”或“乐府旧题”，把“唐世之新歌”称为“新乐府”或“乐府新题”。新乐府“可以播于乐章歌曲”(白居易《新乐府序》),但实际上,有许多“其辞实乐府,而未尝被于声”。宋人郭茂倩《乐府诗集》把隋、唐入乐的新题曲辞编为“近代曲辞”,而把未曾入乐的新题乐府诗编为“新乐府辞”,后人一般都沿用郭茂倩的分类法。所以说“新乐府”就是唐人未曾入乐的新题乐府诗。

“新乐府”远追汉魏乐府“感于哀乐、缘事而发”的精神,即事名篇,用乐府诗体制和当代语言歌咏时事,多用直述铺陈的写法,有较强的叙事性,音节和谐,便于合乐;在结构上也往往沿续古乐府,分为若干解。

内容分析

本诗从乐府诗的结构来看共五解,也就是五章;而从所叙写的内容来看,可分为三个段落。

第一段为一至八句:写卖炭翁在南山烧炭的辛劳和心理矛盾。其中一至四句是本段的第一层次,写烧炭。诗以卖炭翁起笔,即所谓“首句标其目”。先点明卖炭翁在终南山伐薪烧炭,再写卖炭翁的外貌,从“满面尘灰烟火色,两鬓苍苍十指黑”两句,可见他烧炭的辛劳和年月的久长。五至八句是本段的第二层次。先承上用一问一答,写出烧炭、卖炭的本意,再写明明“身上衣正单”,却又“心忧炭贱愿天寒”的矛盾心理。

第二段为九至十二句:写卖炭翁由山中运炭到长安。似乎苍天也为老人所感动,夜来果真遂了他愿天寒的心愿,下起了大雪,然而这又增加了他运炭的困难。

烧炭艰辛,心愿可怜,运炭困难,但结果又如何呢?

第三段为十三至二十句:写一车炭被宫市使掠买和老人的悲痛。也可分两个层次。十三至十六句,先写掠买,突出了宫市使的轻狂凶狠。他们骏马鲜衣，翩翩而来，口称敕令，不仅强购木炭，而且白用脚力。十七至二十句，再写老人的悲痛。一车炭，重千斤，然而“宫使驱将惜不得”，“惜不得”充分表现了卖炭翁的无奈；而“半匹红纱一丈绫”，对于一冬的“衣”、“食”，又于事何补呢？这就是结果。

全诗主要写烧炭、运炭、卖炭三个环节，而诗人对宫市这一弊政的无比愤慨，对卖炭翁的无限同情，全寄寓其中，“苦宫市”的诗旨也因而获得了生动具体的表现。

作法欣赏

《卖炭翁》历来评价很高，它是《新乐府》五十首中唯一没有“卒章显其志”的一首。讽谕的形象性和委婉是本诗的重要特色。通篇不发一句议论，只将卖炭翁的遭遇写下来，既没有正面斥责宫市使，也没有表示同情卖炭翁。纯粹叙事，寓讽谏于形象，虽委婉而更发人深省。

通过对比来表达主题，是本诗结构上的重要特点。本诗前两个环节主要描写卖炭翁，后一个环节主要描写宫市使；然而前后处处形成强烈的对比。“满面尘灰烟火色，两鬓苍苍十指黑”，与“翩翩两骑来是谁？黄衣使者白衫儿”，是外貌对比；运炭的艰辛与“手把文书口称敕，回车叱牛牵向北”的强盗式掠买，是动作对比；为了“身上衣裳口中食”而虽然衣单仍愿天寒的心理活动，与千余斤炭只换得“半匹红纱一丈绫”的结局，更构成了微末的希望与黑暗现实的强烈对比。正因为卖炭翁的苦，才更显出宫市使的恶，也正因为宫市使的恶，又更显出卖炭翁的苦。诗至“系向牛头充炭直”戛然而止，“苦宫市”的主旨也就在层层对比中强烈地体现出来了。

再次，本诗的剪裁和层次安排也是富于匠心的。本来写烧炭后可以接写运炭，但白居易却插入了四句心理描写，“卖炭得钱何所营？身上衣裳口中食”。说明了老人所求无多，可是，即使这点菲薄的要求也难以达到，以至“可怜身上衣正单”，却“心忧炭贱愿天寒”。这几句对于烧炭、运炭、卖炭的实际过程来说是虚写，但却是老人卖炭前合乎情理的心理状态；而且老人这种辛酸的矛盾心理，更挑明了事件的悲剧性质。因此这四句对全诗的立意和结构来说，都是关键。

再看白居易如何描写人物吧。诗人从外形、动作、心理三方面来描绘，都简洁生动，切合人物身份和个性。如写卖炭翁的外貌，“满面尘灰烟火色，两鬓苍苍十指黑”。第一句是概写，烧薪为炭，当然满面是灰土烟火之色；第二句细写老人的鬓发和手，在满面烟灰的焦黑色中，老人头面上却有些灰白色，原来是他的斑斑白发。这“苍苍”二字，与上“烟火色”及下“十指黑”相映，尤其给人深刻的印象，显出老人烧炭为生已多年了，再加上衣单而愿天寒的矛盾心理，更有无穷悲凉的意味。又如写宫市使的动作，“手把文书口称敕，回车叱牛牵向北”，短短十四字就把他们狐假虎威，煞有介事，专横跋扈的样子活现了。可见白居易描写人物的功力。

本诗的语言既质朴无华而又准确鲜明。这是从民间口语中提炼出来的文学语言，带有民间的乡土气，又比口语更精炼。如“身上衣裳口中食”、“牛困人饥日已高”、“系向牛头充炭直”等，都明白如话，却容量大，含义深。

此外，本诗两用设问，都非常成功。一是“卖炭得钱何所营？身上衣裳口中食”，一问一答，突出了全诗的关键句。二是“翩翩两骑来是谁？黄衣使者白衫儿”，设问的运用，使诗中反角的粉墨登场，给人以更强烈的印象。

初读《卖炭翁》，谁都会感到写得很自然浅近，几乎一看就懂；但通过以上分析可见，此诗在结构、描写、语言等各方面，都是经过精心推敲的。据记载，宋人曾见到白居易的手稿，修改得既多又仔细，可见白居易优秀作品的通俗，并不等于粗率。前人说这派诗人“成如容易却艰辛”，这正是他们浅而能切，既明白易懂，又精确传神的道理所在。

讨论问题

一　本诗中间插入的一小段心理描写，对主题表达有何作用？

二　如果本诗在结尾加上卖炭翁心情痛苦或回家难以生活的描写，好不好？

三　举本诗或其他白居易诗为例，以说明白诗的“浅切”。

四　说白居易《新乐府》深刻地反映了社会现实，是否就是说他写的是真人真事？

参考资料

一　关于白居易对立身和作诗的观点

古人云：“穷则独善其身，达则兼济天下。”仆虽不肖，常师此语……故仆志在兼济，行在独善。奉而始终之则为道，言而发明之则为诗。谓之讽谕诗，兼济之道也；谓之闲适诗，独善之义也。

（摘自白居易《与元九书》）

二　关于白居易的《新乐府》

1　《新乐府》序

凡九千二百五十二言，断为五十篇。篇无定句，句无定字，系于意，不系于文。首句标其目，卒章显其志，《诗三百》之义也。其辞质而径，欲见之者易谕也；其言直而切，欲闻之者深诫也；其事核而实，使采之者传信也；其体顺而肆，可以播于乐章歌曲也。总而言之，为君、为臣、为民、为物、为事而作，不为文而作也。

（摘自白居易《新乐府序》）

2 《新乐府》的体例

五十首有一篇总序以阐明创作意图。每篇题名下有小序，分别说明各篇的主旨。这种体例是摹仿《毛诗》全书有大序，各篇有小序的写法。白居易非常推崇《诗经》通过美刺比兴密切联系现实的精神，自觉地以《诗经》为学习对象。

（摘自王运熙《白居易的新乐府》）

3 《新乐府》的典型性

《新乐府》五十篇中所描写的社会现实，大抵都有具体史实为依据，所以白居易自称“其事核而实”（《新乐府序》），由于诗人往往能够选择生活中具有代表性的、深刻的社会意义的题材，而在描写时，又能不受个别史实细节的束缚，而以植根于丰富生活体验上的想象来加以补充和概括，因此许多篇什并不仅是个别生活现象的记录，而具有非常深刻的典型意义。

（摘自王运熙《白居易的新乐府》）

4 《新乐府》的议论性

《新乐府》中……也包含不少主观议论的成分……“其言直而切，欲闻之者深诫也”（《新乐府序》），这种议论常常出现在各篇的结尾，所谓“卒章显其志”（《新乐府序》）。

（摘自王运熙《白居易的新乐府》）

5 《新乐府》的语言和诗体特点

白居易诗歌的语言以通俗浅显著称，故世有“老妪都解”的传说……《新乐府序》说：“其辞质而径，欲见之者易谕也。”可见他有意识地要写得通俗浅显，使读者容易了解他所反映的种种问题，达到他的宣传教育的目的……在句式方面，《新乐府》显得更多活泼，更多变化，他常采用三言七言间错起来的方式，有时还有五言、九言等句式，充分发挥了乐府长歌纵横开合的优点。三七言间错的体式，在古乐府乐曲歌辞和唐代变文俗曲中是比较多见的。白居易吸取了它们的优点，自由大胆地运用，获得优异的成绩。在用韵方面，各篇常不是一韵到底，而是屡次换韵，这使得声韵不呆板而多变化，增强了诗歌的音乐性。它跟通俗流利的词句相结合，构成了“其体顺而肆”(《新乐府序》)的特点。

(摘自王运熙《白居易的新乐府》)

应用练习

一　何谓讽谕诗？为什么说《卖炭翁》是一首讽谕诗？

二　《卖炭翁》一诗所要讽谕的主要对象是谁？

三　在《卖炭翁》一诗中，白居易采用何种手法来表达主题？

四　白居易如何刻画卖炭翁和宫市使这两个对立的人物？

五　在写作内容方面，白居易和杜甫有没有相似的地方？试加以比较。

六　把本诗改编为简单的短剧。

七　细读下录白居易的《东坡种花》其二，然后回答问题：

东坡春向暮，树木今何如？漠漠花落尽，翳翳叶生初。每日领童仆，荷锄仍决渠(挖沟引水)。铲土壅(培土)其本，引泉溉其枯。小树低数尺，大树长丈余。封植(种植)来几时，高下齐扶疏(枝叶茂盛)。养树既如此，养民亦何殊：将欲茂枝叶，必先救根株。云何救根株？劝农(奖励农业生产)均(公平合理)赋租。云何茂枝叶？省事(减少扰民之事)宽刑书(法律)。移此为郡政，庶几甿俗(农民的风俗)苏

（从困苦中恢复）。

1 试简述这首诗的主题思想。

2 作者认为养树和养民有哪些相同的地方？

3 这首诗的语言是否“通俗浅显”？试举例说明。

蝉　　李商隐

作　者

李商隐（八一三——八五八），字义山，号玉溪生，又号樊南生。唐怀州河内（今河南境内）人。文宗开成二年（八三七）进士，曾任秘书省校书郎，弘农（今河南境内）县尉等低级官职，并前后数度为节度使幕僚，辗转奔波于今四川、广西、广东等地约十余年。大中九年（八五五）任盐铁推官，一度到长江下游东南一带游历。十二年（八五八）罢职闲居于郑州，约于此年冬病逝，年仅四十七岁（一说四十六岁）。

安史之乱后，唐王朝已由盛趋衰，至宪宗元和（八〇六——八二〇）时期一度自强，史称“元和中兴”。但到了李商隐所处的文宗、武宗、宣宗时期，“中兴”希望已经破灭，藩镇割据，宦官专权，朋党之争，已成为唐王朝的三大痼疾，诗人不幸又无意间被卷入了牛李党争中。他早年曾从牛党的令狐楚学骈文，又被后来成为李党的王茂元招为女婿。虽然他并无门户之见，更未曾参与党争，但却因此被目为“背恩”、“无行”，备受排挤，一直屈沉下僚，郁郁不得志。早年在《行次西郊作一百韵》等诗中所表现的豪情壮志，一变而为内心深沉的哀伤，这成为他后期诗作的基调。他所开创的“无题”诗，就是故意泯去标题，宛曲地抒发他这种难以言传的哀痛心情的杰作。

李商隐诗以律、绝，尤其是七律成就为最高。他善于用丰富的想象，深切的比兴，精心锤炼的绮丽词藻，推陈出新的典故，以及层折宛曲的结构布局，将对乱离时代的感慨，个人遭遇的不幸，织入近体诗严谨的格局中。他的律诗给人以“丽”的感觉，明显地受到齐、梁、初唐诗的影响；然而作为他诗作骨格的，却是来自杜甫的锤炼谨严，沉郁顿挫。他把这些融会贯通，遂形成了丽不伤骨，深情绵邈，寄托遥深的独特风格。

李商隐在当时与杜牧齐名，史称“小李杜”。又与诗风以秾丽见称的温庭筠并称，后世即称为“温李诗派”，或笼统称作“晚唐诗派”。他又是骈文名家，与温庭筠、段成式并列。

李商隐诗文注本有清冯浩《玉溪生诗集笺注》《樊南文集详注》和钱振伦《樊南文集补编》等。

解　题

《蝉》，从诗意看，当是李商隐中后期做幕僚、四方漂泊时所作，具体年月难以征实。

从题材来说，这是一首咏物诗。咏物诗以具体物体（动物、植物、无生命物）为咏歌对象，往往在描摹它的形态、特征中寓寄自己的情兴。本诗就在对居高饮露，悲鸣无知音的蝉的入神描写中，寓寄自身孤高不阿的感情。从诗体来说，这是一首五言律诗。李商隐的五律清丽深婉，与他七律的秾丽含蓄有所不同。《蝉》是他五律中的代表作。

课　文

本以高难饱①，徒劳恨费声②。
五更③疏欲断④，一树碧无情。
薄宦⑤梗犹泛⑥，故园芜已平⑦。

烦君最[8]相警，我亦举家清。

注　释

① 高难饱：蝉高居树上，以清露为食，自然难饱。《吴越春秋·夫差内传》："夫秋蝉登高树，饮清露。"不过蝉饮清露是古人错觉，其实它是吸食树汁的。又，"高"字联系下文兼有清高之意。《初学记》引《车服杂志》称蝉"清高饮露而不食"。

② 恨费声：恨，憾也；费，伤也。恨费声指怨悔伤神的鸣声。

③ 五更：临近天亮的时候，参见《阁夜》注。

④ 疏欲断：欲，将要。疏欲断指蝉鸣声稀疏了，似要停歇下来。

⑤ 薄宦：卑微的官职。

⑥ 梗犹泛：像桃木偶人那样仍在水中漂流。《战国策·齐策》中记载一则寓言：天雨，桃梗（桃木人）对土偶说："你将化为一堆湿泥。"土偶回答说："我虽化为泥，仍在本乡本土，而你却要随流漂泛，不知流落到何方。"

⑦ 芜已平：芜，荒草；芜已平即荒草没胫。这句暗用陶潜《归去来辞》"田园将芜胡不归"句意。

⑧ 最：正、恰的意思，在这里"最"字是时间副词，与通常作程度副词的用法不同。

预　习

一　李商隐在诗史上的地位怎样？

二　这首诗的主题思想是什么？

三　鸣蝉与诗人，这一物一人的形象有何共同点？

四　有人将第二句“费”字解为“白费”，你是否同意，为什么？

分析和欣赏

文体特点

五律的基本格式是五言八句，双句押同一韵(一般只押平声韵)，符合平仄粘对规则，中间两联对偶。

五律萌生于齐梁，齐永明年间(四八三——四九三)流行的永明体，可视为五律的前身。永明体有一套很繁琐的声律规则，后经改进简化，到了陈、隋间，出现了完全合乎唐代近体声律的五言诗，到初唐时就定型下来，较之七律，它的成熟略早些。

咏物诗，最早可上溯到屈原的《橘颂》。而成为一种普通的文学类别，则还是在六朝时。诗歌创作总不能离开物(景物、事物等等)，咏物诗与一般诗歌的区别在于，它一般是一诗专咏一物(间有二物以上并咏的)，以所咏之物为题，且以所咏之物为主要描摹对象，而不同于其他诗歌之杂取众物。咏物诗的寄托性情也与一般诗歌不同，一般诗歌的寓情于景，主要是以景物为起兴、烘托、陪衬；而咏物诗则必须就所咏之物发挥，带有强烈的比附性。咏物诗各体都有，五律是用得较多的一种，这是因为律诗四联八句，篇制适中，宜于虚实相济，刻画和寄托都有发展余地，《蝉》诗就是一个范例。

内容分析

蝉和诗人本是两不相关的，但夜里蝉的鸣声却引起诗人的身世之感、创作之情。那么两者的共同点究竟是什么呢？诗人又怎样把本不相关的人和物绾合在一起呢？

本以高难饱，徒劳恨费声：诗的首两句是全诗的总纲，以明写蝉品性清高而自苦悲鸣起笔。诗人对蝉说：你高居树梢，只以清露为食，不肯有丝毫苟且，这本是自己所愿意的，那么为什么又终夜不歇，劳心费神，发出这怨恨悲苦的鸣声！

五更疏欲断，一树碧无情：三、四句承上明写，伸足蝉的悲恨，更进而写出它无人同情。到五更天时，蝉儿似乎已精疲力尽，鸣声渐渐稀疏了，好像就要停歇下来。可是，又有谁对它寄予同情呢？请看晨光朦胧中，它所栖居的那株树木根本无动于衷，自管自的，还是那样青翠碧绿。

薄宦梗犹泛，故园芜已平：五、六句笔锋陡折，转而写诗人自己的遭遇。虽然诗人怀抱济世安民的志向，但多年来却只是担任着微贱的公职，南北奔波，就像桃偶一样背井离乡，逐浪漂流。想到这里，诗人不由得遥念起自己的家园，这时恐怕已经荒草没胫，一片凄清的景象了吧！

烦君最相警，我亦举家清：七、八句一笔双绾，合写蝉、我两者，点明全诗主旨。诗人的笔锋又折回到蝉上，说今天有劳你来提醒了我，使我警觉到，自己之所以这样遭遇坎坷，是因为我也和你一样，全家保持着清白不阿的门风。诗到这里才挑明了前面极写蝉的清高自苦，无人同情，其用意是以蝉的“高难饱”，隐喻自己的清而不遇；用蝉的悲鸣徒劳，隐喻自己的能诗而无援。至此一、二句作为全诗总纲的地位就显示出来了。

作法欣赏

咏蝉是古典诗赋中的传统题材。李商隐这一首，跳出了汉代以来秋蝉悲鸣，客子思乡，或者寒蝉霜露，人生易尽的陈旧寓意；也不停留在蝉德清高，君子取效的一般化的比拟之上。他将自己的身世之感，与对人与人之间关系的深刻观察，注入所咏对象中，在立意上先胜一筹，这就使得他笔下的蝉，获得了与众不同的形象。他也从蝉德清高落笔，然而“本以”、“徒劳”，一起一承中先就给人以怨愤不可遏抑的感觉，三、四句用树叶青葱来反衬蝉的憔悴，更对世态炎凉作了含而不露的尖锐谴责。篇末说鸣蝉使自己警觉，其实是牢骚话，委婉地说出了清白之士不容于世的悲剧。读完这首诗，我们会很自然地感到秋蝉悲苦的长夜之鸣，正是诗人不平吟唱的象征。这正是本诗立意超卓，含意深婉之处。

本诗结构缜密曲折，全诗有“蝉”和“我”两条线索。这两线的交融，是经过精心安排的。前两联一起一承明写蝉，而隐含着自身善诗能文而徒劳无益之感，到第三联，上面的明线（蝉）好像消失了，而暗线（我）转为明线，看来中间脱了一节，有些突然。其实，上面所隐含的身世之感，已落到“碧无情”三字，正因“无情”，所以触景生情而联想到自己“薄宦梗犹泛，故园芜已平”。而这两句中“薄宦”与前面的“难饱”，“梗犹泛”与“徒劳恨费声”，“芜已平”与“碧无情”，在含义上都隐隐相应，所以“蝉”这条线不是完全消失了，而是由明线退居为暗线。这样，一、二联是“蝉”明“我”暗，三联是“我”明“蝉”暗。至第四联以“君”（蝉）、“我”相警，分承两线，以“举家清”挑明主旨，并遥遥与首句的“高”字照应，两条时隐时显的线索就融而为一了。这一结构非常缜密精细；而中间似断复续，又起伏有跳荡之感。三联由“蝉”跳到“我”，四联又以“烦君”挽入咏蝉本题，最能见出开合收放之力。

李商隐诗的语言，总给人以一种呕心沥血，细腻哀怨的美感。本诗写蝉声，“高难饱”、“恨费声”、“疏欲断”，联贯起来，就将悲苦写到了极处。最传神的是“碧无情”，“碧”色为何就无情呢？好像不近情理，但只要联系蝉鸣哀哀欲绝的憔悴形象，这代表生命的“碧”色就确实显得无情之极了。“一树碧无情”衬托着不绝如缕的寒蝉声，这冷隽清苦的景象，似是诗人用心血画成，有动人心魄的艺术力量。这种出人意表，细味之又妥帖入微的诗歌语言，正是李商隐的特色。

李商隐的哀愁，多半由党争的祸害和恋情的失意所引起，在当时可谓难言之痛，所以常以用典来暗示。本诗中有的典故用得较明显，如“梗犹泛”用《战国策·齐策》桃梗与土偶的故事，表达了自己江湖漂游，离乡别井的故土之思。有的典故则用得神不知鬼不觉，如果不知道本事，就根本不以为他在用典，如“故园芜已平”句，用陶渊明《归去来辞》即是一例。“高难饱”的“高”联系下文“举家清”的“清”，用《车服杂志》称蝉“清高饮露而不食”之意，则是要读到篇末，方能体会出来的。再如“一树碧无情”，用梁江淹《江上山之赋》：“草自然而千花，树无情而百色”，更在有意无意之间。江赋是用花树的自然美好反衬离人的伤心，李商隐这一句虽可能受江淹启发，但是一个“一”字，一个“碧”字，又独出心裁，变化入神。从以上几个例子，可见李商隐用典之巧妙贴切，含蓄蕴藉。

李商隐的诗特别注重提炼，他总是比他人想得深一层，加以多难的时代，坎坷的际遇，在诗人心灵上造成压抑感，使他的诗歌境界表现出深情绵邈，宛转多思的独特风貌。他这种刻意创新，境界独造的风格，正是晚唐诗的时代特征之一；但是晚唐国力衰微，诗境已不可能再有盛唐的雄浑气象。“夕阳无限好，只是近黄昏”（《登乐游原》），李商隐诗以至晚唐诗的风格，正可形象地以他自己这两句诗来作概括。

讨论问题

一 “一树碧无情”，在蝉的形象塑造中起了什么作用？“碧无情”三字用得好在哪里？

二 本诗用了哪些典故？用典有什么好处？

三 要是隐去诗题中的“蝉”字，以本诗作为一首无题诗，你还能看得出诗中有提及蝉的地方吗？怎样看得出来？

四 咏蝉虽是古典诗赋中的传统题材，李商隐这一首诗却并不落俗套，试分析这首诗在取材立意上有何特色。

参考资料

一 关于李商隐诗的思想内容

李商隐的诗歌流传下来的约六百首。其中以直接方式触及时政题材的，占了相当比重。他的政治诗反映面广，开掘有一定深度。如《有感》二首和《重有感》，记述大和末年震动朝野的“甘露事变”，对宦官幽禁文宗，屠杀士民的专制暴行痛加抨击，这在当时需要有不寻常的政治胆识。《隋师东》《寿安公主出降》反对藩镇割据，但不限于斥责军阀的野心，并能够联系朝廷政治的腐败和政策的失误作批判性考察，认识比较深刻。《哭遂州萧侍郎二十四韵》《哭虔州杨侍郎》，对朋党相争及其祸害作了真切揭露。《汉南书事》《漫成五章》(其五)提出巩固边防、和睦民族关系的主张，都有一定的思想价值。尤其是长诗《行次西郊作一百韵》，从眼前农村残破、民不聊生的景象，追溯唐王朝二百年来治乱盛衰的历史变化，对唐代政治作了系统的总结回顾，成为杜甫《自京赴奉先县咏怀五百字》《北征》以后难得的诗史。……

李商隐的咏史诗有很高的成就。它们绝不是“发思古之幽情”的无病呻吟，也不同于前人那些托古以述怀的诗篇，而是着眼于借鉴历史的经验教训来指陈政事，讥评时世，使咏史成为政治诗的一种特殊形式。这些作品往往选择历史上封建帝王的荒淫误国作为表现的主题，或嘲讽其求仙，如《汉宫》《华岳下题西王母庙》；或揭露其好色，如《北齐二首》；或针砭其逸游亡身，如《隋宫二首》；或批评其宴乐无极，如《陈后宫》《南朝》，讽谕现实政治的用意十分明显。诗人批判的矛头有时直接对准本朝皇帝，像《过景陵》讥刺唐宪宗求长生而致暴折，《马嵬》《龙池》《华清宫》《骊山有感》谴责唐玄宗贪女色而召祸乱，用笔尖利，略无讳饰……

无题诗是李商隐独具一格的创造。它们大多以男女爱情相思为题材，意境要眇，情思宛转，辞藻精丽，声调和美，读来令人回肠荡气……这些诗篇并非一时一地之作，也没有统一的构思贯串起来，而是诗人生活中随时触发的各种感受与兴会的点滴结晶。其中有实写爱情相思的……；有明属冶游狎邪的……；有托喻友朋交往的……；有寄寓身世感慨的……；还有一些兴寄难明，托意在有无之间，颇难实指。尽管内容各别，大都属于诗中之意不便明言，或意绪复杂，难以用题目概括的情况，统名之为“无题”……

诗人还有一部分抒情咏物的名篇。他的抒情诗往往以深挚的感情、细腻的笔触，传达出晚唐这一特定时代条件下受压抑文人苦闷忧痛的心声，从一个侧面展现了社会衰败的面影……他的咏物诗不仅以体物工切、摹写入微见长，还能够通过典型特征的刻画和环境气氛的烘染，表达出事物的内在神韵，借以寄寓作者的情怀……像“五更疏欲断，一树碧无情”（《蝉》），写蝉的悲鸣无告，一直写到它幻觉般的心理感受，手法是很新颖的。

（摘自《中国大百科全书·中国文学》卷）

二　关于李商隐诗的风格特点

李商隐的诗歌在艺术上形成了独特的风格。情致深蕴，是其根本特征。

无论感时、抒怀、吊古、咏物或言情诸作，莫不渗透着诗人的真情实感，具有一唱三叹的韵味。像历来传诵的“身无彩凤双飞翼，心有灵犀一点通”（《无题二首》），寥寥十四个字，把那种受阻隔的痛苦和心有默契的喜悦，以及愈受阻隔愈感到默契可贵和愈有默契愈觉得阻隔难堪的矛盾心理，揭示得极其深刻动人。再如“春心莫共花争发，一寸相思一寸灰”（《无题四首》），表面上写绝望的悲哀，骨子里却又透露了绝望掩盖下相思如春花萌发，不可抑止的炽热情怀，显得分外沉痛而富有感染力。刘熙载所谓“深情绵邈”（《艺概·诗概》），张采田所谓“哀感沉绵”（《李义山诗辨正》），都是指他诗歌的这个特点。

（摘自《中国大百科全书·中国文学》卷）

应用练习

一　本诗中的蝉有什么特点？与诗人的身份心情有何关系？

二　试述本诗的结构特色。

三　本诗中间两联对偶是否工整？试加以分析。

四　咏物诗在描写对象和寄托情性方面，与其他诗歌有何不同？试以本诗和《鸟鸣涧》诗作一比较。

五　以五律这种诗体写作咏物诗有什么好处？试以李商隐这首诗加以说明。

六　用现代汉语把这首诗改写成抒情散文。

七　先仔细阅读初唐虞世南的《蝉》诗，然后回答问题。

垂緌（古时系冠的缨索，比喻蝉的触须）饮清露，流响出疏桐。居高声自远，非是藉秋风。

1 虞诗与李商隐《蝉》诗表现的感情有何不同？

2 “流响出疏桐”与“五更疏欲断，一树碧无情”，都是以树木衬蝉鸣，两者语言特色有何不同？

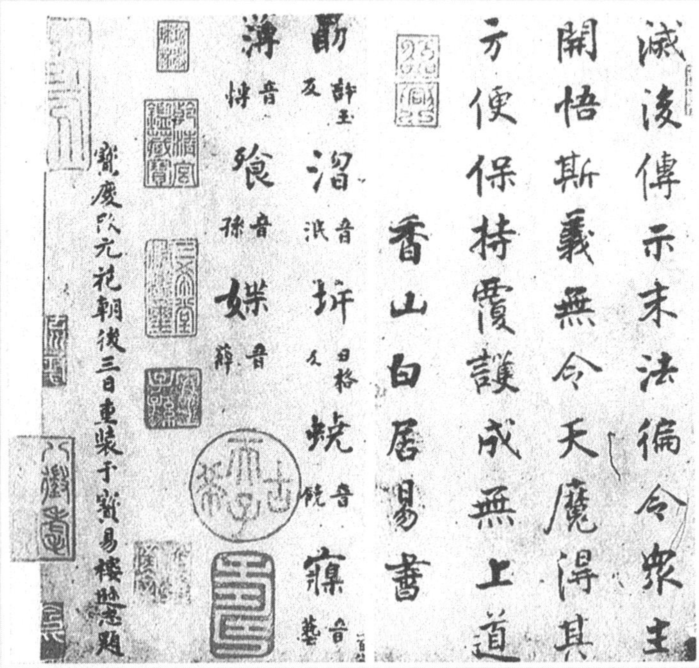

唐代白居易书《楞严经》

终南山在长安附近，王维有别墅建于其间；此地亦是卖炭翁伐薪烧炭之所，更是文人求官的终南捷径。

塞外景色。唐代不少诗都以边塞为题材。

传为王维所画的《江山雪霁图》。

文学常识学习重点

一 唐诗兴盛的原因

唐代是我国古典诗歌的极盛时期，仅清代康熙年间所编纂的《全唐诗》就收录了有姓名可考的诗人二千二百余家，诗四万八千九百余首；加上后人辑佚所得，今存唐诗总数达五万余首。唐诗作者面之广、流派之众多、内容之深博、诗体之齐备，都是空前的。分析唐诗特盛的原因，约有以下几点：

甲 时代背景的影响

如同花木结果有待于合适的土壤气候，唐代特定的社会条件，是唐诗兴盛的重要原因。

1 南北文化融合

隋唐两朝结束了东晋以来长期南北分裂的局面，然而隋国运短暂，至唐才有南北文化交流融合的可能。这不仅使北方的刚健之气与南方的轻清之风得以互补短长；而且诗人可以南北漫游，也开阔了他们的眼界胸襟。

2 各族文化交流

唐帝国建立，境内各族进一步融合，使唐诗得以广泛地汲取各族文化的滋养。隋唐时期兴盛的燕乐，就是以胡部乐为主的，对唐人乐府诗的发展有巨大的促进作用。如《霓裳羽衣曲》，即起源于西北少数民族。至于奇丽的塞外风光，犷悍的边庭生活，不仅为诗人提供了歌咏不尽的题材，更潜移默化地深入影响着唐代诗人的气质。

3 社会关系变动

唐代处于社会关系急剧变动的时期。六朝以来关东士族的统治地位，由于李唐皇朝的建立而动摇，从而引起了社会关系的不断分化组合，使得各阶层的人都有一展抱负的机会，诗人把他们在仕途上升沉的喜怒哀乐、对社会问题的情思等形诸歌咏，使唐诗从题材到内容都表现出繁花盛开，不断更新的局面。

4 社会经济繁荣

唐代国势隆盛，唐玄宗时出现了“小邑犹藏万家室，公私仓廪俱丰实”(杜甫《忆昔》)的局面，为唐诗的繁荣提供了物质基础。盛唐诗的雄浑气象，正是这种强大国势的反映。

5 思想文化自由

唐王朝对思想文化采取开明政策，儒、佛、道三教并荣，而且相互促进，不断更新。这不仅促使盛唐同时产生了诗圣杜甫、诗仙李白、诗佛王维这样的巨匠，且对整个唐诗史有两个重大影响，一是佛道文化中的瑰奇故事和思维方式，对诗歌素材和诗人的创作构思，甚至诗体形式的改进都有很大的帮助；二是活跃的思想使唐人都能不墨守成规家法，力求创新，从而形成了一股又一股的高潮。

6 科举以诗赋取士

唐代科举试一诗一赋，考试前举子先向名人投送自己所作的诗赋杂文，称为行卷。这不但使诗歌创作蔚成风气；又因大批士人云集京师，加强了切磋探讨，往往影响了某一时期的诗风。

7 君主提倡

唐代的统治者对诗歌创作十分重视，其中太宗、武后、中宗、玄宗、文宗等，本身就是有一定造诣的诗人。他们的周围又聚集了一大群文人学士，经常应制唱和，品第高下。唐代宗称王维为“天下文宗”，唐宣宗《吊白居易》：“童子解吟《长恨曲》，胡儿能唱《琵琶》篇”，都大大影响了诗风趋尚。帝王提倡促使诗歌创作成为社会各阶层的普遍爱好，为唐诗繁荣提供了社会基础。

乙 诗歌发展的趋势

唐诗发展除以上各方面的社会原因外，更有诗歌发展的内在原因。从汉末建安时起近四百年间，诗歌发展迅速，五七言古体诗已经成熟；律体也在齐梁时，因音韵学的发展而萌生。前人的创作经验和见解，为唐人提供了取法的榜样。特别是南朝时发展起来的诗歌创作要重视情兴的观念，更促进了文学与学术的分离，使诗歌创作从儒教的附庸地位脱颖而出，成为独立的艺术而迅速发展。唐诗的兴盛，正是前代的诗歌创作成就和经验在唐代特定社会条件下的产物。

二 唐诗演变概述

唐诗的演进，通常划分为四期。

初唐：高祖——睿宗（六一八——七一二，近百年）

盛唐：玄宗时期（七一二——七五六，约四十五年）

中唐：肃宗——敬宗（七五六——八二七，约七十年）

晚唐：文宗——哀帝（八二七——九〇七，约八十年）

分期只是就大体特点来说的，各期的诗风，实际上不仅相互联系，而且前后有交融，所以不必过于拘泥。

甲 初唐诗

初唐近百年是唐诗史的准备阶段，代表诗人有王绩、初唐四杰（王勃、杨炯、卢照邻、骆宾王）、陈子昂、文章四友（李峤、杜审言、崔融、苏味道）、沈宋（沈佺期、宋之问）等。这一时期，虽然还有六朝宫体靡丽诗风的影响，但新王朝的宏大气魄，使诗人从这种影响中摆脱出来，尝试创造唐诗的新格局，从而取得了三方面的重大成就。

1 诗歌题材扩大

诗歌题材不再限于贵族唱和，宫廷宴乐；举凡江山美景，塞外风光，社会现实，人生百感，都可以入诗，使诗歌创作获得了生生不息的泉源。

2 近体诗体制确立

至武后、中宗时期，在以沈宋为代表的一批诗人的努力下，永明体发展成了唐人的律体。从此古今体的分野明确了。

3 汉魏风骨深入人心

四杰和陈子昂，先后提出了“骨气”、“刚健”和“汉魏风骨”的口号，要求以汉魏的自然刚健，取代六朝的靡丽。虽然，他们的作品有的形式上还保留着六朝的余习，有的骨气有余，风华不足，但一种蓬勃向上的意气，生动活泼的情兴，却闪现着一代唐音的先兆精光。

乙　盛唐诗

玄宗开元中期起，是唐诗的全盛期。初唐时确立的各种诗体，至此已完全成熟。浑厚高朗是这一时期诗风的主要特征。所谓“浑厚”，就是充实自然；所谓“高朗”，就是境界开阔。浑厚和高朗充分显示了盛唐的时代精神，所以称为“盛唐气象”。

盛唐诗坛大体可分为两大流派。

1　高岑诗派：以高適、岑参、王昌龄为代表，诗风劲道壮美，以边塞诗成就最大。

2　王孟诗派：以王维、孟浩然为代表，诗风清淡秀雅，以描写山水田园为主，而有高旷之致。

在两大诗派之外，还有李白和杜甫两大诗人。前人评论，如果说盛唐诗“宏大”，那么李杜则到了“大而能化”的境地。各种诗体在他们手中都能运用到出神入化的地步。

李白

李白可以说是盛唐气象最典型的代表，他一任自然，豪放纵逸的诗风，冲破了一切形式的束缚，行于所当行，止于所当止，充分表现了盛唐时代的磅礴大气。即使是苦闷忧愁，在他诗中都化成跳跃的节奏，隐隐体现了盛唐宏盛气象与隐伏危机的激荡。

杜甫

杜甫是跨越盛唐、中唐两个时期的巨匠，安史之乱前后激化的社会矛盾，促使以儒家救世安民为己任的杜甫更注目于现实人生。杜甫善于在谨严的形式中纵横驰骋，这种特色与他诗歌的思想内容，共同形成他“沉郁顿挫”的风格。杜诗在许多方面预示了中唐后诗风的转变。

虽然盛唐诗以李杜为最高成就的代表，但他们那种“大而能化”的境地，一时却难以为人学习，甚至难以为大多数人接受；加以安史之乱后普遍的失落感和要求休憩的时代风尚，所以对中唐前期诗坛直接影响最大的，倒是有“天下文宗”之称的王维。

丙　中唐诗

在代宗大历前后的二十余年，诗坛处于王孟的流风余韵间。以钱起为首的“大历十才子”和刘长卿等，虽不乏名章佳句，但格局越来越小，古体不振，律体虽多而路子越走越窄。与他们同时而稍前的元结和《箧中集》（元结所编沈千运等七人诗集）作者却片面复古，专工古体而质木无文。这一今一古两种趋向都说明，因袭是没有出路的，唐诗的再次新变，势在必行。

新变首先出现在贞元前后的二十多年中，主要有卢纶、李益和以顾况、皎然为首的一批江南诗人。

新变的高潮则出现在宪宗元和前后二十余年间。元和时期一度的中兴气象，鼓舞了诗人。他们不再满足于大历时一味清空而萎弱不振的诗风，转而向李、杜学习。元和诗坛主要有以韩愈、孟郊为代表的韩孟诗派，和以白居易、元稹为代表的元白诗派。

韩愈

韩愈是唐代古文运动的领袖，以复兴儒道为己任，大气磅礴，思深力雄。他吸取了杜甫后期雄奇瘦硬的一面，参以李白纵横挥斥的豪气，打破了诗歌传统的句法、字法、章法，甚至以文法入诗，以议论入诗，以抒写不平之气。诗风劲峭雄健，同时也显示了险怪的倾向。诗史称他那一派诗人为“险怪”诗派。

白居易

白居易志在兼济，希望诗歌能被更多的人理解，以达到劝谕世风时政的目的，因此效法杜甫的“即事名篇，无复依傍”，向新题乐府方面开拓，且以中唐口语和民歌句法入诗，掀起了著名的“新乐府运动”。白居易后期虽因失意而由“兼济”趋向“独善”，由“讽谕”转向“闲适”，但其浅切的诗风始终如一，从而开创了诗史上的“浅切”诗派，也称通俗诗派。

韩孟诗派的瘦劲险怪和元白诗派的浅切通俗，在当时都不同于传统的雅正格调（浅切在当时被称为“险诨语”），所以唐李肇《国史补》以“元和之风尚怪”来概括这一时期的诗风特点。

中唐时期必须一提的另外两位优秀诗人是刘禹锡和柳宗元，前者的律体以轻快流利著称，与白居易并称刘白，对中、晚唐律体有重大影响。后者承王孟之绪，诗风清峻，与稍前的韦应物并称韦柳。两者都较多保留盛唐诗的格调，却又感受了元和时代风气的影响，从而自成一体。从中可以看出诗史发展的不平衡，白居易有诗云“诗到元和体变新”，正可为这一时期作总结。

丁　晚唐诗

随着“元和中兴”的幻灭，韩、白那种蓬勃精神和动荡开阔的风格，暂时失去了大力发展的可能。李贺、李商隐和杜牧率先完成了中、晚唐诗的交替。其明显特征是，诗歌内涵方面由中唐之较注重现实人生而转向注重个人感受，有较浓厚的伤感气氛；在表现手法上有向齐梁诗回顾取法，并融通盛唐、中唐诗人众长而自成一家的趋向。

李贺

李贺是皇室旁支，家道没落而体弱多病，只活了二十七岁。他始终有一种梦思般的幻灭感，就在韩愈的奇崛中织入楚辞的幻想和齐梁诗的浓艳，形成冷艳入僻，寄托遥深的新风格。成为中、晚唐诗过渡的桥梁。

李商隐、杜牧

李商隐、杜牧继之而起，史称“小李杜”，正式揭开了晚唐诗的新篇章。李商隐最近李贺的艳丽和遥深，但去其冷气，而更多柔情。长于近体，尤擅七律。他的诗深情绵邈，哀丽动人。

杜牧也工近体，却以七绝最佳。他承继杜甫、韩愈的奇崛较多，虽重丽词，却较李贺、李商隐为清新疏朗，形成俊爽流丽中见拗峭峻拔的新风格。

在国势急剧衰落的时代背景中，晚唐诗人创新的种种努力，无不带上感伤哀丽的色彩，正如李商隐《登乐游原》诗所说的那样：“夕阳无限好，只是近黄昏。”

晚唐前期，著名的诗人还有与李商隐齐名的温庭筠，以及马戴、许浑等。至唐末，则有杜荀鹤、皮日休、陆龟蒙、郑谷等名家。总的来说，诗风更向纤小感伤发展，一代唐音也就到了尾声。诗歌的再度繁荣，直至北宋中叶才出现。

戊　总结

统观唐诗四个时期，单从欣赏角度来说，一般都以盛唐诗为极致，这或许不错；但若从诗史演变角度看，如果没有初唐诗人的努力，也决不会有盛唐的高峰；如果中、晚唐诗人对盛唐诗亦步亦趋，也必然失去其新变特异之风。一部唐诗史最可贵的地方，是唐代诗人真率的心怀及其生生不息的创造活力。前人把四唐诗比作春兰、夏荷、秋菊、冬梅，各具情态。这种看法是比较可取的。

三　近体诗的体制

甲　近体诗与古体诗的分别

近体诗是唐代发展起来的新诗体，关于它的体制，前面各课中已陆续作了介绍。现在将近体诗与古体诗的区别列表归纳比较。

	近体诗	古体诗
句式	严格规定五言或七言。	句式多样，有四言、五言、六言、七言、杂言等。
句数	有严格规定。一般四句或八句（排律除外），均为偶数句。	长短、奇偶均无规定。
平仄	严格规定每句偶数字平仄交替，同联偶数字平仄相反（对），前联下句与后联上句偶数字平仄相同（粘）。	无规定。
对偶	律诗中间两联一般要求对偶。	无规定。
组织	律诗四联，分称首联、颔联、颈联（腹联）、尾联。	无规定。
押韵	有严格规定。双句押韵，一韵到底，一般押平声韵，邻韵不能通押。	无严格规定。一般双句押韵，可转韵，邻韵可通押，平仄韵皆可。

从上述对比可见，近体诗在字数、句数、平仄、对偶、押韵五方面都有严格规定。

乙　近体诗的分类

近体诗的主要体式可归纳为下表：

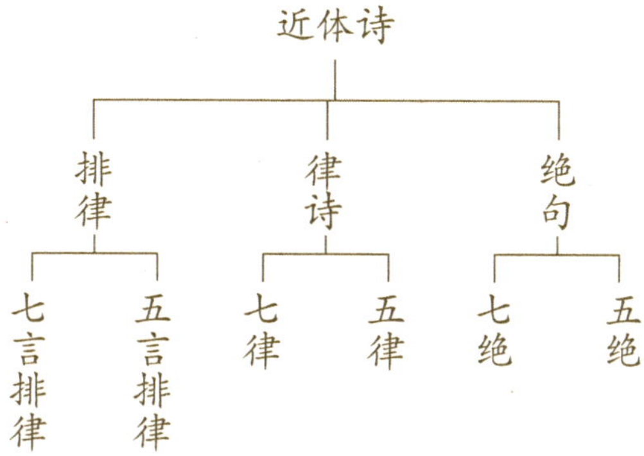

丙　平起仄起和正格偏格

五言律绝和七言律绝各有四种主要形式：平起正格、平起偏格，仄起正格、仄起偏格。所谓平起、仄起是指首句的第二字是平还是仄。所谓正格、偏格，是指首句入韵或不入韵。五言以首句不入韵为正格，七言以首句入韵为正格。

第六讲

唐宋散文

师说　　韩愈

作者

韩愈（七六八——八二四），字退之。唐河阳（今河南境内）人。祖籍昌黎（今河北境内），所以自称韩昌黎。德宗贞元八年（七九二）中进士，曾任监察御史、国子博士等职，官至吏部侍郎；虽然中间有两次因直言诤谏被贬，他在仕途上还算是顺遂的。享年五十七岁，卒谥“文”，因此后世尊称他为韩吏部、韩文公。

韩愈是唐代“古文运动”的主要领袖，也是唐宋古文八大家之首。他认为六朝以来流行的骈文，过分重视形式而忽略内容，因此积极提倡古文。所谓“古文”，是指以奇句单行为主，上继三代两汉文体的散文。他的主张获得很多人追随，形成“韩门子弟”的文学派别，又得到柳宗元的大力响应，在二、三十年间压倒了骈文，成为文坛主要风尚，这就是后人所说的“古文运动”。

古文运动并非是简单的复古，主要是继承秦汉散文以情志为根本，文以明道，辞以达意的传统。在文体形式上更取熔经史百家和唐代口语，甚至间参骈文句法，以自铸伟辞。虽然有时不无艰深之病，却以“辞必己出”、“文从字顺”为宗旨。因此从散文史角度看，古文运动其实是复古通变的文体革新运动。苏轼称韩愈为“文起八代之衰，道济天下之溺”，正指出了古文运动在思想和文体上的两大特征。

韩愈把古文广泛应用于政论、书启、赠序、杂说，乃至祭文、墓志铭等各种体裁，扩大了古文的创作范围，使古文成为一种重要的文学形式。韩愈的古文气势雄放，结构多变，笔法老辣而又流畅明快，正如宋苏洵所评论的“如长江大河，浑浩流转”。

韩愈的诗歌创作成就也很大。他的诗打破传统的句法、字法和章法，甚至以文为诗。诗风劲峭雄健。他与孟郊共同开创的险怪诗派，和白居易、元稹的浅切诗派，代表着中唐诗的新风貌，对宋诗影响尤大。

有《韩昌黎集》五十卷传世。

解　题

《师说》作于贞元十九年（八〇三）前的数年中，当时韩愈在四门博士（唐代太学国子监的教官）或监察御史（御史台官员）任上，古文运动尚处于前期阶段。

“说”，文体名，论说文的一种。着重于解说义理而以己意加以阐述。“师说”，就是对从师学习的道理加以解说阐述。

韩愈所倡导的古文运动，从政治思想来说，是以中兴为目的的儒学复兴运动，所以他十分重视道统。他认为儒学自尧舜至孔孟是一脉相承的，到荀子、扬雄则已经“择焉而不精，语焉而不详”，以后就更是儒纲失坠了。至唐，佛老盛行，“异端”蜂起；面对这种情况，他毅然以复兴孔孟之道者自居，偏偏当时的社会风气以从师为耻，所以他以李蟠从学于自己一事借题发挥，作《师说》，抨击当时士大夫及其子弟自视清高，不学无术的陋习；又鼓吹“师道”，以促进古文古道的传播。因此《师说》不仅是论说文的典范之作，更是古文运动的一篇重要文献。

课　文

古之学者必有师。师者，所以传道[①]授业[②]解惑也。人非生而知之者[3]，孰能无惑？惑而不从师，其为惑也终不解矣。生乎吾前，其闻道也固先乎吾，吾从而师之[4]；生乎吾后，其闻道也亦先乎吾，吾从而师之。吾师道也，夫庸知[5]其年之先后生于吾乎！是故无贵无贱，无长无少，道之所存，师之所存也。

嗟乎！师道[6]之不传也久矣！欲人之无惑也难矣！古之圣人[7]，其出人[8]也远矣，犹且从师而问焉；今之众人，其下[9]圣人也亦远矣，而耻学于师。是故圣益圣，愚益愚；圣人之所以为圣，愚人之所以为愚，其皆出于此乎！

爱其子，择师而教之；于其身也，则耻师焉[10]，惑[11]矣！彼童子之师，授之书而习其句读[12]者也，非吾所谓传其道解其惑者也。句读之不知，惑之不解；或师焉，或不焉，小学而大遗[13]，吾未见其明也。

巫医[14]乐师百工之人，不耻相师。士大夫之族[15]，曰师曰弟子云者，则群聚而笑之。问之，则曰："彼与彼年相若也，道相似也。位卑则足羞，官盛则近谀。"呜呼！师道之不复可知矣！巫医乐师百工之人，君子不齿[16]。今其智乃反不能及，其可怪也欤！

圣人无常师[17]，孔子师郯子[18]、苌弘[19]、师襄[20]、老聃[21]。郯子之徒，其贤不及孔子。孔子曰："三人行，则必有我师[22]。"是故弟子不必不如师，师不必贤于弟子，闻道有先后，术业[23]有专攻，如是而已矣。

李氏子蟠[24]，年十七，好古文，《六艺》经传[25]，皆通习[26]之，不拘于时[27]，学于余。余嘉其能行古道，作《师说》以贻[28]之。

注　释

① 传道：指传儒家的道。从韩愈《原道》可知，他的所谓道，是以“仁”、“义”、“道”、“德”为中心，修身、齐家、治国、平天下的道理。

② 授业：授予《六艺》(《诗》《书》《礼》《乐》《易》《春秋》)经传(经书本身和释解经书的注疏传文)和古文的课业。

③ 生而知之者：生下来就有知识的。语出《论语·季氏》：“生而知之者，上也；学而知之者，次也。”这里反用其意。

④ 师之：师作动词用，与下文“吾师道也”的“师”同。

⑤ 夫庸知：夫是发语词；庸，岂。夫庸知，何必去计较。

⑥ 师道：从师学习的正确态度，与“吾师道也”的“师道”不同。

⑦ 圣人：是相对于下文的“众人”来说的，众人指一般人，圣人则指道德智力学问超群，可为万世师表的人。

⑧ 出人：超越(一般)人。

⑨ 下：不及。

⑩ 则耻师焉：却以从师学习为耻辱，师作动词用。

⑪ 惑：在这里指胡涂不明事理，与上文“解惑”的“惑”不同。

⑫ 句读(dòu)：古人读书，语意已完足处称“句”，语意未足而语气需略停处称“读”。“读”通“逗”。

⑬ 小学而大遗：遗，失也。句读事小，传道解惑事大，今只习句读，不知解惑，所以说“小学而大遗”。

⑭ 巫医：指神巫和医生。神巫祀神，祈福消灾；医生治病，救死扶伤。两者虽有区别，但在上古医学不发达时，神巫往往兼医职。至唐时虽早已界分，但习惯上仍视作一类人。

⑮ 士大夫之族：士和大夫，原是先秦时两种官称，因此以士大夫代称有

官职的人。后又指出身名门望族的文人。这里的士大夫之族,即指做官读书的名门望族。

⑯ 不齿:不屑与之等列。

⑰ 圣人无常师:这句本于《论语·子张》:"夫子焉不学,而亦何常师之有?"

⑱ 郯子:春秋郯国的国君,己姓,名无考。孔子曾向他请教上古少皞氏"以鸟名官"的故事。郯是子爵国,所以称郯子。

⑲ 苌弘:东周大夫,孔子曾向他问学。

⑳ 师襄:鲁国乐师,名襄。乐师称师,先秦时多以职为氏,所以称师襄,孔子曾向他学琴。

㉑ 老聃:老子,楚人,姓李名耳,字伯益,谥聃,所以称老聃。曾任周史官,孔子曾向他学礼。

㉒ 三人行,则必有我师:语见《论语·述而》,原句为:"三人行,必有我师焉:择其善者而从之,其不善者而改之。"大意谓数人在一起,就一定能在比较中有所取长补短。

㉓ 术业:术,原指邑中道路,引申为通向一定目的的手段技能;业是专门的事业本领。术业合用,指本领学问,在这里则专指儒业。

㉔ 李氏子蟠:李蟠是贞元十九年(八〇三)进士。这里不称他为进士,可知本文作于贞元十九年前。

㉕ 《六艺》经传:见注②。

㉖ 通习:通,不滞;习,原指鸟飞反复振翅,引申为练习,又引申为熟语。通习即通晓熟习。

㉗ 不拘于时:不被时俗所拘束。

㉘ 贻:赠送。

预　习

一　何谓古文？何谓“古文运动”？

二　韩愈在文学史上的地位怎样？

三　《师说》的中心论点是课文中哪几句话？

四　何以见得本文是针对当时现实而写的？

五　“闻道有先后，术业有专攻”两句与前面哪些句子呼应？这两句话在全文中有何作用？

六　文章在论证中采用了什么手法？

分析和欣赏

文体特点

所谓论说文，是指通过摆事实、讲道理来论述、证明某种观点的文章。论说文要求观点鲜明，证据充分，说理清晰透辟。它无需对所引证的事实本身作具体形象的描述，而只要抉示出事实和观点间的逻辑联系，越扼要，越清晰就越好。这是论说文与记叙文的主要区别。

近现代的文艺理论把论说文分解为三个要素：一是论点，即全文所要说明的观点；二是论据，即用以说明论点的证据；三是论证方法，即援用论据来证明论点时所取的具体方法。三要素虽是近现代人提出的，但在古人的论说文中同样存在。

内容分析

本文的写作目的在复兴儒学，所以立论最好有古圣先哲的言行为依据。虽然，《原道》中说的从尧舜到荀子、扬雄的道统传授，带有不少传说的成分，然而重视师承，确实是儒家的一贯传统。学大道，必须钻研深奥的古代儒家经典，非有老师传授不可，所以儒家历来以“天、地、君、亲、师”五者并提。韩愈提倡师道，正是对儒家传统的继承。《师说》以“古之学者必有师”起笔，而以孔子的例子为论说的总结，道理也在于此。

不过韩愈在继承中又有发展。古文运动有其现实的政治目的，韩愈本身也是一位有作为的政治家，所以尽管强调道统的醇正，却并非泥古不变。《师说》中提出了“是故无贵无贱，无长无少；道之所存，师之所存也”的卓越见解，并且为证明这一点，采用了道家著作中记载的孔子向苌弘、老聃等学习的故事来作为论据，而这本是儒家所坚决不肯承认的。这些正是韩愈对儒家师道观念的发挥。

由于所论既是对儒家师道观的解说，又出以己意加以阐发弘扬，所以韩愈以“说”体来论说这一问题。

全文六个自然节，可分成五段：

第一段为第一自然节：托古立论，提出“古之学者必有师”和“无贵无贱、无长无少，道之所存，师之所存也”的看法，并通过推理作了初步论证。在这一段中，韩愈是以“师者，所以传道授业解惑也”这个一般人都承认的道理为推理的出发点，从而导出论点的。既然“师者，所以传道授业解惑也”；而“人非生而知之者，孰能无惑”；那么结论必然是“（古之）学者必有师”（论点一）。又，既然“师者，所以传道授业解惑也”；而“吾（所）师（者）道也”；那么又自然而然得出“道之所存，师之所存”而无论“贵”“贱”、“少”“长”的结论（论点二）。

第二段为第二自然节：由古及今，指出“古之圣人”和“今之众人”对师道的不同态度，及由此而产生的不同结果。这一段既是第一段的引申，也是三、四两段的发端，在全文中起着承上启下的枢纽作用。本段末句“是故圣益圣，愚益愚，圣人之所以为圣，愚人之所以为愚，其皆出于此乎”，既照应第一段的论点，又以“圣”、“愚”两者下探三、四段。

第三段包含三、四两个自然节：承接上段“今之众人”的错误态度，摆事实作深入论证。其中第三自然节以童蒙之学与达道之学对比，说明今人之愚在“小学而大遗”，上应论点中的“无长无少”。第四自然节以“士大夫”与“巫医乐师百工之人”对比，说明今日的士大夫反不如操微贱职业的人那样明达于“师道”，上应论点中的“无贵无贱”。

第四段为第五自然节：承第二段“古之圣人”深入论证。举古圣之最孔子的言（三人行，则必有我师）行（师事郯子、苌弘、师襄、老聃）为论据。本段和上段分承第二段的对比，自身又构成鲜明对比，由此得出结论：“是故弟子不必不如师，师不必贤于弟子，闻道有先后，术业有专攻，如是而已矣。”呼应首段的论点。

第五段为第六自然节：说明作《师说》是为了表彰李蟠能行古道。这一段不属于论证部分。

本文既为表彰从师之人而作，所论又均为对师道之阐发，所以题为“师说”。

作法欣赏

前人评韩文都以韩愈自己标举的“气盛”为其总的特点。气，看来不可捉摸，其实是通过文章的内容和各种具体作法来体现的。

由于气盛自信，《师说》的立论既精辟深刻，又明确犀利。韩愈反对流俗，不仅举起儒家师道的旗帜；而且敢于出以己意，作重大发展；更斩钉截铁，明确提出主张。他不说“须有师”，而说“必有师”；他倡言“道之所存，师之所存”，又是“无贵无贱，无长无少”，绝无例外，绝无通融，充分显示了道统继承者的大气。

论说文中作为立论基础的论据，必须具体有力，使人信服。韩愈选择在古代有绝对权威的孔子之言行为论据，不仅具体有力，且深合“说体”阐说先哲言行的特点，从而使自己有代圣人立言的气概。如果说这一论据的选择，在他人也还能做到，那么之前两个论据的选择，就更能体现韩愈的特色了。他先举“教子使学”和“百工等人善学”，这两个容易为人们接受的实例，而当你一旦承认这两者是对的，就不得不承认自己耻于从师的错误，不然就将陷入理绌而无由解辩的困境，正是在这种情况下，再举孔子之例，就格外使人信服。这种能近取譬，比对其事而逼现其理的论据运用，正是体现韩文气势的又一重要因素。

本文层次分明而又宏肆多变。韩愈将对比论证和一唱三叹融合在一起，不仅在理性上说服人，更在感情上打动人。《师说》通篇是在以行古道为总纲的古今对比中展开论证的。全文以“古之学者必有师”唱起，托古立论的同时，也为下文古今对比埋下了伏线。第二段由古及今，展开“古圣”和“今愚”的对比，为全文枢纽。然后笔分两路，第三段两小节承“今愚”展开，第四段则承“古圣”发挥。不仅两段间形成对比，而且第三段内两小节又构成“句读”与“达道”、“百工”与“士大夫”的对比，分别上应首段“无长无少”，“无贵无贱”两个要点，这样落到第四段“万世师表”孔子的言行，对比就分外强烈，出色地“说”明了古圣先哲的师道观。然而对比虽然能收是非分明之功，用多了却也会显得板滞无生气，所以韩愈在各段、各节的起结处加上唱叹，既起疏通文气之效，更有画龙点睛之妙。如第二段以“嗟乎”一叹领起，使由古入今，转接无痕。二段末小结“是故圣益圣，愚益愚”之下，又说“其皆出于此乎”，以反问为感叹，使人在思考中进入三、四段的对比。这些唱叹，各具情态，有如人体的血脉，将对称的人体各部分联成生气勃勃的一体那样，把各段的对比论证贯串起来，共同阐明倡师道的主旨。

《师说》的语言以奇句为主，参以排偶，形成参差变化，雄健遒劲，富于阳刚之美的特色，尤能体现韩文的气势。如“巫医乐师百工之人”至“其可怪也欤”一节，在散句中参以“位卑则足羞，官盛则近谀”一对骈句，既收束上文，形成全段之警策，又逼出下文“呜呼”一声感慨，随势再以散句倾泻出贵不及贱，“其可怪也欤”之叹，写得淋漓酣畅。古文中参用骈句，一般都是起凝聚警策作用，形成放——收——放的节奏感，来传达气势。论古文语言，若只以骈散为区分，还是皮相之谈，更重要的是语言的自然节奏。韩愈文虽然时而有诘屈聱牙之弊，然而根本的精神，还是他自己所说的“文从字顺”、“辞必己出”，《师说》正可以为范例。

从前述分析可见，韩愈文各种作法都与气势紧密相关，既不同于骈文家那样雕琢伤真；又不像古文运动的大多数前驱者那样刻意效古，质木无文。思深力大，气势浩瀚，雄肆恢宏是韩文的风格特征，所谓“文起八代之衰”，正当从这方面去理解。

讨论问题

一　《师说》最后一段既不属论证部分，那是多余的笔墨吗？

二　韩愈在《答李秀才书》中说：“愈之所志于古者，不唯其辞之好，好其道焉尔。”这句话是什么意思，《师说》是否体现了这一思想？

三　韩愈曾说，学古文要“辞必己出”，“唯陈言之务去”，“师其意不师其辞”，这与提倡古文是否矛盾？试举《师说》中一、二例子加以说明。

参考资料

一　关于古文和古道

愈之为古文，岂独取其句读之不类于今耶？思古人而不得见，学古道则欲兼通其辞；通其辞者，本志乎古道也。

（摘自韩愈《题欧阳生哀辞后》）

古文运动先驱者反对骈文之所以功效甚微：一方面是因为他们提倡的“雅”“颂”正声还需要赋颂等骈文体裁；另一方面，则因为他们企图以道代文，将枯燥艰奥的“典”、“谟”、“誓”、“诰”（按《尚书》中四种代表性的文体），作为古文的最高标准，不可能创造出适应语言发展，并在艺术形式上与骈文争胜的新古文。韩愈在强调“学古道则欲兼通其辞”的同时，又指出师古圣贤人应是“师其意不师其辞”，圣人之道用文“则必尚其能者”，“能自树立，不因循是也”，亦即道不能兼文，学古道并非仿古辞，只有在文辞上敢于创新，才能立一家之言，这就纠正了古文运动先驱以拟古为美的倾向。柳宗元更驳斥所谓文章乃士人末技的旧说，认为“文章未必为士之末，独采取何如耳！”只要善于采取，文章就可为大道所用，所以他和韩愈都能在博采经史诸子百家之长的基础上，“旁推交通而以为之文”，对散文的语言形式进行全面创新……其次他们视道德才学之士的不平则鸣为道的重要内容，推崇发自真性情的穷苦愁思之文，这就将诗赋缘情述怀的功能移入向来专职论理叙事的散文，使散文从应用性转向文学性，得以在抒情写景的领域内与诗赋并立，取骈文而代之。

（摘自葛晓音《论唐代的古文与儒道演变的关系》）

二　关于韩愈文的风格特征

韩吏部之文，如长江大注，千里一道，冲飙激流，瀚流不滞。

（摘自唐皇甫湜《谕业》）

韩愈彻底摆脱了六朝以来骈俪文的束缚，用纯净的散句单行的形式进行写作，如《祭十二郎文》……使文气更自由奔放，绝少局促滞涩之病。他的另一些散文，如《进学解》……则运用了较多的排比和偶句，连类引发，一气贯注，这是形成他宏伟风格的句法上的因素。然而，这些文章，如《进学解》等，虽有对仗，但与致力用典又以四六呆板程式为特征的骈文仍根本不同，它是由两汉散文中那种"高下相须，自然成对"的偶句发展而来的，而像《原毁》等，却把排偶的特点从句子扩大到段段相对，与意义上的对比，取得很好的呼应。他的句子长短不一而又错综变化，造成散文特有的节奏感。

（摘自中国社会科学院文学研究所编《中国文学史》）

三　关于《师说》在当时的影响

孟子称："人之患在好为人师。"由魏晋氏以下，人益不事师。今之世，不闻有师，有辄哗笑之，以为狂人。独韩愈奋不顾流俗，犯笑侮，收召后学，作《师说》，因抗颜而为师。世果群怪聚骂，指目牵引，而增与为言辞，愈以是得狂名。

（摘自柳宗元《答韦中立论师道书》）

应用练习

一　韩愈写《师说》的真正动机是什么？

二　试将《师说》的结构用图表列出。

三　试举《师说》中一、二例以说明韩愈文从字顺的特点。

四　试以《师说》中孔子之例，说明在论说文中引述名人言行的作用。

五　古文运动是否就是单纯复古？请从思想和文体两方面略加说明。

六　试将课文及参考资料中提到的韩愈有关古文的论说收集起来，归纳成一篇短小的札记。（也可参考韩愈《送孟东野序》《答刘正夫书》《樊绍述墓志铭》《答李生书》等文及文学史有关章节。）

七　试把以下一段文字译为语体文。

“爱其子，择师而教之……吾未见其明也。”

八　仔细阅读韩愈《杂说》（四），然后回答问题。

世有伯乐（春秋时代善相马的人），然后有千里马；千里马常有，而伯乐不常有：故虽有名马，只辱于奴隶人之手，骈（本指二马并驾，引申为双双）死于槽枥（马厩）之间，不以千里称也。

马之千里者，一食或尽粟一石。食马者（喂马的人），不知其能千里而食也；是马也，虽有千里之能，食不饱，力不足，才美不外见，且欲与常马等不可得，安求其能千里也？

策之（驾驭千里马）不以其道，食之不能尽其才，鸣之而不能通其意，执策而临之（面对千里马）曰：“天下无马！”其真无马邪？其真不知马也！

1　本文有何寓意？

2　韩愈的论说文常间以精炼的描述刻画，试找出本文中的例子，并简略说明这种写法有什么好处。

3　本文中有多处运用排比，试任选一组，以说明在表达文意和感情方面起何作用。

至小丘西小石潭记

柳宗元

作者

柳宗元(七七三——八一九),字子厚。唐河东解县(今山西境内)人。贞元九年(七九三)中进士,五年后又中博学宏词科,历官至监察御史。顺宗继位后,参与王叔文集团的"永贞革新",任礼部员外郎,致力改革朝政。事败,王叔文被处死,柳宗元也被贬为永州(今湖南境内)司马。十年后改任柳州(今广西境内)刺史,再过四年死于任上,当时才不过四十七岁,世称柳河东、柳柳州。

柳宗元和韩愈同为古文运动的中坚人物,但他不像韩愈那样以"醇儒"自居,而兼采名、法两家思想,也不排诋佛老。在文风上,则因重视哲理和现实问题,而以思致深刻,结构精严,语言峻洁见胜。永贞革新前,他少年得志,所作大多为墓志、行状、表、序之类,卓伟精致,为当时所称。随着王叔文集团的瓦解,他开始了长达十四年的贬谪生活,将对社会、人生,乃至自然的思考凝聚在文章中,其论说文剖析详明,思理精密,词句谨严;又多山水游记,将一腔抑郁,深藏在精确传神的形象刻画之中,被认为是我国山水游记的集大成者。此外还有不少寓言小品,冷隽含讽而形象生动。他的作品种类虽多,却共同表现出韩愈所评的"雄深雅健"的个性特征,这是说他的作品虽有唐代古文家雄健的一般特点,但表现上却更为雅洁深藏,也就是后人所评的"峻洁"。如果说韩文浑浩流转如江海,那么柳文则峻洁峭森如山岳。后世古文家大抵以韩柳文为楷法,再加以变化,所以唐宋古文八大家,要以韩柳两人为首。

此外,柳宗元也是一位著名的诗人。他的诗与稍前的韦应物诗,后来被视为盛唐王孟的延续,并称韦柳。

有《柳河东集》四十五卷并外集二卷传世。

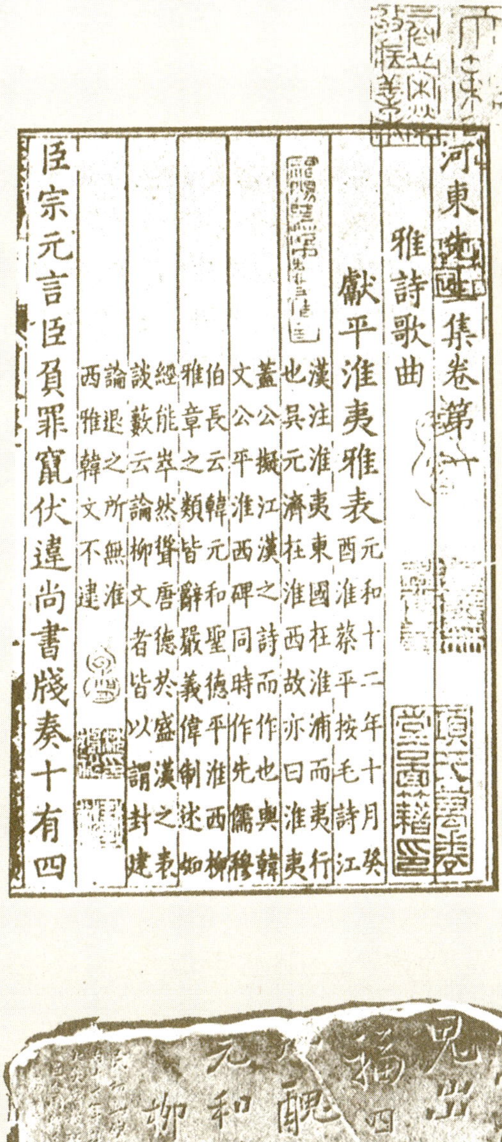

河東先生集卷第一

雅詩歌曲

獻平淮夷雅表元和十二年十月癸酉淮蔡平按毛詩江漢注淮夷東國在淮浦而夷行也吳元濟在淮西故亦曰淮夷蓋公擬江漢之詩而作也與韓文公平淮西碑同時作先儒穆伯長云韓元和聖德平淮西柳雅章之類皆辭嚴義偉制述如經能崒然聳唐德於盛漢之表該數云論柳文者皆以謂封建論退之所無淮西雅韓文不逮

臣宗元言臣負罪竄伏違尚書牋奏十有四

宋代咸淳廖氏世彩堂刻本《河东先生集》

柳宗元书法石刻残石

解　题

《至小丘西小石潭记》是元和四年至七年(八〇九——八一二)柳宗元在永州任内所作《永州八记》中的一篇,反映了身居贬所的柳宗元在大自然中的复杂感触。《永州八记》是著名的山水游记,八记的顺序是《始得西山宴游记》《钴鉧潭记》《钴鉧潭西小丘记》《至小丘西小石潭记》《袁家渴记》《石渠记》《石涧记》《小石城山记》。前四记作于元和四年(八〇九)九至十月,所记四地在地理上是相连的。柳宗元先发现永州西面的西山是一个游览胜地,再发现西山之西有钴鉧潭,钴鉧潭之西有小丘,小丘之西有小石潭。可见他的游程是由东向西进行的。

课　文

从小丘[①]西行百二十步,隔篁竹[②],闻水声,如鸣珮环[③],心乐之。伐竹取道,下见小潭,水尤清冽[④]。全石以为底[⑤],近岸,卷石底以出[⑥],为坻[⑦],为屿[⑧],为嵁[⑨],为岩[⑩]。青树翠蔓[⑪],蒙络摇缀[⑫],参差披拂[⑬]。

潭中鱼可[⑭]百许头,皆若空游无所依[⑮]。日光下澈[⑯],影布石上,佁然[⑰]不动;俶尔[⑱]远逝,往来翕忽[⑲],似与游者相乐。

潭西南而望[⑳],斗折蛇行[㉑],明灭可见[㉒]。其岸势犬牙差互[㉓],不可知其源。坐潭上,四面竹树[㉔]环合,寂寥无人,凄神寒骨[㉕],悄怆幽邃[㉖],以其境过清,不可久居,乃记之而去。

同游者:吴武陵[㉗]、龚古[㉘]、余弟宗玄[㉙]。隶而从者[㉚],崔氏二小生[㉛]:曰恕己、曰奉壹。

注 释

① 小丘:即钴锅潭西面的小丘。

② 篁(huáng)竹:篁,竹的通称。篁竹并用,意即竹林。

③ 鸣珮环:珮环是古人佩在腰带上的玉饰,行动时相互碰击铮鈥作响,有如鸣唱。

④ 清冽:冽,寒冷。清冽形容潭水清澈寒洁。

⑤ 全石以为底:即以全石为底,意思是说潭底是一整块巨石。

⑥ 卷石底以出:石底上卷而高出水面。以,“而”的意思。

⑦ 坻(chí):水中高平之地。

⑧ 屿:水中洲,洲低平。

⑨ 嵁(kān):不平的山岩。

⑩ 岩:指高峻的山崖。这里当指石形险峻。

⑪ 青树翠蔓:蔓,蔓生植物的枝茎;木本的称藤,草本的称蔓,这里是泛指。青树翠蔓即青绿的树木藤蔓。

⑫ 蒙络摇缀:蒙指覆压,络指缠绕,摇指晃动,缀指连结。这句是写藤蔓攀树的种种奇特形态。

⑬ 参差披拂:长短高低不齐的枝叶随风飘曳。

⑭ 可:大约。

⑮ 若空游无所依:因潭水清澈见底,群鱼似在空中游动,全无依托。

⑯ 日光下澈:澈,水清明净貌。这里用作动词,日光下澈是指阳光直透水底。

⑰ 怡然:悠闲愉悦貌。然,副词词尾。

⑱ 俶(chù)尔:俶,本意指开始;尔,副词词尾。俶尔在这里是指鱼儿由静态突然快速游动的样子。

⑲ 翕(xī)忽:迅捷貌,意同倏忽。

⑳ 潭西南而望:向小石潭的西南方望去。

㉑ 斗折蛇行:形容潭水的源流像北斗七星那样曲折,又像蛇爬行那样弯弯曲曲地流动。

㉒ 明灭可见:因水流屈曲,在日光水光辉映下显得一段明,一段暗。

㉓ 犬牙差互:形容岸势如犬牙交错,参差不齐。

㉔ 竹树:竹和树。

㉕ 凄神寒骨:使人精神上感到凄凉,似从骨头里冒出寒意来。凄、寒两字都是形容词使动用法。

㉖ 悄怆幽邃:悄怆,寂静中有悲凉的意味;幽邃,幽静深远。

㉗ 吴武陵:元和初进士,当时也贬谪在永州,因才气雄健为柳宗元所推崇,可参柳集卷三十二《答吴武陵论非国语书》。

㉘ 龚古:人名,生平未详。

㉙ 宗玄:柳宗元的堂弟。

㉚ 隶而从者:依附而相随从的人。

㉛ 崔氏二小生:柳宗元姐夫崔简的两个未成年的儿子。小生,少年。

预　习

一　"永贞革新"失败,对柳宗元有何影响?

二　柳宗元在文学史上的地位怎样?

三　本文记小石潭,为何先从远闻水声写起?

四　你能否以课文中的一个字,来概括小石潭的境界?

五　你认为作者在游览小石潭时,心情是高兴的,还是抑郁的?

分析和欣赏

文体特点

游记是记叙文的一种，以记叙旅游见闻，描写景物为主，往往寓寄着作者的感情理念，也可以参用议论和抒情。游记本身可依其所记重点再细分为若干类别，如寺庙记、楼阁记等，山水游记是游记中最主要的一类。

文章中有山水陪衬，由来已久。南北朝时，社会风气崇尚自然，各类文章著作中大量出现山水描写，游记就是在这种背景下发展出来的。今存南北朝时独立的游记仅谢灵运的《游名山志》(也仅存片断)。唐代，盛唐前独立的游记也只存李邕《嵩山石室记》和何延之《兰亭始末记》两篇。其他多为书信体作品，不能视为严格意义上的游记，且都是骈文或骈偶成分很重的作品。元结是唐代第一位以纯粹散文写游记的作家，有《右溪记》和《茅阁记》等名作，柳宗元则是第一位致力于游记创作的作家，可以说，游记一体，至柳宗元才发展成熟。

内容分析

游记以写景为主，而往往寓寄作者的感情和理念；所以它的内容结构大多有表层的写景层次和深层的感情理念层次两个方面，而优秀的游记，这两个方面又总是水乳交融，浑然一体。

《至小丘西小石潭记》是《永州八记》前三记的延续。在第一记《始得西山宴游记》的开头，柳宗元说自己成为罪人被贬到永州后，一直忧惧不安，于是常在公务之暇漫游山水；第二记《钴鉧潭记》，则在记叙潭景的幽冷中，表达了贬谪中的哀怨之情；第三记《钴鉧潭西小丘记》，更借小丘虽美，但因地处荒远，久久不得人赏识，抒发了自己流落不偶的心情，读《小石潭记》，必须与以上三记联系起来看。

全文四个自然节，正构成四个段落。

第一段：写得潭经过和潭上景色。“下见小潭，水尤清冽”两句是这一段的枢纽。此前写如何在游钴鉧潭西小丘后寻得又一胜景小石潭，这就既将此记与其他诸记连接为一个整体，又交待了小石潭位于小丘之西的地理位置，更通过隔竹闻水声，为全文的描写作了引子。以下则以潭水“清冽”为中心，具体描绘潭周近边，奇石、翠树生气勃勃的形态。从游览顺序看，这一段是记游潭伊始的第一眼印象，是对景物中心部分的概写。

第二段：着重描绘潭中游鱼自由活泼的形态。由观鱼的清晰，可见潭水的清明澄净。从游览顺序看，与上一段的关系是由大及细，由概写进入细部描写。

第三段：写遥望水源和环望潭四周的景象。“坐潭上”句前写水源清幽，以下则写四围竹木的凄清。从游览顺序看，已由近及远，由中心部分的近景描写进入远景描写。

第四段：记录同游之人的姓名。这是山水游记的一般习惯，可以放在篇首，也可以在篇中或篇末补叙，由于前述内容结构的关系，柳宗元将这一交待置于篇末。除了人外，一般还要交待游览时间，游小石潭的时间，可由八记中第一记《始得西山宴游记》推出为元和四年（八〇九）十月七日，所以省略了。

以上是《小石潭记》记游的顺序联系，而在写景过程中，贯串有一条发展变化的感情线。

永贞革新失败，柳宗元远贬古时称为蛮荒之地的永州，内心充满了“堙厄感郁”，这在八记的前三记中已有生动表现。然而小石潭的清明景物，那澄净的水，那充满生机的木石游鱼，使他受到了感染，从抑郁之中暂时解脱出来，始而“心乐之”，继而感到潭鱼“似与游者相乐”，如同游于濠上的庄子那样，超升到物我相通的境界。但是对负罪谪居的人来说，快乐是这样短暂而不可久得。当他远望水源，见到幽深莫测，“不可知其源”的景象时，内心的抑郁又重新被唤醒了。于是，眼中的一切再也无复初至潭上时的明朗，而都抹上了一层悄怆幽邃的暗色调，使人不觉“凄神寒骨”，“不可久居”。

读到这里，我们就不难看出，柳宗元虽曾有过一时的解脱，但正因这短暂的欢愉，才使最后被触发的凄伤之情显得分外沉痛。“心乐之”，“似与游者相乐”，“凄神寒骨”这三个感情层次，正是本文内在的线索，由此可知，《小石潭记》并非真是欢欣之作，而是以乐写悲，这也正是柳文内涵的深微处。

作法欣赏

情景交融是《小石潭记》作为一篇优秀游记的重要因素。“心乐之”，“似与游者相乐”，“凄神寒骨”，这三个感情层次不是凭空而来的，而是由移步换形时所见景物所触发的；又反过来给景物抹上了不同的心理色彩，从而使情和景在发展变化中交融为一。

柳宗元又通过细微的观察，抓住了小石潭各种景物的神韵。他重点突出的是小石潭的“清”，水声清泠似“鸣珮环”；水尤“清冽”，以至潭石游鱼历历可见，一片清空；水边是“青树翠蔓”；潭的四周更是清幽得有“过清”之感。就这样在自然的清景中，品格清峻的作者，产生了感情的共鸣。

柳宗元善于对画面作主次、远近、虚实的巧妙安排，特富匠心。写潭，当然以潭水为主，一、三两段，一近一远都实写潭水，并以此为中心组织了木石竹树诸景，主从相宜，都是实写。第二段主要写鱼，却又通过“空游无所依”、“日光下澈，影布石上”等句，使人感到潭水一片清空，这就在实写鱼的同时虚写了水。加以前述远近、巨细的调配，全文就错落有致，绝无平板之嫌。

本文的结构，用了画家所谓“移步换形”的方法，在顺次记叙游览所见景物的过程中，展现各个侧面，同时寓托感情变化，一起构成完整的有机体，读来曲折多变，却层次井然。

在语言方面，柳宗元最善于用极简省而传神的笔墨，把景物写得栩栩如生。如写石数句，“全石以为底，卷石底以出”，“全”、“卷”二字使潭石骤然透出了生气。接着“为坻，为屿，为嵁，为岩”，八字中用四个名词，各具形态，而四个“为”字又使人有历历可数之感。又如写树蔓，“蒙络摇缀”，四字写四种不同的形态，“参差披拂”，则作一笔总写，只用了八个字，就把“青树翠蔓”写活了。再如“日光下澈”，“澈”本是形容水清的，在这里作动词用，极简省地写出了日光水色溶为一体的清空感。文中写游鱼和写水源两小节，更是千百年来人们引为写景典范的例子。大家当亦不难体会其笔法的高妙处。

前人每以“峻洁”、“清深”二词来概括柳宗元山水游记的风格。作为《小石潭记》骨架的，是那种“堙厄感郁”的深沉情思；然而它的表达却不像韩愈文那样奔放宏肆。在布局结构，取景传神，遣词运句各方面，柳文都经过反复的精思提炼，来得简洁省净，把积郁的情思聚约在精炼的语言形象之后，虽然内含的骨力劲健，散发于外的则是一种萧散的清气。前人评“韩文如江，柳文如山”，是十分恰当的。

讨论问题

一　“水尤清冽”一句在全文中有何作用？

二　试分析“潭西南而望，斗折蛇行，明灭可见，其岸势犬牙差互，不可知其源”数句，是怎样一种景象，为什么说写得好？

三　有的书本把《小石潭记》分为五段，即把“坐潭上，四面竹树环合”至“乃记之而去”，单独析出为第四段，说是前三段分写潭上景色，第四段写潭四周景色给人的感受，第五段补记同游者。你认为这样分段与课文的分段比较，何者合理，为什么？

四　读了《师说》和《小石潭记》，你感到韩、柳文风格有何相同处，有何不同处？

参考资料

一　关于柳宗元古文的风格

柳宗元也是一位有独特风格的作家。他的那些寓言，以至那些议论文，都有着他自己的创造。他的寓言和杂文，不少有着庄子影响的痕迹，就其想象联翩叠出而言，颇似庄；而于想象的联翩叠出中，却又表现出一种说理严密的特色，不像庄之无端崖之辞；故后人每称道柳宗元行文之精密。他也有《骚》的影响，就其情思而言，颇多怨愤，而这种怨愤之情，却常常表现为峻峭，不像《骚》之壮大瑰丽。他的山水游记无疑受到《水经注》的影响，但是在精细准确的景物描写之中，却又寄托着他的浓烈情思，带着他特有的感情色彩，景物全都打上了个人心情的烙印。

（摘自罗宗强《隋唐五代文学思想史》）

二　关于柳宗元山水游记的内涵

文学史上常常把柳宗元的山水游记当作优美的抒情散文讲，其实在那些优美的景物描写背后，却深深地隐藏着一种无可排遣的悲哀，只不过这种无可排遣的悲哀隐藏极深，不易觉察罢了，仿佛经过了删芟又删芟，只剩下了对于自然的美的沉醉与徘徊留恋……所以他的山水游记所写虽极美，但却蒙上了一层冷色调，再加上出以哲理的深深的感慨，就更表现出他写这些山水游记的实际心境。

（摘自罗宗强《隋唐五代文学思想史》）

三　关于柳宗元在游记发展史上的地位

在中国游记发展史上，如果说元结起着承前启后的桥梁作用，那么柳宗元则起着稳固提高的奠基作用。以谢灵运的游记与元结的游记比较，前者只是客观地、简略地记述景物，而后者却在记述的基础上，注入了描写、抒情和议论的成分，使主客观达到了一定程度的结合。元结的这种写法，对后来柳宗元的游记创作影响极大。我们只要把他的《右溪记》和柳宗元的《钴鉧潭西小丘记》作为例证，便足以说明这种情况。所以难怪清末古文家吴汝纶说："次山（元结字）放纵山水，实开子厚先声。"柳宗元既效法前人，而又有所创造和提高，同时从他开始，才大量写作游记，因而他的成就和地位又远在元结之上。柳宗元的游记，一方面通过作者亲身的敏锐观察与深入体会，运用多种的手法，生动的语言，形神毕肖地把人们容易忽视和遗忘的自然景色图画般地再现出来，使读者产生一种亲临其境的感觉；另一方面，作者在刻画山水木石、鸟兽虫鱼的声色动静时，又把自己横遭贬谪、饱受压抑的悲愤之情寄托在里面，使自然景色与人的感情契合无间，达到炉火纯青的地步……所以历来对柳宗元的评价很高，公认他是唐代一位集大成的山水能手，把游记这种体裁，发展到一个新的阶段。

（摘自贝远辰、叶幼明《历代游记选序》）

应用练习

一　在《小石潭记》一文中，作者如何分别从正面和侧面描写潭水？

二　试以《小石潭记》中描写游鱼一节，说明柳宗元古文语言之简洁有含。

三　在《小石潭记》中，柳宗元表现了怎样一种心境？

四 试将下列各句译为语体文。

(1) 伐竹取道,下见小潭,水尤清冽。

(2) 青树翠蔓,蒙络摇缀,参差披拂。

(3) 俶尔远逝,往来翕忽。

(4) 其岸势犬牙差互,不可知其源。

(5) 凄神寒骨,悄怆幽邃。

五 仔细阅读柳宗元《三戒》之二《黔之驴》,然后回答问题。

黔(贵州)无驴,有好事者船载以入。至则无可用,放之山下。虎见之,尨然大物也,以为神。蔽林间窥之,稍出近之,慭慭然(惊疑貌)莫相知。他日,驴一鸣,虎大骇,远遁,以为且(将要)噬己也,甚恐。然往来视之,觉无异能者。益习其声,又近出前后,终不敢搏。稍近,益狎,荡倚冲冒,驴不胜怒,蹄之。虎因喜,计之曰:"技止此耳!"因跳踉大㘎(咬啮),断其喉,尽其肉,乃去。

噫!形之尨也类有德,声之宏也类有能。向不出其技,虎虽猛,疑畏,卒不敢取。今若是焉,悲夫!

1 这篇文章是什么体裁?

2 黔驴的形象是讽刺哪一类型的人?

3 韩愈《杂说》(四)通过千里马来寓寄某种情怀(见上一课应用练习),与《黔之驴》在描写上有何区别,在气势上有何不同?

送徐无党南归序

欧阳修

作　者

欧阳修（一〇〇七——一〇七二），字永叔，号醉翁。北宋江西庐陵（今江西境内）人。幼年丧父，家贫力学。二十四岁时，以第一名登进士第。其后历任中央和地方要职，官至参知政事（宋代副宰相），这中间虽曾受到降职外调的处分，大致来说，他的仕途生涯仍算是顺利的。晚年因与王安石政见不合，告老还乡，自号六一居士。熙宁五年（一〇七二）与世长辞，谥号文忠，后世尊称他为欧阳文忠公。

欧阳修在文学上最大的成就，是倡导了北宋中期的古文运动。宋初，韩柳倡导的古文早已衰落，文坛上风行的是以杨亿、刘筠为代表的骈文，有“杨刘风采，声动天下”之称。宋初古文家石介、柳开等，虽有意复兴古文，可是重道轻文，矫枉过正，他们的作品僻涩无味，因而未能转变文坛风气。至欧阳修以其重要的政治地位入主文坛，再度举起韩、柳古文的旗帜，揭开了宋代古文运动的序幕。他也像韩愈那样“奖掖后进，如恐不及”，王安石、苏洵、苏轼、苏辙、曾巩等，都曾受到他的培养和熏陶，从而使唐代韩柳提倡的古文运动得以延续和发展。此后古文终于压倒骈文，成为古代散文史上的主要文体。

在古文风格上，欧阳修取法韩愈文之气脉流畅、曲折变化，却能避免其险深之弊，而向“文从字顺”的方向开拓。他的散文，无论议论、叙事、写景、抒情，都能做到平易晓畅，婉曲多姿，气度舒展；对于虚字的运用，尤其精妙绝伦，深得阴柔之美。

此外，欧阳修在诗词方面也有很高的成就。他的词融五代花间、南唐两派特色于一炉，清丽明媚，语近情深。他的诗，师法韩愈，而去其僻涩，却更向议论化发展，和王禹偁、苏舜钦，梅尧臣等同为唐调诗向宋调诗过渡的桥梁。

有《欧阳文忠公集》传世。

解　题

《送徐无党南归序》，作于至和二年(一〇五五，一说作于至和元年)，当时欧阳修在京城任翰林学士。徐无党是欧阳修的学生，原籍东阳郡永康县(今浙江境内)，前此数年以第一名登进士第，曾注《新五代史》。本文是欧阳修送他南归永康家乡所作。

赠序即送人之序，有赠言性质，往往借题发挥，本文即着重阐发了立德重于立言，为文必先修身的主张。

课　文

草木鸟兽之为物，众人之为人，其为生虽异，而为死则同，一归于腐坏澌尽[①]泯灭而已。而众人之中，有圣贤者，固亦生且死于其间，而独异于草木鸟兽众人者，虽死而不朽[②]，逾远而弥[③]存也。其所以为圣贤者，修之于身[④]，施之于事[⑤]，见之于言[⑥]，是三者所以能不朽而存也[⑦]。修于身者，无所不获[⑧]；施于事者，有得有不得焉；其见于言者，则又有能有不能也。施于事矣，不见于言可也。自《诗》《书》《史记》所传，其人岂必皆能言之士哉？修于身矣，而不施于事，不见于言，亦可也。孔子弟子，有能政事者矣，有能言语者矣[9]，若颜回[10]者，在陋巷曲肱饥卧[11]而已，其群居则默然终日如愚人[12]。然自当时群弟子皆推尊之，以为不敢望而及[13]。而后世更[14]百千岁，亦未有能及之者。其不朽而存者，固不待施于事，况于言乎？

予读班固《艺文志》[15]，唐四库书目[16]，见其所列，自三代[17]秦汉以来，著书之士，多者至百余篇，少者犹三、四十篇，其人不可胜数；而散亡磨灭，百不一、二存焉。予窃悲其人，文章丽矣，言语工矣，无异草木荣华[18]之飘风，鸟兽好音[19]之过耳也。方其用心与力之劳，亦何异众人之汲汲营营[20]？而忽焉以死者，虽有迟有速，而卒与三者同归于泯灭，夫言之不可恃也盖如此。今之学者，莫不慕古圣贤之不朽，而勤一世以尽心于文字间者，皆可悲也！

东阳徐生，少从予学为文章，稍稍见称于人。既去，而与群士试于礼部[21]，得高第[22]，由是知名。其文辞日进，如水涌[23]而山出[24]。予欲摧其盛气而勉其思[25]也，故于其归，告以是言。然予固亦喜为文辞者，亦因以自警焉。

注　释

① 澌尽：死亡。澌，意同尽。

② 虽死而不朽：身虽死，而精神、事业、著述等嘉惠后人而不朽。

③ 弥：更加。

④ 修之于身：“之”指圣贤之道，与下二句的“之”同。修之于身，意谓学

习圣贤之道以自我修养。

⑤ 施之于事：把圣贤之道施行到具体事业中去。

⑥ 见之于言：在言论文章中把圣贤之道表现出来。

⑦ 是三者所以能不朽而存也：这句与上三句本于《左传·襄公二十四年》所载："大(太)上有立德，其次有立功，其次有立言，虽久不废，此之谓不朽。"

⑧ 无所不获："获"在这里是能够的意思。

⑨ 孔子弟子，有能政事者矣，有能言语者矣：《论语·先进》："言语：宰我、子贡；政事：冉有、季路。"四人都是孔门弟子。宰我和子贡善于辞令，冉有和季路则善理政事。孔子认为他们于"仁"——儒家的最高道德标准，尚有不足。

⑩ 颜回：字子渊，鲁人，是孔子最器重的门徒，认为他能及于"仁"。

⑪ 在陋巷曲肱(gōng)饥卧：肱，手臂从肘到腕的部分，也泛指手臂；曲肱，曲臂为枕，是安贫而自乐的样子。饥卧是指颜回箪食瓢饮，饥卧陋巷。《论语·雍也》："子曰：贤哉回也！一箪食，一瓢饮，在陋巷，人不堪其忧，回也不改其乐。"《论语·述而》："子曰：饭疏食，饮水，曲肱而枕之，乐亦在其中矣。"这里合两事为一事。

⑫ 其群居则默然终日如愚人：这句是说颜回不善言辞。《论语·为政》："子曰：吾与回言终日，不违如愚，退而省其私(日常语默动静)，亦足以发(发明大义)，回也不愚。"因此"默然终日如愚人"，并非真愚，而是修养有素，不自矜夸的表现。

⑬ 不敢望而及：这里是说颜渊因修于身，虽不善言语、政事，其他同学却不敢和他相比。及，到达。《论语·公冶长》："子贡曰：赐(子贡名)也何敢望回。"

⑭ 更：经历。

⑮ 班固《艺文志》:《艺文志》是东汉班固所作《汉书》中的一篇,专记汉以前历代著作。

⑯ 唐四库书目:唐朝始分图书为经、史、子、集四类,又将宫中图书依此编目分库收藏,所以称四库书目,库是宫廷藏书处。据《新唐书·艺文志》所载,四库著录收藏图书共八万二千余卷。欧阳修曾主修《新唐书》,所以得见唐四库书目。

⑰ 三代:指夏、商、周。

⑱ 草木荣华:即草荣木华。草本植物的花叫荣,木本植物的花叫华。《尔雅·释草》:"木谓之华,草谓之荣。"这里是泛指植物的花。

⑲ 好音:动听的鸣叫。《诗经·凯风》:"睍睆黄鸟,载其好音。"

⑳ 汲汲营营:汲汲,急切的样子;营营,与人周旋的样子。汲汲营营,指为了功名利禄而奔忙钻营。

㉑ 礼部:尚书省六部之一,宋时进士考试由礼部主持。

㉒ 得高第:宋进士考试及第者分甲乙丙三科(也称一甲、二甲、三甲),高第指甲科。徐无党以南省第一名登进士第,所以说得高第。

㉓ 水涌:水泉喷涌。

㉔ 山出:山峰突起。

㉕ 摧其盛气而勉其思:摧,折,抑制的意思。盛气,指少年得志的虚骄之气。思,思想、思力。这句是说抑制一下他少年人的虚骄之气,而勉励他加强文章的思力。

预　习

一　欧阳修在文学上有哪几方面的成就?

二　欧文对韩文有何继承和发展？其风格如何？

三　欧阳修为什么要写这篇序？

四　汉、唐文士著作甚多者不可胜数，为什么他们很少能做到“立言”“不朽”？

分析和欣赏

文体特点

序，又作“叙”，有诗文序、宴集序和赠序等多种。最早出现的是诗文序。所谓诗文序，就是诗文的前言或后记（后记叫后序，也称跋），如传说孔子弟子子夏所作的《毛诗序》，《史记》的《太史公自序》等。赠序的形成较晚。虽然早在先秦已有赠人以言的习俗（如老子说：“君子赠人以言。”孔子说：“仁者送人以言。”），但在唐以前并不把这种赠言称序。六朝时，亲故远行，大家往往聚在一起作诗歌送别，篇章既多，就总作一序，说明缘起，这与诗文序大致相同，但又含有赠言的意思。至初唐时，才把专为送人而作之文也称为序。清人姚鼐的《古文辞类纂》，把这类送人之序单分为一类，称作“赠序”。赠序既为人与人之间交际所作，按现代的文体分类，属于应用文。

序的内容一般包括以下两个要素：一是作序的缘起（事），二是由此而生的感想议论（理）。虽然具体的结构有先后之分，比重也有轻重之别，然而即事生理，层层抽绎，则是序体的共同特点。赠序因是送赠之作，又有第三个要素，即是感情。所以，事、理、情三者融合是赠序的特征。

内容分析

赠序必须有针对性。徐无党得进士高第而知名,又“文辞日进,如水涌而山出”,可见是一个能文的人。可是他的业师欧阳修却恐怕他因文章有得而滋生“盛气”,未能修身立德,以至舍本逐末,因此喻之以理,动之以情。全文语重心长地剖析了修身立德与能文的主次关系,从根本上向徐无党指示了努力、进取的方向。

全文三段,如课文所划分。

第一段:从正面论述修身与立言的主次本末关系。文章先从草木鸟兽与众人谈起,指出众人都像草木鸟兽一般,“一归于腐坏澌尽泯灭”,只有圣贤“虽死而不朽”,因为他们能做到《左传》所说的三不朽,也就是文中所谓的“修之于身,施之于事,见之于言”。不过欧阳修认为这三不朽并非是等列的。“施之于事”,有客观条件的限制;“见之于言”,要看才力是否胜任;唯独“修之于身”,是不借助于任何条件的。这样他就论证了修身为主,立言为次的道理,再以孔门高足颜渊的实例加以证明,得出只要修身,即可不朽,“不待于事,况于言乎”的结论。

第二段:从反面论证修身立德的重要。先举出文不可恃的实例,汉唐文士见于史籍而著作甚多者“不可胜数”,但今已“百不一、二存焉”。再分析所以“不存”的原因:指出他们“文章丽矣,言语工矣”,“不存”并不在文字的工拙;关键在于,他们的工丽一同于草木之荣华,鸟兽之好音,他们尽心力之劳于文字间者,与众人之“汲汲营营”以谋生并无二致,宜乎与三者“同归于泯灭”,于是得出“言之不可恃也盖如此”的结论。在这些论述的基础上,再就“不朽”问题作申论,指出慕圣贤之不朽,却不以修身立德为本,而只是在文字上勤一世之心,是可悲的。

第三段:由前两段的说理,归结到作序的缘由和目的。本段的枢纽是“予欲摧其盛气而勉其思”一句。欧阳修并不一概反对徐无党之能文。“得高第，由是知名，文辞日进，如水涌而山出”几句，包含着复杂的感情。对于曾从他学文的门生之进步，字里行间不无欣慰之情；但是可喜之中又含有隐忧，恐怕徐无党由文胜而滋生“盛气”。欧阳修要摧损的并不是徐无党的能文，而只是这种“盛气”。“盛气”凌人，是修德不足的表现，所以说要“勉其思”，唯深思方可修德明道，方可真正做到圣贤之人的三不朽；反此则恐堕入汉唐之士以文自恃而终归湮灭的可悲境地。这样就把一、二段所论修身与立言的主次本末关系，收拢到临别赠言的作序缘由之中，使全序达到了事、理、情三者的高度统一。

作法欣赏

如果以本文与韩愈《师说》相比较，一定会感到，这两篇写给学生的文章，文风区别很明显。

本文的结构屈曲而谨严，在迂回之中层层抽绎，有娓娓道来而转转入深之趣。全文的主旨是“修身之为本”而“言之不足恃”，以此二者的“不朽”与“速朽”之辨为主线，一层层地展开。从全文三段来看，末段“予欲摧其盛气而勉其思”是写作赠序的目的，却通过第一段的正面论证，第二段的反面论证，才归到这一点。两段间的过渡又十分自然，第一段以“况于言乎”作结，正好引出第二段汉唐文人重言（文）的实例。第二段末“而勤一世以尽心于文字间者，皆可悲也”，又正为第三段起处徐无党能文作引子。而第三段的“盛气”应第二段汉唐文字之例，“思”应第一段“修身为本”之论。全文就在严谨中显出曲折之态来。

运用深切对方心理的例子作对比论证是本文的又一特色。企求不朽是文人的普遍心理，文章以不能言而有德的颜渊之真不朽，与能言的汉唐文士之似不朽而其实速朽对举，这就不仅使言不足恃，修身之为本的论旨昭然若揭，更对徐无党作了辨伪存真的引导。

类比法的运用也加强了文章的诱导力量。圣贤虽死而不朽的道理是比较抽象的，欧阳修化抽象为具体，指出人有两种死，一种是同于草木鸟兽的众人之死，另一种是异于草木鸟兽的圣贤之死。通过这种类比，人们就不难从草木无德可言的浅近道理，进而明白圣人所以死而不朽，正在于修身以立德；而不立德修身，则必沦为一同于草木鸟兽之众人，这就使说理深入浅出而发人深省。

本文虽然有劝戒之意，但语言却平易亲切，清秀舒徐，特富韵致。如起笔数句："草木鸟兽之为物，众人之为人，其为生虽异，而为死则同，一归于腐坏澌尽泯灭而已。"从草木鸟兽说起，有飘然而来之感，再由"物"及"人"，以生虽"异"而死则"同"，收到"一归于"，一归于什么呢？欧阳修连用了三个近义词"腐坏"、"澌尽"、"泯灭"，更以"而已"一叹，使人警省，感到原来起处并非只在谈花说鸟而大有深意在。这样就使全文在未入主旨前，先已笼罩在一种似淡而深的感情色彩中。这正是欧文纡徐舒展，清隽有致的好例，不妨自己细细品味。

从以上分析可见，欧文于韩文既体现了继承关系，却又有明显不同。同是对学生说话，代圣贤立言：韩愈更像一位严师，分明以道统自任；欧阳修则谆谆善诱，道统自在和风细雨中体现。同是结构曲折：韩文多陡接陡转，大起大落；欧文则娓娓道来，转转入深。同是语言精纯：韩文铿锵似洪钟，欧文清远如箫管。可以说韩文之美在力度，富阳刚之美；欧文之美在韵度，多阴柔之美。要之，欧阳修以其纡徐舒缓，风神潇洒的风格，成为宋代散文史上最先出现的大家，下开有宋一代风气。

讨论问题

一 "修之于身"、"施之于事"、"见之于言"，三者是何关系？

二　本序第一段以修之于身、施之于事、见之于言三者并提。第二、第三段却只从立言方面谈。这样写，第二、第三段是否不完整？

三　第二段重提草木、鸟兽、众人，是否与第一段雷同？

四　“予欲摧其盛气而勉其思也”的“盛气”，是否即唐、宋古文家所强调的“养气”之“气”？

参考资料

一　关于欧阳修的文道观念

宋初，柳开、穆修、王禹偁等开始提倡古文，意在纠正五代以来华靡骈偶的文风。但他们自己的创作成就不大。宋代古文的复兴，到欧阳修才真正显出创作成绩，从这篇《答吴充秀才书》可以看出他的论文大旨。

1　重道充文

在文与道的关系上，欧阳修以古文家的身份，从文的角度提出问题，主张重道以充文。他看出了文与道的联系，认为“道者胜，文不难自至”，要想真正达到“工”的境地，所谓“纵横天下皆如意者”，就不得不和道联系起来，内容充实，自然发为光辉；反之，仅仅从文的本身着眼，则“愈力愈勤而愈不至”。文中指出扬雄（汉经学家，文学家）、王通（隋经学家）等人从文字上去模颂经传，是“道未足而强言”，正是阐明这个意思。从这个意思来说，道是本，文是末；然而学道是为了充实文的内涵，其终极目的还在于文，则重道亦即重文。这和后来道学家轻文重道，甚至认为文能害道，把文和道对立起来，在提法上有着根本的区别。

2　文道有别

从另一个方面来看，他说“道胜者文不难而自至”，并不等于说“有德者必有言”（见《论语·宪问》），在《送徐无党南归序》里，他是把“三不朽”分开来讲的；而以颜渊为例，说明德行之士，不一定就能表现于文章。可见道为文之本，而道却代替不了文。“道胜者文不难而自至”，只不过是强调文人不应该溺文而轻道而已。柳开、石介等人正因为不了解这点，侈谈“道统”、“文统”的结合，把文和道混为一谈，因而他们在文的方面就体会得比较粗浅。

3　道关百事

特别值得注意的，是欧阳修对于道的理解。篇中批判学道而溺于文的文士，认为他们之学道而不能至，就在于“弃百事而不关于心，曰：吾文士也，职于文而已”。可见欧阳修所谓道的具体内容，主要是现实生活中的百事。论文而推原于道，论学道而归之于关心现实生活中的“百事”，关心现实生活中的百事而道在其中，这样，就给文士们指出了关心现实的态度，也说明文学是不可脱离现实的。这种平实而浅易近人的看法，和后来一般道学家的空谈心性，是不同的。

（摘自郭绍虞主编《中国古代文论选》第二册。标题为编者所加）

二　关于欧阳修古文的风格特点

（欧文）其言简而明，信而通，引物连类，折之于至理，以服人心。

（摘自苏轼《居士集序》）

关于古文写作的艺术要素，韩愈在回答刘正夫问“宜难”还是“宜易”的问题时说：“无难易，唯其是尔。”但在创作实践上，韩愈除写了许多“文从字顺”的畅达作品外，也颇有一些“奇奇怪怪”、“只以自嬉”的文章，这可能与他喜欢追求雄健峭拔的文章风格有关。其流弊是造成了皇甫湜、来无择、孙樵一派怪僻艰涩的文风，这种文风，在宋初尚未消歇。“古文者，非在辞涩言苦，使人难讽读之”，宋初古文家柳开曾这样批评当时的古文，而他自己以及穆修等所写的古文，也还是辞涩言苦的。这个问题如不很好解决，也会成为古文运动发展的障碍。

欧阳修在《论尹师鲁墓志》一文中，称赞尹洙（字师鲁）的古文“文简而意深”，并说他为尹洙写墓志铭是有意学习这种文章风格的，他还对这种风格作出“诗人之意，责之愈切，则其言愈缓”的解释。这里，我们如果再下注脚，所谓“简”，就是指文章的善于剪裁，不蔓不枝；所谓“缓”，就是指文章的委婉含蓄，平易自然。欧阳修认为，文章只有这样写才能更好地表达内容，做到既明白晓畅，又精炼含蓄，耐人寻味。他以长期的努力和大量的创作实践来提倡这样的文风，不仅带动了苏洵、苏轼、苏辙、王安石、曾巩等一大批古文作家，促成了宋代散文创作的兴旺和繁荣；而且给我国古代散文发展以深远的影响。

（摘自杜维沫、陈新《欧阳修文选序》）

三　关于欧文在散文史上的地位

在欧阳修的倡导下，平易畅达的风格几乎成为北宋散文的共同特点。影响所及，直至明清两代。明代归有光文的明白而率真，清代桐城派文的雅洁而有义法，追根溯源，都与欧文一脉相承。可见欧阳修不但是北宋文坛的领袖，而且是我国散文史上杰出的散文家。

（摘自上海古籍出版社编《古典文学三百题》）

应用练习

一　欧阳修认为古圣先哲虽死而不朽的原因何在？

二　欧阳修是否真认为所有文皆不可恃？何以见得？

三　试述“予欲摧其盛气而勉其思”一句在文章中的作用。

四　试比较本文与《师说》在提出文章主旨时所取方式有何不同，这说明欧文的什么风格？

五　欧阳修对宋代古文运动有什么贡献？

六　先仔细阅读苏轼《游白水书付过》一文，然后回答问题。

绍圣元年（一〇九四，本年苏轼贬谪惠州）十月十二日，与幼子过游白水（惠州山名）佛迹院。

浴于汤池，热甚，其源殆可熟物。循山而东，有悬水百仞。山八九折，折处辄为潭，深者缒石五丈不得其所止，雪溅雷怒，可喜可畏。水迹有巨人迹数十，所谓“佛迹”也。

暮归，倒（返）行，观山烧火，甚俯仰。度数谷，至江，山月出，击汰（波）中流，掬弄珠璧（水月影）。

到家，二鼓，复与过饮酒，食余甘（橄榄）煮菜，顾影颓然（放松自怡貌），不复甚寐。书以付过。东坡翁。

1　本文主要写了“日探悬瀑”和“夜泛中流”两幅自然图景，试以最简洁的语言，说出这两幅图景各有何特点？作者观景时心情又如何？

2　文末记“复与过饮酒，食余甘煮菜，顾影颓然，不复甚寐”，同是处于贬谪中，苏东坡与柳宗元的态度是否一样？

3　试举本文一例，说明东坡语言的自然精当。

文学常识学习重点

公元八世纪和十一世纪，中国文学史上发生了两次前后相续的文体革新运动，这就是唐代古文运动和宋代古文运动。经过这两次努力，以奇句单行为主的古文，终于压倒了南朝以来主宰文坛达六七百年之久的骈文，成为唐宋以后古代散文的主要形式。唐代古文运动的倡导者韩愈、柳宗元，宋代古文运动的盟主欧阳修，及苏洵、苏轼、苏辙、曾巩、王安石，从明代起，被推尊为"唐宋（古文）八大家"。在本单元中，我们学习了韩、柳、欧阳三家的作品各一篇，所谓窥全豹于一斑，这里再就古文运动的几个主要问题作简略介绍。

一　唐代古文运动产生的原因

1　儒学复兴的要求

唐代古文运动的产生，与中唐时期的政治、经济和社会情况有密切关系。安史之乱后，藩镇割据、宦官专权，因而中央积弱，政治经济长期不稳定，使一般人对社会现实感到失望和怀疑，佛道两教因而迅速传播。为了改变这种局面，有识之士乃奋起力图"中兴"，于是在政治、军事等方面要求加强中央权力；在思想方面则积极崇尚儒学，排斥"异端"思想，以巩固儒家的正统地位。为求使人重新体认到文章的社会功用，因而有韩、柳倡导的古文运动。从思想方面看，古文运动实际是一场儒学复兴运动。

2　文体解放的要求

从文章形式看，古文运动是对先秦两汉散文的回归与发展和对六朝骈文的批判与扬弃。骈体文的主要特征是句式以四六为主，两两偶对，讲究声律、辞藻和典故使用。至梁陈时，骈文已趋向格律化，限制愈来愈多，对于思想感情的表达造成很大的束缚，这种情况到中唐时尚无根本改变。韩柳既以“中兴”为己任，努力宣扬儒学，自然要反对有文道分离倾向的骈文，而提倡有文道合一传统，便于表情达意的先秦两汉古文。

3 文体改革的历史趋势

古文运动并非韩柳灵机一动的产物。早在北魏时，就有人主张反骈复古。入唐后，这一趋势不断发展，如初唐的陈子昂、张说、苏颋等，天宝至大历年间的萧颖士、李华、元结、独孤及、梁肃等，都曾高举反骈复古的旗帜。韩柳的古文运动，正是继承和发展这些前驱者的主张。

二 韩愈、柳宗元对古文运动的贡献

唐代古文创作之所以在韩柳时才出现高潮，形成运动，除了前述的原因外，还因为韩柳的独特才能和贡献。

古文运动的前驱者有以下根本的弱点：第一，他们重道轻文，甚至以道代文；第二，他们重复古而少创新，甚至泥古不化；第三，他们重外在的礼乐规制，而忽略内在的道德修养，更少经世致用的观念。因而无法取骈文地位而代之。

韩柳区别于前代古文家的地方，在于他们能在复古中有通变。韩柳古文运动是以复古为外衣的文体革新运动：表现于内容为振兴儒道，激发中兴；表现于文体则为反“骈”复“古”，通变更新。

韩柳对古文运动的贡献如下：

广东潮州韩文公祠

宋苏轼书《昌黎伯韩文公庙碑》(残片)

韩愈曾被贬至广东潮州，有“一封朝奏九重天，夕贬潮阳路八千”之诗句。
图为今日潮汕地区景物。

今日人口众多的柳州，昔日是
柳宗元流放的边远之地。

张仁芝绘《小石潭记》

江西永丰西阳宫欧阳修纪念馆

1　提出富于现实性的道统观念

韩愈所强调的“君臣之大义”、“夷夏之大防”，虽是儒家的传统观念，却是针对中唐时藩镇割据，佛教泛滥的现实有所为而发的，所以墨、杂诸家中在他看来有可以补充儒道学说的，他都兼收并蓄。柳宗元则更多接受儒学中新兴的义理，并兼取名、法诸家，以精密的哲理探讨，论证现实政治问题，强调“辅时及物”。两人在道统问题上都一反初、盛唐时偏重解经的倾向，所以能引起广泛的重视。

2　提出气盛言宜说

韩柳一变前代古文家偏重礼乐的倾向，以先秦儒家正心修身，养浩然之气的观念贯彻到文学理论中，提出了正心养气，气盛言宜的主张，解决了文与道的主次关系。

3　提出不平则鸣说

韩愈提出不平则鸣的观念，强调作者在创作中激于现实的感情，充分肯定古文创作中穷苦怨刺之言的地位，从而纠正了其前驱者以颂美为主，忽视真实感情的倾向。柳宗元在《送易师杨君序》《读韩愈所著〈毛颖传〉后题》等文中所论略同。

4　提出融通众长，辞必己出的创新观念

韩柳纠正了前驱者以道代文的倾向，虽倡文以明道，但又注意到文的独立性；虽重视学习先秦散文，但又不盲目拟古。明确提出“师其意不师其辞”、“辞必己出”的观念。对骈偶也不一概反对，文气所至，每每在文章中用出色的偶句，甚至发展成段与段之间的排偶。因此，他们的古文是充满生命力的。

5 扩大古文的写作领域

在一整套古文理论指导下，韩柳的古文创作取得了前所未有的成就。他们扩大了古文的创作范围，从初、盛唐之主要用于奏议，而扩展到一切领域，政论析理，写人记事，游记壁记，杂说寓言，无所不能，甚至嘻笑怒骂，皆成文章。

6 培养后进，形成古文运动

韩柳古文的成就，吸引了大批追随者。韩愈作《师说》，抗颜流俗，经历了种种非难，终于建立起后人称之为"韩门子弟"的古文流派，其中最著名的有李翱、樊宗师、皇甫湜、李汉等人。柳宗元贬谪以后，"衡湘以南为进士者，皆以子厚为师"（韩愈《柳子厚墓志铭》）。韩柳不愧为中唐古文运动的领袖，为古文的蓬勃发展创造了必要条件。

三 欧阳修与宋代古文运动

韩柳之后，大约在穆宗时，古文运动即趋向衰落。到了晚唐，骈文已取代古文，重新成为一般文人崇尚的文体。

宋初百年间，承晚唐五代余风，以杨亿、刘筠为代表的骈文一统文坛，号为"时文"，韩柳古文渐至湮没无闻。宋仁宗时期，虽有石介、柳开、穆修、尹洙等人起而矫杨刘之弊，提倡韩柳古文，却又重蹈唐代古文先驱者的覆辙，以道代文，作品晦涩无味，因而未能转变文坛风气。

欧阳修少年时即喜读韩愈文，中进士后，曾从宋初古文家游，逐渐以文学知名。在政治上，欧阳修力图改变有宋开国以来的积弱局面，迫切需要有一种适用的文体来宣传新政的主张，完善新政的理论。这既非杨刘的骈文，也非石介、柳开等的拟古之作所能承担，于是欧阳修以其对韩文的独特心得，起而领导了宋代古文运动。他的主要贡献如下：

1 提出修身为本、联系百事的道统观念

欧阳修力主“修身”为本，反对“弃百事而不关于心”，“溺于文”的态度，从而以自身道德修养为中心，将道、我、社会“百事”，连成一体，显然这是对韩柳道统观念的发展。

2 进一步明确文对道的相对独立性

欧阳修指出，“古之学者非一家，其为道虽同，言语文章未尝相似”（《与乐秀才书》），这不但将韩柳文道并重的观念更明确化，也使宋代古文的取向与道学家的“以道代文”有了明显的区分。

3 开创宋代古文的新文风

欧阳修学韩文，从“文从字顺”方向开拓，而去其艰涩，也吸取了柳文清深的特点，而去其巉刻；创造了“文简而意深”，明白畅达，富于韵味的新风格，既使唐代古文“辞必己出”的传统得以发扬，又开创了宋代散文的独特风貌。

4 培养后进，形成宋代古文运动

欧阳修也像韩柳那样，重视培养后进，三苏父子、曾巩、王安石都受到他的指点和提携，从而促进了宋代古文运动的发展，最终压倒了骈文。

四 唐宋古文运动的影响

唐宋古文运动，不仅通过文体改革，对当时的社会变革起了推动作用，更重要的是为后世确立了两个传统：

1　确立儒道的正统地位

经过两次古文运动，儒道的正统地位进一步确立和发展。道与重视自身修养、重视现实两者结合，使古文家的道，既不同于汉学家的偏于章句之学，又不同于道学家的偏于心性之谈，而总具有生生不息的活力。这是古文能成为“传道授业解惑”最有效形式的首要原因。

2　确立古代散文的文统

这主要有三个方面：首先，从修身为本，联系百事，文以明道的道统出发，注重义理，气势充沛，言之有物，成为判文的第一标准；其次，从区别文道关系出发，强调文章之法度井然，成为判文的又一标准；再次，“辞必己出”、“文从字顺”的要求深入人心，学习古文与敢于创新、密切联系当代语言相统一，成为古文文统的显著优点。

经过唐宋两次古文运动，古文终于取代骈文，成为嗣后近千年的主要文体。继起的名家流派，明有以茅坤、归有光、唐顺之为代表的唐宋派。清代古文名家众多，影响最大的是以方苞、刘大櫆、姚鼐为代表的桐城派。清代以后随着帝制的解体，儒家大一统局面的崩溃和近代语文的发展，古文也就因失去了存在的基础而逐渐消亡，但是唐宋八大家及其流裔的优秀作品，仍为语体文的创作提供了有益的借鉴。

中国文学十讲

叁

陆萼庭 赵昌平 编著

上海教育出版社

并非陈旧的记忆——代序

上教社的编辑来访，说是相中了25年前，陆萼庭先生与我合编的港版《中国文学》教材，拟以图书形式出上教版。旧事重提，不免勾起一些久远的忆念。

事情要回溯到1987年前后，因着此书的编撰，我经历了许多第一次：第一次出境，第一次乘飞机，第一次体验了超市购物的自在，第一次领略了港式早茶的悠闲；当然，最使我惊诧的，是第一次身经目击了那些高楼群，密匝匝的令人胁息的现代化楼群。尽管坐飞机出境，现在已习以为常，而那些闻见，在今天的内地更是司空见惯；然而回忆起来，当时的新鲜感，还是有趣得紧。

一切都新鲜，唯有所面临的任务并不新鲜；至少在接受之初，自认是最熟悉不过的了。香港商务版《中国文学》(以香港教育图书公司名义出版)，是一套高中升大学预科性质的教材，共四册，先秦至唐二册，由我承担；宋世至现代二册，陆萼庭先生执笔。我的专业就是唐代文学，先唐文学也素有研究，所谓成果，搞注释、作论文、编辞典、玩赏析，也有了那么一堆；至于中教，北大毕业后，我还在内蒙古当过"乡村男教师"，做过语文教研组长，开过规模不小的公开课。因此，1986年初领任务时，以为必能驾轻就熟，一路顺风。

然而渐渐地，这最熟悉的活计，也变得新鲜起来。先是敬佩于港方那厚厚一摞子《编纂大纲》，连附件，足有100多页，当时内地出版界不像现在这样化"繁"为"简"，纵心所欲；选题报告还是认真做的，但如此细做，如此复杂，我还是第一次见到；接着是感慨于港方工作小组的阵容，组长是威斯康辛博士江先生，严肃顶真到可爱；二位成员倒是和蔼而其实较劲，都是女性，博士，都姓林，还都是港地有名的资深语文教师，一位现任，一位已转入商务；而总抓的竟是商务老总，后来成为联合出版集团董事长的陈万雄先生；我们下榻处，便是陈先生刚搬出的二室一厅的旧居。以如此强大的阵容从事一个中学类选题，在我已然六七年的编辑生涯中也是第一次遇到。最后尤其使我震撼的是，这次编写，使我第一次对什么叫"茅塞顿开"，有了切身体验。

从82年研究生毕业入行上海古籍到那时候，我的学术生涯可说是相当顺利，文章不断，却从未有过退改的遭遇。这次编撰，因为是沪港合作，也未敢怠慢，总想写得别具一格，力避平铺直叙。港方对初稿的意见是"功力深湛，甚佩"，这是客气话，下面一句才是真家伙——"希望更切合港地中学生的实际水准与阅读习惯"。第一次修改后，到深圳会商，再改，好不容易可以赴港定稿了，焉知抵港后二十余天，又改了两道，都说"不错，不错"了，但还是未许过关。那一晚，我足足憋屈了半夜，想起了业师施蛰存教授的一句话："诗要一句一句地读，一字一字地品。"忽焉"茅塞顿开"。原来我先前的写法过于成人化，论文化，这对于中文系学生兴许不错，然而对于港地中学生却未免头寸不合。于是我努力回忆自己上中学语文课时，大同中学的楼维国、方艾老师以串讲加点评的授课方式，第二天参以自己对文本的体悟，试改了一篇，返本就简的结果竟然是二林一江的微笑首肯，大加称赞。于是我不再拖陆老师的后腿了，提前十天完成修订任务，打道回沪了。

后来听说，我们这套教材格外成功，在港府调整教纲，重编教材前的十数年间，使用率一直居同类教材之首位。不过我深知，这不仅因为我们确实编得不错，更由于香港商务同仁的努力，除了营销出色外，他们所拟订的编写体例，确实切合中学生的思维特征，其大端如下：

全书将先秦至现代分为十个单元，各取一时期代表性文体之名篇若干作解析，各单元后附以此时期文学史与相关文体的知识，合而观之，便是一

种选篇与史述相结合，尤适宜于中学生与中等文化读者的微型文学史作品；其以文体为落脚点的设计，也符合中国文学演变的总体特征。

各篇课文的教学设计，又与以上总体架构相呼应。每篇约略可分三部分。中间部分“分析与欣赏”是主体，含“文体特点”、“内容分析”、“作法欣赏”三个块面。其关系是通过内容、作法的精要提挈，使读者对其文体特点有生动的具体感受。主体部分之前是预习部分，含正文、注释及针对重点、难点的预习题；之后则是扩展部分，含“讨论问题”、“参考资料”，与“应用练习”——取同一文体的其他一二篇（节），设题帮助使用者自读，以举一反三；而全书所及篇目，也由课文三十来篇扩展为百篇左右，可以由此构成对中国文学史的大概印象了。

其时，课本以外，更编有《教参》四册，大体是对应课本各部分，扩充相关资料，给出参考答案，设计相关活动，注译相关诗文等等。要求是取材丰富而精当，使教师一册在手，不必旁索而足以展开讲析并应对学生可能的提问。由于港地教师课程负担远过于内地，因此这套《教参》同样广受欢迎。

那些设计，我想即使对于今天内地的国文教学改革，也是有参考价值的。比如所谓启发式教育问题，后来我们还为香港商务编过一套《中国语文》教材，也许因教纲改变，要求全取启发式，一个问题接一个问题，而取消了课文精讲，使用下来，普遍反映远不如《中国文学》。可见教师精讲与启发式教育，应当是举一反三的关系，如此套教材然；试想如无精讲作示范，学生赤手空拳，又如何由“空”反三？

说到举一反三，这次教材编撰，对我后来的编辑生涯同样适用。我所一贯主张的观念：出版要由编辑本位转化为读者本位，便是由这次编撰中的困惑而萌生的；上海古籍出版社在上世纪八九十年代，公众读物的阔步发展，也与身为总编的我此番经历有关；而我后来撰写了不少初、中级读本，如印数已近十万的复旦版《唐诗三百首全解》，其取径、笔法也得益于此。

行文至此，都是很开心的新鲜事，然而临结束却又有些感伤——我所敬佩的合作者陆萼庭先生已于前些年仙逝。我永远怀念陆老的人品学问，怀念他身为“老教育”给我的点拨指导，也怀念在港期间，早餐时，他从外面买来的，同样是“新鲜”的，刚出炉的热面包……

赵昌平

目　录

第七讲　五代宋词

第八讲　元曲

文学常识学习重点

第九讲　明清小说

文学常识学习重点

第七讲 五代宋词

破阵子　李煜

作者

李煜(九三七——九七八),初名从嘉,字重光。五代徐州(今属江苏)人。南唐最后一个皇帝,世称李后主。当李煜继位时,南唐实际已是宋朝的属国,每年要向宋朝大量纳贡,以图苟安。九七一年,宋灭南汉,李煜大为恐惧,上表请去国号,改称江南国主。九七五年,宋兵攻破金陵,李煜肉袒出降,并随宋兵北上,从此在汴京过着痛苦的俘虏生活。他在给旧宫人的信里说:"此中日夕,只以眼泪洗面。"不久就被毒死。

李煜性豪侈,好声色。在十多年的帝王生活中,几乎无日不征歌逐舞。他不是一个好皇帝,却是一位才情洋溢的文学艺术家,擅诗文,通音律,精书画,其中以词的成就最高,有"词圣"的美誉。

李煜词的内容风格大抵以亡国为界线,分成前后两期。前期内容多描写宫廷的享乐生活,风格以绮丽柔靡为主。后期内容多对故国的怀念、身世的感叹;因亲历囚徒生活的痛苦,词风为之一变,常在自然真率、直抒胸臆之外,能以鲜明突现的形象表现难状的感情,以洁净而生动的语言渲染深沉的哀伤,显得沉郁悲慨,刚柔兼具。清人评为"粗服乱头,不掩国色"。

五代词大多不脱《花间集》范围,以描写男女情爱为主题,陈陈相因,局面狭小。到了李煜,情真语挚,自然豪宕,"眼界始大,感慨遂深,遂变伶工之词为士大夫之词"(王国维语),使词从"花间派"中解脱出来,提高了词在文学史上的地位,对北宋词人有很深远的影响。

李煜词现存三十四首,后人连同其父李璟(南唐中主)之作合编为《南唐二主词》。

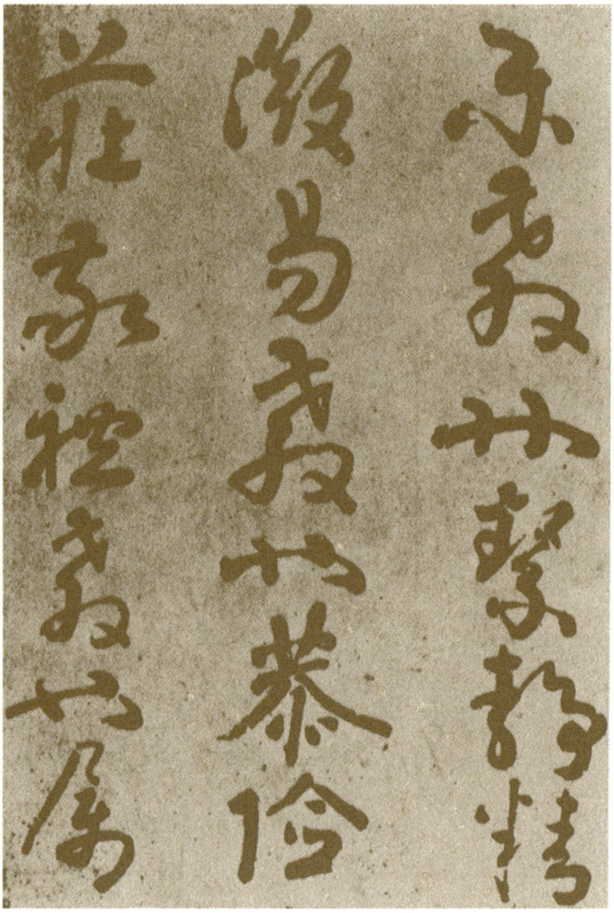

李后主所书的诗卷

解　题

“破阵子”，词牌名，一作“十拍子”，本为唐代教坊曲。唐五代词大多只标词牌，没有题目。

这首词属于小令，是李煜降宋之初的作品，忆述当日城破出降、慌张辞别太庙时的心理和情景，以真切、坦率见胜。一个生长于深宫，从来不知战争为何物的末代皇帝的情态，经过自剖，跃然纸上。

课　文

四十年来家国[①]，三千里地山河[②]。凤阁龙楼[③]连霄汉[④]，玉树琼枝[⑤]作烟萝[⑥]，几曾识干戈？　一旦归为臣虏，沈腰[⑦]潘鬓[⑧]销磨。最是[⑨]仓皇辞庙[⑩]日，教坊[⑪]犹奏别离歌，挥泪对宫娥！

注　释

① 四十年来家国：南唐自公元九三七年李昪开国至李煜写这首词时，将近四十年。

② 三千里地山河：南唐占有江西、安徽、湖北和江苏等省的一部分，共三十余州，号为大国。三千里，极言其大。

③ 凤阁龙楼：指帝后所居的宫阙。

④ 霄汉：高空。霄，云；汉，天河。

⑤ 玉树琼枝：玉树，仙树；玉树的枝条叫琼枝。这里形容皇宫里种植的树木。

⑥ 烟萝：烟，烟雾缭绕；萝，萝藤攀缠。这里形容树木幽深茂密。

⑦ 沈腰：梁沈约想得到三公的高位而不能如愿，就写信给徐勉，说自己老病，“革带常应移孔”（腰围越来越小），要求免职退休。事见《南史·沈约传》。后以“沈腰”指腰肢瘦减。

⑧ 潘鬓：晋潘岳三十二岁时，头发就花白了。后以“潘鬓”作为中年鬓发斑白的代词。

⑨ 最是：正是，正在。

⑩ 庙：太庙，帝王的祖庙。

⑪ 教坊：掌管并教习宫廷俗乐的官署，始于唐代。

预　习

一　“四十年来家国，三千里地山河。”这两句包含哪些内容？

二　“几曾识干戈”表明李煜是一个怎样的皇帝？

三　“沈腰”、“潘鬓”是什么意思？用了这两个典故有什么好处？

四　李煜为什么要“挥泪对宫娥”？这句与“几曾识干戈”有没有相通的地方？

分析和欣赏

文体特点

词兴起于唐代，是一种新的诗体。有人认为词是“诗之余”，所以也称“诗余”。又由于词的句型长短不齐，别称“长短句”。

词的字句平仄格式是固定的，所以作词要按谱填词，每首词都有词牌（曲调）。宋以后，往往在词牌下再加上题目或序，以说明主题或写作的缘起。依据字数的多少，词可分为小令、中调和长调三类（一般以五十八字以内为小令，五十九字至九十字为中调，九十字以上为长调，但也有例外），中长调合称慢词。不分段的词，叫“单调”；最常见的分为上下两段（两阕、两片），叫“双调”。上下两片字数格式有的全同，有的不同。《破阵子》是双调小令，两片格式完全相同。

词的格律较严，其特征有：

一　每一词调字数一定。

二　句式变化多，短至一字句，长至十一字句。

三　讲究平仄。

四　押韵的位置不一，有上下句押，有隔一句押，隔两句押，句中押等。

五　对仗较特殊，如上下两句字数相同，可用对仗，也可不用。《破阵子》上段对仗，下段不用。词的对仗不限平对仄，仄对平，须服从词调的规定。

词的用韵比诗韵要宽。词韵平上去声合部，分十四部，入声单立，分五部，共十九部。押韵情况比较复杂，有一韵到底的，也有中间换韵的。有的通首限用平声韵，有的限用仄声韵，有的可平可仄，也有平仄交错押的。《破阵子》限用平声韵，河、萝、戈、磨、歌、娥，歌戈韵一韵到底。

内容分析

这是李煜后期作品中最早的一首词。大约刚做俘虏不久，想起自己在国亡出降一刹那间的情态，不禁悲慨万千，于是写下了这首词。

上片是对以往帝王生活的追忆，好比电影的倒叙镜头，但它着眼于一生的整体概括，并不局限于某一个具体细节。前两句是对故国的怀念。当时李煜已经失去一切，怀念故国，既是唯一的、最大的安慰，又是莫可名状的愧悔心情的流露。后三句简括地写他的生活环境，以见在这样的环境里熏陶出来的性格特点。李煜是在深宫内院里长大的，自幼到大，只见数不清的高楼崇阁，园苑里的树木，仿佛云烟笼罩，藤萝攀牵，紧紧地将他包围起来。在这样的环境里，他哪里懂得什么叫作战争呢？

不懂得战争的人偏偏遭遇了战争，词的结构自然地过渡到下片。下片是对亡国一刹那间情景的回忆，好比电影的特写镜头，回忆中对自己的所作所为寓有淡淡的追悔之意。前两句总写俘虏生活，做了俘虏的李煜，每日以眼泪洗面，一天天消瘦衰老下去。后三句具体描述亡国之际的情景，他记得那日慌慌张张辞别太庙，教坊女乐奏起了别离的歌曲，似乎催他赶快上路，又似乎表示惜别。看到送行的都是平日宠爱的宫女，这才想起她们不能随同而去，不禁掉下泪来。

这首词是李煜的自我写照，含有自剖之意。为什么这样说呢？因为李煜将亡国的一刹那间的心情、行动，毫无讳饰地描写出来。一个皇帝，当国破家亡之际，他什么都顾不上去做，竟然“挥泪对宫娥”，无论如何是要不得的。因此，历来有不同的评论。有些人加以责难，甚至斥为“全无心肝”。但是更多的人读了这首词，在非议之余，往往给予同情，甚至谅解。所以使人产生同情和谅解，最主要的原因是以“性情真”打动人。例如他委婉地提出“几曾识干戈”，这是真话，既坦率，又合乎情理。“挥泪对宫娥”也是真话，当时自己是怎样的情态，如实描写，毫不掩饰。事后追忆，感情上的确对那些宫娥难舍难分，理智上却觉得当时哭庙才是适当的，而“挥泪对宫娥”是不适当的，所以他有意把“辞庙”与“挥泪”对照着写，不无内疚的意味，这也是“性情真”的表现。王国维《人间词话》说：“阅世愈浅则性情愈真，李后主是也。”移评本词，十分妥帖。

作法欣赏

《破阵子》以“性情真”取胜，但这一特色并不是凭空取得的，必须借助于高明巧妙的艺术表现，才能产生感染人的力量。

从结构看，词的上下片对比鲜明，转接紧凑，通首一气呵成。上片开头，将旧日的宫廷生活以极为舒缓的语调展示出来，结尾“几曾识干戈”一句有两层意思，一层是“只知道过太平日子”，一层是“不晓得战争是什么东西”。紧接后一层意思，立即转入下片“一旦归为臣虏”，忽已作了“干戈”下的囚徒，情境大变，语调由舒缓变得越来越急促。上下片一“昔”一“今”，一静一动，一宾一主，一缓一急，对比非常鲜明。通过对比，把辞庙时的凄惨之景，匆遽之态，依恋之情，表现得淋漓尽致，给人以回肠荡气的感受。

小词和短诗相同，抒情较易，记事写人较难。而李煜这首六十二字的小词，却以记事、写人、传情三者融为一片见长。其手法全仗结尾，化平实为生动。上片的前四句，写的是美好的山河，巍峨的宫殿，茂密的园苑；下片的前四句，写的是亡国之君辞别太庙的情景，事件、人物、意思都欠完整，要取决于结尾(第五句)一点，才能变朦胧为鲜明。有了两片结尾的“几曾识干戈”、“挥泪对宫娥”，始知个中有人，呼之欲出。一辈子在深宫内院过着太平日子，根本不知战争为何物，国破家亡之际，匆匆辞别太庙，一见两旁平生宠爱的宫女，不禁掉下泪来。这不是活现的李后主么？

感情真挚的作品，往往直抒胸臆，以白描为主，不事雕琢。这首词里几乎没有什么特别加以修饰的东西。“连霄汉”、“作烟萝”不是有点夸张吗？要知道李煜写的是皇家的宫阙园苑，这样描绘仍属写实。上片有两组对偶，是为了便于概括，并取得舒缓的效果，以与下片急促的散句相对照；下片用了两个典故，意在加强形象性，但都与白描的笔致融为一体，令人不觉。这是李煜词的语言特色。

《破阵子》在李煜后期作品中比较特殊，它是通过叙事来抒发感情的。然而，真切、坦率、深沉、富于形象的特色，却是与“问君能有几多愁，恰似一江春水向东流”(《虞美人》)，“流水落花春去也，天上人间”(《浪淘沙令》)这些名作相通的。这种风格特色在五代词坛上是一种创新，促进了词的发展。

讨论问题

一　李煜为什么要以“凤阁龙楼连霄汉，玉树琼枝作烟萝”两句，作为自己宫廷生活的写照？

二　“最是”三句历来为人们所传诵，人们欣赏它哪一点？

三　词的作法大都上片写景，下片抒情，《破阵子》的作法有什么特殊的地方？

四　苏轼批评李煜说："故当恸哭于九庙之外，谢其民而后行。顾乃挥泪宫娥，听教坊离曲哉！"你认为有道理吗？

五　有人认为《破阵子》是城破出降时的作品。当时之作与事后回忆之作在欣赏上有什么不同？

参考资料

一　关于五代词对后世的影响

五代、十国是我国历史上最紊乱、最黑暗的时代。……唯边区十国比中原安稳些，赋役也比较轻些，而江南与四川地方肥沃，生产力渐次发达，加以南唐与西蜀的国君颇爱文学，自能填词，所以文人才士都萃聚于这两处。西蜀词人最多，后蜀赵崇祚编辑的《花间集》，共收词人十八家，词五百首，其中除温庭筠、皇甫松为唐人外，大多数是蜀人或游宦在蜀的。……南唐作家则无总集，然而影响宋代的词人却在南唐，如李后主煜及他的宰相冯延巳都是与北宋词有密切关系的人。

（摘自刘永济《唐五代两宋词简析》）

二　关于李煜词的风格

李煜的词，流传下来比较可靠的有三十多首。这三十多首词中，因实际环境、生活方式、思想感情的转变，相应的体现出几种不同的面貌：

1　写豪华生活和艳情生活的。这是他过着帝王享乐生活时的写作，声色豪奢，风情旖旎，爱和美支配他整个的人生观。

2　写别离怀抱和其他伤感情调的。李煜在做俘虏以前，尽管可以获得一切的物质享受，由于家愁国难日渐深重，现实生活的本身对他有不同程度的威胁，他在文学上也累积了更深的修养，因而表现在作品里的感情就比较深厚婉曲。

3　写囚徒生活和哀痛心情的。这是李煜入宋后的作品。“深哀浅貌，短语长情”，无论思想内容和艺术技巧，都达到了小词的最高境界。

（参考詹安泰《李璟李煜词》）

应用练习

一　这首词的上下片全用对比手法，这样写有什么好处？

二　这首词上下片所写的是两件不同的事，为什么能联成一气？

三　这首词上片的“几曾”两字、下片的“最是”两字，使得作者的感情完全透过叙事流露出来。试分析其妙处。

四　将这首词改写为语体文，并补足前后过渡转折处的语意。

五　李煜前后期的词风有什么不同？他在词的发展史上地位怎样？

六　《玉楼春》是李煜前期的作品。先仔细阅读，然后回答问题。

晚妆初了明肌雪，春殿嫔娥鱼贯列。笙箫吹断水云间，重按霓裳歌偏彻。　临风谁更飘香屑？醉拍阑干情味切。归时休放烛光红，待踏马蹄清夜月。

1　这首词描写晚上在宫中观赏歌舞的情景，用的是层层铺叙的手法，试加以说明。

2　《破阵子》纯用白描，真率自然。这首词的语言风格与《破阵子》有没有分别？

八声甘州　　柳永

作者

柳永(约九八七——一〇五三),原名三变,字耆卿。排行第七,人称柳七,又因官至屯田员外郎,世称柳屯田。北宋福建崇安人。父亲柳宜做过工部侍郎,两个哥哥都是进士。他年轻时在汴京生活放荡,常与歌女舞伎来往,为她们填词作曲,因此受到上层社会的歧视,屡试不第。他曾写过一首《鹤冲天》词排遣他的怨闷,传说因为词中有"才子词人,自是白衣卿相","忍把浮名,换了浅斟低唱"等句,仁宗皇帝看了大为恼怒,说:"且去浅斟低唱,何要浮名!"于是他便自称"奉旨填词柳三变"。直到五十来岁,改名为永,才于景祐元年(一〇三四)考中进士。后来死于润州(今江苏镇江),死时家无余财,由歌女聚资为他营葬。

宋初文人多写短小的令词,柳永是第一个大量创作慢词(长调)的词人,从此开创了写慢词的风气。他还喜用民间俗语入词,所作音律谐婉,因此流传甚广。相传凡有饮井水处即能歌柳词。他的作品有雅俚两类。雅词讲究铺叙,情景交融;俚词多用日常生活语言,深入浅出,自成一格。柳词题材以抒发浪迹江湖、羁旅失意的情怀和描写都市风光、歌女生活为主。清人说他善于"状难状之景,达难达之情,而出之以自然,自是北宋巨手"。代表作《雨霖铃》《八声甘州》《望海潮》中的一些名句如"今宵酒醒何处?杨柳岸晓风残月","渐霜风凄紧,关河冷落,残照当楼","有三秋桂子,十里荷花"等,历来为人传诵。

柳永精通音律,他的词都可以入乐歌唱,所以词集名"乐章集",现存词二百十二首,慢词占绝大多数。

解　题

“八声甘州”，词牌名。本为唐代边塞曲，以边塞地甘州为名。全词共有八韵，所以称八声，属于慢词。这首词抒发的悲凉情绪，与“八声甘州”这一边地乐曲的声调是一致的。

柳永中年以后，曾到过杭州、会稽、扬州、长安、成都等地，所以词中多描写羁旅行役之苦。《八声甘州》写他深秋时节在外地思念故乡而欲归不能的曲折心理。写景抒怀，苍凉真切。王国维《人间词话》评为“伫兴之作，格高千古，不能以常调论也”。

课　文

对潇潇[①]暮雨洒江天，一番洗清秋。渐霜风凄紧[②]，关河冷落，残照当楼。是处[③]红衰翠减[④]，苒苒物华休[⑤]。唯有长江水，无语东流。　不忍登高临[⑥]远，望故乡渺邈[⑦]，归思难收。叹年来踪迹，何事苦淹留[⑧]。想佳人、妆楼颙望[⑨]，误几回、天际识归舟[⑩]。争[⑪]知我、倚阑干处[⑫]，正恁[⑬]凝愁[⑭]！

注　释

① 潇潇：有两解。一为风雨急骤的样子。《诗经》：“风雨潇潇。”毛传：“潇潇，暴疾也。”一为小雨的样子，李清照《蝶恋花》：“潇潇微雨闻孤

馆。”这里用前解。

② 霜风凄紧：挟着霜气的西风凄清逼人。

③ 是处：到处，处处。

④ 红衰翠减：指花落叶少。翠，一作绿。

⑤ 苒苒物华休：景物逐渐凋残。苒苒，原指草木茂盛、轻柔的样子，这里作渐渐解。物华，物的光华、菁华，泛指景物。休，停止，罢休，引申为凋零之意。

⑥ 临：居上视下。

⑦ 渺邈：遥远。

⑧ 淹留：停留、久留的意思。

⑨ 颙（yóng）望：企望。

⑩ 天际识归舟：天际，天边。识，辨认。这句原出谢朓《之宣城郡出新林浦向板桥》：“天际识归舟，云中辨江树。”前加“误几回”三字，便有了新意，兼用唐温庭筠《望江南》“过尽千帆皆不是”词意。

⑪ 争：同“怎”。

⑫ 倚阑干处：“处”作“时”解。所倚的就是阑干，并非另有处所。柳永《雨霖铃》：“留恋处，兰舟催发”，用法相同。

⑬ 恁（nèn）：这样。

⑭ 凝愁：深愁。

预　习

一　词的开头说“暮雨洒江天”，接下来却又说“残照当楼”，有没有矛盾？为什么？

二　作者既说“不忍登高临远”，为什么又说“望故乡渺邈”，这表现了作者怎样的心情？

三　词的结句说：“争知我、倚阑干处，正恁凝愁”，作者是在什么地方“倚阑干”的？

四　词中开头的“对”字直贯到“清秋”二字，统领一个句子，这样的字叫做“领字”。领字往往对句意有所规定，相当重要。找一下，这首词中还有其他领字吗？

分析和欣赏

文体特点

详见《破阵子》一课的“文体特点”项。这里稍作补充。

慢词是一种慢曲子，调长拍缓，所以又称为长调。譬如小令“卜算子”四十四字，作为慢词的“卜算子慢”就有八十九字，大大扩展了词的容量，有利于抒发比较复杂的感情。

《八声甘州》上下片各四平韵。上片“秋、楼、休、流”为韵，下片“收、留、舟、愁”为韵。

内容分析

柳永长期过着奔波漂泊的“游宦”生活，写了大量羁旅行役的作品。在《八声甘州》这首词中，他极力渲染了冷落、萧瑟的秋景，并通过对“佳人”凝望的曲折描写，抒发了个人久留他乡的苦况和欲归不能的矛盾心理。

上片所写，是眼前所见的秋景。起句用一个“对”字领起，照应了下文点出的词人当时所处的位置，他是以楼台为视点，正在居高望远，以下对于景物的铺叙，莫不与这视点有关。“对潇潇”两句为总的勾勒轮廓，抓住了雨后江天的特征，敷设下清秋的“底色”。“渐霜风”三句，写霜风、关河、落日和楼台，在清秋的底色上，加上了“凄紧”、“冷落”和“残”等富有感情色彩的渲染。“是处”两句，深入一层，“红”与“翠”原都是明亮的色彩，但一“衰”一“减”一“休”，这眼前的“物华”，也就更增添了感情的压抑。“唯有”两句，写东流的江水默默“无语”，反衬出作者的心头有千言万语，写到这里，作品也就自然地引到了下片的抒情。

下片所抒发的是怎样的感情呢？先是对于故乡的思念，接着是感叹欲归不得。然后，设想身处渺邈故乡的“佳人”妆楼“颙望”的情景，进一步反衬自己思归的迫切；最后，再次突出自身处境的无奈，与“何事苦淹留”呼应，并回应篇首的“对”字，结束全篇。

全篇写景抒情，尽管全是一己的主观感受，但透过字面，作者怀才不遇的身世之感和对当时社会现实的不满，是不难感受到的。

作法欣赏

梁启超曾举唐代温庭筠的词境为例，来说明柳永这首词的艺术特色，他说：“飞卿词‘照花前后镜，花面交相映’，此词境颇似之。”温词写的是一位妇女晨起梳妆，她先对镜簪花，再用前后镜对照，只见脑后发髻上簪插的花朵映于前镜，与镜中人面交相辉映。梁氏取其“交相辉映”一点以喻柳词特色，是非常精到的。所谓“交相辉映”，就是修辞学上的映衬手法，可从整体和细部两方面来说。

从整体说，上片写景，下片抒情，交相辉映。上下片好比一前一后两面镜子，把游子思乡的曲折心情一一照出。“暮雨，霜风，关河，夕照，红花绿叶，东流的长江水”，这些原是秋景的客观存在，加上“潇潇，凄紧，冷落，残，衰，减，休，无语”这些修饰词语，就给秋景增添了凄清悲凉的情味。但如果没有下片的照映，没有具体的生活内容，读者的感受还是很浮泛的。只有同时读了下片，才体会到这一派秋景完全成了游子思乡的客观环境，这些修饰词语莫不染上了作者主观的感情色彩，衬托得游子思乡的心情更为鲜明。读者自己仿佛就处于凄清悲凉秋景的重重包围之中，对作者的感情有了更深一层的体会。上片如此，反之，下片要是取消上片秋景的映衬，直接抒情，也必然削弱艺术的表现力，那是显而易见的。此外，本篇映衬之妙，还在将上下片打成一片。下片结句“倚阑干处，正恁凝愁”，一下子就把上片完全收摄过来，作者正是在“残照当楼”的楼上“倚阑干”的，放眼看到大自然凄清悲凉、“红衰翠减”的秋景，同时涌起了下片所抒发的种种心理活动，所见所感原属一体，只是写成歌词，才“话分两头”。

从细部说，下片九句也是以前后照映之法来层层铺叙的。“不忍登高”，却还是上楼“望故乡”了，以“欲登不登”反映“归思难收”的心情，这是第一层。“年来踪迹”如何，自己最清楚，却自问：“何事苦淹留？”以“不问而问”反映欲归不能的难言之隐，这是第二层。“想佳人”两句和“争知我”两句对照，想象远在故乡的对方已经不知多少回误认了“天际归舟”，可是倚阑望远的“我”正在为欲归不得而发愁。这种推己及人，从对面落笔的手法，使得淹留他乡的游子既“归思难收”，却又欲归不能的痛苦矛盾心理，得到非常真切生动的抒发，这是第三层。

作者最擅长描写秋景。他的手法不在精雕细刻，而是放眼寥廓，大处着墨。起句气势阔大，只有十三字，就将“清秋”给“洗”出来了。他在楼上居高临远，清楚地看到骤起的暮雨向天空和江面洒去，骤雨起得疾，收得也快，只见雨后清秋如洗。而笔力也像雨势那样急骤，给人以深刻的印象。然后，作者仍从大处着墨，描写清秋，仅数笔就推出一幅“秋景图”。“渐霜风”三句，曾使对柳词并无多大好感的苏轼大为称赏，说：“唐人佳处，不过如此。”这三句的好处，在一派凄清逼人的霜风中，只点缀关河和残照，将深秋的色泽涂抹得恰到好处，而且这是“当楼”中游子眼中所见的景色，这样就使平面的秋景图，饶有悲凉的感情，也更富于诗意。

这首词的领字都是精选的。上片的“对、渐、唯有”，仿佛有一种指引的力量，促使读者进入规定的情景。而下片的“不忍、叹、想、争知”，无不妥帖确切，有助于将游子的痛苦心情曲曲传出，加深读者的印象。

柳词音律谐婉，语意通俗，所以能广泛流传。其代表作笔力遒劲，格调很高，近代的词论家说他“以沉雄之魄，清劲之气，寄奇丽之情”，正是指《八声甘州》等一类的名作。

讨论问题

一 “唯有长江水，无语东流。”流水是有声的，怎么说“无语”？这样写有什么作用？词中还有哪些地方用字精警？

二 作者写自己客居思乡，为什么突然插入“想佳人、妆楼颙望”两句，这样写在表达主题方面起了什么作用？

三 前人说柳词善于“状难状之景，达难达之情，而出之以自然”。你认为这首词中哪几句称得上“状难状之景”？哪几句称得上“达难达之情”？

四 结句说：“争知我、倚阑干处，正恁凝愁。”读了这首词，你能说出词人“凝愁”的具体内容吗？

参考资料

一　关于柳词的题材

柳永生活在北宋前期。北宋王朝在统一中国之后采取一些有利于农业生产的措施，跟着农业手工业生产的发展，封建经济一度高涨。柳词中如《迎新春》写汴京元宵，《抛球乐》《木兰花慢》写汴京清明，跟《东京梦华录》所叙的"太平日久，人物阜繁，垂髫之童但习鼓乐，斑白之老不识干戈。时节相继，各有观赏"的情况相符。他的《望海潮》词里写兼有"山水登临之美"与"人物邑居之繁"的杭州，跟欧阳修《有美堂记》和苏轼部分诗文里所写的景象，可以互相印证。他在这些作品里所反映的是整个都市的繁盛景象与欢乐气氛。其中有女伴的斗草踏青，少年人的斗鸡走马，青年情侣利用元宵佳节在月下约会，以及西湖上的渔翁与采莲女从湖光澹荡中传来的歌声。这些作品带给读者以清晰的社会景象，具有较为浓厚的生活气息，是柳永以前的词家里所少有的。

（摘自王季思《怎样评价柳永的词》）

二　关于柳词的风格

柳词可以分为雅、俚两类。从风格和语言两方面都看得出它的区别。过去文人学士多欣赏他的雅词，称颂他"不减唐人妙处"（赵令畤《侯鲭录》引苏轼语）的地方，而"以俗为病"（《四库总目提要》语）。恰恰相反，一般读者多爱好他的俚词。他组织了大量民间的生动活泼的语言，用来反映中下层市民生活。妇女，特别是妓女不幸的遭遇，构成他的题材的主要方面。

（摘自胡云翼《宋词选》）

三　关于苏柳词比较

相传苏轼官翰林学士时曾经问他的幕下士说："我词何如柳七？"幕下士答

道:“柳郎中词只合十七八女郎执红牙板,歌‘杨柳岸晓风残月’;学士词须关西大汉,铜琵琶、铁绰板,唱‘大江东去’。”幕下士的话显然是对于苏轼的一种讽刺,然而它却生动地形容了苏词与柳词的不同风格。这种不同风格的形成决定于作家的社会地位、生活道路与文学修养,同时决定于当时文艺的历史发展。在北宋,向来士大夫们认为正统文学的诗文既因欧(欧阳修)、梅(梅尧臣)诸家的努力,适应时代的要求,完成了革新运动,小曲、说唱、戏曲等新的文学形式也因市民阶层的需要日益流行。苏轼主要是把词引向正统诗文的道路发展,而柳永则主要是把词引向市民文学的道路发展。他们各自形成了不同的风格,在文学史上起了不同的影响。

(摘自王季思《苏轼试论》)

应用练习

一 “渐霜风凄紧,关河冷落,残照当楼”是公认的名句,苏轼誉为“唐人佳处,不过如此”。试分析它的“佳处”。

二 试将“唯有长江水,无语东流”句与以下两句比较,分析它们在表达情意方面的异同:

(1) “无边落木萧萧下,不尽长江滚滚来。”(杜甫)

(2) “问君能有几多愁,恰似一江春水向东流。”(李煜)

三 “误几回、天际识归舟”与温庭筠词“过尽千帆皆不是”,意思差不多,主要的分别在哪里?

四 层层铺叙,一笔到底,是柳词的特点。以课文为例,哪些地方用的既是层层铺叙的手法,而又是一笔到底的?

五 以下所选的《蝶恋花》,也是柳永所作。先仔细阅读,然后回答问题。

伫倚危楼风细细，望极春愁，黯黯生天际。草色烟光残照里，无言谁会凭阑意？　拟把疏狂图一醉，对酒当歌，强乐还无味。衣带渐宽终不悔，为伊消得人憔悴。

1　这首词与课文的上片都是写景，季节、时间有无不同？从哪些地方表现出来？

2　课文的下片用层层铺叙的手法，刻画游子的矛盾心理。这首词下片写的是什么？手法是否相同？

定风波　苏轼

作　者

苏轼(一〇三七——一一〇一),字子瞻,自号东坡居士。北宋四川眉山人。二十二岁中进士,文坛领袖欧阳修读到他的文章,赞叹说:“吾当避此人出一头地。”神宗时,王安石实行新法,苏轼时任开封府推官,论事与安石不合,外调为杭州通判。元丰二年(一〇七九),改任湖州(今浙江吴兴)知州。有人摘引他诗句中的文字,指控他讪谤朝廷,苏轼因而被逮入京师天牢,这就是所谓“乌台诗案”。释放后贬为黄州(今湖北黄冈)团练副使,在黄州五年,他以一种闲适旷达的心情对待逆境,常与“田父野老相从溪山间”。哲宗初,旧党当权,苏轼被召回京,任翰林学士,后因某些施政主张引起旧党疑忌,再度出任杭州、颍州(今安徽阜阳)、扬州等处地方官。哲宗亲政后,出为定州(今河北定县)知州。后再遭贬谪,先到惠州(今广东惠阳),然后以六十三岁高龄远徙琼州(今海南岛)。徽宗即位,赦还北上,病逝于常州(今江苏武进)。

苏轼是一位优秀的文学家,散文、诗、词、书法,都有很高的造诣。他的散文雄健奔放,挥洒自如,善于将说理、叙事、抒情融为一体,被列为唐宋八大家之一。他的诗流畅灵动,逸态横生,尤长于古体与七言。

苏轼的词对北宋词风的转变有突出的贡献。宋初词人,即使如晏殊、欧阳修等名家,都未能摆脱“词为艳科”的传统观念,多写儿女相思离别之情。柳永“绮罗香泽”的词风尤其风靡一时。苏轼“以诗为词”,在词坛上独树一帜。他突破音律形式的束缚,一扫晚唐以来绮艳柔靡的风尚,笔力纵横,气势磅礴,意境开阔,风格多样,开创了与婉约派相对的豪放词派。他不仅用写诗的手法填

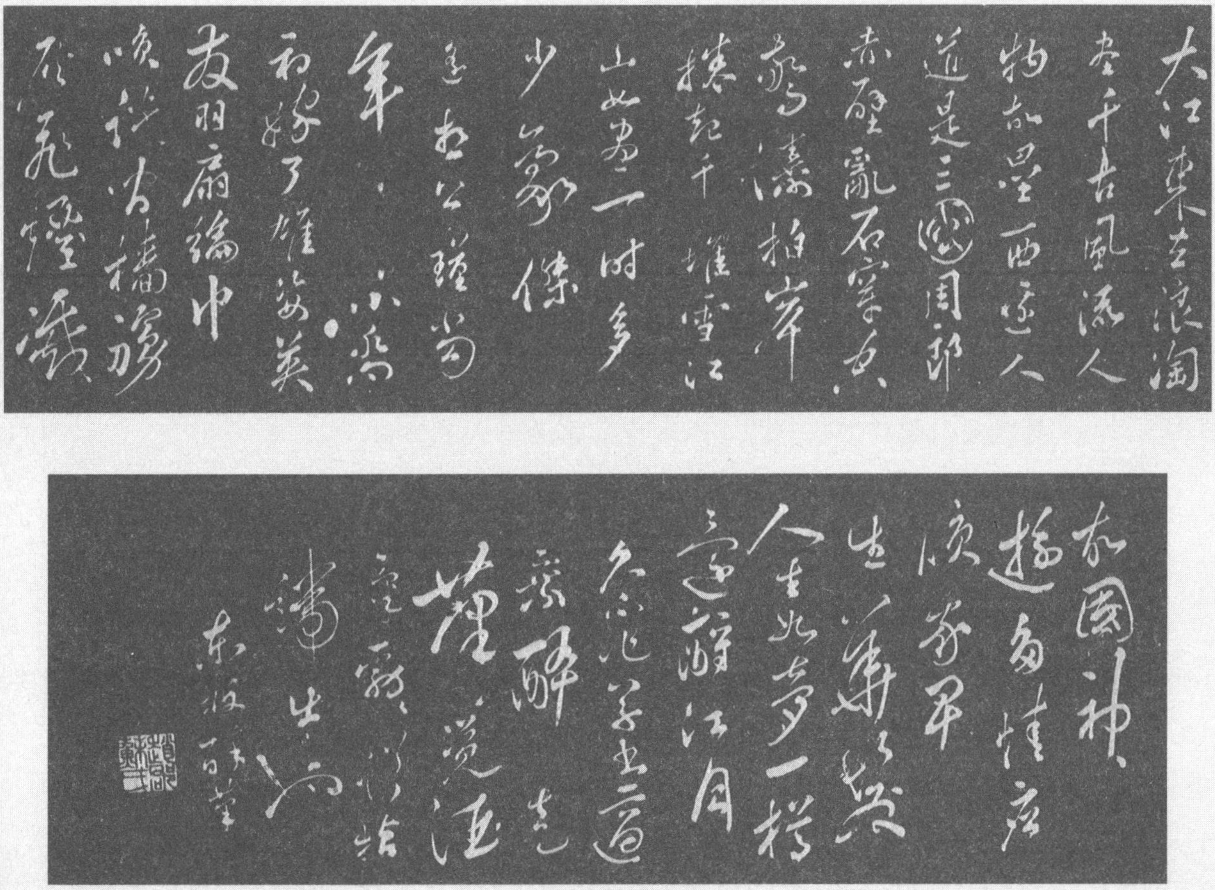

苏东坡醉笔

词，而且大大扩展了词的内容，像怀古、咏史、说理、感时、纪游、咏物等向来只是诗的题材，苏轼同样以之入词，言志咏怀，议论风生，达到了“无意不可入，无事不可言”的境地。

早期的词大多只书调名，并无标题，词有题目也是始于苏轼。他的不少词作除了标题之外，还系以小序，小序有长达数百字的，与词作相得益彰。

苏轼的诗文集，以今人孔凡礼点校的《苏轼诗集》五十卷、《苏轼文集》七十卷，最为完备。他的词，今人龙沐勋编有《东坡乐府笺》三卷。

解　题

“定风波”，词牌名，一作“定风波令”，本为唐代教坊曲。

宋神宗元丰五年（一〇八二），苏轼四十七岁。在黄州贬所已经两年了。为了解决生活问题，在朋友的帮助下，他得到一片薄地，力耕自给，还在上面筑起了居室，自号东坡居士。这年的三月七日，他因事到沙湖去，途中遇雨。这首词写的就是在途中遇雨时的心情。遇雨，是生活小事，作者借以表达自己不避风雨、听任自然的处世态度；字里行间洋溢着洒脱开朗、乐观向上的精神。

课　文

三月七日，沙湖[①]道中遇雨，雨具先去，同行皆狼狈，余不觉。已而遂晴。故作此。

莫听穿林打叶声，何妨吟啸[②]且徐行。竹杖芒鞋[③]轻胜马，谁怕？一蓑烟雨任平生[4]。　料峭[5]春风吹酒醒，微冷，山头斜照却相迎。回首向来[6]萧瑟处[7]，归去，也无风雨也无晴。

注　　释

① 沙湖：位于湖北黄冈东三十里。

② 吟啸：吟诗、长啸，表示意态闲适。《晋书·阮籍传》："登山临水，啸咏自若。"

③ 芒鞋：草鞋。鞵，同鞋。

④ 一蓑烟雨任平生：披着蓑衣在风雨里过一辈子。烟雨，蒙蒙细雨。

⑤ 料峭：形容春天的寒意。

⑥ 向来：刚才。

⑦ 萧瑟处：指遇雨的地方。萧瑟，风雨"穿林打叶"的声音。

预　　习

一　这首词上片前四句描写遇雨，却没有出现雨字，哪一句隐含下雨？

二　"莫听"、"何妨"、"谁怕"、"任平生"，表明了作者怎样的性格？

三　下雨与马有什么关系？作者为什么说"竹杖芒鞋轻胜马"？

四　"山头斜照却相迎"写雨后放晴，能否说这一句反映了作者的喜悦心情？

分析和欣赏

文体特点

详见《破阵子》一课的“文体特点”项。这里稍作补充。

《定风波》六十二字。平韵为主，仄韵为宾，属平仄换韵格。上片“声、行、生”三平韵相押，中间插入“马、怕”两仄韵。下片“迎、晴”两平韵相押，中间插入“醒、冷”两仄韵，“处、去”两仄韵。

内容分析

苏轼因“乌台诗案”坐了百来天的牢，释放后贬到荒僻贫瘠的黄州，名为团练副使，规定“不得签书公事”，实际上带有管制性质。苏轼在黄州躬耕自给，生活非常简朴。他从险恶的政治风波中逃生出来，一旦受到大自然的陶冶，与“田父野老”相交往，别有一番清新的感受，这是在骚扰污浊的官场所得不到的。生活中的一点一滴，都能使他敏感地引起联想，从而小中见大，抒发自己的情怀。这首词正是这一类有感而发的作品。

上片写遇雨。遇雨本是生活小事，而饱经忧患的苏轼，往往从自然现象联想到人生处境的顺逆，把它的意义扩大了。雨，在这里是逆境的象征。前四句刻画遇雨的心情，就是词序中所说的“不觉”。雨点穿林打叶而下，发出萧瑟的声音，并没有妨害苏轼吟诗长啸的兴趣，他依然慢慢地向前走去。不必带什么雨具，也不需骑马赶路，只是手拿竹杖，足登草鞋，这一点雨算什么呢？从“不觉”逐渐表明“不怕”。紧接着最后一句“一蓑烟雨任平生”，就把具体的生活感受化而为对人生的看法了：的确，这点雨算什么，就是一辈子在风雨中行走，也是乐意的！

下片写放晴，从另一个角度展现作者坦荡开朗的胸襟。前三句极写天时变换之快。上路前喝了些酒，被春风一吹，酒醒了，感到有些冷意。然而，雨却停了，前面山头上还有阳光斜射下来。后三句表明自己对晴雨变化的态度。词人回头望了一眼那片树林子，刚才还下雨呢，一刹那间的晴雨变化，给予词人许多感受。走吧，“也无风雨也无晴”，两个“无”字表明对风雨或晴采取同样的态度。下雨也好，放晴也好，对词人来说都是一样的。

遇雨而愁，放晴则喜，这是一般人通常的心理。在苏轼看来，两者并无不同。正由于经历了政治上的大风雨，反而觉得自然界这点小风雨的可爱，于是泰然处之，产生了“不觉”的心态，推而广之，人生的荣枯顺逆，不是也应该这样对待的吗？这种认识，既有儒家思想的作用，也有庄子、佛家思想的影响。处于逆境时，并不一味颓丧消极，而能超然物外，静待顺境的来临，随时做好“出而用世”的准备，这就是苏轼。在这点上，苏轼与“采菊东篱下，悠然见南山”的陶渊明和“风波一跌逝万里，壮心瓦解空缧囚”的柳宗元都是很不相同的。风雨总会发生，却也容易过去，凡事听任自然，不必逃避退缩。“一蓑烟雨任平生”，心情是超脱的，开朗的。这是名句，也是这首词的主题所在。

作法欣赏

近人郑文焯评赞本词的作法说：“能道眼前景，以曲笔直写胸臆。”就是说，作者借事、景以抒感，着重在抒感，而这“感”——感触、理趣、胸襟，完全通过实事实景自然流露出来，这就叫“曲笔直写胸臆”。这一写作上的特色取得了事、景、情融为一体的艺术效果，欣赏这首词，仿佛处处传来作者的声音笑貌，跳跃着作者的身影。有人说：“东坡词中时时会跑出一个东坡居士来。”确实如此。

作者是怎样“借事、景以抒感”呢？他不是客观地叙事写景，而是在事、景之中渗透着主观感情，更巧妙的是，作者用层层渲染之笔，逼得“感”的鲜明度越来越高，逼到最后，几乎和盘托出，令人耳目一新。试看上片，遇雨是实事实景，然而作者刻画的却是“余独不觉”的不觉之情（这就是曲笔），第一句“莫听”，第二句“吟啸徐行”，第三句“竹杖芒鞋”，不觉之情越来越浓。原来不觉并非无知觉，而是不以为意，他进一步把态度表明了：“谁怕？”进而由实转虚：“一蓑烟雨任平生。”情景交融，作者的意趣、襟怀作了最充分最动人的揭示。再看下片，放晴也是实事实景。由雨而晴，不过一转眼间的变化。作者的着眼点不在“放晴”，而在这个“变化”（这也是曲笔）。回首望望那片树林子，刚刚还下着雨呢，现在却是斜照相迎。变化无常的情景终于把作者的态度逼出来了：“也无风雨也无晴。”

人所共知，苏轼是长于修辞的高手。这首词通体形象鲜明，作者的意趣、怀抱，都从形象中一一透出。“一蓑烟雨任平生”一句很美，不但像一幅有意境的画（“一蓑”代人，画中有一个性格坦荡可见的人），而且一语双关，表面上“一蓑烟雨”，仿佛是一个归隐的野老；实际上说，风雨不足畏，愿与之周旋一生。“山头斜照却相迎”一句也很美，作者用了拟人法，“山头斜照”四字立即活灵活现，一个“却”字充满动态，仿佛山头斜照真的走下来招手呢！

一般双调的词，上下片之间不能断了曲意文义，所以要讲究“过片”的作法。从遇雨到放晴，以途中所遇的两件事分别写入上下片，这本来也是一种结构。然而作者并不满足于此，而在“过片”（即下片的开头）上独出手眼。上片结句“一蓑烟雨任平生”不是实景，而是作者的想象。真的，作者正浸沉于这个美妙旷远的意境中，有些出神了，被“料峭春风”一吹，清醒过来，又回到了现实，连一点酒意也“吹醒”了，这样就自然地过渡到下片。其次，下片的结句也极妙，“也无风雨也无晴”，把上下片完全融为一体。“风雨”照应上片，“晴”点出下片，这一句不仅收束住整首词意，而且将作者的意趣、怀抱，词的主题发挥无余。而从字面看，这句仍属写景，要经过寻味，才知是议论。作者笔力豪健，于此可见。

本调句式只有七言、二言两种，长短参差幅度很大，作者写来明畅流转，音节谐和，是值得欣赏的佳作。

苏词风格不一。这一首素有“瘦逸”之评，也就是具有清新隽秀之美，自然流畅，不事雕琢，意象丰富，回味无穷，是词，又很有诗味。这些都显示出豪放词派的本色。

讨论问题

一　苏轼在沙湖道中遇雨，“同行皆狼狈，余不觉”，他为什么能“不觉”？“不觉”是什么意思？

二　“一蓑烟雨任平生”，写的是实景吗？这一句包含了哪些内容？

三　词的上片写遇雨时的心情，下片写放晴后的心情，两种心情有什么不同？

四　课文借事抒感，词中哪两句最能表明作者的性格和处世态度？为什么？

参考资料

一　关于苏轼的思想

中国封建时代士大夫，受儒家传统思想影响，一般都希望出而用世；但当他在政治上遇到挫折时，原来就潜伏着的老庄思想或佛家思想，又往往把他们引向消极、甚至颓废的道路。苏轼平生倾慕贾谊、陆贽，他在政治上的主导思想属于儒家范畴。但他幼年时曾从眉山道士张易简学习，少年时就深深爱好庄子的文章。谪官黄州以后，他又经常到城南安国寺焚香默坐，归诚佛教。他在生活上表现的自适其适的洒脱态度和不以忧患生死置胸中的旷达襟怀，又显然是受了庄子与佛家的思想影响。……由于宋代士大夫得罪降谪，往往又即起用；他生活在北宋承平时期，本身的政治态度与文学成就又受到比较多的人的欢迎。因此即使在他政治上受到严重挫折时，庄子、佛家的思想影响，也没有把他引向颓废、幻灭，而依然能以“齐宠辱、忘得失”、“超然物外”的态度，保持他热爱生活的乐观精神。同时以空旷的胸怀，鄙夷不屑的态度，对待政敌所加于他的迫害。苏辙说他谪居海南时“日啖薯芋而华堂玉食之念不存于胸中”，又说他当时写的诗“精深华妙，不见老人衰惫之气”。这是他跟前代许多得罪贬谪的士大夫如韩愈、柳宗元等表现不同的地方。

（摘自王季思《苏轼试论》）

二　关于苏词的风格

杰出的作家文学风格和内容是多样化的，号称大家的变化更多，诗中的杜甫如此，词中的东坡也如此。东坡在“以诗为词”的原则下，作风有豪放的、有粗犷的、有超旷的、有清丽的、有韶秀的，甚至有略带脂粉气的。“豪放”只是一端，不是全体。前人评论东坡词的很多，如张炎称《水龙吟》（咏杨花、咏闻笛）、《洞仙歌》《卜算子》等是“清丽舒徐”，《哨遍》隐括《归去来辞》是“精妙”。胡仔称《念奴娇》赤壁词“语意高妙”。黄庭坚说《卜算子》“语意高妙，似非吃烟火食人语”。傅幹称《木兰花令》（次欧公西湖韵）为“奇峭雅丽”。贺裳称《浣溪纱》（春闺）说：“如此风调，令十七八女郎歌之，岂在‘晓风残月’之下？”况周颐称《青玉案》（和贺方回送固伯还吴中）为“奇艳、绝艳”。郑文焯称《定风波》（莫听穿林打叶声）为“瘦逸”；说《鹧鸪天》（林断山明竹隐墙）是“清异”；说《水调歌头》（落日绣帘卷）“稍稍矜才使气，便流入粗豪一派”；说《八声甘州》（寄参寥子）“妙在无一字豪宕、无一语险怪”。诸如此类，不胜枚举，他们的评论虽是对个别作品而言，但是恰好说明了东坡词面目很多，不是专主豪放的。

（摘自罗忼烈《东坡词杂说》）

三　关于苏词的影响

当柳七（指柳永）乐章风靡一世的时候，苏轼挺身而出，指出向上一路，和他对抗。虽然他的朋友和学生如陈师道、张耒、晁补之等，都不但不敢明目张胆地起来拥护他的主张（指“以诗为词”），而且还是抱着怀疑态度，但他自己却凭着满腔的“逸怀浩气”，只管“我自用我法”地不断写作。……风气一开，于是他的学生黄庭坚、晁补之跟着他走了，他的后起政敌叶梦得也仿效起他的作风来了。北宋末、南宋初期，所有诗人志士，于丧乱流离中，往往借这个长短句歌词来发抒爱国思想，以及种种悲愤激越的壮烈怀抱；有如岳飞的《满江红》，张孝祥的《六州歌头》，张元幹的《贺新郎》《石州慢》等，以至陈与义、朱敦儒、韩元吉、向子諲、杨万里、范成大、陆游、陈亮、刘过等的某些作品，几乎没有一个不受东坡影响的。

（摘自龙沐勋《东坡乐府笺序论》）

应用练习

一　作者在词中只是借事抒感，无意于写人，但读后作者形象栩栩如生，为什么？

二　“回首向来萧瑟处，也无风雨也无晴”，是作者最喜爱的句子，这两句有什么含意？

三　试根据本词，分析作者对人生的看法，并略加评论。

四　以本词为例，说明词与七律在体制上的分别。

五　《鹧鸪天》词也是苏轼在黄州的作品。先仔细阅读，然后回答问题。

林断山明竹隐墙，乱蝉衰草小池塘。翻空白鸟时时见，照水红蕖细细香。　村舍外，古城旁，杖藜徐步转斜阳。殷勤昨夜三更雨，又得浮生一日凉。

1　这首词上下片的写法与课文有什么不同？

2　这首词下片也写“斜阳”、“雨”，但作者的心情是否与课文中所展示的相同？

琐窗寒　　周邦彦

作　者

周邦彦(一〇五六——一一二一),字美成,号清真居士。北宋钱塘(今浙江杭州)人。年轻时落拓不羁,不大注意礼法,但性喜博览。神宗元丰七年(一〇八四),献了一篇长达六七千字的《汴都赋》,歌颂新法,受到皇帝赏识,被提为太学正。哲宗初,起用旧党,邦彦外调到庐州(今安徽合肥)、溧水(今江苏溧水)等地当教官、县令。元祐八年(一〇九三)以后,一直在京任国子监主簿。徽宗时,颁布大晟乐,邦彦应召提举大晟府。不久又外放,后病逝于南京。

在北宋词人中,周邦彦特别注重词体的规范化,被称为"集大成者"。他喜欢融化古人诗句入词,言情体物,曲尽其妙;尤长于铺叙,往往曲折回环,耐人寻味。邦彦又精通音律,能自度曲,所以他的词更以音调流美、格律精严见胜。所作以寄情风月的艳词为多,也有一些抒发旅愁以及怀古、写景的佳作。思想内容比较贫乏,则是周词的主要缺点。

他与柳永并称周、柳,词名很盛。传说当时"贵人、学士、市儇、妓女"都知道周词的可爱。南宋时,尤为人所推崇,著名词人姜夔、吴文英等都受到他的影响。清代的常州派词人更把周词奉为准绳。

其词集《清真词》,又名"片玉集"。今人吴则虞点校的《清真集》,共收词二百〇六首。

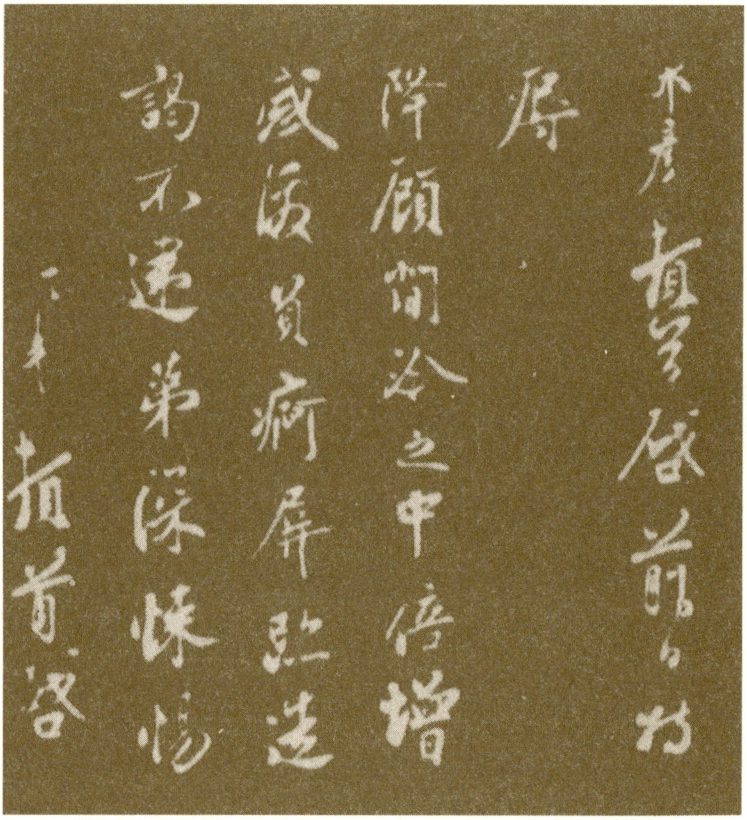

周邦彦手迹石刻

解　题

“琐窗寒”，词牌名，一作“锁窗寒”，调为周邦彦所创。周词有“静锁一庭愁雨”和“故人剪烛西窗语”等句，又所咏为寒食，因而得名。

这首词属于慢词，一般认为是周邦彦晚年在汴京所作。那年寒食节，疾风急雨，一夜未止。词人闭门寂居，静听窗外的风雨声，想起年轻时在荆州的生活情景，深感自己已入暮年，豪兴已减，不禁动了乡思。

课　文

暗柳啼鸦，单衣竚立[①]，小帘朱户。桐花半亩，静锁一庭愁雨。洒空阶、夜阑[②]未休，故人剪烛西窗语[③]。似楚江[④]暝宿，风灯零乱[⑤]，少年羁旅。　迟暮。嬉游处[⑥]，正店舍无烟[⑦]，禁城[⑧]百五[⑨]。旗亭[⑩]唤酒，付与高阳俦侣[⑪]。想东园[⑫]、桃李自春[⑬]，小唇秀靥[⑭]今在否？到归时、定[⑮]有残英，待客携尊俎[⑯]。

注　释

① 竚(zhù)立：久立。竚，今作伫。

② 夜阑：夜将尽。蔡文姬《胡笳十八拍》："更深夜阑兮，梦汝来斯。"阑，晚，残尽。

③ 剪烛西窗语：剪去烬余的烛芯，相对夜话。这里用唐李商隐《夜雨寄北》"何当共剪西窗烛，却话巴山夜雨时"诗意。

④ 楚江：指湖北荆州。荆州地区旧属楚国，故称。

⑤ 风灯零乱：风吹烛光摇动。这里用唐杜甫"风起春灯乱，江鸣夜雨悬"诗意。

⑥ 嬉游处：嬉游时。"处"不作"处所"解，与岳飞词"怒发冲冠，凭栏处，潇潇雨歇"用法相同。

⑦ 无烟：无炊烟，指寒食节禁火。旧时清明前一日或二日为寒食，禁止生火，只吃冷食。唐元稹诗："初过寒食一百六，店舍无烟宫树绿。"

⑧ 禁城：宫城，借指汴京。

⑨ 百五：一百五日的简称，借指寒食。《荆楚岁时记》说："去冬节一百五日，即有疾风甚雨，谓之寒食。"

⑩ 旗亭：酒楼。宋范成大《揽辔录》："过相州市，有秦楼、翠楼、康乐楼、月白风清楼，皆旗亭也。"

⑪ 高阳俦（chóu）侣：高阳酒徒，借指好酒者。《史记·郦生传》载，汉郦食其以儒冠见沛公刘邦，刘邦轻视儒生，不见，食其按剑大呼，"我非儒生，乃高阳酒徒也。"终获刘邦接见。高阳，地名，故址在今河南省杞县西。俦侣，伴侣。

⑫ 东园：原为北宋名园，位于真州（今江苏仪征）。这里指一般私家花园。

⑬ 春：这里作动词用。指在春天里开花。

⑭ 小唇秀靥（yè）：借指女子。唐李贺诗"浓眉笼小唇"，又"晚奁妆秀靥"。靥，面颊上的微涡，俗称酒涡。

⑮ 定：或者、理应。这里有或然的意思，与杜甫诗："闻汝依山寺，杭州定越州"用法相同。

⑯ 尊俎（zǔ）：这里借指酒菜。尊，也作樽，盛酒器。俎，盛肉的器具。

预　习

一 "暗柳啼鸦"一句点明什么时间？暗示怎样的气候？根据是什么？

二 这首词下片明点寒食节，那么上片中哪些描写是符合寒食节令特点的？

三 词中写人，有的明白点出，如"故人"、"少年"、"待客"等，有的却用特殊的手法来表示，你能列举出来吗？

四 这首词的上片主要是记一件事，主角就是作者本人。你能把这件事说一说吗?

五　这首词的下片主要写什么?写景,抒情,还是记事?为什么?

分析和欣赏

文体特点

详见《破阵子》一课的"文体特点"项,这里稍作补充。

《琐窗寒》,九十九字。上片四十九字,"户、雨、语、旅",押四仄声韵。下片五十字,"处、五、侣、否、俎",押五仄声韵。

内容分析

在周邦彦的词中,咏寒食的有好几首,这首是晚年所作,恐怕是最后的一首寒食词了。词人年轻时曾在荆州生活,在那里似乎有一段恋爱故事,以致词人一直难以忘怀。这段情事大概与寒食节有关,因此在寒食词中都寄寓着类似的惆怅追思之情。这一首也不例外。只是年龄时地不同,程度上有深浅。这年寒食节,疾风急雨,一夜未休。词人又想起在荆州的那番经历,深感自己已入暮年,豪情衰谢,动了乡思。全词可分四个层次。

第一层(上片前七句),寒食节雨夜寂居。

"暗柳"三句,写寒食那天,词人出外,在一丛丛柳树旁边,发现一户人家,那挂着小帘子的朱漆门,似曾相识。他站在那里,久久不能离去。天色昏暗下来,快要下雨了。"暗柳啼鸦"是实景,又明点时间,暗点雨意。这三句与周邦彦中年时所作《应天长》(寒食)中说的"柳下人家,犹自相识",词意是相通的。

“桐花”两句，写词人从外面回到寓所。庭院中，梧桐树已经开花，雨下得大了，院子里只有雨声，越发显得静寂，令人愁闷。

“洒空阶”两句，夜深了，雨仍不止，窗外不断传来雨点洒在空阶上的声音。这正是听雨话旧的良夜呀，然而人在哪里呢？“故人”句以肯定句表达否定的意思，引起下文的回忆。

第二层（上片后三句），回忆荆州旧事。

荆州，是作者的旧游之地，词人深切怀念之情，多见于词中，如《齐天乐》：“荆江留滞最久，故人相望处，离思何限。”又是寒食节，同样的客居，同样的雨夜，自然而然地引起对年轻时那番经历的回忆。

第三层（下片前六句），自伤迟暮，豪情减退。

“迟暮”一句笼罩整个下片，从“少年羁旅”的怀念中回到现实。词人已当暮年，在京师又逢寒食节令，家家炊烟不起，不免冷清，因此更无心绪嬉游。

第四层（下片后四句），怀念故园。

词人触动了乡思。故园已多年不见，那里的桃李花开了又谢，谢了又开，无人欣赏。不过，词人想象，到他归家的时候，虽然春天将过，残留的花恐怕还是有的吧，可以带了酒菜，与客人在花下小酌一番。可是，在词人记忆里一直是“小唇秀靥”的那个人，在哪里呢？

“寒食旅思”本是一个陈旧的主题，然而作者在词里，处处蕴含着因早年的恋爱生活而引起的惆怅之情，所以显得有些新意。这种惆怅之情，只是淡淡的，并不缠绵消沉。

作法欣赏

慢词比小令容量大，更便于叙事、写景、抒情；内容丰富了，表现技巧也就更加复杂多样。前人评论《琐窗寒》中的一些描写，常用“不薄”二字，意思是蕴含丰富，耐人寻味。这就全仗复杂的表现手法才能达到。

从结构看，上下片都用先实后虚的手法，上片着重写怀旧，从开头到“洒空阶……”都是实景，“故人”一句起进入回忆，都是虚景。下片着重写伤今，前半实写，明点寒食节，后半虚写，悬拟归家时的情景。上片末句“少年羁旅”与下片起句“迟暮”，从怀旧转入伤今，承上接下，完整地表现了主题。

然而，具体的表现手法却复杂得多。

首先，作者善于运用虚实相生、回环往复的手法，把朦胧模糊的情景、心理逐层揭示分明。上片前六句写的是雨夜寂居，“暗柳”三句，不过说词人外出将归，天色昏暗欲雨，整个意境是朦胧的，不能实指。到“故人剪烛西窗语”一句，意境渐明，“暗柳啼鸦”这样的环境，“小帘朱户”这样的人家，词人是熟悉的，不知在什么地方曾经见过，而且与“故人”有关，因而“单衣竚立”，未能离去。两者联系起来，又使得下文“似楚江暝宿”三句梦幻般回忆的内容充实起来。下片“想东园”以后，词人自伤迟暮，动了乡思，表面上心情似乎是平静的，但中间穿插“小唇秀靥今在否”一句，又把“到归时、定有残英，待客携尊俎”本来那种似乎旷达舒展的心情给破坏了，在寒食旅思的主题中渗入了多种色彩，词境为之一变，这就是“不薄”。

其次，作者善于运用融情于景的手法来叙事。开头“暗柳”三句，似乎是写景，其实是叙事，词人偶然间看见柳树旁的小帘朱户人家，立即唤起对年轻时一段情事的回忆。他是带着淡淡的惆怅从外面回到寓所的，先在庭院逗留一段时间，后来又在内室对灯听雨，直至深夜，又将早年的遭际细细回忆起来。“桐花半亩”两句字字是景，字字染上感情色彩，同时又是叙事。“似楚江”三句更是情、景、事三者融为一体。这也是“不薄”的原因。

周邦彦喜欢融化前人诗句入词，这种修辞手法运用得好，往往内在的含意大于字面的意义，引起丰富的联想。如“故人剪烛西窗语”一句，用李商隐诗意，非常巧妙：一、暗点雨夜；二、李诗是写给他的妻子的，暗示“故人”是女性；

三、李诗“何当共剪西窗烛”也是想象希冀之词，并非实事，这里同样应理解为否定句式。此外如“风灯零乱”，化用杜诗，暗示风雨之夜。这都是明的化用。还有暗的化用，字面上看不出袭用古人诗句，只是暗用其意，那就更能体味作者的意趣，有助于欣赏。如下片“想东园”四句，实际暗用李商隐《春日寄怀》中“纵使有花兼有月，可堪无酒又无人”的诗意。李诗强调“无人”，周词“桃李自春”、“待客携尊俎”，是有花有酒，“小唇秀靥今在否”，也是强调“无人”。由此可见，周邦彦这首抒发寒食旅思的词中，忆旧怀人的分量是值得注意的。

还有一点，大家公认词体到了周邦彦更加成熟，这是说，周邦彦不仅讲究词的音律，而且极为重视词体创作的整体性。一首词，章法布局以至炼字选句都有法度，形成一个不可分割的整体。譬如炼字，只有从整体出发，方能领略其妙处。词中“静锁一庭愁雨”，“锁”字“愁”字提炼得好，配合了整首词的意境。雨不会“愁”，静也不能“锁”，这里有强烈的主观作用。词人带着无法抹去的惆怅来到庭院，雨下得大了，独自听着雨声，那庭院越来越显得静寂，愁闷的心情也越来越沉重。一眼望去，这雨也是愁的，满庭的雨给静寂紧密包围起来了——不，是“锁”起来了。实际上，所“锁”的是雨中愁闷的人。写成句子时，变成客观的描述，但因“锁”字“愁”字的作用，主观的感情色彩反而更浓，这正是周词炼字的特色。

周词的题材虽然不外艳情、离愁、怀古之类，但他擅长在词中叙事，又善于将写景、抒情、叙事三者融为一体，使得词境曲折多变，形成浑厚和雅、精巧工致的词风。

讨论问题

一　“静锁一庭愁雨”一句，“锁”字、“愁”字用得好吗？抒发了作者哪一种感情？

二　本词写的是晚春季节，从上片看，哪些地方表明这个季节的特点？

三　“小唇秀靥今在否”一句，在“想东园”四句中起了什么作用，对全词又有什么作用？

四　你认为这首词的主题是什么？

参考资料

沈义父《乐府指迷》说：“凡作词当以清真为主。盖清真最为知音，且无一点市井气，下字运意，皆有法度，往往自唐宋诸贤诗句中来，而不用经史中生硬字面，此所以为冠绝也。”这里指出了他的知音、无市井俚俗气、有法度、善于融化古人诗句的一些优点；再加上陈振孙说的“长调尤善铺叙，富艳精工”（《直斋书录解题》），以及强焕说的“抚写物态，曲尽其妙”（《题周美成词》），周词的特征大体上便是如此。这些特征都是属于形式格律和艺术技巧方面的。

周词的主要内容是写男女之情。……

作者最擅长于写景和咏物。名句如《玉楼春》的写黄昏景色：“烟中列岫青无数，雁背夕阳红欲暮”；《苏幕遮》的写荷花：“叶上初阳干宿雨，水面清圆，一一风荷举”；《六丑》的写蔷薇：“长条故惹行客，似牵衣待话，别情无极”；都描绘得很出色。他的词绝大部分都是即景抒情。字句雕琢的精工固不待言；特别是结构的曲折和前后呼应，把许多层次组成一片，使全词具有完整性而又灵活自如，这是他的特长。所以后世的词话家最喜欢谈《片玉词》的篇章结构，最推重他的词法。

（摘自胡云翼《宋词选》）

应用练习

一　风雨的描写，贯穿上片始终，这对上片的叙事起了哪几方面的作用？

二　周词上片和柳永《八声甘州》的上片，都有对风雨的描写，但季节时间不同，试举例说明。

三　试将周词与《定风波》和《八声甘州》比较，在过片作法上有什么异同？

四　试以课文为例，谈谈周邦彦的词风。

五　试将《琐窗寒》下片翻译为语体散文。

六　《关河令》写的是秋夜旅况，也是周邦彦的作品。先仔细阅读，然后回答问题。

秋阴时晴渐向暝。变一庭凄冷。竚听寒声，云深无雁影。　更深人去寂静。但照壁、孤灯相映。酒已都醒，如何消夜永？

1　词中的“变一庭凄冷”，与课文的“静锁一庭愁雨”比较，作者的感受有什么不同？

2　这是一首小令，内容比较单纯，试与课文的慢词比较，结构上有什么特点？

南乡子 登京口北固亭有怀 辛弃疾

作　者

辛弃疾（一一四〇——一二〇七），字幼安，号稼轩。南宋历城（今山东济南）人。出生时家乡已被金所占领。二十二岁时，曾率领两千人的队伍参加耿京领导的山东抗金义军，任掌书记。起义失败后，力劝耿京归宋。不久，叛徒张安国杀害耿京降金，弃疾闻讯率领五十骑驰赴金营，于数万敌众中缚取张安国，南渡至建康（今江苏南京）献俘，被任为江阴（今江苏江阴）签判。以后历任建康通判、滁州（今安徽滁州）知州和江西、湖北、湖南安抚使等职。写了《美芹十论》《九议》等奏疏，陈述恢复大计，但受到朝廷当权者的疑忌和排挤，二十年间始终未被重用。从四十三岁起，闲居江西信州（今江西上饶），觉得"人生在勤，当以力田为先"，便自号稼轩。六十四岁时再被起用为绍兴知府兼浙江东路安抚使。第二年调任镇江知府。镇江任内，他特别重视抗金的准备工作。但不久又被免职，最后怀着恢复中原的宏愿和忧愤的心情，殁于铅山（今江西铅山）。

辛弃疾由于长期赋闲家居，"一腔忠愤，无处发泄"，于是借歌词以寄其抑郁之气，成为一代词宗，与北宋的苏轼并称豪放词派的代表人物。

辛词题材广泛，他的"抚时感事"之作，雄奇悲壮，最有声色，为以前的词作所未见。其他如反映归隐生活、描写农村景物和以闺情为主题的作品，大都形象鲜明，奇丽生动。他的艺术表现手法多种多样，善于用诗文之法入词。前人称他笔力奇峭，运用《庄子》《离骚》和经史中的语言，而没有一点斧凿的痕迹。词中还大量用典、用事，讽刺时政，论世言怀，都能表现得圆转流丽，形成了辛词语言的特色，被称为“稼轩体”。辛词的风格自以雄放恣肆为主，但也有秾纤绵密之作，融豪放和婉约于一炉，是他独特的艺术风格。影响所及，同时如陈亮、刘过，后期如刘克庄、刘辰翁，都是辛派中的著名词人。

词集有《稼轩长短句》。现存词六百二十九首，是宋人词集中存词最多的一家。

解　题

“南乡子”，词牌名，本为唐代教坊曲。

“登京口北固亭有怀”是词题。京口，今江苏镇江市。三国吴时，始于镇江置京口镇，所以镇江又称京口。南宋时，与金国划淮水为界，京口成了长江下游的军事重镇。北固亭，又名北顾亭，在镇江市东北的北固山上，下临长江。

这首词是作者晚年（六十五岁至六十六岁）出任镇江知府时所作。当时宰相韩侂胄专政，主张对金作战，想利用辛弃疾的声望开边北伐，实际上他的主张怀有“邀功固权”的私心，并无充分准备。辛弃疾虽然渴望恢复中原，但却不满韩的轻率冒进。他在北固亭上，面对长江，想起吴国的孙权，少年英发，不以独霸江东为满足，敢于与一时英雄曹操和刘备作战的史事，不禁感慨万千。全词借古讽今，气势昂扬。

课　文

何处望神州[①]？满眼风光北固楼[②]。千古兴亡多少事，悠悠，不尽长江滚滚流[③]。　年少万兜鍪[④]，坐断[⑤]东南战未休。天下英雄谁敌手？曹刘[⑥]。生子当如孙仲谋[⑦]。

注　释

① 神州：《史记·孟子荀卿列传》："中国名曰赤县神州。赤县神州内自有九州。"后世遂以神州泛指中国，这里是特指当时的中原沦陷地区。

② 北固楼：就是题目中的北固亭。建于东晋，南宋孝宗、光宗时又重建。

③ 不尽长江滚滚流：化用杜甫《登高》诗中"不尽长江滚滚来"和苏轼《次韵前篇》诗中"长江滚滚空自流"句意。

④ 年少万兜鍪（dōumóu）：兜鍪，即头盔，这里指士兵。孙权十九岁就继承孙策为吴主，统率强大的队伍。

⑤ 坐断：与"坐镇"意思相似，这里有"占据"的意味。

⑥ 曹刘：曹操、刘备。《三国志·先主传》记载曹操对刘备说过这样一段话："今天下英雄，唯使君（指刘备）与操耳，本初（袁绍）之徒，不足数也。"

⑦ 生子当如孙仲谋：仲谋是孙权的字。孙权是孙坚之子，孙策之弟。《三国志·吴主传》注引《吴历》记载："公（曹操）见舟船、器仗、军伍整肃，喟然叹曰：'生子当如孙仲谋，刘景升（刘表）儿子（刘琮）若豚犬耳。'"

预　习

一　作者为什么要"望神州"？这表现了作者怎样的心情？

二　"不尽长江滚滚流"和柳永《八声甘州》"惟有长江水，无语东流"，写的都是长江，表达的意思有什么不同？

三　词的下片，作者从哪些方面描写孙权的年少英雄？

四　词题的"有怀"，就是有所感慨思念。作者在这首词中思念什么？有哪些感慨？

分析和欣赏

文体特点

详见《破阵子》一课的“文体特点”项。这里稍作补充。

《南乡子》，本来只有二十七字，两平韵，三仄韵。南唐时改作平韵体，成为双调五十六字，上下片各四平韵。课文上片“州、楼、悠、流”为韵，下片“鍪、休、刘、谋”为韵。

内容分析

全词上片写登楼所见。辛弃疾想望一望沦陷的国土，但看到的却只是眼前的“风光”，是滚滚不尽的长江。此时此地此景，怎能不联想到历史上无数更迭交替的兴亡故事？它们，不就像眼前滚滚东流的江水吗？

下片由“千古兴亡多少事”转入怀古。京口是三国时吴国一度建都之地，所以下片顺理成章地从“多少事”中只选取吴主孙权一事以抒发情怀。孙权在少年时代就曾指挥强大的队伍，占据东南，不停地征战。除了曹操、刘备，天下的英雄还有哪一个是他的对手？无怪曹操曾说：“生子当如孙仲谋。”

辛弃疾的“登”楼“有怀”，绝不是像他在《丑奴儿》词里所说的“少年不识愁滋味，爱上层楼；爱上层楼，为赋新词强说愁”般的无病呻吟，而是“而今识尽愁滋味，欲说还休；欲说还休，却道天凉好个秋”般的借古讽今。在《美芹十论》中，辛弃疾对孙权并没有太高的评价，而在这首词里却歌颂他为杰出的英雄，主要是认为他和不战而降、轻易地将荆州献给曹操的刘琮不同，能抵抗并战胜进犯者。可是，当时偏安江左的南宋小朝廷又如何呢？借古讽今，意在不言中！

作者在词中着力刻画少年孙权的英雄形象，这在当时一派“北伐”的气氛中，不无激励的作用。因此，词的气势是昂扬的，风格也很明快。从结构上看，全词三问三答，巧妙地将写景、抒情、议论三者结合起来，一气呵成，也是造成风格明快的一个原因。

然而，辛弃疾写作这首词，毕竟意在借古讽今，他的感慨是很深的，字里行间随处可见。作者运用了含蓄而深刻的对照手法，让读者通过仔细吟诵，领会他的言外之意。

一是空间上的远近对照：

远	近
神州何处	满眼风光

陆游《秋夜将晓出篱门迎凉有感》(其二)云：“三万里河东入海，五千仞岳上摩天。遗民泪尽胡尘里，南望王师又一年。”陆游用设想“对方”的遭际与愿望，来表达自己收复国土的心愿；辛弃疾“何处望神州”写的则是自己对于“对方”的思念。因为思念，所以要“望”，但“神州”又在哪里？这一设问，内涵非常丰富。这里暗用了一个典故：东晋时，每当节日，南渡的士大夫总要到南京的新亭上饮宴一番，一次有人感叹说：“风景不殊，举目有河山之异！”大家听了就哭泣起来。自然风光依然如旧，然而举目望去，山河已经沦于敌手，“神州”在何处？辛词的“满眼风光”，显然是从“风景不殊”脱化出来的，其言外之意是：我们不能像东晋的士大夫那样空望、空叹一番，而要有所作为。

这样的对照，何等尖锐，何等沉痛！

二是在写少年孙权时多少、进退、强弱之间的对照：

孙权“年少”，却能率领数以千万计的强大军队(“万兜鍪”)；照说孙权完全可以坐镇京口，称霸江东(“坐断”)，然而他不是这样，而是一意进取(“战未休”)；当时“曹刘”是举世公认的“英雄”，孙权却也不甘示弱；最后一句“生子当如孙仲谋”是作者的结论，明显含有以“刘表之子”与“孙坚之子”相对照之意。少年孙权英雄如此，我们要做孙坚之子呢，还是做刘表之子？

三是时间上的古今对照：

古	今
年少万兜鍪	兵力空虚
坐断东南战未休	屈辱求和
敌手是曹刘	敌手是金人
生子当如孙仲谋	昏庸腐朽

尽管在词中，对于“今”只字未提，但面对当时的现实，这一切都是不言而喻的。

用典用事自然，也是这首词的特色。除了暗用“新亭对泣”的典故以外，运用典故出神入化的是下片的后三句。作者把曹操现成的两句话，纳入词的格律，竟然如此自然入妙。“天下”两句一问一答，刻画孙权不畏强敌的英雄气概；“生子”一句对孙权是歌颂，对时政则是讽喻，给主战派以鼓舞和力量，给主和派以批评和嘲讽。

豪放词派发展至辛弃疾，真正做到了“无意不可入，无事不可言”。他在苏轼开创的基础上，进一步开拓词境，“以文为词”，较之苏轼“更沉着，更当行，更美备”(叶圣陶语)。

讨论问题

一　词中“满眼风光北固楼”和“不尽长江滚滚流”两句，与一般的写景有什么不同？

二　有人说，上片的一问一答，与“千古兴亡多少事”中间似乎缺少了些什么，因而读起来觉得突兀。你的看法如何？

三　词的下片为什么要选取少年孙权的事来抒怀，与上片有什么联系？

四　这首词中，作者的感情倾向非常鲜明，但所用词语却并没有鲜明的倾向性。对于作者的感情，你有体会吗？是从哪些地方体会到的？

五　论者谓辛弃疾“以文为词”，这首词中有实例可寻吗？

参考资料

一　关于辛词的内容和风格

辛弃疾的词“慷慨纵横，有不可一世之概”（《四库总目提要》）。这种豪迈风格的形成首先决定于他的作品具有深厚的爱国感情和广阔的社会内容。……作者不同于一般的爱国文人，他要求恢复中原的意志和愿望极其强烈，但是一生都处在不得意的阴暗的政治环境里，事与愿违，一腔忠愤，都寄之于词；……如他南渡后不久写的《满江红》：“袖里珍奇光五色，他年要补天西北。且归来，谈笑护长江，波澄碧。”这种雄心壮志始终没有衰退过，一直到他的晚年还发出“凭谁问，廉颇老矣，尚能饭否”（《永遇乐》）的英雄失意的感慨，向昏庸腐朽的朝廷表示了抗议。

辛弃疾长期闲居乡村。在熟悉乡村生活和接近农民的基础上，他出色地描绘了一些清新、活泼的农村风景画。如《鹧鸪天》：“城中桃李愁风雨，春在溪头荠菜花。”这样不加藻饰的素描词句，不必追寻它有什么寓意，本身便反映了美好的事物。作者这种农村即景的小词，就其艺术水平所达到的高度来衡量，可以说超过了范成大的田园诗。

作者继承着苏轼的观点，不把艺术形式放在第一位，并且在更大的程度上冲破了词体的格律，显出自由放肆的精神。毛晋《稼轩词跋》说：“宋人以东坡为词诗，稼轩为词论，善评也。”作者以文为词，问答如话，议论风生，不论经、史、诸子，都可以入词，这就使词体能概括更丰富复杂的思想意境，风格也更加多样化。……当然，他的某些词议论过多，喜欢掉书袋，写得比较隐晦，难懂，也不能说不是一病。

（摘自胡云翼《宋词选》）

辛弃疾的词无论从内容和艺术表现来说，都丰富而多采。在不同的题材下，表现了不同的风格与情调。有时豪迈奔放，慷慨激昂；有时借奇诡的想象，泄胸中不平之气，大有楚骚的意味；有时委婉清新，情味深永；有时诙谐嘲戏，趣味横生。特别是他的爱国词章，忧思悲壮，都是发之于内心深处的情感，不只是真挚动人，而且热情澎湃，给人们精神上以强烈的感染力，引起人们奋发有为的心情，是我国抒情诗中最可珍贵的遗产之一。

（摘自中国社会科学院文学研究所编《中国文学史》）

二　关于苏辛词比较

辛弃疾与北宋的苏轼同属豪放词派，两家的风格、表现手法以及在开拓词的题材范围等方面都有不少共同点。但辛词风格是在苏词基础上有所发展的，因此有他自己的面目。比较地说，苏词偏于清旷，辛词更多豪雄，同中有异。辛词在内容和形式上都较苏轼有更大的突破，苏轼以诗为词，辛弃疾则更进一步，往往以文为词，甚至以议论为词，更挥洒自如地表现思想感情，有时也带来了粗犷破坏诗意的缺点。辛词词语的多样化以及大量用事用典，也与苏轼有所不同。

应用练习

一　作者在镇江知府任上，登京口北固亭，曾留下两首怀古词。除了课文所选的小令《南乡子》外，还有一首长调《永遇乐》。《永遇乐》开首几句说："千古江山，英雄无觅，孙仲谋处。舞榭歌台，风流总被，雨打风吹去。"这与课文所描写的有无相通之处？

二　作者在这首词里是怎样借古讽今的？可分哪几层意思？

三　这首词的上下片共有三问三答，在表达主题上起什么作用？

四　以课文为例，说明豪放派词的基本特点。

五　试将课文改写为语体散文。

六　以下所选的《西江月》，也是辛弃疾所作，从中可以体味辛词表现手法的灵活多变。先读词，然后回答问题。

醉里且贪欢笑，要愁那得工夫。近来始觉古人书，信著全无是处。　昨夜松边醉倒，问松"我醉何如？"只疑松动要来扶，以手推松曰"去！"

1　与课文比较，你认为"以文为词"的特点，哪一首更多些？

2　课文的下片写孙权，这首词的下片写作者自己。写法上有什么不同？

文学常识学习重点

一　词兴起的原因

词的起源说法不一。或说起于汉魏乐府，或说起于唐代的近体诗。比较一致的看法是，词的起源与隋唐以来流行的“燕乐”（宴乐）有关。燕乐是一种俗乐，由外来音乐和汉族传统音乐相融合而成。最早的词就是为配合这种新兴音乐而作的歌词，是和曲调相对来说的，所以有曲子词之称。唐代的曲子词盛行于民间，敦煌曲子词中的成熟作品都出自民间无名氏之手。

文人创作的词起于中唐时期，那时常用的长短句词调都是简短的小令，如“长相思”“调笑”“渔父”等，张志和、韦应物、王建等都作有这类小令，著名诗人白居易、刘禹锡所作的《忆江南》，依曲拍为句，摆脱了近体诗的束缚，有意摹仿民间的曲子词，可见填词的风气已从民间扩大到文人圈子。

到了晚唐五代，文人词有进一步的发展。写词的文人增多了，采用的词调也大大增加。早期最杰出的词人为温庭筠，他的词浓艳华美，多写歌姬舞女的生活，使词完全成为一种“艳科”，与诗的创作明显不同。五代词直接受其影响，当时西蜀赵崇祚编《花间集》，专写艳情闺思，称为花间派。南唐后主李煜和他的宰相冯延巳，在五代词人中成就最大，李词直抒胸臆，情真语挚；冯词清新秀丽，细致动人，对北宋婉约派词人影响很大。词到了北宋进展甚多。

词兴起的原因主要有三：

1　唐代的新兴音乐燕乐（宴乐）以西域音乐为主体，曲调繁多，富于变化。唐时自宫廷到民间都很流行。曲子词就是配合燕乐乐曲创作，可以歌唱的“歌诗”。随着唐代商业经济的发达，城市的繁荣，酒筵歌席的需要，曲子词得以广泛流传。

2 五代时，战乱频繁，而西蜀、江南一带比中原安稳，土地肥沃，生产力也较发达。西蜀和南唐的国君又都爱好文学，一般文人才士都萃聚于这两处。南唐更成为文艺繁荣的中心地带，中主李璟、后主李煜都是著名词人，酣歌醉舞，尽情享乐，这些都是促成词兴起的有利条件。

3 宋初局势比较稳定，城市经济日趋繁荣。汴京是北宋的政治经济文化中心，人口密集，市民对文娱生活的需要日益扩大。酒肆歌楼，竞传新声。词随着这种需要的扩大也就更加兴盛起来。

二　词的体制

详见《破阵子》一课的“文体特点”项，这里稍作补充。

词的别名很多。在唐五代和宋初，多称为“曲子词”(如《敦煌曲子词》)。后来又流行“诗余”(如《草堂诗余》)之称，把词看作诗的绪余，认为词体要比诗低一格。也有人认为“词起于唐人绝句”，是绝句的变格，所以称诗余。从宋代起，有许多人都认为词出于汉魏六朝的乐府，所以又称做“乐府”(如《东坡乐府》)。词和近体诗最明显的区别是它那长短句的形式，所以又有“长短句”的别名(如《淮海居士长短句》)。

词调主要分令、引、近、慢四类：

1 令：如“十六字令”“大么令”等。也称小令、令曲。令词多来自唐代的酒令。一般字少调短，字数最少的是“十六字令”，仅十六字。

2 引：如“翠华引”“婆罗门引”等。本是古代乐曲的一种名称。词中的引词，大都来自唐宋大曲（多段大型歌舞乐曲）的前段部分。

3 近：如“好事近”“祝英台近”等。又称近拍。也出于大曲。近词和引词一般长于令词而短于慢词，即所谓中调。

4 慢：如“卜算子慢”“浪淘沙慢”等。慢词大都是长调。调长拍缓，特点是音乐上变化繁多。

此外，还有“犯调”，指宫调相犯以增加乐曲的变化，如“凄凉犯”。

词与近体诗在形式上的区别：

	词	诗
1	每首词都有调名（词牌）。	无调名。
2	一般都分阕（片），以分两阕为多。	不分段。
3	各词调的押韵位置不同。近人曾统计词的押韵方式有十一、二种之多。	基本上偶句押韵。近体诗须一韵到底，且通常只用平声韵；古体诗则没有这样的限制。
4	句式长短不齐。须按词谱填词。	以五七言为基本句式。
5	一部分字声还须分辨四声和阴阳。	只分平仄。

三　宋词演变概述

词至宋代，进入极盛时期。宋词与唐诗、元曲并举，体现了一代文学的重要地位。以下将宋词分为承袭、革新、成熟、蜕变四个时期来叙述它的发展概况。

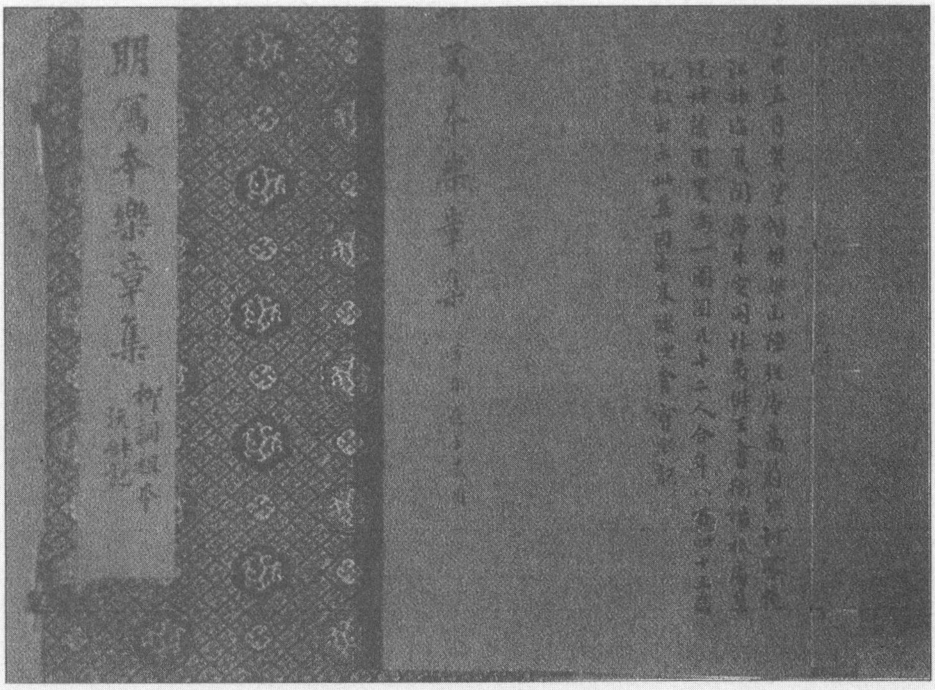

明代柳永《乐章集》抄本

苏轼曾被贬至渔船椰影处处的琼州，即今海南岛。岛上仍有东坡书院、苏公祠等建筑。

三苏祠

江苏省镇江市北固山

第一期　承袭期

北宋初期沿袭晚唐五代余风，所作大多为短小的令词，以适应酒筵歌席的需要，题材不外闺情离思之类，侧重于儿女风情的描写。这一期词的地位还不能与诗相提并论。代表词人有晏殊和欧阳修。两人一为宰相，一为文坛领袖，词风都深受南唐冯延巳的影响。唐五代词声律不严，到了晏殊，渐辨去声，但总的说来，这一期的词对平仄用法是比较宽的。

第二期　革新期

慢词的倡导者柳永打破小令的一统天下，最早扩大词的体制形式，写作了大量慢词，并喜用民间俗语入词，给词的园地增添了“俚词”的品种。

到了北宋中晚期，苏轼崛起，更为宋词发展打开了新的局面。首先是题材范围扩大了，如怀古、记游、咏物之类，向来只是诗的题材，也能以词来表达，苏词的题材内容几乎无所限制，把词从“艳科”中解放出来，提高了词的地位。苏轼喜以诗的手法写词，横放杰出，风格雄健，创立了豪放词派。在革新风气的推动下，一时出现各种词风竞相发展的繁荣局面。“苏门四学士”之一的秦观，善于“将身世之感打入艳情”，词风淡雅秀丽，与苏轼完全不同。

第三期　成熟期

词体发展到北宋后期，更加趋于成熟和规范，代表人物是有“集大成”之称的周邦彦。周词精丽典雅，多隐括唐人诗语入词。他精通音律，用四声变化最多。晚年曾在大晟府任职，从事词调的整理和规范化工作，还创作了不少新调。当时著名女词人李清照曾强调词要讲音律、铺叙、典重，还要高雅，她认为周邦彦是符合这个标准的。李清照生当南北宋之际，前期的作品清丽明快，后期变而为低徊惆怅，善以浅俗清新的语句描绘鲜明动人的形象，丰富了词的表现手法，在两宋词坛上占有重要的地位。

第四期　蜕变期

到了南宋，由于时代巨变和社会动荡，词的创作也相应起了变化。这时，慢词盛行，数量远远超过小令，表现手法愈益多样。前期以辛弃疾为首的豪放派词人，慷慨悲歌，发抒爱国情怀，“屹然别立一宗”，影响深远。后期以姜夔、吴文英、张炎为代表的词人，风格或是空灵蕴藉，或是雅丽柔婉，注重艺术技巧，思想内容贫乏。由于他们都是声律家，过分追求语句的合律、凝炼和雅化，不免使词体蜕变而走向衰微。

在宋词发展演变的四个时期中，各家流派众多，风格各异，但大抵可以婉约、豪放、格律三个主要词派加以概括。

婉约派

婉约，即宛转含蓄之意。这派的词音律谐和，结构细密，风格清新绮丽，具有柔婉之美。题材内容比较狭窄。一向以来，歌楼舞榭中流行的大都是轻靡绮丽的词，因而形成了词以婉约为正宗的传统观念。第一期的晏殊、欧阳修，第二期的柳永、秦观，第三期的李清照，都被视为正宗的婉约派重要作家。此外，周邦彦和姜夔、吴文英、张炎等，从词风说，也属这一派。

豪放派

苏轼第一个提出以“豪放”评词的标准，创立了豪放词派。这派的词不拘音律，风格雄放，喜用诗文手法写词，用典较多。这种词风在北宋末、南宋初期颇为盛行，诗人志士于丧乱流离中往往借以发抒爱国思想，寄寓悲愤激越的怀抱，如岳飞《满江红》等。到了南宋的辛弃疾，正式建立苏辛词派，“变温婉，成悲凉”（周济语），成为一大宗派，震烁宋代词坛。宋末作家如刘克庄、刘辰翁等也都有“抚时感事”之作，风格近于苏、辛。

格律派

婉约、豪放，是从风格上分派。格律派却有其特殊性，论风格，这一派词人都应属于婉约派，只是他们有一个共同的特点：非常重视词的形式美，审音协律，法度精严。于是后人把他们从婉约派中分出来，看成一个独立的流派。本来北宋柳永、秦观等典型的婉约派词人都是深晓音律的，到了周邦彦，严守四声，更讲究格律。周邦彦的词风直接影响南宋的姜夔、吴文英、张炎等人，他们自称所作为“雅词”，而把苏辛词派的作品说成是“豪气词”，在南宋后期形成一个以格律为主的宗派。

第八讲

元曲

法　场（节选《窦娥冤》第三折）

关汉卿

作　者

关汉卿，号已斋叟，大都（今北京市）人。他的生平事迹不很清楚，曾长期流转江湖，与戏曲游艺界的关系非常密切，因此对民间语言和民间艺术极为熟悉。为人多才多艺，通晓围棋、蹴球、吹弹、歌舞，并能登场演戏。元人的著作说他“生而倜傥，博学能文，滑稽多智，蕴藉风流，为一时之冠”。也有人说他曾是民间文艺团体书会的“才人”（创作人员）。他一生到过不少地方，在元世祖灭了南宋以后，还南下游览了扬州和杭州。关于他的生卒年，说法纷纭。大约生活在金末至元初即公元一二一〇年至一三〇〇年的九十年间，活了七十多岁。

关汉卿是杂剧艺术的奠基人，又是元曲四大家之首（其他三家为白朴、马致远、郑光祖）。所作杂剧多至六十四种，现存十四种，又有散曲小令三十五首，套曲十二套，都已收入《关汉卿戏曲集》中。他的作品最著名的有《窦娥冤》《拜月亭》《救风尘》《望江亭》《单刀会》等，有悲剧，也有喜剧。善用民间口语反映当时人民的生活，提出人们普遍关心的社会问题，其中写得最多而精彩的是关于妇女的题材，他对各种类型的被压迫妇女，富于同情心。艺术上的特点是曲词通俗，刻画入微，结构紧凑，戏剧性浓厚。散曲作品，婉丽与豪放兼长，散套《赠珠帘秀》和《不伏老》是他的代表作。

他的作品对当时和后代的戏曲创作影响很大。后起作家凡摹仿他的风格有成就的，人们往往用“汉卿”的名号来称呼，以示赞赏。

解　题

《法场》，是关汉卿著名杂剧《窦娥冤》的第三折，选自明臧懋循《元曲选》。“窦娥冤”是简称，原名为“感天动地窦娥冤”。“法场”二字为编者所加。杂剧是元代最流行的一种戏剧形式，以折为结构单位，一折相当于现代戏剧的一幕。《窦娥冤》全剧共四折，第一折之前还有一个“楔子”。

本剧剧情写穷书生窦天章上京求取功名，因还不起寡妇蔡婆的高利贷债，将女儿端云抵押给蔡婆为童养媳。端云改名窦娥，婚后丈夫夭亡，婆媳俩相依为命。蔡婆因曾仗张驴儿父子搭救性命，竟改嫁驴儿之父。流氓成性的张驴儿想毒死蔡婆后，霸占窦娥，不意却害死其父，于是反诬窦娥杀人，窦娥坚不屈服。官府转欲拷打蔡婆，窦娥为救婆婆，毅然承招，被判死刑。

课文所选为全剧的高潮。窦娥虽然被判死刑，但并不屈服，她在法场上大声诉冤，甚至斥责“天地”也是“欺软怕硬”，是非不分。她发下了三大誓愿，以示所受冤屈的深重。她还用坚定的口吻指出，一件又一件冤狱的产生，都是由于“官吏每（们）无心正法，使百姓有口难言”。剧本通过对窦娥悲惨遭遇的描写，通过她惊天动地的血泪控诉，歌颂窦娥的反抗精神，同时反映元代社会暗无天日的情况。剧本的第四折，窦天章做了官，窦娥的鬼魂向父亲托梦，痛诉自己的冤情。冤案终于得到昭雪。

《法场》一折，历来称为名作，至今昆曲演出，仍能保留关汉卿的原词。

课　文

（外[①]扮监斩官上，云：）下官监斩官是也。今日处决犯人，着[②]做公的[③]把住巷口，休放往来人闲走。（净[④]扮公人，鼓三通，锣三下科[⑤]。刽子磨旗[⑥]、提刀押正旦[7]带枷上，刽子云：）行动些[8]，行动些，监斩官去法场上多时了。（正旦唱：）

【正宫端正好】没来由犯王法，不提防遭刑宪[9]，叫声屈动地惊天。顷刻间游魂先赴森罗殿[10]，怎不将天地也生埋怨。

【滚绣球】有日月朝暮悬，有鬼神掌着生死权，天地也，只合把清浊分辨，可怎生糊突[11]了盗跖颜渊[12]：为善的受贫穷更命短，造恶的享富贵又寿延。天地也，做得个怕硬欺软，却原来也这般顺水推船。地也，你不分好歹何为地？天也，你错勘[13]贤愚枉做天！哎，只落得两泪涟涟。

（刽子云：）快行动些，悮了时辰也。（正旦唱：）

【倘秀才】则被这枷纽[14]的我左侧右偏，人拥的我前合后偃[15]，我窦娥向哥哥行[16]有句言。（刽子云：）你有甚么话说？（正旦唱：）前街里去心怀恨，后街里去死无冤，休推辞路远。

（刽子云：）你如今到法场上面，有甚么亲眷要见的，可教他过来，见你一面也好。（正旦唱：）

【叨叨令】可怜我孤身只影无亲眷，则落的吞声忍气空嗟怨。（刽子云：）难道你爷娘家也没的？（正旦云：）止有个爹爹，十三年前上朝取应[17]去了，至今杳无音信。（唱：）蚤[18]已是十年多不睹爹爹面。（刽子云：）你适才要我往后街里去，是甚么主意？（正旦唱：）怕则怕前街里被我婆婆见。（刽子云：）你的性命也顾不得，怕他见怎的？（正旦云：）俺婆婆若见我披枷带锁赴法场餐刀[19]去呵，（唱：）枉将他气杀也么哥[20]，枉将他气杀也么哥。告哥哥，临危好与人行方便。

（卜儿[21]哭上科，云：）天那，兀的[22]不是我媳妇儿！（刽子云：）婆子靠后。（正旦云：）既是俺婆婆来了，叫他来，待我嘱咐他几句话咱[23]。（刽子云：）那婆子，近前来，你媳妇要嘱咐你哩。（卜儿云：）孩儿，痛杀我也！（正旦云：）婆婆，那张驴儿把毒药放在羊肚[24]儿汤里，实指望药死了你，要霸占我为妻。不想婆婆让与他老子吃，倒把他老子药死了。我怕连累婆婆，屈招了药死公公，今日赴法场典刑[25]。婆婆，此后遇着冬时年节，月一十五，有瀽[26]不了的浆水饭[27]，瀽半碗儿与我吃，烧不了的纸钱，与窦娥烧一陌儿[28]，则是看你死的孩儿面上。（唱：）

【快活三】念窦娥葫芦提[29]当罪愆[30]，念窦娥身首不完全，念窦娥从前已往干家缘[31]，婆婆也，你只看窦娥少爷无娘面。

【鲍老儿】念窦娥伏侍婆婆这几年，遇时节将碗凉浆奠；你去那受刑法尸骸上烈[32]些纸钱，只当把你亡化的孩儿荐[33]。（卜儿哭科，云：）孩儿放心，这个老身都记得。天那，兀的不痛杀我也！（正旦唱：）婆婆也，再也不要啼啼哭哭，烦烦恼恼，怨气冲天。这都是我做窦娥的没时没运，不明不闇[34]，负屈衔冤。

（刽子做喝科，云：）兀那婆子靠后，时辰到了也。（正旦跪科）（刽子开枷科）（正旦云：）窦娥告监斩大人，有一事肯依窦娥，便死而无怨。（监斩官云：）你有甚么事？你说。（正旦云：）要一领净席，等我窦娥站立，又要丈二白练[35]，挂在旗枪[36]上，若是我窦娥委实冤枉，刀过处头落，一腔热血休半点儿沾在地下，都飞在白练上者。（监斩官云：）这个就依你，打甚么不紧[37]。（刽子做取席站科，又取白练挂旗上科）（正旦唱：）

【耍孩儿】不是我窦娥罚下这等无头愿[38]，委实的冤情不浅；若没些儿灵圣与世人传，也不见得湛湛青天[39]。我不要半星热血红尘洒，都只在八尺旗枪素练悬。等他四下里皆瞧见，这就是咱苌弘化碧[40]，望帝啼鹃[41]。

（刽子云：）你还有甚的说话，此时不对监斩大人说，几时说那？（正旦再跪科，云：）大人，如今是三伏天道[42]，若窦娥委实冤枉，身死之后，天降三尺瑞雪，遮掩了窦娥尸首。（监斩官云：）这等三伏天道，你便有冲天的怨气，也召不得一片雪来，可不胡说！（正旦唱：）

【二煞】你道是暑气暄[43]，不是那下雪天，岂不闻飞霜六月因邹衍[44]。若果有一腔怨气喷如火，定要感的六出冰花[45]滚似绵，免着我尸骸现；要甚么素车白马[46]，断送[47]出古陌荒阡[48]？

（正旦再跪科，云：）大人，我窦娥死的委实冤枉，从今以后，着这楚州[49]亢旱[50]三年。

（监斩官云：）打嘴！哪有这等说话！（正旦唱：）

【一煞】你道是天公不可期，人心不可怜。不知皇天也肯从人愿。做甚么三年不见甘霖降，也只为东海曾经孝妇冤[51]。如今轮到你山阳县，这都是官吏每[52]无心正法[53]，使百姓有口难言。

（刽子做磨旗科，云：）怎么这一会儿天色阴了也？（内做风科，刽子云：）好冷风也！

（正旦唱：）

【煞尾】浮云为我阴，悲风为我旋，三桩儿誓愿明题遍[54]，（做哭科，云：）婆婆也，直等待雪飞六月，亢旱三年呵，（唱：）那其间才把你个屈死的冤魂这窦娥显。

（刽子做开刀，正旦倒科）（监斩官惊云：）呀，真个下雪了，有这等异事！（刽子云）：我也道平日杀人，满地都是鲜血，这个窦娥的血都飞在那丈二白练上，并无半点落地，委实奇怪。（监斩官云：）这死罪必有冤枉。早[55]两桩儿应验了，不知亢旱三年的说话，准也不准？且看后来如何。左右，也不必等待雪晴，便与我抬他尸首，还了那蔡婆婆去吧。（众应科，抬尸下）

注　释

① 外：角色名称。杂剧中外与正相对，有外末、外旦等，专扮次要角色。这里外是外末的简称。

② 着：命令、吩咐。

③ 做公的：也叫“公人”，指差役。

④ 净：角色名称。要用粉墨勾脸，俗称花脸。

⑤ 科：戏曲术语，表示演员舞台上的动作、表情。有时也表示舞台效果，如下文“内做风科”。

⑥ 磨旗：执旗。或谓磨为“麾”字之误，麾旗即挥动旗帜。

⑦ 正旦：角色名称。杂剧的女主角为正旦。

⑧ 行动些：脚步紧些。下文的“快行动些”，就是快点走。

⑨ 刑宪：刑法。宪，法令。

⑩ 森罗殿：传说中的阎王殿。

⑪ 糊突：糊涂、混淆。

⑫ 盗跖颜渊：借代为坏人好人。盗跖，春秋时有名的大盗，跖音 zhí。颜渊，名回，孔子弟子，以德行著称。

⑬ 错勘：错误地判断。

⑭ 纽：同“扭”。

⑮ 前合后偃（yǎn）：前仆后倒，站不稳。偃，仰倒。

⑯ 哥哥行（háng）：哥哥那边，指刽子手。哥哥是对一般男子的客气称呼。行，置于人称、自称后面，表示方位。

⑰ 上朝取应：进京考试。

⑱ 蚤：通“早”。

⑲ 餐刀：俗称“吃一刀”。

⑳ 也么哥：语气助词，没有意义。按“叨叨令”曲牌定格，“枉将他”两句要重叠，句末都有“也么哥”三字。

㉑ 卜儿：角色名称，在杂剧里扮演老妇人。

㉒ 兀（wù）的：“这”的意思，表示惊异。

㉓ 咱：句尾助词，这里含有恳求的语气，相当于“吧”。

㉔ 腊：同“肚”。

㉕ 典刑：本指正法，即执行死刑，这里是受死刑的意思。

㉖ 瀽（jiǎn）：泼，倒。旧俗祭奠时，把酒饭倒在地上，叫做瀽。

㉗ 浆水饭：稀粥。

㉘ 一陌儿：一百个（纸钱）。陌，一百钱。

㉙ 葫芦提：宋元俗语，糊涂，不明不白。

㉚ 罪愆（qiān）：罪过。

㉛ 干家缘：做家务。

㉜ 烈：烧的意思。

㉝ 荐：祭供。

㉞ 不明不闇：糊里糊涂。闇通暗。

㉟ 丈二白练：一丈二尺长的白绢布。练，白色的熟绢。

㊱ 旗枪：旗杆。

㊲ 打甚么不紧：元时称要紧为“打紧”。打甚么不紧，即有甚么要紧，“不”字加强语气。

㊳ 罚下这等无头愿：罚愿，即发愿，向天作保证。无头，含有荒唐、没法实现的意思。

㊴ 湛湛青天：天理昭然。湛湛，澄清。

㊵ 苌弘化碧：苌弘，周敬王大夫，后被杀。相传苌弘死后，血凝成块，状似碧玉。古代传说常以苌弘为忠臣的代表。

㊶ 望帝啼鹃：望帝是战国时蜀主杜宇的称号。传说他让位后，隐居西山，死后化为杜鹃鸟，日夜悲啼。

㊷ 三伏天道：盛暑天气。农历将夏至到立秋以后这段时间分为初伏、中伏、末伏，叫做三伏，是一年中最热的时候。

㊸ 暄：温暖。

㊹ 飞霜六月因邹衍：邹衍，战国时人。相传他因被人陷害，在狱中仰天大哭，当时正是炎夏，忽然下起霜来。“六月飞霜”后来成为冤狱的典故。

㊺ 六出冰花：雪的代称。雪的结晶体多为六瓣，所以叫“六出”。

㊻ 素车白马：古人送葬时乘坐的车马。

㊼ 断送：宋元俗语，发送的意思，这里指送葬。

㊽ 古陌荒阡：荒郊野外。阡陌，小路。

㊾ 楚州：宋时称楚州山阳郡，后改为淮安州，故治即今江苏淮安。

㊿ 亢旱：大旱。

51 东海曾经孝妇冤：古代传说，汉朝东海有一孝妇守寡，她的婆婆自缢身死，小姑诬告孝妇杀害婆婆，东海太守将孝妇斩了，东海地方因而枯旱三年。见《汉书·于定国传》和刘向《说苑》。

52 每：即“们”。

53 正法：这里指按照法律办事。

54 明题遍：全部诉说明白。题，通提。

55 早：已有。

预　习

一　窦娥出场唱“叫声屈动地惊天”，为什么后来又劝蔡婆“再也不要啼啼哭哭，烦烦恼恼，怨气冲天”？

二 《法场》的整套曲子都由正旦一人主唱，有什么好处？

三 《法场》中表现窦娥性格最典型的是哪支曲子？

四 课文中哪些地方表明法场四周有围观的群众？为什么舞台上不出现？

五 试将课文中的“科”归纳一下，哪些属于表情？哪些属于动作？哪些属于舞台效果？

分析和欣赏

文体特点

杂剧的名称，早在唐宋时期就有了。现在我们一般所说的“杂剧”则是专指元代流行的北曲杂剧。元杂剧多由四折组成，四折正戏之外，往往还有一场短戏，叫做“楔子”，起交代补充的作用，大多放在第一折之前，如《窦娥冤》的楔子即交代窦娥如何在七岁时抵押给蔡婆当童养媳；也有为了剧情衔接的需要，放在折与折之间。

杂剧是一种古典戏曲演唱艺术，因此，曲是极为重要的构成部分。第一折戏由若干曲牌组成一套曲子，这些曲牌必须属于同一个宫调，四折戏要用四个不同的宫调。所谓宫调，是指我国古代音乐的调高和调式，常用的有：“正宫”“中吕宫”“南吕宫”“仙吕宫”“黄钟宫”“越调”“双调”等。例如《法场》一折，用的是“正宫·端正好”一套曲子，“端正好”以后的“滚绣球”“倘秀才”“叨叨令”“快活三”“鲍老儿”和“煞尾”，都属于“正宫”的曲牌，“耍孩儿”“二煞”和“一煞”则是借用“般涉调”的，名叫“借宫”。

元杂剧的整套曲子，只能由正末或正旦扮演的剧中人独唱，其他角色一律只说不唱，这是杂剧角色演唱上的主要分工。杂剧中，男角色以正末为主，外

舞乐陶俑（河南焦作元墓出土）

元代戏台

末、冲末、小末、净等都是次要角色；女角色以正旦为主，贴旦、外旦、搽旦等都是次要角色。此外还有驾（扮皇帝）、孤（扮官吏）、孛老（扮老汉）、卜老（扮老妇）、邦老（扮盗贼）等名目。《窦娥冤》四折戏都是由正旦窦娥主唱的，叫做“旦本”；由正末主唱的戏叫做“末本”，如马致远的《汉宫秋》。

歌唱之外，还有说白，说白又叫宾白。角色上场、下场都要念诗，这是说白中的韵语，此外，还有独白、对白、带白（主角唱曲过程中的插白）、插白（别的角色在主角唱曲时插入的说白）、旁白（不让对方知道的独白，元杂剧中作“背云”）等。

剧中人物的表情动作，舞台上的音响效果，元杂剧中都用“科”来表示。如《法场》有“卜儿哭科”、“刽子开枷科”、“内做风科”等。曲、白、科三者构成了元杂剧演唱故事的主要手段。

元杂剧每折戏的唱词韵脚，平仄（上去）通押，都是一韵到底，中间不换韵。如《法场》一折，天、愆是阴平声字，权、全是阳平声字，浅、软是上声字，怨、殿是去声字，都可通押，全剧用先天韵，一韵到底。

内容分析

《窦娥冤》如果没有《法场》一折，这部悲剧名著将会失去大半的光彩。作者在这一折戏里，淋漓尽致地刻画了窦娥坚强的性格。她，呼冤声声，惊天动地，让几百年后的人读来，仍能如见其人，如闻其声，留下了不可磨灭的印象。在戏里，作者主要安排了三个场面，依次展现窦娥的性格：

一　对天地的怀疑：窦娥三岁丧母，七岁成了高利贷的牺牲品。丈夫死后，与婆婆相依为命，想不到平白地遭受了这么大的冤屈。她本来寄希望于官府，认为是非自有公断。可惜楚州太守只有两种本领，不是“告状来的要金银”，就是“人是贱虫，不打不招”。她还想“人心不可欺，冤枉事天地知”，不料“天地”也不理会，竟被判了死刑，马上就要处斩。至此，她完全失望，也彻底明白了，不能再听天由命，逆来顺受。她要把自己衔冤负屈的事实当众诉说，要把郁结在心头的恶气全部倾吐出来。窦娥正是带着这样的心情出场的。人们都被这场冤案惊动了，一路上围观的百姓越聚越多，监斩官不得不叫人“把住巷口”。窦娥带了枷锁从人群中走向刑场时，她叫声屈！倾喉一呼，声泪俱下，震撼人心，惊天动地。她先是“埋怨”天地，天地不是应该分辨清浊的吗？为什么总把好人坏人弄颠倒了，好人贫穷短命，坏人富贵长寿，社会上比比皆是。原来天地与人间的官府并无不同，也是欺软怕硬、趋炎附势的，她数说到后来，变埋怨而为斥骂，抢天呼地，是极度绝望的表露，也反映了元代黑暗统治下老百姓所受苦难的深重。

二　与婆婆的嘱别：从极度的愤慨中逐渐平静下来后，窦娥想到了年迈的婆婆。她求刽子手从后街绕到刑场去，以免婆婆碰见了，“枉将他气杀”。不料蔡婆已经赶到。窦娥在婆婆面前，又恢复了平日柔顺的模样，既不怨天地，也不恨官府，只求婆婆日后能想起她，逢时过节，瀽半碗浆水饭，烧一陌纸钱。她自认“没时没运”，劝婆婆不必烦恼怨恨。她知道在婆婆面前，愤激无济于事，她完全是从婆婆日后能安安稳稳过活着眼而说这番话的，充分展示了窦娥善良的性格。

三　发出三桩誓愿：处斩的时辰到了，窦娥却分外镇静，从悲愤欲绝、抢天呼地的诉冤，进而为理智的指控。她在监斩官面前一连发了三桩誓愿：“血倒流”，“六月下雪”，“三年亢旱”，一桩比一桩厉害。窦娥明确地告诉监斩官，这一切都将会应验，因为她的冤太大了，老百姓的苦太深了。“三年亢旱”不是什么天灾，“这都是官吏每无心正法，使百姓有口难言”。实际上在元代社会，窦娥的冤是无处可伸的，后面的戏交代，像楚州太守这样的贪官污吏，在造成了冤案以后，他反而升官了，可见官场的黑暗腐败已到了何等地步。这三桩誓愿都不可能实现，也是明明白白的，而作者却写成都应验了，意在进一步证实窦娥"委实冤枉"，官吏们确实"无心正法"。在作者的笔下，窦娥的冤，只有祈求上天感应，只有设想窦娥的父亲，考中了做清官才能加以昭雪。

随着窦娥性格的逐步展示，戏的主题思想也深化了。从抢天呼地的诉冤到镇静自若的发愿，我们不仅看清了窦娥的冤情，而且更清楚地认识了"官吏每无心正法"的社会。

作法欣赏

戏曲与其他文学样式不同，既要完整地表现人物性格，又要顾及戏曲艺术的特点，渲染戏剧性的舞台气氛。关汉卿在《法场》一折里，曲词、宾白、人物之间的对话，穿插变化，轻重虚实，都配置得恰到好处，显示了多方面的艺术特色。

结构跌宕起伏。戏曲最忌平实，《法场》的结构有起有伏，处处扣人心弦。第一段，窦娥的一腔怨愤全从《端正好》《滚绣球》两支曲子中酣畅激越地传出，一开场就让观众面对窦娥抢天呼地、负屈含冤的悲剧形象。第二段气氛陡然一变，婆媳嘱别，如泣如诉，低回宛转，与开场一起一伏，形成对比，令人想起窦娥平日的为人，善良的本性，自然地对她的不幸遭遇萌生深切的同情。这"一伏"也为下一段更大的"起"作了铺垫。第三段刑场誓愿，把气氛推向高潮，血泪的控诉声响彻全场，窦娥的形象深入人心。

情节翻空出奇。窦娥的反抗精神是被逼出来的，她只求安分度日，然而平白无故地竟背上了杀人的罪名。于是她要争，要控诉，即使官吏枉法，草菅人命，她也要争出个是非曲直。为了刻画这样的人物性格，作者前半部分用了写实的手法，力求真实，后半部分翻空出奇，让窦娥发出三桩誓愿。对于窦娥的奇思幻想，观众不仅不感到突兀，反觉不如此无以描绘窦娥蒙冤之深。这是很成功的。《煞尾》的最后一句："婆婆也，直等待雪飞六月，亢旱三年呵，(唱)那其间才把你个屈死的冤魂这窦娥显!"完全是一个永不屈服的形象，悲剧因而取得悲壮高亢的效果。

衬托多种多样。杂剧规定一人主唱，窦娥在这折戏里一共要唱十支曲子，正是为了集中笔墨刻画主要人物。此外，作者还运用多种多样的衬托手法来突出窦娥的艺术形象。其中有配角衬托，如开场，窦娥酣畅激越地高唱《端正好》等曲子时，作为配角的刽子手没有什么说白，只是催促"行动些"，意在使观众的注意力只集中在窦娥身上。又如第三段，窦娥发愿时，监斩官的反应从轻松的"打甚么不紧"到惊恐的"打嘴"，说明誓愿一桩比一桩厉害。再有舞台的衬托，如窦娥出场，一路上实际挤满了围观的人群(唱词"人拥的我前合后偃"可证)，但舞台上观众并不出现，也是为了突出主角。还有用典的衬托，关汉卿的戏曲，一般较少用典，整折《法场》仅《耍孩儿》三支用了三个典故("望帝啼鹃"是陪衬，可以不算)，第一桩誓愿用"苌弘化碧"，第二桩用"飞霜六月因邹衍"，第三桩用"东海曾经孝妇冤"。苌弘、邹衍、东海孝妇，都是历史传说中好人蒙冤的典型，现在三个典故一起用，有力地衬托出窦娥蒙冤之深。

语言生动本色。这折戏用的是正宫的曲调，按照宫调的音律风格，"正宫惆怅雄壮"，与唱词的内容是一致的。关汉卿以白描的曲文配合悲壮惆怅的曲调，写来精炼深刻，人物性格丝丝入扣。如窦娥出场唱《滚绣球》："地也，你不分好歹何为地？天也，你错勘贤愚枉做天！哎，只落得两泪涟涟。"一种怨愤恨急之情如在目前。有时曲文写得和宾白一样通俗，曲白交融，把人物的心情酣畅而曲折地表达出来，很是动人。如窦娥不愿与婆婆见面，以免婆婆伤心，她央求刽子"我窦娥向哥哥行有句言"一段，窦娥的唱，刽子的插白，完全融为一体，明白如话，自然真切地描写了窦娥善良的性格。有时运用修辞手法也出之于自然，如与蔡婆嘱别时唱的"念窦娥葫芦提当罪愆……"一段，连用排比句，近乎日常口语,增添了悲凄的情味。通俗、显豁、自然、真切、质朴、精炼,是元杂剧语言的本色美,也是关汉卿的语言特色。王国维赞赏说:"其言曲尽人情,字字本色,故当为元人第一。"

《窦娥冤》通过一个弱女子的冤狱,反映了元代黑暗社会的真相。类似的"公案"戏,关汉卿所作还有《鲁斋郎》《蝴蝶梦》等。

讨论问题

一　开场时,窦娥声声埋怨天地,但后面发愿时却说"若没些儿灵圣与世人传,也不见得湛湛青天",是否矛盾?为什么?

二　作者极力铺叙窦娥与婆婆的生离死别,有什么作用?

三　作者为什么要写窦娥的三桩誓愿都一一应验了(第三桩誓愿的应验见剧本第四折)?不这样写行吗?

四　监斩官听了窦娥的发愿,三次的回答各不相同,表现了怎样的心情?

五　有的版本,窦娥的发愿只有说白,并无《耍孩儿》三支曲子,你认为有曲好还是无曲好?为什么?

参考资料

一　关于关汉卿的性格

读关汉卿的套曲《南吕一枝花·不伏老》,对了解他的性格很有帮助,如:"(尾)我是个蒸不烂、煮不熟、捶不扁、炒不爆、响珰珰一粒铜豌豆(以上说他性格坚强,为人轩昂正直)。……我玩的是梁园月,饮的是东京酒,赏的是洛阳花，攀的是章台柳（以上说他性喜享乐，不拘小节）。我也会围棋，会蹴踘，会打围，会插科，会歌舞，会吹弹，会咽作，会吟诗，会双陆（以上说他多才多艺）。你便是落了我牙，歪了我嘴，瘸了我腿，折了我手，天赐与我这般儿歹症候，尚兀自不肯休（以上说他的性格脾气无论如何也改变不了）！”

二　关于关汉卿杂剧的评价

关汉卿杂剧创作的水平，实为北杂剧作家之冠，思想上、艺术上都达到杂剧创作的高峰。贾仲名在《录鬼簿》吊词中说，关汉卿“驱梨园领袖，总编修师首，捻杂剧班头”，倒较公正地肯定了关汉卿在杂剧创作中的地位。……《录鬼簿》列关汉卿于杂剧作家之首，更说明在元代人心目中，已认为关汉卿对杂剧创作的贡献最大了。……他笔下的人物，总是随身分、性格的不同，语言往往也具有不同色彩。《拜月亭》的语言，清丽、妩媚，用来描摹一个闺阁千金的心理和感情，就很合适。《单刀会》的语言，豪迈、壮阔，长于挥洒英雄、烈士的襟怀。其他如《救风尘》语言的爽朗，《望江亭》语言的隽永，《蝴蝶梦》语言的率直，都适足表现主人公的不同性格。王伯良曾以王实甫与关汉卿比较，以为“实甫以描写，而汉卿以雕镂。描写者远摄风神，而雕镂者深次骨貌。”雕镂者深次骨貌，是指语言对人物思想行为、心理状态、感情活动的入微刻画。

（摘自张庚、郭汉城主编《中国戏曲通史》上册）

三　元代其他著名杂剧家简介

王实甫，名德信，大都（今北京市）人。与关汉卿同时。明初人称他“作词章，风韵美，士林中等辈伏低”。所作杂剧现存《丽春堂》《破窑记》和《西厢记》三种。其中《西厢记》是我国戏曲文学中的名著。

白朴（一二二六——?），字仁甫，号兰谷，隩州（今山西河曲）人。元曲四大家之一。所作杂剧以《墙头马上》《梧桐雨》最有名，曲词华美典雅。散曲亦工，以清丽见长。

纪君祥，大都（今北京市）人。他写的《赵氏孤儿》为著名悲剧，王国维评其“即列之于世界大悲剧中，亦无愧色也”。一七三五年已有法文译本。

郑光祖，字德辉，襄陵（今山西襄陵）人。为元代后期杂剧家，元曲四大家之一。曾在杭州做官，戏剧界称“郑老先生”。所作多历史剧和爱情剧，以《王粲登楼》《倩女离魂》较著。

应用练习

一　《法场》的上一折戏结尾，窦娥被判死刑，“到来日押赴市曹典刑”。已经交代清楚，作者为什么还要安排《法场》一折来明写窦娥处斩？

二　课文的整套曲子，用“先天”韵一韵到底。试找出《端正好》《滚绣球》两曲中押韵的字，并说明哪些是平声字，哪些是仄声（上去）字。

三　试以《耍孩儿》《二煞》《一煞》三曲为例，分析关汉卿的语言特色。

四　试解释下列各项戏曲术语：

1　外

2　净

3　科

4　正旦

5　卜儿

6　正宫

五　试以本课为例，说明戏曲中“曲”、“白”在形式上的分别和二者的作用。

六　以下两支曲子分别选自关汉卿的《拜月亭》和《单刀会》。先仔细阅读，然后回答问题。

【油葫芦】分明是风雨催人辞故国，行一步一叹息。两行愁泪脸边垂。一点雨间一行凄惶泪，一阵风对一声长吁气。(做滑擦科)嚥！百忙里一步一撒！嗨！索与他一步一提！这一对绣鞋儿分不得帮和底，稠紧紧黏软软带着淤泥。(《拜月亭》第一折，叙金代王尚书女瑞兰在大风雨中逃难的情景)

【新水令】大江东去浪千叠，引着这数十人驾着这小舟一叶。又不比九重龙凤阙，可正是千丈虎狼穴。大丈夫心烈，我觑这单刀会似赛村社。(《单刀会》第四折，叙关羽带了周仓、关兴过长江到东吴赴宴)

1 这两篇曲文表现了人物哪种心情或性格？

2 《油葫芦》曲中连用“一”字，对表情达意有什么作用？

3 《新水令》曲主要用的是对比手法，为什么要用这一手法？

水仙子 和卢疏斋西湖　　马致远

作　　者

马致远(约一二五一——一三二一后),号东篱。元大都(今北京)人。生平事迹不很清楚。大约他的青少年时代是在北方度过的,性喜作诗,一心想博取功名,但始终未能如愿。三十多岁时,曾出任江浙行省务官,这是一个掌管税收的小官,不久辞去,从此长期漂泊,以编写戏剧度日。元成宗元贞年间(一二九五——一二九六),他参加了著名的民间文艺团体元贞书会,经常与艺人合作写戏,例如杂剧《邯郸道省悟黄粱梦》,就是他与当时的教坊艺人红字李二等合编的。约在六十岁左右,他选择了杭州西湖作为隐居之所,七十多岁时去世。著有杂剧十五种,今存《汉宫秋》等七种;他的散曲作品保留下来的较多,有小令一百零四首,套曲十七套,近人辑为《东篱乐府》一卷。

马致远是元代前期著名的戏曲家,与关汉卿、白朴、郑光祖合称元曲四大家。元明以来,马致远一直享有盛名,明人所编的《元曲选》,把他的代表作《汉宫秋》列于卷首。他的散曲作品不仅数量多,而且取材广泛,风格上豪放、清逸兼具,开拓了散曲的意境,对后世影响很大。小令《天净沙》和套曲《双调夜行船·秋思》最为人所赞赏。

解　　题

这是一首小令,小令是散曲的一种。元曲分戏曲和散曲两大类,散曲只唱不演，所以又叫“清曲”。

“水仙子”，曲牌名，一名“湘妃怨”。“和卢疏斋西湖”是这组小令的题目。和，根据别人作品的体裁、题材仿作，原作叫“唱”，仿作叫“和”。卢疏斋，名挚，涿郡（今河北）人。官至翰林院承旨，是元初的著名诗人、散曲家。他写了小令《湘妃怨》四首，分咏春、夏、秋、冬四时的西湖。马致远按照卢作的原韵也作了四首，故题为“和卢疏斋西湖”。疏斋是卢挚的别号，古人提到别人的姓名，一般称字或号，不直称名，以示尊敬。

课文所选的是四首中的第一首，描写西湖的春景。

课　文

春风骄马①五陵儿②，
暖日西湖三月时。
管弦触水莺花市③，
不知音不到此。
宜歌宜酒宜诗。
山过雨颦眉黛④，
柳拖烟堆鬓丝⑤，
可喜杀⑥睡足的西施。

注　释

① 骄马：健壮的马。这里“骄”又含有不受控制的意思。

② 五陵儿：富家豪门的少年。五陵，汉代五帝的陵地，即长陵、安陵、阳陵、茂陵、平陵。汉时每立陵墓，都把四方豪族、外戚迁至陵墓附近居住，所以后世称富家豪门的少年为五陵豪侠或五陵年少。

③ 管弦触水莺花市：借指满湖的画船，船上歌女成群，乐器成堆。管弦，乐器总称，管乐器如箫笛，弦乐器如三弦、琵琶。触水，极言乐器之多。莺花，本意为莺啼花开，元曲中常借指歌女、美女。市，集市，极言歌女之多。

④ 颦眉黛：皱眉。眉黛，即黛眉，指女子的眉毛。黛本为青黑色的颜料，古代女子用以画眉。古时每把美女的眉比喻远山，宋人词："山是眉峰聚。"相传春秋时越国美女西施因患心病，经常捧心而颦，本曲是把西湖当作西施来描写的，故将"山过雨"喻为西施的"颦眉黛"。

⑤ 柳拖烟堆鬓丝：柳条又长又密，仿佛拖带着一片云烟，就像西子高高地堆起的乌发。

⑥ 可喜杀：宋元俗语，极可爱。杀，也作"煞"，形容极甚之辞。

预　习

一　试与七律比较，这首曲子的形式有什么不同？

二　课文写的是春景，曲中哪些是点明春天的词？

三　"管弦触水莺花市"一句，实际包含了哪些内容？如不看注释，你是怎样理解的？

四　"宜歌宜酒宜诗"一句，在这首曲子中起了什么作用？

分析和欣赏

文体特点

小令是曲的一种形式。关于曲的类别，可列一简表说明：

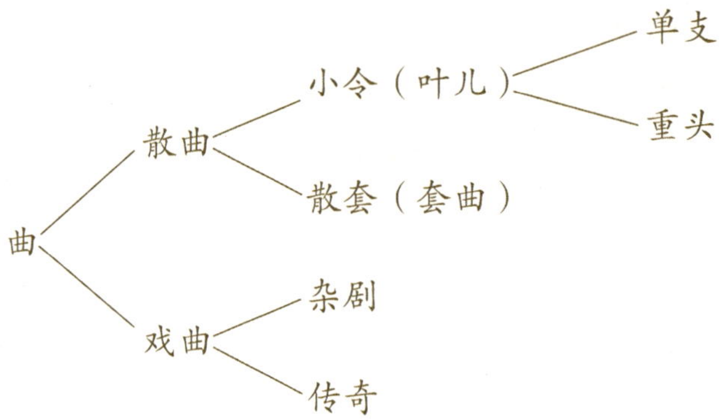

小令的形式不一，最常见的是以一支曲子为独立单位。散套则是用同一宫调中两支以上不同曲牌的曲子相联，有首有尾，组成一套。它与小令有繁简之别，因此也有人称之为“大令”，但两者都是清唱曲，所以同属散曲范围。

用一个曲牌填写一支曲子，独立成篇，这是最常见的形式，称为单支小令。从课文所选的看，似乎属于这一种，其实不然。马致远用同一个“水仙子”曲牌，一连写了四首曲子，分咏西湖的春、夏、秋、冬，这种体式的小令，通称“重头”。课文只选其中一首，骤看便以为是单支小令。

小令的每一支曲子都有调名，也就是曲牌，如课文的“水仙子”。每个曲牌都属于一定的“宫调”，“水仙子”属于“双调”。因此，如把这篇课文的题目书写完整，应为：

［双调］水仙子　和卢疏斋西湖

每个曲牌都有一定的字数句式，叫做“定格”。“水仙子”的定格是：

七、七、七、五、六、三、三、四，共八句。

试把这个定格与课文对照一下，不难发现：句式是相符的，字数却不符合，课文多于定格。这是为什么呢？原来曲在写作上有一大特点，作者在定格之外，可以根据需要增加字数，叫做“衬字”。按照定格，课文第四句“不”，第六句“山过雨”，第七句“柳掩烟”，第八句“可喜杀”“的”，都是衬字。定格内的字叫“正字”，衬字是相对于正字来说的，常用小字书写或排印，显得“正衬分明”。

曲子用韵比较密。如这首《水仙子》，用的是“支思”韵，除了第六句“黛”外，句句押韵。

有衬字、用韵密，这是曲不同于词的地方。词也有小令，一般调短字少。曲的小令则是相对于套曲来说的，与本身调的长短、字的多少无关。

内容分析

这首曲子写的是西湖的春景。虽只八句五十三字，而蕴含的内容却相当丰富。从结构看，可分三个层次。

浓春三月，风和日丽，作者来到了美丽的西湖边。只见一群衣著华丽、兴高采烈的年轻人，骑着健壮的骏马在西湖边上来回驰骋。“春风骄马五陵儿，暖日西湖三月时”，记录了西湖边上游客的活动，这是近写。作者的视线立刻又被一派喧闹声从湖边引到湖面：湖面上到处是画船，船舱里开着筵席，但谁是主人，谁是宾客，却看不分明，只见成堆的乐器，成群的歌女，想必是在斗曲赛歌吧，怪不得歌声乐声沸沸扬扬。“管弦触水莺花市，不知音不到此”，记录了湖上游客的活动，这是远写。曲的前四句为第一层次，具体展示了西湖游人的活动。

作者观看了游客活动的情景，不免有所感触，随口评论起来：“宜歌宜酒宜诗。”三月的西湖，这样好的天气，不仅适宜于歌唱，适宜于饮酒，更适宜于写诗。第五句独立成为一个层次，是作者的评论。这一句起着承上启下的作用，在结构上很重要。

由“宜诗”而触发诗兴，再也抑止不住，必得一吐为快。岸上的走马少年也好，湖上的贵人豪客也好，虽然都来到了西湖，但他们的真正目的，不过是为了排遣自己的无聊，寻觅自己的欢乐，名为游湖赏春，其实何尝领略到西湖真正的美。于是作者不再留意那些游客，独自细细欣赏起西湖的春景来。“山过雨颦眉黛”，眼下是“暖日”，远山一抹，自然不会带有雨意，然而为什么看去仿佛美人双眉微蹙的模样；“柳拖烟堆鬓丝”，一层深似一层的柳浪，宛如美人头上的乌发，又黑又密又高。“可喜杀睡足的西施！”呀，三月的西湖，原来就是春睡酣足的西子，实在动人。这是第三层次，抒发了作者对西湖春景的赞美，也可看成是“宜诗”的具体内容。

在这首描写西湖春景的曲子里，作者从游客的游湖活动写起，引出了自己欣赏西湖天然美的兴趣，他把三月西湖看作春睡中的西子，而这种动人的天然美，却是那些陶醉于走马、饮酒的游客所无法领略到的。这就是本曲的主旨。

作法欣赏

元人散曲中，以春、夏、秋、冬为题的，屡见不鲜。自从卢挚（疏斋）咏西湖之作问世，和者纷起，几乎形成一种固定的格式。凡是描写西湖四时景色的，都喜用“水仙子”的曲牌，而且规定首句次句要以“儿、时”为韵，末句必须用“西施”二字结尾，这种时髦的玩意儿一时非常流行。由此可见，这类作品，题材是旧的，形式也是现成的，要写得有新鲜感，并不容易。

马致远这首曲子之所以超出时流，不落俗套，主要的原因是他对西湖怀有很深的感情，写来清丽自然，给人一种空灵幽远的美感。要取得这种“空灵幽远”的韵味，不能全仗白描，还得借助于修辞手法。作者在曲中运用了多种修辞手法，但读来浑然一体，不露痕迹。

前两句对偶，作者用了正对法，把时、地和人物活动一一交代清楚，非常简洁。巧妙的是，作者在这里又暗用了典，读者吟诵这两句，立即会联想到唐代大诗人李白的《少年行》："五陵年少金市东，银鞍白马度春风。"这无疑为豪门少年湖滨走马的画面，增添了不少色彩。

第三句巧用借代法，更妙。只写"管弦触水"，只写"莺花市"，而在读者眼前展现的，却是一湖的画船，满船的歌女。这样理解在元代的读者毫不困难，因为西湖的画船，当时是常见的；画船上设宴请客，歌女弹唱，也是当时的风习。"莺花市"是双关语，实指成群的歌女，满湖画船的歌女相加，才有"市"的气派。以"莺花"借代美女，是元代曲家的习惯用法。如张可久《湖堤春日》："春，水边多丽人，莺花阵。"正是一例。

"宜歌宜酒宜诗"一句，连用了并列的排比，而意有轻重，作者要把"宜诗"凸现出来，引起下文。

最后三句组成一个主体，说它就是"宜诗"的内容，因为它确实富于诗的神韵。需要注意的是，把西湖比作西子，也属常套。自从苏轼写了《饮湖上初晴后雨》（"水光潋滟晴方好，山色空蒙雨亦奇，欲把西湖比西子，淡妆浓抹总相宜"）一诗以后，描写西湖的几乎莫不这样比喻。这里，作者虽用了典，而能不受苏诗的束缚，自由地驰骋他的想象力，颇有新意。"山过雨"、"柳拖烟"是本体，"颦眉黛"、"堆鬓丝"是喻体，对仗工整，然而这两句又不是修辞手法中的"暗喻"或"拟人"所能完全说清。第三句，本体"西湖"不出现，读者只感到形象极其鲜明，也非"借喻"或"拟人"所能说清。原因是作者并非把西湖仅仅"比作"西子，而是把西湖完全看成是西子的化身，在作者眼里，"山过雨"、"柳拖烟"不过是虚景，"颦眉黛"、"堆鬓丝"倒是实像了。

作者又擅长用虚实交错的写法来抒发感情。先实写，后虚写，为的是以实带虚，以虚映实。前部分实写，写的是动态；后部分虚写，写的是静态。动态实际是游西湖的人，属于西湖春景的附从部分；静态方显露西湖的美，属于西湖春景的主体部分。虚实、动静、主从对照，作者意在此而不在彼的感情是不言而喻的。读者的印象也正是如此：实写的淡化了，虚写的凸现了，放眼看去，只见春睡酣足的西子的美。

本曲通体细腻熨贴，自然飘逸，这是作者的艺术风格，也与元曲语言的共同特点有关。元曲的语言，带有浓厚的民间色彩，即使用对偶句，用典，甚至用诗词中的词汇，也力求显露而不晦涩，清新而不雕饰，最好言外有无穷之意。所以，自然本色，感情真切，是元曲语言的主要特点。曲的遣词造句，往往不刻意求工，常用一种“文而不文，俗而不俗”的语言，力求流畅易懂，雅俗共赏。此外，曲还多用方言俗语，以增加鲜明活泼的意趣。这些，马致远的《水仙子》大都具备，所以有一定的代表性。

讨论问题

一　曲子前半部分提到的“游客”，作者是从哪几方面说明他们的身分特点的？

二　“暖日西湖三月时”，明点“暖日”；“山过雨”又明点“雨”。为什么会有这种描写上的不一致？

三　本课“分析和欣赏”项分析了曲子前后两部分的对照，请你补充一下，还有哪一点也可经过对照而加深印象？

四　课文中描写了西湖哪两种不同的春景？作者的兴趣在哪一种？为什么？

参考资料

一　关于马致远的杂剧

现存马致远的杂剧作品共有七种。其中，写王昭君故事的《汉宫秋》最为著名。《青衫泪》和《荐福碑》写的都是士大夫失意落魄的故事。另外还有一部分则集中以神仙点化的故事为题材，如《岳阳楼》《任风子》等。他的作品在元代已很有名，明初朱权的《太和正音谱》以他为元人第一。他的杂剧风格，吴梅称之为“清俊”，王国维赞赏他“语语明白如画，言外有无穷之意”，“写景则在人耳目”。

二　关于马致远的散曲

马致远写了一百二十多首散曲，这个数量比关汉卿、白朴两人现存散曲的总和还多。它们的内容大致有三类：(一)叹世，抒写作者的园林生活，或者感慨历史人物，浓烈地表现出消极的遁世思想；(二)描写景物；(三)咏唱男女恋情。前两类中有些作品表现出了马致远散曲的独特的艺术风格，奠定了他作为散曲名家的地位。

(摘自中国社会科学院文学研究所编《中国文学史》)

三　元代其他著名散曲家简介

张养浩(一二六九——一三二九)，字希孟，号云庄，济南人。散曲集名《云庄休居自适小乐府》，风格以豪放为宗。

贯云石(一二八六——一三二四)，本名小云石海涯，号酸斋，维吾尔族人。有《酸斋乐府》，风格以豪放清逸为主。

张可久(约一二七〇——一三四八后)，字小山，庆元(今浙江龙泉)人。散曲集有《小山北曲联乐府》三卷、《外集》一卷，评者称其曲“清而且丽，华而不艳”。

乔吉(约一二八〇——一三四五)，字梦符，号笙鹤翁，太原人。流寓杭州，一生潦倒，是一位专业的散曲、杂剧作家，风格清丽，雅俗兼具，近人辑有《乔梦符散曲》。

四　关于词曲的比较

词和曲同属音乐文学，都是长短句，可以歌唱。散曲和宋词之间有较为密切的继承关系，所以曲又称“词余”。但两者毕竟各具特点。今列表说明如下：

- 词曲比较
  - 句调
    - 词较固定。
    - 曲有衬字，变化多。
  - 用韵
    - 词较疏。
    - 曲较密（平仄互叶）。
  - 题材
    - 词反映的生活面较窄。
    - 曲反映的生活面较阔。
  - 语言
    - 词一般较典雅。
    - 曲以通俗自然为本色，不避俗语方言。
  - 风格
    - 词含蓄、隐晦（婉约、精丽、豪放）。
    - 曲明快、显露（奔放、尖新、活泼）。

应用练习

一　将课文译成语体散文或新诗，译文要把原作的主旨体现出来。

二　课文的后半部分与苏轼“水光潋滟晴方好”一诗，内容都反映西湖的美，两者写法上有什么不同？

三　从读过的词中任选一首与课文比较，在句调、用韵、题材、语言、风格方面，两者有哪些不同？

四　曲是一种讲究声律的韵文，即使曼声吟诵，也能给人以谐和圆融的感觉。试划分课文的字句节拍（停顿），以体味曲的音乐美。

五　以下选录的是元代张养浩的小令《山坡羊·潼关怀古》。先读作品，然后回答问题。

峰峦如聚，波涛如怒，山河表里潼关路。望西都，意踟蹰，伤心秦汉经行处，宫阙万间都做了土。兴，百姓苦。亡，百姓苦。

1　课文用了许多修辞格（如比喻、拟人等），这首曲子却很少用，为什么？

2　这首曲子的风格与课文有什么不同？

文学常识学习重点

一 元曲兴起的原因

"元曲"一词有广狭二义。广义的元曲，应包括流行于元代的杂剧、散曲和用南曲演唱的戏文（南戏）。三者之中，论成就和影响，自以杂剧为最大。习惯上与唐诗、宋词并称的元曲，是它的狭义用法，指北散曲和北杂剧。这里只谈杂剧兴起的原因。

杂剧最早是从金代的戏曲形式"院本"中分化出来的，后来又吸收了其他民间伎艺如"诸宫调"等的养料，逐步建立起自己的体制，形成独立的戏曲形式。杂剧产生的年代，大约在十二、十三世纪之际，先流行于北方城镇。一二七九年，元世祖忽必烈灭了南宋以后，南北统一，杂剧从水路伸展到江南，并在南宋旧都杭州一带盛行起来。其兴盛的原因，约有三方面：

1 北方一些经济繁荣、人口众多的大都市，为元杂剧的兴盛提供了物质条件和观众基础。

宋金战争时期，北方少数地区如河北的真定、山西的平阳相对地较为稳定，当地的伎艺活动一直很频繁。一二七一年，忽必烈建立元朝，京城大都号称"人烟百万"，不仅是政治中心，也是文化经济中心，商业极为繁盛。意大利旅行家马可·波罗（Marco Polo）在游记里曾说："应知汗八里城（即大都）……外国巨价异物之输入者，世界诸城无能与比。……百物输入之众，有如川流之不息。"各地的著名艺人纷纷集中于此，打开了杂剧演出的新局面，促成了它的兴起和发展。

2 有才华的文人投身于戏曲创作，提高了杂剧的文学性和艺术性。

元朝文人的社会地位极其低下，处于娼妓和乞丐之间（“八娼、九儒、十丐”），使得他们有较多机会体验下层社会的生活。读书人的出路，本是通过科举达到做官的目的；而元朝前期科举停废长达五六十年，把这条正途给断绝了。于是性喜“嘲风弄月”的文人，往往从事戏曲创作，甚至成为民间文艺团体“书会”的“才人”，像关汉卿是玉京书会的才人，还能粉墨登场；马致远是元贞书会的才人，并与艺人合作写戏。剧本质量提高，自然扩大了杂剧的影响。

3　杂剧内容切合现实，受到观众欢迎和支持。

杂剧形成、兴起于金元之际，这是一个黑暗的时代，人民生活极为悲惨。许多杂剧如《窦娥冤》《陈州粜米》等，或取现实的题材，或借历史的外衣，深刻地揭露了元代官吏的滥刑虐政，势豪权要的胡作非为。同时这些作品还反映了人民的真实生活和愿望，引起观众感情上的共鸣。这也是杂剧得以兴起的一个重要原因。

二　元散曲的体制

元代散曲的来源比较复杂，大要有四：1 女真、蒙古的乐曲；2 流行于北方地区的民间小调；3 宋词的一部分；4 诸宫调等民间曲艺。前三者形成散曲的曲调特色，后者直接影响散曲中的套数联缀。

散曲，在元代叫作乐府，包括小令和散套两大类。

小令的体式有繁简之别，除了单支曲、重头曲（见《水仙子》一课的“文体特点”项）外，常见的还有“带过曲”。这是指一首完整的作品里，包含两支或三支不同曲牌的曲子，调与调之间的音律要自然衔接。带过曲一般填到三支曲牌为止，常用的格式有《正宫·脱布衫带小梁州》《双调·雁儿落带得胜令》《南吕·骂玉郎带感皇恩、采茶歌》等。

散套，也称套数、套曲。至少有两支同宫调的曲牌相联，而且要有尾声。

如果只有两支曲牌相联，必须一支是正曲，一支是尾声，方能成套。以马致远散套名作《秋思》为例，它是由《双调·夜行船》《乔木查》《庆宣和》《落梅风》《风入松》《拨不断》六支曲子加上尾声《离亭燕带歇指煞》相联而成。散套曲牌有多至二三十支相联的，但不管长短多少，都要一韵到底，不能换韵。

关于词曲异同，在《水仙子》一课的“参考资料”项已有介绍，这里略作补充。

曲文用衬字，造成句调活泼多变，如曲调定格三字、五字，衬字可加到十几个字。善用衬字，成为曲家特有的技巧，所谓“作者于此见长，唱者于此取巧”。在这点上，曲要比词自由得多。词一般忌用重句叠字，李清照《声声慢》连用叠字，被视为创格。曲中却常以字句的重叠见巧，如乔吉《天净沙》小令：“莺莺燕燕春春，花花柳柳真真，事事风风韵韵，娇娇嫩嫩，停停当当人人。”通首全用叠字。较这一首更为恣肆变化的，也屡见不鲜，形成了流利骏快的风格。

王季思曾作《曲不曲》一文，以说明词曲风格不同，其中说：“词曲（曲折）而曲直，词敛而曲散，词婉约而曲奔放，词凝重而曲骏快，词蕴藉含蓄而曲淋漓尽致。”区分甚清，可供参考。

三　元杂剧的体制

关于杂剧的体制，《法场》一课的“文体特点”项已有介绍，这里略作补充。

杂剧的“折”，是段落的意思，有头有尾唱完一套曲子，叫做一折。从这点说，一折与现代戏剧的一幕有所不同。楔子大都放在第一折之前，叫做开场楔子，也有放在折与折之间的，叫作过场楔子，但不能放在第四折之后。一剧一楔子是常例，也有一剧两楔子的（“楔”的本义是上平下尖用来加固木榫缝的小木片）。常见的杂剧多为四折一楔子，极个别的有五折和六折，最特殊的是杂剧中的巨著《西厢记》，共有五本，第五本五折一楔子，其余各本四折一楔子，全剧为二十一折五楔子。

杂剧每折所用的曲牌，必限于同一宫调，中国古代称宫、商、角、变徵、徵、羽、变宫为七声，七声中每一声都可作为主音，构成不同的调式，并用来限定乐器的音高，叫做宫调。元杂剧常用的宫调，只有五宫四调，统称“九宫”，即：“仙吕宫”“南吕宫”“中吕宫”“黄钟宫”“正宫”“大石调”“双调”“商调”“越调”。各宫调的性质风格不同，大概“黄钟”“双调”“仙吕”多近喜剧，“南吕”“商调”属悲剧类，“中吕”“正宫”“大石”“越调”可喜可悲。按照杂剧联套的习惯，第一折常用“仙吕宫”，第二、三折多用“正宫”“中吕宫”“南吕宫”和“越调”，第四折常用“双调”。楔子只唱一二支曲子，曲牌多用“仙吕赏花时”或“正宫端正好”。一套曲子中，开头几个曲牌和结尾的曲牌是固定的。

全剧收场，有两句或四句韵语概括剧情大意，叫做“题目正名”。《窦娥冤》的题目正名为“秉鉴持衡廉访法，感天动地窦娥冤”。后一句就成为该剧的剧名。

曲韵与诗韵、词韵不同。曲有南曲、北曲之分，南北曲用韵各不相同。元杂剧是北曲杂剧，基本上用的是当时北方的语言，没有入声。北曲所用韵脚分为十九部，没有入声韵，凡入声字分派入平上去三声，又分平声为阴阳二声，每韵用两个字标目。其十九部名目为：

东钟、江阳、支思、齐微、鱼模、皆来、真文、寒山、桓欢、先天、萧豪、歌戈、家麻、车遮、庚青、尤侯、侵寻、监咸、廉纤。

杂剧的正折戏只能由正末或正旦主唱，楔子则可由其他角色唱。如《窦娥冤》的楔子，写窦天章将女儿抵押给放高利贷者蔡婆婆，《仙吕赏花时》一曲就是由冲末扮的窦天章唱的。

四　元杂剧对明清戏曲的影响

当十二世纪末叶，北曲杂剧尚处于孕育时期，用南曲演唱的戏文（南戏）已在南方地区产生。这是一种演唱长篇故事的戏曲形式。至元末明初，出现了

《荆钗记》《刘知远白兔记》《拜月亭》《杀狗记》(简称“《荆》《刘》《拜》《杀》”)和《琵琶记》等南戏作品,从而奠定了明清传奇体制的基础。

传奇由宋元南戏发展而来,至十七世纪后期(明万历年间)盛极一时,完全替代了元杂剧的地位,成为流行于明清两代以唱南曲为主的戏曲形式。传奇的场次段落分出不分折,一部传奇一般有三四十出,也有五六十出的。开场时由副末的角色登场介绍剧情大意。第一、二出多由扮演主角的生旦出场。每一出结束,要念四句下场诗。唱词主要用南曲,各类角色都可以唱,有对唱、轮唱、接唱、合唱等。明代中叶以后流行昆山腔,也称昆曲。角色分类较杂剧更细,有正生、老生,外,末,正旦、老旦、贴旦、小旦,净、副净,丑,杂,统称十二角色。

关于杂剧与传奇的分别,可见以下的对照表:

	杂剧	传奇
1	题目正名(第四折结束)	副末开场(第一出前)
2	四折一楔子	长达数十出
3	以正末、正旦为主	以生、旦为主
4	正末或正旦一人主唱	各类角色都可以唱
5	无入声	有入声
6	每折一韵到底	一出之中可换韵
7	衬字多	衬字少
8	用北曲	用南曲
9	兼用变宫、变徵共七声	用宫商角徵羽五声
10	每折用同一宫调套曲	一出之中可变宫调
11	字多而调促	字少而调缓

杂剧作品的题材对明清传奇的影响较大，如《窦娥冤》，明人改为传奇，名《金锁记》，其中《斩娥》一出完全袭用《窦娥冤》第三折原词，唱北曲。同样情况的还有杂剧《萧何月夜追韩信》，明人改为传奇，名《千金记》，其中《追信》一出也袭用杂剧第二折原词，唱北曲。此外，如传奇《南西厢》，即将北曲改作南调，《拜月亭》《红梨记》等也都受到同题材杂剧的影响。

著名的明清传奇作家有：

梁辰鱼（约一五一九——约一五九一），字伯龙，一号仇池外史，江苏昆山人。所作以《浣纱记》最为著名，写范蠡、西施故事，共四十五出。

汤显祖（一五五〇——一六一六），字义仍，号若士，江西临川人。他写的《邯郸记》《南柯记》《紫钗记》《还魂记》，合称“临川四梦”。其中《还魂记》一名“牡丹亭”，叙柳梦梅、杜丽娘故事，影响最大。

洪升（一六四五——一七〇四），字昉思，号稗畦，浙江钱塘（今杭州）人。所著《长生殿》一剧，写唐明皇、杨贵妃故事，至今盛演。

孔尚任（一六四八——一七一八），号东塘，自称云亭山人，山东曲阜人。所著《桃花扇》，以侯方域、李香君为主，写明末南都遗事，与《长生殿》为清代传奇之双璧，有“南洪北孔”之称。

山西新绛吴岭庄元墓杂剧砖雕

山西洪洞明应王殿元杂剧壁画

昆剧《牡丹亭》剧照

今日昆剧演出《窦娥冤》情形。图为"辩冤"一幕。

梁山

梁山泊(插图)

江苏兴化施耐庵墓

山东淄博蒲松龄故居

蒲松龄故居内的“聊斋”

曹雪芹画像

第九讲 明清小说

武松打虎

施耐庵

作　　者

施耐庵，生平事迹不详。一般认为他生活于元末明初时期，浙江钱塘（今杭州）人，大约和《三国志演义》的作者罗贯中同时。也有人说他是元代民间文艺团体“书会”里的“先生”，本身又是一位“说话（说书）人”。此外，有关他的传说很多，大多不可靠。上个世纪江苏兴化、大丰一带发现了一些有关施耐庵的文物史料，说施耐庵名彦端，元末大乱，从兴化逃到浙江居住等。不过，学术界对这些材料的真伪，还有争议。

施耐庵的最大贡献在于编写了著名的长篇小说《水浒传》。这部小说通过以宋江为首的梁山泊英雄故事，描写了“官逼民反”的过程以及广阔的社会生活。宋江是真有其人的，史书还记载了“宋江三十六人横行河朔”的事实。这些带了浓厚传奇色彩的人物和他们的故事，早在北宋末年就盛传于民间，成为有声有色的“街谈巷语”，并为后来的“说话人”提供了最受欢迎的题材。说话人所用的底本叫做“话本”，南宋时已经出现了《青面兽》《花和尚》《武行者》等短篇话本小说，那时的讲史话本《大宋宣和遗事》也已有了“劫取生辰纲”等情节。到了宋末元初，在龚开作的《宋江三十六人赞》中，这三十六人不仅都有姓名，而且各具绰号。元代戏曲舞台上的“水浒”戏是一大特色，仅是描写“黑旋风”李逵故事的杂剧就有十余本之多，甚至产生了专写“黑旋风”戏的杂剧家高文秀。由此可见，“水浒”故事在施耐庵成书以前早有流传，施耐庵正是在口头传说、话本和杂剧的基础上，把那些久已脍炙人口而不很联缀的故事集中起来，经过认真细致的再创造，最后编成了这部长篇巨著。《水浒传》在流传过程中，出现了许多不同的版本，主要有一百回本、一百二十回本和七十回本。其中七十回本是明末清初文学批评家金圣叹删改而成的，流传最广。

《水浒传》情节曲折热闹，构成了一幅宏丽的社会画卷；描写的一百单八个英雄好汉，各具个性，其中如李逵、武松、林冲、鲁智深等人物，写来生气勃勃，塑造得尤为成功。语言也生动传神，富于生活气息。《水浒传》不仅是中国最早的两部长篇章回小说之一（另一部为《三国志演义》），而且以它高度的艺术成就，被认为是中国小说史上划时代的作品。

解　题

“武松打虎”的故事，在中国可谓家喻户晓。课文节录自一百二十回本《水浒传》第二十三回，回目是“横海郡柴进留宾，景阳冈武松打虎”。武松是山东清河人，因在家乡酒后打人，误以为那人已死，逃到沧州柴进庄上避难。不想染上疟疾，只得在庄上养病。在《水浒传》中，武松出场之前，正当宋江与阎婆惜故事的尾声。宋江因杀了阎婆惜，也来投奔柴进，就与武松相遇，结为兄弟。武松病愈，要回家看望哥哥，宋江送了十来里路，两人在酒店吃了酒，才依依作别。课文的内容就从这里开始。

武松是《水浒传》中塑造得非常成功的艺术典型。作者先是用极其细腻的手法，描写了武松在酒店里吃酒的神态和情景，然后又用极有声色的笔墨，渲染了他上冈与老虎搏斗的过程，通过人物行动、心理描写，环境衬托等，集中刻画了武松的英雄形象。

《水浒传》中阳谷县武松打虎之景阳冈

课　　文

话分两头。只说武松自与宋江[1]分别之后，当晚投客店歇了。次日早，起来打火[2]，吃了饭，还了房钱，拴束[3]包裹，提了哨棒[4]，便走上路。寻思道："江湖上只闻说'及时雨'宋公明，果然不虚。结识得这般弟兄，也不枉了！"

武松在路上行了几日，来到阳谷县地面。此去离县治[5]还远。当日晌午[6]时分，走得肚中饥渴，望见前面有一个酒店，挑着一面招旗在门前，上头写着五个字道："三碗不过冈。"

武松入到里面坐下，把哨棒倚了，叫道："主人家，快把[7]酒来吃。"只见店主人把三只碗，一双筯[8]，一碟热菜，放在武松面前，满满筛一碗酒来。武松拿起碗，一饮而尽，叫道："这酒好生有气力！主人家，有饱肚的买些吃酒。"酒家道："只有熟牛肉。"武松道："好的，切二三斤来吃酒。"店家去里面切出二斤熟牛肉，做一大盘子，将来放在武松面前；随即再筛一碗酒。武松吃了道："好酒！"又筛下一碗。恰好吃了三碗酒，再也不来筛。武松敲着桌子叫道："主人家，怎的不来筛酒？"酒家道："客官要肉便添来。"武松道："我也要酒，也再切些肉来。"酒家道："肉便切来添与客官吃，酒却不添了。"武松道："却又作怪！"便问主人家道："你如何不肯卖酒与我吃？"酒家道："客官，你须见我门前招旗上面明明写道：'三碗不过冈。'"

武松道："怎地唤做'三碗不过冈？'"

酒家道："俺家的酒，虽是村酒，却比老酒的滋味；但凡客人来我店中，吃了三碗的，便醉了，过不得前面的山冈去，因此唤做'三碗不过冈'。若是过往客人到此，只吃三碗，更不再问。"武松笑道："原来恁地[9]。我却吃了三碗，如何不醉？"酒家道："我这酒叫做'透瓶香'，又唤做'出门倒'。初入口时，醇酞好吃，少刻时便倒。"武松道："休要胡说！没地[10]不还你钱，再筛三碗来我吃！"酒家见武松全然不动，又筛三碗。武松吃道："端的[11]好酒！主人家，我吃一碗，还你一碗钱，只顾筛来。"酒家道："客官休只管要饮，这酒端的要醉倒人，没药医。"武松道："休得胡鸟说[12]！便是你使蒙汗药[13]在里面，我也有鼻子。"店家被他发话[14]不过，一连又筛了三碗。武松道："肉便再把二斤来吃。"酒家又切了二斤熟牛肉，再筛了三碗酒。武松吃得口滑，只顾要吃；去身边取出些碎银子，叫道："主人家，你且来看我银子，还你酒肉钱勾[15]么？"酒家看了道："有余。还有些贴钱[16]与你。"武松道："不要你贴钱。只将酒来筛。"酒家道："客官，你要吃酒时，还有五六碗酒哩！只怕你吃不的了。"武松道："就有五六碗多时，你尽数筛将来。"酒家道："你这条长汉，倘或醉倒了时，怎扶的你住？"武松答道："要你扶的，不算好汉。"酒家那里肯将酒来筛。武松焦燥道："我又不白吃你的！休要引老爷性发，通教你屋里粉碎！把你这鸟店子倒翻转来！"酒家道："这厮[17]醉了，休惹他。"再筛了六碗酒，与武松吃了。前后共吃了十八碗[18]，绰[19]了哨棒，立起身来道："我却又不曾醉！"走出门前来笑道："却不说[20]'三碗不过冈'！"手提哨棒便走。酒家赶出来叫道："客官那里去！"

武松立住了问道："叫我做甚么？我又不少你酒钱，唤我怎地？"酒家叫道："我是好意。你且回来我家，看抄白官司榜文[21]。"

武松道："甚么榜文？"

酒家道："如今前面景阳冈上有只吊睛白额大虫[22]，晚了出来伤人，坏了三二十条大汉性命。官司如今杖限[23]猎户擒捉发落[24]。冈子路口，多有榜文：可教往来客人，结伙成队，于巳、午、未三个时辰[25]过冈，其余寅、卯、申、酉、戌、亥六个时辰，不许过冈。更兼单身客人，务要等伴结伙而过。这早晚正是未末申初时分，我见你走都不问人，枉送了自家性命。不如就我此间歇了，等明日慢慢凑的三二十人，一齐好过冈子。”武松听了，笑道：“我是清河县人氏，这条景阳冈上，少也走过了一二十遭，几时见说有大虫？你休说这般鸟话来吓我。——便是大虫，我也不怕！”酒家道：“我是好意救你；你不信时，进来看官司榜文。”武松道：“你鸟做声！便真个有虎，老爷也不怕！你留我在家里歇，莫不半夜三更，要谋我财，害我性命，却把鸟大虫唬吓我。”酒家道：“你看么！我是一片好心，反做恶意，倒落得你恁地！你不信我时，请尊便自行！”正是：

前车㉖倒了千千辆，　　后车过了亦如然。

分明指与平川㉗路，　　却把忠言当恶言。

那酒店里主人摇着头，自进店里去了。这武松提了哨棒，大着步，自过景阳冈来。约行了四五里路，来到冈子下，见一大树，刮去了皮，一片白，上写两行字。武松也颇识几字，抬头看时，上面写道：

近因景阳冈大虫伤人，但有过往客商，可于巳、午、未三个时辰，结伙成队过冈，勿请㉘自误。

武松看了，笑道：“这是酒家诡诈，惊吓那等客人，便去那厮家里宿歇。我却怕什么鸟！”横拖着哨棒，便上冈子来。

那时已有申牌时分，这轮红日，厌厌地相傍下山。武松乘着酒兴，只管走上冈子来。走不到半里多路，见一个败落的山神庙。行到庙前，见这庙门上贴着一张印信榜文。武松住了脚读时，上面写道：

阳谷县示：为景阳冈上，新有一只大虫，伤害人命；见今杖限各乡里正[29]并猎户人等行捕，未获。如有过往客商人等，可于巳午未三个时辰，结伴过冈；其余时分及单身客人，不许过冈，恐被伤害性命。各宜知悉。

武松读了印信榜文，方知端的有虎。欲待转身再回酒店里来，寻思道："我回去时，须吃他耻笑，不是好汉，难以转去。"存想了一回，说道："怕什么鸟！且只顾上去看怎地！"

武松正走，看看酒涌上来，便把毡笠儿[30]背在脊梁上，将哨棒绾[31]在肋下，一步步上那冈子来。回头看这日色时，渐渐地坠下去了。此时正是十月间天气，日短夜长，容易得晚。武松自言自说道："那得甚么大虫？人自怕了，不敢上山。"武松走了一直[32]，酒力发作，焦热起来。一只手提着哨棒，一只手把胸膛前袒开，踉踉跄跄[33]，直奔过乱树林来。见一块光挞挞大青石，把那哨棒倚在一边，放翻身体，却待要睡，只见发起一阵狂风来。古人有四句诗单道那风：

无形无影透人怀，　　四季能吹万物开。

就树撮将黄叶去，　　入山推出白云来。

原来但凡世上云生从龙，风生从虎[34]。那一阵风过处，只听得乱树背后扑地一声响，跳出一只吊睛白额大虫来，武松见了叫声"阿呀！"从青石上翻将下来，便拿那条哨棒在手里，闪在青石边。

那个大虫又饥又渴，把两只爪在地下略按一按，和身望上一扑，从半空里撺将下来[35]。武松被那一惊，酒都做冷汗出了。说时迟，那时快，武松见大虫扑来，只一闪，闪在大虫背后。那大虫背后看人最难，便把前爪搭在地下，把腰胯一掀[36]，掀将起来。武松只一躲，躲在一边。大虫见掀他不着，吼一声，却似半天里起个霹雳，振得那山冈也动，把这铁棒也似虎尾，倒竖起来只一翦[37]。武松却又闪在一边。原来那大虫拿人，只是一扑，一掀，一翦；三般提不着时，气性先自没了一半。那大虫又翦不着，再吼了一声，一兜兜将回来。武松见那大虫复翻身回来，双手轮起哨棒，尽平生气力只一棒，从半空劈将下来。只听一声响，簌簌[38]地将那树连枝带叶劈脸打将下来。定睛看时，一棒劈不着大虫；原来打急了，正打在枯树上，把那条哨棒折做两截，只拿得一半在手里。

景阳冈武松打虎

那大虫咆哮，性发起来，翻身又只一扑，扑将来。武松又只一跳，却退了十步远。那大虫恰好把两只前爪搭在武松面前，武松将半截棒丢在一边，两只手就势把大虫顶花皮[39]肐膀地[40]揪住，一按按将下来。那只大虫急要挣扎，被武松尽气力纳[41]定，那里肯放半点儿松宽。武松把只脚望大虫面门上，眼睛里，只顾乱踢，那大虫咆哮起来，把身底下爬起两堆黄泥，做了一个土坑。武松把那大虫嘴直按下黄泥坑里去，那大虫吃武松奈何得没了些气力。武松把左手紧紧地揪住顶花皮，偷出右手来，提起铁锤般大小拳头，尽平生之力，只顾打。打到五七十拳，那大虫眼里，口里，鼻子里，耳朵里，都迸出鲜血来。那武松尽平昔神威，仗胸中武艺，半歇儿把大虫打做一堆，却似挡[42]着一个锦皮袋。有一篇古风[43]单道景阳冈武松打虎：

景阳冈头风正狂，万里阴云霾日光[44]。
触目晚霞挂林薮[45]，侵人冷雾弥穹苍[46]。
忽闻一声霹雳响，山腰飞出兽中王。
昂头踊跃逞牙爪，麋鹿之属[47]皆奔忙。
清河壮士酒未醒，冈头独坐忙相迎。
上下寻人虎饥渴，一掀一扑何狰狞！
虎来扑人似山倒，人往迎虎如岩倾。
臂腕落时坠飞炮，爪牙爬处成泥坑。
拳头脚尖如雨点，淋漓两手猩红染。
腥风血雨满松林，散乱毛须坠山奄[48]。
近看千钧[49]势有余，远观八面威风敛。

身横野草锦斑[50]销，紧闭双睛光不闪。

当下景阳冈上那只猛虎被武松没顿饭之间，一顿拳脚，打得那大虫动掸[51]不得，使得口里兀自气喘。武松放了手，来松树边寻那打折的棒橛[52]，拿在手里，只怕大虫不死，把棒橛又打了一回。那大虫气都没了，武松再寻思道："我就地拖得这死大虫下冈子去。……"

就血泊里双手来提时，那里提得动，原来使尽了气力，手脚都苏软了。武松再来青石坐了半歇，寻思道："天色看看黑了，倘或又跳出一只大虫来时，却怎地斗得他过？且挣扎下冈子去，明早却来理会。"就石头边寻了毡笠儿，转过乱树林边，一步步捱[53]下冈子来。

注　释

① 宋江：《水浒传》的主要人物。字公明，原为郓城县押司（办理案件文书的小吏），性喜仗义疏财，江湖上人称"及时雨"。后为梁山泊山寨之主。

② 打火：宋元俗语，行人在旅途中做饭或吃饭叫"打火"。

③ 拴束：捆绑，缚结。

④ 哨棒：棒为十八般兵器之一。这里指木质棍状用以探路防身的武器。

⑤ 县治：县的官署所在地，这里指县界。

⑥ 晌午：正午。

⑦ 把：作动词用，相当于"拿"。后文"将来放在武松面前"的"将"，也是拿的意思。

⑧ 筯：同"箸"，俗称筷子。

⑨ 恁（nèn）地：如此，这样。也作"恁的"。

⑩ 没地：难道，莫非。

⑪ 端的：真的，果然。有时也解作究竟、底细。

⑫ 胡乌说：胡说。乌是骂人的粗话。

⑬ 蒙汗药：相传吃了能使人失去知觉的一种麻醉药。

⑭ 发话：数说，含有讥刺的意味。

⑮ 勾：通“够”。

⑯ 贴钱：找补的零钱。

⑰ 厮：对人表示轻蔑的称呼。

⑱ 十八碗：《水浒传》一百二十回本和一百回本都作“十五碗”，但据上文描写，武松实际一共吃了十八碗酒。金圣叹七十回本已改为“十八碗”，并在其下总批一句：“前后共吃了十八碗。”课文照改。

⑲ 绰：通“抄”，抄取，抓取。

⑳ 却不说：这里含有“说什么”的意思。

㉑ 抄白官司榜文：官府告示的抄本。官司，官府。榜文，公开张贴的告示。后文“印信榜文”就是盖有官府大印的正式告示。

㉒ 大虫：虎的别名，早在晋唐时已有这个叫法。

㉓ 杖限：官府限期命令差役完成指定的工作，到期没有完成，则用杖刑。杖，用木棍打背脊、臀部或腿部的刑罚，俗称打板子。

㉔ 发落：处理。

㉕ 时辰：旧时的计时单位。一昼夜分为十二个时辰，每一时辰合现在的两小时。以子、丑、寅、卯、辰、巳、午、未、申、酉、戌、亥十二地支为名，从夜间十一点起算，至一点为子时，一点至三点为丑时，余类推。文中巳、午、未三个时辰，相当于现在的上午九点至午后三点。

㉖ 前车两句：反用成语“前车之鉴”，表示不吸取教训。

㉗ 平川：平坦的陆地。川，陆地。

㉘ 勿请：七十回本作“请勿”。

㉙ 里正：古时民户居处称“里”。里正是乡里的小吏，主管一里所居各户的赋税等事。

㉚ 毡笠儿：用兽毛、竹箬或棕皮等编成的笠帽。武松离开柴进庄上时，身穿新纳红绸袄，头戴白范阳毡笠儿。

㉛ 绾：旋绕。这里指武松手提哨棒置于肋下，因手臂与腰际形成一圆圈，看去似乎哨棒“绾”于其中。

㉜ 一直：可理解为“一段路”。

㉝ 踉（liàng）踉跄（qiàng）跄：脚步匆遽不稳。

㉞ 云生从龙，风生从虎：出自《易经》：“云从龙，风从虎。”

㉟ 撺（cuān）将下来：跳了下来。撺，跳，跃。将，助词，了。下文“掀将起来”、“打将下来”，同此。

㊱ 掀：高耸。

㊲ 翦：削。

㊳ 簌簌（sùsù）：象声词，这里指树叶落下的声音。

㊴ 顶花皮：顶部有花纹的虎皮。

㊵ 肐膳地：宋元俗语，形容动作很快，一下子。也作“圪搭地”，《西厢记》：“圪搭地把双眉锁纳合”。

㊶ 纳：这里通“捺”，向下按。

㊷ 挡：这里通“躺”。

㊸ 古风：旧诗中的古体诗，与讲究格律的近体诗（律诗、绝句）相对，不大讲求对仗、平仄，用韵也较自由。

㊹ 霾（mái）日光：霾在这里作动词用，霾日光意思是使日光暗淡。

㊺ 林薮（sǒu）：树林密集的地方。

㊻ 穹（qióng）苍：即苍穹，为押韵颠倒，意指苍天。

㊼ 麋(mí)鹿之属:麋鹿之类的动物。麋鹿,鹿的一种,为我国特产动物。角似鹿非鹿,头似马非马,身似驴非驴,蹄似牛非牛,所以又名“四不像”。

㊽ 奄:似应作“崖”,山边。为押韵,借用。

㊾ 千钧:形容力量很大。三十斤为一钧。

㊿ 锦斑:华丽的毛色斑纹,喻虎皮。

51 动掸:即“动弹”。

52 橛(jué):木的一小段。

53 捱:通“挨”。

预　习

一 《水浒传》在中国小说史上的地位怎样?

二 试简述章回小说在体裁方面的特点。

三 读了课文后,你觉得武松是怎样一个人物?

四 有人说,既然是写武松“打虎”,干脆就直截地从遇见老虎写起,现在却写了大段的“吃酒”,这有没有必要呢?

分析和欣赏

文体特点

《水浒传》是一部长篇章回小说。章回小说是由宋元话本小说发展而来的。“话本”就是说话艺术的底本，其中有反映历史故事的，篇幅长，节目多，就出现了分卷分回的形式。大约到了元末明初时期，长篇章回小说就正式诞生了。

章回，意指章节和回目。早期的长篇话本，分章或则，标题一般用字数不等的单语。长篇小说产生后，就改称回，并改单语标题为两句对偶的回目。《水浒传》改定回目，在长篇小说中为时最早，因此它的回目对偶句往往不够工整，如“刘唐放火烧战船，宋江两败高太尉”（第七十九回），就太宽泛了。正由于章回小说脱胎于长篇话本，所以在体裁形式上遗留有说书艺术的痕迹。如小说开头的“话说……”，中间常用“话分两头”，结尾例用“且听下回分解”，“且听下回分解”之后用“正是”二字带出诗句作结等，都很明显。此外，小说在叙事中经常插入诗词和骈俪体的赞语。这些韵语大都在情节发展的紧要转折处插入，以引起读者的注意和兴趣。以课文为例，大虫出现前，先起一阵狂风，接着就有四句诗“单道那风”如何如何。最后武松打得大虫躺着“像个锦皮袋”，那时就用“景阳冈头风正狂”的长篇“古风”来作总结。课文的上文武松初出场，小说对他的形象有个很概括的描写，那是在灯下，从宋江的眼里看出的：“……胸脯横阔，有万夫难敌之威风；语话轩昂，吐千丈凌云之志气；……”用的是两两相对的骈俪体。

章回小说的故事情节要完整，结构布局要有头有尾，前后呼应，曲折离奇，波澜起伏。《水浒传》的情节布局就被清初评点家金圣叹誉为“千曲百折”。

内容分析

“景阳冈打虎”既是整个武松故事的组成部分，本身又是一个独立的整体。除了第一段“话分两头。只说武松自与宋江分别之后……”属于上下文过渡性的交代以外，从第二段“武松在路上行了几日……”开始，就进入了故事的正文，情节的发展几乎是一气呵成、不容分割的。但它有起有伏，又是章法井然的。可按情节的“开端、发展、高潮、结局”四大步骤，将课文划分四大段落，来看“打虎”的全部过程。

从“武松在路上行了几日”到“客官那里去”为第一大段。

武松来到阳谷县地面，肚中饥渴，见一家酒店的招旗上写着“三碗不过冈”。招旗上不写“酒”字而写上这样五个字，一下子引起了读者的注意。这就是很好的小说“开端”。但对武松来说，这五个字不过代表一个“酒”字罢了，毫不在意，也不想去深究。吃酒中，三碗过后，酒家不肯再添，这才引起武松的疑问，听了酒家的解释，只觉得好笑，越发引动了酒兴。不管酒家如何劝阻，一连吃了十八碗酒，手提哨棒准备过冈。这一段落写武松在酒店豪饮的过程，目的在写武松的酒量。“三碗不过冈”，一方面说明这酒有“出门倒”的力量，而武松一连吃了十八碗，足见其酒量之大；另一方面招旗上明点“冈”字，也为后文冈上有虎伏下一笔。所以从故事的气氛看，这一段始终不提一个“虎”字，而实际一开始已在虎影的笼罩之下。作者巧妙地在读者的心里投下了悬念：冈上有虎，而武松不知，三碗不过冈，如今武松连吃了十八碗还要过冈，无怪酒家着急，读者也着急。

从“武松立住了问道”到“且只顾上去看怎地”为第二大段。

作者并不想让十八碗“出门倒”下肚的武松马上与老虎接触。武松是主角，老虎是重要的配角，也不能一下子就出场，而是慢慢加深读者的印象。店家拉住武松，并不直说有虎，只说要武松回店“看抄白官司榜文”，这里点出了虎，妙就妙在武松根本不相信。所以紧接一个段落，写的是武松从不相信有虎到将信将疑的心理过程，目的是写他的胆量。这一过程，作者几乎不加一个字的抽象叙述，只是紧紧围绕“官司榜文”层层揭开。先是武松问：“什么榜文？”于是从店家的嘴里第一次透露榜文的内容。武松一笑置之，还说店家要“谋财害命”，这是极写他不相信的心理。过冈行了四五里路，见一大树去皮留白的地方有两行字，上面简单地转述了榜文的内容。武松虽然眼见这一“内容简介”式的榜文，而不相信的心理越发加重。直至山神庙前看到了“印信榜文”，才知果真有虎。官司榜文在这时候才正式全文披露，突出榜文就是突出虎，榜文出现形式的一再变换，也就是武松心理活动的微妙变化。吃了十八碗酒、一直不相信有虎、已经身在山冈深处的武松，事实证明马上就要遇到真虎了，气氛陡然紧张起来。第二段落是情节“发展”阶段，文笔细而曲折，很有戏剧性。

从“武松正走”到“紧闭双睛光不闪”为第三大段。

气氛已极紧张，作者还要进一步设置险境。武松酒力发作，胸前袒开，把哨棒“倚在一边”，在大青石上“放翻身体，却待要睡”，完全处于失去戒备的状态。这时忽起一阵狂风，以前还只传闻中的虎，榜文上的虎，至此真虎正式上场。一边是“却待要睡”的醉汉，一边是“又饥又渴”的饿虎，作者把这样两种力量推入对抗的地位，故事立即达到“高潮”。这里有一句话非常重要：“武松被那一惊，酒都做冷汗出了。”有了这一句，说明醉汉不醉，才能与那只饿虎搏斗；有了这一句，以后打虎过程中先躲闪，再棒劈，后拳打那番充分表现武松勇武机智的描写，更为可信。第三段落是“打虎”正文。

从“当下景阳冈上那只猛虎”到课文结束为第四大段。

“高潮”过后立即收住。打虎的结局收拾得非常干净。有头有尾，故事完整。

从以上的分析看，写“酒量”，是为了写“胆量”；写“酒量”和“胆量”，又是为了写“力量”，这样层层推进，环环紧扣，一个勇武超人、粗中有细的武松形象，就可信地树立起来。武松出场，要在读者脑海里留下这么一个基本形象，这是作者的创作意图，也是本文的主旨所在。

作法欣赏

《武松打虎》自始至终紧紧地吸引住读者，令人兴味盎然。这是为什么呢？

首先，结构布局曲折起伏、合情合理。课文从武松望见酒店招旗开始，就为了一步步紧逼到"打虎"而设下一连串的悬念，手法极为周密细致。如果武松一进酒店，就得知有虎，以后的情节便难以展开。吃酒当中，如果酒家在解释"三碗不过冈"时，附带说明冈上有虎，武松仍坚持要吃，那就显得鲁莽，不像武松了。只有让武松在"一个要吃，一个不筛"的纠缠中吃了十八碗酒，最后才点出虎字；武松微带醉意中，不相信酒家的话，并自恃勇武，准备过冈，这才合情合理，符合武松的性格。

其次，运用多种笔法，使武松形象呼之欲出。作者花那么大的力气写武松的"酒量"和"胆量"，目的在使吃了十八碗"出门倒"的武松，在不相信有虎的精神状态下，去对付一只饿虎的突然袭击，从而塑造出武松勇武机智的英雄形象。这是正面刻画的笔墨，非常成功。但作者还有一套侧面刻画的手法，从小处着手，表现武松的性格。武松并不鲁莽，喝多少酒，吃多少菜，就付多少钱，毫不含糊。对于世态人情，他也谙熟于心，他一再所说的"没地不还你钱"、"我又不白吃你的"，便是针对酒家的通常心理有所感而发。面对酒家所说的"如今前面景阳冈上有只吊睛白额大虫"而不信，以为酒家是在"吓我"，是要"留我在家里歇"，要"谋我财，害我性命"，这也说明了他颇有心计，了解当时社会的黑幕。而当他读了印信榜文"方知端的有虎"时，他唯恐被酒家"耻笑"而不愿转去，并且"存想了一回"之后决定"只顾上去看怎地"，则表明了他不甘服输、充满自信的刚烈性子。打虎时武松先"闪"，后"躲"，再"闪"，使老虎"气性先自没了一半"，显得非常机智；最后，老虎已被"打做一堆，却似挡着一个锦皮袋"，武松还"只怕大虫不死"，"把棒橛又打了一回"，又显得非常谨慎。但武松毕竟不是"不吃人间烟火"的"神"，而是有血有肉的人，由于"使尽了气力"，他"手脚都苏软了"。这样写，非但无损于武松的形象，反而使人对这打虎英雄倍增可敬、可爱、可亲之情。这也正是《水浒传》刻画人物成功之处。

再次，场景细节描写如画，增强了故事的逼真感。例如"打虎"一节，作者未必目睹过人与虎斗的情景，但读来自有一种逼真感，这就全仗揣摩描写的功夫。“打虎”一节的动作细节描写历来是有名的，前人的评论中常用“如画”二字加以赞赏。譬如写虎，它在一阵风过后突然跳出，这是一只“又饥又渴”的吊睛白额大虫，其出场的第一个动作是“把两只爪在地下略按一按，和身望上一扑，从半空中撺将下来”。一句话就勾勒出一幅“饿虎出山图”。这一扑是带着撺势的，扑空以后是“一掀”，掀不着，狂吼一声，“似半空里起个霹雳”，紧接着是“一翦”，翦不着，再吼一声，“一兜兜将回来”，才不过几笔，便把这只饿虎的全部威势描绘得淋漓尽致。再看写武松，先是闪躲，再是棒劈，后是拳打，同样写得层次井然，干净利落。大虫第二次翻身扑向武松时，恰好把两只前爪搭在武松面前，武松“两只手就势把大虫顶花皮肐膊地揪住，一按按将下来”，“把左手紧紧地揪住顶花皮，偷出右手来，提起铁锤般大小拳头，尽平生之力，只顾打”，这段描写，早已成为典型。自来绘画、演戏，凡表现武松打虎，无不采取这个最佳姿式入画或入戏。明朝批评家叶昼甚至评为“恐画也没有这样妙”。此外，如不厌其烦地一碗一碗交代武松吃酒，武松哨棒不离身，以及武松“晌午时分”进酒店，至下冈时点明“天色看看黑了”等等细节描写，都不是随意点缀之笔，而是对人物性格的刻画、情节发展的交代各有作用的。

最后，描绘生活的真实感也好，人物形象的栩栩如生也好，又都与语言对话的准确传神有关。《水浒传》的语言，口语化的风格很鲜明。除了用词准确精炼外，最值得称道的是人物语言的传神。《武松打虎》中，酒店一节从“主人家怎的不来筛酒”起，到“却不说三碗不过冈”为止，武松同店家的大段对话，表面极写“出门倒”的厉害，其实极写武松的酒量，你问我答，一个要吃，一个不筛，武松先是揶揄的口气，再是不耐烦，忽又变为爽快亲切的口吻，把武松神情的变换刻画得维妙维肖，很有个性特点和感情色彩。

讨论问题

一　武松一共吃了十八碗酒，最初三碗是逐碗写，其后是每三碗一番逐番写，最后则六碗一并写。为什么要采取这样的笔法？

二　武松读了印信榜文，方知果真有虎，欲待转去，又恐店家“耻笑”，他“存想了一回”，继续上冈。对这一描写，明朝的读者早有争议，有的认为“武松打虎到底有些怯在”。你的看法怎样？

三　作者描写武松“打虎”，从“叫声阿呀，从青石上翻将下来”到“手脚都苏软了”，一共有多少步骤？

四　作品中多次写到了武松的哨棒，这对情节发展和人物刻画有什么作用？

五　作品中穿插了一些诗歌，有这个必要吗？

参考资料

一　关于《水浒传》的结构

《水浒传》深刻地反映了广阔的社会生活，生动地描写了众多的人物；和这比较起来，《水浒传》的结构也是相称的。……它一环扣紧一环地叙述了一个又一个的故事。有时，每一个故事出现一个主要的英雄人物，写他的性格的发展，写他的生活的道路。像鲁智深、林冲、杨志、宋江、武松等等，都有着这样类似传记性质的段落。每一个段落又出现几个精彩的场面，……像拳打镇关西、大闹野猪林、风雪山神庙、汴京城卖刀、智取生辰纲、怒杀阎婆惜、景阳冈打虎……无不绘声绘影，富有艺术的魅力，把人物的形象深深地印入读者的脑海。另外，也有一些自成段落的故事，集中地出现了众多的人物，热闹的情节，精彩的场面，曲折紧张，引人入胜。智取生辰纲和三打祝家庄就是具有代表性的例子。……《水浒传》所写的这些大大小小的故事，每一个都有着相对的独立性，但这个故事和那个故事之间又有着有机的联系。

（摘自中国社会科学院文学研究所编《中国文学史》）

二　关于《水浒传》中的“武十回”

武松秉性刚烈，欺硬不欺软，而且有勇有谋，做事谨慎小心，沉着镇静。打虎为民除害，是武松以后一连串除霸故事的序幕。他找到哥哥武大郎后，不久就发现，当地土豪西门庆霸占了他的嫂嫂潘金莲，两人又毒害了武大。武松杀了两人，向官府自首，于是展现了犯罪刺配、醉打蒋门神、血溅鸳鸯楼、改扮头陀（行者）、夜走蜈蚣岭，又与宋江相遇等情节。这在《水浒传》中恰好占十个回目，所以后世说书、演戏就称为“武十回”。

应用练习

一　施耐庵是通过什么手法来塑造武松这个人物的？

二　《武松打虎》在写作语言方面有什么特色？

三　试就课文中武松与酒家的对话一段，分析武松的个性特征。

四　小说写武松“半歇儿把大虫打做一堆”，接着插入一篇古风，有什么作用？

五　在《水浒传》中，紧接课文之后的是：“走不到半里多路，只见枯草丛中，钻出两只大虫来。武松道：‘阿呀！我今番罢了！’只见那两只大虫，于黑影里直立起来。武松定睛看时，却是两个人，把虎皮缝做衣裳，紧紧拼在身上……”接着，便写到了他们原来是当地猎户，“和十数个乡夫在此，上上下下，放了窝弓药箭”，等候捕大虫等等。试分析这些内容对刻画武松的形象有何作用。

六　以下一段文字，选自一百一十五回本《水浒传》第二十二回。先仔细阅读，然后回答问题。

却说武松行了几日，来到阳谷县，见一个酒店，上写着"三碗不过冈"。武松入店坐下，叫主人快把酒来吃。只见店主把三碗酒并熟肉一斤放在武松面前，连筛三碗酒。武松都吃了。又叫道："主人怎的不来筛？"酒家道："客官，招牌上写道三碗不过冈。"武松曰："这是怎么说？"酒家曰："这酒但凡客人吃了三碗，便醉了，过不得山冈。"武松笑曰："我吃了三碗，如何不醉？"酒家曰："我这酒叫做出门倒。初入口时香美，少刻时便醉。"武松曰："休胡说，你再筛三碗来我吃。"酒家见武松全然不动，又筛三碗。武松曰："虽然好酒，吃得口滑。"还了酒钱，绰起哨棒，出门便走。

1　请将选文与课文有关段落比较，有什么不同的地方？

2　选文有哪几方面的缺点？主要的缺点是什么？

接外孙贾母惜孤女

曹雪芹

作　者

曹雪芹(一七一五?——一七六三,一作一七六四),名霑,字梦阮,雪芹是他的号。祖上原是汉人,后入满洲正白旗旗籍。从他的曾祖曹玺起,前后三代任江宁织造达六十年之久。江宁织造是清代内务府下专办御用衣料等事务的官员,并负有密报江南吏治民情等特殊的任务,常由皇帝的亲信充任。祖父曹寅与康熙帝的关系尤为密切,康熙南巡,有四次由曹寅主持接驾大典。这是曹家的全盛时期。曹寅工诗文戏曲,还是一位藏书家,著名的《全唐诗》《佩文韵府》等都是他刻印的。曹雪芹出生于南京,他的幼年就是在这样的家庭环境里度过的。

有关曹雪芹的生平材料很少。大约他十三岁之前,在江南过着繁华的贵族生活。一七二七年(雍正五年),曹家因事获罪,并被抄家,家道就此败落。曹雪芹随全家回到北京后,曾在右翼宗学中做过事,后来就长期居住在北京西郊,生活非常穷困。他工诗擅画,朋友将他比作唐朝的李贺;晚年生活更为潦倒,嗜酒狂放,朋友又将他比做晋朝的阮籍。后因爱子夭亡,感伤成疾,"一病无医"而卒,享年不到五十岁。

长篇名著《红楼梦》,原名"石头记",是曹雪芹在极端困苦的环境下,花了十年时间创作的,所谓"字字看来皆是血,十年辛苦不寻常"。但他只完成全书的前八十回。这八十回在曹雪芹去世前十年左右就以抄本形式问世,后来传抄日盛,抄本上带有署名脂砚斋的批语,世称脂评本。至一七九一年(乾隆五十六年),程伟元出版了一百二十回的排印本,从此就以这一固定的面貌流传于世。其中后四十回，一般认为是高鹗所补。高鹗（约一七三八——约一八一五），字兰墅，别号红楼外史，汉军镶黄旗人。擅长八股文，曾官江南道御史和刑科给事中。

《红楼梦》以贾宝玉、林黛玉的爱情悲剧为线索，描写了一个贵族大家庭由盛而衰的变化，刻画了众多的人物形象，具有高度的思想性和艺术性。无论是人物塑造、情节结构、语言艺术，都取得了卓越的成就，足以列于世界优秀文学作品之林。

解　题

课文选自长篇小说《红楼梦》第三回，回目是“托内兄如海荐西宾，接外孙贾母惜孤女”。

《红楼梦》一书，人物众多，头绪纷繁。内容以贾宝玉、林黛玉和薛宝钗的爱情婚姻悲剧为主要线索，描写贵族世家贾家宁国、荣国二府由盛到衰的变化。贾宝玉是荣国府贾母的孙子，林黛玉是贾母的外孙女。两人自幼生活在一起，随着年龄的增长，志趣的相投，逐渐萌生了爱情。他们追求自主的婚姻，厌恶八股文和世俗的利禄观念。但林黛玉因长期寄人篱下，养成了孤僻、高傲、猜疑、感伤的性格，同贵族世家的礼教标准不能相容，因此，宝黛的爱情受到了无情的摧残。黛玉忧伤成疾而死，宝玉与宝钗结婚，不久终于出家了。全书围绕这一爱情婚姻悲剧，描写贵族大家庭的兴衰变化，揭露大小主子虚伪丑恶的本性，享乐腐化的生活以及种种巧取豪夺的伎俩。

林黛玉，苏州人。母亲贾敏，为荣国府贾母之女。父亲林如海，上代也是贵族世家，到了如海，却从科第出身，做了巡盐御史，全家从苏州迁到扬州。黛玉七岁那年，母亲贾敏去世。贾母念及外孙女“无人依傍教育”，派遣仆妇船只

贾府主要人物关系简表

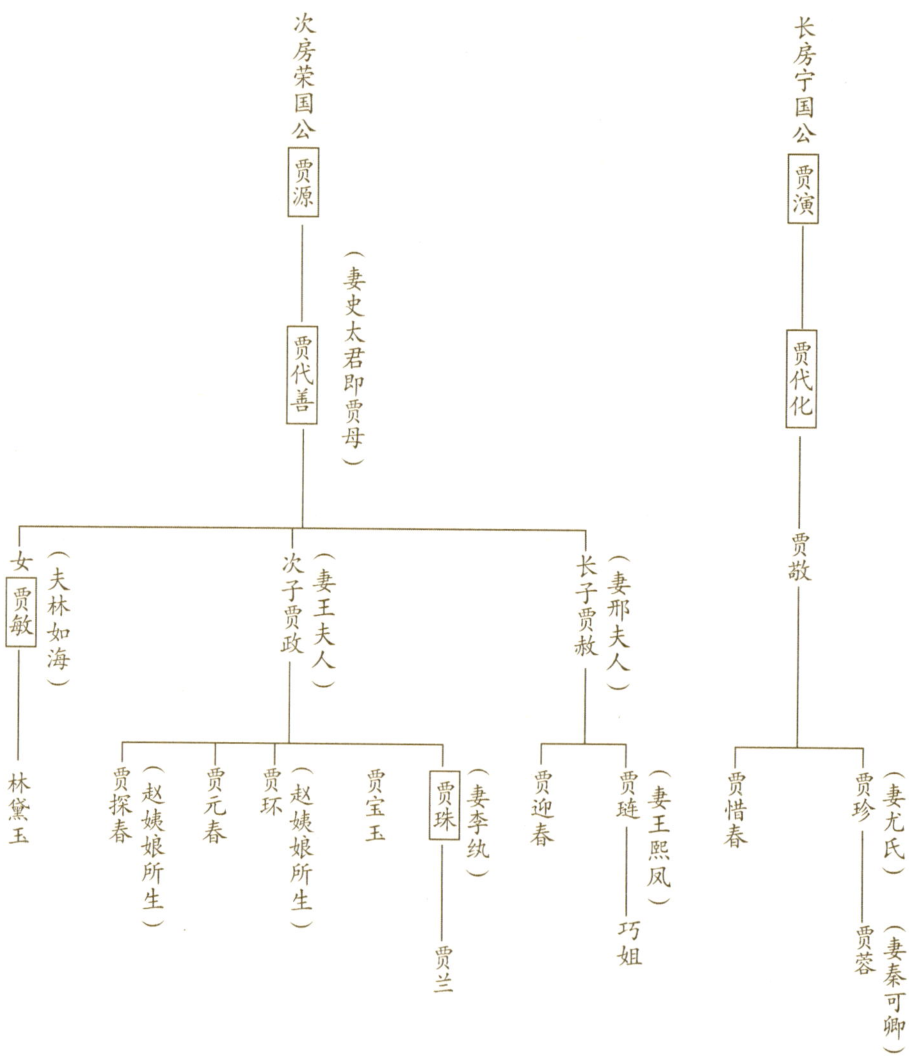

长房宁国公
贾演
贾代化
贾敬
贾惜春
贾珍
（妻尤氏）
贾蓉
（妻秦可卿）
次房荣国公
贾源
贾代善
（妻史太君即贾母）
长子贾赦
（妻邢夫人）
贾迎春
贾琏
（妻王熙凤）
巧姐
次子贾政
（妻王夫人）
贾珠
（妻李纨）
贾兰
贾宝玉
贾环
（赵姨娘所生）
贾元春
贾探春
（赵姨娘所生）
女
贾敏
（夫林如海）
林黛玉

往接。于是，林黛玉拜别父亲，从水路进京。课文所选的黛玉进荣国府一回，是《红楼梦》故事正式展开前的重要回目。在第二回中，作者已借古董商冷子兴之口，对贾府的家世、家庭主要人物的关系、身分、性格，作了提纲式的介绍。这一回通过黛玉进府后的亲眼观察，将抽象的宁、荣二府化为直观的画面。荣国府奢华的排场，贵族家庭繁文缛节的生活，主要人物之间的微妙关系，都从黛玉的所见所闻所感中一一展现出来，为以后情节的发展，人物的活动，作了必要的铺垫。这一回并为林黛玉的性格定下基调，暗示人物未来的命运。

课　文

且说黛玉自那日弃舟登岸时，便有荣府打发轿子并拉行李车辆伺候。这黛玉尝听得母亲说他外祖母家与别人家不同，他近日所见的这几个三等的仆妇，吃穿用度，已是不凡，何况今至其家，都要步步留心，时时在意，不要多说一句话，不可多行一步路，恐被人耻笑了去。自上了轿，进了城，从纱窗中瞧了一瞧，其街市之繁华，人烟之阜盛，自非别处可比。又行了半日，忽见街北蹲着两个大石狮子，三间兽头大门，门前列坐着十来个华冠丽服之人。正门不开，只东西两角门有人出入。正门之上有一匾，匾上大书“敕造[①]宁国府”五个大字。

黛玉想道：“这是外祖的长房了。”又往西不远，照样也是三间大门，方是荣国府，却不进正门，只由西角门而进。轿子抬着走了一箭之远[②]，将转弯时，便歇了轿，后面的婆子也都下来了。另换了四个眉目秀洁的十七八岁的小厮[③]上来抬着轿子，众婆子步下跟随。至一垂花门前落下，众小厮俱肃然退出，众婆子上前打起轿帘，扶黛玉下了轿。

黛玉扶着婆子的手，进了垂花门[④]。两边是超手游廊[⑤]，正中是穿堂[⑥]，当地放着一个紫檀架子大理石屏风。转过屏风，小小三间厅房，厅后便是正房大院。正面五间上房，皆是雕梁画栋。两边穿山游廊厢房[⑦]，挂着各色鹦鹉画眉等雀鸟。台阶上坐着几个穿红着绿的丫头，一见他们来了，都笑迎上来，道："刚才老太太还念诵呢，可巧就来了。"于是三四人争着打帘子。一面听得人说："林姑娘来了！"

黛玉方进房，只见两个人扶着一位鬓发如银的老母迎上来。黛玉知是外祖母了，正欲下拜，早被外祖母抱住，搂入怀中，"心肝儿肉"叫着大哭起来。当下侍立之人无不下泪，黛玉也哭个不休。众人慢慢劝解住了，那黛玉方拜见了外祖母，贾母方一一指与黛玉道："这是你大舅母。这是二舅母。这是你先前珠大哥的媳妇[⑧]珠大嫂子。"黛玉一一拜见了。贾母又叫："请姑娘们。今日远客来了，可以不必上学去。"众人答应了一声，便去了两个。

不一时，只见三个奶妈并五六个丫鬟拥着三位姑娘来了：第一个[⑨]，肌肤微丰，身材合中，腮凝新荔，鼻腻鹅脂，温柔沉默，观之可亲；第二个[⑩]，削肩细腰，长挑身材，鸭蛋脸儿，俊眼修眉，顾盼神飞[⑪]，文彩精华，见之忘俗；第三个[⑫]，身量未足，形容尚小[⑬]。其钗环裙袄，三人皆是一样的妆束。黛玉忙起身迎上来见礼，互相厮认[⑭]。归了坐位，丫鬟送上茶来。不过叙些黛玉之母如何得病，如何请医服药，如何送死发丧。不免贾母又伤感起来，因说"我这些女孩儿，所疼的独有你母亲，今一旦先我而亡，不得见面，怎不伤心!”说着,携了黛玉的手,又哭起来。众人都忙相劝慰,方略略止住。

众人见黛玉年纪虽小,其举止言谈不俗,身体面貌虽弱不胜衣,却有一段风流态度⑮,便知他有不足之症⑯。因问:“常服何药?为何不治好了?”黛玉道:“我自来如此,从会吃饭时便吃药到如今了。经过多少名医,总未见效。那一年,我才三岁,记得来了一个癞头和尚,说要化我去出家,我父母自是不从。他又说:‘既舍不得他,只怕他的病一生也不能好了!若要好时,除非从此以后总不许见哭声,除父母之外,凡有外亲一概不见,方可平安了此一生。’这和尚疯疯癫癫说了这些不经之谈,也没人理他。如今还是吃人参养荣丸。”贾母道:“这正好,我这里正配丸药呢,叫他们多配一料就是了。”

一语未完,只听后院中有笑语声,说:“我来迟了,没得迎接远客!”黛玉思忖道:“这些人个个皆敛声屏气如此,这来者是谁,这样放诞无礼?……”心下想时,只见一群媳妇⑰丫鬟拥着一个丽人从后房进来。这个人打扮与姑娘们不同:彩绣辉煌,恍若神妃仙子。头上戴着金丝八宝攒珠髻⑱,绾⑲着朝阳五凤挂珠钗⑳;项上戴着赤金盘螭缨络圈㉑;身上穿着缕金百蝶穿花大红云缎窄褙袄㉒,外罩五彩刻丝石青银鼠褂㉓;下着翡翠撒花洋绉裙㉔。一双丹凤三角眼㉕,两弯柳叶掉梢眉㉖。身量苗条,体格风骚。粉面含春威不露,丹唇未启笑先闻。

黛玉连忙起身接见。贾母笑道:“你不认得他。他是我们这里有名的一个‘泼辣货’,南京所谓‘辣子’,你只叫他凤辣子就是了。”

黛玉正不知以何称呼，众姊妹都忙告诉黛玉道："这是琏二嫂子。"黛玉虽不曾识面，听见他母亲说过："大舅贾赦之子贾琏娶的就是二舅母王氏的内侄女，自幼假充男儿教养，学名叫做王熙凤。"黛玉忙陪笑见礼，以"嫂"呼之。

这熙凤携着黛玉的手，上下细细打量一回，便仍送至贾母身边坐下，因笑道："天下真有这样标致人儿！我今日才算看见了！况且这通身的气派竟不像老祖宗的外孙女儿，竟是个嫡亲的孙女儿似的。怨不得老祖宗天天嘴里心里放不下。——只可怜我这妹妹这么命苦：怎么姑妈偏就去世了呢！"说着，便用手帕拭泪。贾母笑道："我才好了，你又来招我。你妹妹远路才来，身子又弱，也才劝住了。快别再提了。"

熙凤听了，忙转悲为喜道："正是呢。我一见了妹妹，一心都在他身上，又是欢喜，又是伤心，竟忘了老祖宗了。该打，该打。"又忙拉着黛玉的手问道："妹妹几岁了？可也上过学？现吃甚么药？在这里别想家。要甚么吃的，甚么玩的，只管告诉我。丫头老婆们不好，也只管告诉我。"黛玉一一答应。一面熙凤又问人："林姑娘的东西可搬进来了？带了几个人来？你们赶早打扫两间屋子叫他们歇歇儿去。"

说话时，已摆了茶果上来。熙凤亲自布让[27]。又见二舅母问他："月钱[28]放完了没有？"熙凤道："放完了。刚才带了人到后楼上找缎子，找了半日，也没见昨儿太太说的那个，想必太太记错了。"王夫人道："有没有，甚么要紧！"因又说道："该随手拿出两个来给你这妹妹裁衣裳啊。等晚上想着再叫人去拿罢。"熙凤道："我倒先料着了。知道妹妹这两日必到，我已经预备下了，等太太回去过了目好送来。”王夫人一笑，点头不语。

当下茶果已撤，贾母命两个老嬷嬷[29]带黛玉去见两个舅舅去。维时，贾赦之妻邢氏忙起身笑回道：“我带了外甥女儿过去，到底便宜些[30]。”贾母笑道：“正是呢。你也去罢，不必过来了。”

那邢夫人答应了，遂带着黛玉和王夫人作辞。大家送至穿堂垂花门前。早有众小厮拉过一辆翠幄清油车[31]来，邢夫人携了黛玉坐上。众老婆们放下车帘，方命小厮们抬起，拉至宽处，驾上驯骡，出了西角门，往东过荣府正门，入一黑油漆大门内，至仪门[32]前，方下了车。邢夫人挽着黛玉的手进入院中。黛玉度其处必是荣府中之花园隔断过来的。进入三层仪门，果见正房厢房游廊，悉皆小巧别致，不似那边的轩峻[33]壮丽，且院中随处之树木山石皆好。及进入正室，早有许多艳妆丽服之姬妾丫鬟迎着。

邢夫人让黛玉坐了，一面令人到外书房中请贾赦。一时回来说：“老爷说了：‘连日身上不好，见了姑娘，彼此伤心，暂且不忍相见。劝姑娘不必伤怀想家，跟着老太太和舅母是和家里一样的。姐妹们虽拙，大家一处作伴，也可以解些烦闷。或有委屈之处，只管说，别外道[34]了才是。’”

黛玉忙站起身来一一答应了，再坐一刻，便告辞。邢夫人苦留吃过饭去，黛玉笑回道：“舅母爱惜赐饭，原不应辞，只是还要过去拜见二舅舅，恐去迟了不恭，异日再领，望舅母容谅。”邢夫人道：“这也罢了。”遂命两个嬷嬷用方才坐来的车送过去。于是黛玉告辞。邢夫人送至仪门前，又嘱咐了众人几句，眼看着车去了方回来。

一时，黛玉进入荣府，下了车，只见一条大甬路[35]，直接出大门来。众嬷嬷引着，便往东转弯，走过一座东西穿堂、向南大厅之后，仪门内大院落，上面五间大正房，两边厢房，鹿顶耳门钻山[36]，四通八达，轩昂壮丽，比各处不同。黛玉便知这方是正内室。进入堂屋，抬头迎面先见一个赤金九龙青地大匾[37]，匾上写着斗大三个字是“荣禧堂”。后有一行小字：“某年月日书赐荣国公贾源”，又有“万几宸翰”之宝[38]。大紫檀雕螭案上设着三尺多高青绿古铜鼎，悬着待漏随朝墨龙大画[39]。一边是錾金彝[40]，一边是玻璃盆。地下两溜[41]十六张楠木圈椅。又有一副对联，乃是乌木联牌，镶着錾金字迹，道是：“座上珠玑昭日月，堂前黼黻焕烟霞。[42]”下面一行小字是：“世教弟勋袭东安郡王穆莳[43]拜手书”。

原来王夫人时常居坐宴息[44]也不在这正室中，只在东边的三间耳房内。于是嬷嬷们引黛玉进东房门来。临窗大炕上铺着猩红洋毯，正面设着大红金钱蟒引枕[45]，秋香色[46]金钱蟒大条褥。两边设一对梅花式洋漆小几：左边几上摆着文王鼎[47]，鼎旁匙筯[48]香盒；右边几上摆着汝窑美人觚[49]，里面插着时鲜花草。地下面，西一溜四张大椅都搭着银红撒花椅搭，底下四副脚踏；两边又有一对高几，几上茗碗瓶花俱备。其余陈设不必细说。

老嬷嬷让黛玉上炕坐。炕沿上却也有两个锦褥对设。黛玉度其位次，便不上炕，只就东边椅上坐了。本房的丫鬟忙捧上茶来。黛玉一面吃了，打量这些丫鬟们妆饰衣裙，举止行动，果与别家不同。

茶未吃了，只见一个穿红绫袄青绸掐牙[50]背心的丫鬟走来笑道："太太说，请林姑娘到那边坐罢。"老嬷嬷听了，于是又引黛玉出来，到了东南三间小正房内。正面炕上横设一张炕桌，上面堆着书籍茶具，靠东壁面西设着半旧的青缎靠背引枕。王夫人却坐在西边下首，——亦是半旧青缎靠背坐褥——见黛玉来了，便往东让。黛玉心中料定这是贾政之位，因见挨炕一溜三张椅子上也搭着半旧的弹花椅袱[51]，黛玉便向椅上坐了。王夫人再三让他上炕，他方挨王夫人坐下。王夫人因说："你舅舅今日斋戒[52]去了，再见罢。只是有一句话嘱咐你：你三个姐妹倒都极好，以后一处念书，认字，学针线，或偶一玩笑，都有个尽让[53]的。我就只一件不放心：我有一个孽根祸胎，是家里的'混世魔王'，今日因往庙里还愿去，尚未回来，晚上你看见就知道了。你以后总不用理会他，你这些姐姐妹妹都不敢沾惹他的。"

黛玉素闻母亲说过，"有个内侄，乃衔玉而生，顽劣异常，不喜读书，最喜在内帏厮混，外祖母又溺爱，无人敢管。"今见王夫人所说，便知是这位表兄，一面陪笑道："舅母所说，可是衔玉而生的？在家时记得母亲常说，这位哥哥比我大一岁，小名就叫宝玉，性虽憨顽，说待姐妹们却是极好的。况我来了，自然和姐妹们一处，弟兄们是另院别房，岂有沾惹之理？"王夫人笑道："你不知道原故。他和别人不同，自幼因老太太疼爱，原系和姐妹们一处娇养惯了的。若姐妹们不理他，他倒还安静些；若一日姐妹们和他多说了一句话，他心上一喜，便生出许多事来：所以嘱咐你别理会他。他嘴里一时甜言蜜语，一时有天没日[54]，疯疯傻傻，只休信他。"

黛玉一一的都答应着。忽见一个丫鬟来说："老太太那里传晚饭了。"王夫人忙携了黛玉出后房门，由后廊往西出了角门，是一条南北甬路，南边是倒座[55]三间小小抱厦厅[56]，北边立着一个粉油大影壁[57]，后有一个半大门，小小一所房屋。王夫人笑指向黛玉道："这是你凤姐姐的屋子，回来你好往这里找他去。少甚么东西，只管和他说就是了。"这院门上也有几个才总角[58]的小厮，都垂手侍立。

王夫人遂携黛玉穿过一个东西穿堂，便是贾母的后院了，于是进入后房门。已有许多人在此伺候，见王夫人来，方安设桌椅。贾珠之妻李氏捧杯，熙凤安箸，王夫人进羹。贾母正面榻上独坐，两旁四张空椅。熙凤忙拉黛玉在左边[59]第一张椅子上坐下，黛玉十分推让。贾母笑道："你舅母和嫂子们是不在这里吃饭的，你是客，原该这么坐。"黛玉方告了坐[60]，就坐了。贾母命王夫人也坐了。迎春姊妹三个告了坐方上来，迎春坐右手第一，探春左第二，惜春右第二。旁边丫鬟执着拂尘漱盂巾帕。李纨凤姐立于案旁布让。外间伺候的媳妇丫鬟虽多，却连一声咳嗽不闻。饭毕，各各有丫鬟用小茶盘捧上茶来。当日林家教女以惜福[61]养身，每饭后必过片时方吃茶，不伤脾胃。今黛玉见了这里许多规矩不似家中，也只得随和着些。接了茶，又有人捧过漱盂来，黛玉也漱了口。又盥手毕，然后又捧上茶来，这方是吃的茶。

贾母便说："你们去罢，让我们自在说说话儿。"王夫人遂起身，又说了两句闲话儿，方引李凤二人去了。贾母因问黛玉念何书，黛玉道："刚念了《四书》[62]。"黛玉又问姊妹们读何书，贾母道："读甚么书！不过认几个字罢了。"

一语未了，只听外面一阵脚步响，丫鬟进来报道宝玉来了。黛玉心想："这个宝玉不知是怎样个惫懒[63]人呢。……"及至进来一看，却是位青年公子。头上戴着束发嵌宝紫金冠[64]，齐眉勒着二龙戏珠金抹额[65]；一件二色金百蝶穿花大红箭袖[66]，束着五彩丝攒花结长穗宫绦[67]，外罩石青起花八团倭缎排穗褂[68]；登着青缎粉底小朝靴[69]。面若中秋之月，色如春晓之花，鬓若刀裁，眉如墨画，鼻如悬胆，睛若秋波。虽怒时而似笑，即瞋视[70]而有情。项上金螭缨络，又有一根五色丝绦，系着一块美玉。

黛玉一见便吃一大惊，心中想道："好生奇怪！倒像在那里见过的？何等眼熟！……"只见这宝玉向贾母请了安[71]，贾母便命："去见你娘来。"即转身去了。一回再来时，已换了冠带。头上周围一转的短发，都结成小辫，红丝结束，共攒至顶中胎发，总编一根大辫，黑亮如漆，从顶至梢，一串四颗大珠，用金八宝坠脚[72]。身上穿着银红撒花半旧大袄，仍旧带着项圈、宝玉、寄名锁[73]、护身符等物；下面半露松绿撒花绫裤，锦边弹墨袜，厚底大红鞋。越显得面如傅粉，唇若施脂，转盼多情，语言若笑。天然一段风韵，全在眉梢；平生万种情思，悉堆眼角。——看其外貌，最是极好，却难知其底细。后人有《西江月》二词，批的极确。词曰：

无故寻愁觅恨，有时似傻如狂。纵然生得好皮囊[74]，腹内原来草莽[75]。　潦倒不通庶务，愚顽怕读文章[76]。行为偏僻[77]性乖张[78]，那管世人诽谤？

又曰：

富贵不知乐业，贫穷难耐凄凉。可怜辜负好时光，于国于家无望。　天下无能第一，古今不肖无双。寄言纨袴与膏粱[79]：莫效此儿形状！

却说贾母见他进来，笑道："外客没见就脱了衣裳了？——还不去见你妹妹呢。"宝玉早已看见了一个袅袅婷婷[80]的女儿，便料定是林姑妈之女，忙来见礼。归了座，细看时，真是与众各别。只见：

两弯似蹙非蹙笼烟眉[81]，一双似喜非喜含情目。态生两靥之愁，娇袭一身之病[82]。泪光点点，娇喘微微。闲静似娇花照水，行动如弱柳扶风[83]。心较比干多一窍[84]，病如西子胜三分。

宝玉看罢，笑道："这个妹妹，我曾见过的。"贾母笑道："又胡说了。你何曾见过？"宝玉笑道："虽没见过，却看着面善，心里倒像是旧相认识，恍若远别重逢的一般。"贾母笑道："好，好！这么更相和睦了。"

宝玉便走向黛玉身边坐下，又细细打量一番，因问："妹妹可曾读书？"黛玉道："不曾读书，只上了一年学，些须[85]认得几个字。"宝玉又道："妹妹尊名？"黛玉便说了名。宝玉又道："表字[86]？"黛玉道："无字。"宝玉笑道："我送妹妹一字，莫若'颦颦'二字，极妙。"探春便道："何处出典？"宝玉道："《古今人物通考》[87]上说：'西方有石名黛，可代画眉之墨。'况这妹妹，眉尖若蹙，取这个字，岂不甚美？"探春笑道："只怕又是杜撰[88]！"宝玉笑道："除了《四书》，杜撰的也太多呢。"因又问黛玉："可有玉没有？"众人都不解。黛玉便忖度着"因他有玉，所以才问我的"，便答道："我没有玉。你那玉也是件稀罕物儿，岂能人人皆有？"

宝玉听了，登时发作起狂病来，摘下那玉，就狠命摔去，骂道："甚么罕物！人的高下不识，还说灵不灵呢！我也不要这劳什子[89]！”吓的地下众人一拥争去拾玉。贾母急的搂了宝玉，道：“孽障[90]！你生气，要打骂人容易，何苦摔那命根子[91]！”宝玉满面泪痕，哭道：“家里姐姐妹妹都没有，单我有，我说没趣儿；如今来了这个神仙似的妹妹也没有，可知这不是个好东西。”贾母忙哄他道：“你这妹妹原有玉来着，因你姑妈去世时，舍不得你妹妹，无法可处，遂将他的玉带了去：一则全殉葬之礼，尽你妹妹的孝心；二则你姑妈的阴灵儿也可权[92]作见了你妹妹了。因此，他说没有，也是不便夸张的意思啊。你还不好生带上，仔细你娘知道！”说着，便向丫鬟手中接来，亲与他带上。宝玉听如此说，想了一想，也就不生别论。

注　释

① 敕造：奉皇帝之命建造。敕，本为自上命下的用语，通用于长官对下属、长辈对晚辈。南北朝以后成为皇帝发布诏令的专称。

② 一箭之远：一枝箭射程的远近，有一百二十步等数种说法。这里指走了不多一会儿。

③ 小厮：年青的男性仆人。

④ 垂花门：旧时富家宅院，进入大门之后，内院院门一般有雕刻的垂花倒悬于门额两侧，门上边盖有宫殿式的小屋顶，称垂花门。

⑤ 超手游廊：院门内两侧环抱的走廊。超手，也作“抄手”。

⑥ 穿堂：宅院中，座落在前后两个院落之间可以穿行的厅堂。

⑦ 穿山游廊厢房：从山墙开门接起的游廊和厢房。山，指山墙；房子两侧的墙，形状如山，俗称山墙。厢房，正房两侧的房屋。

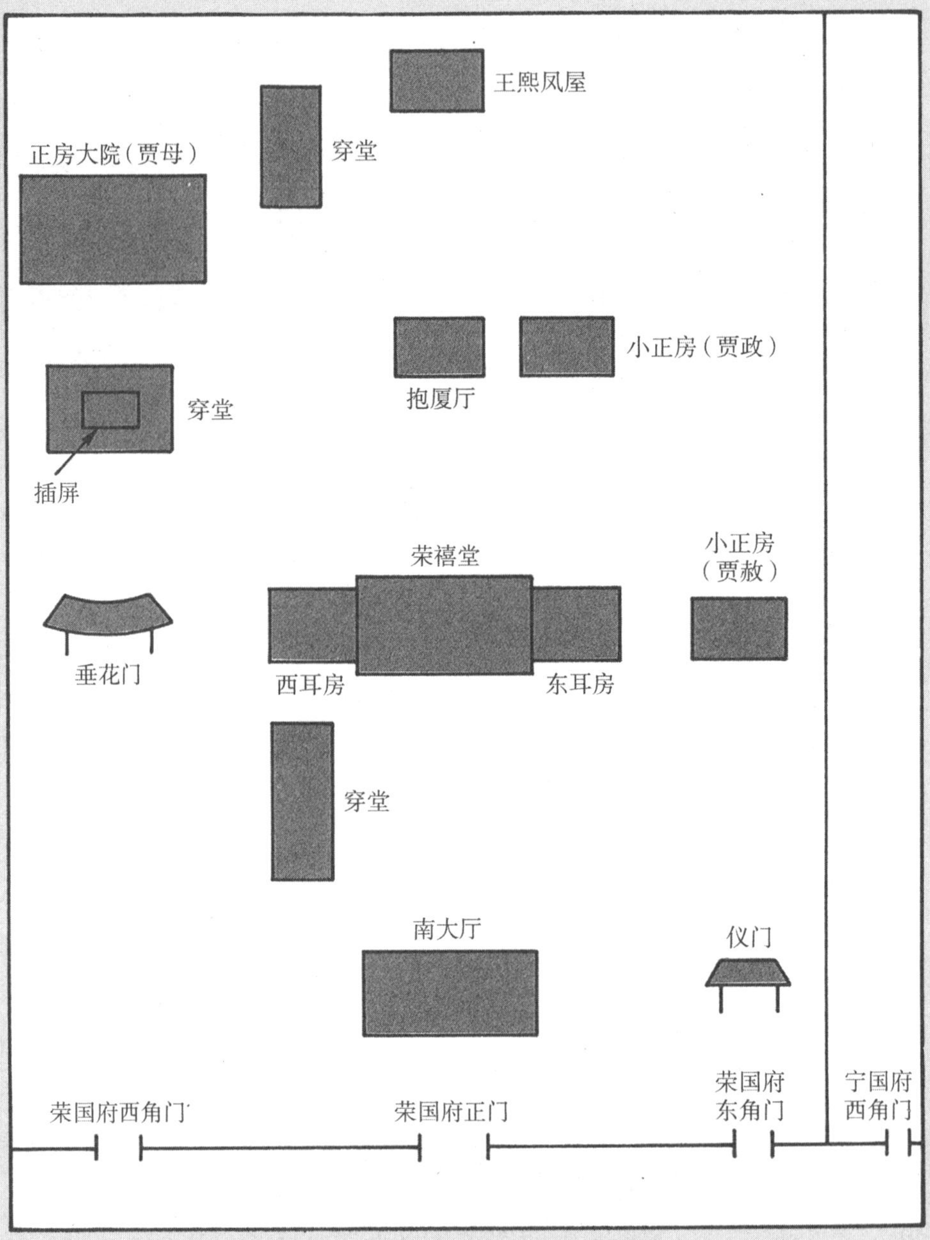
王熙凤屋
穿堂
正房大院（贾母）
小正房（贾政）
抱厦厅
穿堂
插屏
荣禧堂
小正房
（贾赦）
垂花门
西耳房
东耳房
穿堂
南大厅
仪门
荣国府西角门
荣国府正门
荣国府
东角门
宁国府
西角门

荣国府各院位置示意图

⑧ 先前珠大哥的媳妇：指贾政已故长子贾珠之妻，名李纨。

⑨ 第一个：指迎春，贾赦的女儿。

⑩ 第二个：指探春，贾政的女儿。

⑪ 顾盼神飞：眼波流转，神采飞扬。

⑫ 第三个：指惜春，宁国府贾敬的女儿。

⑬ 形容尚小：形体和容貌还幼小。

⑭ 厮认：互相认识。厮，互相。

⑮ 风流态度：风韵脱俗的神态。

⑯ 不足之症：由身体虚弱引起的病症，如脾胃虚弱，叫中气不足；气血虚弱，叫正气不足。

⑰ 媳妇：这里专指女仆。夫妇共同在一家做奴仆，妇便被称为某人媳妇或某人家的。

⑱ 金丝八宝攒（cuán）珠髻：用金丝穿绕珍珠和镶嵌八宝（玛瑙、碧玉之类）制成的珠花发髻。攒，凑聚。

⑲ 绾（wǎn）：把长条形的东西盘绕起来打成结。

⑳ 朝阳五凤挂珠钗：一种长钗，样子是一枝钗上分出五股，每股一只凤凰，口衔一串珍珠。

㉑ 赤金盘螭（chī）缨络圈：赤金造的项圈，上有盘螭和缨络作附加饰物。螭，古代传说中一种没有角的龙。缨络，联缀起来的珠玉。

㉒ 缕金百蝶穿花大红云缎窄裉（kèn）袄：指在大红云缎的衣面上用金线绣成百蝶穿花图案的紧身袄。裉，上衣前后两幅在腋下合缝的部分。缕金，指金线。

㉓ 五彩刻丝石青银鼠褂：青石色的衣面上有各种彩色刻丝，衣里是银鼠皮的褂子。刻丝，在丝织品上用丝平织成花纹图案，与凸出的绣花不同。石青，淡青灰色。银鼠又名白鼠、石鼠。褂，外衣，清代礼服。

㉔ 翡翠撒花洋绉裙：翡翠，翠绿色。撒花，在绸缎上用散碎小花点组成的花样或图案。洋绉，极薄而软的平纹春绸，微带自然皱纹。

㉕ 丹凤三角眼：眼角向上微翘，俗称丹凤眼。

㉖ 柳叶掉梢眉：形容眉梢斜飞入鬓的样子。

㉗ 布让：宴席间向客人敬菜、劝餐。这里指敬茶捧果。

㉘ 月钱：以往富户大家每月按等级发给家中人等供零用的钱。

㉙ 嬷嬷：即乳母。

㉚ 到底便宜些：毕竟方便些。

㉛ 翠幄（wò）清油车：用粗厚的绿色绸类作车帐的轿车，后来套上驯骡，便成了骡车。清油，车身、车轮全部用桐油或广漆油漆成荸荠色，栗壳色。幄，帐幕。

㉜ 仪门：旧时官衙、府第的大门之内尚有一门。一说旁门，也可称仪门。

㉝ 轩峻：高大。

㉞ 外道：见外，客气。

㉟ 甬（yǒng）路：庭院中间的通道，多用砖石铺砌而成。

㊱ 两边厢房，鹿顶耳门钻山：两边的厢房用钻山的方式与平顶的耳房相连接。鹿顶，指平屋顶。耳房，连接在正房两侧的小房子。钻山，指山墙上开门或开洞，与相邻的房子或游廊相接。

㊲ 赤金九龙青地大匾：青色底子上饰以赤金色九龙的大匾。

㊳ “万几宸（chén）翰”之宝：上四字是皇帝印章上的文字。万几，万机，形容皇帝政务繁多，日理万机的意思。宸翰，皇帝的笔迹。宸，北宸，即北极星。皇帝坐北朝南，所以用北宸代指皇帝。翰，墨迹、书法。宝，皇帝的印玺。

㊴ 待漏随朝墨龙大画：隐含“待漏随朝”之意的墨龙大画。待漏，明清时代大臣在五更前到朝房里等待上朝的时刻。漏，铜壶滴漏，古代计时

器，代指时间。随朝，按照大臣的班列朝见皇帝。墨龙大画，巨龙在云雾海潮中隐现的大幅水墨画。旧时以龙象征帝王，画中的“潮”与朝见的“朝”谐音，隐寓上朝陛见君王的意思。

㊵ 錾(zàn)金彝：錾金，一种金雕工艺。錾，雕刻。彝，古代青铜器中礼器的通称。

㊶ 两溜：左右两排。

㊷ 座上珠玑昭日月，堂前黼(fǔ)黻(fú)焕烟霞：座中人佩带的珠玉如日月般光彩照人，堂上客衣服的图饰如烟霞般绚丽夺目。珠玑，珍珠。昭，明亮。黼黻，古代官僚贵族礼服上绣的花纹。黼，半黑半白的图案。黻，半黑半青的图案。焕，鲜明。

㊸ 世教弟勋袭东安郡王穆莳：穆莳与贾家为世交，故谦称“世教弟”。郡王，爵位名。勋袭，也称“勋荫”，借祖先的功业继承郡王的爵位。

㊹ 宴息：宴，安逸、安闲。息，休息。

㊺ 金钱蟒引枕：金钱蟒，锦缎上织有小团龙纹的图案。引枕，坐时搭扶胳膊的一种圆墩形的倚枕。

㊻ 秋香色：淡黄绿色。

㊼ 文王鼎：周朝的传国宝鼎，这里指一种小型仿古香炉，内烧粉状檀香之类的香料。

㊽ 匙箸(zhù)：拨弄香灰的用具，箸，筷子。

㊾ 汝窑美人觚(gū)：宋代河南汝州窑烧制的一种仿古瓷器。觚，古代饮酒器，长身细腰，形如美人。

㊿ 掐牙：锦缎双叠成细条，嵌在衣服或背心的夹边上，仅露少许作为装饰，叫掐牙。

51 弹花椅袱：以纸剪镂空图案覆于织品上，用墨色或其他颜色弹或喷成各种图案花样，叫弹花。椅袱，用锦缎之类做成的椅套。

㊾ 斋戒：旧时在祭祀、礼佛或举行隆重大典前，沐浴更衣，戒除嗜欲（不吃酒、不吃荤等），表示虔诚。

㊿ 尽让：推让，使别人占先。

○54 有天没日：比喻说话非常放肆，毫无顾忌。

○55 倒座：正房座北朝南，“倒座”与正房相对，座南朝北。

○56 抱厦厅：回绕堂屋后面的侧室。

○57 影壁：俗称“照墙”，立于门内或门外用作屏障或装饰。

○58 总角：儿童头发总起梳成分开的两个发髻，借指儿童时代。

○59 左边：古时席位以左为尊。

○60 告了坐：长辈指示幼辈就坐，晚辈须先告坐，如说“有坐”或别的什么话，然后才就坐。

○61 惜福：爱惜福分。

○62 《四书》：宋代朱熹把《大学》《中庸》《论语》《孟子》合编在一起，称为《四书》。

○63 惫懒：涎皮赖脸的意思。

○64 束发嵌宝紫金冠：把头发束扎在顶部的一种髻冠，上面插戴各种饰物或镶嵌珠玉。

○65 二龙戏珠金抹额：抹额，围扎在额前，用以压发、束额之物。二龙戏珠，抹额上装饰的图案。

○66 二色金百蝶穿花大红箭袖：大红窄袖衣服，上有用深浅两色金线绣成的百蝶穿花图案。箭袖，原为便于射箭穿的窄袖袍服，这里指男子穿的一种服式。

○67 五彩丝攒花结长穗宫绦（tāo）：五彩丝攒花结，用五彩丝攒聚成花朵的结子，指绦带上的装饰花样。长穗宫绦，指系在腰间用丝线编织成的带子。长穗，是绦带端部下垂的穗子。

(68) 石青起花八团倭缎排穗褂：褂，行褂、马褂。长只到股，袖只到肘。团，圆形团花。倭缎，又称东洋缎。排穗，排缀在马褂下面边缘的彩穗。

(69) 青缎粉底小朝靴：指黑色缎面、白色厚底、半高筒的靴子。青缎，黑色的缎子。朝靴，古代百官穿的"乌皮履"。

(70) 瞋(chēn)视：发怒时睁大眼睛看。

(71) 请了安：清代的请安礼节，男子"打千"，即右膝半跪；女子双手扶左膝，右腿微屈，往下蹲身，口称"请某人安"。

(72) 金八宝坠脚：金八宝，金饰物上嵌各色珍珠宝石，泛称"八宝"。坠脚，用于朝珠、床帐等下端，起下垂作用的小装饰品，这里指辫子梢部所坠的饰物。

(73) 寄名锁：旧时怕幼儿夭亡，给寺院或道观一定财物，让幼儿当"寄名"弟子，并在幼儿项间系一小金锁(取锁住之意)，名"寄名锁"。

(74) 皮囊：一作"皮袋"，指人的躯壳。佛教认为人的灵魂不死不灭，人的肉体只是为灵魂提供暂时住所，犹如皮口袋。

(75) 草莽：丛生的杂草，喻不学无术。

(76) 文章：这里指四书五经和时文八股之类。

(77) 偏僻：偏激，不端正。

(78) 乖张：偏执，不驯顺，与众不同。

(79) 纨袴与膏粱：富贵子弟。纨袴，素色细绢做的裤子；膏粱，肥肉精米，都代指富贵子弟。这里这二词并无贬义。

(80) 袅袅婷婷：形容女子走路体态轻盈。

(81) 笼烟眉：形容眉毛像一抹轻烟。

(82) 态生两靥(yè)之愁，娇袭一身之病：妩媚的风韵生于含愁的面容，娇怯的情态出于孱弱的病体。态，情态，风韵。靥，面颊上的酒涡。

(83) 弱柳扶风：如微风中软弱的柳丝那样轻盈。

⑭ 心较比干多一窍：这句赞林黛玉聪明颖悟。比干，商代纣王的叔父。《史记·殷本纪》载：纣王淫乱，“比干曰：‘为人臣者，不得不以死争。’廼（乃）强谏纣。纣怒曰：‘吾闻圣人心有七窍。’剖比干，观其心。”古人认为心窍越多越有智慧。

⑮ 些须：一点儿，少许。

⑯ 表字：古人在本名外还有字，名与字意义相关。字往往表达取名之义，所以称表字。

⑰ 《古今人物通考》：并无此书，或系宝玉随口编造。

⑱ 杜撰：没有根据的臆造。

⑲ 劳什子：使人讨厌的东西。

⑳ 孽障：本作“业障”。佛教称过去所作恶事造成的不良后果，后成骂人之词。

㉑ 命根子：《红楼梦》第二回说，宝玉生时，“嘴里便衔下一块五彩晶莹的玉来，上面还有许多字迹”，所以贾母说是命根子。

㉒ 权：姑且，暂且。

预　习

一　黛玉的轿子进了荣国府的西角门，为什么还要换轿？抬轿的小厮至垂花门前，为什么都要“肃然退出”？

二　贾赦是贾母的长子，却僻居荣国府的东院；大媳妇邢夫人也不到贾母处伺候晚膳，这表明什么？

三　宝、黛见面之前，作者在王夫人嘱咐黛玉的话里，先介绍贾宝玉是家里的“混世魔王”，有什么作用？

四　作者描写宝、黛见面时各有一种似曾相识的感觉，用意是什么？

五　在荣国府各院位置示意图上，绘上林黛玉进贾府所走的路线。

分析和欣赏

文体特点

详见《武松打虎》一课的“文体特点”项。

内容分析

长篇名著《红楼梦》结构宏伟。全书一百二十回，从第一回到第五回属于引首性质（或称序幕），作者借此说明创作意图，并为故事情节的正式展开作准备。其中第三回，即课文所选的部分，着重写女主角林黛玉的出场。作者借黛玉进荣国府作为引线，介绍两个内容：一是随着黛玉经过的路线，勾勒出荣国府的外观内景，各房院落的位置和室内陈设，以显示巍巍荣国府的贵族气派；二是按照黛玉会见的人物，交代这个大家庭主要成员的身分、地位，他们的性格特征和相互关系，介绍贵族之家繁琐的礼节，奢侈的排场，让读者在开卷之初，对这部巨著的主要活动中心地和主要人物有一个初步的认识。

课文可分四大段。

第一大段，从“且说黛玉自那日弃舟登岸时”至“王夫人一笑，点头不语”，写林黛玉与贾母等人见面。

第二大段，从“当下茶果已撤”至“只休信他”，写黛玉拜见贾赦和贾政，并从王夫人口中得知贾宝玉的生性行事。

第三大段，从“黛玉一一的答应着”至“不过认几个字罢了”，写贾母吃晚饭的礼节、规矩、排场。

第四大段，从“一语未了”至结束，写宝、黛初晤。

林黛玉进荣国府的第一件事是拜见长辈。这样，她走遍了荣国府的各房院落。黛玉由西角门入府后，先到贾母的住院。贾母住院地处荣府西端，是《红楼梦》故事活动中心地之一。然后辞别贾母，去拜见两位舅舅。她先由邢夫人陪同到了贾赦住院。贾赦住院僻处荣府最东端，而且与其他各房隔断不通，所以黛玉要坐上骡车重新出西角门，往东经过荣国府正大门，进入黑漆大门，才是贾赦住院。大舅舅托病不见，黛玉辞出后，由原路进荣府，到了贾政住院。这本是荣国府的居中正室，有大甬路直通正大门。因为正门平常不开，黛玉从西角门进去后，要“往东转弯”。据《红楼梦》第二回交代，贾政现居官工部员外郎，所以他虽是贾母的次子，却住了荣国府的正室大院。他的住所，除了正内室，还有三间耳房和东南三间小正房，种种陈设排场，最足以代表贵族世家的气派，并显示贾政为人的严肃方正，持家有道。晚饭时，黛玉从贾政住院后房门，通过王熙凤住院，来到贾母后院。这一回叙述各房院落位置非常清楚。

林黛玉因丧母才去投靠外祖母的，所以贾母见了她，先是“心肝儿肉”叫着大哭起来，然后才让黛玉拜见。在贾母那里，同时会见了大舅母邢夫人、二舅母王夫人、珠大嫂子李纨和迎春三姊妹。给她印象最深的是那位荣国府的实权人物王熙凤，她人未到，先传来笑语声，贾母竟然跟她随意开玩笑，王夫人问她什么，她都事先想到办妥。她是贾母的“宠儿”，王夫人的得力帮手。林黛玉既是老祖宗的“心肝儿肉”，一家人自然都要来表示亲热。但是，王熙凤拉着手的赞美、关心，王夫人再三让她上炕，紧挨着说话，似乎都未能使她摆脱寄人篱下的陌生感。直到晚饭以后，宝黛初晤，才出现奇妙的景象。在正式相见之前，林黛玉已在王夫人的嘱咐里对贾宝玉有了“混世魔王”的模糊印象。及至见面，大出意料，原来不过是一位“青年公子”，细一看，又大吃一惊，“像在那里见过的”。荣国府主要人物至此纷纷登场。作者对宝黛“恍若远别重逢”的描写，预示着此后两人的爱情纠葛。贾宝玉杜撰《古今人物通考》一书为黛玉取表字，以及大发狂病而摔玉，初步展示了他离经叛道的性格和在贾母心里比王熙凤占有更重要的地位。

贯穿着这一回的，是林黛玉怀着“步步留心，时时在意，不要多说一句话，不可多行一步路”的心情，仔细观察“外祖母家与别人家不同”。轩昂壮丽的府第，衣着鲜艳的人物固然与别家不同，而礼节、规矩的繁琐尤为突出。林黛玉刚进西角门，便换了小厮抬轿，到了贾母住院前，众小厮肃然退出，这还不过是严别内外之分。贾母用膳时，要由她老人家最看重的长孙媳妇李纨捧杯，最宠爱的孙媳妇王熙凤安筋，最信任的媳妇王夫人进羹。“外间伺候的媳妇丫鬟虽多，却连一声咳嗽不闻。”饭毕用茶，先是漱口的茶，然后方是吃的茶。黛玉看到这些，立即敏感地想到：“这里许多规矩不似家中，也只得随和着些。”更加增强了“步步留心，时时在意”的警惕，日子久了，终于养成孤僻多疑的性格。

作者通过林黛玉的见闻，以重彩浓墨勾勒了荣国府及其主要成员；而黛玉的体弱多病，“步步留心，时时在意”的压抑心情，也为宝黛爱情悲剧的展开定下了基调。这可说是本回书的主题。

作法欣赏

以有限的篇幅展示丰富的内容，是这一回书布局结构上的特点。林黛玉是《红楼梦》的主角，她进贾府一事至为重要，必须及早交代。然而，作者写的是林黛玉，而用意则在通过林黛玉，把荣国府的各房院落以及主要成员作一概括而形象的介绍，便于以后故事情节的开展。巧妙的是，作者的后一个目的完全服从于黛玉进府这一特定情节，两者融为一体，天衣无缝。黛玉进府的第一件事是拜见外祖母，这样势必顺理成章地介绍了《红楼梦》故事活动中心地之一的贾母住院。贾母是荣国府的“老祖宗”，平时经常有大批人在那里侍候，随着黛玉的到来，主要成员纷纷登场。接下来拜见两位舅舅，这也是礼节所必需，然而这是虚笔，结果两位舅舅都未见到，见不见原不重要，作者实际借此交代贾赦住院和贾政住院的坐落位置，两者异同，详细描写贾政住院的陈设，以显示贵族世家的气派。从林黛玉进贾府这一回，即可见曹雪芹之精于布局结构。

这一回书，人物众多。作者用笔有繁有简，但写来无不个性鲜明。其中精心刻画的要推王熙凤和贾宝玉了。作者写王熙凤运用了多种手法：先闻其声，再见其人，后知其名，浓彩重笔，层层渲染。接着通过王熙凤的行动、语言，把这个人物写活了。只见她携着黛玉的手，连声赞美，然后话锋一转，叹息姑妈去世，就用手帕拭泪，一听贾母说“快别再提”，忙又转悲为喜，自承“该打”，重新拉着黛玉的手问这问那，关怀备至。写得活灵活现，情景如画。

贾宝玉是在宝、黛相见时出场的，是这回书的重点，也即高潮部分。照说，贾宝玉在林黛玉拜见贾母之初就可以见面的，要是这样，小说就毫无章法了。所以作者安排他“往庙里还愿”，乃得于最后宝、黛相见时作重点描写。出场前，添出一段铺垫，那就是王夫人郑重嘱咐黛玉的话，将贾宝玉说成是“顽劣异常”的“混世魔王”，用反衬法引起读者的悬念。正式出场时，先以礼服和常服两种服饰描写，刻画贾宝玉外表的美好，再有《西江月》二词以“反语”的手法，给予似贬实褒的批评。贾宝玉杜撰了《古今人物通考》，又说除《四书》外无非杜撰；及后狂病发作，大摔其玉。作者选取这样两件事，对贾宝玉“离经叛道”的性格，作了初步而鲜明的点染，以加深读者的印象。

林黛玉是这一回的主角，对她的刻画又自不同。她是带着“步步留心，时时在意，不要多说一句话，不可多行一步路”的心情进贾府的。她得体地辞谢邢夫人的留饭；在王夫人处不上炕，只就椅子坐下；晚膳时，王熙凤拉她坐第一张椅子，她十分推让；贾府的许多规矩不似家中，知道随和着些；当宝玉问她可曾读书，她没有回答“刚念了《四书》”，而是说“不曾读书”；后来宝玉又问她有玉没有，她也是忖度以后才答。这些都是“步步留心，时时在意”的具体表现。这是作者定下的一个基调，说明这样的心情，在以后长期寄人篱下的生活中，必然要养成孤僻多疑的性格。本回又有一段众人关心黛玉“不足之症”的描写，这是作者定下的又一基调，孤单无势，怪僻多病，正是黛玉日后在贾母等人心目中的形象逐渐暗淡的原因。而本回中，贾母“心肝儿肉”的叫，王熙凤的关心，王夫人的嘱咐，又都为后来三人合谋拆散宝黛婚姻起了反衬的作用。值得注意的是，作者写孤女林黛玉进府，仿佛一枝孤芳落入万紫千红的大花园里，纯用一热一冷的对比衬托手法。如对林黛玉外貌的描写就别具一格，远不及对王熙凤、贾宝玉那样火红热闹。这是作者的一种“不写之写”，一则林黛玉的美，在于风神言谈脱俗，未可言传，更非肖像、服饰描写所能胜任；二则清淡分散的描写，正要与对贾、王等人浓重集中的刻画相区别，是符合林黛玉的身分、性格和意趣的。

作者记一件事，写一个人，决不是孤立的，而是考虑到与上下左右前后的关系，使之互相映带、衬托、呼应、对照。阅读时把握了这个特点，就能从局部联系全体，从正面看到反面，从平面想象立体，从闲笔推测正意，有助于欣赏。

试以贾母处两次聚会为例。这两次聚会，着重写贵族世家的礼节、规矩，但用意又不全在此。第一次是初见，在黛玉眼里，邢夫人、王夫人、李纨、迎春三姊妹，“这些人个个皆敛声屏气”，足见这位“老祖宗”如何讲究上下尊卑的礼仪，然而王熙凤的出场，与贾母一搭一档，互开玩笑，把“规矩”破坏无余。第二次是用晚膳，贾母正面榻上独坐，“李氏捧杯，熙凤安筯，王夫人进羹”，“旁边丫鬟执着拂尘漱盂巾帕，李纨凤姐立于案旁布让。外间伺候的媳妇丫鬟虽多，却连一声咳嗽不闻”。作者有意识地进一步突出贵族世家规矩的森严。然而贾宝玉的出场，可以任性摔玉，口出骂声，也把“规矩”给打破了。这一切正是表明王熙凤、贾宝玉与众不同的地位，显示了所有的规矩都可由“老祖宗”任意修改。王熙凤、贾宝玉前后出场两相对照，表明两人都是贾母的宠儿，但宝玉又比王熙凤更重要。描写两人出场，实际也刻画了贾母这个人物。

《红楼梦》的语言，干净、准确、传神，许多语言学家都喜欢引用作为范例。课文中人物语言以王熙凤出场一段最为精彩，前面已经略有涉及。即使像“不要多说一句话”的林黛玉，这一回中总共说了四五句话，也是语语得体，非常符合林黛玉初来乍到、此时此刻的心理状态。譬如她回答“常服何药”一段，先说自来如此，“从会吃饭时便吃药到如今”；再具体介绍癞头和尚要她出家一事；最后才说到现在吃人参养荣丸。说得多么平静委婉，周全通达。其他像辞谢邢夫人的留饭以及向王夫人陪笑问起贾宝玉等，莫不具有同样的特点。要知道林黛玉也是一张利嘴，出语尖刻伤人，不留情面。这一回中具体场合不同，说话是经过三思的。然而在得体之中，像介绍癞头和尚一事，还有反问王夫人“况我来了，自然和姐妹们一处，弟兄们是另院别房，岂有沾惹之理?”仍可见她伶牙俐齿的一面。这些都显示了曹雪芹运用语言的天才。

《红楼梦》有一个宏伟而完整的结构，在这个大结构中，情节的开展，人物的活动，相互联系，牵一发而动全身。在曹雪芹笔下，叙事则层次井然，写人则性格鲜明，语言又极富于艺术表现力，形成了《红楼梦》独特的风格。

讨论问题

一　从哪些地方表明王熙凤在荣国府的特殊地位，是荣国府的实权人物?

二　林黛玉拜见大舅父、二舅父，结果贾赦和贾政都未见，这样写有什么好处?

三　本文描写荣国府房舍院落的位置、陈设，详略不同，为什么这样安排?

四　作者描写贾母、贾赦、贾政所居的三处院落，附带交代了各院的丫鬟们，但用笔各不相同，其作用是什么?

五　作者一开始就指出林黛玉是带着“步步留心，时时在意……”的心情进贾府的，为什么要这样写？

六　作者对王熙凤、贾宝玉、林黛玉的外貌都有两句一组的骈俪文加以概括的描写。这种写法有什么优点？有什么缺点？

参考资料

一　关于《红楼梦》的写作

我总的认为，《红楼梦》不是一般的小说，而是在特殊的时代，作者经过特殊的经历之后，用特殊的艺术表现手法写出来的一部具有划时代意义的伟大作品。……

作家的经历特殊，是说曹雪芹的家族不同于清朝的一般达官显贵，……财势和权力都达到了顶峰。曹雪芹的童年和少年就是在这样的“温柔富贵乡”中度过的。另一方面，曹氏家族还是一个颇具文化教养的诗礼之家，祖父曹寅工诗，擅词曲，富收藏，精于刻书，许多学界闻人都出入其门下，这为作者的成长提供了良好的文学环境。然而，就是这样一个“赫赫扬扬，已将百载”的贵族世家，在康熙和雍正政权交替期间，……遭到了抄家没产的悲惨命运，政治上从此一蹶不振，由钟鸣鼎食的贵公子一变而为罪囚的后代，晚年甚至流落北京西郊，过着“举家食粥酒常赊”的贫窘生活。这种生活遽变，使曹雪芹饱尝了人间的冷暖，加深了他对清朝腐朽政治的感受和认识；这种生活遽变，使他历尽世态炎凉，对那一社会上层和下层的人们的面目都有所了解；……这种生活遽变，为他的文学活动提供了含义深远的素材，并成为他创作《红楼梦》的真正动因。《红楼梦》第一回援引作者的话说：“作者自云：‘因曾历过一番梦幻之后，故将真事隐去，而借通灵之说，撰此《石头记》一书也。’”这段话对理解《红楼梦》的创作至关重要，也可以说是开启《红楼梦》这座艺术宝库的一把钥匙。

（摘自刘梦溪《红楼梦新论》）

二　关于《红楼梦》一至五回

《红楼梦》巨大的艺术成就，突出地表现在复杂而又和谐的结构和布局上。……从第一回到第五回是序幕，暗示创作意图，介绍主要人物，为故事情节的展开作准备。第一回从苏州写起，出场的引线人物是甄士隐、贾雨村，意思是把真事隐去，用假语村言写出来，表明这本小说是艺术创造，并非生活的照相，……第二回通过贾雨村和冷子兴的一席对话，巧妙地介绍了即将出场的贾府人物，点明了贾府中充满矛盾的现状。第三回从贾雨村引出女主角林黛玉进入荣府，主要人物纷纷出场，并别出心裁地安排了宝玉和黛玉的初次会面。第四回笔锋一转，用“护官符”点出贾、史、王、薛四大家族的来历，引出薛宝钗进入贾府。第五回用浪漫主义的象征手法写“太虚幻境”，通过“金陵十二钗”正册的判词和套曲，预示主要人物的性格特征和悲剧结局。……小说的故事情节从第六回刘姥姥一进荣国府正式开始。她在小说中三进荣国府，正好目击了贾府由盛而衰的过程，在艺术结构上贯穿始终，起了纲举目张的作用。

（摘自吴新雷《曹雪芹的红楼梦》）

三　“红学”简介

《红楼梦》开始以抄本在社会上流传的时候，就受到了人们的普遍而又热烈的欢迎，而且越来越多地吸引了人们研究、评论它的兴趣。……后来有些人甚至把研究《红楼梦》当作一种专门的学问，提出了“红学”这个称呼。……据现在所知，“红学”这个词是光绪初年一些“京朝士大夫”提出来的。当然，评论《红楼梦》的工作，实际上是开始于曹雪芹的同时代人脂砚斋在小说抄本上所作的批注。……已经有足足二百多年的历史了。

（摘自郭豫适《红楼研究小史稿》）

一般将清乾隆年间至民国初年称为旧红学时期，多用索隐比附的方法，把小说归结为真人真事的影射；评论文章以王国维的《红楼梦评论》最为重要。“五四”以后为新红学时期，以胡适为代表，着重研究作者家世和小说版本。《红楼梦》的研究至今方兴未艾，范围也日趋广泛。

应用练习

一　林黛玉进贾府为什么不走正门，要走角门？会见几位长辈时，为什么要走这样迂回曲折的路？

二　林黛玉进贾府想了些什么？说了些什么？这些语言描写和心理描写，各有什么作用？

三　本文多用对照法，处处渲染荣国府的热闹气氛，处处暗示林黛玉的孤冷心情，一热一冷，对照鲜明。试举例分析。

四　作者是怎样描写林黛玉这一人物的？与对王熙凤、贾宝玉的描写有什么不同？

五　贾宝玉出场时，作者在肖像描写之外，还安插了《西江月》二词，有什么作用？

六　以下的文字选自吴敬梓《儒林外史》第十四回，写的是八股文编选家马二先生独自一人游西湖的情景。先阅读小说，然后回答问题。

马二先生上船，一直来到断河头，问文瀚楼的书坊，——乃是文海楼一家——到那里去住。住了几日，没有什么文章选，腰里带了几个钱，要到西湖上走走。

这西湖乃是天下第一个真山真水的景致！且不说那灵隐的幽深，天竺的清雅。只这出了钱塘门，过圣因寺，上了苏堤，中间是金沙港，转过去就望见雷峰塔，到了净慈寺，有十多里路，真乃五步一楼，十步一阁。一处是金粉楼台，一处是竹篱茅舍；一处是桃柳争妍，一处是桑麻遍野。那些卖酒的青帘高飏，卖茶的红炭满炉，士女游人，络绎不绝，真不数"三十六家花酒店，七十二座管弦楼"。

马二先生独自一个，带了几个钱，步出钱塘门，在茶亭里吃了几碗茶，到西湖沿上牌楼跟前坐下。见那一船一船乡下妇女来烧香的，都梳着挑鬓头，也有穿蓝的，也有穿青绿衣裳的，年纪小的都穿些红袖单裙子；也有模样生的好些的，都是一个大团白脸，两个大高颧骨；也有许多疤、麻、疥、癞的。一顿饭时，就来了有五六船。那些女人后面都跟着自己的汉子，掮着一把伞，手里拿着一个衣包，上了岸，散往各庙里去了。马二先生看了一遍，不在意里，起来又走了里把多路。望着湖沿上接连着几个酒店，挂着透肥的羊肉，柜台上盘子里盛着滚热的蹄子、海参、糟鸭、鲜鱼，锅里煮着馄饨，蒸笼上蒸着极大的馒头。马二先生没有钱买了吃，喉咙里咽唾沫，只得走进一个面店，十六个钱吃了一碗面。肚里不饱，又走到间壁一个茶室吃了一碗茶，买了两个钱处片（处州出产的笋片）嚼嚼，倒觉得有些滋味。吃完了出来，看见西湖沿上柳阴下系着两只船。那船上女客在那里换衣裳：一个脱去元色外套，换了一件水田披风；一个脱去天青外套，换了一件玉色绣的八团衣服；一个中年的脱去宝蓝缎衫，换了一件天青缎二色金的绣衫。那些跟从的女客，十几个人，也都换了衣裳。这三位女客，一位跟前一个丫鬟，手持黑纱团香扇替他遮着日头，缓步上岸。那头上珍珠的白光，直射多远，裙上环珮，叮叮当当的响。马二先生低着头走了过去，不曾仰视。往前走过了六桥，转个弯，便像些村乡地方，又有人家的棺材厝基（未入土安葬的棺木，用土或砖掩护着，叫做厝基，以与坟墓区别），中间走了一二里多路，走也走不清，甚是可厌。马二先生欲待回家，遇着一走路的，问道："前面可还有好顽的所在？"那人道："转过去便是净慈、雷峰，怎么不好顽？"马二先生又往前走。走到半里路，见一座楼台盖在水中间，隔着一道板桥。马二先生从桥上走过去，门口也是个茶室，吃了一碗茶。里面的门锁着。马二先生要进去看；管门的问他要了一个钱，开了门，放进去。里面是三间大楼，楼上供的是仁宗皇帝的御书。马二先生吓了一跳，慌忙整一整头巾，理一理宝蓝直裰，在靴桶内拿出一把扇子来当了笏板，恭恭敬敬，朝着楼上扬尘舞蹈，拜了五拜。拜毕起来，定一定神，照旧在茶桌子上坐下。傍边有个花园，卖茶的人说是布政司房里的人在此请客，不好进去。那厨房却在外面。那热汤汤的燕窝、海参，一碗碗在跟前捧过去。马二先生又羡慕了一番。出来过了雷峰，远远望见高高下下，许多房子，盖着琉璃瓦，曲曲折折，无数的朱红栏杆。马二先生走到跟前，看见一个极高的山门，一个直匾，金字，上写着："敕赐净慈禅寺。"山门傍边一个小门。马二先生走了进去，一个大宽展的院落，地下都是水磨的砖。才进二道山门，两边廊上都是几十层极高的阶级。那些富贵人家的女客，成群逐队，里里外外，来往不绝，都穿的是锦绣衣服。风吹起来，身上的香一阵阵的扑人鼻子。马二先生身子又长，戴一顶高方巾，一幅乌黑的脸，捵着个肚子，穿着一双厚底破靴，横着身子乱跑，只管在人窝子里撞。女人也不看他，他也不看女人。前前后后跑了一交，又出来坐在那茶亭内——上面一个横匾，金书"南屏"两字，——吃了一碗茶。柜上摆着许多碟子：橘饼、芝麻糖、粽子、烧饼、处片、黑枣、煮栗子。马二先生每样买了几个钱的，不论好歹，吃了一饱。马二先生也倦了，直着脚，跑进清波门。到了下处，关门睡了。因为走多了路，在下处睡了一天。

1 课文渲染荣国府的富贵气象，正是为了凸现林黛玉的孤单。选文在写法上有无相似之处？着重刻画马二先生哪一点？

2 人物的服饰往往与地位、身分有关。课文和选文中都有人物服饰的描写，试比较它们的异同。

种　梨

蒲松龄

作　者

蒲松龄(一六四〇——一七一五),字留仙,号柳泉居士。清山东淄川(今淄博)人。幼年家贫,父亲是一位不得志的知识分子。蒲松龄自幼随父亲读书,十九岁时,考取了秀才,以后多次应试,都没有考中。中年以后,为生计所逼,经常游学在外。他一度曾到江南,在一位做知县的同乡那里做幕宾,但不久即辞去。后来长期在本乡姓毕的官僚人家做塾师,蒲松龄的名著《聊斋志异》,大部分是在那里利用教书的余暇写成的。他在毕家三十年,直到晚年才辞馆回家。七十六岁时逝世。

蒲松龄没有做过官,一生过着清贫的生活。功名失意,生活艰辛,使他有较多机会观察现实,因而看到了许多不合理的现象,积聚了一肚子愤郁之气,就想通过写小说一吐为快。但在蒲松龄生活的时代,文网森严,动辄得咎。如果直叙其事,直指其人,都有可能遭到祸害。幸好他"喜人谈鬼",于是就借谈狐说鬼的形式和离奇曲折的故事来畅抒积愤。各地友好知道蒲松龄在写鬼故事,也都纷纷来信提供素材,帮他成书。他大约从三十多岁起开始写作,前后花了数十年的时间,终于完成了文言短篇小说集《聊斋志异》。

《聊斋志异》共收短篇小说四百九十一篇,内容极为丰富,或对当时社会的黑暗和官吏的贪残作淋漓尽致的暴露,或对科举制度和礼教加以批判,既有情高意真的恋爱故事,也有千姿百态的讽刺小品。这些篇章体裁各异,长短不一,叙事则委曲详尽,写人则呼之欲出,特别是"说妖鬼多见人情,通世故,使人觉得可亲"(鲁迅语),取得了很高的艺术成就。构思奇妙,语言生动,严谨中见

柳泉　相传蒲松龄曾在这里设茶待客

《聊斋志异》各种版本

疏朗，寓讽刺于幽默，构成了蒲松龄独特的艺术风格。这部小说集被誉为继唐代传奇小说之后，中国文言短篇小说的又一个高峰，不仅在中国文学史上占有重要的地位，而且在世界文学中也享有很高的声誉。从十九世纪中叶起，先后有十多种外文翻译本。

此外，蒲松龄还写了不少诗词散文。他对通俗文艺的创作也很重视，曾采用当时一般人熟悉的曲调，将《聊斋志异》中的故事和其他民间传说，编成十四篇很有特色的“俚曲”。他还编过一些通俗的生活实用书，如《农桑经》《日用俗字》等。

解　题

《种梨》是一篇文言短篇小说，选自《聊斋志异》卷一。一般认为是蒲松龄比较早期的作品。用两个字把故事的主要事件概括起来作为篇名，是《聊斋志异》里常见的命题法，其他例子有“偷桃”、“雨钱”、“骂鸭”、“放蝶”等。

课文通过道士“种梨”的寓言故事，讽刺了社会上吝啬成性的人。这原是一个长期流传于民间的古老故事，作者取为素材，加以点染、改写，并注入了自己的爱憎，把原来强调道术幻化的故事，改造成为富于教育、讽刺意义的短篇小说。情节虽然简单，读来却颇有韵味。

值得一提的是，《种梨》还是《聊斋志异》外文译本中最早的一篇。十九世纪中叶，美国传教士卫三畏(Samuel Wells Williams)在所著《中国总论》中收入两篇《聊斋志异》故事的英译本，其中一篇就是《种梨》。

课　文

有乡人货[①]梨于市，颇甘芳，价腾贵。有道士破巾絮衣，丐[②]于车前。乡人咄[③]之而不去；乡人怒，加以叱骂。道士曰："一车数百颗，老衲[④]止丐其一，于居士[⑤]亦无大损，何怒为[⑥]？"观者劝置劣者一枚，令去，乡人执不肯。

肆中佣保者[⑦]，见喋聒[⑧]不堪，遂出钱市[⑨]一枚，付道士。道士拜谢。谓众曰："出家人不解吝惜。我有佳梨，请出供客。"或曰："既有之，何不自食？"曰："吾特需此核作种。"于是掬梨大啖[⑩]，且尽，把核于手，解肩上镵[⑪]，坎[⑫]地上深数寸，纳之而覆以土，向市人索汤沃灌。好事者于临路店索得沸渖[⑬]，道士接浸坎处。万目攒视[⑭]，见有勾萌[⑮]出，渐大；俄成树，枝叶扶疏[⑯]；倏[⑰]而花，倏而实，硕大芳馥，累累满树。道人乃即树头摘赐观者，顷刻而尽。已乃以镵伐树，丁丁[⑱]良久，乃断；带叶荷肩头，从容徐步而去。

初，道士作法时，乡人亦杂众中，引领注目，竟忘其业。道士既去，始顾车中，则梨已空矣。方悟适所俵散[⑲]，皆己物也。又细视车上一靶[⑳]，亡，是新凿断者，心大愤恨。急迹[㉑]之，转过墙隅，则断靶弃垣[㉒]下，始知所伐梨本[㉓]，即是物也。道士不知所在，一市粲然[㉔]。

异史氏曰[㉕]："乡人愦愦[㉖]，憨状可掬[㉗]，其见笑于市人，有以哉[㉘]。每见乡中称素封者[㉙]，良朋乞米则怫然[㉚]，且计曰：'是数日之资也。'或劝济一危难，饭[㉛]一茕独[㉜]，则又忿然计曰：'此十人、五人之食也。'甚而父子兄弟，较尽锱铢[㉝]。及至淫博[㉞]迷心，则倾囊不吝；刀锯临颈[㉟]，则赎命不遑[㊱]。诸如此类，正不胜道。蠢尔乡人，又何足怪。"

注 释

① 货:出售。这里作者采取《晋书·王戎传》"家有好李,常出货之"的用法。

② 丐:乞求。

③ 咄:指责、呵叱。

④ 老衲:道士自称。衲,本是僧人所穿的衣服(即百衲衣),后用以指称僧人,如"衲子"。僧与道本不相同,这里用作道士的自称。

⑤ 居士:指乡人。本指在家修道的人,后来僧道与世人交往,常称对方为居士。

⑥ 何怒为:有什么可发怒的呢?为,句尾助词,表示疑问。

⑦ 肆中佣保者:店铺里当伙计的。肆,店铺。佣保,雇工。

⑧ 喋聒:话多,啰嗦。

⑨ 市:买。

⑩ 掬梨大啖:双手捧着梨大口地吃。掬,双手捧取。啖,吃。

⑪ 镵:掘土用的铁制工具。

⑫ 坎:本指地面低陷处,这里作动词用,指掘地。

⑬ 沸渖:热汤。

⑭ 攒视:聚集在一处看。

⑮ 勾萌:草木出土时,弯曲的幼芽叫勾,直生的幼芽叫萌。

⑯ 扶疏:枝叶繁茂的样子。

⑰ 倏:忽然。

⑱ 丁丁(zhēngzhēng):伐木声。

⑲ 俵(biào)散:分发。

⑳ 靶:把手。

㉑ 迹:寻找,追踪。

㉒ 垣：矮墙。

㉓ 梨本：梨树的根、干。

㉔ 粲然：露齿大笑。

㉕ 异史氏曰：异史氏，作者自称。旧史书在记叙人物时，常在篇末附加“某某曰”以发议论。这种写法创自司马迁《史记》，成为史传文学的一种固定格式。现存《聊斋志异》四百九十一篇作品中，有一百九十四篇附有“异史氏曰”。

㉖ 愦愦(kuìkuì)：糊涂。

㉗ 憨(hān)状可掬：傻里傻气的样子真逗人。

㉘ 有以哉：是有原因的。

㉙ 素封者：无官爵封邑的殷实富有者。

㉚ 怫(fú)然：愤怒的样子。与下文的“忿然”是一种同义变换的用法。

㉛ 饭：作动词用，施饭的意思。

㉜ 茕(qióng)独：无依靠的人。茕，孤独。

㉝ 锱铢：原是我国古代很小的重量单位，后用以指极微小的数量。

㉞ 淫博：指嫖赌。

㉟ 刀锯临颈：意为盗贼所逼。

㊱ 赎命不遑：迫不及待地用钱财换回自己的生命。遑，闲暇。

预　习

一 《聊斋志异》在文学史上的地位怎样？

二 《种梨》是一篇文言短篇小说，它与白话章回小说《武松打虎》在形式上有什么异同？

三　道士向乡人乞梨时，乡人有什么反应？

四　文中形容道士作法所得的梨“硕大芳馥”，这与故事开始所写“颇甘芳”，有什么关系？

五　解释下列各词的意义：

1 腾贵　2 好事者　3 累累　4 徐步

分析和欣赏

文体特点

中国古代文言短篇小说经历过志怪小说和传奇小说（传奇文）两个重要阶段。魏晋南北朝时期流行的志怪小说，记叙神灵鬼怪故事，篇幅短小，文笔简约，代表作有晋朝干宝的《搜神记》。兴起于唐、宋时代的传奇小说，开始描写人间世态，篇幅加长，“叙述宛转，文辞华艳”（鲁迅语），还出现了一批鲜明生动的人物形象。杰作有白行简的《李娃传》、元稹的《莺莺传》等。传奇体是宋以后文言短篇小说的主要样式。

蒲松龄在长期的创作实践中，继承了唐宋传奇小说的写作特色，又借鉴了元明以来白话小说重视人物性格描写的优点，形成自己的文体风格，题材广泛，描写细致，语言典雅而活泼，把文言短篇小说的艺术质量提到一个新的水平。

六朝志怪小说所用的文体就是后世所谓笔记小说体。虽以叙述见长，但大都简单平实，往往只留下事件的轮廓，很少具体的描绘。蒲松龄年轻时很喜欢读《搜神记》一类书，有时兴起仿作，《聊斋志异》里也有三言两语记一件异事的笔记体，就是这类的仿作。课文《种梨》与此不同，而更接近于短篇小说的格局。

短篇小说一般以较短的篇幅、集中的情节来反映生活的某一横断面，突出刻画一两个人物的性格。《种梨》大致符合这一要求。蒲氏处理这篇寓言故事，从立意到用笔，从情节到人物，都下过一番构思的功夫，虽然故事情节比较简单，还不能与蒲氏那些脍炙人口的小说名篇相提并论，但记叙的详略得当，对话的务求传神，同样富于艺术性，可供欣赏。它与一般随意着笔、叙述平庸的笔记小说，自有精粗之别。

内容分析

课文通过一个“道术幻化”的寓言故事，讽刺社会上生性吝啬的人。全文由四个自然段构成：

第一段是故事的起因：道士向卖梨的乡人乞讨一只梨子，乡人执意不肯。

第二段是故事的主体：店铺伙计出钱买了一只梨送给道士；接着，道士施展“种梨”神技，他把种出来的一树梨子分送给“观者”，继而砍断树根，“从容徐步而去”。

第三段是故事的结尾：乡人发觉道士分送的正是自己车上的梨，还发觉道士所砍的树正是自己车上的车把手。

第四段是作者的议论：卖梨人固然很可笑，而地方上那些富有的吝啬鬼，更是又可笑又可恶，他们才是作者要讽刺的对象。

从表面看，小说本身如果没有“异史氏曰”这段议论，也很完整，为什么要加上这一段呢？这就涉及到作者的写作意图和小说主旨所在的问题。

原来蒲松龄写的许多小说都是一种再创作。像这篇《种梨》，其故事原型在蒲松龄之前已经流传了一千三四百年，最早见于《搜神记》，不过不是“种梨”而是“种瓜”。全文如下：

吴时有徐光者，尝行术于市里。从人乞瓜，其主勿与（给）。便从索瓣，杖地种之。俄而瓜生蔓延，生花成实，乃取食之，因赐观者。鬻者(卖瓜的)视所出卖，皆亡耗(消失)矣。

原型的基本结构有三个层次：1 甲向乙乞瓜，乙不肯；2 甲便作法，得瓜后分送观者；3 乙发现甲所分送的，正是己物。蒲松龄之所以取“种瓜”的故事作为素材，是因为他从这个道术幻化的故事中，看出了一点意思。徐光种瓜，并非只顾自己享用，而是分送“观者”，他的慷慨正好反衬出瓜主人的小器。蒲氏生平对吝啬成性的人非常厌恶，就借此改写成小说，寄讽刺于寓言之中。小说一方面完全保留了故事原型的三个层次，只是客观地作了细致的描写，没有插入一句议论，加上一句判断。另一方面，为了让读者明确理解他的作意，便加入了这段“异史氏曰”，把在故事里想说而不能直说的话尽情倾泻出来。

这段“异史氏曰”写得非常痛切。他把“乡中称素封者”的行径分成为人为己两方面：为人，不管良朋也好，正遭危难的人也好，甚至父子兄弟也好，一概毫不同情，一毛不拔；为己，则骄奢淫逸，不顾一切地乱花钱。蒲松龄是有意通过“异史氏曰”来抒发他的愤慨的。他无意鞭挞这位具体的“乡人”，让道士稍为捉弄一下，也就算了，他要读者“小中见大”，认识真正可恶的吝啬鬼。“异史氏曰”起首说：“乡人愦愦，憨状可掬，其见笑于市人，有以哉。”结尾说：“蠢尔乡人，又何足怪。”意在撇开、排除，突出真正的讽刺对象。

由此可见，只有把小说的故事和议论两部分有机地结合起来，把“异史氏曰”看作是不可分割的组成部分，才能深切地体会作者的作意，理解文章的主旨。

作法欣赏

《种梨》由《种瓜》改写而成，但原作全文仅五十六字，《种梨》经过再创作，扩大为四百六十四字，是原作的八倍多。读者可以明显地感受到：原作只是平铺直叙的记事，而改作已成为值得欣赏的文学作品。

长话短说，短话长说，原无一定之规，全看需要而定。把《种瓜》改写成《种梨》，属于短话长说，蒲松龄对此有很深刻的创作体验。他曾说："又于他人所数言可了者，予更以数十百言排荡摇曳而出之，及其幅穷墨止，反觉纸上不多一字。"(《与诸弟侄书》)这段话正好用来说明《种梨》改写工作的特色。排荡摇曳，就是我们常说的生动和形象。

这个特色是怎样产生的呢?《种梨》看似全用白描，实际运用了多种表现手法。

作者的叙述虽是顺序而下，但妙在逐层递进，悬念不绝，因此毫无平铺直叙之弊。第一段，道士乞梨，"乡人执不肯"，产生了矛盾。怎么办呢? 第二段，"肆中佣保者"出钱买梨，迅速解决了矛盾;"种梨"全过程结束，道士"从容徐步而去"。故事好像已至尾声，其实新的矛盾正在冒头，读者必然要问：那么，乡人又如何呢? 紧接第三段，集中交代乡人。原来他"亦杂众中"，由于"引领注目"，以致"竟忘其业"，等到道士一走，"始顾车中"，坏事了，情节急转直下。他发现不仅"梨已空矣"，而且车把也被凿断，待要找道士算账，道士已不知去向。那时乡人很尴尬，所以，"一市粲然"。故事至此，可以结束，但读者在思索：有没有题外之意? 因此紧接的第四段"异史氏曰"，正是读者感兴趣的。行文一气呵成，却又一波三折。

小说写来错综变化，繁简得宜。凡属交代性的叙事，往往一笔带过，而对关键性的情节则极尽铺叙之能事。如第三段道士种梨，是故事的主体，作者处理得流转委曲，变化细致。道士作法前，先是当众交代一句："我有佳梨，请出供客。"接着就用一问一答的对话，把为什么先要讨梨，有了梨反要"供客"的道理解释清楚。然后从正面写道士如何吃梨，如何掘地、纳核、覆土。又插入道士向"市人"索汤，"好事者于临路店索得沸渖"一事，增添情节的波澜。接着用侧面写法，从观众眼里，写梨的从"勾萌出"到"累累满树"。这样错综用笔，而又衔接自然，足以见作者技巧的纯熟。

在刻画人物方面，作者使用了对比法。如果以冷热动静为喻，乡人是热的动的，道士则是冷的静的，构成了性格上的鲜明对比。一开始，道士向乡人讨梨，乡人先是“咄”，再而“怒”，继而“叱骂”，最后是“执不肯”，勾画出了一个量窄、急躁、固执的人物形象。而道士呢，只说了几句话：“一车数百颗，老衲止丐其一，于居士亦无大损，何怒为?”心平气和，着墨不多，却很传神。再如，后来道士分完梨，砍断树，“带叶荷肩头，从容徐步而去”，神态多么冷静。而乡人呢，看他醒悟过来的行动，“始顾”，“方悟”，“细视”，“急迹”，“始知”，真像热锅上的蚂蚁，一个又恨又急又气又无可奈何的乡人活现了。必须体会到，这种对比是带有褒贬的感情色彩的。

本篇人物除道士、乡人外，还有一群“观者”。故事进行中气氛的渲染，全仗这一群“观者”的烘托得法。开始，“观者劝置劣者一枚令去”，不过几个人；接着，“肆中佣保者”出来打开僵局，道士“拜谢，谓众曰……”围观的人渐渐多起来了；等到道士种梨时，“万目攒视”，已到人山人海的地步；最后乡人落得梨亡靶断的下场，又气又恨，“一市粲然”，一个“市”字把满街都是围观者的景象概括了。故事的画面有了“观者”，才显得热闹好看，这种烘托是必不可少的。

鲁迅评论蒲松龄的写作技巧说：“描写详细而委曲，用笔变幻而熟达。”证之《种梨》，鲁迅的评论是非常确当的。

《聊斋志异》里所收篇章文体不一，所用语言的表现方式各有不同，蒲松龄的作品风格实际上是多种多样的，精丽、繁丰之中往往更包含着深沉含蓄、幽默明快。以本篇为例，风格是清新幽默的。

讨论问题

一　课文有道士与乡人的对话，也有道士与观者的对话，各有什么作用？

二　对照徐光《种瓜》的故事，《种梨》中乡人寻找车靶一节是新增的，这对主题的表达和人物性格的刻画起了什么作用？

三　如果只读课文的故事部分，你能体会作者的作意和文章的主旨吗？

四　课文是一篇文言短篇小说，你认为课文的哪些地方符合短篇小说的要求？

五　试就以下两方面，分析作者如何对故事原型作了加工改造，使道术幻化的古老故事，翻新为富有讽刺意味的文言短篇小说。

1　刻画乡人的吝啬性格。

2　描写种梨过程。

参考资料

一　关于《聊斋志异》的评价

《聊斋志异》虽亦如当时同类之书，不外记神仙狐鬼精魅故事，然描写委曲，叙次井然，用传奇法，而以志怪，变幻之状，如在目前；又或易调改弦，别叙畸人异行，出于幻域，顿入人间；偶述琐闻，亦多简洁，故读者耳目，为之一新。……明末志怪群书，大抵简略，又多荒怪，诞而不情，《聊斋志异》独于详尽之外，示以平常，使花妖狐魅，多具人情，和易可亲，忘为异类。

（摘自鲁迅《中国小说史略》）

二　关于《聊斋志异》的体裁和寓意

《聊斋志异》还有一部分介乎寓言和小说之间的作品，从有较长的篇幅，鲜明的人物形象和一定的故事情节来看，这些作品已具备短篇小说的特点。但是，从它的讽刺性和永久的教育作用来看却又像是寓言。为读者所熟悉的《画皮》《劳山道士》《老饕》等，即这类作品的代表。……就全书而言，《聊斋志异》也可以说是一部大寓言。……作者以其一生坎坷成孤愤之书，有所寄托，自然是不言而喻的；《聊斋志异》十之八九有其寓意，同样是历来比较一致的看法。……借狐鬼神怪发泄一生的愤慨，曲折而又隐晦地表达了自己想说而又不能直说的话。毋须夸张，《聊斋志异》中的绝大部分篇章大都寄寓着深邃的警世或劝戒，讽谕或针砭之意。为什么篇末往往要加"异史氏曰"来一段议论呢？这固然与司马迁论史的方法相似，但将之用于文学创作，却不能不说是一种创造。从内容来讲，"异史氏曰"通过简练的概括，或抒发议论，或表达观点，或点明主题，或暗示思想倾向，与正文互为表里，相得益彰，从而成为揭示作品寓意的有机组成部分。正像有的寓言在最后一段标明寓意一样，它在篇末往往能发挥画龙点睛的作用，收到深化主题思想的效果。

（摘自孙一珍《聊斋志异的寓言及其寓言性》）

三　关于《聊斋志异》的主题

《聊斋志异》里的有价值有成就的作品，按照主题来考察，数量最多的是下面这三类：第一类作品尖锐地暴露了当时的黑暗、腐败的政治，鞭挞了为虎作伥、无恶不作的贪官污吏和土豪劣绅，同情被压迫的善良人民的种种痛苦的遭遇。例如《促织》《席方平》《向杲》等。……《聊斋志异》的第二类作品广泛地揭露和抨击了以八股取士的科举制度的罪恶和弊端。例如《司文郎》《王子安》等。……《聊斋志异》的第三类作品的内容是，通过曲折的情节，反映了封建婚姻制度的不合理，反映了当时社会上的广大青年男女在重重的压抑和摧残下所产生的冲破樊笼、打碎桎梏的愿望和行动。作者动人地描写了许多痴心的恋爱故事，塑造了种种可爱的性格。例如《阿宝》《婴宁》等。……《聊斋志异》无疑是接受了魏晋志怪小说和唐人传奇的影响。但是，就写法而论，它却有很大的发展和创造。除了人物描写以外，这在情节上尤其可以明显地看得出来。

作者在选择素材和下笔的时候始终注意情节的曲折有味，并力求写法变化多端，紧紧地吸引住读者。

（摘自中国社会科学院文学研究所编《中国文学史》）

应用练习

一　卖梨的人，生性吝啬，是作者要讽刺的对象吗？

二　描写“观者”，在情节上有何作用？

三　作者对道士和乡人几乎不加一个字的肖像描写，而人物性格相当传神，为什么？

四　试将“于是掬梨大啖……从容徐步而去”一段译为语体散文。译文宜尽量体现原作的生动性和形象性。

五　《保住》一文，选自《聊斋志异》卷三。先仔细阅读，然后回答问题。

吴藩未叛时，尝谕将士“有独力能擒一虎者，优以廪禄，号打虎将。”将中一人，名保住，健捷如猱。邸中建高楼，梁木初架，住沿楼角而登，顷刻至颠，立脊檩上，疾趋而行，凡三四返，已乃踊身跃下，直立挺然。

王有爱姬，善琵琶，所御琵琶，以煖玉为牙柱，抱之，一室生温。姬宝藏，非王手谕，不出示人。一夕宴集，客请一观其异，王适惰，期以翌日。时住在侧，曰：“不奉王命，臣能取之。”王使人驰告府中，内外戒备，然后遣之。住逾十数重垣，始达姬院，见灯耀室中，而门扃锢不得入。廊下有鹦鹉宿架上，住乃作猫子叫，既而学鹦鹉鸣，疾呼“猫来”，摆扑之声且急。闻姬云：“绿奴，可急视，鹦鹉被扑杀矣。”住隐身暗处，俄一女子挑灯出，身甫离门，住已塞入，见姬守琵琶在几上，径携趋出。姬愕呼“寇至”，防者尽起，见住抱琵琶走，逐之不及，攒矢如雨。住跃登树上，墙下故有大槐三十余章，住穿行树杪，如鸟移枝，树尽登屋，屋尽登楼，飞奔殿阁，不啻翅翎，瞥然间，不知所在。客方饮，住抱琵琶飞落筵前，门扃如故，鸡犬无声。

1 《保住》一文中描写的“技”与《种梨》一文中描写的“技”，性质上有什么区别？

2 《种梨》的主体部分可分种梨、分梨、砍树三个层次；而《保住》取琵琶一段则可分设计、取琵琶、逃奔三个层次。两篇各以哪一个层次为描叙的重点？为什么？

文学常识学习重点

一　章回小说的来源和形式

章回小说是中国古典长篇小说的主要形式，以分回标目为特征。导源于宋代的讲史话本，形成于元末明初。

宋代民间说话有“讲史”一科，是讲说历史故事的。特点是篇幅长，以说白为主，艺人取材于史书，加以不同程度的虚构，使之穿插变化，引人入胜。说话艺人所用的底本，大都线条粗略，叙述简要，所说书目有《汉书》《五代史》等，可惜其话本没有流传下来。现存宋话本《大唐三藏取经诗话》，共十七个章节，如“行程遇猴行者处第二”、“经过女儿国处第十”，是长篇小说最早的分回形式。

到了元代，讲说史书的伎艺，叫做“平话”。当时刊印了大量平话话本，篇幅最长的如《五代史平话》，有十余万字。这类长篇话本都是分卷分目的，如《全相平话五种》各分上中下三卷，《五代史平话》除分卷外，还依故事内容，分立节目，如“刘知远本沙陀部属、刘知远七岁丧父……”也属早期的分回形式。话本大都采用半文半白的文体，叙事中间穿插诗词表章书信等，以引起读者兴趣。

平话话本演变到元末明初，出现两部长篇小说，一是由讲史话本直接发展而来的《三国志通俗演义》，一是由英雄传奇性质的话本发展而来的《水浒传》。这两部长篇小说，奠定了章回小说的基础。平话仅有标题，《三国志通俗演义》已分二百四十则，每则用七言单句标题，清初毛宗冈重加整理，编定为一百二十回，才把回目改为偶句。章回小说改单语的“则”为对偶的回目，《水浒传》最早。

章回小说与民间说话艺术有源流上的关系，因此其形式多保留讲说故事的口吻，也有跟话本体制相似之处。小说开端例有“话说”、“且说”，叙述中间常见“话休絮繁”、“却说”，每回末尾必是故事紧要急逼之处，例用“且听下回分解”煞住，以造成悬念。对人物、事件、景色需要特别渲染或加评议的，常插入诗词、韵文以引起注意。这在早期章回小说中尤为突出，如一百二十回本《水浒传》，几乎每回有五六处插入诗词韵文，而在清初金圣叹七十回本中则多已删除。讲史话本的开端和结束，每有开场诗和散场诗，后世的章回小说也多沿袭。

二 著名小说的内容和写作技巧

甲 《水浒传》

《水浒传》，传施耐庵作。小说写的是北宋末年，以宋江为首的一百单八人，先后上梁山泊聚义反对官府的英雄故事。通过这些故事，揭露了朝政的腐败、官吏豪绅的横行霸道。宋江等人身分不同，经历各异，最后却都不得不“撞破天罗归水浒，掀开地网上梁山”，表现了“官逼民反”的主题思想。

宋江是一个真实的历史人物。北宋末年，以宋江为首的起义军曾活动于山东、河北等地，屡败官军。到了南宋年间，宋江等三十六人的英雄故事，已成为流传于民间的“街谈巷议”了。南宋画家龚开所绘《宋江三十六人赞》中，三十六人不仅有姓有名，还有完整的绰号。《大宋宣和遗事》一书记载了“梁山泊聚义本末”，其中已有杨志卖刀、劫取生辰纲、宋江杀阎婆惜等情节，可见南宋“说话”人说水浒故事的情况。到了元代，杂剧中的水浒戏也很盛行，已把三十六人扩大为一百单八将。施耐庵就是在民间故事、话本、杂剧等的基础上，把分散的单篇故事贯串汇集，写成了内容丰富、艺术完美的巨著《水浒传》。

《水浒传》比较流行的有三个版本：一百回本，宋江受招安后，有征辽、征方腊的故事；一百二十回本，增入征田虎、征王庆的内容；七十一回本，结束于梁山泊英雄排座次，为清初金圣叹的批改本。

《水浒传》的写作技巧

1 结构上采用连环的方式，每个英雄故事到结束时就引出下一个英雄，因而每个故事既有独立性，又是相联的一环，环环紧扣，联为一体。

2　书中的人物描写多用精雕细刻的手法，极为成功，特别是武松、李逵、鲁智深等人，不仅个性鲜明，而且具有典型性。有的一事一人，从精彩的细节场面中表现人物性格；有的一事数人，以叙述事件为主，描写众多的人物，热闹紧张，引人入胜。

3　语言以北方口语为基础，保留了“说话”艺术的特色，通俗生动。人物对话经过千锤百炼，能因各人性格、身分、地位的不同而有区别，具有高度的个性特征。

乙　《三国演义》

《三国演义》，原名“三国志通俗演义”，罗贯中著。罗贯中，别号湖海散人，山西太原人。一说名本，浙江钱塘人，相传是施耐庵的学生，曾参与《水浒传》的编写。他是一位通俗文学作家，小说除《三国演义》外，还著有《三遂平妖传》等，戏曲作品有杂剧《赵太祖龙虎风云会》等。

三国故事很早就在民间流传。北宋的“说话”有“讲史”一门，讲史中有专门说魏、蜀、吴三国故事的，叫“说三分”。到了元代，《三国志平话》和杂剧中的许多“三国戏”，盛行一时。罗贯中就是在这样的基础上编写《三国演义》的。他除了根据陈寿的正史和裴松之注中所引的野史杂记外，并参照《三国志平话》中的传说情节，但都已经过再创造。清人评为“七分实事，三分虚构”。

小说的故事起于汉末黄巾起义，讫于西晋统一，主要叙述魏、蜀、吴三国之间错综复杂的抗衡争斗。作者是以尊崇刘备（蜀汉）、贬斥曹操的正统观点来反映这段历史的，所以在小说中，刘备成为好人的典型，曹操成为坏人的典型，影响深远。这种观点早于民间说书中已经形成，罗贯中只是更加强调而已。

《三国演义》的写作技巧

1　结构脉络分明，主次井然，小说所叙历史长达八九十年，所写人物多至四百余个，而能有条不紊，显然与结构上巧于安排有关。

2 善用明快而略近粗线条的笔法，着重刻画人物的行动举止，非常传神。如曹操奸诈之中显机智，张飞鲁莽而能是非分明，至写诸葛亮则直如智慧的化身，尤为人所乐道。

3 语言以浅近文言为主，简洁朴实，绝少雕琢藻饰，记事方面，特别是描写战争，千变万化，前后毫不重复，最具特色。如“三顾茅庐”、“火烧赤壁”等片段，都是脍炙人口的名篇。

丙 《西游记》

《西游记》，明吴承恩著。吴承恩（约一五〇〇——约一五八二），字汝忠，号射阳山人，江苏淮安人。年轻时有文名，喜读稗官野史。屡试不第，中年以后始补为岁贡生。嘉靖末年，曾任长兴县丞，不久被诬去职。晚年乡居以终。著作除《西游记》外，有诗文集《射阳先生存稿》。

《西游记》写的是唐僧取经的故事。这个故事有一个从真人真事生发演化为神话的漫长过程。唐僧玄奘于六二九年（贞观三年），孤身一人从长安西行到印度取经，至六四五年（贞观十九年）回国。这一事件本身即具有浓厚的传奇色彩，所以早在五代时已在民间广泛流传。宋人话本有《大唐三藏取经诗话》。元代的《西游记平话》已经失传，从残留的《梦斩泾河龙》和《车迟国斗圣》两个片段看，取经者早已定型为师徒四人。此外，有关《西游记》故事的戏曲，宋元以来，多不胜数，这些都成为吴承恩改编工作的深厚基础。

全书一百回。写唐僧师徒四人在西行取经途中，战胜各种妖精魔怪，经历八十一难，体现出克服困难的精神。西游取经的是唐僧，但小说的主角却是孙悟空。作者着力描写孙悟空。他勇武无畏，机智聪明，嫉恶如仇，除怪务尽。小说往往透过神话的面纱，反映出明代社会的现实，“讽刺揶揄则取当时世态”（鲁迅语），寄寓着作者的意趣，也是小说主题思想所在。

《西游记》的写作技巧

1 唐僧师徒整个取经过程，包括在四十多则离奇曲折、想象丰富的故事之中，故事可分可合，结构颇具匠心。

2 作者善于通过故事来刻画人物，如大闹天宫、收孙行者、智擒红孩儿等都很精彩，人物形象也非常生动。作者描写人物时，往往将物性、人性、魔性结合起来，孙悟空、猪八戒甚至各类妖魔，都有鲜明的个性，既富于神奇色彩，又合乎人情。

3 语言生动活泼，幽默诙谐。如唐僧问三个徒弟，谁吃了人参果，猪八戒抢先回答说："我老实，不晓得，不曾见。"寥寥几句，显示出猪八戒又贪吃、又想赖账，煞是有趣。

丁 《聊斋志异》

《聊斋志异》，清蒲松龄著。这是一部文言短篇小说集。全书近五百篇，大部分取材于古代志怪小说和民间传说，重加构思，赋予新意；也有一部分出自亲身见闻的创作。小说多借狐鬼故事反映现实，每以社会生活的一角，再现清初的时代风貌。一部分作品篇末缀有"异史氏曰"，借以直抒胸臆，有所评议。

《聊斋志异》内容非常丰富，有暴露社会黑暗的，如《促织》《席方平》等；有揭露科举弊端的，如《司文郎》《贾奉雉》等；有抨击人情世态的，如《劳山道士》等；其中描写爱情婚姻的作品，如《香玉》《连城》《青凤》《晚霞》等，尤其精彩。

《聊斋志异》的写作技巧

1 作者善于取《史记》传记文学和唐宋传奇小说之长，形成一种独特的文言短篇小说体裁。小说中著名的篇章，往往剪裁工巧，主题突出，并注意情节的曲折有味，制造悬念，安排伏线，都很见匠心。

2 作者描写人物时，往往精心刻画关键性的细节，有画龙点睛之妙，剖析人物的心理状态也很细致。

3 《聊斋志异》的语言能从典雅中透出新鲜活泼，叙事写景，曲尽形态，很见功力。尤其难得的是，作者以文言刻画人物，委婉细腻，性格鲜明，人物的对话能巧熔方言俗语于雅言之中，摹拟声口，读来别具情致。

戊 《儒林外史》

《儒林外史》，清吴敬梓著。吴敬梓（一七〇一——一七五四），字敏轩，晚年自号文木老人。安徽全椒人。出生于官僚世家。父亲死后，家族中发生争产纠纷，他深受刺激，于是一意挥霍，以致“田庐尽卖”。三十三岁时，移家南京，以卖文为生，有时一钱不名，无以举炊。三十六岁时，被荐参加博学鸿词科考试，托病不赴。后病死于扬州。除《儒林外史》外，有诗文集《文木山房集》。

《儒林外史》是一部描写读书人的讽刺小说。科举制度对读书人的毒害，作者体验尤深，因此书中对死抱这条“荣身之路”，不顾“文行出处”的读书人的丑态，刻画得入木三分。如“范进中举”，就是书中的名篇。范进，这个被科举弄得六神无主的儒生，中举以前，穷极无聊，可怜可笑；一中了举，到处装腔作势，灵魂的丑恶暴露无遗。又如匡超人本是一个忠厚朴实的少年，在“名士”圈子里混了几年以后，竟堕落为寡廉鲜耻、吹牛成性、忘恩负义、虚伪卑鄙的衣冠小人。作者使“官师、儒者、名士、山人，间亦有市井细民，皆现身纸上”（鲁迅语），写他们的生活和思想，通过对科举制度的抨击，揭露清代社会的黑暗面。最后写了写字的、卖火纸筒子的、开茶馆的、做裁缝的“四客”，他们品格高尚，自食其力，是作者笔下的理想人物。

《儒林外史》的写作技巧

1 全书五十五回，结构上并无一个贯串始终的主干，也没有一个贯串全书的主角，而是通过前后人物和事件的映带呼应，以显示社会世态人情的全貌。

2 作者常选取典型情节来表现人物的性格，小说中的主要人物大都由真人作为原型，经过概括和提高，具有很强的真实感。

3 语言风格朴素无华，作者通过卓越的白描手段，不仅三言两语，能使人物性格须眉如见，而且如实地冷冷写来，从中透出讽刺的意味。

己 《红楼梦》

《红楼梦》，原名“石头记”，清曹雪芹著。小说通过贾宝玉和林黛玉的爱情悲剧，描写了贵族大家庭贾府由盛到衰的变化，反映出世家大族的腐败，终致没落覆亡。小说虽以爱情故事为骨干，但有深刻的社会意义。

《红楼梦》的写作技巧

1 结构严谨工巧，并非如《水浒传》《儒林外史》般由许多相对独立的故事构成，为以往长篇古典小说所未见。全书头绪纷繁，写了数百个人物和贾府大小各项家事，而作者以宝黛爱情悲剧为主线，以贾府由盛变衰为副线，联系着各条支线，组成一个网状的整体结构。在这个细密严谨的网状结构下，人物之间互相关联，情节之间互为因果，牵一发而动全身，脉络此起彼伏，极为清楚。

2 刻画人物，神情毕肖。主要人物如贾宝玉、林黛玉、薛宝钗、王熙凤、贾母等都是十分成功的艺术典型。作者往往通过日常琐事来刻画人物，写来细腻、自然、逼真。又因琐细中含有深意，令人寻味不尽。

3 语言生动规范。全书以北方口语为基础，经过加工提炼，成为简洁明畅的文学语言，曾被近代语言学家引作范例。善用韵文诗词，而能够和主要的散文叙述部分配合，使此书充满浓厚的文人风格，和受说书影响的《水浒传》《三国演义》面目不同。

影壁

垂花门

上开了窗的山墙

超手游廊

袄的一种（大袖对襟），
大红地，上有花蝶刺绣。

穿袄裙的妇女

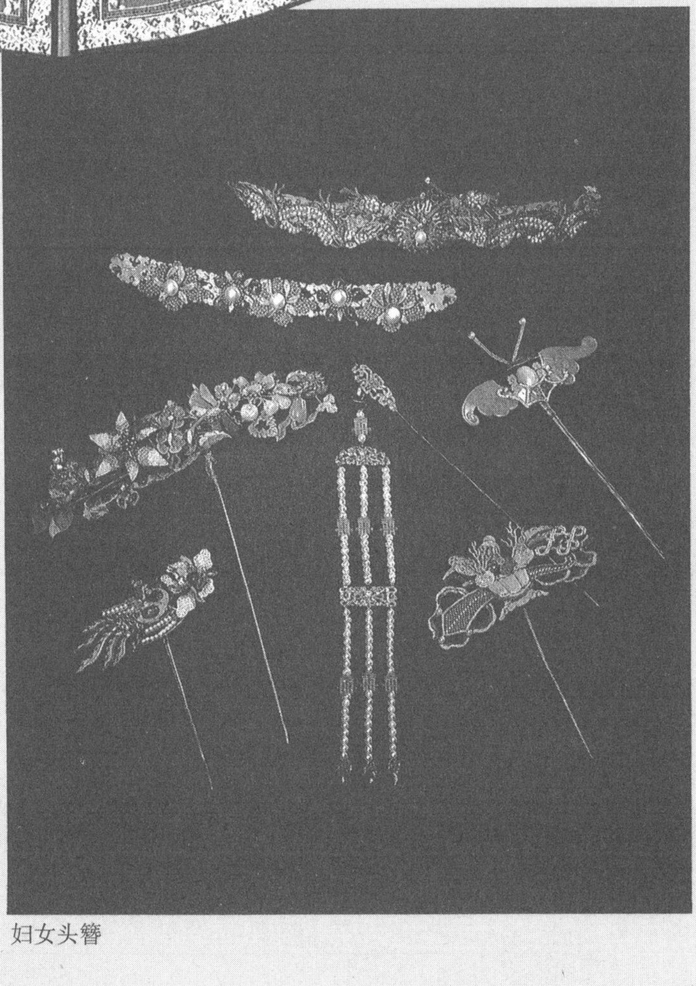

妇女头簪

圈椅

汝窑瓷器

觚的形制

炕桌

临窗大炕上铺红毡，放炕桌靠枕。

中国文学十讲 壹

中国文学十讲 贰

中国文学十讲 叁

中国文学十讲 肆

责任编辑 董艳霞
装帧设计 陆弦

世纪出版

中国文学十讲

肆

陆萼庭　赵景深　编著

现代文学（新诗　散文　小说　戏剧）

上海教育出版社

中国文学十讲

肆

陆萼庭 赵昌平 编著

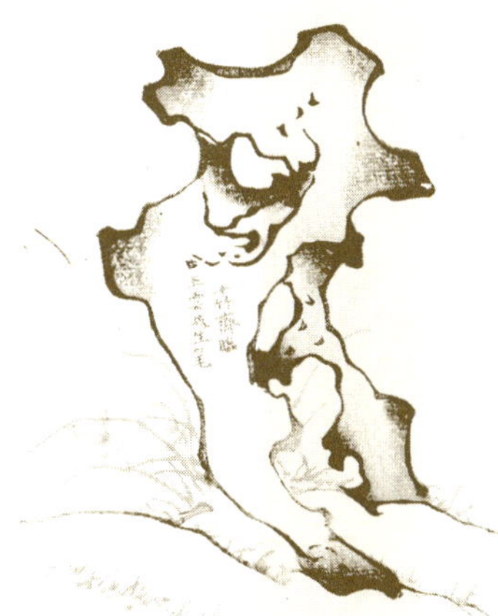

上海教育出版社

并非陈旧的记忆——代序

上教社的编辑来访，说是相中了25年前，陆萼庭先生与我合编的港版《中国文学》教材，拟以图书形式出上教版。旧事重提，不免勾起一些久远的忆念。

事情要回溯到1987年前后，因着此书的编撰，我经历了许多第一次：第一次出境，第一次乘飞机，第一次体验了超市购物的自在，第一次领略了港式早茶的悠闲；当然，最使我惊诧的，是第一次身经目击了那些高楼群，密匝匝的令人胁息的现代化楼群。尽管坐飞机出境，现在已习以为常，而那些闻见，在今天的内地更是司空见惯；然而回忆起来，当时的新鲜感，还是有趣得紧。

一切都新鲜，唯有所面临的任务并不新鲜；至少在接受之初，自认是最熟悉不过的了。香港商务版《中国文学》(以香港教育图书公司名义出版)，是一套高中升大学预科性质的教材，共四册，先秦至唐二册，由我承担；宋世至现代二册，陆萼庭先生执笔。我的专业就是唐代文学，先唐文学也素有研究，所谓成果，搞注释、作论文、编辞典、玩赏析，也有了那么一堆；至于中教，北大毕业后，我还在内蒙古当过"乡村男教师"，做过语文教研组长，开过规模不小的公开课。因此，1986年初领任务时，以为必能驾轻就熟，一路顺风。

然而渐渐地，这最熟悉的活计，也变得新鲜起来。先是敬佩于港方那厚厚一摞子《编纂大纲》，连附件，足有100多页，当时内地出版界不像现在这样化"繁"为"简"，纵心所欲；选题报告还是认真做的，但如此细做，如此复杂，我还是第一次见到；接着是感慨于港方工作小组的阵容，组长是威斯康辛博士江先生，严肃顶真到可爱；二位成员倒是和蔼而其实较劲，都是女性，博士，都姓林，还都是港地有名的资深语文教师，一位现任，一位已转入商务；而总抓的竟是商务老总，后来成为联合出版集团董事长的陈万雄先生；我们下榻处，便是陈先生刚搬出的二室一厅的旧居。以如此强大的阵容从事一个中学类选题，在我已然六七年的编辑生涯中也是第一次遇到。最后尤其使我震撼的是，这次编写，使我第一次对什么叫“茅塞顿开”，有了切身体验。

从82年研究生毕业入行上海古籍到那时候，我的学术生涯可说是相当顺利，文章不断，却从未有过退改的遭遇。这次编撰，因为是沪港合作，也未敢怠慢，总想写得别具一格，力避平铺直叙。港方对初稿的意见是“功力深湛，甚佩”，这是客气话，下面一句才是真家伙——“希望更切合港地中学生的实际水准与阅读习惯”。第一次修改后，到深圳会商，再改，好不容易可以赴港定稿了，焉知抵港后二十余天，又改了两道，都说“不错，不错”了，但还是未许过关。那一晚，我足足憋屈了半夜，想起了业师施蛰存教授的一句话：“诗要一句一句地读，一字一字地品。”忽焉“茅塞顿开”。原来我先前的写法过于成人化，论文化，这对于中文系学生兴许不错，然而对于港地中学生却未免头寸不合。于是我努力回忆自己上中学语文课时，大同中学的楼维国、方艾老师以串讲加点评的授课方式，第二天参以自己对文本的体悟，试改了一篇，返本就简的结果竟然是二林一江的微笑首肯，大加称赞。于是我不再拖陆老师的后腿了，提前十天完成修订任务，打道回沪了。

后来听说，我们这套教材格外成功，在港府调整教纲，重编教材前的十数年间，使用率一直居同类教材之首位。不过我深知，这不仅因为我们确实编得不错，更由于香港商务同仁的努力，除了营销出色外，他们所拟订的编写体例，确实切合中学生的思维特征，其大端如下：

全书将先秦至现代分为十个单元，各取一时期代表性文体之名篇若干作解析，各单元后附以此时期文学史与相关文体的知识，合而观之，便是一

种选篇与史述相结合，尤适宜于中学生与中等文化读者的微型文学史作品；其以文体为落脚点的设计，也符合中国文学演变的总体特征。

各篇课文的教学设计，又与以上总体架构相呼应。每篇约略可分三部分。中间部分“分析与欣赏”是主体，含“文体特点”、“内容分析”、“作法欣赏”三个块面。其关系是通过内容、作法的精要提挈，使读者对其文体特点有生动的具体感受。主体部分之前是预习部分，含正文、注释及针对重点、难点的预习题；之后则是扩展部分，含“讨论问题”、“参考资料”，与“应用练习”——取同一文体的其他一二篇（节），设题帮助使用者自读，以举一反三；而全书所及篇目，也由课文三十来篇扩展为百篇左右，可以由此构成对中国文学史的大概印象了。

其时，课本以外，更编有《教参》四册，大体是对应课本各部分，扩充相关资料，给出参考答案，设计相关活动，注译相关诗文等等。要求是取材丰富而精当，使教师一册在手，不必旁索而足以展开讲析并应对学生可能的提问。由于港地教师课程负担远过于内地，因此这套《教参》同样广受欢迎。

那些设计，我想即使对于今天内地的国文教学改革，也是有参考价值的。比如所谓启发式教育问题，后来我们还为香港商务编过一套《中国语文》教材，也许因教纲改变，要求全取启发式，一个问题接一个问题，而取消了课文精讲，使用下来，普遍反映远不如《中国文学》。可见教师精讲与启发式教育，应当是举一反三的关系，如此套教材然；试想如无精讲作示范，学生赤手空拳，又如何由“空”反三？

说到举一反三，这次教材编撰，对我后来的编辑生涯同样适用。我所一贯主张的观念：出版要由编辑本位转化为读者本位，便是由这次编撰中的困惑而萌生的；上海古籍出版社在上世纪八九十年代，公众读物的阔步发展，也与身为总编的我此番经历有关；而我后来撰写了不少初、中级读本，如印数已近十万的复旦版《唐诗三百首全解》，其取径、笔法也得益于此。

行文至此，都是很开心的新鲜事，然而临结束却又有些感伤——我所敬佩的合作者陆萼庭先生已于前些年仙逝。我永远怀念陆老的人品学问，怀念他身为“老教育”给我的点拨指导，也怀念在港期间，早餐时，他从外面买来的，同样是“新鲜”的，刚出炉的热面包……

趙昌平

目　　录

第十讲　现代文学

第十讲 现代文学

新诗

死　水　　闻一多

作　者

闻一多（一八九九——一九四六），原名家骅，后来到清华学校读书，改名一多。湖北浠水人。父亲闻廷政是清末秀才，早年参加过维新变革活动，是较早受到新思潮影响的文人。闻一多六岁入塾上学，十一岁就读于两湖师范附属小学，十四岁进入北京的清华留美预备学校（清华大学前身）。在清华期间，闻一多是校内“文学社”的重要成员，曾担任《清华周刊》编辑和《清华学报》学生部编辑。“五四”运动时，他创作了许多诗篇。

闻一多先生像

闻一多为清华学校 1921 级毕业纪念刊所绘的插图“在听众面前”——反映了五四运动期间青年学生在街头演讲的情景。

一九二二年赴美国留学，专攻美术，后又研究文学和戏剧。在美三年，读了大量西方古典名著，深受浪漫主义文学的影响。同时目睹同胞在美受到欺凌侮辱，内心非常痛苦。一九二五年五月，还没有毕业，就返回祖国。

回国后，由于对国事失望，埋首象牙塔，专志于教学和学术研究。抗战胜利后，闻一多面对当时国内状况，仗义执言，积极投身于民主运动。一九四六年七月十五日，在昆明寓所前遇刺身亡，终年四十八岁。

朱自清说："闻一多先生为民主运动贡献了他的生命，他是一个斗士，但是他又是一个诗人和学者。"

他的作品有诗集《红烛》《死水》等。一九二六年四月，与徐志摩等主编《晨报》的《诗镌》，是新月社的成员之一。"苦炼是闻一多写诗的精神，他的诗是不断的锻炼，不断的雕琢后成就的结晶"（陈梦家语）。爱国，是他诗歌的基调和主旋律。在形式上，他善于吸取我国古典诗歌的格调韵律和西洋诗的音节，主张诗歌要有音乐的美，绘画的美，建筑的美，形成所谓"格律诗派"，对新诗的发展有很大贡献。

在学术研究上，他对于《诗经》、楚辞、唐诗等都有深切的见解和很深的造诣。有关著作，大都收在一九四八年出版的《闻一多全集》中。

解　题

《死水》是新诗中的格律诗，写于一九二五年四月。当时作者还在美国，但他对于国内军阀混战、民不聊生的局面非常忧愤。本诗就是他有感而发的作品。

"死水"是与"活水"相对的。活水给人的印象是清澈和充满生气的。它不息地流动，不停地向前。死水则正相反。诗人以"死水"为题对它作了淋漓尽致的刻画，是要藉以诅咒那像死水一样的现实世界。值得注意的是，"死水"虽然是死的，诗人却将它写"活"了；"死水"虽然是丑的，诗人却将它写得"美"极了。透过那一沟"死水"，我们又能发现有一团烈火，在诗人的心底熊熊燃烧！

闻一多为学生题辞：
“天下兴亡，匹夫有责。”

闻一多在青岛大学的住宅

课 文

这是一沟绝望的死水，
清风吹不起半点漪沦[①]。
不如多扔[②]些破铜烂铁，
爽性[③]泼你的剩菜残羹。

也许铜的要绿成翡翠[④]，
铁罐上锈出几瓣桃花；
再让油腻织一层罗绮[⑤]，
霉菌[⑥]给他蒸出些云霞。

让死水酵[⑦]成一沟绿酒[⑧]，
飘满了珍珠似的白沫；
小珠们笑声变成大珠[⑨]，
又被偷酒的花蚊咬破。

那么一沟绝望的死水[⑩]，
也就夸得上几分鲜明。
如果青蛙耐不住寂寞，
又算死水叫出了歌声。

这是一沟绝望的死水，

这里断不是[11]美的所在，
不如让给丑恶来开垦，
看他造出个什么世界。

注　释

① 漪沦（yī lún）：“漪”和“沦”，都是指水的微波。

② 扔：挥动手臂，使拿着的东西脱掉出去；也解作丢弃。

③ 爽性：索性。干脆，直截爽快。

④ 翡翠：绿色的硬玉，半透明，有光泽。

⑤ 罗绮：有花纹的丝织品。

⑥ 霉菌：一种真菌。种类很多，如天气湿热时衣物上长的黑霉，制造青霉素用的青霉。这里是指水面上漾着的油腻生出了霉菌，在阳光照耀下，看上去像“云霞”一般。

⑦ 酵：在这里是“发酵”的意思。酿酒、制酱、发面等，都要利用酵母（一种真菌）引起发酵，形成化学变化。“死水”当然无法酵成“绿酒”，这里是比喻的说法。

⑧ 绿酒：新酿的酒，酒上浮有绿色泡沫，细如蚁，称为“绿蚁”。也作为酒的代称。

⑨ 小珠们笑声变成大珠：原作“小珠笑一声变成大珠”，现据作者选诗订正本改。

⑩ 那么一沟绝望的死水：原作“绝望的一沟”，现据作者选诗订正本改。

⑪ 断不是：绝对不是。“断”在此是副词，表示“决然无疑”、“一定”的意思。

预　习

一　在这首诗里，死水其实是指什么？

二　既然死水是“绝望”的，诗人为什么还要去“管”它，要“多扔些破铜烂铁”和“泼你的剩菜残羹”？

三　“破铜烂铁”和“剩菜残羹”在诗歌里是实指，还是虚指、泛指？

四　对于“死水”，诗人为什么要用翡翠、桃花等来形容，把它写得那样美丽？

分析和欣赏

文体特点

新诗，即新体诗，因体裁上区别于旧诗（即旧体诗，概指中国古典诗歌和以古典诗歌形式创作的近、现代人的诗）而得名，以白话作为语言表达手段。

新诗中的格律诗，也称新格律诗、现代格律诗，是与自由诗相对来说的。自由诗产生较早，新文学运动初期的白话诗多为自由诗。一九二六年，闻一多等提倡诗的音步和韵脚，逐渐形成了格律诗派。

现代格律诗中的“格律”，没有古代律诗、绝句等那样严格。这种诗大体上是一句占一行，或一句占两行；每行有一定音节，每段有一定行数。也有整首诗不分段的。要押韵，有的行行押，有的隔行押，有的交错着押；有转韵的，也有整首诗押一个韵的。押韵平仄通叶，用现代韵。关于格律诗的建行，有各种不同的意见，有的主张以统一的字数为标准，有的主张以统一的节拍为标准，字数则可伸缩。总言之，就某一首具体的格律诗来说，无论分行、分段，音节、押韵，都必须统一；假如有变化，也必须在一定的规格里进行。

《死水》是一首抒情的现代格律诗，全诗共五节，每节行数相等，每行字数相等，节奏统一和谐，二、四两句押韵，每节各有一韵，是最为常见的格律诗。

内容分析

闻一多在一九四三年一月二十五日给臧克家的信中这样写道："我只觉得自己是座没有爆发的火山，火烧得我痛……只有少数跟我很久的朋友（如梦家）才知我有火，并且就在《死水》里感觉出我的火来。"这句话，是打开《死水》奥秘的钥匙。诗人所说的"火"，指的就是对于"死水"的"绝望"，对于像"死水"一样的现实的诅咒！

说"死水"是"绝望的"，连"清风"也"吹不起半点漪沦"，表明诗人已经看透了它的实质，对它不存在一丝一毫的希望和幻想。既然这样，"不如多扔些破铜烂铁，爽性泼你的剩菜残羹"，也就成了诗人思想逻辑的必然发展。因为只有这样，"死水"的"死"与"绝望"，才更能够暴露于光天化日之下。这是多么强烈的憎恨，这又是多么深刻的批判！诗歌的第一节，是总体上对于"死水"的"绝望"所作的勾勒。

诗歌的二、三、四三节，诗人用浓墨重彩，饱蘸着火一般的激情，具体、形象、多侧面地刻画了他对于"死水"的"绝望"。"翡翠"、"桃花"、"罗绮"、"云霞"、"绿酒"、"珍珠"、"蛙声"，多么美丽的声与色，多么迷人的静与动。单看这些，我们甚至会吟哦出许多脍炙人口、使人神往的诗句来，譬如"绿蚁新醅酒，红泥小火炉"啦，"大珠小珠落玉盘"啦，"蛙声十里出山泉"啦等等。可是，原来它们不过是"破铜烂铁"、"剩菜残羹"锈蚀或发酵的"产物"，是花蚊的"饮料"和"寂寞"的标志。这样的"美丽"和"迷人"，与脓疮上泛出的红艳，毒草上绽开的花纹，没有什么两样。它们给予人的印象，只能是恶心与厌恶！在社会现实中，有些丑恶的、肮脏的、腐朽的、僵死的东西，不也常常用如花似玉、美丽迷人的外衣，去让人们受骗上当的吗？诗人在这里极言“死水”的“美”，目的正是要使人洞悉其骨子里的“丑”；名曰扬之，其实抑之。作者内心的“火”，于此昭然若揭。

诗歌的最后一节，回应开头，以斩钉截铁的态度和雄辩的力量作出判断：“这里断不是美的所在！”怎么办？古人说得好：“物极必反。”所以诗人便说道：“不如让给丑恶来开垦，看他造出个什么世界。”这两句的意思是：让“破铜烂铁”、“剩菜残羹”之类在“死水”中去为所欲为罢，看它们将来会有怎样的结局！这种感情，当然不是对“丑恶”的忍让，更不是“姑息养奸”的迁就，也不能说是作者对现实的逃避。朱自清曾说：“这不是‘恶之花’的赞颂，而是索性让‘丑恶’早些‘恶贯满盈’，‘绝望’里才有希望。”朱自清不愧为闻一多的“知音”和“知心”。闻一多正是用他对于“死水”的恨，表达了自己对于祖国的爱。早在一九三五年，朱自清在《中国新文学大系·诗集导言》中就曾赞扬闻一多“是个爱国诗人”，这评价可说是恰如其分的。

作法欣赏

《死水》是早期格律派新诗中备受推崇的一首作品。

从结构来看，全诗五节，采用了“总——分——总”的方式。第一节总的勾勒，二、三、四节从第一节生发开来，作全面的铺张、描摹，第五节又回到了第一节的命意，与之呼应，并加以深化，画龙点睛式地突出了全诗的主旨。这样的结构，就像一首“A、B、A”三段体式的乐曲，匀称和谐而又浑然一体。

诗贵抒情。诗中之情应该隐蔽于具体的形象中，随着诗人对那具体形象的刻画而自然流露。对于“死水”，诗人扣住一个“死”字，选取了“破铜烂铁”、“剩菜残羹”为描绘点，作艺术的刻画，目的在于以“美”写“丑”，突出“美”乃是

“丑”的繁衍和伪装。诗人是怎样刻画的呢？以全诗的中间三节为例：第二节，是就“铜”、“铁”、“菜”、“羹”加以想象性的描写；第三节，则就“水”的变化极力渲染；第四节，由“死水”旁及与“死水”有关的事物，藉“蛙声”进一步反衬。作品选材集中，刻画入微，层次清晰。静与动，声与色，点与面，以至景与情，相辅相成，水乳交融。以“美”写“丑”，使得“美”“丑”之间形成了强烈的反差，“死水”之丑，使人无法忘怀。这就是诗人要抒发的情。

艺术精品所表现的即使是“丑恶”，也可以是“美”的，《死水》即是一例。诗歌采用了暗喻手法，将铜绿、铁锈、油腻的形态，霉菌的生成物和浑沉沉的死水，分别说成是翡翠、桃花、罗绮、云霞、绿酒；单看喻体，明艳、美丽，与本体对映，则获得了“丑”与“美”相反相成的艺术美。“珍珠似的白沫”是明喻，“笑声”、“偷酒”、“叫出了歌声”，则是拟人化的手法。这样一写，“死”的不就变成了“活”的了吗？而愈“活”愈“美”，又更使人觉得愈“丑”愈是“死”得无可救药。再如在遣词方面，“绿成”、“锈出”等，或形容词作动词，或自动词（不及物动词）作他动词（及物动词），都用得准确而贴切。

闻一多主张诗要有建筑的美（节的匀称和句的均齐）、绘画的美（词藻）和音乐的美（音节），《死水》充分地体现了这一理论。全诗五节，每节四行，行数相等，每句九字，字数一样，形成了节的匀称和句的均齐，这就是“建筑的美”。“翡翠”、“桃花”、“罗绮”、“云霞”、“绿酒”、“白沫”等词藻，色彩明丽，构成的意境，如图画一般，这就是“绘画的美”。至于“音乐的美”，具体表现为全诗音节的和谐，诗中组成每一句节奏的，都是三个“二字尺”和一个“三字尺”，如：

这是/一沟/绝望的/死水

清风/吹不起/半点/漪沦

此外，每节换韵，且都是二、四句押韵，这样，全诗朗诵起来就更富于音乐性了。

一首优秀的诗歌，总能在字里行间蕴含不尽的情意。正如陈梦家所说，

“真实的感情是诗人最紧要的元素”。诗人在当时写了《死水》，并表达了“断不是美的所在”的判断和“不如让给丑恶来开垦”的愤慨，这就说明了诗人对“死水”的本质有真切的认识，并表示了与“死水”一刀两断的决心。这“死水”究竟象征什么呢？我们当然可以理解为当时中国的社会现实，但如果别的事物的本质，也与“死水”有共同之处，我们又何尝不可以有合理的联想呢？一首优秀的诗篇确实可以帮助人们去认识社会，认识人生，进而悟到人生应有的归趋和对待社会应有的态度。《死水》的生命力，正是在这里。

讨论问题

一　诗歌的二至四节，是按什么次序组织的？可以颠倒吗？

二　有人说，《死水》最后一节中“不如让给丑恶来开垦”一句，“应该把‘丑恶’意会为黑暗现实的反面，也就是理解为革命”。你同意这种说法吗？

三　这首诗的第一节开头用“这是……”，最后一节也这么用，可是在第四节的开头却用“那么……”。一会儿近指，一会儿远指，是否有矛盾？

四　从哪些地方可以感觉到诗人内心有一团烈火？

参考资料

一　闻一多在美国

闻一多只有把自己比做一只“不幸的失群的孤雁”，流落在“太平洋的彼岸”，遭受白人的“贱视”，他就很自然地要祈望祖国的富强……而军阀们则在帝国主义的操纵指使下，在祖国的大地上疯狂地打着内战，战火烧得人心慌乱，烧得多少人家流离失所，烧得诗人的心更加激动，他愤慨地说："凶年兵燹，频年荐臻（意为灾难接连而来），乡民将何以为生呵！不知人心是怨天呢，还是怨人？……"（《闻一多全集》三）远在异域，念念不忘祖国人民的苦难。那么，该怎么办呢？像那个时代许多具有爱国主义和民主思想的知识分子一样，在摸索，在寻求出路，却提不出什么正确的主张。

（摘自王康《闻一多传》）

二　闻一多论诗的格律

闻一多是"最有兴味探讨诗的理论和艺术的"（徐志摩语）。除了诗歌创作，他发表了《女神之时代精神》《诗的格律》《诗人的横蛮》等多篇有关诗歌的论著（对我国古代诗人的评论且不说）。

在《诗的格律》中，闻一多认为，"棋不能废除规矩，诗也就不能废除格律"。格律的"原质"，"可从两方面讲：（一）属于视觉方面的；（二）属于听觉方面的。这两类其实不当分开来讲，因为它们是息息相关的。譬如属于视觉方面的格律有节的匀称，有句的均齐。属于听觉方面的有格式，有音尺，有平仄，有韵脚；但是没有格式，也就没有节的匀称，没有音尺，也就没有句的均齐。"为什么要强调视觉呢？"因为我们的文字是象形的，我们中国人鉴赏文艺的时候，至少有一半的印象是要靠眼睛来传达的。原来文学本是占时间又占空间的一种艺术。既然占了空间，却又不能在视觉上引起一种具体的印象——这是欧洲文字的一个缺憾。我们的文字有了引起这种印象的可能，如果我们不去利用它，真是可惜了。所以新诗采用了西文诗分行写的办法，的确是很有关系的一件事。姑无论开端的人是有意的还是无心的，我们都应该感谢他。因为这一来，我们才觉悟了诗的实力不独包括音乐的美（音节），绘画的美（词藻），并且还有建筑的美（节的匀称和句的均齐）。"

那么，新的格律诗，与旧体诗（律诗）是否一样呢？《诗的格律》一文认为："律诗也是具有建筑美的一种格式；但是同新诗里的建筑美的可能性比起来，可差得多了。律诗永远只有一个格式，但是新诗的格式是层出不穷的。这是律诗与新诗不同的第一点。"律诗是"非得把它挤进这一种规定的格式里去不可"，而新诗的格式是"相体裁衣"的。其次，"律诗的格律与内容不发生关系，新诗的格式是根据内容的精神造成的"。第三，"律诗的格式是别人替我们定的，新诗的格式可以由我们自己的意匠来随时构造"。

三 "五四"以来重要新诗作家简介

郭沫若（一八九二——一九七八），原名郭开贞，四川乐山人。早年深受王阳明哲学的影响，爱好印度诗人泰戈尔的诗，后又酷嗜美国惠特曼的诗风。"五四"以后，开始在上海《时事新报》上发表新诗，名作有《凤凰涅槃》《地球，我的母亲！》等，以崭新的思想内容，豪放的艺术风格，为自由诗开拓了新的天地。一九二一年出版的第一本诗集《女神》，被认为是中国新诗走向成熟的纪念碑式的作品。

徐志摩（一八九七——一九三一），原名徐章垿，浙江海宁人。一九一八年赴美，后就读于英国伦敦剑桥大学，深受英国十九世纪浪漫主义诗歌的影响，一九二一年开始写作新诗。回国后，创立"新月社"，并任北京大学教授。所作多抒情诗，善于用细腻的笔触表现丰富复杂的情感，诗集有《志摩的诗》《翡冷翠的一夜》。

戴望舒（一九〇五——一九五〇），浙江杭州人。在大学读书时即爱好法国象征派的诗歌，后赴法国，就读于巴黎大学。抗日战争时期，曾在香港主编《星岛日报》副刊"星座"。他的诗造语新颖，构思精巧，洋溢着象征派诗风而又有自己的特色，是中国新诗流派中"现代派"的代表。诗集有《望舒诗草》等。

艾青（一九一〇——一九九六），原名蒋海澄，浙江金华人。早年在法国勤工俭学，受到比利时诗人凡尔哈仑诗作的影响。曾任国际笔会中国中心副会长，法国曾授予他文学艺术最高勋章。他的诗感情深沉，善于从多种艺术样式和艺术流派中吸收养料，是继郭沫若、闻一多以后推动诗风的重要诗人。诗集以《归来的歌》和《雪莲》为最有名。

应用练习

一　闻一多关于新诗形式的基本主张是什么？试以《死水》为例加以说明。

二　如果将诗歌的第一节改为：

　　这是一沟肮脏的死水，
　　大风只吹起半点漪沦。
　　里面扔满了破铜烂铁，
　　还有油腻的剩菜残羹。

这样改，与原诗相比，表达效果是否一样？

三　有人主张将诗歌的最后两句改为"但愿丑恶早一天扫除，迎来崭新的清凉世界"，诗意将显豁得多。请谈谈你的看法。

四　将全诗改写为语体散文。

五　《太阳吟》选自诗集《红烛》，是闻一多留学美国时的作品。先仔细阅读，然后回答问题。

　　太阳啊，刺得我心痛的太阳！
　　又逼走了游子底一出还乡梦，
　　又加他十二个时辰底九曲回肠！

太阳啊，火一样烧着的太阳！
烘干了小草尖头底露水，
可烘得干游子底冷泪盈眶？

太阳啊，六龙骖驾的太阳！
省得我受这一天天底缓刑，
就把五年当一天跑完那又何妨？

太阳啊——神速的金乌——太阳！
让我骑着你每日绕行地球一周，
也便能天天望见一次家乡！

太阳啊，楼角新升的太阳！
不是刚从我们东方来的吗？
我的家乡此刻可都依然无恙？

太阳啊，我家乡来的太阳！
北京城里底官柳裹上一身秋了罢？
唉！我也憔悴的同深秋一样！

太阳啊，奔波不息的太阳！
你也好像无家可归似的呢。
啊！你我的身世一样地不堪设想！

太阳啊，自强不息的太阳！

大宇宙许就是你的家乡罢。
可能指示我我底家乡底方向?

太阳啊,这不像我的山川,太阳!
这里的风云另带一般颜色,
这里鸟儿唱的调子格外凄凉。

太阳啊,生命之火底太阳!
但是谁不知你是球东半底情热,
同时又是球西半底智光?

太阳啊,也是我家乡底太阳!
此刻我回不了我往日的家乡,
便认你为家乡也还得失相偿。

太阳啊,慈光普照的太阳!
往后我看见你时,就当回家一次;
我的家乡不在地下乃在天上!

1 “举头望明月,低头思故乡。”在我国古代诗歌中,望月思乡之作不可胜数。这首诗却自出心裁,来个见日思乡。试举例说明诗人是怎样将“太阳”与“家乡”联在一起的。

2 诗歌离不开大胆的联想和想象;这首诗中联想和想象发挥了怎样的作用?

3 《太阳吟》也是一首格律诗,它的格律与《死水》有什么不同?

水　巷

郑愁予

作　者

郑愁予(一九三三——　)，原名郑文韬，祖籍河北，生于济南。他幼年曾随父亲过军旅生活，到过很多地方，祖国美丽的山川风物给他留下了深刻的印象。一九五八年，毕业于台湾中兴大学。一九六八年赴美，为爱荷华大学“国际写作计划”成员。次年在该校东亚语文学系任教，后就读于文学院“诗创作坊”，获爱荷华大学艺术硕士学位。后执教于美国耶鲁大学。

郑愁予早期作品主要受我国传统诗词的影响，构思新颖，形象生动，节奏音律铿锵明快。自一九五六年的诗辑《醉溪流域》开始，诗风逐渐转向西方现代派，用词拗硬，主题思想深藏不露。七十年代以后的作品，又回到了早期的风格。郑愁予的诗集有《梦土上》《衣钵》《窗外的女奴》《郑愁予诗选》等。

解　题

这首诗写于一九五五年，是一首抒情的自由诗。“巷”原指比“街”窄小的弄堂或胡同。“水巷”，本意为窄小的水道，在本诗诗题及末句中，则是作为比喻的用法，指的其实是“小院”。因为诗人将作品中的一对情侣比作“鱼”，与之相应，当然也就要有“水”了。可见，用“水巷”为题，是显示人物活动的“地点”。

郑愁予与沈从文在美国耶鲁大学合摄

郑愁予（一九八二年摄）

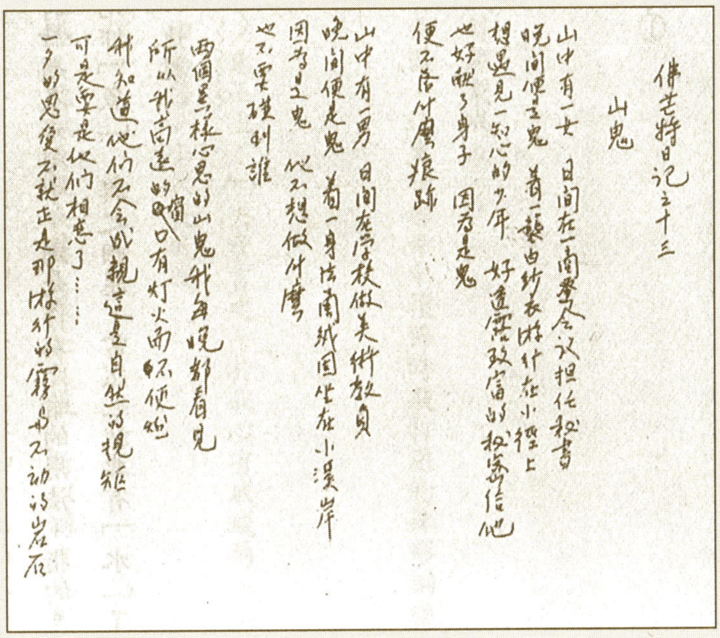

佛蒙特日记之十三

山鬼

山中有一女 日间在一商业公司担任秘书
晚间便是鬼 着一袭白纱衣徘徊在小径上
想遇见一知心的少年 好遗赠致富的秘密给他
也好融了身子 因为是鬼
便不落什么痕迹

山中有一男 日间在学校做美术教员
晚间便是鬼 着一身古蔺纸团坐在小溪岸
因为是鬼 他不想做什么
也不要模仿谁

两个是一样心思的山鬼 我每晚都看见
所以我高远的窗口有灯火而不便燃
都知道他们不会成亲 这是自然的规矩
可是要是他们相恋了……
一夕的恩爱不就正是那样的露与不动的岩石

郑愁予手迹

课　文

四围的青山太高了，显得晴空
如一描蓝的窗……
我们常常拉上云的窗帷
那是阴了，而且飘着雨的流苏①

我原是爱听磬②声与铎③声的
今却为你戚戚④于小院的阴晴
算了吧
管他一世的缘分⑤是否相值于千年慧根⑥
谁让你我相逢
且相逢于这小小的水巷如两条鱼

注　释

① 流苏：下垂的穗子，用五彩羽毛或丝线制成。

② 磬：原指古代石制乐器，这里指佛寺中礼佛时敲打用的钵形铜乐器，或召集僧众时敲击用的鸣器。

③ 铎：古代乐器，是一种大铃。

④ 戚戚：在这里是心动的意思。《孟子·梁惠王》上："夫子言之，于我心有戚戚焉。"有时可表示忧惧，如《论语·述而》："君子坦荡荡，小人长戚戚。"

⑤　缘分：因缘定份，即命中注定的机遇。

⑥　慧根：佛教语，五根之一。破除迷惑，认识真理为慧，慧能生道，所以称之为根。五根，指信、精进、愿、定、慧。

预　　习

一　《水巷》所要表达的是一种怎样的情怀？

二　诗歌第一节用了几个比喻？用什么来比什么？

三　“原是爱听磬声与铎声的”，是怎样的人？

四　试述“管他一世的缘分是否相值于千年慧根”这一句诗所包含的意义。

分析和欣赏

文体特点

诗歌按有无情节的标准，分叙事诗和抒情诗两大类。抒情诗与叙事诗相比，没有情节，也不重刻画人物，而是以充分地抒发诗人的感情为出发点。但诗人的感情，一般又总得寄托于具体的形象和意境之中，讲究蕴藉、含蓄，耐人寻味，否则，诗就变成了标语和口号。

自由诗，是与格律诗相对来说的一种诗歌形式。每句无固定的字数，不一定分节；即使分节，每节的行数也不一定相同。自由诗也有自身的节奏和韵律，但无固定形式，也不一定押韵。

是“抒情”还是“叙事”，用“格律”还是“自由”，一般来说，取决于所写的题材和诗人本身的风格、习惯，只要诗歌的内容与形式能够和谐配合，也就可以了。

内容分析

这是一首爱情诗。

爱情，有人称之为文学艺术永恒的主题。的确，许许多多的文艺作品包括世界名著，几乎都离不开对于爱情的歌颂或咏叹。但是，“爱”，毕竟是一种观念形态，不同的人，对爱有不同的态度；不同态度的爱，又能够反映出一个人不同于另一个人的思想、情操、性格。所以，优秀的作品，也总能够透过对于爱情的歌颂或咏叹，带给读者值得回味和富有教益的东西。

《水巷》也是这样。

第一节，写景，其实是记事，记的是“水巷”中的朝朝暮暮。青山，晴空，白云，雨丝，是一幅宁静的淡彩画，是一派和谐的气氛，一对伴侣仿佛身处于大自然的包围之中。然而晴空是蓝窗，白云是窗帷，雨丝是流苏，他们原来只是晤对于小院的天地里。在他们看来，小天地与大自然其实是二而一的东西。字面上虽然没有正面勾勒人物的声容笑貌、喜怒哀乐，但从字里行间，我们可以清楚地看到一对伴侣是那样的两心相照，情投意合。省略号可能表示时间的跳跃，由朝而暮，由晴而阴，不一定是一天，这反映了他俩在一起的时间并不是短暂的。读着这一节诗，我们仿佛觉得，整个世界是那样的静谧、温馨，能够享受到这一幸福的，不就唯有这一对伴侣吗？而其余的一切已经不复存在了！——这，可能正是诗人所要追求的理想境界吧。

第二节，直抒胸臆，是诗的重点部分。宁静的小院天地是怎样获得的呢？为什么“我”会那样地钟情呢？“我原是爱听磬声与铎声的”，而且准备去修炼那“千年慧根”，说明“我”原来可能是个自求解脱的出世之士，佛家的信徒，总是主张“四大皆空”，要看破红尘的。可是，不料面对着“她”，竟然戚戚心动，以致宁愿要这一生中难得遇到的“缘分”，也不再企望那更为可贵的“千年慧根”。这就向读者揭示了一个很普通的道理：现实的人生，远比虚幻的仙境使人神往、爱恋；人世间的真挚情愫，远比“普渡众生”的“极乐世界”实在、可爱。但是，切莫以为这是诗人在非议宗教，不，诗人不过藉此反衬出真情的可贵。请看，“谁让你我相逢”，这不是在说“知音难觅”吗？如今既然“相逢”，在这样窄小的天地中竟出现了“同类”——“两条鱼”，那么，这“同类”又怎能不珍惜那“同声相应，同气相求”、同“水”相“游”的宝贵时机呢？

诗中刻意描写相逢的欢愉，正反衬出人生知音难得的感喟。这首诗虽然正面在写爱情，但是透过委婉的笔触，多少反映了人生道路的不平坦。

作法欣赏

我国古典诗词中，前半部分（或上阕）写景，后半部分（或下阕）抒情，是常见的布局。景中寓情，情中有景，情景交融，是基本的作法要领。

《水巷》的第一节，景中有情。从字面看，诗人用了三个比喻：晴空——蓝的窗，云——窗帷，雨——流苏；值得赞赏的是，这三个比喻，又构成了一幅完整而互相呼应的图像，于是也就产生了没有直言的第四个比喻：小院——一间幽静的书斋或客堂。这，要在下一节“今却为你戚戚于小院的阴晴”一句的照应中才明确地点出来。他们明明是在以天为幕的小院中，他们又似置身于窗明几净的房间里，那明亮的窗上，有时还拉着缀有流苏的帷幕，他们就在这样的环境中，互诉心曲，或者凝神遐想哩！

第二节，情中有景。“爱听磬声与铎声”，用词精确，虽未直接描写佛事，但它能唤起读者的联想，使读者通过自我意识的再创造，构成一幅“心中之景”：暮鼓晨钟，磬铎和鸣，香烟缭绕的佛堂或庙宇，庄严、肃穆而又神秘虚幻的色彩、气氛。那“相逢于这小小的水巷如两条鱼”的描绘，无疑也有“景”可见，但它又恰恰是“情”的深化。

云、雨、阴、晴、鱼、水这些事物，在我国古典诗文中是经常出现的。在这首诗中再现，却略无因袭的痕迹，而令人耳目一新，这全仗词句的精巧安排，委婉地表达了含蓄的情致。“拉上云的窗帷”，“飘着雨的流苏”，这比喻是崭新的，熟而不俗。阴晴变化是自然现象，又常常用来形容人事。“月有阴晴圆缺，人有悲欢离合”，显然，《水巷》中的“阴晴”也不乏双关之意。至于“鱼水”，《水巷》中倒并不是取我们常说的“如鱼得水”、“鱼水情深”之意，“两条鱼”“相逢于这小小的水巷”，它的重点放在“小小的”三字上，那就可能使人联想到“萍水相逢”、“同是天涯沦落人，相逢何必曾相识”和“相濡以沫”等意思，这同样不能说是俗套，而应看作是翻新。

这首自由诗，尽管不刻意讲究音韵谐协，但在轻声吟诵中，别具一种自然的音乐美。相同句式的重复出现如“太高了”、“阴了”，局部范围内的对偶或对举，如“拉上云的窗帷”、“飘着雨的流苏”，“磬声与铎声”以及部分词语的反复如“……相逢”“相逢……”，同样能形成诗歌特有的音韵和节奏，但又不是明白如话，由于造语精巧，表达委曲，这种音乐美是要在反复吟诵中去体味的。

讨论问题

一　《水巷》的第一节写景，第二节抒情，这两节的内容紧密联系，结合得很和谐。它们之间的结合点是什么？它们靠什么作为联系的纽带？

二　这首诗的基调固然是个“爱”字，但“我”的感情又是比较复杂的。请简略地分析“我”的感情。

三　将这首诗的题目改为“小院”或“谁让你我相逢”之类，你认为好不好？

四　第一节如果这样改写：

四围的青山太高

晴空如蓝窗一描

窗口有白云轻飘

还带着雨丝千条

试与原诗比较，分析两者的不同。

参考资料

我在《释郑愁予的相思》中曾说过："郑愁予是当代中国诗人中，一位很有才华的，始终在婉婉约约地低抒己情的乐天者；他乐时自乐，忧时独忧，很少随潮流而改变自己对宇宙、对人生的看法。他在诗的国度里，目不斜视地、婉婉约约地低唱自己的歌，继续上他走了二十多年的路——'新婉约派'的故土新路。"

是的，他走的路是晚唐以来就开在中国的土地上了，最先踏上这条路的，可在晚唐两大家李商隐、温庭筠的诗词中找到路标，也可寻出脚印。然后到了二十年代初期的徐志摩，他的诗虽混集了英诗的抒情，以及变质了的格律，但整体来看，他的诗风，仍是近于"婉约"的。……

《水巷》是一首很有点李商隐的婉婉约约，似怨且愁的低诉；也有徐志摩的穷昼夜之思之念，既痴也呆的凝情。

是一首短歌式的抒情诗，也是一首"说也多余"的情诗。

郑愁予就是这个"婉婉约约，轻唤短叹"，漫步于天涯水角的歌者样相。

（摘自丁平《郑愁予水巷中的情》）

应用练习

一　试分析本诗第一节的写作技巧。

二　诗中“我原是爱听磬声与铎声的”这一句，对表达主题起了什么作用？

三　“且相逢于这小小的水巷如两条鱼”，这一行诗有几个比喻？这行诗的内在涵义是什么？

四　《水巷》与《死水》两诗在表现形式上有哪些不同的地方？

五　用大约三百字将《水巷》改写为抒情散文。

六　《清明》是郑愁予上世纪五十年代的作品。先仔细阅读，然后回答问题。

我醉着，静的夜，流于我体内
容我掩耳之际，那奥秘在我体内回响
有花香，沁出我的肌肤
这是至美的一刹，我接受膜拜
接受千家飞幡的祭典

星辰成串地下垂，激起唇间的溢酒
雾凝着，冷若祈祷的眸子

许多许多眸子，在我的发上流瞬
我要回归，梳理满身满身的植物

我已回归，我本是仰卧的青山一列

1　这首诗写的是什么？

2　这首诗的形式与《水巷》有什么近似的地方？

散文

渐

丰子恺

作　者

丰子恺先生像
（一九七五年摄）

丰子恺（一八九八——一九七五），本名润，子恺是后来在杭州读书时国文老师给他取的号。浙江崇德石门湾（今桐乡县石门镇）人。一九一四年小学毕业后，考入杭州浙江省立第一师范学校。当时中国近代文艺的先驱者李叔同（后来出家，即弘一法师）正在该校担任绘画和音乐教师，丰子恺深受他的熏陶，勤攻绘画，开始有志于文学艺术事业。毕业后，曾与友人在上海创办专科师范学校。一九二一年到日本留学，除了学习西洋画和音乐外，还刻苦攻读日文和英文。同年年底回国，先后在上虞白马湖春晖中学、上海立达学园任教，主张用“爱的教育”教育学生。自一九三三年起，他长住故乡石门湾缘缘堂，专门从事绘画和译著。抗日战争期间，丰子恺曾任贵州浙江大学副教授，后又就任重庆国立艺术专科学校教授兼教务主任。抗战胜利后，定居杭州。一九四九年后，曾任上海文学艺术界联合会副主席、中国美术家协会上海分会主席、上海中国画院院长等职。

早在二十年代初，丰子恺已开始创作漫画。他的漫画大都暴露社会黑暗，并常以儿童生活为题材，用笔简括有力，画风朴素，别具一格，先后出版有《子恺漫画》等几十本画集，深受大众欢迎。

丰子恺在第一师范读书时，因受著名文学家夏丏尊的指导和鼓励，早就培养了写作散文的兴趣。一九二五年开始发表散文作品，立即受到文坛的注目。

三十年代初，出版了第一本散文集《缘缘堂随笔》，传诵一时，被认为是散文园地的新收获。其中《渐》《秋》《给我的孩子们》《梦痕》《新年》等篇，曾由郁达夫于一九三五年编入《中国新文学大系·散文二集》。

丰子恺是早期著名新文学团体文学研究会的会员，主张“为人生而艺术”。他自己也说：“欢喜读与人生根本问题有关的书，欢喜谈与人生根本问题有关的话，可说是我的一种习性。”由于不满现实，思想苦闷，一度曾从弘一法师学佛，以求精神上的超脱。因此他的早期作品，既有悲愤的不平之鸣，又常流露出人世无常的感慨，是作者入世的和出世的两重人格交战的反映。抗日战争初期，丰子恺扶老携幼，奔波流离，辗转于西南各省，积极参加抗敌文艺工作，写下了许多关心现实生活、同情贫苦人民的作品。

他的散文多随感小品和生活速写，喜从日常小事及儿童生活取材。语言朴素自然，感情诚恳真挚，娓娓而谈，涉笔成趣，是他独具的风格特点。散文作品除已提到的外，还有《车厢社会》《缘缘堂再笔》《子恺近作散文集》等。丰子恺逝世后，他的子女又编选了《丰子恺散文选集》和《缘缘堂随笔集》两书，后者还选入了丰子恺晚年所作、从未发表过的散文十余篇。

解　题

本文选自《缘缘堂随笔》（初版本）。

这是一篇随感体散文，写于一九二五年。当时作者二十八岁，在上海立达学园教书。

渐，是逐渐、渐进的意思。作者曾经自称“最喜小中能见大，还求弦外有余音”。本文围绕一个“渐”的意念，抒发对人生的体验，正是“小中见大”的一个具体的例子。题目带有哲理性。作者认为，人生是渐进的，人们往往感受不到它的明显变化，因而容易产生惰性。一般人无不深受“渐”的迷惑和欺骗，只有个别智慧超群的人才能超脱物外。作者充分阐发了“渐”的种种表现，旨在提醒读者，以利于思考人生的问题。这就是本文的“弦外之音”。

课　文

使人生圆滑进行的微妙的要素，莫如“渐”；造物主[1]骗人的手段，也莫如“渐”。在不知不觉之中，天真烂漫的孩子“渐渐”变成野心勃勃的青年；慷慨豪侠的青年“渐渐”变成冷酷的成人；血气旺盛的成人“渐渐”变成顽固的老头子。因为其变更是渐进的，一年一年地、一月一月地、一日一日地、一时一时地、一分一分地、一秒一秒地渐进，犹如从斜度极缓的长远的山陂[2]上走下来，使人不察其递降[3]的痕迹，不见其各阶段的境界，而似乎觉得常在同样的地位，恒久不变，又无时不有生的意趣与价值，于是人生就被确实肯定，而圆滑进行了。假使人生的进行不像山陂而像风琴的键板，由 do 忽然移到 rui，即如昨夜的孩子今朝忽然变成青年；或者像旋律的“接离进行”[4]地由 do 忽然跳到 mi，即如朝为青年而暮忽成老人，人一定要惊讶，感慨，悲伤，或痛感人生的无常[5]，而不乐为人了。故可知人生是由“渐”维持的。这在女人恐怕尤为必要：歌剧中，舞台上的如花的少女，就是将来火炉旁边的老婆子，这句话，骤听使人不能相信，少女也不肯承认，实则现在的老婆子都是由如花的少女“渐渐”变成的。

人之能堪受境遇的变衰，也全靠这"渐"的助力。巨富的纨袴子弟⑥因屡次破产而"渐渐"荡尽其家产，变为贫者；贫者只得做佣工，佣工往往变为奴隶，奴隶容易变为无赖，无赖与乞丐相去甚近，乞丐不妨做偷儿……这样的例，在小说中，在实际上，均多得很。因为其变衰是延长为十年二十年而一步一步地"渐渐"地达到的，在本人不感到什么强烈的刺激。故虽到了饥寒病苦刑笞⑦交迫的地步，仍是熙熙然⑧贪恋着目前的生的欢喜。假如一位千金之子⑨忽然变了乞丐或偷儿，这人一定愤不欲生了。

这真是大自然的神秘的原则，造物主的微妙的工夫⑩！阴阳潜移，春秋代序⑪，以及物类的衰荣生杀⑫，无不暗合于这法则。由萌芽的春"渐渐"变成绿阴的夏；由凋零的秋"渐渐"变成枯寂的冬。我们虽已经历数十寒暑，但在围炉拥衾⑬的冬夜仍是难于想象饮冰挥扇的夏日的心情；反之亦然。然而由冬一天一天地、一时一时地、一分一分地、一秒一秒地移向夏，由夏一天一天地、一时一时地、一分一分地、一秒一秒地移向冬，其间实在没有显著的痕迹可寻。昼夜也是如此：傍晚坐在窗下看书，page⑭上"渐渐"地黑起来，倘不断地看下去（目力能因了光的渐弱而渐渐加强），几乎永远可以认识书页上的字迹，即不觉昼之已变为夜。黎明凭窗，不瞬目⑮地注视东天，也不辨自夜向昼的推移的痕迹。儿女渐渐长大起来，在朝夕相见的父母全不觉得，难得见面的远亲就相见不相识了。往年除夕，我们曾在红蜡烛底下守候水仙花的开放，真是痴态！倘水仙花果真当面开放给我们看，便是大自然的原则的破坏，宇宙的根本的摇动，世界人类的末日临到了！

"渐"的作用，就是用每步相差极微极缓的方法来隐蔽时间的过去与事物的变迁的痕迹，使人误想其为恒久不变。这真是造物主骗人的一大诡计！这有一件比喻的故事：某农夫每天朝晨抱了犊[16]而跳过一沟，到田里去工作，夕暮又抱了它跳过沟回家。每日如此，未尝间断。过了一年，犊已渐大，渐重，差不多变成大牛，但农夫全不觉得，仍是抱了它跳沟。有一天他因事停止工作，次日再就不能抱了这牛而跳沟了。造物的骗人，使人留连于其每日每时的生的欢喜而不觉其变迁与辛苦，就是用这个方法的。人们每日在抱了日重一日的牛而跳沟，不准停止。自己误以为是不变的，其实每日在增加其苦劳！

我觉得时辰钟[17]是人生的最好的象征了。时辰钟的针，平常一看总觉得是"不动"的；其实人造物中最常动的无过于时辰钟的针了。日常生活中的人生也如此，刻刻觉得我是我，似乎这"我"永远不变，实则与时辰钟的针一样的无常！一息尚存，总觉得我仍是我，我没有变，还是流连着我的生，可怜受尽"渐"的欺骗！

"渐"的本质是"时间"。时间我觉得比空间更为不可思议，犹之时间艺术的音乐比空间艺术的绘画更为神秘。因为空间姑且不追究它如何广大或无限，我们总可以把握其一端，认定其一点。时间则全然无从把握，不可挽留，只有过去与未来在渺茫之中不绝地相追逐[18]而已。性质上既已渺茫不可思议，份量上在人生也似乎太多。因为一般人对于时间的悟性，似乎只够支配搭船乘车的短时间；对于百年的长期间的寿命，他们不能胜任，往往迷于局部而不能顾及全体。试看乘火车的旅客中，常有明达[19]的人，有的宁牺牲暂时的安乐而让其坐位于弱者，以求心的太平(或博暂时的美誉)；有的见众人争先下车，而退在后面，或高呼“勿要轧[20]，总有得下去的！”“大家都要下去的！”然而在乘“社会”或“世界”的大火车的“人生”的长期的旅客中，就少有这样的明达之人。所以我觉得百年的寿命，定得太长。像现在的世界上的人，倘定他们搭船乘车的期间的寿命，也许在人类社会上可减少许多凶险残惨的争斗，而与火车中一样地谦让，和平，也未可知。

然人类中也有几个能胜任百年的或千古的[21]寿命的人。那是“大人格”，“大人生”[22]。他们能不为“渐”所迷，不为造物所欺，而收缩无限的时间并空间于方寸的心中。试听Blake[23]的歌：

一粒沙里看出世界，
一朵野花里见天国；
在你掌里盛住无限，
一时间里便是永劫[24]。

注　释

① 造物主：古时以为万物是天创造的，所以称天为造物主。

② 陂(bēi)：山坡。一九五七年《缘缘堂随笔》重版本作坡。

③ 递降：一步接一步地顺次下来。

④ 旋律的“接离进行”：在一首乐曲中，乐音的进行，或高或低，或强或弱，都是有组织的，以表示一定的意义。这就是旋律。旋律乐音以跳跃方式进行，叫做“接离进行”。

⑤ 无常：佛教用语，认为世间一切事物，生了又灭，时刻不断，没有不变的性质。一般用来指人生变幻不定。

⑥ 纨袴子弟：纨，细绢，质地细薄的丝织品。古时富贵人家的子弟多穿细绢袴，后即以“纨袴”称富家子弟。

⑦ 刑笞：刑罚。用鞭、杖、竹板抽打。

⑧ 熙熙然：和乐的样子。

⑨ 千金之子：指富贵人家的子弟。《史记·货殖列传》：“谚曰：千金之子，不死于市。”

⑩ 工夫：这里含有“本领”的意思。

⑪ 阴阳潜移，春秋代序：昼夜暗转，四季更替。潜，暗暗地。

⑫ 物类的衰荣生杀：自然界各品类事物的衰败、茂盛、生长、死灭。

⑬ 衾：被子。

⑭ page：一九五七年《缘缘堂随笔》重版本作“书页”。

⑮ 瞬目：眨眼。

⑯ 犊：小牛。

⑰ 时辰钟：我国旧时习惯以时辰为计时单位，一昼夜分为十二时辰，所以早期称时钟为“时辰钟”。

⑱ 过去与未来在渺茫之中不绝地相追逐：时间是不会停留的。在作者看来，“现在”转瞬即逝，成为“过去”，所以无所谓“现在”；“过去”虽是自己经历过的，但已不可挽留，因此与“未来”同样处于渺茫之中。这句极写时间的无从把握。

⑲ 明达：明白通达。

⑳ 勿要轧：苏州、上海一带的方言，不要挤。

㉑ 百年的或千古的：这里，“百年的”指一世，“千古的”指永久。

㉒ 大人格，大人生：指智慧超群的人。“大”有超乎寻常的意思。

㉓ Blake：William Blake（一七五七——一八二七），中译名为威廉·布莱克，英国诗人，出身小商人家庭。他的诗多描写生活中的痛苦和不幸，部分诗作有神秘主义和象征色彩。这里引的是Blake《天真的预言》一诗的第一节，用的是周作人的译文。

㉔ 一时间里便是永劫：一时间，一刹那。劫，佛教用语，指一段很长的时间；永劫，永无穷尽之时。

预　　习

一　为什么说人生是由“渐”维持的？

二　作者以“农夫抱犊”的故事说明什么？

三　课文前面三小段的写法几乎完全相同。你能说说相同在哪里吗？

四　本文举了大量例证，你认为“时辰钟”这个例子有哪些优点？

分析和欣赏

文体特点

散文，是与诗歌、小说、戏剧并举的文学样式。这种样式，篇幅比较短小，结构比较自由，一般不要求有完整的情节和人物形象。取材也比较广阔、灵活。散文的表现方法不拘一格，或描摹现实生活中的真人真事，或再现优美、动人的自然景色，或抒发作者的感受、体会；天南地北，中外古今，常常可以熔铸在一篇作品之中。但是，优美的散文，在“散”的外形中又总是包孕着作者所要表现的思想感情，它是似散实严，形散神聚，构思相当谨严而完整的。

散文根据主要表现方法的不同，可分为记叙性、说明性、议论性和抒情性四类。

《渐》写于一九二五年，属于现代散文的早期作品。早期散文的特征，曾深受英国随笔（Essay）的影响，大都夹叙夹议，清谈娓娓，并讲求言外之味。即使“写到了风花雪月，也总要点出人与人的关系，或人与社会的关系来，以抒怀抱，一粒沙里见世界，半瓣花上说人情（郁达夫语）”。丰子恺喜欢以“随笔”命名他的随感体散文，信笔写来，随意所之，不大讲究固定的格式和章法，而“散文的心”——主题自然就流露于字里行间。这类散文不能明确属于上述四类中的任何一类，往往议论中打比喻，故事中有说理，小中见大，弦外有音，风格是明朗的，有时也很含蓄，耐人寻味。

内容分析

在《渐》一文里，作者通过对日常生活的观察，拈出一个“渐”字来，抒发自己对人生的感想。全文可分两大段。

第一大段包括一至五小段，主要阐述“渐”是什么。一开始，作者就将自己对时间的观察体验归纳成两句话，指出“渐”的特点有二：一是微妙，二是由微妙产生的欺骗性。儿童变为老头子，少女变为老婆子，为什么“无时不有生的意趣和价值”？巨富变为偷儿，为什么仍有“生的欢喜”？四季代序，昼夜变化，为什么“没有显著的痕迹可寻”？原来所有的变更都是在不知不觉地渐进的。这岂不是很微妙吗？农夫每日抱犊跳沟，竟不知犊已逐渐变成大牛；时辰钟的针总觉得是不动的，“我”似乎也永远不变，“渐”的欺骗性真是惊人！

第二大段包括六至七小段，作者在充分阐述“渐”的特点后，抒发自己的感想。作者的感想包含两层意思：从对时间本质的理解来说，由于“渐”的不可思议，大多数人只有“短时间”的悟性；极个别智慧超群的人，才能完全不为“渐”所迷。这是第一层意思。从对待人生来说，由于大多数人只具“短时间”的悟性，能够处理好“搭船乘车”时人与人之间的关系，而对“百年的长期间的寿命”则不能胜任。这是第二层意思。

值得注意的是，作者在第一大段里只是详尽地阐述“渐”的种种表现，并没有进一步发挥，说明认清了“渐”的特点以后该怎么办。第二大段由前文引出感想，虽然涉及了人生的问题，但多曲笔，并没有正面加以阐发。那么，本文的主旨是什么呢？只是说明“渐”的微妙和骗人吗？当然不是。Blake 的歌洋溢着一种超脱的精神，作者是赞赏的，写作本文，难道为了赞赏这种精神吗？显然也不是。

这是一个值得讨论的问题。这里不妨再仔细分析一下最后两小段的内容：

在第六小段里，作者对大多数人“短时间”的悟性是肯定的。把作者的话改写一下，大致是这样：搭船乘车，因为时间短，与利害的关系不大，一般人都能够容忍、互让；而在人生的漫长旅途中，因为时间长，与利害的关系极大，大家为了自身的利益，不得不争斗（“迷于局部而不能顾及全体”）。为此作者提出，把寿命定得短些，也许会“减少许多凶险残惨的争斗”。这个意见当然不会被读者所接受。但，这是曲笔，也是作者的幽默，显然不能实看，而应透过一层去理解。作者之意无非说：与其要“凶险残惨”的“长期间”，宁可要“谦让，和平”的“短时间”。换句话说，在特定的“短时间”里，人们不仅理解“渐”的本质，而且善于处理人与人之间的关系，即人生的问题。在这里，作者的原意是清楚的，认清了“渐”的本质，只是第一步；还有第二步，怎样对待人生的问题。

在第七小段里，Blake 的歌，对大小久暂之间的关系，看得非常透彻，也就是对“渐”的本质，以至整个人生、世界的认识，都具有一种超脱物外的精神。作者很赞赏这种精神。但是，既然不为“渐”所迷的“大人格，大人生”只有“几个”，可见非绝大多数的一般人所能做到。Blake的歌虽然高明超脱，也非绝大多数的一般人所能理解。作者也没有要求一般人都去追求这种精神，这是无疑的。

由此可见，作者历举事例充分阐述“渐”的种种表现，指出由于“渐”的微妙，致使人们产生错觉和惰性，因而“受骗”，旨在提醒人们要对“渐”的本质特点有足够的认识，以利于处理人生问题。

作法欣赏

《渐》是一篇随感体散文，行文比较自由，但仍可以理出清楚的结构线条和层次。文章的前五小段，先阐释“渐”的特点，它们之间是并列的关系，称为“横式结构”，这好比一把敞开的折扇，画面和盘托出，“渐”何以是微妙的，骗人的，可以看得一清二楚。在读者有了较深的认识以后，作者就用后面两小段加以收束。“渐”既然如此微妙，又带有这样的欺骗性，人们将如何对待？作者认为一般人只能支配短时间，只有“大人格，大人生”才能完全不为“渐”所迷。余意未尽，戛然而止。文章的起讫、呼应都较自由，论点论据似乎都融化在旁引曲喻之中，这种写法与一般说明文、议论文很不相同。

文章从一个“渐”字谈起，涉及人生的大道理，但读来自然、亲切、有味，一点也不觉得枯燥，这与形象化的写法有关。作者采用的形象化写法真是丰富多彩，简言之，是例证多，特别是善于把多种修辞手法结合起来运用，努力使抽象的道理化为形象生动的图画，加深读者的印象。如：

1 “顶真”与“反复”结合

第一小段开头，为了说明“渐”何以是“使人生圆滑进行的微妙的要素”，作者先让例证说话：“在不知不觉之中，天真烂漫的孩子‘渐渐’变成野心勃勃的青年；慷慨豪侠的青年‘渐渐’变成冷酷的成人；血气旺盛的成人‘渐渐’变成顽固的老头子。”这个例证的巧妙处，在于同时用了“顶真”(上一句末尾的词语也即下一句开头的词语，蝉联而下)和“反复”(每句中有“渐渐”两字)的修辞手法。这样写，确实使人对“圆滑进行”有具体的感受。

2 “层递排比”与“比喻”结合

作者在第一小段解释“渐进”，不用抽象的、枯燥无味的语言，而是说“一年一年地、一月一月地、一日一日地、一时一时地、一分一分地、一秒一秒地渐进”，这种程度递减(或递增)的排比，修辞学上叫做“层递排比”。这一段话作为“渐进”的修饰语可谓恰到好处，使本来不可捉摸的“渐进”有了形象感，似乎确有一种东西在那里缓慢地前进。“一年一年地……”的“层递排比”在第三小段里又重复出现两次，前后呼应，引起联想，给人的印象更为深刻。

单用排比法来修饰“渐进”，还只取得了一半的效果，全句是这样的：“一年一年地……一秒一秒地渐进，犹如从斜度极缓的长远的山陂上走下来……”前部分是“层递排比”，后部分是“比喻”，两种修辞法结合起来，本来已有形象感的“渐进”，至此真正构成一幅鲜明的图画，取得了完满的效果。

3 连用“比喻”

第一小段从正面说了“渐进”的特点，接下来再从反面说一说。人生如果不是渐进的，而是突变的，又怎样呢？作者同样不用一句抽象的话，而是让一连串的“比喻”来回答：“像风琴的键板，由 do 忽然移到 rui，即如昨夜的孩子今朝忽然变成青年；或者像旋律的‘接离进行’地由 do 忽然跳到 mi，即如朝为青年而暮忽成老人……”连用比喻，化抽象为具体。

4 特殊的“引用”

修辞法中的“引用”，通常用来作为论据，帮助作者说明事理，在“引用”以后，接下来作者要用自己的话阐述一番，一般的写法都是这样。本文的用法却很特殊。最后一小段引了 Blake 的诗句，就此作结，不再进一步展开。这样写，并不表示 Blake 的诗就是本文的结论，而是故意多留些空白，让读者细细咀嚼、辨味，由他们自己来下结论。

此外，本文的修饰语，用得非常精确、传神，真有“画龙点睛”之妙。如“舞台上的如花的少女，就是将来火炉旁边的老婆子”，“萌芽的春，绿阴的夏，凋零的秋，枯寂的冬”，“往年除夕，我们曾在红蜡烛底下守候水仙花的开放，真是痴态！”试将加旁点的字去掉，表达的情味就会完全两样，原来所构成的特定气氛的画面也完全破坏了，足以窥见作者驾驭语言的功力。

丰子恺喜欢用“随笔”命名他的散文，并说：“随笔总得随我的笔，我的笔又总得随我的近感。”一个“随”字加一个“感”字，恰好点出了作者散文的特色。作者的文体风格早年曾受外国的影响，但主要继承了中国古典散文的优秀传统而有所发展，人们归纳为“冲淡中现真情，平易中寓深意”，是很有道理的。

讨论问题

一　课文反复说“使人生圆滑进行的微妙的要素”，“造物主骗人的手段”，“这真是大自然的神秘的原则，造物主的微妙的工夫！”“这真是造物主骗人的一大诡计！”有什么作用？

二　作者说，一般人“只够支配搭船乘车的短时间”，不能胜任“百年的长期间”，他认为“百年的寿命定得太长”。你同意这个观点吗？这一段话的真正含义是什么？

三　作者曾经自称：“最喜小中能见大，还求弦外有余音。”试以本文为例，讨论“小中能见大”的“大”是什么，“弦外有余音”的“余音”又是什么。

四　读了课文后，你认为作者对人生的看法是积极的呢，还是消极的？有人说，课文的主旨是：“我们认识了‘渐’的真相后，应该自觉地努力珍惜时光。”你同意吗？你认为课文的主旨是什么？

参考资料

一 关于丰子恺的思想和他的散文

(丰子恺)少时入浙江师范,以李叔同(现在的弘一法师)为师;弘一剃度之后,那一种佛学的思想,自然也影响到了他的作品。人家只晓得他的漫画入神,殊不知他的散文,清幽玄妙,灵达处反远出在他的画笔之上。

他是一个苦学力行的人,从师范学校出来之后,在上海半工半读,自己努力学画,自己想法子到日本去留学,自己苦修外国文字,终久得到了现在的地位。我想从这一方面讲来,他的富有哲学味的散文,姑且不去管它,就单论他的志趋,也是可以为我们年青的人做模范的。

(摘自郁达夫《中国新文学大系·散文二集导言》)

近代中国知识分子中间,有两位著名人物,就是同为革命文艺团体"南社"成员的苏曼殊和李叔同,他们都有很高的秉赋,在艺术上也有独特的成就,可以说是艺术界勇猛的闯将。可是,他们都看破红尘,遁入空门。从他们身上,的确反映出知识分子选择道路的曲折性和悲剧性。这种情形,自然也给了丰子恺以很大影响,铸成了他的两重性格——一个是出世的、超脱物外的、对人间持静观态度的;另一个是入世的、积极的、有强烈爱憎感情的。这两重性格,经常在他心中剧烈交战。他的散文作品,自然也就是他这种两重人格互相交战的记录。

佛教居士丰子恺原有世事无常的消极思想,在他的初期散文作品里,流露得很充分。"缘缘堂"(注:指丰子恺以历年卖画卖文所得建筑在故乡石门湾的三楹高楼,一九三七年毁于战火)的被毁,对他是个十分巨大的打击,当然会加深他原有的消极思想。但更重要的是,这个打击迫使他脱离过去的狭小天地,面向广阔的现实……"缘缘堂"被毁的消息,是他在辗转流徙中得到的。他在

《还我缘缘堂》里写道:“我虽老弱,但只要不转沟壑,还可凭五寸不烂之笔来对抗暴敌,我的前途尚有希望,我决不为房屋被焚而伤心;不但如此,房屋被焚了,在我反觉轻快,此犹破釜沉舟,断绝后路,才能一心向前,勇猛精进。”作者这样说,也这样做了。就在辗转流徙的路上,作为一位漫画家,他画了不少幅揭露侵略者暴行的作品;作为一位散文作家,他也写了不少篇揭露社会黑暗的作品。

凡是熟悉子恺先生的人都知道,他是一个非常正直诚实的人,处世严肃,待人诚恳,不知矫饰为何物。文如其人,他的散文作品就是自己思想感情最真实的记录……读子恺先生的作品时,使你感到自己面对一位心地异常善良而坦率的长者,听他既无保留、也无顾忌地倾吐肺腑。他用最平易的语调,娓娓而谈,简直“事无不可对人言”,向你披露出心灵最隐秘的角落——不,更正确地说,在他心灵里,几乎不存在什么隐秘的角落。

思想感情的真挚,要求语言形式的朴素。子恺先生的散文,就内容来说是直抒胸怀,就形式来说是信笔所至……(他的)多数作品,每含有使读者获得启示的哲理,于平易中寓深意,在冲淡中现真情,可以称之为我们散文园地别树一帜的存在。

(摘自王西彦为《丰子恺散文选集》一书所作的序言《赤裸裸的自己》)

二 “五四”以来重要散文作家简介

鲁迅(一八八一——一九三六),中国现代文学的奠基者。他写得最多的是杂文。《朝花夕拾》是唯一的回忆性散文集,记人记事,墨淡情深,平易中蕴含深沉的思想,其中《从百草园到三味书屋》《藤野先生》等篇,尤为脍炙人口。

周作人(一八八五——一九六八),原名遐寿,浙江绍兴人。北京大学教授。抗日战争期间,曾任伪华北政务委员会教育总署督办。他的散文以素朴自然、闲适舒展见称。著有《雨天的书》《自己的园地》等数十种散文集。

朱自清(一八九八——一九四八),字佩弦,江苏东海人。文学研究会早期成员。清华大学教授。他的散文,结构精致,风格清新,富于诗意。《背影》《荷塘月色》是他的代表作。

林语堂(一八九五——一九七六),原名玉堂,福建龙溪人。曾创办《论语》等杂志,提倡幽默小品。一九三六年去美国,曾任新加坡南洋大学校长。所作以幽默风趣著称。

吴伯箫(一九〇六——一九八二),原名吴熙成,山东莱芜人。长期从事教育和编辑工作。他的散文精炼质朴,意境深远,影响很大。有《北极星》等散文集。

应用练习

一　怎么样的人才能不为"渐"所欺骗?

二　本文也讲道理,发议论,但与一般的议论文、说明文写法不同。试分析不同在哪里。

三　课文中的修饰语运用得非常传神、精确。传神的例子在前面的分析中已有述及。你能否再找一下用得精确的例子,并加以说明?

四　本文善于运用修辞手法,试制表说明课文第一小段一共用了哪几种修辞手法。

五　散文中的"我"与小说用第一人称的"我"有什么不同?

六　以下的短文选自丰子恺的《劳者自歌》。先仔细阅读,然后回答问题。

牵牛花这东西很贱,去年的种子在花台里,花台曾经拆造过,泥曾经翻过;今年夏天它们依然会生出来,生了十几枝。

牵牛花这东西很会攀附。我在花台旁的墙壁上钉好几排竹钉，在竹钉上绊许多绳子。牵牛花的蔓就会缘着绳子攀附上去。攀附得很牢，而且很快。

牵牛花这东西很好高，一味想钻上去，不久超过最后一排竹钉之上。我在其上再加一排钉和绳；过了一夜，它又钻在这排竹钉之上了。加了几次，后来须得用梯爬上去加；但它仍是一味好高，似乎想超过墙顶，爬上天去才好。

这种花在日本被称为朝颜，它们只能在破晓辰光开一下；太阳一出，它们统统闭缩，低下头去，好像难为情，无颜见太阳似的。

1 作者将牵牛花比作什么？

2 选文与《渐》在结构上有何相同之处？

丰子恺作品选

取苹果

软软新娘子
瞻瞻新官人
宝姊姊做媒人

建筑的起源

爸爸不在的时候

星期日是母亲的烦恼日

家住夕阳江上村
一弯流水绕柴门
种来松树高于屋
借与春禽养子孙

荔枝蜜　　杨朔

作者

杨朔(一九一三——一九六八),原名杨毓瑨,山东蓬莱人。从小就喜爱诗歌、绘画,读高小时,曾编过小周刊,并开始写作。小学毕业时,正值胶东军阀混战,家中无力供他继续求学,他就跟人学习英语,自修中文。

十六岁时,应母校邀请,在初小执教将近一年。后来,怀着"道路是人走出来的,自己的道路,应该自己闯"的信念,随在外经商的舅父去哈尔滨,一面工作,一面利用晚上的时间,先在一所英文学校读英语,再去法政大学夜校,选修古典文学。一九三一年,"九·一八"事变爆发,东北三省为日本所侵占,杨朔怀着对一己身世以至家国古今的无限感喟,投入了当地的抗战活动。

一九三七年初,迫于形势,从哈尔滨转到上海。同年,"八·一三"事变爆发,日军进攻上海,抗日战争全面展开。杨朔离开上海,到武汉、广州、桂林等地,写了以抗日为题材的中篇小说《帕米尔高原的流脉》,这是他的第一本小说。

一九五〇年,参加朝鲜战争,创作了描写这一战争的长篇小说《三千里江山》。一九五六年以后,从事外事工作,曾任中国亚非团结委员会副主席等职。这一时期,他创作了大量散文,包括《樱花雨》《印度情思》《香山红叶》《雪浪花》等。

杨朔是我国当代著名散文作家。他的散文充满诗意,用他自己的话来说,他写散文"总是拿着当诗一样写"。他留下的一百多篇散文中,脍炙人口的精品有近二十篇,《荔枝蜜》就是其中之一。

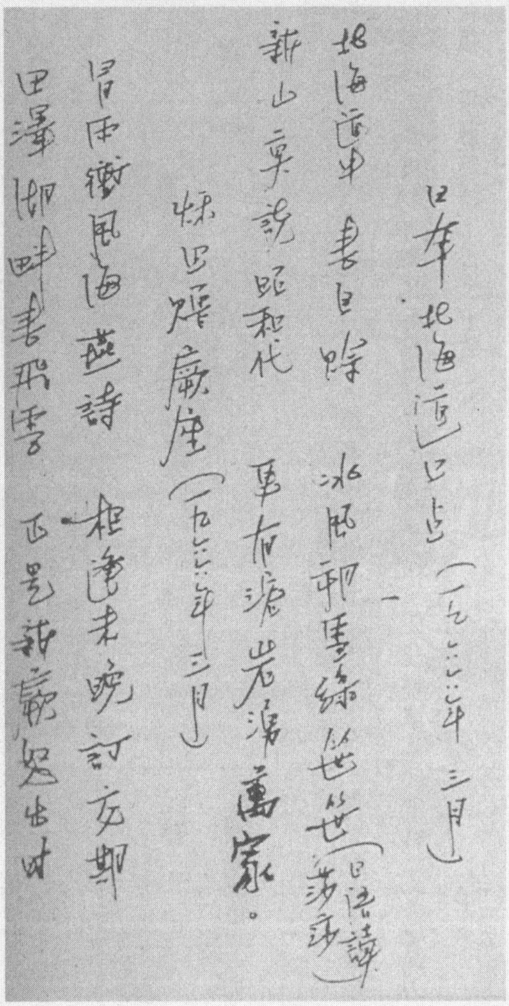

杨朔手迹

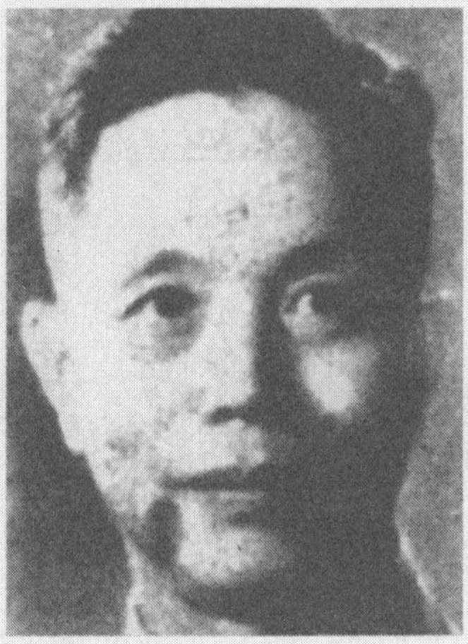

杨朔

解　　题

这是一篇抒情散文，写于一九六〇年。

题目叫“荔枝蜜”，所写的重点，却不是“荔枝蜜”，而是“蜜蜂”。作者在广东从化温泉吃到了甜香沁人的荔枝蜜，在那里的所见所闻，使他改变了对蜜蜂的看法，从“不大喜欢”蜜蜂，转而热情地赞美蜜蜂的勤劳无私。“荔枝蜜”正是作者对蜜蜂两种不同看法的转折点，所以取以为题。同时，“荔枝蜜”又是蜜蜂劳动的成果，作为文章的题目，也能突出蜜蜂劳动的价值。

课　　文

花鸟草虫，凡是上得画的，那原物往往也叫人喜爱。蜜蜂是画家的爱物，我却总不大喜欢。说起来可笑。孩子时候，有一回上树掐[①]海棠花，不想叫蜜蜂螫[②]了一下，痛得我差点儿跌下来。大人告诉我说：蜜蜂轻易不螫人，准是误以为你要伤害它，才螫。一螫，它自己耗尽生命，也活不久了。我听了，觉得那蜜蜂可怜，原谅它了。可是从此以后，每逢看见蜜蜂，感情上疙疙瘩瘩[③]的，总不怎么舒服。

今年四月，我到广东从化温泉[④]小住了几天。四围是山，怀里抱着一潭春水，那又浓又翠的景色，简直是一幅青绿山水画。刚去的当晚，是个阴天，偶尔倚着楼窗一望：奇怪啊，怎么楼前凭空涌起那么多黑黝黝[⑤]的小山，一重一重的，起伏不断。记得楼前是一片比较平坦的园林，不是山。这到底是什么幻景呢？赶到天明一看，忍不住笑了。原来是满野的荔枝树，一棵连一棵，每棵的叶子都密得不透缝，黑夜看去，可不就像小山似的。

荔枝也许是世上最鲜最美的水果。苏东坡写过这样的诗句："日啖荔枝三百颗，不辞长作岭南人。"[6]可见荔枝的妙处。偏偏我来的不是时候，满树刚开着浅黄色的小花，并不出众，新发的嫩叶，颜色淡红，比花倒还中看[7]些。从开花到果子成熟，大约得三个月，看来我是等不及在从化温泉吃鲜荔枝了。

吃鲜荔枝蜜，倒是时候。有人也许没听说这稀罕物儿吧？从化的荔枝树多得像汪洋大海，开花时节，满野嘤嘤嗡嗡，忙得那蜜蜂忘记早晚，有时趁着月色还采花酿蜜。荔枝蜜的特点是成色纯，养分大。住在温泉的人多半喜欢吃这种蜜，滋养精神。热心肠的同志为我也弄到两瓶。一开瓶子塞儿，就是那么一股甜香；调[8]上半杯一喝，甜香里带着股清气，很有点鲜荔枝味儿。喝着这样的好蜜，你会觉得生活都是甜的呢。

我不觉动了情，想去看看自己一向不大喜欢的蜜蜂。

荔枝林深处，隐隐露出一角白屋，那是集体的养蜂场，却起了个有趣的名儿，叫"蜜蜂大厦"。正当十分春色，花开得正闹。一走进"大厦"，只见成群结队的蜜蜂出出进进，飞去飞来，那沸沸扬扬[9]的情景，会使你想：说不定蜜蜂也在赶着建设什么新生活呢。

养蜂员老梁领我走进"大厦"。叫他老梁，其实是个青年人，举动很精细。大概是老梁想叫我深入一下蜜蜂的生活，小小心心揭开一个木头蜂箱，箱里隔着一排板，每块板上满是蜜蜂，蠕蠕[10]地爬着。蜂王是黑褐色的，身量特别细长，每只蜜蜂都愿意用采来的花精供养它。

老梁叹息似的轻轻说："你瞧这群小东西，多听话。"

我就问道："像这样一窝蜂，一年能割多少蜜？"

老梁说："能割几十斤。蜜蜂这物件，最爱劳动。广东天气好，花又多，蜜蜂一年四季都不闲着。酿的蜜多，自己吃的可有限。每回割蜜，给它们留一点点糖，够它们吃的就行了。它们从来不争，也不计较什么，还是继续劳动、继续酿蜜，整日整月不辞辛苦……"

我又问道："这样好蜜，不怕什么东西来糟害么？"

老梁说："怎么不怕？你得提防虫子爬进来，还得提防大黄蜂。大黄蜂这贼最恶，常常落在蜜蜂窝洞口。专干坏事。"

我不觉笑道："噢！自然界也有侵略者。该怎么对付大黄蜂呢？"

老梁说："赶！赶不走就打死它。要让它待[11]在那儿，会咬死蜜蜂的。"

我想起一个问题，就问："可是呢，一只蜜蜂能活多久？"

老梁回答说："蜂王可以活三年，一只工蜂最多能活六个月。"

我说："原来寿命这样短。你不是总得往蜂房外边打扫死蜜蜂么？"

老梁摇一摇头说："从来不用。蜜蜂是很懂事的，活到限期[12]，自己就悄悄死在外边，再也不回来了。"

我的心不禁一颤：多可爱的小生灵啊，对人无所求，给人的却是极好的东西。蜜蜂是在酿蜜，又是在酿造生活；不是为自己，而是在为人类酿造最甜的生活。蜜蜂是渺小的；蜜蜂却又多么高尚啊！

透过荔枝树林，我沉吟地望着远远的田野，那儿正有农民立在水田里，辛辛勤勤地分秧插秧。他们正用劳力建设自己的生活，实际也是在酿蜜——为自己，为别人，也为后世子孙酿造着生活的蜜。

这黑夜，我做了个奇怪的梦，梦见自己变成一只小蜜蜂。

注　释

① 掐（qiā）：用指甲按，又指用拇指和另一个指头使劲捏或截断。

② 螫（shì）：指有毒腺的虫子用刺刺人或其他动物。

③ 疙疙瘩瘩：也写作“疙里疙瘩”。疙瘩，原指皮肤上突起的或肌肉上结成的硬块，引申为小球形成块状的东西。“疙瘩”重叠，作形容词用，在这里有不顺畅，别扭的意思。

④ 广东从化温泉：在广州市东北。那里的温泉，全国著名，是疗养的胜地。

⑤ 黑黝黝（yōu yōu）：黝，淡黑色。黑黝黝，形容光线昏暗，看不清楚。

⑥ “日啖荔枝三百颗，不辞长作岭南人”：是宋苏东坡《惠州一绝》的后两句。前两句是“罗浮山下四时春，卢橘杨梅次第新”。岭南，五岭以南，这里指广东省一带。这首诗是苏轼被贬官到惠州（今广东惠阳一带）以后写的。

⑦ 中看：在这里是适合的意思。中看，适合看，使人爱看。

⑧ 调：同“调味”、“调配”的“调”，有“使……配合得均匀合适”的意思。

⑨ 沸沸扬扬：形容像沸腾的水一样喧闹。

⑩ 蠕蠕：形容慢慢移动的样子。

⑪ 待：停留、逗留。

⑫ 限期：生命终结的婉转说法。古人称生命的极限为“大限”，指“死期”。有的版本作“限数”，“数”即“气数”，我国古代哲学中所说的“命运”。

预　　习

一　作者对蜜蜂的感情，前后有哪些变化？

二　课文第五段有这么一句话：“我不觉动了情……”曾经有人将这句话改为“我不觉发生了兴趣”，到底是原文好，还是改动了的好？

三　“蜜蜂是很懂事的，活到限期，自己就悄悄死在外边，再也不回来了。”作者写这句话，怀的是怎样的感情？

四　课文到结尾时，作者说梦见自己变成一只小蜜蜂，他真的做了这么一个梦吗？

分析和欣赏

文体特点

详见《渐》一课的“文体特点”项，这里稍作补充。

抒情散文，早期称为“美文”。除了具备散文“似散实严，形散神聚”的主要特点之外，它往往思想深邃，含意隽永，富有诗意，以表达作者的情感为重点，能有力地激起读者感情上的共鸣，达到陶冶性情，愉悦身心的目的。

内容分析

这篇散文可以分为四个层次：

第一层次（第一自然段）破题。写蜜蜂，暗扣题目中的一个“蜜”字。人所共知，酿蜜离不开蜜蜂，写“蜜”也必然要写“蜂”。但不同凡响处是，作者对蜜蜂“不大喜欢”，“感情上疙疙瘩瘩的”。这就给读者造成了一个悬念：接下去，作品该写些什么呢？

第二层次（第二、三、四自然段）展开。扣住题目中的“荔枝”二字，先写荔枝树的“多”。“又浓又翠的景色”，是对周围环境作全景式的勾勒，一下子将读者带进了那幅“青绿山水画”中间。用自己的“幻觉”，把“满野的荔枝树”当作“黑黝黝的小山”来写，一个“多”字跃然纸上。

由树，自然引出“果”，可惜“偏偏我来的不是时候”。这真使人垂涎欲滴，又扫兴异常。但作者立即转笔从“山重水复疑无路”，引出个“吃鲜荔枝蜜”倒是时候的“柳暗花明又一村”来，而且自己还亲口品尝了这“甜香里带着股清气，很有点鲜荔枝味儿”的好蜜。行文至此，题目的“荔枝蜜”三字便有了着落。

第三层次（第五至十八自然段）在上两部分的基础上，通过自己实地了解后的所见所闻所感，将文章的作意由表层引向深层。“荔枝”是怎样“变”为“蜜”的呢？要解答这问题，自然得回到文章开头所讲的蜜蜂。作者用一“看”、二“问”、三“听”、四“想”的写法，刻画了蜜蜂的合群、勤劳和取之于人的甚少，给予人的特多等高尚的品格，并对这样的品格，发出了由衷的赞美。

第四层次（第十九至二十一自然段）篇末点题。由物及人，指出“正用劳力建设自己的生活”的人，“实际也是在酿蜜”；“梦见自己变成一只小蜜蜂”，不言而喻，这是作者的托物明志。

一九四四年冬，作者写过一首《雪夜遣怀》的小诗：

四山风雪夜凄迷，
夜色浓中唱晓鸡。
自有诗心如火烈，
献身不惜作尘泥。

杨朔《遣怀诗》的主题，与《荔枝蜜》的主旨是一致的。“对人无所求，给人的却是极好的东西”——“为人类酿造最甜的生活”。蜜蜂是值得赞美的，勤劳无私的人也是值得赞美的。作者所创作的《荔枝蜜》等优秀散文，也正是他用自己那“献身不惜作尘泥”的精神为我们酿造的甜蜜。

作法欣赏

似散实严，形散神聚，是散文的主要特点。《荔枝蜜》在构思上的一大特色，是以作者感情的发展变化作为贯串全文的一条线索，达到了散文“严”和“聚”的要求。作品一开头，用“蜜蜂是画家的爱物”反衬“我却总不大喜欢”。从“不大喜欢”到因荔枝蜜的可口而对酿蜜的蜜蜂“动了情”，这就是一个变化。从听了“老梁”的介绍，由“动了情”到“心不禁一颤”，发出了由衷的赞美，这是第二个变化。最后，由对蜜蜂的赞美进而“梦见自己变成一只小蜜蜂”，使物我融为一体，这是更深一层的变化。如果说这几次变化是作者感情的几次升华，是作者的思想沿着一个个上升的台阶次第提高，那么，恰恰就是这样的变化、升华或提高，形成了全篇起串联作用的线索。古人云：“曲径通幽。”正是这种先抑后扬的思想发展，将读者吸引而“渐入佳境”。

《荔枝蜜》从总体上看，感情的变化是条线索；而在每一部分，又同样能做到曲折多变，起伏有致，这样，行文就产生了引人入胜的魅力。譬如，第一段明明在讲蜜蜂，可第二段却宕开一层，转到了荔枝。写荔枝，满以为可以让读者分享到它“最鲜最美”的果实，可偏来个“不是时候”。在写蜜蜂时，作者又运用对话的方式，在一问一答、时起时伏之中，抽丝剥茧般娓娓道来，引得读者的感情也与之产生了同步的“共振”。这是《荔枝蜜》在构思上的又一高明之处。

寄情于小小的蜜蜂，当然并不是杨朔的本意。言物而喻人，言此而指彼，方是他的用心。他花了大量的篇幅来写荔枝和蜜蜂，到最后轻轻推转一笔，写他透过荔枝树林，望见远远的田野里，农民在辛勤地分秧插秧，也在酿造着生活的蜜。这短短的一小段，才是杨朔寄意所在。由歌颂蜜蜂转而礼赞农民，至此，全篇主旨豁然显露。这样的布局，非高手不能为之。

《荔枝蜜》的词句，也是经过作者反复锤炼的。本篇行文没有深奥的词语、典故，语言文字充满生活气息。“四围是山，怀里抱着一潭春水”，用了拟人法，语句洋溢着诗情画意，一个“抱”字，生趣盎然。“正当十分春色，花开得正闹”，这个“闹”字，是从宋代词人宋祁的名句“红杏枝头春意闹”（见《玉楼春》“东城渐觉风光好”）中移用过来的，但与“十分春色”相辉映，已不再是原句的简单袭用了。只要对原文反复玩味，这样的“诗意”，当进一步有所领会。

杨朔说：“我向来爱诗，特别是那些久经岁月磨炼的古典诗章。这些诗差不多每篇都有自己新鲜的意境、思想、情感，耐人寻味，而结构的严密，选词用字的精炼，也不容忽视。我就想：写小说散文不能也这样么？于是就往这方面学，常常在寻求诗的意境。”这一段话，可以作为理解《荔枝蜜》的参照。

讨论问题

一　作品中用了很多笔墨写从化的山水树木，写荔枝的花和果，为什么要这样写？

二　“喝着这样的好蜜，你会觉得生活都是甜的呢。”这句话是什么意思？与这句话呼应的，有哪几句话？它们在作品中起什么作用？

三　文中插入有关大黄蜂的问答，那是多余的笔墨吗？

四　作品中说，蜜蜂酿蜜，“不是为自己，而是在为人类”，而农民的劳动，则是“为自己，为别人，也为后世子孙”，你觉得这样的提法妥当吗？为什么？

五　“这黑夜，我做了个奇怪的梦”，为什么要用“奇怪”二字？将它改为“有趣”、“有意义”或“莫名其妙”之类的词语，好不好？为什么？

六　作品为什么要从对于蜜蜂的“疙疙瘩瘩”的感情写起？如果一开头就写：“我喜欢蜜蜂，我要高声地赞美它！”可以不可以？为什么？

参考资料

一　关于杨朔的散文

对于杨朔的作品，比起小说来，我更爱他的散文，这是许多人的同感吧。杨朔的散文是渐趋成熟的，自然也反映了作者思想和技巧提高的过程。他的散文，散是放得开，但又不散，收归到他所要求的主题思想上来，他写美丽的风光，但又归到人物的精神面貌。结构严谨，层次曲折分明，遣词造句精炼别致，富有诗的意境，有他独特的风格。他懂英文，能引用所写国家的一些掌故传说（按指某些国际题材的作品）。也善于寻找采访的对象，增添活材料，常用对话式来表达。特别要指出的，是他的感情的真挚，爱谁恨谁，能深深感染读者。

（摘自林林《忆杨朔》）

杨朔的散文，时而精炼，时而缠绵。他写了一些精炼的千字文，如《茶花赋》等。但有时他的散文十分艳丽。在近年写国际斗争的题材时，那思想的光辉又更明耀，有海外珠贝之色。

（摘自徐迟《说散文》）

二　关于杨朔所追求的艺术境界

近年来，无论评文还是论人，人们首先着眼的是杨朔的抒情散文，对于他的小说，除了一部《三千里江山》有较多的评论，关于他的短篇，简直不见有人提及，这真是一件憾事！杨朔的某些小说写得匆忙，拿出来也匆忙，这是事实。但是，正像在他的优雅恬淡的外表下有一个刚毅激越的灵魂一样，在杨朔的成功或不成功的小说中，特别是在他的短篇小说中，有另一个杨朔在。

这“另一个杨朔”渴慕和追求的是雄浑壮美的形象，他笔下响彻的是金戈铁马、铮铮作响的音调……

所以，我始终有这样的感觉：杨朔后期在散文创作上所达到的成就，并不完全是他所追求的。或者说，他渴慕和追求的艺术境界还有一部分没有达到。

（摘自刘朝兰《“晚潮急”——怀杨朔》）

应用练习

一　文中的老梁是个怎样的人？写老梁，对于表现作品的主旨有没有作用？

二　在《荔枝蜜》一文中，作者的“情”是采用怎样的方式抒发的？请举例说明。

三　“似散实严”，“形散神聚”，是散文的主要特点。请从《荔枝蜜》中举出几个实例加以说明。

四　作者在文末描写田野里的农民，究竟有什么用意？

五　本文描述了蜜蜂的哪些特点？作者为什么对蜜蜂发出由衷的赞美？

六　以下是秦牧的散文《花蜜和蜂刺》。先仔细阅读，然后回答问题。

蜜蜂，这美妙神奇的小昆虫给人赞美得够多了。

当我们看到繁花似锦的时候，会想到它。尝到黄澄澄、香喷喷的蜜糖的时候，会想到它。有时，就是看到出色的劳动者博采众人之长，进行卓越的创造的时候，也禁不住想到它。

为了采一公斤的蜜，蜜蜂在一百万朵的鲜花上面，辛勤地飞行、酿造。而酿成的高度浓缩的蜜糖呢，不论荞麦蜜、椴花蜜、槐花蜜、橙花蜜、枣花蜜、荔枝蜜、龙眼蜜以至其他什么的，又都是颜色那么鲜艳，甜味那么浓烈，可以保存得那么长久，这样的事情实在是很美妙的。世界上如果没有蜜蜂，地球也将为之减色。这小小的采蜜使者，它的活动方式使人想到劳动创造，也想到艺术和哲理。

可是，人们赞美蜜蜂，总是着眼于它所酿造的蜜糖，而很少去赞美它的刺。实际上，如果蜜蜂光会酿蜜而不具备战斗本领的话，蜜蜂的命运恐怕就相当糟糕了。我看过一个童话剧，表现的是黑熊在森林里偷蜜，被蜜蜂螫得狼狈奔逃的故事。在森林里，会偷蜜的动物自然不只黑熊一种。但黑熊偷蜜是很著名的，好些伐木工人都讲过这样的故事。如果蜜蜂失去了它的刺，那它在被人类收进蜂房养殖以前，遭遇大概就相当不幸，也不可能像现在这样大量地繁殖了。

蜂刺和蜂蜜，实际上都同样值得赞美。

一根蜂刺，究竟有多大的威力呢？

如果单独地看，它最多只能使人的皮肤肿起一个小小的疙瘩，但是累百累千的蜂，集体的针刺，威力可就相当惊人了。凡给蜂螫过的人都知道，蜂在攻击动物时，那种英勇搏斗、视死如归的精神，着实令人赞叹。我有一次给几只蜂螫过，虽然感到奇痛，但看到失去蜂刺以后，坠地挣扎死亡的伤蜂死蜂，心里却莫名奇妙地涌起一种钦佩的感情。

这些年来，中国的养蜂事业很发达，常见到一些外省的人，带着一车一车的蜂箱，像草原牧民“逐水草而居”那样，“逐花蜜而居”。特别是浙江省的养蜂人，“追蜜”的足迹几乎遍及南北各省。在火车站里，或者在什么正当原野繁花盛开的农村，我有时和这些养蜂人聊天，他们告诉我的事情常常使我非常惊异。有一个浙江养蜂人说，他曾经亲眼看过：当一匹马碰倒一个蜂箱的时候，整群蜂的威力，竟然把那匹马活活螫死。

能够螫死一匹马的蜂群，也能够把一个人螫死，那是用不着多说的。在国外和国内，都发生过这种事情。

大凡，一个人如果有什么奇特的经历，就总想把它告诉人们。我接到的读者来信中，有一些就是陈述他们的奇特经历的。江西省有一个采药人写过一封信给我，说在江西的山区丘陵地带，有一种土蜂，把巢穴筑在地下。飞行时发出强烈的嗡嗡声，像轰炸机似的。有一次他和同伴上山采药，一路挖着“黄精”。秋末冬初，正是挖黄精的好时节，他们越挖越多，不料一不小心，竟碰到了土蜂的巢穴。土蜂轰的一声飞了起来，他的同伴才被螫了一下，立刻仆倒在地，他自己也给螫了一下，立刻感到眼睛发黑，嘴巴发麻。这个采药人素来知道这种土蜂的厉害，当地的山民传说，被它围攻的人伤重的可以致死。他立刻抛弃药篮，拔足狂奔。但走了一段路，又觉得那满满一篮黄精，舍弃未免可惜，就折了一条树枝，当作武器护卫着自己，再走回蜂巢附近，想取回药篮。谁知穴口两只守卫蜂，立刻向他袭来，他的大腿和下颌，又都给螫了一下，嘴巴马上歪了，只好又跑步折回。抵家之后，脸部、手部、腿部，都肿得吓人，用草药医疗后，好几天才逐渐消肿。五天之后，这个采药人和他被救起的同伴为了报复，又约了好几个人，穿上雨衣胶鞋，带了松脂、汽油、手电筒、袋子、锄头等东西，到达蜂穴附近的时候，看到那篮药材仍然好好地摆在地上。他们采集树枝，趁天黑把它堆放在洞穴口，然后洒上汽油焚烧。在烟熏火焚之下，蜂群终于丧失了战斗力。他们开始挖那个洞，洞口只有十公分左右，但是里面的宽度和深度居然都约莫有一米。土蜂的巢像宝塔似的一层叠着一层。累百上千的土蜂，经过烟熏，失去了飞翔的能力，但仍然发出嗡嗡的声音，密密麻麻地在巢上乱跑。这个采药人信中说，这时他心中竟忘却了对它们的痛恨，不由得赞美起它们巢穴的精美和筑巢的本领来了。

这种土蜂，广东也有，山区的人们把它叫做“地雷蜂”，山民们提起它，也是谈虎色变的。

野蜂的威力比起人类饲养的蜂来，是要大得多了。试想，普通的蜜蜂，集体的力量尚且可以把一匹马螫死，更何况大群野蜂呢！有一次，我在海南岛吊萝山的原始林区里访问，突然听到一阵闷雷般的声音，忙问旁人：“这是什么？”当地的人们指着天空道：“你看，一群野蜂正在搬家。”我抬头一看，果然看到一阵云雾似的东西从天空掠过，威武的野蜂，成群飞行时的气概，也给人留下了很深的印象。

千百代的人们，对蜜蜂的赞美常常集中在它能酿造蜜糖这件事上面；我想，这是不大公允的。我们赞美它的蜜，也得赞美它的刺。试想，没有刺的蜜蜂，它们的命运将会变成怎么一个样子！

刺和蜜这两样东西都有，蜜蜂才成其为蜜蜂！

蜜蜂，使我想起既能辛勤劳动，必要时又要挺身战斗的人，这样的人既善良，又英勇。他们不是喝血者，不是寄生虫，不是强盗，也不是懦夫；他们是真正的人，大勇的人。

蜜蜂的集体宫殿之前，我要追随在千百代的人们之后，再给它们献上这么一篇颂词，一顶桂冠。

1 《荔枝蜜》与《花蜜和蜂刺》写的都是蜜蜂，作者描述的重点有什么不同？

2 《荔枝蜜》由物及人，深化了全文的主旨。《花蜜和蜂刺》仅仅是描写蜂刺的威力吗？

小说

祝福　　鲁迅

作者

鲁迅(一八八一——一九三六),原名周树人,字豫才。浙江绍兴人。出生于一个没落了的官宦家庭。一八九八年,结束私塾的学业以后,进南京江南水师学堂,不久改入矿务铁路学堂学习。课余广泛阅读近代欧洲各国的自然科学和社会科学书籍,受到民主思想的启蒙和达尔文进化论的影响。一九〇二年四月,官费留学日本,在同班同学中第一个剪掉了辫子,后经章太炎介绍,参加反清的秘密团体光复会。鲁迅在日本原是学医的,后因痛感改变国民的愚弱精神尤为重要,毅然弃医从文。一九〇九年回国,先后在杭州、绍兴等地任教。

民国成立以后,他应邀在南京临时政府教育部任职。不久随部迁往北京,以后又在北京大学、北京女子师范大学等校兼课。一九一八年参加《新青年》的编辑工作,以写作小说《狂人日记》为起点,积极投身于新文化运动。一九二六年,因支持北京学生的爱国运动,被军阀政府迫害,南下到厦门大学任教,不久又到广州,任中山大学教授。一九二七年十月,鲁迅到上海定居,专心从事文学工作和文艺运动。一九三六年十月十九日,病逝于上海。

鲁迅是中国新文学的奠基者。他的短篇小说集《呐喊》和《彷徨》,多以农村社会和知识分子为主要描写对象,反映了从辛亥革命前后到北伐战争前夕的社会现实,其中《阿Q正传》是杰出的代表作。鲁迅的小说长于杂取各种人物,糅合成典型形象;又善于运用传神写意的白描手法,语言特别谨严,融口语和古语精华于一体,创造了具有时代特点和民族特色的语言风格,为中国现代小说奠定了基础。鲁迅写得最多的是杂文，形式不拘一格，针砭时弊，一针见血，表达了他对现实和历史的见解，被称为“匕首”和“投枪”。此外，鲁迅在历史小说(《故事新编》)、散文(《朝花夕拾》)、散文诗(《野草》)、旧体诗等方面，都开拓了新的道路；在中国古典文学、古典小说的研究，外国文学的翻译介绍等方面，也有重要的贡献。

鲁迅是中国新文学的一代宗师，对现代作家有很深刻的影响。直接受他教诲的就有韦素园、萧红、柔石、巴金、丁玲、欧阳山、萧军、黄源、沙汀、艾芜等。他的作品在世界各地有不少读者；目前，全世界已有三十多个国家用五十多种语言翻译出版了鲁迅的作品，不少国家还出版了鲁迅的传记和研究论著。

鲁迅的全部作品已经汇编出版了《鲁迅全集》，存留的书信和日记也结集成《鲁迅书信集》和《鲁迅日记》各两卷。

解　题

《祝福》是一篇短篇小说，写于一九二四年二月，后收入小说集《彷徨》。

祝福，是浙江农村的一种民间风俗。据周遐寿(即鲁迅的弟弟周作人)说，祝福在绍兴乡下口语里“读如‘作福’，音如桌子之桌，文人或写作‘祝福’。”范寅《越谚》说：“祝福，岁暮谢年，谢神祖，名此。开春致祭曰：‘作春福’。”祝福时要供奉事先准备的“福礼”，除三牲(鸡鹅各一，长方猪肉一块，上插许多筷子)外，再加上豆腐一盘，盐一盘，厨刀一把，以及三茶六酒。祭神行礼时间在半夜，拜毕焚化纸元宝一挂，随即大放爆竹。祝福的目的，鲁迅在作品中指出，是为了“迎接福神，拜求来年一年中的好运气的”。

小说写的是辛亥革命前后，江南农村妇女祥林嫂一生不幸的命运。小说中，祝福的场面一再出现，欢乐的祝福与祥林嫂无穷无尽的悲苦，始终形成强烈的对照。最后一次，在年关祈求福神降福人间的欢乐气氛中，历尽坎坷的祥林嫂却倒毙街头。乐境写哀，突出了社会悲剧的深刻性。小说以“祝福”为题，意在引起读者的深思：天地圣众歆享了牲醴和香烟之后，预备给鲁镇贫苦人民以无限的幸福又在哪里呢？

课　文

旧历的年底毕竟最像年底，村镇上不必说，就在天空中也显出将到新年的气象来。灰白色的沉重的晚云中间时时发出闪光，接着一声钝响，是送灶[①]的爆竹；近处燃放的可就更强烈了，震耳的大音还没有息，空气里已经散满了幽微[②]的火药香。我是正在这一夜回到我的故乡鲁镇的。虽说故乡，然而已没有家，所以只得暂寓在鲁四老爷的宅子里。他是我的本家[③]，比我长一辈，应该称之曰“四叔”，是一个讲理学[④]的老监生[⑤]。他比先前并没有什么大改变，单是老了些，但也还未留胡子，一见面是寒暄，寒暄之后说我“胖了”，说我“胖了”之后即大骂其新党[⑥]。但我知道，这并非借题在骂我：因为他所骂的还是康有为[⑦]。但是，谈话是总不投机的了，于是不多久，我便一个人剩在书房里。

第二天我起得很迟，午饭之后，出去看了几个本家和朋友；第三天也照样。他们也都没有什么大改变，单是老了些；家中却一律忙，都在准备着“祝福”。这是鲁镇年终的大典，致敬尽礼，迎接福神，拜求来年一年中的好运气的。杀鸡、宰鹅、买猪肉，用心细细的洗，女人的臂膊都在水里浸得通红，有的还带着绞丝银镯子。煮熟之后，横七竖八的插些筷子在这类东西上，可就称为“福礼”了，五更天陈列起来，并且点上香烛，恭请福神们来享用；拜的却只限于男人，拜完自然仍然是放爆竹。年年如此，家家如此——只要买得起福礼和爆竹之类的——今年自然也如此。天色愈阴暗了，下午竟下起雪来，雪花大的有梅花那么大，满天飞舞，夹着烟霭和忙碌的气色，将鲁镇乱成一团糟。我回到四叔的书房里时，瓦楞上已经雪白，房里也映得较光明，极分明的显出壁上挂着的朱拓[⑧]的大“寿”字，陈抟[⑨]老祖写的；一边的对联已经脱落，松松的卷了放在长桌上，一边的还在，道是“事理通达心气和平”[⑩]。我又无聊赖[⑪]的到窗下的案头去一翻，只见一堆似乎未必完全的《康熙字典》[⑫]，一部《近思录集注》[⑬]和一部《四书衬》[⑭]。无论如何，我明天决计要走了。

况且，一想到昨天遇见祥林嫂的事，也就使我不能安住。那是下午，我到镇的东头访过一个朋友，走出来，就在河边遇见她；而且见她瞪着的眼睛的视线，就知道明明是向我走来的。我这回在鲁镇所见的人们中，改变之大，可以说无过于她的了：五年前的花白的头发，即今已经全白，全不像四十上下的人；脸上瘦削不堪，黄中带黑，而且消尽了先前悲哀的神色，仿佛是木刻似的；只有那眼珠间或一轮，还可以表示她是一个活物。她一手提着竹篮，内中一个破碗，空的；一手拄着一支比她更长的竹竿，下端开了裂：她分明已经纯乎是一个乞丐了。

我就站住，预备她来讨钱。

“您回来了？”她先这样问。

“是的。”

“这正好。你是识字的，又是出门人，见识得多。我正要问你一件事……。”她那没有精采的眼睛忽然发光了。

我万料不到她却说出这样的话来，诧异的站着。

“就是……。”她走近两步，放低了声音，极秘密似的切切的说：“一个人死了之后，究竟有没有灵魂的？”

我很悚然，一见她的眼钉着我的，背上也就遭了芒刺一般，比在学校里遇到不及预防的临时考，教师又偏是站在身旁的时候，惶急得多了。对于灵魂的有无，我自己是向来毫不介意的；但在此刻，怎样回答她好呢？我在极短期的踌躇中，想，这里的人照例相信鬼，然而她，却疑惑了——或者不如说希望：希望其有，又希望其无……。人何必增添末路的人的苦恼，为她起见，不如说有罢。

“也许有罢——我想。”我于是吞吞吐吐的说。

“那么，也就有地狱了？”

“啊！地狱？”我很吃惊，只得支吾着：“地狱？——论理，就该也有——然而也未必……谁来管这等事……。”

“那么，死掉的一家的人，都能见面的？”

“唉唉，见面不见面呢？……”这时我已知道自己也还是完全一个愚人，什么踌躇，什么计划，都挡不住三句问。我即刻胆怯起来了，便想全翻过先前的话来：“那是……实在，我说不清……。其实，究竟有没有灵魂，我也说不清。”

我乘她不再紧接的问，迈开步便走，匆匆的逃回四叔的家中，心里很觉得不安逸。自己想，我这答话怕于她有些危险。她大约因为在别人的祝福时候，感到自身的寂寞了，然而会不会含有别的什么意思的呢？——或者是有了什么预感了？倘有别的意思，又因此发生别的事，则我的答话委实该负若干的责任……。但随后也就自笑，觉得偶尔的事，本没有什么深意义，而我偏要细细推敲，正无怪教育家要说是生着神经病；而况明明说过"说不清"，已经推翻了答话的全局，即使发生什么事，于我也毫无关系了。

"说不清"是一句极有用的话。不更事[15]的勇敢的少年，往往敢于给人解决疑问，选定医生，万一结果不佳，大抵反成了怨府[16]，然而一用这说不清来作结束，便事事逍遥自在了。我在这时，更感到这一句话的必要，即使和讨饭的女人说话，也是万不可省的。

但是我总觉得不安，过了一夜，也仍然时时记忆起来，仿佛怀着什么不祥的预感；在阴沉的雪天里，在无聊的书房里，这不安愈加强烈了。不如走罢，明天进城去。福兴楼的清炖鱼翅，一元一大盘，价廉物美，现在不知增价了否？往日同游的朋友，虽然已经云散，然而鱼翅是不可不吃的，即使只有我一个……。无论如何，我明天决计要走了。

我因为常见些但愿不如所料，以为未必竟如所料的事，却每每恰如所料的起来，所以很恐怕这事也一律。果然，特别的情形开始了。傍晚，我竟听到有些人聚在内室里谈话，仿佛议论什么事似的，但不一会，说话声也就止了，只有四叔且走而且高声的说：

"不早不迟，偏偏要在这时候——这就可见是一个谬种[17]！"

我先是诧异，接着是很不安，似乎这话于我有关系。试望门外，谁也没有。好容易待到晚饭前他们的短工来冲茶，我才得了打听消息的机会。

“刚才，四老爷和谁生气呢？”我问。

“还不是和祥林嫂？”那短工简捷的说。

“祥林嫂？怎么了？”我又赶紧的问。

“老了。”

“死了？”我的心突然紧缩；几乎跳起来，脸上大约也变了色。但他始终没有抬头，所以全不觉。我也就镇定了自己，接着问——

“什么时候死的？”

“什么时候？——昨天夜里，或者就是今天罢——我说不清。”

“怎么死的？”

“怎么死的？——还不是穷死的？”他淡然[18]的回答，仍然没有抬头向我看，出去了。

然而我的惊惶却不过暂时的事，随着就觉得要来的事，已经过去，并不必仰仗我自己的“说不清”和他之所谓“穷死的”的宽慰，心地已经渐渐轻松；不过偶然之间，还似乎有些负疚。晚饭摆出来了，四叔俨然[19]的陪着。我也还想打听些关于祥林嫂的消息，但知道他虽然读过“鬼神者二气之良能也”[20]，而忌讳仍然极多，当临近祝福时候，是万不可提起死亡疾病之类的话的；倘不得已，就该用一种替代的隐语[21]，可惜我又不知道，因此屡次想问，而终于中止了。我从他俨然的脸色上，又忽而疑他正以为我不早不迟，偏要在这时候来打搅他，也是一个谬种，便立刻告诉他明天要离开鲁镇，进城去，趁早放宽了他的心。他也不很留。这样闷闷的吃完了一餐饭。

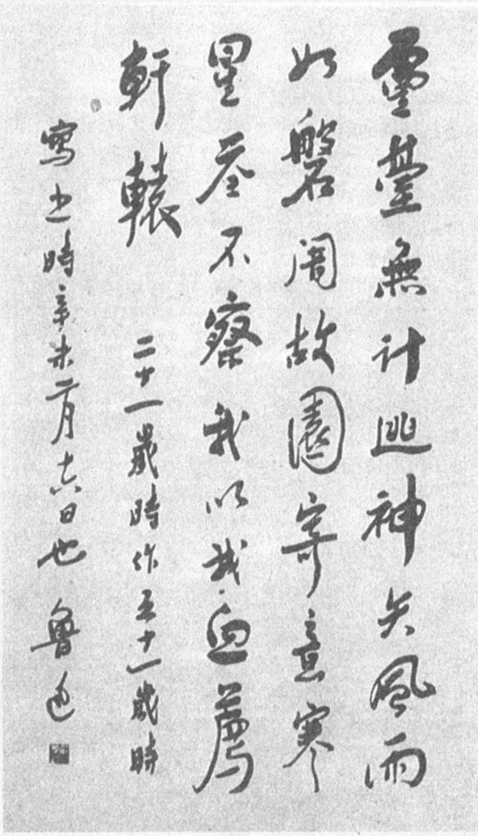

鲁迅手迹

鲁迅剪辫后摄

鲁迅与妻子许广平、儿子周海婴合摄

浙江绍兴鲁迅读书的地方三味书屋

一九三八年上海出版的《鲁迅全集》

《彷徨》初版本封面

浙江绍兴鲁迅故居

冬季日短，又是雪天，夜色早已笼罩了全市镇。人们都在灯下匆忙，但窗外很寂静。雪花落在积得厚厚的雪褥上面，听去似乎瑟瑟有声，使人更加感得沉寂。我独坐在发出黄光的菜油灯下，想，这百无聊赖的祥林嫂，被人们弃在尘芥堆[22]中的，看得厌倦了的陈旧的玩物，先前还将形骸露在尘芥里，从活得有趣的人们看来，恐怕要怪讶她何以还要存在，现在总算被无常[23]打扫得干干净净了。灵魂的有无，我不知道；然而在现世，则无聊生者不生，即使厌见者不见，为人为己，也还都不错[24]。我静听着窗外似乎瑟瑟作响的雪花声，一面想，反而渐渐的舒畅起来。

然而先前所见所闻的她的半生事迹的断片，至此也联成一片了。

她不是鲁镇人。有一年的冬初，四叔家里要换女工，做中人的卫老婆子带她进来了，头上扎着白头绳，乌裙，蓝夹袄，月白[25]背心，年纪大约二十六七，脸色青黄，但两颊却还是红的。卫老婆子叫她祥林嫂，说是自己母家的邻舍，死了当家人，所以出来做工了。四叔皱了皱眉，四婶已经知道了他的意思，是在讨厌她是一个寡妇。但看她模样还周正，手脚都壮大，又只是顺着眼[26]，不开一句口，很像一个安分耐劳的人，便不管四叔的皱眉，将她留下了。试工期内，她整天的做，似乎闲着就无聊，又有力，简直抵得过一个男子，所以第三天就定局，每月工钱五百文。

大家都叫她祥林嫂；没问她姓什么，但中人是卫家山人，既说是邻居，那大概也就姓卫了。她不很爱说话，别人问了才回答，答的也不多。直到十几天之后，这才陆续的知道她家里还有严厉的婆婆;一个小叔子,十多岁,能打柴了;她是春天没了丈夫的;他本来也打柴为生,比她小十岁:大家所知道的就只是这一点。

日子很快的过去了,她的做工却毫没有懈,食物不论,力气是不惜的。人们都说鲁四老爷家里雇着了女工,实在比勤快的男人还勤快。到年底,扫尘、洗地、杀鸡、宰鹅,彻夜的煮福礼,全是一人担当,竟没有添短工。然而她反满足,口角边渐渐的有了笑影,脸上也白胖了。

新年才过,她从河边淘米回来时,忽而失了色,说刚才远远地看见一个男人在对岸徘徊,很像夫家的堂伯,恐怕是正为寻她而来的。四婶很惊疑,打听底细,她又不说。四叔一知道,就皱一皱眉,道:

"这不好。恐怕她是逃出来的。"

她诚然是逃出来的,不多久,这推想就证实了。

此后大约十几天,大家正已渐渐忘却了先前的事,卫老婆子忽而带了一个三十多岁的女人进来了,说那是祥林嫂的婆婆。那女人虽是山里人模样,然而应酬很从容,说话也能干,寒暄之后,就赔罪,说她特来叫她的儿媳回家去,因为开春事务忙,而家中只有老的和小的,人手不够了。

"既是她的婆婆要她回去,那有什么话可说呢。"四叔说。

于是算清了工钱,一共一千七百五十文,她全存在主人家,一文也还没有用,便都交给她的婆婆。那女人又取了衣服,道过谢,出去了。其时已经是正午。

"阿呀,米呢?祥林嫂不是去淘米的么?……"好一会,四婶这才惊叫起来。她大约有些饿，记得午饭了。

于是大家分头寻淘箩[27]。她先到厨下，次到堂前，后到卧房，全不见淘箩的影子。四叔踱出门外，也不见，直到河边，才见平平正正的放在岸上，旁边还有一株菜。

看见的人报告说，河里面上午就泊了一只白篷船，篷是全盖起来的，不知道什么人在里面，但事前也没有人去理会他。待到祥林嫂出来淘米，刚刚要跪下去，那船里便突然跳出两个男人来，像是山里人，一个抱住她，一个帮着，拖进船去了。祥林嫂还哭喊了几声，此后再没有什么声息，大约给用什么堵住了罢。接着就走上两个女人来，一个不认识，一个就是卫老婆子。窥探舱里，不很分明，她像是捆了躺在船板上。

"可恶！然而……。"四叔说。

这一天是四婶自己煮午饭；他们的儿子阿牛烧火。

午饭之后，卫老婆子又来了。

"可恶！"四叔说。

"你是什么意思？亏你还会再来见我们。"四婶洗着碗，一见面就愤愤的说："你自己荐她来，又合伙劫她去，闹得沸反盈天[28]的，大家看了成个什么样子？你拿我们家里开玩笑么？"

"阿呀阿呀，我真上当。我这回，就是为此特地来说说清楚的。她来求我荐地方，我那里料得到是瞒着她的婆婆的呢。对不起，四老爷，四太太。总是我老发昏不小心，对不起主顾。幸而府上是向来宽宏大量，不肯和小人计较的。这回我一定荐一个好的来折罪……。"

"然而……。"四叔说。

于是祥林嫂事件便告终结，不久也就忘却了。

只有四婶，因为后来雇用的女工，大抵非懒即馋，或者馋而且懒，左右不如意，所以也还是提起祥林嫂。每当这些时候，她往往自言自语的说："她现在不知道怎么样了？"意思是希望她再来。但到第二年的新正[29]，她也就绝了望。

新正将尽，卫老婆子来拜年了，已经喝得醉醺醺的，自说因为回了一趟卫家山的娘家，住下几天，所以来得迟了。她们问答之间，自然就谈到祥林嫂。

"她么？"卫老婆子高兴的说："现在是交了好运了。她婆婆来抓她回去的时候，是早已许给了贺家墺的贺老六的，所以回家之后不几天，也就装在花轿里抬去了。"

"阿呀，这样的婆婆！……"四婶惊奇的说。

"阿呀，我的太太！你真是大户人家的太太的话。我们山里人，小户人家，这算得什么？她有小叔子，也得娶个老婆。不嫁了她，那有这一注钱[30]来做聘礼？她的婆婆倒是精明强干的女人呵，很有打算，所以就将她嫁到里山[31]去。倘许给本村人，财礼就不多；唯独肯嫁进深山野坳里去的女人少，所以她就到手了八十千[32]。现在第二个儿子的媳妇也娶进了，财礼只花了五十，除去办喜事的费用，还剩十多千。吓，你看，这多么好打算？……"

"祥林嫂竟肯依？……"

"这有什么依不依——闹是谁也总要闹一闹的；只要用绳子一捆，塞在花轿里，抬到男家，捺上[33]花冠，拜堂，关上房门，就完事了。

可是祥林嫂真出格[34]，听说那时实在闹得利害，大家还都说大约因为在念书人家做过事，所以与众不同呢。太太，我们见得多了：回头人[35]出嫁，哭喊的也有，说要寻死觅活的也有，抬到男家闹得拜不成天地的也有，连花烛都砸了的也有。祥林嫂可是异乎寻常，他们说她一路只是嚎，骂，抬到贺家墺，喉咙已经全哑了。拉出轿来，两个男人和她的小叔子使劲的擒住她也还拜不成天地。他们一不小心，一松手，阿呀，阿弥陀佛，她就一头撞在香案角上，头上碰了一个大窟窿，鲜血直流，用了两把香灰，包上两块红布还止不住血呢。直到七手八脚的将她和男人反关在新房里，还是骂，阿呀呀，这真是……。"她摇一摇头，顺下眼睛，不说了。

"后来怎么样呢？"四婶还问。

"听说第二天也没有起来。"她抬起眼来说。

"后来呢？"

"后来？——起来了。她到年底就生了一个孩子，男的，新年就两岁了。我在娘家这几天，就有人到贺家墺去，回来说看见他们娘儿俩，母亲也胖，儿子也胖；上头又没有婆婆；男人所有的是力气，会做活；房子是自家的——唉唉，她真是交了好运了。"

从此之后，四婶也就不再提起祥林嫂。

但有一年的秋季，大约是得到祥林嫂好运的消息之后的又过了两个新年，她竟又站在四叔的堂前了。桌上放着一个荸荠[36]式的圆篮；檐下一个小铺盖[37]。她仍然头上扎着白头绳、乌裙、蓝夹袄、月白背心，脸色青黄，只是两颊上已经消失了血色，顺着眼，眼角上带些泪痕，眼光也没有先前那样精神了。而且仍然是卫老婆子领着，显出慈悲模样，絮絮的对四婶说：

“……这实在是叫作‘天有不测风云’，她的男人是坚实人，谁知道年纪青青，就会断送在伤寒上？本来已经好了的，吃了一碗冷饭，复发了。幸亏有儿子；她又能做，打柴摘茶养蚕都来得，本来还可以守着，谁知道那孩子会给狼衔去的呢？春天快完了，村上倒反来了狼，谁料到？现在她只剩了一个光身了。大伯来收屋，又赶她。她真是走投无路了，只好来求老主人。好在她现在已经再没有什么牵挂，太太家里又凑巧要换人，所以我就领她来——我想，熟门熟路，比生手实在好得多……。”

“我真傻，真的。”祥林嫂抬起她没有神采的眼睛来，接着说：“我单知道下雪的时候野兽在山坳里没有食吃，会到村里来；我不知道春天也会有。我一清早起来就开了门，拿小篮盛了一篮豆，叫我们的阿毛坐在门槛上剥豆去。他是很听话的，我的话句句听，他出去了。我就在屋后劈柴，淘米，米下了锅，要蒸豆。我叫阿毛，没有应，出去一看，只见豆撒得一地，没有我们的阿毛了。他是不到别家去玩的；各处去一问，果然没有。我急了，央人出去寻。直到下半天，寻来寻去寻到山坳里，看见刺柴上挂着一只他的小鞋。大家都说，糟了，怕是遭了狼了。再进去；他果然躺在草窠[38]里，肚里的五脏已经都给吃空了，手上还紧紧的捏着那只小篮呢。……”她接着但是呜咽[39]，说不出成句的话来。

四婶起初还踌躇，待到听完她自己的话，眼圈就有些红了。她想了一想，便教拿圆篮和铺盖到下房去。卫老婆子仿佛卸了一肩重担似的嘘一口气；祥林嫂比初来时候神气舒畅些，不待指引，自己驯熟的安放了铺盖。她从此又在鲁镇做女工了。

大家仍然叫她祥林嫂。

然而这一回，她的境遇却改变得非常大。上工之后的两三天，主人们就觉得她手脚已没有先前一样灵活，记性也坏得多，死尸似的脸上又整日没有笑影，四婶的口气上，已颇有些不满了。当她初到的时候，四叔虽然照例皱过眉，但鉴于向来雇用女工之难，也就并不大反对，只是暗暗地告诫四婶说，这种人虽然似乎很可怜，但是败坏风俗的，用她帮忙还可以，祭祀时候可用不着她沾手，一切饭菜，只好自己做，否则，不干不净，祖宗是不吃的。

四叔家里最重大的事件是祭祀，祥林嫂先前最忙的时候也就是祭祀，这回她却清闲了。桌子放在堂中央，系上桌帏，她还记得照旧的去分配酒杯和筷子。

"祥林嫂，你放着罢！我来摆。"四婶慌忙的说。

她讪讪[40]的缩了手，又去取烛台。

"祥林嫂，你放着罢！我来拿。"四婶又慌忙的说。

她转了几个圆圈，终于没有事情做，只得疑惑的走开。她在这一天可做的事是不过坐在灶下烧火。

镇上的人们也仍然叫她祥林嫂，但音调和先前很不同；也还和她讲话，但笑容却冷冷的了。她全不理会那些事，只是直着眼睛，和大家讲她自己日夜不忘的故事——

"我真傻，真的。"她说："我单知道雪天是野兽在深山里没有食吃，会到村里来；我不知道春天也会有。我一大早起来就开了门，拿小篮盛了一篮豆，叫我们的阿毛坐在门槛上剥豆去。他是很听话的孩子，我的话句句听；他就出去了。我就在屋后劈柴，淘米，米下了锅，打算蒸豆。我叫：'阿毛！'没有应。出去一看，只见豆撒得满地，没有我们阿毛的了。各处去一问，都没有。我急了，央人去寻去。直到下半天，几个人寻到山坳里，看见刺柴上挂着一只他的小鞋。大家都说，完了。怕是遭了狼了。再进去；果然，他躺在草窠里，肚里的五脏已经给吃空了，可怜他手里还紧紧的捏着那只小篮呢。……"她于是淌下泪来，声音也呜咽了。

这故事倒颇有效，男人听到这里，往往敛起笑容，没趣的走了开去；女人们却不独宽恕了她似的，脸上立刻改换了鄙薄的神气，还要陪出许多眼泪来。有些老女人没有在街头听到她的话，便特意寻来，要听她这一段悲惨的故事。直到她说到呜咽，她们也就一齐流下那停在眼角上的眼泪，叹息一番，满足的去了，一面还纷纷的评论着。

她就只是反复的向人说她悲惨的故事，常常引住了三五个人来听她。但不久，大家也都听得纯熟了，便是最慈悲的念佛的老太太们，眼里也再不见有一点泪的痕迹。后来全镇的人们几乎都能背诵她的话，一听到就烦厌得头痛。

"我真傻，真的。"她开首说。

"是的，你是单知道雪天野兽在深山里没有食吃，才会到村里来的。"他们立即打断她的话，走开去了。

她张着口怔怔的站着，直着眼睛看他们，接着也就走了，似乎自己也觉得没趣。但她还妄想，希图从别的事，如小篮，豆，别人的孩子上，引出她的阿毛的故事来。倘一看见三两岁的小孩子，她就说：

“唉唉，我们的阿毛如果还在，也就有这么大了。……”

孩子看见她的眼光就吃惊，牵着母亲的衣襟催她走。于是又只剩下她一个，终于没趣的也走了。后来大家又都知道了她的脾气，只要有孩子在眼前，便似笑非笑的先问她，道：

“祥林嫂，你们的阿毛如果还在，不是也就有这么大了么？”

她未必知道她的悲哀经大家咀嚼赏鉴了许多天，早已成为渣滓，只值得烦厌和唾弃；但从人们的笑影上，也仿佛觉得这又冷又尖，自己再没有开口的必要了。她单是一瞥他们，并不回答一句话。

鲁镇永远是过新年，腊月二十以后就忙起来了。四叔家里这回须雇男短工，还是忙不过来，另叫柳妈做帮手。杀鸡，宰鹅；然而柳妈是善女人，吃素，不杀生的，只肯洗器皿。祥林嫂除烧火之外，没有别的事，却闲着了，坐着只看柳妈洗器皿。微雪点点的下来了。

“唉唉，我真傻。”祥林嫂看了天空，叹息着，独语似的说。

“祥林嫂，你又来了。”柳妈不耐烦的看着她的脸，说：“我问你：你额角上的伤疤，不就是那时撞坏的么？”

“唔唔。”她含胡的回答。

“我问你：你那时怎么后来竟依了呢？”

“我么？……”

“你呀。我想：这总是你自己愿意了，不然……。”

"阿阿,你不知道他力气多么大呀。"

"我不信。我不信你这么大的力气,真会拗他不过。你后来一定是自己肯了,倒推说他力气大。"

"阿阿,你……你倒自己试试看。"她笑了。

柳妈的打皱的脸也笑起来,使她蹙缩得像一个核桃:干枯的小眼睛一看祥林嫂的额角,又钉住她的眼。祥林嫂似乎很局促了,立刻敛了笑容,旋转眼光,自去看雪花。

"祥林嫂,你实在不合算。"柳妈诡秘的说:"再一强,或者索性撞一个死,就好了。现在呢,你和你的第二个男人过活不到两年,倒落了一件大罪名。你想,你将来到阴司去,那两个死鬼的男人还要争,你给了谁好呢?阎罗大王只好把你锯开来,分给他们。我想,这真是……。"

她脸上就显出恐怖的神色来,这是在山村里所未曾知道的。

"我想,你不如及早抵当。你到土地庙里去捐一条门槛,当作你的替身,给千人踏,万人跨,赎了这一世的罪名,免得死了去受苦。"

她当时并不回答什么话,但大约非常苦闷了,第二天早上起来的时候,两眼上便都围着大黑圈。早饭之后,她便到镇的西头的土地庙里去求捐门槛。庙祝[41]起初执意不允许,直到她急得流泪,才勉强答应了。价目是大钱[42]十二千。

她久已不和人们交口,因为阿毛的故事是早被大家厌弃了的;但自从和柳妈谈了天,似乎又即传扬开去,许多人都发生了新趣味,又来逗她说话了。至于题目,那自然是换了一个新样,专在她额上的伤疤。

“祥林嫂，我问你：你那时怎么竟肯了？”一个说。

“唉，可惜，白撞了这一下。”一个看着她的疤，应和道。

她大约从他们的笑容和声调上，也知道是在嘲笑她，所以总是瞪着眼睛，不说一句话，后来连头也不回了。她整日紧闭了嘴唇，头上带着大家以为耻辱的记号的那伤痕；默默的跑街、扫地、洗菜、淘米。快够一年，她才从四婶手里支取了历来积存的工钱，换算了十二元鹰洋[43]，请假到镇的西头去。但不到一顿饭时候，她便回来，神气很舒畅，眼光也分外有神，高兴似的对四婶说，自己已经在土地庙里捐了门槛了。

冬至的祭祖时节，她做得更出力，看四婶装好祭品，和阿牛将桌子抬到堂屋中央，她便坦然的去拿酒杯和筷子。

“你放着罢，祥林嫂！”四婶慌忙大声说。

她像是受了炮烙[44]似的缩手，脸色同时变作灰黑，也不再去取烛台，只是失神的站着。直到四叔上香的时候，教她走开，她才走开。这一回她的变化非常大，第二天，不但眼睛凹陷下去，连精神也更不济了。而且很胆怯，不独怕暗夜，怕黑影，即使看见人，虽是自己的主人，也总惴惴的，有如在白天出穴游行的小鼠；否则呆坐着，直是一个木偶人。不半年，头发也花白起来了，记性尤其坏，甚而至于常常忘却了去淘米。

“祥林嫂怎么这样了？倒不如那时不留她。”四婶有时当面就这样说，似乎是警告她。

然而她总如此，全不见有伶俐起来的希望。他们于是想打发她走了，教她回到卫老婆子那里去。但当我还在鲁镇的时候，不过单是这样说；看现在的情状，可是后来终于实行了。然而她是从四叔家出去就成了乞丐的呢，还是先到卫老婆子家然后再成乞丐的呢？那我可不知道。

我给那些因为在近旁而极响的爆竹声惊醒，看见豆一般大的黄色的灯火光，接着又听得毕毕剥剥的鞭炮，是四叔家正在“祝福”了；知道已是五更将近的时候。我在朦胧中，又隐约听到远处的爆竹声联绵不断，似乎合成一天音响的浓云，夹着团团飞舞的雪花，拥抱了全市镇。我在这繁响的拥抱中，也懒散而且舒适，从白天以至初夜[45]的疑虑，全给祝福的空气一扫而空了，只觉得天地圣众歆享[46]了牲醴和香烟，都醉醺醺的在空中蹒跚，预备给鲁镇的人们以无限的幸福。

注　释

① 送灶：民间旧俗把农历十二月二十三日（或二十四日）作为灶神升天“奏事”的日子，在这天要祭送灶神。送灶的本意，据鲁迅在《送灶日漫笔》中说，是免得灶神“对玉帝说坏话”。

② 幽微：细微。

③ 本家：泛指同宗同姓。

④ 理学：又称道学。是宋代儒家的哲学思想。代表人物有周敦颐、程颢、程颐和朱熹。理学着重研究理、气、心、性、命等问题。在社会伦

理上，理学重视修身养性，静心体念，以发现纯善的“天理”。

⑤ 监生：明清两代在国子监（由国家建立的最高学府）读书的人。清乾隆以后，国子监徒存空名，可凭祖先功业或捐钱取得监生资格。

⑥ 新党：又称维新党。指清朝末年参加戊戌变法的人物康有为、梁启超等。辛亥革命前后，也用它称呼革命党人和拥护革命的新派人物。

⑦ 康有为：号长素，广东南海人。从一八八八年起屡次上书请求变法维新，终得光绪帝同意，于一八九八年颁布数十条改革政令，史称“戊戌变法”。失败后逃亡日本。

⑧ 朱拓：用银朱等红色颜料从碑刻上印下文字。拓也作拓。

⑨ 陈抟（tuán）：五代时人。因应举不第，隐居武当山学道，被人奉为神仙。他制有《无极图》和《先天图》，成为宋代理学的思想基础之一。鲁四老爷崇尚理学，所以在书房里挂着陈抟写的字。

⑩ 事理通达心气和平：是这副对联的下联，其上联为“品节详明德性坚定”，两语本是朱熹《论语集注》中的注文。朱熹在《论语集注·季氏》“不学《诗》无以言”下注了“事理”一句，在“不学《礼》无以立”下注了“品节”一句。后人集成对联，作为理学家修身的标准。

⑪ 无聊赖：这里指感情上无所依托。

⑫ 《康熙字典》：清朝康熙年间，张玉书等奉皇帝命令编纂的一部字典，共收四万七千多字。

⑬ 《近思录集注》：《近思录》是南宋朱熹、吕祖谦选编宋朝几个理学家的文章和语录而成的一部理学入门书。清初茅星来等人曾作注释，称《近思录集注》。

⑭ 《四书衬》：清朝骆培解说“四书”的一部书。

⑮ 更事：阅历世事，即富有社会经验，懂得人情世故。

⑯ 怨府：怨恨集中的所在。这里指埋怨的对象。

⑰ 谬种：本指荒谬错误的议论和学术流派等。这里指人，含有“不祥的东西”之意。

⑱ 淡然：漠不关心的样子。

⑲ 俨然：这里指摆出十分庄重的样子。

⑳ 鬼神者二气之良能也：语出《近思录》，意思是鬼和神是阴阳二气变化而成的。良能，生来就具有的能力。

㉑ 替代的隐语：指为了避讳而用的另一种说法，如“老了”就是“死了”的意思。

㉒ 尘芥堆：垃圾堆。芥，小草。

㉓ 无常：佛教用语，意思是一切事物，包括生命都不能长久，有生必有灭。常被引申作“死”的意思。

㉔ 然而在现世……为人为己，也还都不错：意思是，然而在现在这样的人世间，无所依靠而活不下去的人，不如干脆死去，使讨厌见他的人不再见到他，这对别人或对他自己，也还都不错。这是“我”的愤激而沉痛的反语，表现了“我”对黑暗社会的憎恨。

㉕ 月白：浅蓝色，接近白色。

㉖ 顺着眼：浙东方言，垂着眼。

㉗ 淘箩：江南一带用竹篾编成的淘米用具。

㉘ 沸反盈天：形容人声喧嚣杂乱。沸反，像沸水一样翻腾。

㉙ 新正：农历新年正月，也指农历元旦。

㉚ 一注钱：一笔钱。

㉛ 里山：浙东方言，深山里面。

㉜ 八十千：八十吊钱。旧称一千文钱为一贯、一吊或一串。

㉝ 捺上：戴上。用手向下按之意。

㉞ 出格：超出常规，即下文“与众不同”、“异乎寻常”之意。

㉟ 回头人：指再嫁的寡妇。

㊱ 荸荠：多年生草本植物。根茎呈球形，可食。江浙一带叫地栗，两广人叫马蹄。

㊲ 铺盖：江浙方言，指行李（包括衣装被褥）。

㊳ 草窠：浙江方言，用稻草堆成的窝铺，可以栖息。

㊴ 但是呜咽：只是低声哭泣。

㊵ 讪讪：不好意思的样子。

㊶ 庙祝：庙里管香火祭祀的人。

㊷ 大钱：指面值大的铜钱。据《清史稿·食货志》所载，清咸丰年间曾铸大钱，面值从"当十"至"当千"共五等。课文"十二千"，如果是"当千"的大钱，则需十二枚。一枚相当于银元一元。

㊸ 鹰洋：墨西哥银元，币面铸有鹰（墨西哥国徽）的图案。鸦片战争后曾大量流入我国，与我国自铸银元同在市场上流通。

㊹ 炮烙：殷纣时的一种酷刑。用炭烧热铜柱，令犯人爬行柱上，堕于炭上烧死。烙本作"格"。格，铜器。后人改为烙，烧灼之意。

㊺ 初夜：上半夜。

㊻ 歆（xīn）享：享用。指神享用祭品。

预　习

一　祥林嫂初次到鲁家，"彻夜的煮福礼，全是她一人担当，竟没有添短工，然而她反满足"。为什么她反而满足？

二　祥林嫂被卖到贺家墺，为什么要"一头撞在香案角上"？

三　祥林嫂已经捐了门槛，为什么四婶仍不让她沾手祭祀？这给祥林嫂带来什么后果？

四　作品中的“我”为什么决计要离开鲁镇？

分析和欣赏

文体特点

《祝福》是一篇短篇小说。短篇小说是现代小说的一种形式。它较多地受外国短篇小说的影响，而与我国古代寓言小说、唐宋传奇小说、宋元话本小说以及《聊斋志异》体小说等文体形式有所不同。胡适在《论短篇小说》一文中，给短篇小说下了这样一个界说：

> 短篇小说是用最经济的文学手段，描写事实中最精彩的一段或一方面，而能使人充分满意的文章。

所谓“事实中最精彩的一段或一方面”，胡适解释说，选取的最好是事实的“横截面”，因为若截在要紧的所在，横截面便成为可以代表整体的部分。这好比从人像剪影的侧面显示出人物的神态。所谓“最经济的文学手段”，是指叙事详尽，写情饱满，不容增减，恰到好处。总的来说，短篇小说要截取生活的断面，以最少的篇幅包含最广的生活容量，即所谓小中见大，“借一斑以窥全豹”。也就是鲁迅所说的：“选材要严，开掘要深。”因此它往往以一个主人翁为主，围绕一个矛盾冲突展开故事情节。

以《祝福》为例，鲁迅巧妙地精选了三个不同时期四次年终祝福的镜头，作为整个故事情节的主干，集中笔力描写祥林嫂在特定情景中的遭遇和表现，以展开矛盾冲突和刻画人物性格，无限悲愤地揭露了封建礼教杀人不见血的罪恶。

内容分析

《祝福》以第一人称“我”的见闻为线索，把祥林嫂一生遭遇的断片联成一个整体。全文分三个部分：第一部分，写“我”回鲁镇听到祥林嫂死讯后陷入回忆。第二部分是小说的主体，通过三个片段展开情节。祥林嫂初入鲁家，是情节的开端；被婆婆抢回，卖到贺家墺“交了好运”的生活，是情节的发展；第二次到鲁家以后，祥林嫂与婆婆的矛盾渐由她与四叔、四婶的矛盾所取代，并不断加深，至捐门槛犹不得触及祭器时进入高潮。小说取倒叙手法，因而结局祥林嫂之死在开头即向读者显示。第三部分回应开头，“我”的回忆被祝福的爆竹声惊破，结构完整。

中国妇女长期以来处于受歧视欺凌的地位，特别是劳动妇女只能在社会的最底层挣扎。作者笔下的祥林嫂，集中了当时劳动妇女的种种苦难和不幸，具有非常典型的代表性。祥林嫂的一生，可以分为三个时期：第一个时期，她被迫嫁给“比她小十岁”的男人，以后又“没了丈夫”。从她“青黄”的脸色，可见生活的重压。在鲁家奴隶似的做工，她反而“满足”，“有了笑影”，也衬出在婆婆家生活的苦难。第二个时期，逃到鲁家帮工，又被婆婆抢回，卖进深山，第二次丧夫，接踵而至的是失去独生爱子，大伯“又赶她”，“真是走投无路了”。第三个时期，重到鲁镇，她的悲哀“经大家咀嚼鉴赏”，成为“渣滓”。在鲁家，捐了门槛犹不许“沾手”祭祀，精神上遭到致命打击，终于被赶出鲁家，行乞至死。四十来岁短暂的一生，尝遍了人间苦难。

祥林嫂勤劳、纯朴、善良。平时，她“不很爱说话，别人问了才回答，答的也不多”。她“做工却毫没有懈，食物不论，力气是不惜的”，“实在比勤快的男人还勤快”。婆婆抢走她时，她三个多月的工钱“一文也还没有用”。但她并非总是逆来顺受的，当命运一再捉弄她时，她也要起来抗争。在婆家不堪虐待，她

"出逃";将她卖进深山,逼她再嫁,她"寻死";当然,从"一头撞在香案角上"的行动,可见她思想上多少受到"一女不嫁二夫"之类说教的影响,而更多的是对自己不幸命运的抗议。可是一切努力都无济于事,她绝望了。临死前的祥林嫂,充分显露了精神上的痛苦、孤寂和凄惶。

祥林嫂以外的重要人物是四叔。作品在他身上着墨不多,但笔触凝重。他"大骂其新党",与"我"格格不入。他死抱着理学末流的教条,自私伪善,固执冷酷,认为寡妇再嫁是"败坏风俗"。他迷信鬼神,生怕祖宗不吃"不干不净"的饭菜,因而不许祥林嫂在祭祀时"沾手"。即使祥林嫂已经捐了门槛,在理学家的四叔看来,还是无法赎罪的。直至祥林嫂被他赶出家门,终于陈尸街头时,他还恶狠狠地骂她是"谬种",指责她在祝福时死去不是时候。四婶与四叔属于同一类型,只是因难以寻找合适雇工,四婶对祥林嫂的态度略为宽容,但在祭祀一事上,完全同四叔一唱一和。

鲁镇上的乡民,包括柳妈和短工等,是一群处于社会底层的劳苦人民。他们称赞祥林嫂的勤快,却毫不同情她二度丧夫的命运。只是对她失子的经历,产生过一时的好奇,又复归"厌烦和唾弃",表现了他们的冷漠和愚昧。

"我"是一个具有新思想的知识分子。"我"与四叔"总不投机"。"我"深深同情祥林嫂,表现出对当时社会的不满和憎恶,却又不无软弱,内心充满着自疚和自欺的矛盾。

小说中这些人物之间的关系,组成了一个辛亥革命前后中国农村的"小社会"。在这里,自始至终可见封建礼教和迷信对人们生活的影响。旧礼教强调的礼法规条和道德标准,要求妇女"三从四德"、"从一而终",寡妇必须"守节"。这种礼教思想,是祥林嫂一头撞在香案角上的动力,也是四叔、四婶以至鲁镇乡民鄙弃祥林嫂,给她套上沉重精神桎梏的根源。其结果不但导致祥林嫂的极大不幸,也造成社会下层人物之间的隔阂、冷漠,甚至不自觉地互相危害。例如,柳妈有关阴司将再嫁的寡妇锯成两半的说教,加深了祥林嫂心灵上的痛苦，也是把祥林嫂推上死路的一个因素。可见作者“如实描写，并无讳饰”（鲁迅语），正是为了揭示造成这个悲剧的原因，不在于个别“坏人”的作祟，而是千百年来的封建礼教及其思想意识。

作法欣赏

《祝福》采用第一人称的写法。小说用第一人称“我”来写，一般有两个好处：一是便于把题材贯串为一个整体，一是便于直接抒发作者的感情。在《祝福》中，主人公祥林嫂是在与“我”相见时出场的，“我”成了小说全篇结构的一条线索。“我”不是站在第三者的立场上，而是以当事人之一的身份，评人论事，直接表情达意，给读者以亲切感。《祝福》中，“我”同情祥林嫂，眼看祥林嫂被礼教吞噬而无力救援，因而引起不安和内疚，这些都是作者感情和观点的直接流露。但“我”毕竟是小说中的一个人物，将“我”与作者完全等同起来是不正确的。

《祝福》从结构看实际有套在一起的两个故事，一个是“我”还乡的故事，写“我”还乡以后的所见、所闻、所思、所感；另一个是祥林嫂的故事。前者用的是顺叙法，后者用的是倒叙法。前一个故事的开头，也就是后一个故事的结局。祥林嫂的不幸遭遇以死告终，先写结局，让读者获得震撼人心的“第一眼印象”，不但创造了一种悲剧的气氛，有利于人物形象的刻画，而且先声夺人，向读者提出了一个问题：祥林嫂为什么会这样痛苦？什么是她致死的原因？使小说一开始就用人物痛苦的灵魂和悲惨的命运去感染读者。而这一切又是从“我”的见闻中展示的，显得分外逼真。

“我”的故事的中间回忆部分，就是祥林嫂故事的主体。祥林嫂悲苦的一生，是在“我”的回忆中展现的。古人说，文似看山不喜平。这里，作者不断变换记叙角度，如祥林嫂从初到鲁家至被婆婆劫回，用正面写；卖到里山，

“交了好运”的生活，是由卫老婆子口述的，从侧面写；失子事件的详细过程，则是由祥林嫂痛苦的回忆中补叙的。多种表现手法，各有所长，结合运用，使叙事写人取得更好的表达效果。鲁迅的小说向以“格式特别”见称，《祝福》正是一例。

鲁迅塑造祥林嫂的形象时，是从多方面着笔的。

首先是出色的行动描写，如写祥林嫂在捐了门槛以后，“坦然的去拿酒杯和筷子”，但四婶慌忙地制止了她。这时“她像是受了炮烙似的缩手，脸色同时变作灰黑，也不再去取烛台，只是失神的站着”。“缩手”、“站着”，表明祥林嫂连最后一点虚妄的慰藉都失去了，她的精神彻底崩溃，终于在欲哭无泪，悲苦无告的情绪中成了“木偶”。

其次是精彩的人物语言描写，例如，祥林嫂四次用几乎完全重复的语言“我真傻，真的”，向人们诉说失子的悲哀，麻木、呆滞，近乎精神失常，表现了祥林嫂内心深处无尽的痛苦。祥林嫂是一个被蹂躏的弱者，除了没有节制地宣泄自己感情上的痛苦，她一无所能。祥林嫂的话令人听来多么揪心，多么难忘。

最为传神的是对于人物肖像的刻画，小说有三处描写祥林嫂的肖像。一处是初到鲁家：“头上扎着白头绳，乌裙，蓝夹袄，月白背心，年纪大约二十六七，脸色青黄，但两颊却还是红的。”一处是再到鲁家：“她仍然头上扎着白头绳、乌裙、蓝夹袄、月白背心，脸色青黄，只是两颊上已经消失了血色，顺着眼，眼角上带些泪痕，眼光也没有先前那样精神了。”再一处是最后出现在鲁镇街头：“五年前的花白的头发，即今已经全白，全不像四十上下的人；脸上瘦削不堪，黄中带黑，而且消尽了先前悲哀的神色，仿佛是木刻似的；只有那眼珠间或一轮，还可以表示她是一个活物”。祥林嫂三次主要的肖像变化，概括了她坎坷不幸的一生，我们既可以从中看到封建礼教对祥林嫂的摧残迫害，也可以看到女主人公的心灵变化过程，看到她由挣扎到绝望，由勤劳敏捷到麻木衰颓;活生生地再现了祥林嫂的生活处境、生理状况和精神世界。

小说对其他人物的塑造也各有特点,如鲁四老爷,虽然着墨不多,但都很有力,如他的三次皱眉,几次说话:"不早不迟,偏偏要在这时候——这就可见是一个谬种!""可恶!然而……"封建卫道者的模样呼之欲出。又如写鲁四老爷在与"我"寒暄之后立即大骂其"新党"。"但我知道,这并非借题在骂我:因为他所骂的还是康有为。"不错,康有为曾被当作"新党",但骂的时候,已时过十多年,康有为已成为旧党——保皇党了。可见鲁四老爷落后于时代,既迂腐又顽固。讽刺而不露痕迹,显示了鲁迅老辣而深刻的笔力。

鲁迅还十分注意修辞手法的运用,《祝福》中,像比喻、映衬、拟人、反复等等,无不运用得贴切传神。奄奄一息的祥林嫂如"木刻似的",一笔就勾出了一个人物。又如写祝福时,爆竹声"合成一天高响的浓云",这一比喻既是写实,又寓有象征意义,渲染了一种令人压抑的氛围。其中最突出的是反语的运用。鲁迅曾说他"好用反语"。《祝福》中写到祥林嫂的死,"我"有一段感叹:"从活得有趣的人们看来,恐怕要怪她何以还要存在,现在总算被无常打扫得干干净净了……然而在现世,则无聊生者不生,即使厌见者不见,为人为己,也还都不错。""为人为己,也还都不错",是一句反语,讽刺那些"活得有趣的人们"冷漠无情,包含了作者对祥林嫂深深的同情。再如,"我"回答祥林嫂的疑问:"实在,我说不清。"作品写道:"'说不清'是一句极有用的话。""极有用"也是一句反语,讽刺了当时社会上做事待人只求敷衍的现象。笔意冷峻,很有力量。

作者在深化主题上也具有独特的功力。"祝福"场面的一再出现,贯串全篇,与表现主题有关。"祝福"每出现一次,祥林嫂就向痛苦的深渊走近一步,直至倒毙街头。作者运用对比手法,始终以年终祝福的欢乐气氛反衬祥林嫂的悲惨遭遇。正如清人王夫之所说:"以乐景写哀,以哀景写乐,倍增其哀乐。"

祝福的气氛越热烈，就越显示封建势力对祥林嫂的冷酷无情，作品对旧礼教的虚伪性和残忍性的揭露也越深刻。对比，可以突出变化，更为醒目地深化主题思想。

作者以白描写意的手法如实地描绘生活，再现了祥林嫂悲苦的命运，具有浓烈的传统文学气息。作品的语言，看起来自然质朴，实则选词造句，千锤百炼，严谨而又诙谐中带辛辣。这就形成了鲁迅小说独特的艺术风格：深沉而简约隽永，冷峻而幽默多讽。

讨论问题

一　小说的开端除了描写祥林嫂的结局以外，还写了些什么？作者为什么要这样写？

二　祥林嫂重到鲁家，为什么镇上人“笑容却冷冷的”？

三　祥林嫂重到鲁家，“她的境遇却改变得非常大”，使她“改变”的是什么？以后使她的“改变”更加发展的又是什么？

四　祥林嫂为什么要接受柳妈的劝告去捐门槛？她相信自己有罪吗？

五　小说最后一段，写鲁镇被雪花“拥抱”，“爆竹声联绵不断”，“我……只觉得天地圣众歆享了牲醴和香烟，都醉醺醺的在空中蹒跚，预备给鲁镇的人们以无限的幸福”。作者的目的是什么？

六　小说为什么多次描写鲁镇年终祝福的景象？小说题作“祝福”有什么深意？

七　小说中的“我”是怎样一个人？“我”的感想、看法，是否就是作者的感想、看法？

参考资料

一 关于鲁迅的小说

《呐喊》刚问世时，茅盾就撰文介绍说："在中国新文坛上，鲁迅君常常是创造'新形式'的先锋；《呐喊》里的十多篇小说几乎一篇有一篇的新形式。"……鲁迅在每篇小说中，往往在追求思想上有所发现的同时，追求艺术上的独创性。我们看到，《狂人日记》之所以采用日记体，是便于通过狂人的心理描写，从幻觉中将象征性与现实性结合起来，突出吃人的主题；《孔乙己》用简单而严谨的布局，只写了几个场面便表现了这冷漠的人生，主人公的潦倒和末路；《药》的艺术用明暗双线的结构相得益彰地来显示主题所包孕的深刻的内涵。夏瑜英勇献身的鲜血被愚昧地作为药饵，这是令人多么悲愤的讽刺！著名的《阿 Q 正传》则用寓庄于谐的语言，动画的形式，展示出峰峦起伏的人生的图画。在《呐喊》以后，鲁迅并没有停止他艺术上的追求，到《彷徨》技巧便更为圆熟，刻画更为深切……

鲁迅小说的独创性在于反映平凡的生活而显出不平凡。在鲁迅以前，在中国文学史上，不少小说往往以曲折离奇取胜，或用悲欢离合来吸引读者。而鲁迅却完全不是这样，他从普通群众的平凡生活中汲取诗情，而后者却是远为难能可贵的。请看，咸亨酒店门前那个穿着破烂大褂的白发童生，他那酸腐的声态，善良的心肠，和被打断了腿以后的窘状，在酒店周围的闲人们看来，统统不过是生活中的笑料。有孔乙己出现也罢，孔乙己永远消失了也罢，生活中这样的笑料难道不是太多太多么？但是一经鲁迅画笔的点染，孔乙己便成为永远压在读者心头的悲剧。在未庄，一个流浪雇农被推上了人生的末路，谁也不会去注意他的惨痛，因为已经司空见惯。鲁迅描写阿 Q 被枪毙后闲人的议论，使他们唯一感到遗憾的是："那是怎样的一个可笑的死因呵，游了那么久的街，竟没有唱一句戏"，以致使"他们白跟一趟了"。这是多么使人感到冷漠的人生！……鲁迅就是善于用大家所熟悉的生活画面揭示给人看，用平凡的日常生活概括成具有典型意义的形象。

鲁迅十分重视典型人物的创造，与近代小说相比较，就特别显出其在文学上的意义。在近代一些小说中，人物形象往往淹没在事件中，缺乏有意识的刻画。在鲁迅小说中，几乎每个人都是典型，同时又有不可重复的个性。由于鲁迅采用的是当时生活中常见的题材，这些典型对读者来说都成为似曾相识的不相识者。塑造典型需要巨大的概括能力，也需要逼真的描写能力。在鲁迅所创造的悲剧典型里，我们常常可以看到概括了千千万万的被压迫者的悲剧的命运。但是，鲁迅从不使自己的典型脸谱化，变成面目朦胧不可辨认的精神号筒。鲁迅十分善于转换自己的笔调，去适应描写对象的需要。同是描写女性，在《祝福》里，他画出了劳动妇女祥林嫂的形象；在《伤逝》里，他用幽婉的笔致回叙这个悲剧的女主人公沉醉在初恋的热情里时，她的少女的青春的魅力是如何鲜活地跃然纸上："带着笑涡的苍白的圆脸，苍白的瘦的臂膊，布的有条纹的衫子，玄色的裙。她又带了窗外的半枯的槐树的新叶来，使我看见，还有挂在铁似的老干上的一房一房的紫白的藤花。"当小说中子君第一次亮相时，简直是一幅生动美妙的图画……

在鲁迅的小说中，常常因势利导地流露出机智的讽刺……用喜剧性控制悲剧性，喜剧因素渗入悲剧因素，和冷中见热，热中见冷的风格，成为无法摹仿的鲁迅式小说的独特标志。

（摘自陈鸣树《鲁迅小说论稿》）

鲁迅在短篇小说艺术上的创造，是无与伦比的。现代文学史上有成就的小说家，很少不受《呐喊》《彷徨》的哺育与教益。鲁迅是系统地整理、研究中国古代小说史的第一人……同时鲁迅又是将西方小说艺术与中国传统的小说艺术相衔接、融合的第一人。从传统的眼光来看，鲁迅的小说"格式特别"，完全是现代化的。以艺术地使用民族语言，深切地表现民族生活来衡量，鲁迅的小说又完全是中国化的。他的小说结构，从《狂人日记》到《离婚》，都已完全抛却了旧小说的僵硬的套式。从描写的手法和艺术的风格、韵味来看，却是保持、发扬了传统小说的精华。所以，《呐喊》和《彷徨》是现代民族文学的第一块丰碑。

（摘自黄修己《中国现代文学简史》）

二　关于鲁迅的杂文

（杂文是）现代散文中以议论为主而又具文学意味的一种文体。它产生于“五四”时期的思想革命和文学革命中。……杂文创作成就最辉煌的，是鲁迅。他自从在一九一八年《新青年》上发表《我之节烈观》《随感录二十五》等文起，直到一九三六年逝世，一生的大部分精力都用于杂文的写作……这些杂文所表现的不拘一格的形式，寓热情于冷峻之中的文笔，通过抨击时政和鞭挞习俗揭示生活哲理，并将诗和政论结合在一起的风格，后来被人们称之为“鲁迅风”。

（摘自《中国大百科全书·中国文学卷》）

三　“五四”以来著名小说家简介

茅盾（一八九六——一九八一），原名沈雁冰，浙江桐乡人。早期致力于文艺批评和翻译。一九二八年完成处女作《蚀》三部曲（《幻灭》《动摇》《追求》）。他的代表作有《子夜》《林家铺子》《春蚕》等。一九四九年以后，主要从事文艺评论工作，出版了《鼓吹集》《夜读偶记》等。他的小说布局精巧，尤长于描写人物心理，语言风格清新刚健，婉曲多姿。

老舍（一八九九——一九六六），原名舒庆春，字舍予，满族人，出生于北京。北京师范学校毕业后，从事教学和小说创作。一九三七年，代表作《骆驼祥子》问世。一九四九年底，老舍从美国回到北京，此后他创作了许多剧本和小说，剧本有《龙须沟》《茶馆》等。老舍的作品笔调幽默，善于描写城市贫民的生活和命运。

巴金(一九〇四——二〇〇五)，原名李芾甘，四川成都人。第一部长篇小说《灭亡》写于一九二八年。他的成名作大多完成于三十年代，主要有《爱情三部曲》(《雾》《雨》《电》)，《激流三部曲》(《家》《春》《秋》)，其中最有名的是《家》。他的作品讲究情节结构和细节描写，笔墨之间往往激荡着对于美好前景的憧憬和追求。

沈从文(一九〇二——一九八八)，湖南凤凰人，出身于破落的将门世家。十五岁从军，二十岁离开军队到北京，开始了写作生涯。他是一位多产作家，出版了长短篇小说集三十多种。曾任《大公报》副刊主编，先后在青岛大学、西南联合大学、北京大学等校任教。他的作品简朴优美，富于诗情画意，表现手法不落窠臼。代表作有《边城》《湘行散记》等。

应用练习

一　小说开头部分“这百无聊赖的祥林嫂，被人们弃在尘芥堆中的，看得厌倦了的陈旧的玩物……”一句中的“陈旧的玩物”是什么意思？包含哪些内容？

二　布局曲折，人物传神，是鲁迅小说的作法特点，如《祝福》中祥林嫂被劫一段，寥寥千把字，写得虚实照映，变化有致。重温这一段课文，然后回答问题：

1　劫回祥林嫂一事是经过精心策划的，试就小说布局说明这一点。

2　祥林嫂婆婆来结算工钱时，四婶为什么不提祥林嫂？这是不是小说的漏洞？

3　四婶惊叫“米呢？”后来又分头寻找淘箩。你认为这样写妙在哪里？

三　鲁迅的小说冷峻而幽默多讽，试就课文举例说明。

四　鲁四老爷“是一个讲理学的老监生”，作品从哪些地方表现出他是“讲理学的”？

五　祥林嫂的死，是通过短工“淡然的回答”交代出来的。短工的态度说明了什么？

六　《我之节烈观》见鲁迅杂文集《坟》，写于一九一八年。这里仅节录其中主要的部分。先仔细阅读，然后回答问题。

节烈这两个字，从前也算是男子的美德，所以有过“节士”，“烈士”的名称。然而现在的“表彰节烈”，却是专指女子，并无男子在内。据时下道德家的意见，来定界说，大约节是丈夫死了，决不再嫁，也不私奔，丈夫死得愈早，家里愈穷，他便节得愈好。烈可是有两种：一种是无论已嫁未嫁，只要丈夫死了，他也跟着自尽；一种是有强暴来污辱他的时候，设法自戕，或者抗拒被杀，都无不可。这也是死得愈惨愈苦，他便烈得愈好，倘若不及抵御，竟受了污辱，然后自戕，便免不了议论……

总而言之：女子死了丈夫，便守着，或者死掉；遇了强暴，便死掉；将这类人物，称赞一通，世道人心便好，中国便得救了。大意只是如此。

……

首先的疑问是：不节烈（中国称不守节作“失节”，不烈却并无成语，所以只能合称他“不节烈”）的女子如何害了国家？照现在的情形，“国将不国”，自不消说：丧尽良心的事故，层出不穷；刀兵盗贼水旱饥荒，又接连而起。但此等现象，只是不讲新道德新学问的缘故，行为思想，全抄旧账；所以种种黑暗，竟和古代的乱世仿佛，况且政界军界学界商界里面，全是男人，并无不节烈的女子夹杂在内。也未必是有权力的男子，因为受了他们蛊惑，这才丧了良心，放手作恶。至于水旱饥荒，便是专拜龙神，迎大王，滥伐森林，不修水利的祸祟，没有新知识的结果；更与女子无关。只有刀兵盗贼，往往造出许多不节烈的妇女。但也是兵盗在先，不节烈在后，并非因为他们不节烈了，才将刀兵盗贼招来。

其次的疑问是：何以救世的责任，全在女子？照着旧派说起来，女子是“阴类”，是主内的，是男子的附属品。然则治世救国，正须责成阳类，全仗外子，偏劳主体。决不能将一个绝大题目，都搁在阴类肩上。倘依新说，则男女平等，义务略同。纵令该担责任，也只得分担。其余的一半男子，都该各尽义务。不特须除去强暴，还应发挥他自己的美德。不能专靠惩劝女子，便算尽了天职。

……

以上是单依旧日的常识，略加研究，便已发见了许多矛盾。若略带二十世纪气息，便又有两层：

一问节烈是否道德？道德这事，必须普遍，人人应做，人人能行，又于自他两利，才有存在的价值。现在所谓节烈，不特除开男子，绝不相干；就是女子，也不能全体都遇着这名誉的机会。所以决不能认为道德，当作法式……

二问多妻主义的男子，有无表彰节烈的资格？替以前的道德家说话，一定是理应表彰。因为凡是男子，便有点与众不同，社会上只配有他的意思。一面又靠着阴阳内外的古典，在女子面前逞能。然而一到现在，人类的眼里，不免见到光明，晓得阴阳内外之说，荒谬绝伦；就令如此，也证不出阳比阴尊贵，外比内崇高的道理。况且社会国家，又非单是男子造成。所以只好相信真理，说是一律平等，男女便都有一律应守的契约。男子决不能将自己不守的事，向女子特别要求。

……

照这样说，不节烈便不苦么？答道，也很苦。社会公意，不节烈的女人，既然是下品，他在这社会里，是容不住的。社会上多数古人模模糊糊传下来的道理，实在无理可讲；能用历史和数目的力量，挤死不合意的人。这一类无主名无意识的杀人团里，古来不晓得死了多少人物；……不节烈的人，便生前也要受随便什么人的唾骂，无主名的虐待。所以我说也很苦。

……

我依据以上的事实和理由，要断定节烈这事是：……无益社会国家，于人生将来又毫无意义的行为，现在已经失了存在的生命和价值。

1 你读了《我之节烈观》，对《祝福》的主题思想有什么新的体会？

2 选文第一段提到的世人对节烈的看法，可以在《祝福》中找到具体描写的例子吗？

3 选文主要说明什么？与《祝福》的表达手法比较，区别在哪里？

戏剧

日　出（节选《日出》第二幕）　曹　禺

作　者

曹禺（一九一〇——一九九六），原名万家宝，曹禺是他的笔名。祖籍湖北潜江。出生于天津一个没落的官僚家庭，自幼爱好文学。在天津南开中学读书时，曾参加业余戏剧团体南开新剧团，演出过易卜生的《娜拉》等剧，并阅读了大量“五四”以来的新文学作品。一九三〇年入清华大学攻读西洋文学，毕业后曾在清华当研究生，专攻戏剧，对希腊三大悲剧家、莎士比亚和契诃夫的剧作尤感兴趣。一九三六年，应邀到南京戏剧专科学校任教。

曹禺

早于一九三三年，曹禺还在大学读书时，根据少年时代家庭生活的见闻，创作了处女作《雷雨》，发表后一举成名，公认是中国话剧艺术渐趋成熟的一个标志。一九三五年四幕悲剧《日出》问世，曾获《大公报》文艺

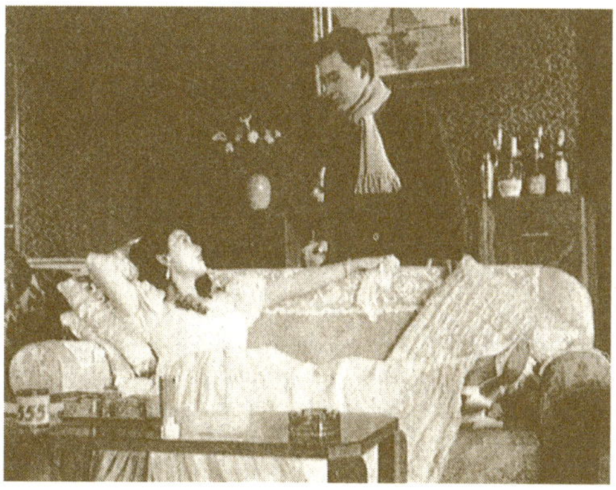

《日出》剧照

奖。不久又创作了以农村生活为题材的《原野》。三部作品各以其独特的风格震惊当时的剧坛。

抗日战争爆发后，曹禺随学校迁往四川，先后写了《蜕变》《北京人》以及根据巴金同名小说改编的《家》。抗战胜利后，他曾与老舍一起赴美讲学。回国后担任上海文华影业公司编导。这时期的作品有多幕剧《桥》和电影剧本《艳阳天》。

一九四九年后，曹禺曾任中央戏剧学院副院长、北京人民艺术剧院院长、中国戏剧家协会主席。重要剧作还有《明朗的天》、历史剧《胆剑篇》和《王昭君》。此外，还著有论文集《论戏剧》、散文集《迎春集》等，并翻译了莎士比亚的名剧《罗密欧与朱丽叶》。

曹禺善于将西方的戏剧技巧与传统的表现手法结合起来，运用于中国的话剧创作。他的剧作主题思想深刻，戏剧冲突尖锐，结构巧妙严谨，人物形象鲜明，对话富于动作性和音乐美。这些构成了曹禺剧作清丽隽永、深沉含蓄、感情炽烈、意境深远的独特风格。曹禺是中国话剧艺术的杰出代表，在中国现代戏剧史上占有突出的地位。不少剧作已被译成日、俄、英等国文字，并在许多国家上演。

解　题

《日出》是一部四幕悲剧，写于一九三五年。当时作者在天津河北女子师范学院任教，曾到上海参观，有感于大都市的畸形社会生活，利用教课之余，写了这个剧本。

作者以三十年代受世界经济恐慌影响的中国都市生活为背景，从一个横断面，描写了“损不足以奉有余”的社会的形形色色。

剧本叙述青年方达生从几千里外的远方，赶到大都市里找寻过去的情人陈白露。想不到陈白露已经变了，变成一个交际花，单身一人住在一家大旅馆里，成为银行经理潘月亭的玩弄对象。陈白露要方达生留下来“看看这个地方”。方达生住了两天，认识了陈白露所生活的这个晨昏颠倒、光怪陆离的世界。他想把陈白露从黑暗中拉出来，无奈陈白露沉沦已深，不能自拔，随着潘月亭的破产，她也服药自杀。

剧本取名“日出”，象征意味是明显的。剧中一再渲染工人打夯的气氛，重复地说：“太阳升起来了，黑暗留在后面。”并借剧终时“日出”的阳光预示畸形社会的末日来临，表达了作者对光明的热切希望和追求。

课文选自《日出》第二幕，写银行秘书李石清怀着拼命向上爬的野心，一面不顾妻儿生活，竭其所有，对经理潘月亭极尽阿谀奉承之能事，一面狡诈地偷看银行的机密，要挟潘月亭，藉此爬上襄理的高位。他本来也是一个小职员，一旦得势，就对比他地位更低的弱者冷嘲热讽。

课 文

〔李石清[1]由中门进。〕

露[2] 站住！走过来点！（小东西[3]就走过来。她用手帕把她的胭脂涂匀，揩去她的眼泪，仁慈地笑着）去吧！（小东西又回到右屋。露回头）哦，李先生，你来了！你看你太太非要找你不可，你们真亲热。

李 （笑）您不知道，陈小姐，我们也是一对老情人，我的太太要是一点钟不跟我说一次情话是过不得的。

露 真的么？那你们尽管在这儿谈吧，我不打搅了。

〔白露由左门下。〕

李　（鞠躬，望着白露出了门，半晌，四面看看，放下心，拉下脸，严重地）打得怎么样？输了？赢了？

李太太　（哀声地）石清，你让我回去吧？

李　（疑惧地）你输了？

李太太　（低头）嗯。

李　（有些慌）我给你一百五十块钱都输了？

李太太　（低声）还没有都输——也差不多少。

李　（半天，想不出办法）可是怎么能输这么些！

李太太　我心里着急，我怕输，牌更打得不好了。

李　（不觉地气起来）着急？都是一样地打牌，你着什么急？你真，你真不见世面。

李太太　（受不了这样的委屈，落下眼泪）我不去打牌，你偏要我打牌。我不愿意来，你偏逼我到这儿来。我听你的话，我来了，陪着这帮有钱的人们打大牌——输了钱，你又——（泣出声）

李　（看看她，反而更气起来）哭！哭！哭！你就会哭！这个地方是你哭的么？这成什么样子？不用哭了。（不耐烦地）我这儿有的是钱，得了，得了。

李太太　我不要钱。

李　你要什么？

李太太　（怯弱地）我要回家。

李　少说废话，这儿有钱。（取出皮夹来安慰她）你看，我这儿有一百块钱，你看。先分给你八十，好不好？

李太太　你在哪儿弄来的钱？

李　你不用管。

李太太　（忽然）你的皮大氅[4]呢？

李　在家里，没有穿来。

李太太　（瞥见李手内一卷钞票内夹着的一张纸）石清，你这是什么？

李　（抢说）这是……（但已被李太太抢去）

李太太　（望望那张纸，又交还李）你又把你的皮大衣当——

李　你不要这么大声嚷嚷！

李太太　唉，石清，你这是何苦！

李　（不高兴）你不用管，我跟你说，你不用管。

李太太　石清，我实在受不了啦。石清，你叫我回家去吧，好不好？这不是我们玩的地方，没有一个正经人，没有一句正经话——

李　谁说没有正经人？潘经理[5]不就是个正经人么！你看他办学校，盖济贫院，开工厂，这还不是好人做的事？

李太太　可是你没有看见他跟这位陈小姐——

李　我怎么没看见。那是经理喜欢她，他有的是钞票，他爱花这样的钱，这有什么正经不正经？

李太太　好了，这都不是我们的事。（哀求地）你难道不明白，我们的进款这样少，我们配到这个地方来陪着这位陈小姐？陪着这些有钱的人们玩么？

李　我跟你说过多少遍，这样的话你要说，在家里说。不要在这儿讲。省得人家听见笑话你。

李太太　（委屈地）石清，真地我的确觉得他们都有点笑话我们。

李　（愤恨地）谁敢笑话我们？我们一样有钱，一样地打着牌，不是百儿、八十地应酬着么？

李太太　可是这是做什么呀！我们家里有一大堆孩子！小英儿正在上学，芳儿将要说人家[⑥]，小五儿又在不舒服。妈妈连一件像样过冬的衣服都没有。放着这许多事情都不做，拿着我们这样造孽的钱[⑦]陪他们打牌，百儿、八十地应酬，你……你叫我怎么打得下去？

李　（低头）不用提了，不用提了。

李太太　你想，在银行当个小职员，一天累到死，月底领了薪水还是不够家用，也就够苦了。完了事还得陪着这些上司们玩，打牌，应酬；孩子没有上学的钱，也得应酬；到月底没有房租的钱，还得应酬；孩子生了病，没有钱找好医生治，还是得应酬——

李　（爆发）你不要说了！你不要再说下去了！（沉痛地）你难道看不出来我心里整天难过？你看不出我自己总觉得我是个穷汉子吗？我恨，我恨我自己为什么没有一个好父亲，生来就有钱，叫我少低头，少受气吗？我不比他们坏，这帮东西，你是知道的，并不比我好，没有脑筋，没有胆量，没有一点心肝。他们跟我不同的地方是他们生来有钱，有地位；我生来没钱，没地位就是了。我告诉你，这个社会没有公理，没有平等。什么道德、服务，那是他们骗人。你按部就班地干，做到老也是穷死。

只有大胆地破釜沉舟地跟他们拼，还许有翻身的那一天！

李太太　石清，你只顾拼，你怎么不想想我们自己的儿子，他们将来怎么了？

李　（叹一口气）孩子！哼，要不是为我们这几个可怜的孩子，我肯这么厚着脸皮拉着你，跑到这个地方来？陈白露是个什么东西？舞女不是舞女，娼妓不是娼妓，姨太太又不是姨太太，这么一个贱货！这个老混蛋看上了她；老混蛋有钱，我就得叫她小姐；她说什么，我也说什么；可是你只看见我把他们当作我的祖宗来奉承。素贞，你没有觉出有时我是怎么讨厌我自己。我这么不要脸来巴结他们，我什么人格都不要，来巴结他们。我这么四十多的人，我要天天鞠着躬跟这帮王八蛋，以至于贱种像胡四⑧这个东西混，我一个一个地都要奉承，联络。我，李石清，一个男子汉，我——（低头不语）

李太太　石清，你不要难过，不要丧气，我明白你，你在外面受了许多委曲。

李　不，我决不难过。（忽然慢慢抬起头来，愤恨地）哼，我要起来，我要翻过身来。我要硬得成一块石头，我要不讲一点人情。我以后不可怜人，不同情人；我只要自私，我要报仇。

李太太　报仇？谁欺负了你，你恨谁？

李　谁都欺负我，谁都恨我。我在这儿二十年，干到现在，受了多少肮脏气？我早晚要起来的，我要狠狠地出口气，你看，我就要起来了。

〔潘月亭由中门进。〕

潘　石清！你回来了。

李　（恭谨地）早来了。我听说您正跟报馆的人谈天，所以没敢叫人请您去。

潘　李太太有事么？

李　没有事，没有事。（对李太太）你还是进去打牌去吧。

〔李太太由左门下。〕

李　报馆有什么特别关于时局的消息么？

潘　你不用管，叫你买的公债[9]都买好了么？

李　买了，一共二百万，本月份。

潘　成交是怎么个行市[10]？

李　七七五[11]。

潘　买了之后，情形怎么样？

李　我怕不大好。外面有谣言，市面很紧[12]，行市只往下落，有公债的都抛出，可是您反而——

潘　我反而买进。

李　您自然是看涨。

潘　我买进，难道我会看落？

李　（表示殷勤）经理，平常做存货[13]没有什么大危险，再没办法，我们收现[14]，买回来就得了。可是现在情形特别，行市一个劲儿往下跌。要是平定一点，行市还有翻回来的那一天，那您就大赚了。不过这可是由不得我们的事。

潘　（拿吕宋烟[15]）你怎么知道谣言一定是可靠？

李　（卑屈地笑）是，是，您说这是空气[16]？这是空户[17]们要买进，故意造出的空气?

潘　空气不空气?我想我干公债这么些年,总可以知道一点真消息。

李　(讨好地)不过金八[18]的消息最灵通,我听说他老人家一点也没有买,并且……

潘　(不愉快)石清先生,一个人顶好自己管自己的事。在行里,叫你做的你做,不叫你做的就少多事,少问。这是行里做事的规矩。

李　(被这样顶撞,自然不悦,但极力压制着自己)是,经理,我不过是说说,跟您提个醒。

潘　银行里面的事情,不是说说讲讲的事,并且我用不着你提醒。

李　是,经理。

潘　你到金八爷那儿去了么?

李　去过了。我跟他提过这回盖大丰大楼的事情。他说银行现在怎么会有钱盖房子?后来他又讲市面太坏,地价落,他说这楼既然刚盖,最好立刻停工。

潘　你没有说这房子已经订了合同,定款已经付了么?

李　我自然说了,我说包给一个外国公司,钱决不能退,所以金八爷在银行的存款一时实在周转不过来,请缓一两天提。

潘　他怎么样?

李　他想了想,他说:“再看吧!”看神气仿佛还免不了有变故。

潘　这个流氓!一点交情也不讲!

李　(偷看他)哦,他还问我现在银行所有的房地产是不是已经都抵押出去了？

潘　怎么，他会问你这些事情？

李　是，我也奇怪呢，可是我也没怎么说。

潘　你对他说什么？

李　我说银行的房地产并没有抵押出去。（停一下。又偷看潘的脸，胆子大起来）固然我知道银行的产业早已全部押给人了。

潘　（愣[19]住）你——谁跟你说押给人了？

李　（抬起头）经理，您不是在前几个月把最后的一片房产由长兴里到黄仁里都给押出去了么？

潘　笑话。这是谁说的？

李　经理，您不是全部都押给友华公司了么？

潘　哦，哦，（走了两步）哦，石清，你从哪儿得来这个消息？（坐下）怎么，这件事会有人知道么？

李　（明白已抓住了潘月亭的短处）您放心放心，没有人知道。就是我自己看见您签字的合同。

潘　你在哪儿看见这个合同？

李　在您的抽屉里。

潘　你怎么敢——

李　不瞒您说，（狞笑）因为我在行里觉得很奇怪，经理忽而又是盖大楼，又是买公债，我就有一天趁您见客的那一会工夫，开了您的抽屉看看。（笑）可是，我知道我这一举是有点多事。

潘　（呆了半天）石清，不不——这不算什么，不算多事。（不安地笑着）互相监督也是好的。你请坐，你请坐，我们可以谈谈。

李　经理。您何必这么客气？

潘　不，你坐坐，不要再拘束了。（坐下）你既然知道了这件事，你自然明白这件事的秘密性，这是决不可泄漏出去，弄得银行本身有些不便当。

李　是，我知道最近银行大宗提款的不算少。

潘　好了，我们是一个船上的人啦。我们应该相互帮助，团结起来。这些日子关于银行的谣言很多，他们都疑惑行里准备金[20]是不够的。

李　（故意再顶一句）的的确确行里不但准备金不足，而且有点周转不灵。金八爷这次提款不就是个例子么？

潘　（不安地）可是，石清——

李　（抢一句）可是，经理，自从您宣布银行赚了钱，把银行又要盖大丰大楼的计划宣布出去，大家提款的又平稳了些。

潘　你很聪明，你明白我的用意。所以现在的大楼必须盖。哪一天盖齐不管他，这一期的建筑费拿得出去，那就是银行准备金充足，是巩固的。

李　然而不赚钱，行里的人是知道的。

潘　所以抵押房产，同金八提款这两个消息千万不要叫人知道。这个时候，随便一个消息可以造成风波，你要小心。

李　我自然会小心，伺候经理我一向是谨慎，这件事我不会做错的。

潘　我现在正想旁的方法。这一次公债只要买得顺当，目前我们就可以平平安安地度过去。这关度过去，你这点功劳我要充分酬报的。

李　我总是为经理服务的。呃，呃，最近我听说襄理张先生要调到旁的地方去？

潘　（沉吟）是，襄理，——是啊，只要你不嫌地位小，那件事我总可以帮忙。

李　谢谢，谢谢！经理，您放心，我总是尽我的全力为您做事。

潘　好，好。——哦，那张裁员单子你带来了么？

李　带来了。

潘　人裁了之后，大概可以省出多少钱？

李　一个月只省出五百块钱左右。

潘　省一点是一点。上次修理房子的工钱，你扣下了么？

李　扣下了，二百块钱，就在身上。

潘　怎样会这么多？

李　多并不算多，扣到每个小工也不过才一毛钱。

潘　好的，再谈吧。（向左门走了两步，忽然回过头来）哦，我想起来了，你见着金八，提到昨天晚上那个小东西的事[21]么？

李　我说了，我说陈小姐很喜欢那孩子，请他讲讲面子给我们。

潘　他怎么样？

李　他摇摇头，说根本不知道有这么一件事。

潘　这个混蛋，他装不知道，简直一点交情也不讲——好，让他去吧，反正不过是个乡下孩子。

李　是，经理。

〔潘下。〕

李　（走了两步，听着外面工人哼哼唷、哼哼唷工作声，忽然愤愤地）你们哼哼吧，你们哼哼吧，你们就这样干一辈子吧，你们这一群傻王八蛋们。我恨，你们怎么这么老实！

〔忽然电话铃响。〕

李　（拿起耳机）喂，你哪儿？哦！你是报馆张先生，你找潘四爷，他不在这儿，……我是石清。跟我说，一样的。是，什么？金八也买了这门公债了？多少？三百万！奇怪，哦，……哦，怪不得我们经理也买了呢！……是，是，本来公债等于金八自己家里的东西，操纵完全在他手里……是，是，那么要看涨了……好……我就告诉经理去。再见，张先生！再见！

〔放下耳机，沉吟一下，正预备向左门走。〕

〔黄省三[22]由中门进。〕

黄　（胆小地）李……李先生。

李　怎么？（吃了一惊）是你！

黄　是，是，李先生。

李　又是你，谁叫你到这儿来找我的？

黄　（无力地）饿，家里的孩子、大人没有饭吃。

李　（冷冷地）你到这儿就有饭吃么？这是旅馆，不是粥厂[23]。

黄　李先生，可当的都当干净了。我实在没有法子，不然，我决不敢再找到这儿来麻烦您。

李　（烦恶地）吓，我跟你是亲戚？是老朋友？或者我欠你的，我从前占过你的便宜？你这一蹚一蹚[24]地，我走哪儿，你跟哪儿，你这算怎么回事？

黄　（苦笑，很凄凉地）您说哪儿的话，我都配不上。李先生，我在银行里一个月才用您十三块来钱，我这儿实在是无亲无故，您辞了我之后，我在哪儿找事去？银行现在不要我，等于不叫我活着。

李　（烦厌地）照你这么说，银行就不能辞人啦。银行用了你，就算跟你保了险，你一辈子就可以吃上银行啦，嗯？

黄　（又卷弄他的围巾）不，不，不是！李先生，我……我，我知道银行待我不错：我不是不领情。可是……您是没有瞅见我家里那一堆孩子，活蹦乱跳的孩子，我得每天找东西给他们吃。银行辞了我，没有进款，没有米，他们都饿得只叫。并且房钱有一个半月没有付，眼看着就没有房子住。（嗫嚅[25]地）李先生，您没有瞅见我那一堆孩子，我实在没有路走，我只好对他们——哭！

李　可是谁叫你们一大堆、一大堆养呢？

黄　李先生，我在银行没做过一件错事。我总天亮就去上班，夜晚才回来。我一天干到晚，李先生——

李　（不耐烦）得了，得了，我知道你是个好人，你是个安分守己的。可是难道不知道现在市面萧条，经济恐慌[26]？我跟你说过多少遍，银行要裁员减薪，我并不是没有预先警告你！

黄　（踌躇地）李先生，银行现在不是还盖着大楼？银行里面还添人，添了新人。

李　那你管不着！那是银行的政策，要繁荣市面。至于裁了你，又添了新人，我想你做了这些年的事，你难道这点世故还不明白？……

黄　我……我明白，李先生。（很凄楚地）我知道我身后面没有人挺住腰。

李　那就得了。

黄　不过我当初想：上天不负苦心人。苦干也许能补救我这个缺点。

李　所以银行才留你四、五年，不然你会等到现在？

黄　（乞求）可是，李先生，我求求您，您行行好。我求您跟潘经理说说，只求他老人家再让我回去。就是再累一点，再加点工作，就是累死我，我也心甘情愿的。

李　你这个人真麻烦。经理会管你这样的事？你们这样的人，就是这点毛病，总把自己看得太重，换句话，就是太自私。你想潘经理这样忙，会管你这样小的事？不过，奇怪，你干了三、四年，就一点存蓄也没有？

黄　（苦笑）存蓄？一个月十三块来钱，养一大家子人，存蓄？

李　我不是说你的薪水。从薪水里，自然是挤不出油水来。可是——在别的地方，你难道没有得到一点的好处？

黄　没有，我做事凭心，李先生。

李　我说——你没有从笔墨纸张里找出点好处？

黄　天地良心，我没有，您可以问庶务刘去。

李　哼，你这个傻子，这时候你还讲良心！怪不得你现在这么可怜了。好吧，你走吧。

黄　（着慌）可是，李先生——

李　有机会，再说吧。（挥挥手）现在是毫无办法。你走吧。

黄　李先生，您不能——

李　并且，我告诉你，你以后再要狗似地老跟着我，我到哪儿，你到哪儿，我就不跟你这么客气了。

黄　李先生，那么，事还是一点办法也没有？

李　快走吧！回头[27]，一大堆太太、小姐们进来，看见你跑到这儿找我，这算是怎么回事？

黄　好啦！（泪汪汪的，低下头）李先生，真对不起您老人家。（苦笑）一蹚一蹚地来麻烦您，我走啦。

李　你看你这个麻烦劲儿，走就走得啦。

黄　（长长地叹一口气，走了两步，忽然跑回来，沉痛地）可是，您叫我到哪儿去？您叫我到哪儿去？我没有家，我拉下脸跟您说吧，我的女人都跟我散了，没有饭吃，她一个人受不了这样的苦，她跟人跑了。家里有三个孩子，等着我要饭吃。我现在口袋里只有两毛钱，我身上又有病，（咳嗽）我整天地咳嗽。李先生！您叫我回到哪儿去？您叫我回到哪儿去？

李　（可怜他，但又厌恶他的软弱）你愿意上哪儿去，就上哪儿去吧。我跟你讲，我不是不想周济你，但是这个善门不能开，我不能为你先开了例。

黄　我没有求您周济我，我只求您赏给我点事情做。我为着我这群孩子，我得活着！

李　（想了想，翻着白眼）其实，事情很多，就看你愿意不愿意做。

黄　（燃着了一线希望）真的？

李　第一，你可以出去拉洋车[28]去。

黄　（失望）我……我拉不动，（咳嗽）您知道，我有病。医生说我这里边的肺已经（咳）——靠不住了。

李　哦，那你还可以到街上要[29]——

黄　（脸红，不安）李先生，我也是个念过书的人，我实在有点——

李　你还有点叫不出口，是么？那么，你还有一条路走，这条路最容易，最痛快，——你可以到人家家里去（看见黄的嘴喃喃着）——对，你猜的对。

黄　哦，您说，（嘴唇颤动）您说，要我去——（只见唇动，听不见声音。）

李　你大声说出来，这怕什么？"偷！""偷！"这有什么做不得？有钱的人可以从人家手里大把地抢，你没有胆子，你怎么不能偷？

黄　李先生，真地我急的时候也这么想过。

李　哦，你也想过去偷？

黄　（惧怕地）可是，我怕，我怕，我下不了手。

李　（愤慨地）怎么你连偷的胆量都没有，那你叫我怎么办？你既没有好亲戚，又没有好朋友，又没有了不得的本领。好啦，叫你要饭，你要顾脸，你不肯做；叫你拉洋车，你没有气力，你不能做；叫你偷，你又胆小，你不敢做。你满肚子的天地良心，仁义道德。你只想凭着老实安分，养活你的妻儿老小，可是你连自己一个老婆都养不住！你简直是个大废物，你还配养一大堆孩子！我告诉你，这个世界不是替你这样的人预备的。（指窗外）你看见窗户外面那所高楼么？那是新华百货公司，十三层高楼，我看你走这一条路是最稳当的。

黄　（不明白）怎么走？李先生？

李　（走到黄面前）怎么走？（魔鬼般地狞笑着）我告诉你，你一层一层地爬上去。到了顶高的一层，你可以迈过栏杆，站在边上。你只再向空，向外多走一步，那时候你也许有点心跳，但是你只要过一秒钟，就一秒钟，你就再也不可怜了，你再也不愁吃，不愁穿了。

黄　（呆若木鸡，低得几乎听不见的声音）李先生，您说顶好我“自——”（忽然爆发地悲声）不，不，我不能死！李先生，我要活着！我为着我的孩子们，为我那没了妈的孩子们，我得活着！我的望望，我的小云，我的——哦，这些事，我想过。可是，李先生，您得叫我活着！（拉着李的手）您得帮帮我，帮我一下，我不能死。活着再苦，我也死不得，拼命我也得活下去啊！（咳嗽）

〔左门大开。里面有顾八奶奶[30]、胡四、张乔治[31]……等的笑声。潘月亭露出半身，面向里面，说：“你们先打着，我就来。”〕

李　（甩开黄的手）你放开我。有人进来，不要这样没规矩。

〔黄只得立起，倚着墙，潘月亭进。〕

潘　啊？

黄　经理！

潘　石清，这是谁？他是干什么的？

黄　经理，我姓黄，我是大丰的书记。

李　他是这次被裁的书记。

潘　你怎么跑到这里来，（对李）谁叫他进来的？

李　不知道他怎么找进来的。

黄　（走到潘面前，哀痛地）经理，您行行好，您要裁人也不能裁我，我有三个小孩子，我不能没有事。经理，我跟您跪下，您得叫我活下去。

潘　岂有此理！这个家伙，怎么能跑到这儿来找我求事。（厉声）滚开！

黄　可是，经理，——

李　起来！起来！走！走！走！（把他一推，倒在地上）你要再这样麻烦，我就叫人把你打出去。

〔黄望望李，又望望潘。〕

潘　滚，滚，快滚！真岂有此理！

黄　好，我起来，你们不用打我！（慢慢立起来）那么，你们不让我再活下去了！你！（指潘）你！（指李）你们两个说什么也不叫我再活下去了。（疯狂似地又哭又笑地抽咽起来）哦，我太冤了。你们好狠的心哪！你们给我一个月不过十三块来钱，可是你们左扣右扣的，一个月我实在领下的才十块二毫五。我为着这辛辛苦苦的十块二毫五，我整天地写，整天给你们伏在书桌上写；我抬不起头，喘不出一口气地写；我从早到晚地写；我背上出着冷汗，眼睛发着花，还在写；刮风下雨，我也跑到银行来写！（做势）五年哪！我的潘经理！五年的工夫，你看看，这是我！（两手捶着胸）几根骨头，一个快死的人！我告诉你们，我的左肺已经坏了，哦，医生说都烂了！（尖锐的声音不顾一切地）我跟你说，我是快死的人，我为着我可怜的孩子，跪着来求你们。叫我还能够跟你们写，写，写，——再给我一碗饭吃。把我这个不值钱的命再换几个十块二毫五。可是你们不答应我！你们不答应我！你们自己要弄钱，你们要裁员，你们一定要裁我！（更沉痛地）可是你们要这十块二毫五干什么呀！我不是白拿你们的钱，我是拿命跟你们换哪！（苦笑）并且我也拿不了你们几个十块二毫五，我就会死的。（愤恨地）你们真是没有良心哪，你们这样对待我，——是贼，是强盗，是鬼呀！你们的心简直比禽兽还不如——

潘　这个混蛋，还不跟我滚出去？

黄　（哭着）我现在不怕你们啦！我不怕你们啦！（抓着潘经理的衣服）我太冤了，我非要杀了——

潘　（很敏捷地对着黄的胸口一拳）什么！（黄立刻倒在地下）

〔半晌。〕

李　经理，他是说他要杀他自己——他这样的人是不会动手害人的。

潘　（擦擦手）没有关系，他这是晕过去了。福升！福升！

〔福升上。〕

潘　把他拉下去。放在别的屋子里面，叫金八爷的人跟他拍拍捏捏，等他缓过来[32]，拿三块钱给他，叫他滚蛋！

福　是！

〔福升把黄省三拖下去。〕

注释

① 李石清：大丰银行的秘书，四十二岁。

② 露：陈白露的简称，交际花，二十三岁。

③ 小东西：一个进城不久的女孩子，被金八看上。她抵死不从，打了金八一巴掌，逃到陈白露的住所，陈将她收藏起来。金八的爪牙正在四处追踪。

④ 皮大氅(chǎng)：毛皮大衣。北方人称大衣为大氅。

⑤ 潘经理：潘月亭，大丰银行经理。

⑥ 说人家：旧指为女子找婆家，说亲。

⑦ 造孽的钱：造孽，作孽，原为佛教用语，指做恶事。这里指辛苦挣来的、甚至当了衣物所得的钱。

⑧ 胡四：一个搔首弄姿的无耻男人，顾八奶奶的情人。

⑨ 公债：国家为筹集财政资金举借的债，是国家以信用方式吸收资金的一种形式。公债券当时可以买卖。

⑩ 行市：市场上商品、证券、外汇等的买卖价格。

⑪ 七七五：指千分之七百七十五(打的折扣)。即用七百七十五元可买进一千元债券。

⑫ 市面很紧：市面不景气。与后面所说的“市面太坏”、“市面萧条”同一个意思。

⑬ 做存货：也称“做多头”，即买空。一种商业投机行为。预料证券或商品行市将上涨时买进期货，并不收进实物，企图在到期前，能以高价转卖，从中取得差额利益。

⑭ 收现：与“做存货”相对，即将现货收进。

⑮ 吕宋烟：雪茄烟。因菲律宾吕宋岛所产而得名。

⑯ 空气：即谣言。

⑰ 空户：又叫“空头”。从事投机交易的人，预料商品证券或外汇价格将跌而抛出期货，在跌价后再买回或补进，藉以取利。这种人叫“空户”(因为买出后，未补进前手中并无实物)。

⑱ 金八：即金八爷，金融界大亨，也是黑社会的头子。

⑲ 愣：呆，失神。

⑳ 准备金：可以随时支付的现金。

㉑ 小东西的事：指前一天晚上，陈白露要潘月亭帮助解救小东西，托他向金八求情这件事。

㉒ 黄省三：大丰银行的小书记。

㉓ 粥厂：赈济难民的慈善机构。

㉔ 一蹚一蹚：一次一次。蹚同趟。

㉕ 嗫嚅(nièrú)：形容想说又不敢说出来的样子。

㉖ 经济恐慌：一种由生产过剩引起的社会经济危机。企业因大量商品找不到销路而倒闭，生产下降，失业增多，社会经济陷于瘫痪和混乱状态。

㉗ 回头：方言，过一会儿的意思。

㉘ 洋车：人力车。由日本传入，所以又称“东洋车”。北京称“洋车”，广州称“车仔”。

㉙ 到街上要：指到街上要饭，饭字未说出。

㉚ 顾八奶奶：一个有钱的寡妇。

㉛ 张乔治：留学生。言谈中常常夹带几句洋语，除了鬼混，一无所能。

㉜ 缓过来：昏迷后又苏醒过来。

预习

一　从李石清与妻子的对话（“你难道看不出来我心里整天难过？……”“要不是为我们这几个可怜的孩子！……”）中，你认为李石清值得同情吗？

二　李石清偷看了银行的机密，为什么敢于当着潘月亭的面把偷看的事说出来？

三　潘月亭对李石清的态度前后有什么变化？为什么会产生这种变化？

四　李石清对黄省三说：“这个世界不是替你这样的人预备的。”那么，在李的眼里，这是个怎么样的世界？

五　李石清对黄省三的态度可说冷酷到了极点，这从哪几方面表现出来？

分析和欣赏

文体特点

话剧于二十世纪初由日本传入，原称新剧，一九二六年，戏剧家洪深提议定名为“话剧”。所谓话剧，就是以口语化的说白为主要表现手段的表演艺术形式。话剧多反映现代社会生活，与以歌唱为主、表现历史故事的传统戏曲，是我国戏剧两大不同的系统。

戏剧文学主要指话剧剧本。它的特点是舞台性和动作性，必须合乎舞台条件，便于演出；与小说、散文等仅供阅读的文学样式相比，有明显的区别。

所谓合乎舞台条件，就是说戏剧演出要受时间和空间的限制，要求剧本的结构必须高度集中。剧本的情节和戏剧冲突都应当在高度集中的场景中展开，戏剧冲突要强烈，便于表现人物鲜明的个性；情节线索发展明显，不能横生枝节。又因为剧本的全部内容是通过人物的对话和动作表达出来的，每个剧中人要用自己的语言和动作来塑造形象，表现内心世界，所以剧本的语言尤为重要，它应当比小说的人物语言更口语化；更凝练和富于动作性。

剧本形式，大致分布景、台词、舞台提示三部分。布景用以说明人物活动的具体环境。台词是人物的说白，包括对话、独白等，是剧本最主要的部分，人物的思想、个性，故事的重要情节等等，多通过台词表现出来。舞台提示往往借助符号标记，用来说明时间、地点，人物的动作表情，以及登场、退场、启幕、闭幕等。

话剧有独幕剧和多幕剧之分。根据内容性质，又可分为悲剧、喜剧和正剧等。悲剧常以主人公的毁灭而告终，《日出》就是一部悲剧。

内容分析

在《日出》中，李石清是次要人物。但在课文所选的片段中，李石清却是主要人物。他本是大丰银行的小职员，为潘月亭勤奋工作了二十年，他洞悉这个社会弱肉强食的本质，不甘心就此“穷死”，于是形成了独特的处世哲学。他狡诈，冷酷，知道要博得潘月亭的信任，得先讨取陈白露的欢心。因此他百般奉承陈白露，经常到陈所住的旅馆去应酬。这一手果然很灵，出场时他已升为银行秘书。这当然并非最终的目标，他还在不顾一切地向上爬。课文通过李石清与妻子、潘月亭、黄省三三人的对话，完整地刻画了他的性格，表现了这个人物的典型意义。全文可分三个段落。

第一段，自“李石清由中门进”至“我就要起来了”。这一段写李石清与妻子的对话，展示了李石清家庭生活的窘况以及他要“起来”，要“翻身”的心理。他不惜当掉大衣，让妻子陪同太太小姐们打大牌。他看不起他们，但又不得不应酬奉承；他也看不起自己，但必须下定决心拼到底。充分表现了李石清的痛苦、自卑，和为了摆脱“穷”的处境而不顾人格地“拼”的疯狂。

第二段，自“潘月亭由中门进”至“正预备向左门走”。这一段写李石清与潘月亭的周旋。李石清本来唯潘经理之命是从，一贯低声下气，阿谀奉承。但当他感到银行有些周转不灵，而经理又是盖大楼，又要买公债时，他冒险偷看了潘月亭签字的合同，发现银行的产业早已全部抵押出去，于是他马上利用这一机密要挟潘月亭，攫取了襄理的高位。在剧中，潘月亭对李石清由倨傲而笼络，李石清对潘月亭则由卑屈地讨好到狡诈地伺机进行要挟。两人表面上不露声色，暗地里钩心斗角，互相欺骗，正是那个社会尔虞我诈、你抢我夺的真实写照。

第三段，自“黄省三由中门进”至课文结束。这一段写小职员黄省三为了不被解雇而向潘、李苦苦哀求。潘的残忍，李的冷酷，黄的懦弱形成了鲜明的对照。第二幕开头的戏清楚交代，潘月亭为了讨好陈白露，一下子把陈在旅馆的几千元巨额欠账都给付了；这里为了一个月省五百块钱，他一下子就裁去了十多个人。两相对照，深刻地表现了“损不足以奉有余”这个主题。

课文的三个段落，好像三个环节，互相有因果联系。如果脱掉一环，就不能把李石清完整地刻画出来。假使只有他跟李太太的真实表白，那么，我们就只能看到人物的痛苦和一心想出人头地的疯狂。因此，还要通过他跟潘月亭的暗斗，才能感受到他的狡诈、世故与向上爬的野心。但是，李石清的冷酷无情，又必须在对黄省三的热讽冷嘲中，方始得到充分的表现。

潘月亭买空卖空，耍尽滑头，到头来却给比他高出一筹的金融界大亨金八捉弄了，以致破产。而李石清也在金、潘斗法中，只做了几天襄理，还没来得及挤进“阔人”的行列，就被潘月亭报复踢开，弄得个丧子、失业的下场。课文多层次地勾勒李石清无耻、狡诈、冷酷的卑劣性格，正是为了写出这种性格的社会根源和典型意义，揭露畸形社会罪恶的一个侧面。

作法欣赏

课文节选的部分，是《日出》第二幕的一个片段，如果没有引人入胜的戏剧冲突，李石清的性格便无从表现，整幕戏的结构也会显得松弛。因此，作者设置了一个个悬念，组织了程度不一的戏剧冲突，通过这些手法，一层层地展现李石清的性格。如第一段，一位银行秘书当掉了大衣，逼使妻子陪同太太小姐们打大牌，这件事不同寻常，立即使观众的注意力集中在李石清身上，而他真情迸发的大段念白，也令人油然而生可怜之心。这就起了悬念的作用，观众急于想知道他如何“起来”，如何“翻身”。第二段，李石清要挟潘月亭并不是一下子就摊牌的，而是设了一个圈套，慢慢收紧。他每一句话，既是试探，又是“埋伏”，更是一把刀子。潘月亭不由自主地进入他的圈套，一连挨了几刀，只得屈服，被李石清轻而易举地捞到了襄理的职位。这里的戏剧冲突安排得极有起伏，戏味十足。李石清的狡诈伎俩，令人可怕。第三段，着重写黄省三的悲惨命运，同时淋漓尽致地刻画李石清的冷酷无情，他对黄省三一连串极为恶毒的热讽冷嘲，令人可恨。可怜、可怕、可恨集中在一身，李石清神情毕肖，呼之欲出。这一切都是在接连不断的戏剧冲突中显示的。同时，情节也就随着曲折地向前发展。作者艺术手法之高明于此可见。

戏剧主要借助台词来塑造人物。戏剧的艺术也可以说是台词的艺术。

首先，曹禺剧作的台词是充分性格化的。同是对付被裁减的小职员黄省三，李石清对他从推诿解释到冷嘲热讽，冷漠中不无一丝同情，而潘月亭就只是一味怒斥，连话都不愿多说一句。同是那个李石清，在跟黄省三两人单独对话中，轻视厌烦中夹带着几分可怜，而当潘月亭在场的情况下，李石清却一口气连说：“起来！起来！走！走！走！你要再这样麻烦，我就叫人把你打出去。”竟全然是一副凶神恶煞的模样，把李石清这个特定人物的性格刻画得栩栩如生。

强烈的抒情性是曹禺戏剧语言的又一特点。剧中人脱口而出的言语，既是日常口语，又无不发自人物内心深处，表现出一种动人心弦的抒情色彩。课文最后部分，黄省三控诉潘月亭的一番话，有五百字左右，是曹禺剧作中最长的一段台词。几次重复“十块二毫五”，连用六个“写”字，词句由短到长，停顿由少到多，节奏徐缓，如泣如诉，特别是连用“我……写”的句式，说不尽的痛苦，诉不完的悲酸，声嘶力竭，读来令人酸鼻。“可是你们不答应我！你们不答应我！你们自己要弄钱，你们要裁员，你们一定要裁我！”声调激越而急促；“你们这样对待我——是贼，是强盗，是鬼呀！”真是字字血，声声泪，呼告无门，悲怆万分，表现了浓烈的抒情意味。

曹禺的戏剧语言还具有鲜明的动作性。如李石清与妻子的对话：“哼，我要起来，我要翻过身来。我要硬得成一块石头，我要不讲一点人情。”一个“翻”字，把李石清跃跃欲试，急不可耐，要拼命挤进“阔人”行列的心理暴露无遗，这些话预示着他与潘月亭必然展开紧张的格斗，规定了他对黄省三必然采取讥讽和斥责的态度。李石清与潘月亭的对话更是明争暗斗，刀光剑影，有时互相抚慰，有时恶言相向，高傲中隐伏着虚弱，笑脸中藏匿着杀机。这些语言犹如装着火药，一触即发，即使表面温和，两人心里都怀着鬼胎。如潘月亭被李石清“揭底”之后，不得不“呆了半天”，说了句：“你请坐，你请坐，我们可以谈谈。”李石清表面平静地说：“经理，何必这么客气？”那种初胜的得意，“翻身”的期待，“狠狠地出口气”的痛快，都尽在不言中。

戏剧语言要让观众一听就懂，所以比散文语言更口语化；又因与情节结构、人物性格是水乳交融的关系，所以又比散文语言更讲究提炼。为了达到这个目的，戏剧语言大都注意修辞手法的运用。课文里，反问、排比、反复最为常见，这是因为李石清、潘月亭、黄省三之间都处于紧张微妙状态的缘故。如李石清挖苦和嘲笑黄省三：“你既没有好亲戚，又没有好朋友，又没有了不得的本领。好啦，叫你要饭，你要顾脸，你不肯做；叫你拉洋车，你没有力气，你不能做；叫你偷，你又胆小，你不敢做。”一连串的排比句，咄咄逼人。最动人心魄的是黄省三对潘月亭一段控诉中所用的反复手法，其中五次重复出现“十块二毫五”，痛苦呼叫，感情层层递进。尤其是抓住一个“写”字：“为着这辛辛苦苦的十块二毫五，我整天地写，整天给你们伏在书桌上写；我抬不起头，喘不出一口气地写；我从早到晚地写；我背上出着冷汗，眼睛发着花，还在写；刮风下雨，我也跑到银行来写！”一层强似一层的感情浪潮，形成沉重压抑的气势，终于化为一句：“叫我还能够给你们写，写，写，——再给我一碗饭吃。”这实在是绝望的哀鸣，在死亡线上撕胆裂肝的惨叫！从这些富于艺术魅力的台词中，充分显示了作者出色的修辞才能。

曹禺的剧作具有强烈的艺术感染力。他善于汲取中外戏剧传统之长，开拓了一条富有民族特色的戏剧创作的道路。他精心安排情节、结构、人物、台词，特别擅长处理戏剧冲突，显示出独特的艺术风格。

讨论问题

一　李石清当了二十年的小职员，忽然想到要“起来”，要“翻身”，为什么？

二　李石清被潘月亭冷淡、挖苦，尽管心中不悦，“但极力压制着自己”；而潘月亭被李石清抓住短处，尽管心中恼怒，仍“不安地笑着”。各自忍而不发的潜台词是什么？

三　课文分三个段落，每段都有小高潮。找一找，是在什么地方？这些小高潮对刻画李石清的性格有何作用？

四　李石清和黄省三的家庭境况差不多，都有一大堆孩子，同样连房租都付不起。课文的第一段和第三段，其实有意作了对照。作者为什么要这样写？

参考资料

一　关于《日出》的结构和主题

我写《日出》的时候，我决心舍弃《雷雨》中所用的结构，不再集中于几个人身上。我想用片断的方法写起《日出》，用多少人生的零碎来阐明一个观念。如若中间有一点我们所谓的“结构”，那“结构”的联系正是那个基本观念，即第一段引入的“人之道损不足以奉有余”。所谓“结构的统一”也就藏在这一句话里。《日出》希望献与观众的是一个鲜血滴滴的印象，深深刻在人心里也应为这“损不足以奉有余”的社会形态。因为挑选的题材比较庞大，用几件故事作线索，一两个人物为中心也自然比较烦难。无数的砂砾积成一座山丘，每粒砂都有同等造山的功绩。在《日出》里每个角色都应占有相等的轻重，合起来他们造成了印象的一致。这里正是用着所谓“横断面的描写”，尽可能的，减少些故事的起伏与夫“起承转合”的手法。

（摘自曹禺《日出·跋》）

二　关于曹禺的其他剧作

《雷雨》——四幕悲剧，通过周、鲁两个家庭，八个人物，前后三十年间复杂的纠葛，写出旧家庭的悲剧和罪恶。剧本以情节结构曲折复杂取胜，因受希腊命运悲剧的影响，洋溢着一种不可名状的悲剧气氛。

《原野》——是曹禺唯一一部以农村生活为题材的剧本，写农民仇虎复仇的故事。艺术上注重揭示人物的内心世界，运用较多的象征手法。

《北京人》——写封建家庭的衰落和崩溃。曾皓家不仅经济上坐吃山空，债务临门，更为严重的是精神空虚，道德堕落。剧本在朴实中求深刻，在浓郁的抒情气氛中揭示生活的真理。

《家》——根据巴金同名小说改编，有所取舍和创造。通过觉新、瑞珏和梅小姐的爱情婚姻悲剧，控诉旧家庭和旧礼教吃人的罪恶。剧本运用了大量内心独白，写得极富诗情画意。

（参考《中国大百科全书·中国文学卷》）

三 “五四”以来著名剧作家简介

丁西林（一八九三——一九七四），字巽甫，江苏泰兴人。早年留学英国，曾受英国近代喜剧影响，他的作品善于从人情世态中发现喜剧因素，别具风格。剧作有《西林独幕剧》《一只马蜂及其他》《妙峰山》等。

洪深（一八九四——一九五五），字浅哉，江苏武进人。曾留学美国，是中国话剧事业奠基人之一。著有剧本三十多部，代表作为《农村三部曲》（《五奎桥》《香稻米》《青龙潭》）。他的作品以表现富有教育意义的主题见长，风格朴实。

田汉（一八九八——一九六八），本名田寿昌，湖南长沙人。他是中国现代戏剧运动的组织者和领导者，早年留学日本，曾创办南园艺术学院，为话剧事业培养了众多人才。代表作有《名优之死》《丽人行》《关汉卿》等，作品以气势胜，风格沉郁、豪壮。

郭沫若（一八九二——一九七八），原名郭开贞，四川乐山人。他在戏剧方面的成就主要是创作历史剧，写于抗战时期的《棠棣之花》《屈原》《虎符》《高渐离》《孔雀胆》和《南冠草》六部剧作，为历史剧开辟了崭新的道路。一九四九年以后，又写作了《蔡文姬》和《武则天》。

陈白尘（一九〇八——一九九四），原名陈增鸿，江苏淮阴人。早年曾参加南国社、摩登社等戏剧团体。抗战胜利前后所作的《结婚进行曲》《岁寒图》《升官图》等讽刺喜剧，曾产生广泛的影响。他的喜剧作品嬉笑中有怒骂，诙谐中见严肃。

应用练习

一　课文描写李石清的三段戏，前后衔接自然，李太太、潘月亭、黄省三的出场并无突兀之处。试找一找，课文中哪些台词的交代与“衔接自然”有关？

二　课文是怎样描写李石清一步步地攫取襄理的高位的？

三　细读黄省三控诉潘月亭的一大段台词。这段话可分几个层次？试结合黄省三的心理变化分析一下。

四　课文中出现了几个人物？哪些属于“不足”的阶层？哪些属于“有余”的阶层？以本篇为例，哪些地方表现了“损不足以奉有余”的主题？

五　课文中，潘月亭受到李石清的要挟，因当时形势对自己不利，所以忍而不发。后来，潘误以为自己投机得逞，眼看就要发横财，他马上向李石清报复，请先阅读以下所选第四幕中潘、李的三段对话，然后回答问题。

（一）

李　月——（仿佛不大顺口）经理知道了市面上怎么回事么？

潘　（故意地）不大清楚，你说说看。

李　（低声秘语）我这是从一个极秘密的地方打听出来的。我们这一次买的公债算买对了。（下略）

潘　（唯唯否否地）是……是……是。（但是没有等李石清说完，忽然插嘴）哦，我听福升说你太太——

李　（不屑于听这些琐碎的事）那我知道，我知道。——我跟你说，我们说不定有三十万的赚头。（下略）

潘　（阻止他）是你的太太催你回去么？

李　不要管她，先不管她。我提议，月亭，这次行里这点公债现在我们是绝对不卖了。

（下略）

（二）

潘　我看你太高兴了。

李　怎么，为什么不高兴呢！这次事我帮您做得不算不漂亮。我为什么不高兴呢！

潘　哦，我忘了你这两天做了襄理了。

李　经理，您这句话是什么意思？

潘　也没有什么意思。你知道我现在手下这点公债已经是钱了么？

李　自然。

潘　你知道就这么一点赚头，已经足足能还金八的款么？

李　我计算着还有富余。

潘　哦，那好极了。有这点富余再加我潘四这点活动劲儿，你想想，我还怕不怕人跟我捣乱？

李　我不大明白经理的话。

潘　譬如有人说不定要宣传我银行的准备金不够？

李　哦？

潘　或者说我把银行房产都抵押出去。

李　哦，……

潘　再不然，说我的银行这一年简直没有赚钱。眼看着要关门。

李　（谄笑）不过，经理，何必提这个？这不——

潘　我自己自然不愿意提这个。不过说不定有人偏要提，提这个，你说这怎么办？

李　这话不太远了点么？

潘　(冷冷地看着他)话倒是不十分远。也不过是六七天的工夫，我仿佛听见有人跟我当面说过。

李　经理，您这是何苦呢？圣人说过："小不忍则乱大谋。"一个做大事的人多忍似乎总比不忍强。

潘　(愣他一眼)我想我这两天很忍了一会。不过，我要跟你说一句实在话：我很讨厌一个自作聪明的人在我的面前多插嘴，我也不大愿意叫旁人看我好欺负，……以为我心甘情愿叫人要挟。但是我最厌恶行里的同人背后骂我是个老混蛋，瞎了眼，昏了头，叫一个不学无术的三等货来做我的襄理。

李　(极力压制自己)我希望经理说话无妨客气一点，字眼上可以略微斟酌斟酌再用。

（三）

潘　你的少爷病得快要死了，李太太催你快回家。

李　(怒目向潘月亭)我就要回去。

潘　那好极了。我听说你还有汽车在门口等着你。(刻薄地)坐汽车回家是很快的，回家之后，你无妨在家里多多练习自己的聪明，你这样精明强干的人不会没有事的。有机会你还可以常常开开人家的抽屉，譬如说看看人家的房产是不是已经抵押出去了，调查调查人家的存款究竟有多少。……不过我可以顺便声明一下，省得你替我再多操心，我那抽屉里的文件现在都存在保险库去了。

李　(愤怒叫他说不出一个字)嗯？

潘　(由身上取出一个封套)李先生，这是你的薪水清单。我跟你算一算。襄理的薪水一月一共是二百七十五元。你做了三天，会计告诉我你已经预支了二百五十元，不过我想我们还是客气点好，我支给你一个月的全薪。现在剩下的二十五块钱，请你收下，不过你今天坐的汽车账，行里是不再替你付的。

李　可是，潘经理——(忽然他不再说了，狠狠地盯了潘月亭一眼，伸出手)好，你拿来吧。(接下钱)

潘　(走了两步，回过头)好，我走了，你以后没事可以常到这儿来玩玩，以后你爱称呼我什么，就称呼我什么，就像方才，你叫我月亭也可以；称兄道弟，跟我"你呀我呀"地说话也可以；现在我们是平等了！再见。

1　对照课文对李石清要挟潘月亭的描写，潘月亭的报复手段有什么特点？

2　同样是辞退职工，潘月亭对黄省三的态度和对李石清的态度有什么不同？为什么？

3　同样是被辞退，黄省三的表现和李石清的表现又有什么不同？李石清的结局值得同情吗？

文学常识学习重点

一　新文学运动产生的原因

新文学运动，又叫“文学革命”，约产生于一九一七年。这一运动的产生不是偶然的，有政治上、文化教育上的原因，也有语言形式上的原因。

从政治上看，辛亥革命虽然推翻了清王朝，但不久，袁世凯掌握了政权，阴谋称帝；同时，帝国主义列强也加紧对中国的掠夺。因此，中国的政治局面依然非常混乱。

从文化教育上看，旧文化、旧思想牢固地盘踞着广大民众的头脑，长期以来形成一种“阿谀、夸张、虚伪、迂阔的国民性”（陈独秀语）。在这样的情况下，提倡民主，反对封建；提倡科学，反对迷信，就成为知识界日益普遍的呼声。有识之士认为必须发起思想启蒙运动，才能唤醒民众，挽救民族的危亡。

从语言形式上看，当时文言文占着正宗地位，这种古典的、凝固的形式只有少数读书人能懂得，不利于传播民主和科学的思想，更难以向民众进行启蒙教育。所以要推行启蒙运动，首先会碰到语言形式的问题。再说，用文言文写成的旧文学，“陈陈相因，有肉无骨，有形无神，乃装饰品而非实用品”（陈独秀语）。因此，要进行语言形式的改革，提倡白话文，反对文言文，又必须进行文学改革，提倡新文学，反对旧文学。

早在十九世纪末叶，已有人提倡“诗界革命”、“小说界革命”。据统计，仅清末出版的白话小说一项，就有一千数百种之多。到了一九一五年，《新青年》创刊，以思想启蒙为中心内容，起了积极的作用，影响广泛。这些都为新文学运动的产生准备了条件。“文学革命”就是首先在《新青年》上发难的。

一九一九年五月四日，巴黎和会拒绝了中国收回山东主权的要求，以此为导火线，爆发了空前未有的爱国示威运动，即"五四"运动。通过"五四"运动，文学革命的社会影响更为深入人心，从此，进入了中国现代文学的创始时期。

二　新文学运动提倡者（胡适、陈独秀）的主张

甲　胡适的主张

一九一七年一月，胡适在《新青年》上发表了《文学改良刍议》，被认为是文学革命的"一个发难的信号"。在这篇文章里，胡适提出了"八事"，认为"今日而言文学改良，须从八事入手"。"八事"的内容是：

1　须言之有物。

2　不摹仿古人。

3　须讲求文法。

4　不作无病之呻吟。

5　务去烂调套语。

6　不用典。

7　不讲对仗。

8　不避俗字俗语。

胡适的"八事"都是针对文言文的，后来他在《建设的文学革命论》里，又把"八事"概括为"四条"：

1　要有话说，方才说话。

2　有什么话，说什么话；话怎样说，就怎么说。

3　要说我自己的话，别说别人的话。

4　是什么时代的人，说什么时代的话。

他认为“一时代有一时代之文学”，今天应以新文学取代过时了的旧文学，“白话取代文言”。

乙　陈独秀的主张

在胡适发表《文学改良刍议》的一个月后，陈独秀发表了《文学革命论》。他说：“文学革命之气运，酝酿已非一日，其首举义旗之急先锋，则为吾友胡适。余甘冒全国学究之敌，高张‘文学革命军’大旗，以为吾友之声援。”文中提出“三大主义”作为反对旧文学，提倡新文学的口号，这“三大主义”是：

1　推倒雕琢的阿谀的贵族文学，建设平易的抒情的国民文学。

2　推倒陈腐的铺张的古典文学，建设新鲜的立诚的写实文学。

3　推倒迂晦的艰涩的山林文学，建设明了的通俗的社会文学。

陈独秀认为，从文学史上看，“楚辞”和《诗经》的“国风”部分，是不无可取的。接着而起的两汉辞赋，一味雕琢阿谀，词多意少，可说是贵族古典文学的起始，从六朝到唐代，骈体文流行，铺张空泛，不过是“涂脂抹粉之泥塑美人”。等到韩愈、柳宗元崛起，一洗前人纤巧堆砌的风习，应该给予适当的肯定。以后开创了宋元国民通俗文学，如“元明剧本，明清小说”，都是近代文学中“粲然可观者”，只是受到“十八妖魔”的作怪，未能发扬光大。陈独秀称明代主张复古的“前后七子”以及唐宋八家文派的归（有光）、方（苞）、刘（大櫆）、姚（鼐）为“十八妖魔”。正由于他们“称霸文坛”，以致像马致远、施耐庵、曹雪芹这些大文豪的姓名，“几不为国人所识”。流毒至今没有清除，所以要起来“明目张胆以与十八妖魔宣战”。

反对文言文，提倡白话文，是新文学运动初期的重要口号。至一九一八年，《新青年》全部改用白话文，在它的影响下，全国学生团体纷纷出版了许多小型的白话报刊，提倡新文化和新文学。一九二〇年后，《东方杂志》《小说月报》等大型杂志也改变内容，采用白话。文学革命至此取得了初步的收获。

三 诗歌、散文、小说、戏剧的形式

甲 诗歌

诗歌是一种抒情性、音乐性和形象性都很强的文学样式。从内容分，有抒情诗和叙事诗。从形式分，有自由诗、新格律诗、十四行诗、散文诗等。本单元有关课文的“文体特点”项对以上部分主要体式已有介绍，这里稍作补充。

1 十四行诗

十四行诗，又称商籁体(Sonnet)。原是欧洲一种格律较严的抒情诗体，二十年代中期，随着新格律诗的提倡，也在我国兴起。分意体和英体两种。意体十四行诗，由两节四行诗、两节三行诗共四段组成，押韵方式前两节八行一般是ABBA、ABBA，即第一、四、五、八行A韵相押，第二、三、六、七行B韵相押；后两节六行或两韵变化，或三韵变化。英体十四行诗由三节四行诗和两行对句共两段组成，押韵方式一般为ABAB、CDCD、EFEF、GG。现代诗人中，朱湘所作十四行诗较多，被认为是“新诗坛上一个巨大的收获”。以后冯至也常写十四行诗。

2 散文诗

散文诗，兼有诗和散文的特点。形式近似散文，既保留了散文性细节，也不分行和押韵。但要求诗意盎然，能给人以美感和想象，因此在本质上，它属于诗。一九一八年，刘半农发表译作《我行雪中》以后，散文诗这一名称开始在中国出现。“五四”以来创作散文诗较有影响的作家有鲁迅、茅盾、朱自清、徐志摩、冰心等。其中以鲁迅的《野草》最为著名。

新体诗与旧体诗(包括古体诗、近体诗)在体制上的分别:

	新体诗	旧体诗
1	以白话为主。	以文言为主。
2	自由诗可以不押韵,格律诗除商籁体外,押韵比较自由。	不论何种体式,都要押韵。一般单句不押韵,双句押韵。
3	一般不用对仗。	古体诗可用可不用,近体诗必须用对仗。
4	句式不限。	以五、七言为主要句式。
5	一般都分段。	不分段。

乙 散文

散文是一种用散体文来叙事、抒情、议论的文学样式。从内容分,有叙事性散文、抒情性散文和议论性散文。从形式分,杂文、杂感、短评、小品、随笔、速写、通讯、报告文学、游记、书信、日记、回忆录等,都属于散文的范围,但也有人认为现代散文不包括报告文学和杂文。本单元有关课文的“文体特点”项,曾介绍随感体散文(即杂感、随笔)和抒情散文,这里稍作补充。

1 杂文

杂文,又称文艺性短论,是以议论为主而又具文学意味的一种文体。产生于“五四”时期,一般认为一九一八年四月《新青年》第四卷第四号新设“随感录”专栏上的短文,是最早发表的杂文作品。这种文体具有短小精悍、犀利活泼、反映及时、褒贬鲜明等特点。杂文创作成就最大的是鲁迅。

2 报告文学

报告文学,即文艺性的通讯报告,是兼有文学意味和新闻特点的一种文体。形式多样,或偏重于文艺性记事,或着眼于人物特写,但都要求迅速反映现实，作品中的主要人物和主要事件必须真实，不能虚构。报告文学在三十年代以后迅速发展，如抗日战争前夕茅盾主编的《中国的一日》，就是很有影响的报告文学作品。

3　游记

游记，属于抒情散文。往往熔记叙、描写、抒情于一炉，写法灵活自由。游记一般记叙旅途中的见闻，对游历之地的社会生活、风土人情、山川景物、名胜古迹有所记叙描绘，并可随时抒发作者的思想感情。郁达夫写于三十年代的《屐痕处处》《达夫游记》，叶圣陶的《游了三个湖》，丰子恺的《庐山面目》等都是有影响的游记作品。

丙　小说

小说按篇幅长短分，有长篇、中篇和短篇。一般以三万字至十万字之间为中篇，不足三万字为短篇，十万字以上为长篇。本单元有关课文的“文体特点”项已对短篇小说作了介绍，这里稍作补充。

长篇小说

长篇小说篇幅长，容量大，故事情节比较复杂，往往有好几条情节发展线索。人物众多，除了主人公以外，还要描写众多的次要人物，刻画人物之间错综复杂的关系，因此反映的社会生活内容比较丰富。长篇小说还要对故事的历史背景、时代气氛，以及当时当地的自然景物、人情风俗，作必要的描绘和渲染，以增强艺术的真实感。叙述以按时间发展的顺叙为主，经常与插叙、倒叙的方法变化运用。多数小说采用第三人称的故事体，也有用第一人称的，或采用书信体、日记体、自传体等。“五四”以来的著名长篇小说有茅盾的《子夜》、巴金的《家》等。

现代小说与传统小说在体制写法上的分别：

	现代小说	传统小说
1	受到外国小说的影响，较重视深入细致地刻画人物。	重视情节，对人物也有细致的描绘，但以概括性描写为主。
2	一般只以数字标明章、段，无回目。	分章回，有回目。
3	以故事体为主，也采用书信体、日记体。	只用故事体。

小说与散文的比较：

	小　说	散　文
1	人物事件大都虚构。	主要人物事件必须真实。
2	用第一人称“我”，大都不能与作者等同。	用第一人称“我”，就是作者自己。
3	故事情节和人物性格是小说的两大要素。	选材、构思都比较自由，不需要完整的人物情节。
4	作者一般只能通过完整的故事情节、鲜明的人物性格等，以揭示作品的主题思想。	往往熔叙事、抒情和议论的功能于一炉，可以直抒胸臆。

丁　戏剧

戏剧是含有文学、舞台表演、音乐、美术诸要素的综合艺术。本单元有关课文的“文体特点”项对此已有介绍，这里稍作补充。

剧本与小说在体制上的分别：

	剧　本	小　说
1	以幕（场）为单元，有多幕剧和独幕剧之分。	按情节发展，分段、节或章、回。有短篇、中篇、长篇之分。

（续表）

	剧　本	小　说
2	一幕开始时即标明事件发生的时间、地点。	无须特意标明事件发生的时间、地点，随情节发展而交代。
3	以演出为目的，对白和独白是主要表现手段。	供读者阅览，语言主要用来叙述和描写。
4	常用括号加插说明文字，如开幕、闭幕，角色的出场入场，人物的表情、动作、心态，以及布景道具、音响效果等。	全用文字描述故事、人物，无须特用括号加插说明。

话剧与中国古典戏剧在体制上的分别：

	话　剧	古典戏剧
1	以说白为主要表现手段。	以歌唱（曲文）为主，说白为辅。
2	以幕为单元，一幕之中，场景、地点是固定不变的。	以折、出为单元，一折（出）之内，不受场景地点的限制。
3	说白主要是对白和独白。	说白分对白、独白、旁白和带白。
4	人物扮演不受角色类型的限制。	剧中人物都归入“生旦净丑”等角色类型。

图书在版编目（CIP）数据

中国文学十讲：全4册 / 陆萼庭，赵昌平编著. -- 上海：上海教育出版社，2018.7

ISBN 978-7-5444-8520-3

Ⅰ. ①中… Ⅱ. ①陆… ②赵… Ⅲ. ①中国文学—文学史—青少年读物 Ⅳ. ①I209-49

中国版本图书馆CIP数据核字(2018)第146644号

责任编辑 董艳霞 葛 文
封面设计 陆 弦

中国文学十讲
陆萼庭 赵昌平 编著

出版发行 上海教育出版社有限公司
官 网 www.seph.com.cn
地 址 上海市永福路123号
邮 编 200031
印 刷 昆山市亭林印刷有限责任公司
开 本 787×1092 1/16 印张 41.25 插页 8
字 数 700 千字
版 次 2018年7月第1版
印 次 2018年7月第1次印刷
书 号 ISBN 978-7-5444-8520-3/I·0114
定 价 260.00 元

如发现质量问题，读者可向本社调换 电话：021-64377165